문학사의
비평적 탐구

꽃은 숨어서 피어 있었다

방민호 평론집

문학사의
비평적 탐구

꽃은 숨어서 피어 있었다

예옥

책을 펴내며

단풍 깊어가던 지난 시월, 문학 잡지 내는 출판사에서 만난 젊은 평론가가 내게 문득 물었다. 왜 지금은 비평을 하지 않느냐는 그의 물음에 나는 잠깐 대답을 망설였다.

그는 최근 들어 나의 1990년대 중반 이후의 글들을 접해 본 듯 했다. 그로 인해 젊은 문학도가 십오 년쯤 세월을 격한 사람에게 품을 수도 있을 위화감을 조금은 덜어낸 듯했다. 그는 내 젊은 날의 비평이 치기 가득했지만 뜨거웠고 아무튼 열심히 한 것 같았다고 했다.

그 자리에서 지금은 비평을 하지 않는 것 같다는 그의 말을 간단히 수긍하고 만다면, 나는 그의 숨은 힐난을 어떤 형태로든 인정하는 형국을 빚게 될 것이었다. 옛날에는 현장에서 열심히 펜을 놀렸건만, 지금은 교수라는 직업을 가진 자답게 뒤로 물러나 있는 것 아니냐는. 그는 확실히 나중에 말을 덧댄 데서 느낄 수 있었듯이 피가 튀고 포연이 피어오르는 현장을 등진 내게 어떤 불만이 있었다.

그의 말은 한편으로는 맞다. 나는 지금 내가 직접 관여하는 몇몇 잡지 외에는 일 년에 한두 편이나 원고 청탁을 받을 뿐이고, 젊은 작가들과 평론가들의 글에 대해서는 특히나 마치 BTS에 대해 그런 것처럼 꽤나 시큰둥하다. 몇 년이라도 나이가 아래인 문학인들에 대해 나는 몇몇 사람들을 제외하면 확실히 냉담한 편이다. 의미를 깊게 부여하는 작가가 많지 않고 때문에 자주 논의도 하지 않는다. 내 자신이 겪어 온 문단적 '고립'도 한몫을 했지만, 나는 내 운명을 보따리에 싸들고 나만의 문학의 길을 걸어 사라져 버리겠노라고 생각할 때도 있었다.

그러나 비평은 결국 대화고 대화에의 요청이다. 나는 이 책을 통하여 어떤 대화를 요청하고 있는데, 그것은 단지 나와 비평적 방향을 달리했던 오륙 년 아래의 평론가들이나 앞에서 언급한 훨씬 더 젊은 평론가들을 향한 것만은 아니다. 나는 여기서 지금 막 문학사의 한 국면을 넘기고 있는 1930년대, 1940년대 출생의, 장려하다고 표현하지 않을 수 없는 작가와 시인, 평론가들을 향해 어떤 이야기를 드리고 있으며 또 그분들의 말씀에 마땅히 귀 기울이겠노라고 마음의 준비를 하고 있다. 올해 유명을 달리한 최인훈과 김윤식 같은, 세대를 격한 사람들을 향하여, 또 한국현대사 백 년의, 조금 더 먼 과거를 향해 나는 대화를 위한 여행을 떠난다. 한국현대문학사 전체가 대화를 위한 현장이 되어야 하리라고 생각한다.

지금 나의 기억은 지난 2002년 경 전후로 되돌아가고 있다. 그때 '문학 권력'이라는 말이 유행하기 시작했다. 문학잡지나 문학상, 언론을 둘러싼 논쟁이나 알력이 제법 심해진 상태였다. 그러나 나는 글을 쓰는 사람은 자신에게 한 자루의 '펜'과 '원고 뭉치'가 있고, 글을 쓸 수 있는 의지만 남아 있다면, 그 또한 힘을, 권력을 가지고 있는 것이라 생각했다. 문학에서 모든 권력의 문제는 타자가 아니라 궁극적으로는 자기 자신의 문제임에 틀림없다. 부정은 부정하는 마음 자체만으로는 되새겨야 할 가치를 생산할 수 없다. 오로지 자신의 힘을, 의지를 믿고, 자신의 길을 가며 어떤 긍정할 세계를 창조하는 자만 미래로부터 날아드는 빛살을 쏘일 수 있다.

사람은 스스로 자기를 고립시키지 않는 한 아무도 그를 영원히 고립시킬 수 없다. 나는 피가 튀고 포연이 피어오르는 현장을 강 건너에서 바라보며 자신의 길을 가는 행인이 되고 싶었다. 그런 나의 형식과 방법론으로 현장에 새롭게 합류하고 싶었다. 그 잠정적 결과가 평론집 『문명의 감각』(2003)과 『행인의 독법』(2005)이었다. 이 책들에 현장에 관한 글들이 없지는 않았다. 그러나 이미 나는 생생한 현장에서 멀어진 사람으로 치부될 수 있었다. 그만큼 문단의 외야석에 나가 있었다. 사실, 중심이란 없다. 그런 것이 있다면 그것은 영원히 일인칭의 숙명에서 벗어날 수 없는 자기 자신 속에 있을 테요, 그 자기라는 것조차 한갓 헛것임을 깨닫는 순간, 중심에 관한, 중심을 논의하는 모든 글은 위기에 처한다.

나의 문학의 이력서에는 몇 개의 굴곡점이 있다. 나는 권력에 의해 야기되는 전향이 아니라 내 스스로 보다 낫다고 생각되는 쪽으로 문학의 방향을 바꿔온 역사가 있다. 물론 어느 정도 나이 든 문학인이라면, 그가 문학에 대해서 어느 만한 자의식을 품는 한, 그럴 수밖에 없을 테다. 1996년 가을부터 1997년 초겨울에 이르는 사이에 나는 마치 1960년대의 김수영처럼 남은 모르고 자신만 아는 전향을 해버렸다. 그로부터 모든 '어려움'이 시작되었다. 1997년에서 1998년으로 가는 어느 사이에, 1994년 겨울의 등단 일년 후부터 편집위원으로 있던 『실천문학』을 '나왔다.' 둥지 없이 바람 부는 거리에 홀로 나선 셈이었다. 겨울바람은 찼고 그 후로도 그 바람이 그쳤다고 여겨진 적은 없다. 하지만 '전향'을 마음먹은 나로서는 결의를 편달해 주는 달콤한 삭풍일 뿐이었다. 그때부터 나는 적어도 의식상으로는 오늘의 한국 사회를 사로잡고 있는 이분법과 이항대립에서 벗어났다. 대립하는 두 쌍을 하나로 묶어 그 바깥에 서는 길을 구해 왔으므로. 그것이 내가 오늘 비평적 열정에 불타던 그 젊은 평론가로부터 당신은 왜 현장 아닌 외야에 있느냐는 비난 아닌 비난을 받게 된 소이라면 소이다.

또 하나의 이유라 할 만한 것이 있다. 사람의 운명은 타고나는 것이라 하고 또 그것조차 사람의 의지가 만들어 가는 것이라 한다. 나는 그런 말을 쉽게 믿지 않는다. 사람은 의지를 품지만 그보다 크고 높은 우연의 힘에 따라 이리저리 휩쓸려 간다. 바람 속 먼지처럼 흩날려 가는 행로와 도달한 곳을 가리켜 운명이라 한다. '내' 외부의 힘이 '나'를 마음대로 움직여 밀고 간 결과 나는 학교에 일자리가 생겼다. 이것이 내 비평의 성격을 크게 바꾸어 놓았다. 비평도 비평이지만 문학사연구를 외면할 수 없는 의무감이 작용하면서 내 비평은 현장으로부터 거리가 먼, 백 년 전, 수십 년 전의 일들에 고개를 묻어야 했다.

그러나 나로 하여금 현장으로부터 떠나지 않을 수 없게 한 이유나 조건들은, 거꾸로 나 자신으로 하여금 새로운 방식으로 현장에 재귀하도록 한다. '지금, 이곳'이라는 현장적 상황 논리, 비좁은 의미의 현실에 얽어 매인 자였던 나는, 눈앞에 닥친, 백 년 한국현대문학사라는 비교적 긴 시간의 '사건'들에 적응해야 했다. 한국현대문학을 전공한 사람으로, 그 자의식을 토대로 삼아 비평하는 사람이 되게 했다.

대략 2004년 경부터 현재의 시점에 이르기까지 나는 일련의 작가들을 읽으며 그들의 삶과 작품을 둘러싼 일들을 살피는 데 비교적 많은 시간을 할애했다. 본질상 숨 얕은 비평가요, 호흡 긴 연구자의 체질은 타고나지 못한 나다. 이광수, 채만식, 박태원, 이효석, 이상, 김유정, 임화, 김기림, 김남천, 김환태, 백석, 오장환, 박인환, 김수영,

손창섭, 최인훈 같은 작가와 시인, 평론가들을 읽어 나가는 과정은 쉽지 않았다. 이 작가, 시인, 평론가들을 이미 알려진 것 이상으로 탐구하고, 아직 알려지지 않은 일들에 대한 탐색을 통하여 현재와 과거의 새로운 관계를 밝히고, 이러한 작업을 연구와 비평을 가르는 경계선의 저편에 박제물 형태로 고정시켜 두지 않고 비평적 연구 또는 연구로서의 비평이라는 새로운 종합에까지 끌어 올려야 했다.

이제 사실을 말한다면 이 평론집은 내가 생각하는 현장의 이야기다. 나는 식민지 근대화론이라 불리는 이식론에 위화감을 품어 왔다. 등급과 위계를 설정하고 지배를 정당화 하는 논리는 생리적으로 싫다. 나 자신 젊을 때 품었고 지금의 젊은 문학인들도 가지고 있는 정치적 문학론에 대해서도, 반대로 현실이라는 것에 대한 탐구와 자각이 없는 문학에 대해서도 마음 편치 않다. 나는 문학을 비좁은 현실이 아니라 드넓은 삶 자체의 표현이라 간주하되 동시에 역사와 현실과 예술의 전통을 강렬하게 의식해야 한다고 믿는다. '예술주의' 적이면서 동시에 역사적, 현실적, 정치적인 역설의 문학을 추구하며, 이 미정형, 잠재태로서의 한국문학을 위해 비평 행위라는 것을 한다. 이 때문에 나는 한국현대문학사의 여러 형태의 정통과 정전과 권력에 대한 심문, 새로운 해석, 재평가를 시도한다. 내 비평의 현장은 오늘에 이르는 한국 현대문학사의 '모든' 중요 국면들이다. 비록 충분히 다루지는 못했지만 이 책은 그것들을 새로운 비평적 실험의 대상으로, 현장으로 간주하고자 했다. 그러한 이 책의 성격을 가급적 분명히 하기 위해 더 연구에 가깝거나 더 현장 비평에 가까운 많은 글들을 상당 부분 수록하지 않았다. 나는 지금 현장이라는 말을 계속해서 엇갈리게 쓰고 있다.

또한 나는 현실이라는 것에 대해서, 남과 북을 말할 때 공평해지려 했다. 이 공평의 뜻에 유의해 주기 바란다. 그것은 내 자신 오랫동안 문학을 통해서 한국이 이상적인 세계를 향해 나아가기를 염원했던 것처럼 북쪽에 대해서도 남북 관계에 대한 섣부른 낙관 대신 지금과는 다른 사회, 다른 체제가 들어서기를 요망한다는 것이다. 이 점에서 나는 남북한의 비민주적 체제가 적대적 의존 관계를 유지한 채 시민적 권리를 제약하면서 민중 위에 군림하고 있다는 논리를 신뢰한다. 이 분단체제론은 한국사회가 이른바 절차적 민주주의를 진전시켜 나가는 오늘의 상황에서 북한 문제에 대한 인식을 일층 첨예하게 가다듬을 것을, 슬기롭게 새로운 현실을 헤쳐 나갈 것을 요청한다. 어떤 요강은 함부로 바꾸지 않는 것도 좋다. 이른바 수용소 문학에 관한 글은 이러한 생각을 적극적으로 표현하고 있다.

지금은 벌써 11월, 맹렬한 추위가 한 번 몰려왔다 갔다. 무술년은 심상치 않은 해라 했다. 올해에 그동안 가까웠던 사람들, 문학을 통해 가깝게 느낀 많은 분들이 유명을 달리했다. 사월에 백혈병으로 떠난 태남완은 고등학생 때부터 알던 후배였다. 무산 스님, 최인훈 선생. 말기암을 앓으면서도 소설 쓰는 일에 매달리던 최옥정은 단편소설 「고독 공포를 줄여주는 전기의자」를 남겼다. 그리고, 김윤식 선생. 삶이 어떤 의미를 가지는지, 그 삶에 대해 문학은, 나의 글은, 비평은 무엇인지 생각한다. 지금은 새벽이다. 꿈에 일제시대에 요절한 알 수 없는 시인의 맑고 아름다운 시가 두 편이나 보였다. 여백 많은, 그 시대인데도 가로로 쓴 시들이 생각날 듯 말 듯 하다. 흐릿한 것 없이 모든 것이 명징하던 꿈속의 현장을 그리워 한다.

2018년 11월 3일
저자

차례

'엘레지'란 것이 생에 대한 최후의 집착의 발언일 것처럼, 기억의 세계에의 침잠 가운데로, 생의 보람에 대한 희구의 어떤 섬광이 번뜩이지 아니한다고 부정할 수도 없는 것이다. (임화, 「고전의 세계—혹은 고전주의적인 심정」, 『조광』, 1940. 12, 194쪽)

로망스 또는 '소설'에 관하여

1. 빅토리아조 문학, 진화론, 그리고 '소설'의 변화

빅토리아조 영국문학은 최근 필자의 관심사 가운데 하나다. 연구의 차원은 아니지만 우연찮게, 그리고 몇몇 계기들 때문에 필자는 이 시대 문학에 흥미를 갖게 되었다.

『지킬박사와 하이드』(1886)는 영화로도 여러 번 만들어졌고, 우리 작가 이상도 그 중 한 버전을 보았다. 덕분에 이상에 관해 이야기하려면 때로는 로버트 스티븐슨이라는 작가의 원작으로 돌아가지 않을 수 없다. 그는 『보물섬』(1883)의 작가이기도 하고, 무엇보다도 지금 논의하고 있는 『지킬 박사와 하이드』의 작가였다.

최근에 어떤 논문은 이 소설이 단순한 인격 분열자 이야기라기보다 빅토리아조의 남성성의 불안을 드러낸 이야기라고 했다. 영국 신사라는 말이 있듯이 영국에는 독특한 남성성 개념이 발달해왔고, 빅토리아조 시대는 제국주의적 진출이 활발한 시대였기 때문에 성적인 에너지를 숭고하고도 진취적인 사업적 창조력으로 승화시키는 존재로서의 남성성 개념이 뿌리를 내리고 있었다고 한다. 그때 남성들만의 동성적 사회가 하나의 이상처럼 자리를 잡았다. 필자는 이것을 당시 배경 영화에 나오는 남성전용 클럽 같은 것으로 상상한다.

그런데, 『지킬박사와 하이드』에는 여성이 거의 등장하지 않는다는 것이다. 그것은 마치 당대의 남성 동성사회를 가져다 놓았다는 것이다. 지킬 박사와 그의 벗들을 중심으로 펼쳐지는 이야기는 결국 지킬박사의 죽음으로 결말지어진다. 낮에는 사려 깊은 신사지만 밤에는 약을 먹고 하이드로 돌변하는 지킬은 빅토리아조의 이상화된 남성성의 신화가 완결될 수 없음을 시사한다. 지킬박사에 내재한 하이드적 속성, 야수적이고 원시적인 성적인 에너지는 문명의 훈육으로도 완전히 통제할 수 없다.

이 『지킬박사와 하이드』를 우리는 대개 언제쯤 읽던가. 아마도 초등학교나 중학교 다닐 때 스쳐가듯 읽고는 그만이기 쉬울 것이다. 그러나 오늘에 다시 읽는 이 소설은 자신이 몸담고 있는 시대에 대한 날카로운 통찰력을 상상적 이야기로 변모시킨 것이었음을 알 수 있다. 이 소설에는 시대를 관통하는 문제의식이 있다.

이와 같은 사정은 『지킬박사와 하이드』에 국한된 것이 아니었다. 실로 그 시대는 소설이 인생과 세계에 관해 깊고도 넓은 질문을 던질 수 있던 시대였다. 그런데, 그런 인상 깊은 조류를 이끌어낸 원동력 가운데 하나는 다윈의 진화론, 즉 『종의 기원』(1859)의 사상이었다. 『종의 기원』에 나타난 다윈의 진화론은 인간과 세계의 근원에 대한 코페르니쿠스적인 전환이었다.

인간은 어디서 왔는가? 인간은 어디로 갈 것인가? 다윈의 진화론은 신이 창조한 세계라는 믿음에 대한 가장 충격적인 질문이었다.

그것은 인간을 자연적 존재로 되돌려 놓았다. 인간은 자연적 본성을 가진 존재였고, 저 원시 세계로부터 현대 세계로 존재 전환을 이루어 왔다. 인간의 현존재 속에게는 원시가 내재해 있고, 이 힘은 문명적 힘으로 통어할 수 있는 것이 못되었다.

이 자연을 어떻게 해석하느냐에 따라 토마스 하디가 나오고, D.H. 로렌스가 나오고, 진화론자 토머스 헉슬리의 손자인 올더스 헉슬리가 나왔다.

필자가 최근에 가장 인상 깊게 읽은 논문 중에 오스카 와일드의 희곡『살로메』(1894)를 다룬 것이 있다. 이 와일드 역시 자연에 대한 날카로운 감각과 통찰과 별견을 가진 사람이었고, 그보다 조금 앞선 사람이었는지 모르나 존 스튜어트 밀의『자유론』(1859)을 보면 인간은 나무와 같이 자연적 존재가 누리는 자유를 추구해야 했다.

최근 들어 필자는 오스카 와일드의『살로메』때문에 예술의 전당에서 리하르트 슈트라우스 탄생 백오십 주년을 기념하는 공연, 본래 그의 오페라였으나 지극히 '현대적으로' 재해석된 나머지 무대에 오토바이까지 등장하는『살로메』(1905)를 관람할 수 있었다. 리하르트 슈트라우스는 오스카 와일드의『살로메』를 보고 오페라를 만들려고 작정했다고 하는데, 그 대본이 얼마나 그만의 독창성을 확보하고 있었는가는 대본 내용을 자세히 뜯어보아야 알 수 있을 것이다. 그러나 무대 윗부분에 떠 있는 대본의 인상을 감안하면 적어도 사상 면에서는 그다지 전위적이었다고 말할 수 없을 것 같았다.

반면에, 오스카 와일드는 과연 독창적이었다. 왜냐하면 그는 성경 신약에 등장하는 살로메 이야기를 프랑스어 희곡으로 써서 그녀를 단순히 팜므 파탈의 전형으로 부상시켰을 뿐 아니라, 여기에 일종의 동성애 코드를 삽입시킴으로써 그녀의 이야기에 빅토리아조 남성 가부장제를 파열시키는 힘을 부여했다. 이는 필자 자신이 아니라 어느 오스카 와일드 연구자의 시각이다. 아주 그럴 듯하다. 오스카 와일드 희곡 속의 살로메는 한편으로는 세속적 권력의 화신인 유대왕 헤롯을, 다른 한편으로는 초월적 권력의 상징인 선지자 요한을 상대하여 그들의 권위를 전복하며, 이것은 곧 오스카 와일드의 시대를 향한 발언이 된다.

로버트 스티븐슨의 『지킬박사와 하이드』는 1886년에 처음 발간되었고, 오스카 와일드의 『살로메』는 1892년에 프랑스어로 쓰여졌고, 1894년에 영어로 번역, 출판되었다. 또 1871년부터 1872년에 걸쳐 조지 엘리엇은 『미들마치』를 썼는데, 헨리 제임스는 이 작품을 두고 다윈과 헉슬리의 영향이 너무 강하다고 불평했다고 한다.(『다윈의 플롯』, 남경태 옮김, 309쪽) 사실은 『지킬박사와 하이드』도 그렇기는 마찬가지인데, 다윈적 진화론의 이 영향력은 하이드의 원시적인 모습에 제대로 투영되어 있다. 이 점에서 "세련되고 교양 있는 지킬이 '원숭이 같은' 하이드로 변모하는 것은 원시에서 문명으로의 인류 진화 과정을 뒤집는 퇴화의 사건이다. 이런 의미에서, '지킬 / 하이드'의 이중성은 빅토리아조 남성의 몸 안에서 벌어지는 원시와 문명의 갈등을 나타낸다고 할 수 있다."(이정화, 「불안한 남성성: 『지킬 박사와 하이드』와 빅토리아조 남성성」, 『영미문학페미니즘』, 2012, 219쪽)라는 진단은 한번 음미해볼 만하다.

진화 및 퇴화라는 문제가 다윈의 『종의 기원』을 전후한 빅토리아 시대의 커다란 주제라는 사실은 와다 토모미의 『이광수 장편소설 연구』(오차노미즈쇼보, 2013)에 성공적으로 논의된 바 있다. 이 책은 이광수 소설들을 진화론과의 교섭 양상 일변도로 묘사해 가고 있기 때문에 일말의 부담감을 선사하지만, 진화며, 퇴화, 재생 같은 용어들이 이광수 소설과 맺고 있는 밀접한 관계를 이해할 수 있게 한다. 이 책은 이광수 소설이 일본 문학사의 진화론 논의와는 다른 차원에서, 그것을 의식하면서도, 서양에서의 논의까지 아우르는 시각 속에서 씌여진 것임을 구체적으로 논증하고자 했다.

국내에 오래 전에 번역 소개된 『다윈의 플롯』은 『종의 기원』이 빅토리아 시대 사고의 조직 원리를 크게 동요시켰다고 말한다.(125쪽) 그에 따르면, 『이상한 나라의 엘리스』(1865)도, 버지니아 울프의 『올랜도』(1928)도, 토머스 하디의 『테스』(1891)도 진화론 사상과 밀접한 관계가 있다.

그럴 만하다고 생각한다. 왜냐하면 『종의 기원』은 창조설에 대한 최초의 가장 본격적인 반론이었기 때문이다. 생물이 신에 의해 창조된 것이며, 종과 종 사이에는 절대적인 단절이 있고, 인간은 그 신이 창조한 만물의 영장이라는 창조설에 대해, 다윈은 인간이 무엇보다 자연의 산물임을 주장한다. 인간은 오랜 시간에 걸친 진화의 산물로서 저 원숭이와 같은 조상으로부터 갈라져 어느 때인가에 이 지구에 출현했다. 사실 그 자체에 얼마나 부합하는가와 상관없이 이 사상은 창조론을 논박했고, 그로부터 인간에 대한 사람들의 사고는 달라지기 시작했다. 이제 창조론을 계속해서 주장하려면 진화론이 제기한 질문에 답하거나 그 사고구조를 효과적으로 논박하지 않으면 안 되었다.

'소설'(이제부터는 이 용어가 서양 노블에 가까운 개념을 띨 때는 '소설'이라고 쓰자), 정확히 말해서 서양의 노블 및 그와 유사한 서사양식들은 그와 같은 사고체계의 '출현'과 더불어 변화하지 않을 수 없었다. '소설'이 인간의 삶에 대한 해석을 추구하는 서사 양식이라면 그것은 진화론과 같은 사상의 존재를 결코 무시할 수 없기 때문이다. 그것이 자신을 진지한 탐색의 양식으로 간주하는 '소설'의 본성에 어울리는 일이기 때문이다.

이러한 판단으로부터 우리는 부수적으로 '소설'은 역사적으로 변화해 감을 알 수 있다. 인식의 변화는 '필연적으로' 플롯의 변화를 수반한다. "빅토리아 시대의 '소설'가들은 점차 설계자나 신이 아니라 관찰자나 실험자 자격으로 작품의 언어 안에서 스스로의 역할을 찾고자 했다. 전지는 사라졌고, 전능은 감춰졌다."『제인 에어』에 등장하는 꿈, 징조, 전조 같은 것들, 주인공을 움직이는 그 힘들은 자아의 바깥에서 온 메신저지만 자아의 깊은 욕구에 부응하여 무의식의 존재를 확증한다. 또 "디킨스의 소설들은 우연한 일상의 사건들을 역동적으로 수용할 수 있는 피카레스크에서, 일체의 전반적 의미에 항거하는 것처럼 보일 만큼 극단적인 사건과 인물들의 수많은 상호연관으로 이동한다."(『다윈의 플롯』, 120~121쪽)

우리는 생각이 소설을 바꾸어 놓을 수 있다는 사실을 이로써 믿어 볼 필요가 있다. 소설은 인간의 삶에 대한 생각이 바뀜으로써 달라질 수 있다. 소설은 소설의 운명이라 말해진 기계적인 교체의 섭리사로부터 자유로워질 수도 있다. 누가 어떻게 생각하느냐에 따라 우리가 쓰고 읽는 소설은 그 방향이 달라질 수 있다.

2. 리얼리즘의 시야와 '소설'의 닫힌 미래

1930년대는 우리가 지금 하고 있는 것과 같은 소설에 대한 고민과 질문이 있었다. 이상과 김유정이 세상을 떠나던 1937년을 전후로 하여 시대는 더욱 어두워졌으나, 그때는 지금의 많은 문학인들이 생각하는 방식과는 달리 소설이 뭔가를 해줄 수 있는 듯이 보였고, 따라서 어떤 소설을 써야 하는가에 대한 탐구가 있었다.

그 시대에 자신이 어떤 소설을 써야 하는가를 두고 상당히 깊은 탐색을 한 작가 가운데 하나는 채만식이었다. 그는 카프가 퇴조하던 막바지 무렵에 겨우 작가로서 인정을 받았다. 「레디메이드 인생」(『신동아』, 1934. 5~7)으로 그는 촌극 같은 소품이나 쓰는 글쟁이에서 일약 새로운 가능성을 가진 작가로 재확인되었다. 이때 그는 그냥 서울에 있지 않았다. 개인적인 사정도 있었기 때문이었지만 그는 하나의 숙제를 들고 개성으로 퇴거했다. 거기서 그는 약 1년 반 정도 창작 생활을 중단한 채 암중모색을 거듭하는데, 그것은 과연 조선적 근대문학이란 무엇이며, 어떻게 만들어지느냐 하는 것이었다.

이러한 고민의 산물이 바로 『탁류』요, 『태평천하』요, 『심봉사』였다. 이 시기에 그는 『춘향전』 같은 작품을 가지고 조선에 문학이 있었다고 말할 수는 없을 것이라는, 일종의 전통 단절론에서 벗어나 『춘향전』을 깊이 숙독해야 새로운 문학을 할 수 있으리라는 전통의 재발견으로 나아갔다. 그러나 그가 말한 전통은 단순히 조선문학만의 전통이 아니었으니, 이는 그의 『탁류』에 『심청전』이나 『흥부전』 모티프만 있는 게 아니라 발자크의 『고리오 영감』도 들어 있고 심지어는 토마스 하디의 『테스』까지 들어 있는 것으로 입증된다. 말하자면, 테스가 끌려가며 자기 여동생을 엔젤에게 부탁하듯이, 초봉은 동생 계봉을 승재에게 맡기고 떠나는 것 같은 방식으로.

그런데, 발자크적 리얼리즘에 대한 그의 신뢰는 『심봉사』 같은 고전적 소설의 다시 쓰기 작업에서 본래 작품에 들어 있던 초월적이고 불교적인 논리를 제거하고 심봉사를 딸을 팔아버린 비정한 아버지로 재차 위치 지우면서 근대적 욕망의 패배를 향해 나아가도록 한다. 이 장편소설은 아직까지 발견된 연재본에 따르면 완성을 보지 못했는데, 그 의도만은 작가 스스로 밝혀 놓았다. 그것은 심봉사를 철저히 현대적인 세속적 논리에 복속시키는 것으로서, 때문에 이 작품이 완성되었다면 심봉사는 눈을 뜨지 못한 채로 작품이 끝났을 수도 있다. 그가 완성을 본 두 편의 짧은 희곡「심봉사」의 결말은 그와 다르다 해도 말이다.

채만식이 보여주는 사례는 작가가 리얼리즘의 지위를 어떻게 이해하느냐에 따라 소설의 플롯이나 그것을 구성하는 인과 관계에 대한 설정이 달라질 수 있으리라는 것이다. 1930년대 후반 이후의 채만식 소설의 인물들은, 그 이전에도 그러했지만 욕망이라는 근대적 기제에 의해 추동되는 인과율에 지배되며, 또한 그것들이 서로 부딪치고 뒤얽혀 만들어지는 장으로서의 사회의 힘에 개개의 존재들이 저항하면서도 패배하는 양상을 띠게 된다.

이와 같이 리얼리즘을 중시한 또 하나의 사례를 우리는 최재서의 비평론에서 찾아볼 수 있다. 그는 1936년 10월 31일부터 11월 7일에 걸쳐『조선일보』에「천변풍경과 날개에 대하여─리얼리즘의 확대와 심화」를 발표했다. 이 비평은 박태원의『천변풍경』과 이상의「날개」를 각각 리얼리즘의 확대와 심화로 보아 고평했다. 하나는 도회의 세태인정을 그렸고, 다른 하나는 지식화한 소피스트의 주관세계를 그렸다는 점에서 판이하지만, 될 수 있는 대로 주관을 떠나 대상을 보려고 한 점에서는 일치한다는 것이다. 그는 제재가 그것을 보는 눈에 문제가 있다고 말한다. 주관의 막을 가린 눈을 가지고 보느냐 아무 막도 없는 맑은 눈을 가지고 보느냐 하는데 관건이 있으며, 이때 후자는 '카메라 아이'의 문제로 통한다. 최재서는 객관세계를 객관적으로 그린 박태원의 소설도 훌륭하지만 현대인의 주관적인 의식세계를 '묘파한' 이상의 소설이야말로 드물게 보는 리얼리즘의 심화라고 하였다.

최재서가 카프 리얼리즘이 비판을 가하는 박태원과 이상의 소설들에 고평을 붙이면서 그 근거를 리얼리즘에서 찾은 것은 1930년대 창작과 비평의 '주류적' 경향이 무엇이었는지 가늠해 보게 한다. 그리고 이것을 떠받치고 있는 것은 서사시 – 로만스 – '소설'이라는 서구적 서사 양식의 전개 원리였다. 최재서의 「서사시 – 로만스 – 소설」(『인문평론』, 1940. 8)이나 김남천의 「소설의 운명」(『인문평론』, 1940.11)은 이 시대에 일반화된 '소설'의 이해 방식을 보여주는 대표적인 사례들이다. 그런데 이 둘 가운데 오늘의 논의와 관련하여 더 흥미로운 것은 최재서의 것이다.

최재서나 김남천에게 있어 서사시 – 로만스 – '소설'은 각각 '고대 – 중세 – 근대'를 대표하는 서사양식들이다. 헤겔 혹은 그에 뒤이은 루카치의 논리를 따르는 이러한 이해 방식은 고대의 서사시를 일종의 완전함을 갖춘 서사양식으로 보는 고대주의가 투영된 것이라 할 수 있다. 최재서는 서사시에 관하여, "우리가 서사시에서 무엇보다도 부러워할 것은 인물의 개인적 가치가 완전히 보전되어 있다는 점과 또 개인과 사회 또는 인물과 시대가 같은 감정과 같은 신념에 통일되어 있다는 점"이라면서, 이것은 "근대 작가가 아모리 부러워하고 노력하야 보아도 도달할 수 없는 고대의 특전"이라고 확언했다.(『인문평론』, 1940. 8, 13쪽)

최재서는 이 서사시의 시대가 고대로부터 중세 전반기까지 지속되었다고 하며, 이것이 로망스라는 새로운 양식에 의해 대체되었다고 한다. 로망스에 관한 최재서의 개념적 설명은 오늘날에까지도 통용되는 점이 있으므로 일단 이를 그대로 옮겨 보면 다음과 같다.

　로만스는 여러 갈래로 의미가 있지만 그것을 언어학상 용어로서의 의미와 문학상 용어로서의 의미로 대별하야 생각할 수 있다. 언어학에서 로만스라고 하면 그것은 옛날의 「링구아 로마나」(로만어) 즉 가리아 지방(지금의 불란서)에서 사용되던 속 나전어를 의미하는 것으로서 「링구아 라티나」(라틴어) 즉 교회 용어로서의 순수 나전어와 대별되는 말이었다. 교회에 관계하는 성직자들은 로만어를 말할 때에 흔히 「루스티카」라는 수식어를 부첫는데(즉 루스티카 링구아 로마나) 그것은 이 로만어를 사용하는 무식한 지방인들을 경멸하야서 하는 말이었다. 그런데 이와 같이 멸시되던 로만어에서 현대 구라파의 모든 로만스 계통 언어 즉 이태리어, 불란서어, 서반아어, 포도아어葡萄牙語와 및 영어의 노르만적 요소―가 파생하였다는 것은 흥미 있는 동시에 기억하야 둘 만한 사실이다.
　그런데 이와 같이 한 어족을 지칭하는 로만이란 말이 언제부터인지 그 언어로 쓰워진 작물을 의미하게 되였다. (중략) 이리하야 로만에서 로만티크(낭만적)라는 형용사가 나오고 또 거기서 로만티시즘이라는 정신운동을 지칭하는 말이 나왔지만 오늘날 우리가 낭만적이라는 형용사에 의하야 의미하는 내용은 원래로부터 로만이라는 말 가운데 있었던 것은 아니다. 다만 로만어로 쓰워진 작물을 즉 로만의 제재나 수법에 공통되는 요소에서 추출된 개념이다. 이리하야 문학사적 용어로서의 로만(혹은 로만스)은 중세기의 기사 생활을 취급하는 설화 전체를 포함하게 된다. 그리고 기사 생활이란 봉건 군주에 대한 충성과 무사 수업적인 탐험과 귀부인에 대한 게란트리―(=gallantry, 인용자)가 중심이었으므로 자연 로만스는 그 제재에 있어 모험과 연애에 점령되어 있었다. 그리고 그 작법에 있어서의 나전 고전문학에 본받은 점도 있지만 재료가 재료이니만큼 독

특한 양식을 발명하였다.(『인문평론』, 1940. 8, 15~16쪽)

그런데 이러한 로맨스를 바라보는 최재서의 시선은 그리 곱지 못하다. 서사시를 개인과 사회가 완전히 통합된 상태를 보여주는 이상적인 서사 양식으로 간주했던 것과 달리 로맨스는 "성격 탐구의 포기와 그에 짝하는 문학 정신의 말할 수 없는 저하"(위의 글, 17쪽)로 특징지어진다.

그는 로맨스가 아무런 구속도 받지 않는 양식이라고 한다. 고전 극작가들, 시인들을 속박하던 시간과 장소와 플롯의 3일치나 개연성의 원리 같은 것을 벗어던진 자리를 차지하고 들어선 것은 아무 것에도 견제 받지 않는 상상력이다. "상상이 명하는 대로 영감의 날개를 타고 개작 분리 결합 재편성을 마음대로"(위의 글, 같은 쪽) 하는 로맨스는 인간의 상상적 욕구를 무한히 채워주기는 하였으나 그 공상성과 비현실성으로 말미암아 한갓 통속문학에 떨어지고 말았다. 로맨스에서 고대 서사시의 인간 성격 탐구와 같은 심층적인 요소를 발견하기란 무망하다는 것이다.

최재서에 따르면 '소설'은 그러한 로맨스로부터 파생했다. 그것은 여성이 새로운 독자로 대두하고 인쇄술이 발달하면서 성립된 서사 양식이다. 최재서는 한편으로는 '소설'을 그러한 여성적 문학의 계보학 속에서 발견한다. 다른 한편으로, 그는 발자크, 스탕달, 디킨스, 도스토예프스키, 톨스토이 등으로 이어지는 계보에 유의한다. 즉 그가 말하는 '소설'에는 두 개의 기원이 있을 수 있다. 그 하나가 불란서적이라면 다른 하나는 이태리적이다. 후자의 계통은 압축성과 리얼리즘과 직접적인 인생 반영이 그 특징이다. 그리하여 '소설'은 한편으로는 여성적 계보를 따라 낭만적인 데 귀착될 수도 있으나 그 본질에 있어서는 현실적이다.

그는 한 견해를 빌려 '소설'이 현실의 관찰에 주목적을 두는데 반해 로망스는 비현실적인 상태의 상상이 주목적이라고 한다. 그리고 이러한 의미에서 반여성적, 반낭만적, 풍자문학으로서의 '소설적' 전통은 16세기의 라블레, 17세기의 세르반테스에 와서 절정을 이루었다고 한다. 두 사람의 문학은 과거의 로망스에 대한 패러디인 동시에 홍소를 시행한 것이었고, 이것은 '소설'의 부정 정신을 보여주는 것이다. 이런 관점에서 그는 '소설'을 가리켜 흔히 헤겔이 말한 부르조아 사회의 서사시라 함은, 이 부정의 정신이 고대 서사시에서와 마찬가지로 인물의 살아 있는 성격에서 가장 잘 드러나기 때문이라고 했다. 이 점에서 소설은 다시 로망스와 대비되는 특질을 갖는다.

> 성격 탐구의 이완은 로망스를 특징 짓듯이 성격 창조에 대한 강렬한 의욕은 소설을 서사시와 접근식힌다. 문학에 있어서의 성격의 역할은 작중 인물로 하여금 모든 인생 문제를 스스로 의논케 하고 스스로 해결케 하야 작품에다 산 인상을 주는 데 있다. 그러나 이러한 성격 묘사는 문학 제작에 있어서 가장 곤란한 일이다. 그래서 작가 측에 성격 탐구의 정신이 이완할 때 작중 인물은 유형화하고 만다. 그 가장 현저한 예는 다름 아닌 로망스다. 로망스에도 다수한 인물이 나오기는 나온다. 그러나 그들은 현실 사회와 직접으로 교섭을 가진 산 성격이 아니라 대개는 어떤 관념 어떤 습성 혹은 덕성 혹은 죄악을 대표하는 아레고리―였다. 그래서 그들은 작자의 주관에 포섭되어서 무대 우에 춤을 추는 인형이 되고 만다.(위의 글, 21쪽)

이와 같은 맥락에서 최재서는 그 시대의 조선 소설을 진단한다. 그에 따르면 그 시대는 작가 정신의 이완을 맛보고 있고 이 때문에 소설은 다시 로망스로 퇴행하려 한다. 그리하여 소설은 바야흐로 성격을 상실하는 반면에 "페이젠트pageant"나 "메로드라마melodrama"로 전락할 위기에 처해 있다. 그는 다음과 같이 쓰고 있다. "소설의 로만스화는 세계를 통터러 현대적인 병폐이지만 그 중에서도 페이젠트나 메로드라마로 전향할 지혜도 없이 다만 소극적인 어떤 기분만을 가지고 소설을 쓰랴는 이곳 형편은 실로 답답한 일이다. 이때야말로 서사시의 정신을 연구하고 체득할 일이 아닌가?"(위의 글, 23쪽)

이와 같은 최재서의 시각은 오늘날의 관점에서 보면 어떠한가? 이것은 어쩌면 최재서의 시대와 '장구한' 시간을 격하고 있는 오늘날에까지 끈질기게 이어지는 관점이 아니던가? 그러나 필자는 문제를 이렇게 소설의 현실 추구적 성격 쪽에서만 보는 것이 정답은 아닐 수도 있으리라고 생각한다.

그 하나의 반례는 소설의 운명을 개인과 사회의 합일 쪽에서, 즉 서사시-로망스-'소설'의 문학사 전개를 필연으로 놓고, 그 '소설' 이후를 예견하고 준비하고자 한 김남천의 「소설의 운명」에서 찾아볼 수 있다. 그는 헤겔의 논리에 더 본격적으로 기대어, 고대 사회의 시적 성격과 근대 시민사회의 산문성을 대비시킨다.

서사시의 형성은 인류 발전의 「유년시대」인 영웅들의 시대, 다시 말하면 영웅적인 개인이, 그가 소속되어 있는 도덕적 전체와 본질적인 일치에 있어서 자기를 의식할 수 있던 원시적 계단에서만 가능하였다. 그러나 시민사회에 와서 개인과 사회와의 이같은 원시적인 직접 관계는 양기되었다. 개인은 개인적인 힘으로 자기 개인을 위하여 행동하고, 그가 소속되어 있는 「본질적인 전체」와는 관계없이 자기 개인의 행동만의 책임을 지게 된 것이다. 이러한 상태를 그(=헤겔, 인용자)는 무조건으로 진보라고 말하였으나, 그가 이것을 시민문명의 산문성이라 표현하고, 시성은 이곳에 번영할 객관적 기초를 잃어버렸다고 말한 것은 명심할 만하다.(『인문평론』, 1940. 11, 8쪽)

이것은 잘 알려진 헤겔의 논리를 요약한 것이지만, 이러한 논리의 약점은 '소설'의 미래태를 시민문명의 산문성, 즉 개인주의의 청산이라는 역사-사회학적 관점에서의 해결에 의존하지 않을 수 없다는 것이다. 다시 말해 '소설'이 이 산문성을 극복하고 새로운 서사양식으로 거듭나기 위해서는 부르주아적 개인주의 자체를 청산하는 것이 필요하다.

그러나 김남천의 시대에 그것은 아직 가능하지 않아 보였고, 또 내심 그가 기대하고 있으면서 소망을 버리지 않았다 하더라도 소비에트 사회주의라는 현실적 대안을 주창하는 것은 당시 조건에서 불가능했다. 그렇다면 현실의 부르조아적인 물적 토대를 바꿀 수 없는 시점에서라도 가능한 '소설'의 현상 타개 방법은 없는가? 김남천이 내리는 해답은 역시 리얼리즘의 길이다.

우리에게 가당한 그리고 가능한 일은 개인주의가 남겨 놓은 모든 부패한 잔재를 청산하는 일이 아닐 수 없다. 왜곡된 인간성과 인간의식의 청소, ―이것을 통하여서만 종차로 우리는 완미한 인간성을 창조할 새로운 양식의 문학을 가질 수 있을 것이다. 그러나 피안에 대한 뚜렷한 구상을 가지고 있지 못한 우리가 무엇으로써 이것을 행할 수 있을 것인가. 작자의 사상이나 주관 여하에 불구하고 나타날 수 있는 단 하나의 길, 리얼리즘을 배우는데 의하여서만 그것은 가능하리라고 나는 대답한다.(위의 글, 14쪽)

그러나 이 리얼리즘의 길은 이제는 잘 알려져 있듯이 오른쪽으로는 파시즘 문학으로, 왼쪽으로는 사회주의 리얼리즘으로 향해 있다. 그러나 왼쪽이라 해도 말이 그러할 뿐 본질은 오른쪽의 그것과 같다. 이 두 경우에 리얼리즘은 오히려 환상이 되고 성격은 오히려 전형, 유형이 되며, '소설'은 미래가 아니라 예술로서의 파탄이 있었을 뿐이다.

3. 오스카 와일드 또는 노드롭 프라이, '소설'과 로망스의 접합을 위하여

서양에서 소설이 어떤 문학사적 지위를 가지고 있는가에 대해서는 다소의 이견이 있을 수 있다. 서사시─로망스─'소설'이라는, 서사양식의 선조적인 교체라는 관념부터 우리는 다소 수정해 볼 필요가 있다.

물론 루카치는 '소설Roman'의 기원을 부르조아 사회의 출현과 같은 것으로 보았다. 그는 헤겔의 『미학강의』를 따라서 소설을 부르조아 시대의 서사시로 명명했고, 산문적인 시대에 잃어버린 시적 총체성을 찾아나가는 영혼의 모험으로 간주했다.(반성완, 「루카치와 바흐친 소설 이론의 공통점과 차이점─시간 개념을 중심으로」, 『외국문학』, 1990, 30~31쪽) 그러나 브루노 힐레브란트에 따르면 대략 후기 헬레니즘에 해당하는 시점에서 우리가 오늘날 '소설'이라 부르는 새로운 장르가 나타났다.(브루노 힐레브란트, 『소설의 이론』, 박병화─원당희 옮김, 현대소설사, 1993, 19쪽) 이는 근대와 소설을 단단히 결부짓는 루카치의 이해방식과는 거리가 있는 것이며, 이 점에서는 바흐친도 루카치와는 다소 달랐다. 이 서사양식을 가리키는 말은 앞에서 살펴보았듯이 그 후대에 라틴어 학자들에 의해서 경멸적으로 만들어졌으나, 이미 그때 '소설'이라 부를 만한 것이 나타났으며, '소설'의 본질이라 부를 만한 내용이 거기에 벌써 구비되어 있었다. 힐레브란트는 '소설'이란 언제나 환경과 대결하는 개체의 불안정과, 사유와 행위의 불일치된 긴장과, 이상과 현실의 동요를 다루어 왔다고 한다. '소설'의 역사는 종착지에 도달하지 못했다고 느끼는, 그래서 늘 새로운 목적지를 향한 여행 도중에 있는 인간의 역사였다.(위의 책, 30쪽)

서사시-로망스-'소설'이라는 도식을 심문하는 또 다른 견해는 로망스와 '소설'을 역사적으로 교체하는 것으로 보지 않고 서로 다른 가치를 추구하는 공존적 양식으로 보는 것으로도 나타난다.

질리언 비어Gillian Beer는 모든 픽션에는 두 가지 기본적인 충동이 있다고 한다. 일상생활을 모방하려는 충동과 그것을 초월하려는 충동이다.(『로망스』, 문탁상 옮김, 서울대출판부, 1980, 14쪽) 이는 마치 캐스린 흄이 환상과 미메시스를 문학의 기본적인 두 충동으로 설정한 것과 같다.(『환상과 미메시스』, 한창엽 옮김, 푸른나무, 2000) 이러한 관점에서 로망스는 현실 또는 생활을 초월하려는 충동을 담당하며, '소설'은 현실을 모방하고 해석하려는 충동을 떠맡는다. 로망스와 '소설'은 시간적으로 교체되는 양식이 아니라 한 시대에 함께 존재하며 각기 인간 삶의 다른 영역 또는 지향을 보여준다. 두 양식은 이제는 '동등하게' 평가될 수도 있다.

따라서 여러 작가들이 로망스의 창조적인 힘에 주목해 온 것은 이상한 일이라 할 수 없다. 헨리 제임스는 로망스가 "해방된 경험, 자유롭게 되고 방해물이 제거된 경험, 보통 그것에 수반되고 있다고 알고 있는, 다시 말하면 그것을 방해하는 여러 조건을 벗어난 경험"(『로망스』, 문탁상 옮김, 서울대출판부, 1980, 21쪽)을 제공한다고 했다. 또한 호손은 '소설'이 탐사할 수 있게 해주는 영역과는 다른 영역을 탐사하는데 이 로망스 형식을 채택했다. 그는 이렇게 썼다. "한 작가가 자기의 작품을 로망스라 부를 때는, 소설을 쓰고 있다고 공언할 경우에는 허용될 수 없을 듯한 어떤 종류의 자유를 그 형식과 제재에 요구하고 있는 것은 말할 필요도 없다. 소설은, 다만 인간의 경험에 일어날 수 있는 것뿐만 아니라, 있음직한 것, 일상적인 것을 매우 상세하고도 충실하게 묘사하는 것을 목표로 하고 있는 것으로 생각된다."(『로망스』, 문탁상 옮김, 서울대출판부, 1980, 95~96쪽) 호손이나 멜빌, 포우 같은 미국 작가들은 현실도피, 환상, 감상주의 같은 로망스의 부정적 이미지의 한계를 넘어서 그 새로운 가능성을 추구한 작가들이었다. 호손에게 있어 로망스는 『주홍글씨』 같은 작품에서 보듯이 삶의 은밀한 진행과정이나 그 표면 밑에 숨어 있는 암흑을 탐구하는 수단이었다.

오스카 와일드 역시 로망스의 힘에 주목한 작가였다. 필자가 즐겨 참조하는 그의 「거짓말의 쇠퇴The Decay of Lying」(1889)는 인생은 예술이 그것을 모방하는 것보다 훨씬 더 예술을 모방한다고 말하고 있는, 그럼으로써 아리스토텔레스 이래 지속되어 온 모방론, 반영론에 대한 가장 효과적인 반박을 수행하는 글이다. 그런데 이 모방론, 반영론에 의해서 떠받쳐지고 있는 것이 바로 리얼리즘 문학이었던 바, 이 글에서 오스카 와일드는 에밀 졸라나 위스망스, 공꾸르 형제 등에 의해 전개되어 가던, 리얼리즘의 변종이라 할 자연주의를 향해 예리한 비판을 가한다.

그는 '거짓말의 쇠퇴'가 하나의 시대적 추세가 되고 있다고 하는데 이 거짓말이란 곧 상상하여 꾸며내는 말로서의 문학을 의미한다. 그가 보기에 자신의 시대는 상상력의 권능이 의문시되고 있고 아울러 사실을 탐사해야 한다는 도덕률이 작가들의 의식을 지배하고 있다. 이 리얼리즘에 대한 비판은 다음의 문장, 즉 "사실들은 역사에서 확고한 기반을 얻었을 뿐만 아니라 '공상'의 영역을 찬탈하고 있고, '로망스'의 왕국을 찬탈했다. 그것들의 싸늘한 손길은 모든 것에 걸쳐 있다. 그것들은 인류를 비속화하고 있다."라는 곳에 압축적으로 표현되어 있다.

그는 이 비판적 시선의 메스를 당시의 영국과 프랑스 작가들을 향해 거침없이 들이댄다. 그에 따르면 영국에서는 로버트 스티븐슨이나 헨리 제임스조차 쓸 데 없는 '소설'의 형식적 요구에 굴복하고 있으며, 프랑스에서는 기 드 모파상이나 에밀 졸라 같은 작가들이 사실을 위해 예술을 굴종시키는 역할을 떠맡고 있다. 그는 에밀 졸라를 다음과 같이 비판한다.

에밀 졸라 씨는 '천재적 인간에게는 기지가 필요하지 않다'는 문학에 대한 선언문 중에 나오는 고상한 한 개의 원칙을 충실하게 지키면서, 만일 그에게 천재적 재능이 없다면 적어도 우둔할 수는 있다는 것을 보여주려고 결심하고 있다. 그래서 그의 성공은 얼마나 대단한가! 그에게 능력이 없는 것은 아니다. 사실상 『제르미날』에서처럼 그의 작품에는 이따금 상당히 서사시적인 요소가 있다. 그러나 그의 작품은 처음부터 끝까지 그릇된 것이다. 도덕적인 이유에서가 아니라 예술적인 이유에서 그릇된 것이다. 윤리적인 관점에서 볼 때 그의 작품은 당연한 면이 있다. 저자는 더없이 진실해서 사건들을 그게 발생한 대로 정확하게 묘사한다. 도덕주의자는 더 이상 무엇을 바랄 수 있겠는가? 졸라 씨에 대한 우리 시대의 도덕군자의 분노를 전혀 동정할 수 없다. 그것은 단지 자기가 폭로된 데 대한 따르뛰프(위선자라는 뜻, 본래는 몰리에르 희곡의 주인공–인용자)

의 분노일 뿐이다. 그러나 예술적 관점에서 볼 때 우리는 『선술집』, 『나나』, 『잡탕』의 저자에게 이로운 무슨 말을 할 수 있겠는가? 아무 것도 없다.(이보영 편, 『오스카 와일드 예술 평론』, 예림기획, 2001, 19~20쪽)

그런데, 그는 리얼리즘 계보의 원조라 할 수 있는 발자크를 향해서는 졸라에서와는 사뭇 다른 평가를 내리고 있어 흥미롭다.

발자크로 말하자면, 그에게는 예술적 기질과 과학정신이 가장 놀랍게 결합되어 있네. 그는 후자를 그의 제자들에게 주었지만, 전자는 온통 그 자신의 것일세. 졸라 씨의 『선술집』과 발자크 씨의 『환멸』의 차이는 상상력이 없는 리얼리즘과 상상적인 현실의 차이일세. '모든 발자크적인 인물들은' 하고 보들레르는 말했네. '그 자신에게 활기를 준 것과 똑같은 인생의 정열이 부여되고 있다. 모든 그의 소설은 꿈처럼 짙은 색채를 가지고 있다. [인물들의] 정신은 각자 총구까지 의지가 쟁여진 무기이다. 다름 아닌 부엌일하는 사람들에게도 천재적 재능이 있다.' 발자크 소설의 착실한 연속은 우리의 살아 있는 친구들을 그림자 같은 존재로 만들고 우리의 지기들을 그늘 속의 그림자로 만든다네. 그의 인물들에게는 일종의 강렬한 불같은 색채의 생활이 있네. 그들은 우리를 지배하고 회의주의에 도전하네. (중략) 그러나 발자크는 홀바인(어느 화가 이름-인용자)이 그렇듯이 리얼리스트가 아닐세. 그는 인생을 창조한 것이지 그것을 모사하지 않았네.(위의 책, 24쪽)

후대인들에 의해서 틀림없는 리얼리즘 작가로 이해된 발자크를 가리켜 리얼리즘 작가가 아니라고 한 오스카 와일드의 수사학은 그의 논리 전개가 늘 그러하듯이 사람들의 속된 상식의 표면 아래 잠재해 있는 더 깊은 진실을 느닷없이 끌어내는 역할을 한다. 말하자면 발자크는 많은 이들이 흔히 생각하듯 사실을 문학에 '그대로' 옮겨 놓을 수 있는 재주가 있었기 때문이 아니라, 그들에게 인생이 무엇인지 제시할 수 있는 능력이 있었기 때문에, 그래서 그들로 하여금 그가 창조한 인물들을 따라서(즉, 모방하여) 살도록 만들었기 때문에, 바로 위대한 작가로 남을 수 있었던 것이다.

이러한 오스카 와일드의 시각은 리얼리즘 작가로서의 발자크에 대한 시각을 교정하게 하는 면이 있다. 이른바 '리얼리즘의 승리'라는 발자크에 관한 잘 알려진 정식은 여기서 다시 한 번 재음미되어야 한다. '리얼리즘의 승리'는 말한다. 발자크는 비록 정치적으로는 반동적인 왕당파였으나, 사실, 진실을 추구하려는 리얼리스트로서의 덕목 덕분에 당대 현실을 날카롭게 드러내는 소설을 쓸 수 있었다고. 그러나 오스카 와일드에 의하면 그는 비록 '소설'이라는 잘 알려진 형식의 요구에 따르느라 많은 것을 희생당하기는 했으나 본질적으로는 상상적인 인간을 제시할 수 있는 창조력을 갖춘 존재였다.

오스카 와일드의 『도리안 그레이의 초상』(1891)은 이와 같은 리얼리즘 비판의 맥락에서, 그리고 로망스적인 상상력의 힘의 맥락에서 읽을 수 있는 작품일 것이다. 이 작품은 알려진 세계의 묘사와 해석에 몰두하는 '소설'의 일반적인 문법을 따르지 않고, 이 현실을 초월한 미와 추의 세계, 인간의 본질적인 정염의 문제를 다룬다. 자신을 그린 초상화에 그 자신의 노쇠와 추함이 떠넘겨지고 그 자신은 젊고 아름다운 용모를 가지고 살아가지만 끝내 초상화를 칼로 찔러 보기 흉한 늙은이의 모습으로 죽고 만다는 이야기 줄거리는 '소설적'이지 않다. 그것은 어떤 마법적인 힘을 상기시킨다는 점에서, 중세적인 모험의 판타지에 지속적으로 나타나는 로망스의 환상성을 재현한 것이다.

한편, 이와 같은 논의들의 맥락 위에 서서, 노드롭 프라이는 '소설'과 로망스의 각기 다른 기능을 요령껏 함축적으로 제시한 문학이론가였다.

소설과 로망스 사이의 본질적인 차이는 성격 묘사의 구상에 있는 것이 아니다. 로망스 작가는 「실제의 인간」을 창조하려는 것보다는 오히려 양식화된 인물, 인간 심리의 원형을 나타내는 데까지 확대되는 인물을 창조하려고 한다. 로망스에서 우리는 융이 말하는 리비도libido, 아니마anima, 그림자shadow 등이 각각 주인공, 여주인공, 악역 등에 반영되고 있음을 본다. 로망스가 아주 자주 소설에서 볼 수 없는 주관의 강렬한 빛을 방출하고, 또 로망스의 주변에는 우유(寓喩, allegory)의 암시가 계속 잠입하고 있는 것은 이 때문이다. 인간 성격 가운데 어떤 요소가 로망스에 방출되므로, 로망스는 본래 소설보다도 더 혁명적인 형식으로 되고 있다. 소설가는 인격personality을 취급한다. 이 경우의 등장인물들은 페르소나persona, 즉 사회적 가면을 쓰고 있다. 소설가는 안정된 사회의 틀을 필요로 하며, 그러므로 훌륭한 소설가의 대부분은 지나치게 소심하다고 말해도 좋을 만큼 인습을 존중해 왔다. 로망스 작가는 개성individuality을 취급한다. 이 경우의 등장인물들은 진공 속에in vacuo 존재하며, 몽상에 의해서 이상화된다. 또 로망스 작가는 아무리 보수적이라 할지라도, 그의 글에서는 무언가 허무적인 것 또는 야성적인 것이 계속 나올 가능성이 있는 것이다.(노드롭 프라이, 『비평의 해부』, 임철규 옮김, 한길사, 1982, 432쪽)

이러한 견해는 차라리 로망스 옹호론에 가까운 것이라고 할 수 있으며, 실제로 프라이는 자신의 논의 속에서 소설에 비해 오래된 형식이라는 이유 때문에 유치한 형식, 미숙하고 발전이 없는 형식으로 오해 내지 착각되고 있는 로맨스의 현존적 가치를 드러내고자 했다. 뿐만 아니라 '소설'은 어떤 형태로든 로맨스와 결부되지 않을 수 없는 양식이다.

현대의 로맨스에서 소설로서 이해될 수 없는 것은 거의 존재하지 않으며, 또 그 역도 성립한다. 산문 픽션의 여러 형식은, 인간으로 말하면 인종적 특징처럼 혼합되어 있는 것이지 성별sex처럼 분리될 수 있는 것은 아니다. 사실 일반 사람들이 요구하는 픽션은 늘 혼합된 형식, 즉 로맨스적인 소설이다. 말하자면 독자가 자기의 리비도를 주인공에게, 아니마를 여주인공에게 투영할 수 있을 정도로 로맨스적이고, 이 투영을 일상의 낯익은 세계에 머무르게 할 수 있을 정도로 소설적인 작품인 것이다.(위의 책, 432~433쪽)

이처럼 프라이가 보기에 현대 독자들이 요구하는 '소설'은 '소설' 그 자체가 아니라 로맨스적인 소설일 것이라고 한다. 또한 그는 많은 현대소설 속에서 로맨스를 실제로 발견한다.

질리언 비어가 『지킬박사와 하이드』나 『프랑켄슈타인』 같은 고딕풍 '소설'들을 로맨스로 간주하는데 신중을 기하면서 유예했던 것과 다르게, 프라이는 에밀리 브론테의 『폭풍의 언덕』을 '소설'이라기보다는 차라리 로맨스로 부르기를 주저하지 않을 만큼, 현대'소설' 속에 떠도는 로맨스의 실체적인 힘을 신뢰하는 쪽을 향하고 있다. 물론 질리언 비어도 현대'소설'이 로맨스를 효과적으로 내재하게 되었다고 인정하기는 한다. 예를 들어, 제임스 조이스의 『율리시즈』는 심리적 사실주의와 로맨스 형식이 의식적으로 결합된 좋은 사례가 된다.

이제 지금까지의 이야기를 하나로 모아볼 때가 되었다. 필자는 여기서 서사시-로망스-'소설'이라는 거시적이면서도 선조적인 서사양식사의 상식을 부분적으로나마 해체해보고자 하였다. 서양에서 로망스는 '소설'보다 먼저 생겨나 지금 이미 죽어 있거나 죽어가는 장르인 것은 아니라는 것, 이른바 '소설'이라는 것도 굳이 로망스 이후에 태어난 부르조아의 서사시인 것만은 아니라는 것을 이야기하면서, 오히려 현대에 있어 독자들이 요망하고 있는 소설은 어쩌면 로망스적인 '소설'이거나 '소설적'인 로망스일지도 모른다는 프라이의 견해를 끝으로 제시했다. 그리고 여기서 줄곧 이야기해 온 것은 한자어 기원을 갖는 소설이 아니라 서양의 '소설', 즉 Roman 또는 Novel에 관한 것이었다.

이와 같은 이야기의 요점은 다음과 같은 것이다.

'소설'은 물론 헤겔이나 루카치의 논리처럼 부르조아의 서사시로서 이 근대 시민사회와 명운을 같이하는 것일 수도 있고, 또 누군가가 말했듯이 내면성이 더 이상 중시되지 않는 외면적 미학의 시대에는 이 내면성의 논리에 기반을 둔 본격적 장편소설이란 불가능한 것일 수도 있다. 그러나 '소설'은 문학사적으로 그것을 담당하는 이들의 창조적 사유와 시각에 의해 그 내용과 형식이 연속적으로 개신되어 왔다는 점을 잊을 수 없다. 영국 빅토리아조 시대의 작가들은 진화론이라는 세기적인 사고방식의 전환 속에서 '소설'을 새로운 스타일로 탈바꿈해 갔고, 이러한 '자연주의적' 경향에 대한 반발은 리얼리즘 대신에 이미 실효성을 다한 것처럼 경멸시되던 로망스의 양식적 가능성을 환기하도록 했다.

그러면 오늘의 한국 소설은 지금 무엇을 해야 하나?

지금껏 필자는 서양 '소설'에 대해서 말했지만 한국 소설에 대해서도 똑같은 접근법이 가능하다고 본다. 먼저 사유와 시각을 일신하라.

그리고 그 새로운 눈으로 새로운 스타일을 창조하라. 필자는 가끔 한국의 작가들이 아주 열심히 외국 작가들을 사사하고는 있으나 그 자신의 사유 능력과 상상력을 근본적인 차원에서 바꾸어가지는 못하는 게 아닌가 하고 생각할 때가 있다. 또한 그들에게는 일반적으로 통용되는 소설이라는 개념 또는 관념이 있어서 그것이 늘 그들을 어떤 경계 안에 머무르도록 하는 것은 아닐까 하는 생각도 해본다.

무엇보다 끈질긴 것은 내면화된 리얼리즘적 시각의 견인력이다. 표면상 리얼리즘과는 아무런 연락 관계도 맺고 있지 않은 것 같은 작가들까지도 사실은 놀라울 정도로 리얼리스트들인 까닭에 한국문학은 언제나 알려진 세계를 아직 잘 알려지지 않은 사물을 대하듯 열심히 묘사하고 해석해 가는 경향이 있다. 소설은 그것이 오락일 때조차도 하나의 진지한 탐구일 수 있다. 작가들은 저마다 이 세계와 인생을 '완전히' 다르게 압축하는 능력을 가진 진정한 전위가 되어야 한다. 이것이 한국 소설을 다른 차원 위에 올려놓을 수 있다. 한국 소설의 다음 계단은 그 작가에 의해 새롭게 만들어져야 한다.

'소설적인' 것과 로망스적인 것의 접합은 그 하나의 방안이 될 수 있을 것이다. 로망스가 소설에 일종의 변혁을 가져다 줄 수도 있기 때문이다. 한국문학에 이 문제는 한국소설의 기원과 형성, 그리고 근대적 전환이라는 문제까지 고려하면서 깊이 검토될 필요가 있다.

이때 로망스에 '해당하는' 것으로 우리는 전기소설 같은 것을 생각할 수 있다. 여기에 서구의 로망스에서 볼 수 있는 환상성이 뚜렷한데, 한국 소설은 그 잠재력을 다 퍼 올렸다고 할 수 없다. 한국소설은 지금 안과 밖의 원천들을 재검토하면서 또 그 현재태를 살피면서 미래로의 지향을 엿볼 때가 되었다. 이것은 이미 너무 오래 지연되어 온 과제이며, 이것은 곧 한국문학의 '고질적' 정론성을 더 풍부한

다채로움으로 개편하는 문제와도 관련이 있다. 이런 의미에서 누군가 말했듯이 비평적 탐구가 없이는 새로운 창조도 불가능하다. 위대한 창작은 비평의 산물이다.

한국에서의 소설, 현대소설,
그리고 현대로의 이행

1. 한국에서의 소설 전통

소설이라는 말은 아주 유구한 역사를 가지고 있다. 한자어인 이 말은 아주 오래 전에 중국에서부터 쓰기 시작했으며, 이것이 한국과 일본, 베트남 등 동아시아 한자문화권에 전파되었다.

그 결과, 이들 나라에서는 소설이라는 말이 특정한 서사 양식에 속하는 작품들을 가리키는 말로서 일상적으로 통용되었다. 전기소설로 분류되는 중국의 『전등신화』, 한국의 『금오신화』, 베트남의 『전기만록』의 존재는 이를 잘 보여주는 대표적인 사례다.(박희병, 「한국, 중국, 베트남 전기소설의 미적 특질 연구-『금오신화』, 『전등신화』, 『전기만록』을 대상으로」, 『대동문화연구』 36, 2000)

이 전기소설 양식은 소설이라는 것이 한자문화권인 동아시아 공동의 유산임을 보여준다. 전기소설 말고도 동아시아 각국에 공히 나타나는 장회체 한문소설 같은 유형이 보여주듯이, 서양에서와 마찬가지로 동아시아에서도 중세는 공동의 문어를 바탕으로 공통적인 문화적 가치를 공유하려 한, 공동문어 문학의 시대였다.(조동일, 「한국문학사의 시대 구분과 세계문학사」, 『한국문학과 세계문학』, 지식산업사, 1991, 76~95쪽) 이 시대에 동아시아에서 한문의 위상은 유럽에서의 라틴어와 유사한 것이었다. 한문은 그것을 쓰는 사람들로 하여금 공동의 문화적 인식을 가질 수 있게 해주었다.

소설은 그러한 동아시아 공동의 문화적 행위 가운데 하나였다. 동아시아에 있어 소설이라는 말이 지닌 보편성은 전통tradition에 대한 엘리어트의 견해를 상기시킨다. 이어령에 따르면 엘리어트는 전통을 각각의 나라의 지방적인 문학에서 찾지 않고 서양 문화를 꿰뚫는 고전적인 교양에서 찾았다. 그런 엘리어트에게 있어 전통이란 지방성을 탈각시키려는 노력, 영국의 중요한 현대 비평가인 매슈 아놀드가 말한 지적 연맹의 실현을 의미했다.(이어령, 「토인과 생맥주」, 『연합신문』, 1958. 1. 12) 즉 문화란 지방적인 것, 국지적인 것을 바로잡아 보편적인 데에 이르는 것이라고 했던 엘리어트의 말을 상기시킨다.

소설이라는 말이 생겨난 고대 중국에서 이 말은 '보잘 것 없는 말' 또는 '하찮은 담론'이라는 뜻을 가지고 있었다. 이 보잘 것 없음과 하찮음은, 두 가지 의미에서 그러했다. 먼저, 철학적 의미에서 그것은 파괴적이거나 교훈적인 힘을 가지고 있기는 하지만, 이단적인 원리나 상이한 의견을 담고 있는 하위의 저작물을 의미했다. 소설가는 유가나 도가와 같은 반열에 들어갈 수 없는 하등의 철학적 담론을 의미했다. 다음으로 역사 기술의 측면에서 소설은 사소하고, 믿을 만하지 못하고, 비천한 기술을 의미했다. 그것은 격조 높은 기술에는 어울리지 않는, 소문과 여론, 신빙성 없는 사실, 꾸며낸 이야기, 백성들에 관한 일 등을 포함하고 있는 역사 기술이었다.(루사오평, 『역사에서 허구로—중국의 서사학』, 조미원—박계화—손수영 옮김, 길, 2001, 77쪽)

그러므로 소설이란 철학적으로 볼 때 중요성이 덜하고 역사적으로 볼 때 믿을 만하지 못한 것이었으나, 어느 경우에는 귀담아 들을 수도 있는 것들을 의미했다. 그것은 중요성을 부여받은 철학적 담론 양식이나 역사 기술 유형으로 분류할 수 없는 나머지 것들을 의미했지만, 어느 때는 이와 같은 '정전'들이 말하지 못하는 것들을 담고 있는 것으로 취급되기도 했다.

이런 의미에서 소설은 서구에서 말하는 픽션fiction과는 다른 의미를 지닌 것이었다. 소설이라는 말이 어원적으로 한담이나 일화 같은 것을 의미한다면, 픽션이란 저자에 의해서 만들어지고 창조된 것을 의미한다. 소설이 중요하지 않지만 실제로 일어났다고 생각되는 것들을 의미한다면 픽션이란 작가가 그의 마음속에서 꾸며낸 것을 의미한다.(위의 책, 80쪽, 특히 빅터 메어Victor Mair의 견해)

그럼에도 당나라 시대의 전기傳奇 문학의 융성, 송나라 시대의 소설학의 발전을 거쳐, 명청 시대에 이르면 허구적인 서사물이 비역사적인 창조물로서 그 나름의 방식대로 이해되어야 한다는 사실을 분명하게 인식하게 되며, 이로부터 사실성과 다른 핍진성에 대한 요구가 나타났다.(위의 책, 154~237쪽)

한편으로, 이러한 소설이 동아시아 각국에서 똑같은 의미를 가지고 있었던 것은 아니다. 중국과 한국, 일본에서 소설이라는 말이 어떻게 쓰여 왔는가를 살펴보면 이 사실이 분명해진다. 중국의 문언문학에서 소설은 앞에서 살펴본 것처럼 다양한 이야기나 잡담거리의 기록을 총칭하는 뜻을 가졌다가, 백화문학에 오면, 역사성이 없는 단편 이야기를 뜻하는 좁은 뜻으로 쓰이기도 하고, 산문의 범위를 넘어서는 온갖 이야기를 지칭하기도 했다. 이런 의미에서의 소설은 오늘날의 소설의 한 하위 갈래를 가리키는 말이 되기도 하고, 서사적인 것 모두를 두루 일컫는 말이 되기도 한다.(조동일, 『한국문학과 세계문학』, 지식산업사, 1991, 317쪽)

한국에서 소설은 처음에는 중국에서와 마찬가지로 대단치 않은 수작을 의미하는 뜻으로 통용되었다. 그런 넓은 뜻에서, '잡기雜記', '잡록雜錄', '만록漫錄', '쇄록瑣錄', '기사記事', '기이記異', '일기日記', '야언野言', '쇄언瑣言', '척언瓗言', '총화叢話', '한화閑話', '냉화冷話', '시화詩話', '신화新話', '촌담村談', '극담劇談'과 같은 다양한 말이 모두 소설에 귀속되는 것으로 여겨졌다. 골계소설(이세좌), 패관소설(김춘택) 등의 용어가 나타나고, 한문소설과 국문소설을 구별해서 지칭하는 말이 나타나기도 하면서(소설고담, 이양오), 나중에는 소설이라는 말 속에 이 양자가 모두 포섭되었다. 홍희복(洪羲福, 1794~1859)에 이르러 소설은, 전하는 일을 거두어 적은 기록이라는 처음의 뜻에서 벗어나 거짓 일을 핍진하게 써서 사람들로 하여금 믿고 즐길 수 있도록 한 것이라는 뜻을 갖기에 이르렀다.(위의 책, 319~326쪽)

일본에서는 소설이라는 말이 18세기에 들어서서야 사용되었다. 또 소설은 그 시대의 해당 작품을 두루 지칭하는 용어가 되지 못했다. 체제나 내용에 따라 각각의 작품들이 오토기조시御伽草子, 가나조시假名草子, 요미혼讀本, 샤레본洒落本, 곳케이본滑稽本, 닌죠본人情本, 구사조시草雙紙 등 다양한 용어로 불리었을 뿐이고, 소설은 요미혼의 일부를 지칭하는 말에 국한되어 사용되었다. 또한 소설은 일본식 구두점을 붙여 간행한 중국의 백화 단편소설을 지칭하는 용어로 사용되기도 했다.

19세기 말에 이르러 쓰보우치 쇼요(坪內逍遙, 1859~1935)는 자신

의 소설이론서인 『소설신수小說神髓』(1988)에서, 일본 재래의 이야기, 즉 물어류物語類, 패사물어稗史物語, 소설패사小說稗史 등과 구별되는 새로운 문학을 소설이라 규정하고, 소설이라는 말은 서양의 노블 novel을 번역한 말로 써야 한다면서, 한자어인 小說을 노베루(ノベル)라고 훈독하여 읽기까지 했다.(위의 책, 326~331쪽) 이와 같이 소설이 노블novel의 번역어로 재규정됨으로써, 소설이라는 말은 이식된 서양소설을 가리키는 것으로 생각되는 경향이 생겨났다.(위의 책, 330~331쪽)

2. 노블, 소설, 그리고 근대

여기서 한 가지 의문이 발생한다. 한국의 현대소설이란 과연 서양의 현대적 서사 양식의 하나인 노블의 번역어로 이해되어야 하는가, 그렇지 않으면 전통적인 소설과의 연관성 속에서 이해되어야 하는가 하는 문제가 그것이다.

이와 관련해서 『조선소설사』(1933)를 쓴 김태준은, "정말 기미독립 전후로 문학혁명이 일기 전까지는 롱 씨가 정의한 노블은 한 권도 없었다. 그러나……예전 사람들이 의미하는 소설은 헤아릴 수 없이 많다."(김태준, 『증보 조선소설사』, 학예사, 1939, 13쪽)라고 하여, 노블과 다른 의미에서의 소설이 한국에서 오래 전부터 있어왔음을 주장한 바 있다. 여기서 말하는 롱 씨란 William J. Long(1867~1952)으로 추정된다. 이러한 주장과 관련하여 구한말에 한국에 체류하면서 한국의 문화 역사에 대해 풍부하고도 다양한 기록을 남긴 호머 헐버트의 다음과 같은 지적은 깊이 음미할 만한 가치가 있다.

만약 "노블"이라는 말이, 아주 세밀하게 발달한 허구적인 작품 a work of fiction과 최소한 몇 페이지 이상이 되는 것에 국한되는 용어라면, 한국은 많은 노블을 소유했다고 말할 수는 없을 것이다. 그러나, 허구적인 작품a work of fiction이라는 것이, 말하자면, 디킨즈의 「크리스마스 캐럴」이 노블이라고 불릴 수 있는 만큼의 근거를 가진 것이라면, 한국에는 수천 권의 노블이 있는 셈이다.(Homer B. Hulbert, The Passing of Korea, Seoul: by Yonsei University Press, 1969, 310쪽)

여기서 헐버트는 "허구적인 작품a work of fiction"과 "노블"을 구별해서 논의를 전개하고 있는데, 이는 서구의 노블과 한국의 소설이 같지 않음을, 만약 서구에서 한국의 소설과 유사한 작품을 찾는다면 그것은 찰스 디킨즈의 「크리스마스 캐럴」과 같은 것이 될 수 있음을 의식한 결과다. 이와 같은 관점에서 그는 『홍길동전』, 『창선감의록』, 『구운몽』, 『금산사몽유기』, 『숙부인전』, 『토생원전』 같은 한문소설들은 물론, 한글소설이 광범위하게 유행하는 현상을 실감나게 서술하고 있다. 그는 "한글소설들이 나라 안의 모든 서점들에서 판매되고 있고, 서울에서만도 한문소설과 순한글소설이 수백 권씩 구비되어 있는 세책방circulating library이 몇 개씩이나 있다."(위의 책, 311쪽)라고 서술했다.

헐버트가 이 저작 『The Passing of Korea(대한제국멸망사)』의 초판을 발간한 것은 1906년이다. 그가 처음 서울에 온 것은 1886년이었고 재차 한국을 방문한 것은 1893년이다. 그는 1901년경부터 『The Korea Review』의 편집을 주관하면서 한국에 관한 글을 발표했으므로, 한국의 소설에 관한 그의 관찰 역시 이 무렵에 이루어진 것이라 보아야 할 것이다.

이 시대에 한국에서는 한문과 한글로 씌어진 소설들이 식자층을 위시한 모든 계층의 사랑을 받고 있었다. 그리고 이 시대에 한국은 을사조약과 한일합병이 말해주듯 일본에 의한 식민지화 과정에 들어서고 있었다.

이러한 시대적 분위기 속에서 이인직은『만세보』에 1906년 7월 22일부터 10월 10일까지 50회에 걸쳐 신소설『혈의루』를 연재하였고, 이를 약간 고쳐 1907년 3월에 광학서포廣學書舖라는 곳에서 단행본으로 발간한다. 이것은 새로운 타이프의 소설이었고, 때문에 신소설이라는 새로운 명칭을 얻는다. 그리고 이를 흔히 한국 근대문학의 효시라고 간주하곤 한다. 그러나 이러한 평가는 보다 보충적이고 또 심층적인 논의를 필요로 한다.

다음과 같은 질문이 가능하다. 우선 근대the modern period란 무엇인가? 근대는 전근대와 어떻게 다른가? 이름하여 근대성modernity이란 무엇인가? 이 문제에 관한 마르크시즘의 답변은 근대를 자본주의 체제와 동일시하는 것이다. 마르크스는『자본주의적 생산에 선행하는 제형태』라는 저술에서 자본주의는 토지, 곧 자연으로부터 인간을 최종적으로 분리시킨 시대로 이해했다. 고대 노예제가 노예를 자연의 일부로 간주했고 중세 농노제가 농노를 자연에 부속된 존재로 보았다면, 자본주의에서 프롤레타리아는 자연으로부터 분리된 존재로서, 그 이전시대와는 달리 농업이 아니라 공업 생산의 담당자가 된다. 그러나 이 근대라는 말에 대해서는 더 본질적인 성찰이 필요할 수도 있다.

서양의 5세기에 교황 겔라시우스 1세는 예수의 시대와 비교하여 자신의 시대를 '지금', '지금의 시대'를 의미하는 라틴어 '모데르누스modernus라 표현했다. 그러나 이 말은 곧 고전시대와 근본적으로 구별되는 현재라는 의미로 사용되기도 했다.(황정아, 「새로움으로서의 근대성」, 『영미문학연구』26, 2014, 136쪽) 12세기에는 이른바 '신구논쟁'이라는 것이 시작되었는데, 이는 고전시대와 모던한 현재 사이의 우월성 문제에 관한 물음을 담고 있었다. 이러한 과정을 거쳐 모던한 시대, 즉 근대는 하나의 독자적인 시대로서의 위치를 부여받게 되었다. 근대는 그 이전 시대와는 근본적으로 구별되는 시대로서 그 전개는 아직 끝나지 않았다. 이른바 포스트모던(탈근대)이나 포스트모더니티라는 말이 성행하고 있지만 이것은 오지 않은 근대라는 시대가 아직도 진행 중이고 또 진행 중일 수밖에 없기 때문에 오지 않은 미래를 가리키는 상징적인 수사학적인 의미를 지닐 수밖에 없다.

그러면 이전 시대와 대비되는 근대의, 근대만의 독자적 특성은 무엇인가? 이를 마르크스는 "무한히 반복되는 새로움"에서 찾았다. "All that is solid melts into air"라는 『공산당 선언』의 한 문장이 그의 근대성 개념을 잘 보여준다. 이 문장은 나중에 마샬 버먼의 명저 『현대성의 경험 Experience of Modernity』(1982)의 부제이자 핵심적 키워드로 활용된다. 마르크스는 자본주의적 상품 생산의 원리를 이 정식에서 찾았으며, 이러한 원리 또는 경향에 기초한 근대 사회는 새로움이라는 사회적, 문화적, 미적 범주를 특권화 하는 특질을 지니게 된다. 그런데 이러한 의미에서의 근대성은 근대의 새로움에 대비되는 오래된 것, 낡은 것, 지속되는 것의 가치를 평가절하 하는 경향을 띨 수 있으며, 근대에까지 지속되면서 들어와 있는 이전 시대의 산물과 가치들의 존재를 간과하는 경향을 띨 수도 있다. 근대주의 또는 근대화주의의 폭력 또는 억압적 기제가 작동할 수 있다.

서양에서 역사 시대를 구분 지어온 전통적인 방법은 '고대-중세-근대'의 삼분법이었다고 할 수 있다. 예를 들어 『모더니티의 다섯 얼굴』의 저자인 칼리니스쿠는 다음과 같이 썼다. "서구 역사를 세 개의 시대 ―고대, 중세, 그리고 근대―로 구분하는 것은 르네상스 초기에 연원을 두고 있다는 사실이 설득력 있게 예증되어 왔다. 이 시대 구분 자체보다 더욱 흥미로운 것은 이 세 시대 각각에 대해 행해진 가치 판단들이다. 이는 바로 빛과 어둠, 낮과 밤, 깨어 있음과 잠들어 있음이라는 은유적 표현들로 이루어진 가치 판단들을 말한다. 고전적 고대는 찬연한 빛과 연결되었고, 중세는 야행성을 지니고 망각 상태에 있는 '암흑시대'로 비유되었다. 반면 근대는 밝게 빛나는 미래를 예고하는, 암흑으로부터 탈출한 시대, 즉 깨어남과 '부활renascene'의 시대로 생각되었다."(마타이 칼리니스쿠, 『모더니티의 다섯 얼굴』, 백한울 외 옮김, 1993, 30~31쪽)라고 쓰고 있다. 이러한 역사 구분법은 헤겔의 『정신현상학』(1806) 같은 저술에도 그대로 투영되어 있다. 그는 "개인들 속에 내재한 국가의 생동성Lebendigkeit"을 "인륜성Sittlichkeit"으로 명명했는데,(게오르크 빌헬름 프리드리히 헤겔, 『세계사의 철학』, 서정혁 옮김, 지만지, 2009, 106쪽) 그에 따르면 정신이 세계 속에서 스스로를 전개하는 바 진리 정신der wahrhafte Geist은 고대의 인륜성에서 빛을 발하며 중세의 종교와 근세의 계몽은 이러한 정신의 자기 소외 과정을 보여준다. 그는 중세의 종교를 차안과 피안으로 분열된 세계, 현실로부터의 도피로 이해했으며 근대를 그 회복 과정으로 간주했다. 또한 마르크스가 역사를 '원시공산제―고대 노예제―봉건제―자본주의―공산주의'의 다섯 단계로 파악한 것 역시 삼분법에 기초를 둔 것이라 생각된다.

국문학자 조동일은 이러한 서구적 삼분법을 세계사에 두루 적용할 수 있는 역사 발전 과정으로 전제하면서 고대문학과 구별되는 중세문학의 특질을 공동문어문명에 기초한 공동문어문학 규범의 성립에서 찾고자 했다. 그는 다음과 같이 썼다.

　공동문어는 중세에 생겨나고, 종교의 경전어로 정착되었다. 유교 및 북
방불교의 한문, 불교와 힌두교 세계의 산스크리트, 이슬람계의 고전아랍
어, 기독교의 라틴어가 가장 큰 규모의 공동문어이다. 그보다 작은 것들
은 더 많다.(조동일, 「한국문학사, 동아시아문학사, 세계문학사의 상관관계」, 『비
교문학』 19, 1994, 25쪽)

　그는 이러한 공동문어문명론의 맥락에서 중세 동아시아 한문문
학권의 중심부에 중국문학이, 중간부에는 한국문학이, 그리고 주변
부에는 일본문학이 자리 잡고 있다고 보았으며, 근대 이행기를 거
쳐 근대에 접어들면서 서구적 충격과 그 교섭에 따른 공동문어문학
의 해체가 주변부로부터 시작되기에 이른다고 주장했다. 그가 말하
는 문학의 근대는 각각의 민족이 자신의 민족어로 문학을 하는 시대
이며, 우리의 경우에는 한글문학이 주를 이루게 되는 시대를 가리킨
다. 그의 명저 『한국문학통사』의 제3, 4권은 근대로의 이행기의 문
학에 관한 서술을 담고 있다. 특히 4권은 "동학 창건에서 삼일운동
이전 1918년까지의 문학"을 다룬 것으로, "1860년을 계기로 안으
로 중세를 청산하고 밖으로 민족을 수호하는 과업이 다급하게 된 것
과 함께 근대 민족문학을 지향하는 움직임이 더욱 뚜렷해졌다"고 했
다.(조동일, 『한국문학통사 4 – 1860년 이후의 문학』, 지식산업사, 1989, 3쪽)
　이런 근대 이행기 설정은 독특한 것이지만 마르크시즘 정치경제
사를 연구하는 쪽에서 오랫동안 돕Dobb · 스위지Sweezy 논쟁 같은,
자본주의 이행 논쟁이 선행해 있었음을 생각할 수도 있다.
　조동일의 사유가 시사적인 것은 근대를 서구 중심적으로 보지 않

고 '다중적 근대'나 '대안적 근대'와 같은 개념을 가지고 사유할 수 있게 해준다는 것이다. 그럼으로써 한국의 근대문학을 서양 표준에 의해 일방적으로 재단되는 문학이 아닌, '문화의 위치location of culture'로 인하여 그것과 전혀 다르고 독자적일 수밖에 없는 한국 문학 자체의 논리를 탐구할 수 있게 해준다는 점이다.

3. 근대문학, 기점에서 지표로

이와 관련하여 필자는 지금까지 한국현대문학 연구 쪽에서 논의되어 온 근대문학 또는 현대문학의 기점 논의를 재검토할 필요가 있다고 본다. 무엇보다 그 '기점'이라는 것에 관한 이해가 새로워져야 한다. 이른바 18세기 기점설과 1890년대 이후 기점설 등 이른바 '기점' 논의가 전개되어 온 지난 시기 동안 국문학계를 지배한 사고틀 가운데 하나는 일종의 본질주의 같은 것이다. 무엇이 근대적인 것이냐, 근대적인 정신이란 무엇이냐 하는 물음은 근대라는 문제를 근대적 정신의 문제로 환원하고, 따라서 근대문학이라는 개념은 근대적 정신을 담은 문학이라는 것으로 단순화 된다. 이러한 본질, 요체에 대한 논의를, 노블에 관한 루카치의 선험적 논의에 대한 바흐친의 귀납적 논의의 선례를 따라, 근대문학의 지표들indices에 대한 논의로, 그 방향이나 방법을 수정해야 할 필요가 있다. 본질주의적 문제 설정 방법은 근대문학의 본질적 요건을 그 정신, 의식에서 찾고, 이것이 나타난 것이 18세기냐 갑오경장 이후냐 하는 식으로 묻는다. 하지만 지표 중심적 사유는 많은 현상적 사실들과 예외들을 고려하면서도 근대 또는 근대문학의 개념을 충족시키는 여러 개의 중심적 지표들을 중심으로 탄력적으로 사유할 수 있게 한다.

근대란 무엇인가 하고 생각해 볼 때 이러한 사유법의 특징이 좀 더 명료하게 드러날 수 있다. 앞에서도 언급했듯이 근대란 서구에서는 이른바 고대 및 중세라는 개념과 따로 떼어 생각하기 어렵다. 고대를 인간중심적인 견지에서의 이상적인 질서의 세계로 보고 중세를 그로부터 멀어진 어둠의 시대로 인식할 때 빛의 회복 또는 그것이 진행되는 시기로서의 근대의 위상, 특히 고대에 대한 근대의 위상이 드러난다. 이러한 역사 삼분법을 우리는 사실상 아무런 성찰 없이 동양 또는 한국사에 대입해 왔는데, 왜 우리에게도 역사가 '고대-중세-근대'의 삼분법을 가져야 하는가는 합리적으로 설명되지 않았다. 조동일의 『한국문학통사』가 아주 중요한 사례다. 그에게 있어 중세란 왜 중세라 불리어야 하는가에 대한 별다른 설명 없이 공동문어문학의 시대로 규정된다. 라틴어, 산스크리트어, 이슬람어, 한문 등 공동문어가 지배하고 그러한 언어를 중심으로 공동의 종교적, 문명적 가치를 추구한 시대의 문학을 중세라 불렀다. 삼분법을 그대로 가져오기는 했지만 그의 논의는 아주 중요하다. 이러한 근대 관념 아래 그는 이른바 근대 이행기를 아주 넓게 설정하고 있으며 특히 1860년대 이후를 근대이행기 문학의 제2기로 설정했다.

이러한 조동일의 근대이행기 문학 제2기는 이광수의 『무정』(1917)까지 포괄하는 긴 시기 개념이지만 그러한 약점보다는 과정 개념으로서의 탄력성에 보다 더 가치를 부여할 수 있다. 한국근대문학 기점 논쟁에서의 '기점' 개념에 대해 조동일의 '이행기' 개념은 훨씬 더 탄력적이라는 이점이 있기 때문이다. 무엇보다 전자는 일종의 점 개념이지만 후자는 연속적인 선 개념이고 과정의 개념이다. 이러한 면에서 '이행기' 개념의 장점을 염두에 두면서 근대라는 문제를 그 본질 규정보다는 몇 개의 중심적 지표들을 통해 중층적으로 생각해 볼 필요가 있다.

예를 들어, 근대란 조동일의 경우에서처럼 각 나라나 민족이 공동 문어 대신에 자국어로 문학하는 흐름이 나타난 시대라고 할 수 있다. 이때 한글문학의 대두와 성장은 매우 중요한 지표가 된다. 이러한 맥락에서 신재효 등에 의한 판소리 개작 및 정리는 중요한 현상이다. 그는 1860년대에 판소리 열두 마당을 『춘향가』, 『심청가』, 『흥부가』, 『수궁가』, 『적벽가』 등 다섯 마당을 중심으로 재편했다. 이들 다섯 마당은 상층 계급의 미의식을 수용하는 한편 하층민의 공감을 사는 방식으로 더늠 등의 변이를 통해 많은 이본을 거느린 작품군으로 성장했으며, 특히 방각본, 활자본 간행과 맞물려 큰 인기를 누렸다. 신재효가 이 과정에서 큰 역할을 했다. 그는 광대들을 모아 후원하고 판소리 공연을 이끌었으며 판소리 이론을 가다듬고 판소리 사설을 개작하는 등 두드러진 활동을 보였다. 본래 신재효는 흥선대원군 이하응의 사람이었고 이러한 입지가 판소리의 '국민문학'화에 큰 역할을 했다. 1902년에 고종이 즉위 40년을 기념하여 서양식 극장을 짓고 협률사라는 기구를 만들고, 이것이 민간 극단 원각사로 개편되는 과정에서 판소리는 높은 인기를 누리며 창극 등으로 변형되기도 했다. 또 신소설 작가인 이해조는 명창들의 구술을 토대로 『춘향가』, 『심청가』, 『흥부가』, 『수궁가』 등을 각각 『옥중화』, 『강상련』, 『연의 각』, 『토의 간』 등으로 개작, 편집했다. 신재효는 1867년부터 1884년 사이에, 이해조는 1912년에 판소리를 개작함으로써 판소리는 전통 예술의 총아로 성장할 수 있었으며, 이 과정을 한글문학의 대두와 성장의 측면에서 재고할 수 있다. 이러한 한글문학의 기반 위에서, 그 연장선에서 근대문학의 형성을 사고할 수 있다.(위의 책,

51~59쪽)

또한 근대는 개인과 사회 또는 공동체의 관계에 있어 사회에 대한 개인의 지위가 신장되고 개인을 중심으로 한 사유가 성립된 시기라고 볼 수도 있을 것이며, 종교적으로는 전통적인 규범적 종교를 대체하려는 각종 새 종교가 나타난 때라고 할 수도 있다.

이 또한 1860년대부터 나타난 현상이다. 1860년(철종 11년)에 최제우가 동학을 창건했다. 역사적 전환이 요청되는 시기에 이에 부응하여 새로운 종교가 나타난 것이다. 후천개벽 사상을 중심으로 한 동학은 한문경전인『동경대전』외에 국문경전, 국문가사를 중심으로 왕조에 의해 처형될 때까지 만 3년간 포교활동을 벌였다. 1860년의「용담가」,「안심가」,「교훈가」, 1861년의「도수사」,「몽중노소문답가」,「검결」, 1862년의「권학가」, 1863년의「도덕가」,「흥비가」등을 합쳐『용담유사』라 하며 이중「검결」만은 따로 전한다. 이것들은 2세 교주 최시형에 의해 1880년대 초에 목판으로 간행되었다.

『용담유사』중「몽중노소문답가」는 "십이제국 괴질운수 다시 개벽 아닐런가 / 태평성세 다시 정해 국태민안 할 것이니 / 개탄지심 두지말고 차차차차 지냈거라 / 하원갑 지나거든 상원갑 호시절에 / 만고 없는 무극대도 이 세상에 날 것이니"라 하여 세계사의 위기와 전환을 알리고,「검결」을 통해서는 민란을 통한 체제혁명을 주창했다. 2세 교주 최시형과 전봉준에 의한 동학혁명이 실패로 돌아간 후 3세 교주 손병희는 러일전쟁의 소용돌이를 겪으며 1905년 천도교로 개칭, 새로운 시대적 흐름에 적응하고자 했다.

이러한 신흥종교 주창의 흐름은 1901년에 증산교를 창건한 강일순에까지 이른다. 그는 "이 시대는 해원시대라 사람도 무명한 사람이 기세를 얻고 땅도 무명한 땅에 기운이 도나니라"라고 선언했으며, 동학 및 전봉준의 동학봉기에 큰 자극을 받아 새로운 종교의 길을 열었다. 이와 같은 흐름의 맥락에서 1909년에는 나철에 의해 대종교가 창시되었다. 최제우가 금강산 도사를 만났듯이 나철은 백두산에서 온 노인에게 『삼일신고』 등의 경전을 얻었다 하며 이것이 상고시대에 이룩된 오랜 경전이라 하여 대종교 신앙의 근거로 삼았다. 최제우가 유학과 불교의 시대가 갔다는 세계인식 위에 새로운 종교를 창건한 것과 다른 방식을 취한 것이다. 나철은 1911년에 만주로 가 백두산 산록에 대종교 본부를 설치하고, 북간도에서 상해, 노령에서 서울에 이르는 교구를 두어 단군 시대의 판도를 재현하고 만주를 민족사의 본거지로 내세웠다. 그는 1915년 대종교가 일제에 의해 불법화 되자 국내로 돌아와 1916년 황해도 구월산 삼성사 성지에서 유서와 함께 「중광가」, 「이세가」 등의 국문 시가를 남기고 자결했다. 그가 묘향산 암벽에서 찾아냈다는 『천부경』은 『삼일신고』의 내용이 간결하게 집약된 것이다. 이와 같은 시기에 단군 사상 계통의 여러 서적이 출현했던 바, 계연수에 의해서, 『삼성기』, 『단군세기』, 『북부여기』, 『태백일사』 등이 편집 간행된 『환단고기』도 그 하나라 할 수 있다.(위의 책, 13~41쪽)

한편으로 사회경제적으로 보면 자본주의 같은 새로운 생산양식이 형성, 전개되기 시작한 때이고, 국제관계상으로 보면 '중세적' 국가관, 국가관계가 해체되고 국민국가적 개념에 입각한 국가가 등장하고 그에 기반한 국제질서가 나타나며, 특히 제국−식민지 세계체제가 성립된 시기다. 뿐만 아니라 근대는 매체 면에서는 대량 복제적 인쇄, 출판술이 나타나 지식과 문학을 대중화하고 이른바 대중이 문화형성에 새로운 방식으로 참여, 개입해 들어온 시기이기도 하다. 이와 관련하여 19세기 후반경은 중요한 변화가 일어난 시기였다. 17

세기 이후에 형성되기 시작한 방각본 출판문화가 19세기 후반 경에 이르러 크게 융성하여 서당 교과서류와 함께 다수의 소설들이 출판 보급되었다. 그러나 목판 인쇄의 특성상 대량 유통에 한계를 가졌던 것이 신식활자를 이용한 활판 인쇄로 변모하게 되었다. 1883년에 정부에서 박문국이라는 이름의 인쇄소를 차려 최초의 신문인『한성순보』를 찍어낸 것을 계기로 활자본 인쇄가 활성화 되기 시작하고 여러 민간인 출판사가 출현하기에 이른다. 이러한 활판 인쇄 메커니즘의 형성이 한글소설 등 국문문학의 형성, 발전에 크게 기여했음은 물론이다.

또한 젠더적 측면에서 근대는 남성에 대한 여성의 문제가 새로운 각도에서 사유되기 시작한 때로서 여성해방과 가부장제 전복을 위한 노력이 전개되기 시작한 때라고 말할 수 있고, 또 미적 기준 면에서는 공동체적 규범보다는 개별적, 개인적, 개체적 취향과 판단이 중시되고 그것이 미적 원리로까지 확장, 제시된 시기이기도 하다.

김태준은『조선소설사』에서 춘향전의 근대적 성격을 적극적으로 드러냈고 이것은 김현, 김윤식 공저의『한국문학사』(1973)가 영·정조 기점설을 내세우는 먼 근거가 되었다. 한글문학사의 맥락에서 조선 전통의 고전 문헌들을 폭넓게 수집하고 그 보존과 역주, 주해 작업에 진력한 이병기의 노력 역시 간과될 수 없다. 김현과 김윤식이 혜경궁 홍씨의『한중록』을 중시한 이유도 그 선례를 김태준과 이병기에서 찾았기 때문이었다.

지표론의 관점에서 보면 18세기 기점설이라든가 1890년대설이라든가 1900년대설 같은 것은 저마다 한계를 가지고 있는 것처럼 보인다. 필자는 1860년대부터 근대를 향한 본격적인 행정이 시작되고 이와 더불어 근대문학이라 지칭될 수 있는 문학적 현상들이 넓게 나타난 것으로 보고자 한다. 근대문학 또는 현대문학으로의 이행은 이처럼 상대적으로 넓은 시간에 걸쳐 이루어진, 여러 가지 지표를 중심으로 사유해야 할 문제다.

4. 김윤식 · 김현의 『한국문학사』, 황패강의 『한국문학의 이해』

이러한 지표에 관한 논의를 바탕으로 필자는 우선 근대문학의 기점이라는 것에 관한 이해가 새로워져야 한다고 생각한다. 이른바 18세기 기점설과 1890년대 이후 기점설 등의 '기점' 논의가 전개되어온 지난 시기 동안 국문학계를 지배한 사고를 가운데 하나는 일종의 본질주의 같은 것이었다.

무엇이 근대적인 것이냐, 근대적인 정신이란 무엇이냐 하는 물음은 근대라는 문제를 근대적 정신의 문제로 환원하고, 따라서 근대문학이라는 개념은 근대적 정신을 담은 문학이라는 것으로 단순화 된다. 이러한 본질, 요체에 대한 논의를, 노블에 관한 루카치의 선험적 논의에 대한 바흐친의 귀납적 논의의 선례를 따라, 근대문학의 지표들indices에 대한 논의로, 그 방향이나 방법을 수정해야 한다고 생각한다. 본질주의적 문제 설정 방법은 근대문학의 본질적 요건을 그정신, 의식에서 찾고, 이것이 나타난 것이 18세기냐 갑오경장 이후냐 하는 식으로 묻는다. 하지만 지표 중심적 사유는 많은 현상적 사실들과 예외들을 고려하면서도 근대 또는 근대문학의 개념을 충족시키는 여러 개의 중심적 지표들을 중심으로 탄력적으로 사유할 수있게 하는 것으로 판단된다.

기존의 기점 중심적 사유 태도를 가장 정교하게 다듬은 견해는 김현과 김윤식의 공동저술『한국문학사』(민음사, 1974)에 나타난다. 이 『한국문학사』는 매우 야심적인 저술이다. 두 저자는 "참되고 아름다운 문학은 작가 자신이 그와 그가 속한 사회와의 관계를 이해하려는 노력 속에서 생겨난다"는 전제 아래 "전통문제와 이식문화문제, 식민지 치하의 문학의 위치 문제, 해방 후의 분단 문제" 등을 집중적으로 고찰한 끝에 "조선 후기의 문학에서부터 근대문학사를 서술하는 것이 가장 타당하다는 결론을 얻었다"고 밝힌다.(위의 책, 「서언」) 이러한 생각에서 시도된 이 저술의 한국문학사 이해는 지극히 신랄하면서도 긴장에 차 있다. 그들은 한국문학을 주변문학을 벗어나야 한다는 것으로, 임화의 이식문화론을 비판하면서도 마치 그것에 근사한 듯한 '아슬아슬한' 태도를 표명하기도 한다.(위의 책, 13~15쪽) 그러나 그들의 목적은 이식문화론의, 식민주의의 내면화라는 논리적 한계를 넘어서고자 하는 것이다.

그들은 이 위험을 비껴가기 위한 문제 설정으로 다음의 네 가지 사유 방향을 제시한다. (1)구라파 문화를 완성된 모델로 생각해서는 안 된다. (2)이식문화론과 전통단절론은 이론적으로 극복되어야 한다. (3)문화 간의 영향 관계는 주종관계에 의해서가 아니라 굴절이라는 현상으로 이해하여야 한다. (4)한국문학은 그 나름의 신성한 것을 찾아내야 한다. 그리고 이를 바탕으로 한국문학사의 시대 구분에 대한 논의를 새롭게 펼치고자 한다. 당시로서는 40세가 안 된 두 사람의 논자가 펼치는 사유의 드라마는 매우 풍부하며, 이러한 논의 가운데 새로운 한국 근대문학의 기점을 제안하는 데 이른다. 다소 길지만 충분히 인용해 보고자 한다.

고대와 중세의 경계 문제에도 논란이 많은 것이지만, 특히 문제가 되는 것은 근대이다. 한국사에서의 근대의 기점을 어디로 잡을 것인가 하는 문제는 근대화=서구화라는 전제 때문에 큰 혼란을 겪고 있다. 서구라파와 같은 근대 자본주의가 언제 성장했는가에 따라서 근대의 기점을 이해하려는 태도는 근대의 기점을 여러 갈래로 보게 한다. 제일 극단적인 것은 신분계층의 이동과 상인의 대두라는 것을 중요한 변화로 보고 임진란 이후에서부터 근대의 시작을 보려는 관점과 근대 자본주의라는 관점에서 해방 후를 근대의 시작으로 보는 관점이다. 그러한 극단적인 관점 외에 흔히 통설로 인정되고 있는 것이 병자수호조약으로 인한 개항(1876)이다. 위와 같은 견해가 지나치게 서구적 삼분법에 의거해 있어, 한국사의 특수성을 세계적 보편성 속에 끌어들이려 하고 있다고 보아, 고려 이후 개항 전까지를 한국적 근세라고 과도기 단계로 보는 견해도 있다. 이러한 견해는 한국사를 무조건 서구 이론에 의해 정체되어 있었다는 관점에서 이해하지 않으려고 하는 역사의식의 발로이다.

그렇다면 한국문학에서 근대문학의 씨가 보인 것은 언제인가. 예의 임화는 무의식적이지만 근대화=서구화를 전제로 하고 개화기 이후, 서구라파 장르가 수입된 이후를 근대문학으로 보고 있다. 그러한 임의 견해는 백철에 의해 더욱 극단화 된다. 1966년 「한국문학과 근대인」이라는 『한국문학』지의 특집의 서두 논문에서 백철은 근대화를 서구화라고 못박고 근대문학의 기점을 20년경으로 잡고 있다. (중략) 근대정신의 기본을 이루는 민족주의를 정당하게 인식하지 못하고, 서구라는 변수를 고정항으로 착각하였기 때문에 빚어진 이러한 공식적 논리는 그러나 극복되지 않으면 안 된다. 한국문학 연구자로서는 서구라는 변수를 한국문학에 강력한 영향을 준 것으로 이해하여야지 그것을 한국문학의 내용으로 이해해서는 안 된다. 서구화를 근대화로 보는 미망에서 벗어나, 자체 내의 구조적 모순과 갈등을 이해하고 그것을 극복하려는 정신을 근대의식이라고

이해하지 않는 한, 한국문학 연구는 계속 공전할 우려가 있다. (중략)

문학에 한해서 말한다면, 근대문학의 기점은 자체 내의 모순을 언어로 표현하겠다는 언어의식의 대두에서 찾지 않으면 안 된다. 그 언어의식은 구라파적 장르만을 문학이라고 이해하는 편협한 생각에서 벗어나게 만든다. 언어 의식은 즉 장르의 개방성을 유발한다. 현대시, 현대소설, 희곡, 평론 등의 현대문학의 장르만이 문학인 것은 아니다. 한국 내에서 생활하고 사고하면서, 그가 살고 있는 곳의 모순을 언어로 표시한 모든 유의 글이 한국문학의 내용을 이룬다. 일기, 서간, 담론, 기행문 등을 한국문학 속으로 흡수하지 않으면, 한국문학의 맥락은 찾아질 수 없다. 그것은 광범위한 자료의 개발을 요구한다. 그러나 그 개발을 통해 한국문학이 얻을 수 있는 것은 동적 측면이다. 그것만이 이식문화론, 동적 역사주의를 극복할 수 있게 해준다. 그런 의미에서 우리는 이조 사회의 구조적 모순을 문자로 표현하고 그것을 극복하려 한 체계적인 노력이 싹을 보인 영정조 시대를 근대문학의 시작으로 잡으려 한다.(위의 책, 19~20쪽)

이 논의는 이 책의 저자들이 영정조 시대를 근대문학의 기점으로 삼는 논리를 보여준다. 그것은 근대문학 정신이란 자기 사회의 모순을 자체적으로, 자기 언어의 모순 속에서 포착하고자 하는 의식의 대두에서 찾아져야 한다는 것이며, 이 '"실증주의적"'이자 '"실존적 정신분석의 정신"'(위의 책, 「서언」)에 입각한 고찰의 결과 영정조가 근대문학사의 전개가 시작된 지점으로 이해될 수 있다는 것이다. 이들이 혜경궁 홍씨의 『한중록』과 연암 박지원의 『열하일기』에 각별히 주목한 것은 바로 이 때문이다. 이것은 근대문학사의 기점을 근대적 언어의식의 대두라는 하나의 본질로 환원해 보는 방법이 낳은 가장 큰 결실이다.

이와는 다른 사유 방향을 취한 저술의 하나로 황패강의 『한국문학의 이해』(1991)가 있다. 그는 사회과학적 근대사학을 일견 정교하게 적용하거나 활용하지 않는 듯한 태도를 보이면서도 그 자신의 독특한 '역사철학'적 시각을 중심으로 한국 근대문학사의 전개 과정을 이해하고자 하는 태도를 보인다. 우선 그는 자신의 역사 이해의 방법을 다음과 같이 제시한다.

첫째, 생산 · 경제 · 정치 · 문학 · 종교 · 교육 등 사회 현상을 상호 유기적 관련 아래 보려 한다.(따라서 문학만에 고립된 논의란 불가능하다고 본다.)

둘째, 개별적 · 단편적 사실보다는 원리적 · 전체적 사실, 표층적 · 현상적 사실보다는 심층적 · 구조적 사실을 본질 이해를 위한 중요한 사실로 본다.

셋째, 모든 실재는 부단히 운동한다고 본다. 따라서 그 어떤 것도 고정된 상태로만 있다고 보지 않는다. 비록 당장은 정체되어 있는 것처럼 보이는 경우일지라도 내면적으로는 운동이 진행되고 있거나 운동이 준비되고 있는 것으로 본다. (황패강, 『한국문학의 이해』, 새문사, 1991, 412쪽)

이와 같은 태도에 따르면 근대라는 것도 하나의 정지 상태에서 출발한다기보다는 일종의 부단한 운동 상태에 놓인 것으로 이해될 수 있을 것이다. 문학은 홀로 고립된 상태에서 과거와 단절된 에피스테메의 구획을 획득하는 것이 아니라 부단한 운동을 통해 이행되어 가는 것으로 이해될 수 있다. 또한 그는 근대를 일종의 "자아 각성"으로 보는 본질주의적 관점을 내비치면서도 다시 이 자아 각성을 "사회의 모든 면"에서 이루어지는 종합적인 것으로 파악하며, 이 종합에는 생산, 경제, 사회, 가족, 정치, 교육, 여성, 풍속, 학예, 시공관 같은 것들이 속한다고 논의한다.(위의 책, 413쪽) 이와 같은 광범위한 영역들에 걸쳐 근대와 전근대가 어떻게 변별될 수 있는지를 검토한 후 그는 자생적 요인과 외부의 충격 두 측면에서 모두 1860년대가 주목될 수 있음을 주장한다. 이러한 시각에 따르면, 첫째 1860년의 영불 군에 의한 북경 함락, 둘째 1860년 이래의 동학운동의 발상과 전개, 셋째 1866년의 천주교도들의 새남터 대순교 같은 사건들이 "한국의 '전근대'를 깨고 '근대'를 연 계기적 사건"으로 주목된다.(위의 책, 434쪽)

그 연속선상에서 그는 동학운동과 천주교·기독교 운동을 중심으로 한 다음과 같은 역사적 문맥을 제시하면서 "근대적 발상의 지속성"을 주장한다.

동학득도(1860) → 교조 효수(1864) → 동학혁명(1894) → 의병투쟁(1896) → 독립운동(1910~1945) → 3·1운동(1919) → 지하 독립운동, 해외 독립군의 전투(1919~1945)

새남터 대순교(1866) → 문화·교육(1882 한글성경, 1893 원두우의 찬양가) → 3·1운동(1919) → 일제 탄압에의 항거(1919~1945) → 독립운동(1919~1945)(위의 책, 434~435쪽)

나아가 그는 이러한 종교사적 근대 이행사를 그 문학적 산출과 관계 짓는 안목을 드러내기도 한다. 최제우의 동학가사(1860~1863), 최양업의 천주교 가사(1850~1860), 신재효에 의한 판소리 사설의 정리(1860년대), 방각본 국문소설의 판각(19세기 초~1860년대) 같은 현상이 중시되어야 한다.(위의 책, 435쪽) 특히 방각본 국문소설의 판각은 19세기 초엽에 시작되어 1860년대에는 본격적 유행을 보게 된 현상이다. 이 무렵 서울 · 안성 · 전주의 서사에서 간행 판매된 소설은 50여 종, 200여 책에 이르는데, 이는 소설이 일반 민중 사이에서 독자의 저변을 넓히고 있었던 사실을 말해준다고 한다. 원래 인쇄는 관판官板이고, 그 대부분이 선인들의 문집류에 국한되었던 것이, 독자 저변이 민중으로 확대되면서 출판업의 주체가 상인에게로 넘어가게 된다.(위의 책, 435쪽)

황패강 역시 자신의 논의를 기점에 관한 것이라고 표현한다. 그러나 필자는 여기서 기점론의 영향 속에서도 지표적인 사건의 계기적 연속을 보고자 하는 문제의식을 엿본다.

5. '이행'으로서의 근대문학사를 위해

필자는 '기점'에 대한 '이행기' 개념의 탄력성을 염두에 두면서, 전자는 점이지만 후자는 선이고 과정이라는 관점에서 근대라는 문제를 그 본질 규정보다는 몇 개의 중심적 지표들을 통해 중층적으로 생각해 볼 필요가 있다고 생각한다.

예를 들어, 근대란 조동일의 경우에서처럼 각 나라나 민족이 공동 문어 대신에 자국어로 문학하는 흐름이 나타난 시대라고 할 수 있다. 이때 한글문학의 대두와 성장은 매우 중요한 지표가 된다. 또한 근대는 개인과 사회 또는 공동체의 관계에 있어 사회에 대한 개인의 지위가 신장되고 개인을 중심으로 한 사유가 성립된 시기라고 볼 수도 있을 것이며, 종교적으로는 전통적인 규범적 종교를 대체하려는 각종 새 종교가 나타난 때라고 할 수도 있고, 사회경제적으로 보면 자본주의 같은 새로운 생산양식이 형성, 전개되기 시작한 때이고, 국제관계상으로 보면 '중세적' 국가관, 국가관계가 해체되고 국민국가적 개념에 입각한 국가가 등장하고 그에 기반한 국제질서가 나타나며, 특히 제국-식민지 세계체제가 성립된 시기다. 뿐만 아니라 근대는 매체 면에서는 대량복제적 인쇄, 출판술이 나타나 지식과 문학을 대중화하고 이른바 대중이 문화형성에 새로운 방식으로 참여, 개입해 들어온 시기이며, 젠더적으로는 남성에 대한 여성의 문제가 새로운 각도에서 사유되기 시작한 때로서 여성해방과 가부장제 전복을 위한 노력이 전개되기 시작한 때라고 말할 수 있다. 또한 근대는 미적 기준 면에서 공동체적 규범보다는 개별적, 개인적, 개체적 취향과 판단이 중시되고 그것이 미적 원리로까지 확장, 제시된 시기이기도 하다.

김태준은 『조선소설사』에서 『춘향전』의 근대적 성격을 적극적으로 드러냈고 이것은 김윤식과 김현의 『한국문학사』가 영·정조 기점설을 내세우는 먼 근거가 되었다. 한글문학사의 맥락에서 조선 전통의 고전 문헌들을 폭넓게 수집하고 그 보존과 역주, 주해 작업에 진력한 이병기의 노력 역시 간과될 수 없다. 김윤식과 김현이 『한중록』을 중시한 이유도 김태준의 사고법의 선례를 김태준과 이병기에서 찾았기 때문이었다.

결론적으로 필자는 18세기 기점설의 근거를 일부 중시하면서도 1860년대부터 근대를 향한 본격적인 행정이 시작되고 이와 더불어 근대문학이라 지칭될 수 있는 문학적 현상들이 넓게 나타난 것으로 보고, 이를 통하여 근대문학으로의 이행을 상대적으로 넓은 시간에 걸쳐 이루어진, 여러 가지 지표를 중심으로 사유해야 할 문제로 이해해 보는 것은 어떨까 하고, 조심스럽게 제안해본다. 그리고 이는 이 문제를 지속되어온 것과 새롭게 접촉된 것의 맥락에서도 어떤 종합적인 사유를 가능케 하는 것은 아닐까 한다.

신소설은 어디에서 왔나?
『혈의루』 계열의 소설을 중심으로

1. 전란을 다룬 한국 소설의 어떤 전통

한국 소설 가운데 전란을 다룬 것으로 잘 알려진 작품으로 「최척전」이 있다. 이와 유사한 작품으로 「주생전」, 「김영철전」 등도 있어 비교 검토의 여지가 크다. 이 작품들은 일찍부터 조동일, 박희병, 박일용 등에 의해 관심 대상이 되어 왔고, 그후에도 여러 논자들이 논의한 바 있다. 김현양의 「임화의 '신문학사' 인식과 전통—'구소설'과 '신소설'의 연속성」(『민족문학사 연구』 38, 2008), 박소현의 「17세기 중국과 한국의 단편소설에 나타난 가족의 이산과 재회」(『중국문학』, 58, 2009), 진재교의 「월경과 서사—동아시아 서사 체험과 '이웃'의 기억」(『한국한문학연구』 46, 2010) 등이 그 사례들이다.

이 가운데 「임화의 '신문학사' 인식과 전통—'구소설'과 '신소설'의 연속성」으로, 이 논문은 「최척전」과 『혈의루』의 관련성을 다음과 같이 지적한다.

구소설 가운데도 전쟁으로 인해 야기된 가족 이산을 그리고 있는 작품이 적지 않은데, 그 가운데 『혈의루』와 가장 흡사한 작품이 17세기에 조위한(趙緯韓, 1558-1649)에 의해 창작된 「최척전(崔陟傳)」이다. ……전쟁으로 인한 가족 이산, 여러 나라를 넘나들며 펼쳐지는 소설의 공간, 역경을 헤쳐 나가는 인물들의 분투와 상봉, 『혈의루』와 「최척전」은 너무도 흡사한 작품이라 아니할 수 없다. 임화는 전쟁으로 인해 내밀려 새로운 세계를 경험하도록 한 것이 『혈의루』 작가의 역사적 투시력의 소산이라 했다. 그렇다면 「최척전」에서 전쟁으로 인해 내밀린 인물들이 경험한 것은 무엇이었나? 그것은 역사 속에서 타자화된 민중의 '인간애'와 그들의 '연대'였다.(김현양, 「임화의 '신문학사' 인식과 전통 - '구소설'과 '신소설'의 연속성」, 『민족문학사 연구』 38, 2008, 63쪽)

이러한 논의는 우리의 관심을 다시 한 번 고전소설과 현대소설의 연속 또는 단절의 문제로 돌려놓는다. 임화의 신문학사 연구에 대한 분석은 아직까지도 충분히 이루어졌다고 볼 수 없으며, 그의 이른바 '이식문학론'이라는 것도 보다 세밀한 분석의 손길을 기다리고 있는 형편이다. 임화는 "서구적인 형태의 문학을 문제 삼지 않고는 조선(일반으로는 동양)의 근대문학사라는 것은 존재하지 않고 성립하지 아니한다"라고 하면서 "동양의 근대문학사는 사실 서구문학의 수입과 이식의 역사"라고 규정한 바 있다.(임화, 『개설신문학사』, 임규찬·한진일 편, 『개설 신문학사』, 한길사, 1993, 18쪽) 이러한 임화 신문학사 연구를 다루면서 김현양은 "신소설에는 구소설의 체취가 흠뻑 배여 있다. 그 체취는 형식뿐만 아니라 내용에서도 전면적으로 감지된다."(김현양, 앞의 논문, 57쪽)라고 함으로써 전통적인 조동일의 관점에 서서 『혈의루』와 「최척전」을 논의한다. 그에 따르면,

「최척전」의 생각, 그 마음은 가족과 사회, 국가의 수직적 위계, 동아시아 국가들 사이의 수직적 위계를 통해 구현되는 봉건 질서의 위계를 부정하는 마음이고 생각이다. 이 위계를 부정하기 위해 근본적으로 강조되고 내세워지고 있는 것이 '인간애'이며, 인간애에 기초한 민중의 연대야말로 봉건적 위계, 그 질서를 둘러싼 폭력을 지양할 수 있는 근원적인 힘임을 역설하고 있는 것이다. 「최척전」의 이러한 생각과 마음은 『혈의루』의 '강국의 이상'과 전혀 다르다. 그 점에서는 「최척전」과 『혈의루』가 구별되어야 하지만, '문명의 이상'—그 정신을 공유한다는 점에서는 구별될 수 없다.(위의 논문, 65쪽)

이러한 주장은 한국 소설의 역사적 전개과정에 대한 새로운 이해를 촉구하는 것으로 여겨진다. 일찍이 조동일은 한국의 소설은 영어 'novel'로 번역되어서는 안 되며 'soseol'로 표기해야 한다고 주장했는데, 여기에 그의 논점이 잘 표현되어 있다. 이것은 한국의 근대소설을 서구적인 서사 양식의 수입과 이식에 의해 생겨난 것으로 보지 않고 전통적인 '小說'의 연속선상에서 파악하려는 의도를 담고 있다.

이 글은 이러한 조동일의 논점을 새롭게 음미해 보면서 「최척전」과 『혈의루』 계열의 신소설들을 중심으로 한국 소설의 형성 과정에서 '전란'이 어떤 방식으로 장르 형성에 기여했는지 살펴보려고 한다.

여기서 『혈의루』 계열이라 함은 『혈의루』처럼 재난으로 인한 가족의 이산과 재회를 그린 작품군을 가리키는 것이다. 필자가 지금까지 확인한 바로는 『혈의루』, 「절처봉생」, 『백련화』, 『마상루』등을 꼽을 수 있다. 『혈의루』는 주지하듯이 이인직의 저작이며, 「절처봉생」(1914)은 간기에는 박문서관 사주인 노익형이 편집겸 발행자로 나와 있고 작품 서두에는 박영원이라는 인물이 저술한 것으로 되어 있다.

『백련화』(1926)는 '조선도서주식회사'가 저작겸 발행자로 되어 있는데 그 사주는 홍순필이다. 이 작품의 원저자는 '海東樵人'인데, 그는 잘 알려진 신소설 작가인 최찬식이다. 이 작품 및 작가에 대해서는 일찍이 최원식 교수가 상론한 바 있다.(최원식,「1920년대 신소설의 운명」,『한국근대소설사론』, 창작사, 1986, 306-315쪽)

2.「최척전」의 소설사적 위상과『혈의루』의 장르적 재평가

『개설 신문학사』의『혈의루』관련 부분은 임화의 문학사가로서의 식견을 확인할 수 있게 해준다. 그는「최척전」처럼 전쟁으로 인한 가족의 이산과 재회를 그린 작품들의 존재를 충분히 알지 못했을 것임에도 불구하고『혈의루』분석 전체를 이 작품이 청일전쟁을 다룬 뜻을 묻고 탐구하는 데 바치다시피 하고 있다.

그는 이해조의『모란병』이 직접 전쟁의 영향을 그린 것이 아니고 갑오경장의 군호로서 이 전쟁을 소설 모두에 끌어낸 데 불과하나『혈의루』는 소설 전체가 바로 직접 청일전쟁의 후일담으로 구성되어 있다고 한다. 청일전쟁의 평양 전장터를 가족을 잃고 헤매 다니는 부인의 가정에 청일전쟁이 어떤 영향을 미쳤는가를 그린 것이 바로『혈의루』라는 것이다. 그는 이인직이 청일전쟁의 의미에 주목한 점을 높이 평가한다.

실로 청일전쟁은 한 사람의 또는 한 가정에 또는 한 국가에 적지 않은 변동을 야기하면서도 조선의 역사를 전체로 낡은 세계로부터 새로운 세계로 내밀은 추진력이 된 것만은 사실이다. 이렇듯 굴곡 많고 다면적인 역사적 운동은 소설『혈의 루』를 통하여 더욱이 옥련이란 소녀의 기구한 운명 위에 교묘하게 표현되어 있음을 볼 수가 있다. 이것은 작자가 그 시대에 대하여 가지고 있는 역사적 투시력의 소산이다.(임화,『개설신문학사』, 임규찬 · 한진일 편, 앞의 책, 245쪽)

뿐만 아니라 그는 이인직이 전쟁을 취급한 각도에 대해서도 높은 평가를 내린다.

거기엔 현대의 통속소설에서 볼 수 있고 그전 신파극에서 볼 수 있는 기이한 인공미人工美의 흔적을 인정치 아니할 수 없으나, 그러한 전근대 문학적前近代文學的인 경함을 능히 덮고도 남을 수 있는 것은 그러한 사건이 일어날 수 있는 시대적 혹은 현실적인 배경의 확고한 설정과 그 영향의 정확한 도입이다.

즉 평양전平壤戰을 일 가정의 파괴와 한 가족의 격리의 각도에서 받아들인 태도다. 이것은 전술前述한 것처럼 그 전쟁에 대한 작자 내지는 조선인 일반의 정치적인 중립 태도에서 유래하는 객관성의 한 결과나, 또한 전쟁을 그 화려한 정치적 측면에서 보거나 아주 추상적인 의미의 일점一點에서 보지 않고 생활 가운데 미치는 파동波動에서 보았다는 것은 이인직이 근본에 있어서는 문학자였다는 증좌證左다. 정치적 사건이라는 것은 대개 개인의 생활에는 이러한 시정적市井的인 형태로 영향하는 것이다. 이것은 생활에 나타나는 정치, 혹은 일상성의 형식으로 표현되는 전쟁이라고 말할 수 있다.(위의 책, 240쪽)

그런데 전쟁을 이와 같은 방식으로 취급하는 것이야말로 한국의 소설적 전통을 이루고 있다는 것을 임화는 미처 알아채지 못했던 것 같다. 이인직이 청일전쟁을 한 가족의 이산과 재회의 측면에서 그리면서 여기에 전쟁의 의미를 기입해 놓음으로써 시대의 방향 감각을 드러냈고, 이것이 신소설이라는 양식의 탄생을 가능케 했다면, 이처럼 전쟁이 삶에 미친 영향을 넓고 깊게 헤아려 그림으로써 소설의 양식적 변화를 야기하는 방식이야말로 중국과 한국을 관통하는 동아시아 소설의 전통적 방식이었다.

박소현은 중국 소설 『십이루』와 「최척전」을 비교하면서 17세기 중국과 한국의 단편소설에 나타난 가족의 이산과 재회라는 문제를 다룬다. 그가 이 작품들에 주목하는 이유는 다음과 같다.

> 동아시아 전체가 유럽을 포함한 '세계 체제'에 편입되어 격렬한 충돌의 장이 되었던, 격동의 17세기는 유동적인 변경 사회가 팽창하면서 상업과 밀무역, 민란, 기근, 전쟁 등 여러 가지 이유로 수많은 사람들이 변경을 넘나드는 지극히 혼란스러운 시기였다. 이것은 '鎖國'을 통해서 폐쇄적이고 고착화된 국가 질서가 재정립되었던 전후 시기와는 확실히 거리가 있는 것이었다. '근대'에 비교할 만한 17세기의 예외적인 유동성이 바로 이 시기에 생산된 가족의 이산과 재회를 소재로 한 일련의 소설 텍스트에 주목하게 되는 궁극적 이유이다. 왜냐하면 17세기라는 특수한 시대적 배경이 가족의 이산과 만남이라는, 이 전형적이고도 보편화된, 시대를 초월한 이야기에 그 시대 특유의 트라우마trauma적인 기억과 고뇌의 흔적들을 남기고 있기 때문이다.(박소현, 「17세기 중국과 한국의 단편소설에 나타난 가족의 이산과 재회」, 『중국문학』, 58, 2009, 104-105쪽)

그는 이러한 17세기 동아시아 사회의 변화에 대한 인식을 바탕으로 중국과 조선에서 가족의 이산과 재회를 다룬 소설이 어떤 의미를 가지는지 토구한다. 그에 따르면 이어(李漁, 1610~1680)를 비롯하여 17세기 초에 중국에서 씌어진 가족의 이산과 재회 모티프의 소설들은 왕조의 멸망과 재건, 중화주의의 새로운 모색이라는 심각한 정치적 담론을 함축하고 있다.(위의 논문, 106쪽)

그와 마찬가지로 이 시대에 조선에서 씌어진「최척전」역시 역동적인 의미를 함축하고 있을 뿐만 아니라 어느 면에서는 중국 소설들보다 더 깊은 현실인식을 내포하고 있다.

이 일련의 소설 텍스트들 중에서「최척전」은 가족의 이산과 재회가 동아시아라는 확장된 역사적 공간 속에서 이루어지고 있으며 이 확장된 세계 인식을 바탕으로 새로운 문화적 정체성의 형성을 보여준다는 점에서 주목할 만하다.「최척전」은 권필(1569~1612), 허균 등 당대의 문인들과 교우 관계에 있던 趙緯韓(1567~1649)에 의해 1621년 저작된 것으로 알려져 있는데, 최척의 가족이 동아시아 전역으로 뿔뿔이 흩어지게 되는 직접적인 계기로서 1592년의 임진왜란으로부터 1598년의 정유재란, 1619년의 심하 전투에 이르기까지 일련의 역사적 사건들이 이야기 속에 녹아들어 있다. 전란으로 인한 가족의 이산이 기적 같은 재결합으로 얼버무려지는 17세기 중국의 소설들과 달리,「최척전」에서는 전란으로 인한, 被攎, 월경, 이주의 기억들이 매우 중요하게 다루어진다. 조선이 동아시아의 주변적 존재였기 때문일까? 중심이 사라지자 중심의 시각에서는 보이지 않던 동아시아가 조선의 시야에 들어오기 시작한 것이다.「최척전」에서 이전의 서사에는 부재하던 동아시아가 각국의 경계를 넘어서 역동적인 상호작용과 이해관계의 충돌이 발생하는 역사적 공간으로 그려지고 있다는 것, 이 텍스트를 통해서 조선의 '他者'에 대한 인식이 구체화되고 현실화되는 과정을 관찰할 수 있다는 것, 그리고 이 타자에 의한 새로운

정체성의 확립을 목격할 수 있다는 것은 매우 신선하고 충격적인 변화이다.(위의 논문, 114~115쪽)

이러한 「최척전」은 그렇다면 한국소설의 전개 과정에서 어떤 의미를 띠는 것일까? 한 연구에 따르면 임진왜란 이후 전쟁 체험을 다룬 일련의 작품들이 창작되었는데, 이러한 작품들은 이전 소설에 비해 현실성이 강화되고 서사적 편폭이 확대되는 주목할 만한 변화를 보여준다고 한다.(장경남, 「임진왜란 실기의 소설적 수용 양상 연구」, 『국어국문학』131, 2002, 373~374쪽)

「최척전」은 그 대표적인 작품이다. 특히 이 작품의 주인공 최척이 실존인물이었다는 연구까지 보고되고 있다. "최척은 임란 당시 의병장 邊士貞의 막하에서 활동했던 사람으로 조위한과 교분을 맺었었고, 조위한은 그를 모델로 하여 「최척전」을 지었다는 것이다."(위의 논문, 382쪽, 참조. 원 논문은 양승민, 「최척전의 창작 동인과 소통과정」, 『고소설 연구』9, 2000)

이러한 「최척전」은 크게 전반부와 후반부로 나뉘어지는데, 전반부가 최척과 옥영이 만나 사랑을 이루는 전통적인 애정전기 서사를 보여주는데 반해 후반부는 전란 자체가 체험공간으로 나타날 뿐만 아니라 이로써 서사공간이 확대되는 양상을 보인다. '전기소설'의 양식 자체에 커다란 변화가 나타난 것이다.

나아가 이 후반부 서사는 실기의 글쓰기와 같은 방식을 보여주게 된다.(위의 책, 382~383) 「최척전」에 나타난 전란이 그 서사문학으로서의 사적 위상에 어떤 영향을 미쳤는가에 대해서는 다음과 같은 대목을 참고해 볼 만하다.

전란 소재는 「최척전」 이전의 작품 즉, 「이생규장전」에서도 볼 수 있으나, 그 의미는 사뭇 다르다. 주지하듯이 「이생규장전」에서는 전란으로 인해 남녀 주인공은 이별을 하게 되고, 급기야 이들의 애정은 인귀교환으로 이어진다. 비현실적인 사건 전개가 이루어진 것이다. 여기서 전란은 현실을 초월한 사랑을 이루게 하는 계기로써 작용하였다. 사건 전개의 허구화에 전란이 사용된 것이다. 그러므로 작품 속에서 전란의 양상은 피상적이고 관념적으로 처리되고 있다. 그러나 「최척전」에 오면 지금까지 살펴보았던 대로 전란은 실제적으로 작용한다. 가족 이산과 남녀 결연 문제가 실제적 사실 체험으로 구체성을 띠는데, 이는 현실을 담아내고자 하는 리얼리즘 정신이 작용한 것이다.

소설은 서사문학에서 경험적이고 허구적인 요소들의 결합에서 나온 산물이다. 경험적 담론과 허구적 담론, 이 두 가지 담론이 서로 뒤섞이기도 하고 분리되기도 하면서 소설이 발달되어 왔다. 임란 이전의 소설에서는 경험적 요소보다는 허구적 요소가 우세하여 전기적인 특징을 나타내게 된다. 그러나 임란 이후 「최척전」에 오면 경험적 요소가 우세하여 사실적인 경향을 보인다.(위의 논문, 387~388쪽)

여기까지 오면 과연 『혈의루』의 작품으로서의 위상이나 이인직의 작가적 성격을 어떻게 파악해야 하는가에 대해서 새로운 논의를 해야 할 필요성을 갖지 않을 수 없다. 지금까지 「최척전」에 대해서 논의해 온 모든 것이 바로 『혈의루』의 특징을 이루기도 하는 까닭에 과연 이 작품이 장르적으로 볼 때 서구적인 양식을 명치, 대정기의 일본문학을 매개로 하여 조선에 이식, 수입된 것인지를 과연 의심해 보지 않을 수 없는 것이다. 『혈의루』는 「최척전」과 같은 작품이 이미 확장시켜 놓은 동아시아 공간을 시대적 전환에 대한 인식, 서구의 지위에 대한 인식을 바탕으로 일본을 중심으로 재편하고 있는 소설이 아닌가.

특히 앞서 박소현의 논의에서 이미 살펴보았듯이 전란으로 인한 가족의 이산과 재회를 다룬 작품들이 고도의 정치적 담론을 함축하고 있고, 역사적 위기에 대한 인식을 바탕으로 새로운 현실을 창조하고자 하는 역동적 의식을 내포하고 있다면 『혈의루』는 일본 정치소설의 결여형태라기보다는 17세기에 변화된 전기소설 양식을 한글소설의 형태로 새롭게 재편한 작품이라고 해도 무방하다고까지 말할 수 있다. 그리고 이것은 최근 연구들이 강조하고 있는 바, '번역된 literature', '번역된 novel'이라는 관념을 성찰적으로 되짚어 볼 필요가 있음을 의미한다. 이는 물론 이인직이 일본 유학 과정에서 획득한 서양적인 근대 '소설'의 감각을 과소평가해야 한다는 뜻은 아니다.

3. 『혈의루』, 「절쳐봉싱」, 『백련화』에 나타난 '전란'의 변주

주지하듯이 『혈의루』는 청일전쟁을 배경으로 삼아 한 가족의 이산과 재회를 그리면서 중화주의를 대신할 일본 중심의 동아시아 체제에 관한 구상을 기입해 놓았다. 여기서 전쟁이라는 재난은 「최척전」과 마찬가지로 시대의 위기를 드러내고 이것이 삶에 미치는 파괴적 힘을 드러낸다.

그러나 「최척전」이 전쟁의 참상, 그것이 인물들의 삶에 미치는 파괴적 영향을 매우 구체적으로 그려냄으로써 소설의 장르적 변화를 낳았다면, 『혈의루』가 새로운 소설로서의 장르적 변화를 이룬 방향은 언문일치의 새로운 문체 혁명을 제외한다면 주로 소설을 정론화하는 방향에서 이루어졌다고 말할 수 있다. 요소요소마다 작가의 친일적 정세인식이 민중의 수난상에 덧씌워져 피력되는 까닭에 소설은 투명한 슬픔이나 정한을 선사하지 못한다.

이 작품의 서두는 잘 알려져 있다시피 "일청전쟁의 총소리는 평양일경이 떠나가는 듯하더니, 그 총소리가 그치매 사람의 자취는 끊어지고 산과 들에 비린 티끌뿐이라"(이인직,『혈의루』, 권영민·김종욱·배경렬 편,『「혈의누」·「귀의성」·「치악산」』, 서울대출판부, 2003, 1쪽)라는 문장으로 시작된다. 일병들이 평양 성민들의 집을 제멋대로 드나드는 것은 전시국제공법에 따른 것으로 정당화된다.(위의 책, 10쪽) 옥련이 맞은 철환은 일병의 것이어서 청병의 것과 달리 인체에 과히 많은 해를 입히지 않았다고도 한다.(위의 책, 22쪽) 구완서와 옥련의 만남은 소설의 서사적 공간을 미국으로까지 확장해 가지만 이러한 확장을 가능케 한 것은 신학문에 대한 이상일 뿐, 두 사람의 만남에는 「최척전」의 최척과 옥영의 만남에서 나타나는 사랑의 기쁨과 슬픔이 따르지 않는다. 재난이 일가족에 미친 파괴적 영향들은 화자의 정론적 수사에 휘감겨 친일적인 계몽 논리에 포섭되는 양상을 보여준다.

이러한 점은『혈의루』가 「최척전」이 이룬 소설사적 성취를 단지 부분적으로만 계승하고 있다고 판단할 수 있게 한다. 그리고 이것은 『혈의루』계열의 다른 작품들,『결쳐봉싱』이나『백련화』의 존재 이유를 설명해주는 것으로 보인다.『혈의루』의 반향이나 인기를 반영하듯 이 작품 이후 이 작품의 모티프를 재현하는 듯한 작품들이 일정한 간격을 두고 다투어 나타났다. 그러나 이 작품들은 단지 모방작이라기보다는 독자들의 서로 다른 미적 요구를 충족시키는 보완적 측면을 함축하고 있다.

『절쳐봉싱』은 전쟁이 부과하는 여성의 수난을 중심으로 통속적인 이야기를 엮어나간 것이다. 그 대략적인 줄거리는 노일전쟁의 와중에 남산골에 있는 집에서 포천에 있는 솔모루라는 마을로 피신을 가다 뿔뿔이 흩어지게 된 진사 이중협의 가족들이 온갖 간난신고를 겪은 끝에 재회하게 된다는 것이다.

줄거리 면에서 전란으로 인한 가족의 이산과 재회라는 전통을 변주하고 있는 이 작품이 『혈의루』의 정론성에서 벗어나 있는 것은 두 가지 조건이 작용하고 있었던 것으로 보인다. 그 하나는 현실적 조건으로서의 한일합방이다. 한일합방이 출판에 가져온 직접적 결과는 가혹한 출판금지 조치들이었다. 심지어는 이인직의 『혈의루』조차 출판금지 처분을 받았다.(1911년 6월 2일) 동양서원에서 『혈의루』 3판이 출판될 때는 제목이 너무 비관적이라는 이유로 '모란봉'으로 게제하고 이야기를 대폭 수정, 변개해야 했다.(최종순,『이인직 소설 연구』, 최종순, 국학자료원, 2005, 24쪽) 정론적인 색채가 강한 소설을 출판할 수 없게 된 상황에서 소설들은 통제가 덜 미칠 수 있는 내용을 지향하지 않을 수 없었을 것이다. 다른 하나는 이미 시대가 바뀐 상황에서 『혈의루』의 정론성이 독자들의 미적 요구를 충족시킬 수 없었을 것이다.

이러한 압력으로 인해 나타난 가장 큰 변화는 실질적 주인공의 변화다. 『혈의루』의 실질적인 주인공이 딸인 옥련이었던 것과 달리 『절쳐봉싱』의 주인공은 김씨 부인이다. 남편과 함께 피난을 가다 장돌쇠라는 인물의 흉계에 빠져 남편과 헤어지게 된 김씨 부인의 간난신고가 작품의 중심적인 내용을 이루면서 이야기는 현저히 통속화되면서 『혈의루』의 정론성 대신에 흥미와 재미를 전면에 내세우게 된다.

또 다른 변화는 『혈의루』의 정론성 대신에 인간적 도의라는, 「최척전」 계열 소설이 내재된 전통적 가치로 되돌아간 것이다. 작중에서 흩어진 일가가 다시 모이게 되는 것은 최춘보와 그의 아내 곽씨, 조생원, 황의관과 그의 아내 박씨, 선달 박춘식 같은 인물들의 선량한 도움에 힘입은 것이다. 이 인물들은 전란의 한가운데에서도 인간적 도의를 지켜나가는 사람들로 제시된다.

예를 들어, 장돌쇠의 행악에서 김씨 부인을 구해주게 되는 조생원은 "글즈도 유식ᄒ고 힝셰가 졍직ᄒ여 그 근처의셔 범졀이 무던ᄒ다구 층송ᄒ는 양반"(노익형 편, 『절처봉생』, 박문서관, 1914, 30쪽)이며, 이진사집 묘지기 박선달은 "여러 디 셰의를 싱각ᄒ면 상하명분만 다를쑨이지 졍의야 일신이ᄂ 다름업시 문셔잇는 구상젼버덤도 한칭 더 츙심이잇ᄂ"(위의 책, 89쪽) 사람이다. 필자는 이러한 양상을 다음과 같이 서술한 바 있다.

『절처봉싱』은 이처럼 신분, 연령의 고하나 남녀 성별, 종교 여하를 가리지 않고 인간적 도의를 버리지 않고 살아가는 사람들의 행동을 제시하면서 이들의 원조를 받아 재회하게 되는 일가족의 사연을 서술, 묘사해 나간다. 이것은 전쟁과 지배, 억압의 시대에 대한 『절처봉싱』의 작가(들)의 처방전이라 해도 무방하다.

나라를 잃어버리고 출판법의 지배 아래서 소설을 제작해 나가야 하는 그(들)의 시야에서 러일전쟁은 구체적인 국제적 힘들의 각축이 아니라 일가의 이산을 강요하는 힘으로 이해될 뿐이며, 이 사람들을 구원할 수 있는 것 역시 일본이라든가 러시아 같은 외부적 열강이나 유학을 통한 학문 연마 같은 추상적, 입신출세주의적인 노선이 아니라 어려운 형편에 빠진 사람을 도와줄 줄 아는 인지상정과 인간적 도의의 마음인 것이다.

이러한『절처봉싱』의 주제는『혈의루』라는 전위적 소설이 노정하고 있는 민중들의 삶과의 괴리를 부각시키면서 역사가 민중과 직인적 감각을 가진 무명의 작가(들)에 의해 이해되는 방식을 보여준다. 이 점에서『절처봉싱』은『혈의루』의 '다시쓰기'임은 분명하되 차이를 내포하는 다시쓰기, 원작으로부터의 비평적 거리를 확보한 '다시쓰기'임이 확인된다. 한일합방 전후라는 역사적 거리는『절처봉싱』의 플롯에 압력을 행사함으로서 주인공의 지위를 수정하고 구원의 방법론을 소박한 생활의 차원에서 새롭게 제시하도록 하는 방향으로 작용했던 것이다.(방민호,「청일전쟁과 러일전쟁 또는 합방 전후의 소설적 거리 -『혈의루』와『절처봉싱』의 텍스트 맥락」,『만해축전(상)』, 백담사 만해마을, 2010, 396~397쪽)

한편 최찬식의『백련화』는『혈의루』의 정론성을 흥미와 재미로 보완한『절처봉싱』과는 또 다른 특징을 전면에 내세운 작품이다. 최원식에 의하면 최찬식은 친일적인 색채가 농후한 작가였다. 그 자신 친일파의 아들로 태어나 어용단체 기관지의 편집인으로 활동했고 그의 처녀작『추월색』(1912)도 본래 일어신문『조선어일일신문』의 국문판에 연재된 것이었다고 한다.(최원식,『1920년대 신소설의 운명』, 앞의 책, 308~309쪽) 또한 작중에서 화자에 의해서 활불로 칭송되는 존재로 그려진 광주 봉은사 주지 나청호羅晴湖 화상은 사찰령에 의해 재조직된 일본식 친일 불교 종단에 소속되어 있는 승려였다고도 한다.(위의 책, 311~312쪽) 나아가 작중에 등장하는 중국 마적에 대한 분석까지 더하여 최원식은 이 작품을 전형적인 통속소설로 규정하면서 드물게 궁핍한 소작 농민을 주인공으로 내세웠지만 고난과 해결로 이루어진 작은 에피소드들을 끊임없이 반복하면서 고전적인

신소설의 수준에도 미치지 못하는 작품에 떨어졌다고 했다.(위의 책, 315쪽)

그런데 『백련화』의 친일적 색채에 관해서는 그와 다른 방향에서 해석할 수 있는 모티프도 나타나는 것으로 보인다. 예를 들어 작중 결말 부분에서 남편과 헤어져 멀리 대련, 장춘 같은 만주를 헤매던 부인을 구출해 주는 한창해라는 인물에 대해 화자는 다음과 같이 설명하고 있다.

> 그 한창해는 본래 지사志士요, 의사義士요, 애국자愛國者로서 불상한 동포를 구제하기 위하야 만주일대를 편답하다가 맛침내 표류하는 동포를 구원할 목적으로 길림성 동편 백여 리쯤 되는 곳에 넓은 토디를 개척하고 만흔 동포를 수용하야 조선인의 촌락을 새로 만들어 동리 일홈을 신흥촌新興村이라 하고 그 곳에 거주하야 농업을 힘쓰는 중, 이번에 흑룡강 일대에 긔근이 심하야 수천 동포의 생명이 위경에 싸젓다는 보도를 듯고 그들을 구제하기 위하야 만주 각쳐로 돌아다니며 긔부금 모집을 하는 중에 맛침 장춘에 도착하야 멋칠간 두류를 하는 터인데, 이째 고려헌 청루에서 변사가 낫다고 부근 일대가 쩌들석하는 고로 그 역시 우리 동포의 일이라 사정을 자셰히 알고 십어셔 사람을 헤치고 들어가 엇지한 곡절을 뭇는 것인데, 부인의 사정이 엇지 비참하던지 눈물 만흔 그의 눈에 피가 흐르는 듯 럴럴한 의협심이 분발하야 즉시 오백원의 금젼을 주인긔게 주고 부인모자를 다려왓다.(해동초인,『백련화』, 방민호 편,『서울대학교 중앙도서관 소장 딱지본류 문헌자료 입력본』(가제본), 2011, 224~225쪽)

이 한창해라는 인물 또는 신흥촌과 관련해서는 필자가 충분히 조사하지 못하였으나 현재의 판단으로서는 강우규 의사를 모델로 삼앉을 가능성이 크다. 강우규 의사는 1919년 9월 2일 제3대 조선총독으로 부임하는 사이토 마코토 총독을 향해 폭탄을 투척하여 1920년 11월 29일 사형을 당한 독립지사다. 그의 신흥동, 또는 신흥촌 건설에 대해서는 다음과 같은 연구가 있다.

1910년과 11년에 각각 만주, 러시아로 떠난 강우규 가족은 그 후 북만주, 길림성 동부, 연해주 등 각지를 방랑하다가 1915년 노령 하바로브스크에서 합류하였다. 당시(1919년 6월) 하바로브스크에는 조선인 591호, 인구 2929인, 함경도 출신이 다수 거주하고 있었다.

합류한 강우규 가족(강중건 부부와 강영재, 강우규와 양어머니, 손녀인 강복담)은 다시 1917년 북만주 길림성 饒河縣으로 이주하여 新興洞이란 마을을 개척, 건설하였다. 이곳 우수리강 연안 지역의 신흥동은 1910년 일제의 조선 강점 이후 노령지역에서 온 한인 3호만이 살고 있었다.…… 강우규가 군이 이 벽지에 자리를 잡은 이유는 하바로브스크나 블라디보스톡 등 노령의 우리 독립운동 단체들과 내왕하기가 용이하고 만주의 우리 동포들이나 독립운동단체들과의 연락을 하기 위한 거점을 확보하기 위한 까닭이었다. 그는 인근 지역에서 아직 정착하지 못하고 유랑하고 있는 교포들을 끌어들여 이곳 신흥동을 개척하여 한두 해 후에는 백여 호 가까운 한인 마을을 이루었다.(박환, 「강우규의 의열투쟁과 독립사상」, 『한국민족운동사연구』, 124~125쪽)

여기 나오는 신흥동이란 곧 신흥촌을 말한다.(「강의사, "조선 국민이 어찌 일제 노예로 복종하겠는가"」, 『동아일보』, 2009.4.1.) 이러한 점을 참조하면 『백련화』의 주제를 작가의 행적이나 작중 인물의 실제 활동 내용에 비추어 친일이나 항일의 어느 한 쪽 면에서 찾는 것 대신에 가족의 이산과 재회라는 전통적 주제를 소작인 김길배 가족의 을축년 수해에 초점을 맞추어 설정한 의도 쪽에서 찾아볼 수도 있다.

이 작품의 가족 이산과 재회 모티프가 「최척전」은 물론 다른 『혈의루』 계열 작품들과 다른 것은 바로 위에서 언급했듯이 전쟁이 아니라 수해로 인한 이산이라는 점, 주인공이 양반이 아니라 소작인이라는 점이다. 이것은 이 소설에 다른 소설들과는 아주 다른 색채를 부여한다. 그것은 소작인이라는 하층민의 시각을 통해서 드러나는 세계의 참상이다.

을축년 대수해에 노출된 경기도 광주 선리船里라는 마을의 급박한 상황을 중심으로 펼쳐지는 이야기는 김길배의 가족이 물살에 휩쓸려 뿔뿔이 흩어지는 것으로 본격적인 전개를 보인다. 본래 김길배는 아내 이옥분, 딸 정희와 숙희, 아들 종만 등 다섯 식구지만 수해 과정에서 두 딸이 희생되어 버리고 나머지 가족들만 천신만고 끝에 재회하게 된다. 이 이산의 과정에서 김길배는 가족을 찾아 헤매 다니다 수해의 참상을 목도하는 한편 폭행 사건에 연루되어 고향을 떠나 만주로 나가 돈벌이를 하다 돌아오게 된다. 또한 그의 아내와 어린 아들은 강물에 휩쓸려 가다 중국 해적선 대룡환大龍丸에 의해 구출되지만 대련, 장춘 등지를 떠돌다 귀환하게 된다.

실제 사실을 바탕으로 이야기를 전개한 실재성, 전란이 아니라 수해라는 모티프에도 불구하고 가족이 모두 만주까지 헤매어 다니게 되는 국제적 이산의 경험, 남편과 아내가 모두 한창해라는 동일 인물의 원조에 힘입어 고향으로 귀환하게 되는 우연의 힘, 수해에 희생된 두 딸을 대신해서 피어난 백련화라든가 작중에서 큰 잘못을 저지른 준배라는 인물이 개과천선함으로써 화해와 용서의 "신성한 마당"(『백련화』, 앞의 책, 226쪽)에 도달하게 되는 공동체주의, 결국 흩어진 가족이 행복한 재회를 맛보게 되는 낭만적 결말,(박일용, 「장르론적 관점에서 본 최척전의 특징과 소설사적 위상」,『고전문학연구』5, 1990, 73~74쪽) 등은 이 작품이 전통적인 「최척전」 계보를 잇는 신소설임을 말해준다.

이러한 이야기에서 가장 인상적인 장면은 역시 첫머리에 나오는 수해 장면인데, 수많은 가난한 자들이 죽어나가고 힘 있는 사람들만 살아남을 가능성을 얻게 되는 처리는 이 작품이 1920년대 중반경을 풍미한 민중주의와 어떤 교호 관계에 있음을 시사한다.

　아, 아, 이 세상에 가장 위대한 것은 금젼과 셰력이다. 이백여 명이 경각에 다 죽게 된 이 자리에셔도 그 조고마한 금젼과 셰력이 무한한 능률能率을 가지고 잇다. 다수한 생명부터 구제하기 젼에 몬져 새우젓을 생각하는 배 임자도 잇고, 사나운 물결이 쓸어가기 젼까지는 노루소리만 한 금젼과 셰력을 가졋다고 새우젓 갑을 주기로 약조하고 자긔 가족만 구계코자 하는 부호도 잇다. 그런즉 돈 업고 셰력업는 자는 그 배에 올나보지도 못하고 죽을 것은 뎡한 일이다. 이것이 비록 조고마한 일이나 이 세상 모든 인류 사회의 반영反影이라고 하야도 과언이 안이다.

　그 조고마한 배에 리준근의 가족과 친척 사십여 명이 몬져 올느고, 그 뒤를 계속하야 가장 힘셰이고 날낸 장졍 수십 명이 셔로 밀치며 닷투어 올느니 배는 발셔 만원이 되야 몃 사람만 더 탈 것 가트면 그 배는 그만 험악한 물결 속에 침몰이 될 디경이다. 그러나 그 남어지 백여 명은 배가 당장에 뎐복됨도 헤아리지 안코 이 사람 져 사람이 죽기를 무릅쓰고 쮜어 올는다. 그들은 생명을 도모코자 하는 욕심에 잇다가 배가 전복되는 것은 생각지 못하고 당장 배에 올느기만 하면 살 줄 아는 것이다. 이는 인정상 당연한 일이라 그 위대한 힘은 누가 감히 막을 수 잇스랴. 이와 가티 혼잡한 중에서 배를 향하고 뛰어 올느다가 그만 물속에 써러져셔 참혹히 죽은 자도 적지 안이하다. 그러나 인정상 뛰여 올느는 자를 막을 수는 업고 배는 점점 복중하야 거위거위 침몰하게 되야간다. 그리고 비는 련속하야 쉴 새 업시 퍼붓는다.

이째 배 임자는 엇지할 줄 몰으다가 돌연히 용긔를 내여가지고 칼로 배 매인 닷줄을 끈어바리니 배는 급한 물결에 태이여 둥실 써나가는 순간에 흉악한 물결이 태산가티 달녀들며 그 륙디에 남어 잇는 백여 인의 생명을 무정스럽게 쓸어가바리고 그 선리라는 동리는 홀연히 흙 한뎜 보이지 안는 물속 나라가 되고 말엇다.

아, 아, 악독한 물결이 점점 발쑤리를 침범하야 오는 륙디에 셔셔 방금 침몰코자 하는 배에 뛰여 올느는 사람도 인정, 목전에 죽을 사람을 남기여두고 박절히 닷줄을 끈는 사람도 인정, 운명과 사정이 허락지 안는 절디에셔 각각 자긔 생명을 도모코자 함은 일반이라 이 경우 이 현상에서 잇셔셔는 누구를 원망하고 누구를 책망할 수 업는 일이다. 그런즉 이왕 죽은 사람들은 지극히 비참하고 불상하지만은 발셔 션텬사先天事가 된 터이라 엇지할 수 업는 일이어니와 그 배를 타고 써나가는 륙칠십 명의 생령은 누구던지 그들을 매우 행운아幸運兒라고 생각할 것이오, 그들도 역시 우리는 이만하면 살엇다고 자신할 만하다.

아, 아, 턴리가 무심함인지 그들의 죄악이 지중함인지 그들의 재난災難은 중중첩첩이 닥처온다. 닷줄을 끈어바리고 급한 물결에 써나가던 배는 불과 열간을 못나가셔 불행히 물속에 뭇쳐잇는 밤나무에 걸니여 배 허리가 끈어지며 그만 두 도막에 나바리엇다. 아, 아, 텬디신명은 엇지 그리 무정하랴. 우리는 이만하면 살엇다고 깃버하던 그들도 져– 언덕 위에셔 배에 올나보지도 못하고 붉은 물결 속에 장사지낸 자들이나 조곰도 다를 것 업시 되얏다. 그들이 쳐음 배에 올늘 째에 부녀와 로약들은 위험하다고 중앙

에 느러안치고 장정들은 되는 대로 압뒤에 일어섯섯는데 배 허리가 끈어
지는 동시에 중앙에 안젓던 부녀와 로약들은 모다 흉흉한 물결 속에 써러
져 바리고 그 중에 힘세인 장정들은 혹 째어진 배 조각을 훔처잡고 망망한
파도와 싸홈하는 사람도 잇다.(『백련화』, 앞의 책, 195~196쪽)

이와 관련하여 이 소설의 배경을 이루는 을축년 대수해의 참상
에 대해서는 여러 회상담이 있어 『백련화』에서의 묘사가 매우 사실
적임을 알 수 있다. 그 중 가장 적나라한 글은 당시의 일을 상세하
게 이야기한 후, "그때를 지금 안저서 회상하기만 하야도 그 처참황
량하든 광경이 눈에 선하게 비최인다. 아마 이것이 시사정치를 떠나
서 나의 생활 중에 가장 심각하게 뇌에 백여잇는 한가지 닛지 못한
것인가 한다."라고 말하고 있다.(정수일, 「끔직끔직한 大洪水亂」, 『별건
곤』, 1929. 1, 50쪽)

『혈의루』의 정론적 문체가 거부감을 주는 반면 이 작품의 민중주
의는 작가의 유려한 묘사력에 휘감겨 있어 독자들에 의해 자연스럽
게 수용될 수 있는 가능성이 커 보인다. 이 소설의 민중주의는 좌익
사회주의의 그것이 아니라 친일도 항일도 모두 지식인의 사치스러
운 이념에 불과한 것처럼 보일만한 처참한 상황을 헤쳐 나가야 하는
백성의 시각 그것이라 해도 무방할 것이다.

4. 『혈의루』는 어떻게 만들어졌나?

임화는 신소설의 특징으로 문장의 '언문일치', '소재와 제재의 현
대성', '인물과 사건의 실재성' 등 세 가지 요소를 꼽는다.(임화, 앞

의 책, 160쪽) 이 가운데 두 번째 요소인 소재와 제재의 '현대성'이라는 것을 '당대성'으로 이해하고 나면, 『혈의루』가 새롭게 이루고 있는 것은 첫 번째 요소인 '언문일치'밖에 없음이 확인된다. 이는 소설의 장르적 인식의 측면에서 이인직이 17세기에 한문단편소설을 쓴 지식인 양반 계층의 직접적인 후예라는 것을 의미한다. 이것은 한국 근대소설의 특질이나 체질에 관련되는 문제로서 근대소설을 이루는 다양한 원천들에 대한 탐구의 필요성을 제기하는 것이다.

이미 조선시대부터 한국의 소설은 다원화되어 있었다. 한쪽에「최척전」과 같은 한문단편소설을 포함한 한문소설의 전통이 놓여 있다면 다른 한쪽에는「심청전」이나「춘향전」같은 한글소설의 전통이 놓여 있었던 바, 이들 각각의 소설 장르들을 담당한 계층이 엄연히 달랐던 만큼 이 각각의 장르들의 세계인식이나 관점이 같았을 리 없고 이들이 다루는 인생의 측면이 같았을 리도 없다. 또한 그렇다면 근대소설 형성과정에 대한 연구는 이러한 각각의 전통이 어떤 형태로 현대소설에 접맥되는지 검토할 필요가 있으며, 이 과정에서 서사에 관한 어떤 외래적 인식이 이들과 합류하여 새로운 양상을 빚어내는지 살필 필요가 있다. 이것은 한국근대소설의 형성과정을 하나의 선조적 개념틀로 '단선화', '단순화'하여 이해해서는 안 됨을 의미한다. 또한 이것은 한국에서의 근대소설의 형성과정을 이미 존재해 있었고 변화, 발전해 온 소설들의 맥락에서 검토해야 함을 의미한다. 현재 국문학계에서는 근대소설의 연원을 따지고자 하면서 다양한 논설 및 전기 양식을 포함한 주변적 장르들에 시선을 주는 경우가 많다. 이러한 노력이 무의미하다고는 전혀 단정할 수 없는 반면, 그만큼이나 이미 존재해 있고 변화해 오고 있던 '소설들'에 대한 검토야말로 핵심적인 문제임을 유념해야 한다.

『개설 신문학사』를 저술하기 위해 임화가 기울였던 방대한 노력과 자료의 수집 정리 작업에도 불구하고,(방민호, 「임화와 학예사」, 『상허학보』, 26, 2009, 263~306쪽) 또한 전기소설과 신소설 양식의 연락 관계에 대한 인식에도 불구하고 임화는 「최척전」 계열의 전통적 전기소설들에 대한 충분하면서도 구체적인 지식을 구비하지는 못했던 듯하다. 때문에 청일전쟁을 한 가족의 이산과 재회의 맥락에서 다루면서 이 서사에 동아시아 세계의 시대적 전환을 다루는 방식을 아주 새로운 것으로 이해했고, 바로 그런 이유로 인해 이인직의 신문학 개척자로서의 위상을 아주 높이 평가했다. 그에 따르면 신소설은 바로 이인직에 의해서 창안된 새로운 양식일 뿐만 아니라 그 가장 높은 성취를 보여준 것도 이인직 자신이었다.

창가가 만일 처음에 4.4조와 같은 낡은 운문의 형식에다 새로운 정신을 담아 가지고 출발하여 점차로는 새로운 정신에 조화되도록 낡은 양식을 개조하여 나갔다면, 신소설 역시 처음에는 전대의 전기소설이나 군담이나 염정소설 등의 낡은 양식에다가 새로운 정신을 담는 일에서 출발하여 나중에는 새로운 정신을 표현하기에 적합한 소설적 제조건과 양식을 취득하여 현대소설이 건설될 제1의 초석을 놓았다고 볼 수가 있다.

그러나 실제로 신소설의 발전사를 보면 반드시 우리가 예상하는 도식대로 낡은 소설양식에 새로운 정신을 담은 작품이나 작가가 먼저 나고 그 다음에 새 정신에 적응한 새 양식이 발견되는 경로를 밟지는 않았다.

무엇보다도 신소설 작가 중에 그 중 현대문학에 가까운 이인직李人稙이 누구보다고 먼저 신소설단新小說壇에 출현하였다는 사실은 이러한 사정을 증명한다. 이인직은 단지 가장 우수한 신소설작가였을 뿐만 아니라 실로 신소설 양식을 창조한 사람이다. 이인직의 손으로 비로소 신소설이

란 것이 조선문학사 위에 등장한 것이다.(임화, 앞의 책, 156쪽)

이와 같은 판단에서 그는 한국근대소설의 선형적 계보를 다음과 같이 구성한다.

> 그러므로 현대소설의 건설자인 이광수李光洙가 계보학적으로 연결되는 사람은 후대의 이해조도 아니요, 최찬식도 아니요, 이인직이 된다. …… 요사이 용어로 고친다면 이인직은 순수한 현대작가요, 이해조는 전통적 작가요, 최찬식은 대중작가라 부를 수 있다.(위의 책, 157쪽)

그러나 이러한 평가는『혈의루』와『백련화』를 비교해 볼 때 지나치게 이인직 쪽으로 기운 것이며, 여기에는 헤겔주의적 마르크시스트로서 그 자신 정론적인 문학에서 자유롭지 못했던 임화의 내면적 상태가 투영되어 있다고 보는 것이 타당할 것이다.

임화는 '정통' 마르크시즘을 따르는 사람으로서 아시아적 정체성을 부정할 만한 식견을 갖추지 못했고 때문에 이것의 담론적 힘을 승인한 바탕 위에서 조선근대문학의 독자적 존재 및 그 형성과정을 정당화하고자 하는 바람에서 조선이 서양을 향해 열리는 개방의 과정을 아주 길게 분석, 서술하고 있다. 운명적으로 정체된 사회가 새로운 문화를 만들어가기 위해서는 외부의 힘이 필요했던 것이다. 그의 문학사 서술은 바로 그와 같은 역사 발전 모델을 중심으로 이루어져 있다. 때문에 소설 또한 외부의 힘을 빌려서만 근대적 외양을 갖출 수 있게 된다.

이러한 맥락에서 보면 단연 친일적 시대감각을 전면에 내세운『혈의루』가 가장 진보적인 색채를 가진 것으로 이해될 수 있다. 그러나 사태가 꼭 그러했으리라고 생각할 수만은 없다. 『혈의루』, 『절처봉싱』, 『백련화』를 놓고 보면 신소설 작가들은 다른 작가들이 갖지 못한 요소를 분점하면서 독자들을 놓고 경쟁하는 상황에 놓여 있었던 것으로 보인다. 이인직, 이해조, 최찬식과 같은 작가들이 어떤 스타일의 작가이며, 어떤 세계인식을 포지했으며, 이후 문학사에 어떤 영향력을 행사했는가는 더욱 깊은 고찰을 필요로 한다.

「최척전」류의 소설 계보를 형식면에서나 내용면에서 확실히 계승하고 있는 것처럼 보이는 『혈의루』 계열 작품들의 존재는 신소설의 문학사적 위상에 대해서도 새로운 인식과 평가를 가능케 하는 것으로 보인다. 이인직, 이해조, 최찬식 등에 의해 개척된 신소설은 그들의 뒷 세대에 소설적 계보를 이어주지 못한 채 그들 당대에 장르적 가능성을 모두 소진하고 말았는데, 이것은 이 양식이 서구 또는 일본의 서사양식을 이식한 것이라기보다는 오히려 전통적인 소설 장르를 형식과 내용 모두에서 충실히 계승하면서 여기에 새로운 세계인식을 첨가함으로써 형식 자체에도 변개가 이루어졌음을 시사한다. 때문에 이 양식에 계승된 전통적 소설 형식이 더 이상 새로운 시대의 주제와 감각을 수용하지 못하는 한계에 직면함으로써 신소설의 시대는 종막을 고하고, 한국 소설은 번안소설의 시대를 거쳐 이광수로 대변되는 제3의 신문학으로 나아갔던 것이다.

이광수『무정』을 어떻게 읽어 왔나?
─안창호의 '무정 · 유정'의 사상에 이르는 길

1. 일제 강점기의『무정』읽기─김동인과 임화의 경우

　이광수 비평은 일제시대에도 허다하게 이루어졌지만, 그 선편을 쥔 사람은 응당 김동인이다. 그의 춘원연구는 예술가 비평의 역작 가운데 하나로서 여기서 그는『무정』과『개척자』를 한데 묶어 이광수 문학의 체질을 살폈다. 그의 이광수론,『무정』론은 이후의『무정』독해의 방향, 방법을 규정한 바 크기 때문에 깊이 음미될 필요가 있다.

　김동인에 따르면 이광수는 이 소설을 도쿄 조선 유학생 감독부 기숙사에서 썼다.(신구문화사판,『춘원 연구』, 1956, 28쪽) "그는 소설을 언제든 설교 기관으로 삼았다"(위의 책, 29쪽)며 "과도기의 조선의 모양"(위의 책, 같은 쪽)을 그려 보이려 했다고 한다. "형식은 과도기의 조선 청년의 성격을 대표하는 자"(위의 책, 같은 쪽)로 규정된다. 선형은 과도기의 신여성, 영채는 "구사상의 전형"(위의 책, 30쪽)이라 한다. 이 두 여성을 그리는 작가의 도식을 김동인은 다음과 같이 정리한다. "형식의 가슴에서는 두 개의 여성이 난무를 한다. 하나는 돈과 신식과 신학문을 가진 선형이라는 여성이다. 또 하나는 순정과 눈물과 열과 자기희생의 크나큰 사랑을 가진 영채라는 여성이다. 자기가 자유로 취할 수 있는 두 개의 여성에서 형식은 어느 편을 취하였나?"(위의 책, 같은 쪽)

김동인의 『무정』 분석은 그답게 명석하고 날카롭지만 동시에 예단적인데다 심각한 오독이 있다. 그는 이광수가 신도덕을 말하고자 했지만 구도덕에 사로잡힌 나머지 "냉정한 붓끝으로 조상하여야 할 구도덕의 표본 인물"(위의 책, 31쪽) 영채를 독자들로 하여금 열렬히 동정하게 하는, 의도치 못한 결과를 낳고 말았다고 한다. 그에 따르면 이광수는 과도기의 구도덕 청산과 신도덕 앙양을 목표로 삼았지만 그 자신의 낡은 감성으로 말미암아 이를 적극적으로 드러내는 데는 실패한 것이 된다. 김동인은 이러한 부조화 또는 낡은 가치의 뿌리 깊은 잔재를 이광수 문학 전체의 본질적 문제로 높이기를 주저치 않는다.

『무정』 이후의 춘원의 소설이 흔히 범한 오류가 역시 이것이다. 그의 생장과 교양과 전통이 그에게 준 바, 그의 이상이 낳은 바의 이론이 미처 조화되지 못하고, 그 조화되지 못한 것을 소설에서 억지로 부회시키려 하고 하여서 가여운 희극과 강제가 나타나고 한다.(위의 책, 39쪽)

이광수가 이처럼 자신의 경험적 생리와 이론적 이상의 부조화, 상충을 겪었고, 이것이 이광수 소설, 특히 『무정』에 나타났다고 본 김동인의 확신은 깊다. "성격의 통일과 감정의 순화에 서투른 작자는 형식이 공상에 빠질 때마다 혼선을 거듭한다."(위의 책, 44쪽) 그런데 이것은 작가 이광수를 작중 인물화 시키는, 작가로부터 작중인물을 해석하는 독해로서, 본질상 사소설 작가라 할 수 없는 이광수의 소설을 사소설적으로 읽는 것이고, 작가가 사소설의 주인공처럼 작중 인물화 된 것으로 본 것이다. 이러한 독해 방식은 훗날에까지 길게 이어져 형식을 곧 이광수의 분신으로 보는 독법의 전통을 낳게 된다. 하지만 이광수의 경험과 사유는『무정』에서 형식뿐만 아니라 특히 화자에 분여되어 있다. 화자와 주인공을 포함한 모든 인물에 적절한 역할을 주려는 '연출적' 작가 대신에 사소설적 주인공으로서의 작가를 보려는 시각은 이광수 연구를 자주 작가론적 해석으로 돌아가게 한다.

『무정』에 관한 작가 연구는 응당 필수적이지만 이것이 작가의 경험세계나 체질 분석에 그치고 작가의 사상이나 작중에 작가가 착색하고자 한 주제를 면밀히 분석하지 않는다면 그 비평은 방향을 잘못 잡기 쉽다.

김동인의『무정』비평에서 주목해 보아야 할 것은 삼랑진 수해 장면을 귀하게 본 반면 마지막 126회 분량의 에필로그를 '사족'에 지나지 않는 것으로 취급한 것이다. 그는『무정』의 무계획성, 답보식 전개 등을 지적한 끝에 삼랑진 수해 장면은 작가적 종합을 이끌어낸 훌륭한 발상으로 손꼽는다.

여기서 삼낭진 水害 만난 사람들에게 대한 民族愛로서 4人의 감정을 융화시킨 점은 용하다. 이런 巨大한 사건이 突發하지 안헛드면 네사람은 제각기 제 품은 감정대로 헤지고 말앗슬 것이다.

이 民族愛라는 것이 또한 이 作者의 항용 쓰는 武器이나 대개가 억지로 意識的으로 揷入하여 作品의 內容과는 어울리지 안는 긔괴한 느낌을 주는 것인데 이 場面에서 뿐은 이런 問題가 아니면 도저히 서로 한 좌석에 모혀서 한 마음으로 談笑를 못할 것으로서 春園의 全作品을 통하여 唯一의「적절한 揷入」이엇다.(김동인, 『춘원연구 4』, 『삼천리』, 1935. 1, 211~212쪽)

이로써, 『무정』에서 가장 중요한 곳, 가장 훌륭한 곳을 삼랑진 에피스드의 설정으로 간주하는 전통은 유구한 전통을 쌓는 길에 접어들며 이로부터 이탈된 독해를 시도하기는 어렵게 된다. 그런데 이러한 방식의 독해는 『무정』을 '계몽주의' 소설로만, 또 '근대화'만을 주장한 소설로 낙인찍는 효과를 발휘한다. 형식을 '과도기'의 인물로, 신사상을 추구하나 구사회의 탯줄을 잘라버리지 못한 인물로 간주한 위에 이렇게 유학, 교육, 실행을 주장한 대목에 상찬을 집중함으로써 무정은 일방향적, 일면적 해석의 길로 접어들어 고정화 된다.

한편 이 시대의 이광수 비평에서 임화를 제외할 수는 없을 것이다. 『개설 신문학사』로 통칭되는 그의 문학사 연구가 지닌 위상에 비추어 보거나 프롤레타리아 문학을 역사적으로 새로운 단계의 문학으로 간주하면서 이광수를 부르주아적 타자로 대상화 하고자 했던 KAPF 문사로서의 초상에 비추어 볼 때, 그의 무정 비평은 이광수 연구사의 또 다른 축을 형성한다.

김동인이 말한 '과도기'라는 용어는 일종의 만병통치약(파르마콘) 같은 것이어서 이광수 『무정』의 1910년대 후반 경에도, 임화가 지적하는 "정치소설과 번역문학", "창가", "신소설"의 시대에도 적용될 수 있었고(임화, 『개설 신문학사』, 『조선일보』, 1939. 12. 8) 심지어는 채만식의 처녀작 「과도기」(1923)에서도 아무런 성찰 없이 사용된다. 이런 용어법 측면에서 보면 임화는 문학사를 유물변증법적 견지에서 명철하게 파지하고자 한 의미 있는 문학사였다 할 수 있다.

1939년부터 1941년에 걸쳐 단속적으로 집필된 『개설 조선 신문학사』와 카프 해산이라는 급박한 정세 속에서 쓴 「조선 신문학사론 서설」은 방법론상으로 단순히 연장적이라 할 수 없다. 『개설 신문학사』는 그의 마산행, 결혼과 휴식과 집중적 독서, 『사해공론』 편집장 생활 같은 기간을 거쳐 나타난 것으로, 이를 위해 그는 「조선문학 연구의 일과제–신문학사의 방법론」(『동아일보』, 1940. 1. 13~1. 20)을 통해 대상, 토대, 환경, 전통, 양식, 정신 등 여섯 가지 지표적 범주에 의한 문학사 서술의 엄밀한 방법론 정립을 시도했다. 그는 여기서 "정신은 비평에 있어서와 같이 문학사의 최후의 목적이고 도달점"(『동아일보』, 1940. 1. 20)이라 하거니와 그의 문학사 방법은 "조선의 근대문학"(『동아일보』, 1940. 1. 13)이라는 대상을 그 "사회경제적 기초"(『동아일보』, 1940. 1. 14)로부터 그 정신사적 위상의 구명에 이르기까지 주밀하게 밝힐 것을 목적으로 삼는다.

이러한 방법론적 계발은 임화의 문학사가로서의 전개과정 내내 지속적으로 심화되어 갔으며, 그의 이광수론 또는 『무정』론은 그 연장선상에서 그 문학에 부조된 근대정신의 '수준' 혹은 단계를 측정하는 쪽에 집중된다. 그것은 KAPF가 발원한 신경향파 문학의 문학사적 위상을 밝히려는 문제의식의 소산이다.

춘원으로부터 자연주의 문학에, 자연주의로부터 낭만주의 문학에로 그 근소한 일맥을 보전해 내려온 현실의 역사적 유동에 한 성실성과 진보적 정신은 한 개 비약적 계기를 통과한 것이다.

그러므로 춘원으로부터 낭만파에 이르기까지 각 시대의 제 경향이 전대의 단순한 대립표로서 일면적으로 이것을 계승하였다면 신경향파 문학은 그 모든 것의 전면적 종합적 계승표이었었다.

이것은 신경향파 문학이 의존하는 바 사회적 계급의 역사적 지위의 전체성, 종합적 통일성에 유래하는 것이나, 문학적 발전에 있어 그것은 심히 명확한 형태로 표시되어 있다.

(중략)

신경향파 문학은 국초, 춘원에서 출발하여 자연주의에서 대체의 개화를 본 사실적 정신과, 동일하게 국초, 춘원으로부터 발생하여 자연주의의 부정적 반항을 통과한 뒤 낭만파에 와서 고민하고 새로운 천공으로의 역의 비상을 열망하던 진보적 정신의 종합적 통일자로 계승된 것을 무한의 발전의 대해로 인도할 역사적 운명을 가지고 탄생된 자이다.(『조선중앙일보』, 1935. 11. 5, 임규찬 편, 『임화 신문학사』, 353~354쪽에서 인용)

임화에게 신경향파 문학의 역사적 위치는 자본주의에서 사회주의(공산주의)로 진화해 간다는 역사발전론의 조선문학사적 설명문이다. 그는 여러 면에서 탁월한 문학적 준재임에 틀림없지만 아쉽게도 그가 도달, 귀의한 마르크시즘의 몇 가지 속류적 '준칙'에서 자유롭지 못했다. 원시 공산제에서 계급사회의 제단계를 통과하여 다시 고도 공산주의에 도달한다는 '마르크스적' 생산양식 교체론은 그에 내재된 마르크스 정치경제학의 방법론적 의미, 독특함, 한계 같은 것이 고찰되지 못한 채 수용되었고, 이 맥락에서 이른바 아시아적 생산양식asiatische Produktionsweise론이나 '아시아적 정체성'론 같은 가설적 이론은 그 모호함과 대상범위의 광활함에도 불구하고 비판적 검토 없이 받아들여졌다.

이와 같은 '상투적' 수용 대상이 된 마르크시즘 구성 요소 가운데 하나가 바로 당파성론이다. 이것은 루카치의 역사와 계급이론에 와서 집대성되지만 마르크스가 이른바 『자본론』에서 물신성론을 주창한 때부터 문제는 시작되었다고 할 수 있다. 인식 또는 의식에 부르주아적인 것과 프롤레타리아적인 것이 있는가, 프롤레타리아적 입장에 설 때만 자본주의 운동의 메커니즘을 투시해 볼 수 있는가? 이와 같은 역사발전 단계론 및 '당파성' 논리는 임화에게서도 쉽게 간취된다. 임화는 이광수를 부르주아 문학으로, 계급성(당파성)을 담지한 문학으로, 그러면서도 이인직의 『은세계』나 『혈의루』가 그 자신의 시대에 대해 가졌던 것보다 훨씬 저급한 진보성만을 가진 문학이라고 주장한다.

춘원의 문학은 위선 그 자신이 소위 '발아기를 독점'하는 존재일 뿐 아니라 이해조, 이인직으로부터의 진화의 결과이고 동시에 동인, 상섭, 빙허 등의 자연주의문학에의 일 매개적 계기였다는 변증법(진실로 초보적인!)의 견지에서 이해되어야 하며, 다음에는 그의 사회적 역사적 의의를 구체적 현실과의 의존 관계의 법칙에 의하여 평가하여야 할 것이다.

이러한 견지에서 본 『무정』 등의 문학적 가치란 동인, 상섭 등에 비하여 떨어지는 것이고, 또 그의 선행자 이해조, 이인직의 수준보다는 높은 것일 수 있으며 또 사실에 있어 그러한 것이다.

허나 이곳에 춘원이 관계한 전후의 문학적 세대와의 차이에 있어 약간의 특수한 고려를 필요로 한다.

그것은 『무정』 등이 이인직 등에 비하여 갖는 문학적 우월성이란 이인직의 작품이 그의 선행 시대에 있던 구투의 신구소설류에 대하여 가지고 있는 진보적 의의에 비하여 그리 높지 못한 것이다.

(중략)

더욱이 나는 춘원의 작품이 내용하고 있는 세계관의 요소라는 것의 본
질이란 그 작품이 쓰여진 시대의 이상에 비하여 뒤떨어질 뿐만 아니라,
이 뒤떨어졌다는 것의 성질이 민족 부르조아지가 그 역사적 진보성을 포
기한 기미 이후, 이 계급이 가졌던 환상적 자유와 대단한 근사점을 가지
고 있다는 구체적 이유에 의하여 이 시대의 춘원의 작품의 진보성을 그
리 높게 평가하는데 항의하는 자이다.(『조선중앙일보』, 1935. 10. 15~16 및
1935. 10. 22, 『임규찬 편, 임화 신문학사』, 329쪽 및 336쪽에서 인용)

임화는 『무정』이 조선이 당면한 사회 진화적 단계와 그 시대적, 정
신사적 과제에 비추어 뒤떨어진 사회 개혁 메시지만을 전달하고 있
으며 따라서 그 진보적 의의가 심히 소극적인 것으로 간주했고, 이
는 마르크시즘적 역사 발전 단계론의 필연성에 입각한 지극히 연역
적인 논리를 보인 것이었다.

2. 『춘원 이광수』, 『이광수 평전』, 『이광수와 그의 시대』
—작가론의 독법

1962년 2월에 박계주와 곽학송 두 사람이 펴낸 평전 『춘원 이광
수』가 삼중당에서 출간된다. 이 경위를 박계주는 다음과 같이 소개
한다.

삼중당 사장 서재수 선생과 동사 전무 이월준 씨가 만나자 하여 상면
하였더니, 서사장으로부터 육당 최남선, 춘원 이광수 등 제씨의 전기를

출판하려 하니 춘원 편을 맡아달라고 요청해 왔다. (중략) 그런데 마침 문우인 소설가 곽학송 형이 춘원 선생과는 동향일 뿐더러 춘원 선생의 일이라면 전적으로 나서서 돕겠다고 쾌락하여 곽형의 희생적인 협조와, 활동에 의해 이 춘원전기는 완성되게 되었던 것이다.(박계주·곽학송,『춘원 이광수』, 삼중당, 547~548쪽)

두 사람은 "실로 춘원의 수난은 민족 수난의 축도"(위의 책, 34쪽)였고, "춘원의 문학적 업적은 영원 불멸이요, 위대하다"(위의 책, 32쪽)는 관점에서 그의 생애와 문학을 전체적으로, 상세히 조명, 고찰해 나간다. 그들은 "소설, 시가, 수필, 평론, 기행문 등, 그 어떤 형식을 취하였든간에 춘원만큼 '자기의 뜻'을 표현한 사람은 전무후무하리라고 본다."(위의 책, 34~35쪽)는 판단 아래 이광수의 생애와 문학을 고찰해 나간다.

이광수의 『무정』을 논의하는 장에서 박계주와 곽학송은 백철과 조연현의 『무정』 비평을 비교적 소상히 소개한다. 백철의 『무정』 평가와 관련하여 두 사람이 특기한 것은, 그가 이 작품을 "계몽기의 신문학을 여기서 종합해 놓은 하나의 기념탑", "초창기의 신문학을 결산해 놓은 시대적인 거작", "이 시대의 모든 민족적, 사회적, 도덕적 문제가 제시되어 이 시대의 사조를 일장 대변한 작품" 등으로 고평한 것이며, 이 가운데서도 특히 "작자가 평양 대성학교를 중심하여 학교장의 연설 장면을 그린 것"에 주목한 것이다.(위의 책, 212쪽에서 인용 및 참조) 백철은 여기서 "대성학교는 안도산이 설립한 학교라는 데 유의하기 바란다."(위의 책, 212쪽)고 써놓았는데, 이는 무정과 안창호 사상의 관련성을 논의하기 위한 힌트 역할을 하는 것으로 보인다.

두 사람이 제시하는 조연현의 『무정』 평가는 이 작품을 전대의 신소설과 대비하여 적극적인 의의를 가진 것으로 보았다. 그는 『무정』에 대해, "신소설은 표면상으로는 개화의 현실을 보여주고 있었으나 그 속에 진실로 반영된 것은 봉건적인 시대였음에 반하여, 무정은 한국의 근대생활을 명실공히 그 속에 반영시켰다"(위의 책, 214쪽)고 할 수 있으며, 나아가, "이것은 이를 테면 한국 최초의 조직적인 자아의 각성이며, 체계적인 개성의 자각이며, 그리고 그에 대한 희열"(위의 책, 214쪽)이라고도 고평하기를 주저하지 않았다. 그가 지목하는 『무정』의 "자유연애"가 과연 이광수에 와서 처음 설정된 것인지는 미지수다. 가령, 조선 17세기의 한문단편소설 「최척전」에 등장하는 옥영과 최척의 사랑은 자유연애의 이상이 표출된 것 아니겠는가? 『무정』이 하나의 '대중소설'로서 제시한 자유연애란 시대의 유행이기는 하였으되 전대에 제시된 것에 비추어 개벽적이라 할 수는 없다. 그러나 이 연애를 매개 삼아 지적한 무정의, 자아와 개성 옹호는 확실히 주목해 볼 만한 것이라 할 것이다.

백철과 조연현의 평가를 비교적 공정한 것으로 평가하면서 그들은 『무정』의 집필 배경도 밝혀 놓음으로써 향후의 연구를 위한 정보제공 역할도 하고 있다.

이 『무정』이나 「오도답파기」는 당시 『경성일보』 사장으로 있었던 언론인이요, 학자요, 사학가였던 일본인 도꾸도미德富蘇峰의 청탁에 의해 집필된 것이다.(위의 책, 218쪽)

두 사람의 전기적 논의는 『무정』을 둘러싼 작가의 사정을 비교적 구체적으로 파악하게 해주거니와, 이와 관련 또 하나의 유용한 자료는 삼중당판 『이광수전집』의 별책부록 『이광수 앨범』 가운데 들어 있는 「이광수 평전」의 전후 설명이다. 박계주와 곽학송의 전기 서술에 이어, 이 평전은 이광수 자신의 기록과 기타 선행 자료들을 참고하면서 이광수 소설의 전개과정을 작가론적 조명 쪽으로 한걸음 더 옮겨 놓는다. 선행 기록들에 주석적 설명을 붙이는 방식으로 조합된 이 서술은 이광수 생애와 문학의 관련성을 더 깊이 드러낸다.

> 춘원은 이때 明溪館이란 곳에 하숙하고 있었는데 당시 서울 『매일신보』 편집국장(후에 『경성일보』 사장)이던 일인 德富蘇峰의 청으로 「동경잡신」을 집필, 그해 9월 27일부터 11월 9일까지 연재하였다. 그리고 계속하여 德富로부터 매신 신년호부터 장편연재 청탁을 받고 십이월부터 이 나라 신문학사상 최초의 장편소설인 『무정』을 집필하기 시작했다.(『이광수 앨범』, 삼중당, 1965, 101~102쪽)

한편으로, 김윤식의 저술 『이광수와 그의 시대』는 이와 같은 전기적 집적을 배경으로 삼고 에토 준江藤淳의 『나쓰메 소세키와 그의 시대』 같은 선행 저작의 존재를 의식하면서 이광수 연구를 본격적 행정 위에 올려놓으려 한 시도다. 여기서 저자는 『무정』을 "춘원의 '자서전'"(솔판 『이광수와 그의 시대 1』, 566쪽)이라 규정한다. 물론 작가와 작중 주인공을 완전 분신으로 이해하는 소박주의는 아니지만 그럼에도 이 저작 전체를 지탱하는 힘은 이광수 장편소설로부터 작가의 생애, 의식, 심리의 등가성을 찾는 상동성 Homologie 이론이다. 이 글에서 이 논리를 깊이 다루지 못하지만, 그에 따르면 이광수라는 작가적 존재는 자신이 속한 "계급의 사상, 감정, 열망을 총체적으로 표현한"다. "여기서 개별 작가란 자신이 속한 계급의 세계관을 작품에 표현하는 예외적 개인individu exceptionnel"이다.(한국문학평론가협회 편,『문학비평용어사전』, 국학자료원, 2006) 이를 김윤식의 언어로 옮겨 보면 다음과 같다.

(가)

『무정』시대를 그린 허구적 소설이지만 동시에 빈틈없고 정직한, 고아로 자라 교사에까지 이른 춘원의 '자서전이다. 그 자서전은 그대로 당시 지식 청년들의 자서전으로 연결되는 것이기도 하였다.(솔판『이광수와 그의 시대 1』, 566쪽)

(나)

골드만에 의하면 문학작품의 주체는 개인도 기호론도 기계론적 이데올로기도 아니고, '집단'이라는 것이다. (중략) 이 예외적 개인만이 그 사회 집단의 세계관을 최대한 발휘하며, 그들은 지적 측면에서는 과학자, 행동의 측면에서는 사회적 혁명가, 문학(감각)에서는 작가들이다. 따라서 훌륭한 문학작품은 특정집단의 이데올로기의 표현이며, 그 집단의식은 예외적 개인의 의식 속에서 '감각적 명징성의 최대치'에 도달된다. 이 세계관(이데올로기)과 작품 사이에는 의미 있는 구조, 즉 동족성 이론이 성립된다.(위의 책, 570쪽)

(다)

춘원이 전개한 문자행위 중의 하나가『무정』이라는 이른바 문학생산의 총체성 개념에 의지한다면 무엇보다도『무정』속의 세계관의 구조를 보다 명백히 하거나, 적어도 중요한 과제로 문제 삼을 수 있게 된다. (중략) 유학생으로서, 신문관 멤버로서, 또 총독부 기관지의 유력한 기고자의 하나로서 춘원이 소속된 여러 작은 공동체들은 그 나름의 집단적 이데올로기를 드러내고 있을 것이다. 그 이데올로기란 논설의 차원에서는 논리적 명징성으로,『무정』같은 작품에서는 감각적 명징성으로 드러나고 있을 것이다. (중략) 달리 말하면, 그가 특출한 예외적 개인이기에 그를 포함한 계층의 의식의 최대치를 드러내었을 것이다.(위의 책, 570~571쪽)

김윤식은 이와 같은 방법론적 전제 위에서,『무정』에 대한 총체적, 입체적 분석을 시도한다. 모두 다섯 개 층위에 걸쳐 표층적 분석에서 심층적 분석으로 밀고 내려가는 그의 분석에서, 그는 모두 다섯 차원의 의미 구조를 발견한다. 그것은, 첫째 상승계층의 생명적 진취성을 담고 있는, 논설문 차원의 구조층, 둘째 교사와 학생의 관계 구조, 즉 "사제 관계의 정결성"을 중심으로 한 형식-선형, 형식-하숙집 노파, 월화-영채, 병욱-영채, 형식-다른 모든 인물들의 관계 구조, 셋째 "누이 콤플렉스"라 명명된 순진성 혹은 정결성의, 충만한 구조. 이를 김윤식은, "이 '누이'라는 이미지와 순결성은 동일한 것이며 또한 생명의식과도 같이 정신을 앙양케 하고 감정을 고조케 하는 것으로 표현된다."(585쪽)고 했다. 넷째, 영채의 수난 이야기를 중심으로 발산되는 한의 구조층도 분석되어야 할 무정의 심층적 주제다.

김윤식은 나아가『무정』에 나타나는 형식의 형상을 이광수의 실제 삶에서 근거를 찾을 수 있는 것으로 보아,『무정』은 "꾸며낸 이야기이기보다는 작가 자신의 이십육 년 간의 생애를 그대로 투영하였다"(601쪽)고 보았으며,『무정』의 문체, 작중에 나타나는 철도의 의미, 그 서지적 고찰, 그 문학사적 검토 등과 같은 문제들이 남아 있는 것으로 보았다.

오랫동안 김윤식의 연구는 이광수 연구의 표본처럼 간주되었으나 이 저작이 쓰인지 오래되고, 김용직이나 김윤식으로 대표되는 해방 후 한국현대문학연구 제2기의 학자들의 '성세'가 '기울어가는' 지금 그의 논의는 이광수를 시대의 예외적 대표자로 설정하는 상동 이론과 작가론적 설명력을 결합한 절충적 독해로서, 그 본격성만큼이나 '고전적'인 과거로 이해되는 면이 없지 않다. 『무정』에 나타나는 수많은 담론적 구조물은 아직 충분히 조명되지 못한 채 연구방법, 접근법이 다른 연구자를 기다려야 한다.

3. 『무정』 연구의 전문화 및 서양의 지적 원천 탐구

동국대학교 부설 한국문학연구소는 1984년에 『이광수 연구』 상하권을 펴냈다. 여기에는 그때까지 바쳐진 많은 연구자들의 심혈을 기울인 평론 및 연구 논문들이 다량 게재되어 있었던 바, 그 범위는 김붕구부터 박영희, 김문집 등을 포괄하는 적극적인 연구논문 앤솔로지였다. 이 글이 이와 같은 노력들을 다 담지 못함은 전적으로 필자의 안식의 부족함과 게으름 때문이다.

한편으로 윤홍로 저술의 『이광수 문학과 삶』(한국연구원, 1992)은 이광수의 사상사적 면모를 종합적으로 살피고, 『무정』의 전통성과 근대성에 관한 담론적 논의를 종합함으로써 당시까지의 이광수 논의의 현황을 간명하게 이해할 수 있도록 해준다.

특히 그는 안도산 사상과의 교류 관계를 점진주의, 무실역행 사상 등과의 관계 속에서 조명하고, 도산 사상과 진화론의 관련성을 중심으로 「민족개조론」(1922)을 언급함으로써 뒤에 오는 많은 진화론 관계 연구의 도래를 시사하고 있다.

도산은 인간이 다른 동물과 다른 점은 '개조하는 존재'이기 때문이라고 보았다. 도산은 '나는 사람을 가리켜서 개조하는 동물이라 하오, 이에서 우리가 금수와 다른 점이 있소, 만일 누구든지 개조의 사업을 할 수 없다면 그는 사람이 아니거나 사람이라도 죽은 사람일 것이오'라고 설파하면서 인간이 다른 동물과 다른 점을 바로 종차를 개조하는 힘의 유무라고 보았다. 이때의 개조란 인격개조, 즉 도덕적인 개념이기 때문에 인간과 동물의 차이를 인격 개조에 있음으로 구분하였던 것이다. (중략)

춘원의 「민족개조론」(『개벽』, 1922)은 도산이 창안해 낸 어휘인 '민족개조' 정신을 골격으로 해서 쓴 논문이다. 「민족개조론」의 사상적 배경은 진화론과 기독교적 종교사상에 근거하고 있다. 춘원은 "한 민족의 역사는 그 민족의 변천의 기록"이라 하고 고도의 "문명을 가진 민족의 목적의 변천은 의식적 개조의 과정"이라고 천명하였다.(윤홍로, 『이광수 문학과 삶』, 한국연구원, 1992, 49~50쪽)

윤홍로의 『무정』 관련 분석은 김우창, 신동욱, 김윤식, 구인환에 이어 한승옥에 이르기까지의 무정 해석을 정돈해 보여주는 것으로도 이어진다.

그러나 앞서 주장한 논자(김윤식, 송하춘 등)들이 『무정』을 남성중심의 사회소설로 다룬 데 대하여 한승옥은 『무정』을 애정소설류로 다룰 것을 제안하였다. 한승옥은 『무정』과 『채봉감별곡』을 플롯과 주제 면에서 대비한 후에 많은 유사점을 찾는 결론으로 『무정』은 고대소설에서도 가장 뛰어난 자유연애를 실천하는 소설인 『채봉감별곡』 계열이라고 분류하였다. 나아가서는 춘원 작품 전체를 조선시대 애정소설 장르 계열로 볼 것을 제안하기도 하였다.(위의 책, 78쪽)

『무정』을 서양 노블 양식의 일방적 수용으로 볼 것인가 전대소설 양식의 변용과정으로 볼 것인가에 대해서는 조동일, 한승옥에 이어 최근에는 고전문학 연구자 정병설의 논의가 있어, 그는 『채봉감별곡』보다는 『숙향전』과의 연계성을 일층 강조해서 주장한 바 있다.(정병설, 「『무정』의 근대성과 정욕」, 『한국문화』 54, 2011) 이러한 견해는 한편으로 이입 또는 이식을 부정하는 내재적 발전 논리를 소설사에 대입한 것으로도 이해될 수 있으나 다른 한편으로는 그것이 신소설에서 이광수를 거쳐 채만식 등에 이르는 한국현대소설 '양식'의 일개 중요 특징임은 부인할 수 없다.

한국의 소설'들'을 하나의 본질적 유형, 즉 염상섭 같은 작가에게서 볼 수 있는 '순서구식' 리얼리즘에서만 찾을 수는 없을 것이다. 필자는 스스로 쓴 한 편의 『무정』론에서 "접붙이기engraftation 모델"을 제안하면서, 이광수 문학평론과 소설은 "단순한 접목이 아니라 양식적, 사상적 측면에서의 풍요로운 종합을 꾀한 것이었음"을 주장하고, 무엇보다 『무정』은 서양에서 발원한 노블 양식과 한자문화권인 동아시아 공통의 유산인 소설의 양식적 결합 양상을 뚜렷하게 보여주는 것으로 조동일이 논의했던 전통적 소설 변용의 측면을 적극적으로 평가하고자 했다.(방민호, 「문학이란 하오」와 『무정』, 그 논리 구조와 한국문학의 근대이행, 『춘원연구학보』, 2012, 205~253쪽)

한편, 이재선은 「문학의 가치」(1910), 「문학이란 하오?」(1916), 「문학에 뜻을 두는 이에게」(1922) 등의 논리적 저작에 나타난 이광수 문학론들을 그 지적 원천의 차원에서 상세하게 검토했다. 『이광수 문학의 지적 편력』(서강대학교 출판부, 2010)은 당시 십여 년에 걸친 이광수 연구 성과를 뛰어넘는 것으로 이광수 문학의 지적 배경을 구체적으로 드러내는 성과를 보였다. 이는 이광수의 초기 문학론과 관련해서는 이른바 'literature의 역어로서의 문학'론을 집대성한 것으로도 평가될 수 있다. 그는 "지금 일본이나 조선이나 중국에서 문학이라 하는 것은 서양어 literature의 번역"이라는 이광수의 생각에 유의하여 다음과 같이 말한다.

그래서 문학이라는 명칭을 설명하는 20세기 초 일본의 대부분의 문학개론서들－오타 요시오,『문학개론』(1906); 시마무라 호게츠,『문학개론』(1908); 혼마 히사오,『문학개론』(1920)－에서 문학의 정의를 다루는 장에서는 역어 개념으로서의 'literature'가 매우 흔하게 일반화 된 현상으로 등장한다. 이는 문화횡단적 관점에서 서구의 문화적 우위성에 일치시키려는 적응 반응 현상과 무관하지 않다. 이광수의 경우, 문학을 영어 '리터래처'의 역어 개념으로 파악한 것은 이러한 문화적 환경에서 영향을 받음으로써 이루어진 것이다. 이중적 오리엔탈리즘의 현상이다.(이재선,『이광수 문학의 지적 편력』, 서강대학교 출판부, 2010, 42~43쪽)

이재선은 이러한 역어로서의 문학론의 의미를 일종의 서구중심주의 현상으로 포착하면서 이광수가 그러한 동아시아 문화론의 맥락에 서 있음을 강조한다.

약간의 시차는 있지만, 동아시아(한·중·일)에서 거의 동시대에 근대문학을 위한 문학론이 출현하였다. 나쓰메 소세키는 매우 독자적이고 본격적인『문학론』(1907)을, 시마무라 호게츠는『문학개론』(1927)을, 그리고 중국의 루쉰은『마라시 역설』(1927)을 썼다. 그리고 이광수는「문학이란 하오?」(1906)를 썼다. 이들은 모두 서구 중심주의적 성격을 지니고 있는 것이 사실이지만, 근대문학의 형성과 전개를 위한 기여와 가치의 의의

를 지니고 있는 문학론이요, 평론이다.(위의 책, 71쪽)

나아가 이재선은 이광수의 문학 논의에 나타난 '정情'론으로서의 측면에 유의하는데, 이 대목에 들어서면 지 · 정 · 의 삼분법에 입각한 이광수 문학론의 지적 원천을 멀리 독일의 심리학에까지 소급하는 '발본적' 탐색이 나타난다.

이광수의 문학론 가운데서 문학의 요건으로서 정이 가장 강조된 글은 문학의 가치에 이어서 문학을 새롭게 정의하고자 한 「문학이란 하오?」이다. 여기서 "문학은 인의 정을 만족케 하는 서적"이라고 규정한다. 이 글은 19세기 경험적 심리학과 합리적 심리학을 구분, 독일의 능력심리학의 창시자인 볼프와 테텐스의 감정, 오성, 의지 등 인식능력, 욕구능력의 3분류법을 계승하여 칸트가 비로소 3분화한 지 · 정 · 의 삼분설을 전제로 하고, 과학/문학의 관계를 지/정으로 대비하는 관점을 견지한다. 여기에 목표로서의 진 · 선 · 미와 연계하여 문학은 바로 정을 충족시킴으로써 미를 추구하는 것으로 규정하려고 한다.(위의 책, 49쪽)

이광수의 '정'으로서의 문학론을 멀리 독일 테텐스의 심리학 이론에까지 소급시키는 이재선의 논의는 이광수가 『무정』을 쓰고자 할 때의 문학 담론적 상황을 넓게 살핀 것이라 할 수 있다. 다만 이와 같은 일본 및 서구 중심적 논리의 추적은 이광수 문학론과 실제 창작으로서의 『무정』의 거리를 충분히 측정할 수 없게 하는 면도 없지 않다. 『무정』은 서양 문학론을 '번역'한 것으로 간주되는 문학론을 '그대로' 창작에 옮긴 것일 수 없고 이론과 창작 사이의 불가피한 낙차를 피할 수 없으며, 특히 무엇보다 그가 몸담고 있던 조선문학의 전통, 관습, 문법 등과 서구적인 문학론의 습합, 충돌, 괴리, 공존 등을 수반하지 않을 수 없다.

이광수 문학론을 서구문학론의 번역의 입장에서 파악하는 이재선의 논의는 이광수 『무정』의 지적 원천을 어느 한쪽에서만 보고 있다는 반론을 낳을 수 있다. 동시에, 역으로, 어떤 문학의 지적 원천을 어느 쪽으로든 멀리 근원으로까지 소급하는 태도는 오히려 그럼으로써 이론과 창작 사이에서 펼쳐지는 드라마를 생생하게 포착하도록 할 수도 있다.

4. 안창호와 이광수의 관련성 ─ 유정·무정 사상과 관련하여

최근 들어 필자는 이광수 『무정』에 나타나는 무정·유정의 대비법을 도산 안창호와 이광수 사이의 사상적 교호의 맥락에서 설명하는 데 관심이 있다.

안창호는 이광수 문학을 이해함에 있어 매우 중요한 인물이다. 안창호는 훌륭한 인품과 고매한 사상으로 청년 이광수에게 깊은 감화를 주었고, 그를 흥사단 원동본부에 입단시켰으며, 그가 상해에서 돌아온 후에도 수양동맹회를 매개로 지속적인 연락관계를 유지했으며, 끝내는 수양동우회 사건으로 함께 피검된 끝에 옥고를 치르다 세상을 떠나게 된다.

한 연구는 이러한 안창호와 이광수의 관계를 세 개의 시기로 나누어 고찰했다. 첫째는 두 사람이 상해에서 만나 임시정부 안에서 동지적인 결합을 이루었던 시기, 둘째는 이광수가 안창호의 만류에도 불구하고 조선으로 돌아가 수양동맹회를 창설하여 활동하면서 관계를 맺어나간 시기, 셋째는 수양동우회 사건으로 두 사람 모두 피검된 뒤에 서로의 운명이 엇갈려 한 사람은 죽음에 이르고 다른 한 사람은 대일협력에 경도되었다 해방을 맞이하게 된 시기 등이 그것이다.(박만규, 「도산 안창호와 춘원 이광수의 관계」, 『역사학 연구』 57, 2015, 159~183쪽)

그러나 두 사람의 관계를 더욱 깊이 있게 조명하기 위해서는 네 번째의 시기 설정이 필요한 것으로 생각된다. 해방 이후 이광수가 『도산 안창호 평전』을 내고 소설 『선도자』를 출간하는 등 안창호를 매개로 재기를 위해 몸부림치던 해방 이후 6·25전쟁 중 죽음에 이르기까지의 시기를 하나 더 설정해야 두 사람의 관계는 최종적으로 탐구될 수 있다.

이광수와 안창호라는 주제는 여러 각도에서 탐구해 볼만하다. 무엇보다 두 사람의 관계는 한일합방 후, 그중에서도 특히 3·1운동 이후 상해를 중심으로 한 독립운동사의 맥락에서 검토되어야 한다. 3·1운동이 일어나자 안창호는 조국과 인접한 곳에서 독립운동을 벌여나갈 생각으로 상해로 가 임시정부를 조각하고 기관지 『독립』을 발간하는 등 적극적인 활동을 벌이게 되며 여기에 이광수의 상해행이 겹쳐지게 된다.

이 문제를 둘러싸고 우선 이광수가 어떤 연유로 2·8 독립 선언서를 작성하고 상해로 나아가게 되었는가를 탐구할 필요가 있다. 이광수는 모두 알고 있듯이 『매일신보』에 1917년 1월 1일부터 6월 14일에 걸쳐 『무정』을 연재하였고, 뿐만 아니라 『매일신보』는 이 소설의 연재를 여러 차례에 걸쳐 예고하기도 하였다.(김영민, 『한국근대소설의 형성과정』, 소명, 2005)

이와 같은 양상은 당시 『매일신보』 내의 조선인 편집자들의 존재를 감안하더라도, 조선총독부 내의 실력자의 원조 없이는 도저히 상상할 수 없는 특전이랄 수밖에 없다.(강동진, 『일제의 한국침략 정책사』, 한길사, 1980)

이와 관련하여, 이광수가 1916년부터 『매일신보』에 「동경잡신」을 기고하고 10월에 『매일신보』 및 『경성일보』 사장 아베 미쓰이에를 만난 사실을 특기할 필요가 있다. 아베 미쓰이에는 3·1운동 이후 조선 총독으로 부임하게 되는 사이토 마코토의 정책 조언자로서도 조선 지식인들 사이에서 인기가 높았던 인물이다.(심원섭, 「아베 미츠이에의 조선기행문, 「호남유역」, 「무불개성잡화」」, 『한국문학논총』, 2009, 405~436쪽) 이광수라는 작가의 탄생은, 그러므로 보기에 따라 일제의 정책적 배려 또는 의도의 산물이라고도 볼 수 있다. 실제로 『무정』 탄생의 이러한 배경은 작품 내부의 마지막 부분에 해당하는 126회 「에필로그」에도 잘 나타나 있다.

이 대목에서 형식과 선형은 미국으로, 영채와 병욱은 일본으로 가 신학문을 배우면서 유정한 미래를 기약하는 낙관적인 결말을 보이는데, 이는 작중 스토리 전개의 심각성을 훼손하면서 식민지적 현실로부터 계몽적 메시지로 눈을 돌리는 작용을 하고 있다고 평가할 수 있다. 그럼으로써 『무정』은 작중 형식의, 차중 갈등에 나타나는 칸트적 자기 계몽의 요소에도 불구하고 속류적 계몽주의로 봉합되며, 도스토예프스키적인 다성성 또한 이인직의 『혈의루』가 노정한 독백적 메시지로 최종화finalization 되기에 이른다. 이러한 소설적 균열은 이 소설이 매일신보라는 조선총독부 기관지에 연재소설 형태로, 검열의 압력 아래 발표된 것이라는 '출생의 고뇌'를 생각하지 않을 수 없게 하는 것이다.

이렇게 해서 부상한 청년 작가 이광수가 어째서 2·8독립선언을 기초하며 상해로 넘어가 안창호를 만나 기관지『독립』의 사장겸 편집 책임자가 될 수 있었는가? 이미 알려진 바에 따르면, 1919년 1월 6일 동경 YMCA에서 촉발된 유학생 독립운동은 최팔용, 송계백 등의 실행위원들에 의해 비밀리에 추진되었으며 독립 선언서의 작성과 영문 번역은 이광수에게 위임되었다. 이는『무정』의 작가이자 와세다 대학 특대생으로서의 이광수의 위상이 고려된 결과일 것이지만, 이보다 먼저 그가 1918년 10월경 허영숙과 함께 상해로 갔다 11월의 세계 제1차대전 종결과 윌슨의 민족자결주의를 접하고 귀국, 다시 일본으로 건너가 유학생을 중심으로 결성된 조선 청년 독립단에 가입하는 등 시국 변화에 민감하게 반응, 고무된 것에서 기인한 것으로 판단된다.

이광수의 상해행 및 안창호와의 동지적 결합은 이와 같이 조선총독부에서 의해 양육된 청년 작가의 자기 변신을 위한 몸부림의 소산이었으며, 제도권 지식인이자 대중적 작가로서의 '유망한' 미래를 '포기하고' 망명 독립운동이라는 백척간두에 서고자 하는 결단적 선택이었다.

상해에서 이광수는 흥사단에 가입하고『독립』및『독립신문』의 사장 겸 편집책임자로 일하면서 해외 독립운동의 양상과 실상을 소상히 인식할 수 있게 된다. 하지만 이는 이광수의 작가적 성향을 끝내 억눌러 두지 못한다. 그는 독립운동 상황에 대한 일종의 좌절과 작가적 삶을 향한 내적 욕구를 품고 결국 귀국한다. 그럼에도 그는 동시에 민족적 지사로서 살아가고자 하는 양립하기 어려운 의지를 품고 있었으며, 이것이 그의 문학의 특징과 운명을 좌우하게 된다.

이 귀국과 정착은 이광수를 논리 부재, 알리바이 부재 상황에 빠뜨리지만, 그는 「민족개조론」과 수양동맹회 창설로 벌충해 나가는 가운데 김동인 형 김동원이 주도한 동우구락부와 합쳐 수양동우회를 결성하고 기관지『동광』을 발행하게 된다. 그러한 이광수는 평소 오로지 이순신과 안창호를 숭배하노라고까지 하는데(이광수,「이순신과 안도산」,『삼천리』, 1931. 7), 이광수에 대한 안창호의 영향력은 다음과 같은 문장에 잘 나타난다.

「우리 민족에게는 사랑이 부족하오. 부자간의 사랑 부부간의 사랑 동지간의 사랑 자기가 보는 일에 대한 사랑 자기가 위한 단체에 대한 사랑 모르는 사람에게 대한 사랑…… 우리 민족에게는 사랑이 부족하오. 사랑이 부족한지라 증오가 잇고 猜忌가 잇고 爭鬪가 잇소-우리가 단결 못되는 원인의 하나도 여긔 잇소」

이것은 선생께서 새로온 동지들에게 늘 하시던 말슴입니다.

「그러닛가 우리는 사랑하기 공부를 합시다. 務實하기 공부, 역행하기 공부를 하는 양으로 사랑하기 공부를 합시다」

이러케 수업시 말슴하섯습니다.「사랑하기 공부!」 아마 이것은 선생께서 처음 내신 문자라고 생각합니다.(이광수,「도산 안창호 선생에게」,『개벽』, 1925. 8, 31~32쪽)

이러한 글에서 안창호는 사랑을 가르친 스승으로 인식된다. 수양동우회 기관지『동광』창간호(1926. 1)에는 '섬메'라는 필명으로 쓴 안창호의「무정한 사회와 유정한 사회-情誼敦修의 의의와 요소」라는 글이 발표된다. 이 글은 이광수『무정』과 관련하여 깊이 음미해볼만하다.

인류 중 불행하고 불상한 자 중에 가장 불행하고 불상한 자는 無情한 사회에 사는 사람이요 다행하고 복잇는 자 중에 가장 다행하고 복잇는 자는 有情한 사회에 사는 사람이외다. 사회에 情誼가 잇스면 和氣가 잇고 和氣가 잇스면 흥미가 잇고 흥미가 잇스면 활동과 용기가 잇습니다.

　有情한 사회는 태양과 雨露를 밧는 것갓고 화원에 잇는 것 가태서 거긔는 고통이 업슬뿐더러 만사가 振興합니다. 흥미가 잇스므로 용기가 나고 발전이 잇스며 안락의 자료가 너러납니다. 이에 반하여 無情한 사회는 큰 가시밧과 가타여 사방에 괴로움뿐이므로 사람은 사회를 미워하게 됩니다. 또 뿔하면 음랭한 바람과 가타서 공포와 우수만 잇고 흥미가 업스매 그 결과는 수축될 뿐이요 壓世와 無勇과 불활발이 잇슬 따름이며 사회는 사람의 원수가 되니 이는 사람에게 직접 고통을 줄 뿐 아니라 딸아서 모든 일이 안됩니다.

　우리 조선사회는 無情한 사회외다. 다른 나라에도 無情한 사회가 만켓지마는 우리 조선사회는 가장 불상한 사회외다. 그 사회의 無情이 나라를 망케하엿습니다. 여러 백년동안을 조선사회에 사는 사람은 죽지 못하여 살아 왓습니다. 우리는 有情한 사회의 맛을 모르고 살아 왓스므로 사회의 무정함을 견대는 힘이 잇거니와 다른 有情한 사회에 살던 사람이 一朝에 우리 사회가튼 무정한 사회에 들어오면 그는 죽고 말리라고 생각합니다. 민족의 사활 문제를 아페 두고도 냉정한 우리 민족이외다. 우리하는 운동에도 동지간에 情誼가 잇섯던들 노력이 더욱 만핫겟습니다. 情誼가 잇서야 단결도 되고 민족도 흥하는 법이외다.

　情誼는 본래 天賦한 것이언마는 孔敎를 숭상하는대서 우리민족이 남을 공경할 줄은 알앗스나 남 사랑하는 것은 이저 버렷습니다. 또 婚, 喪, 제사에도 허례에 기울어지고 진정으로 하는 일이 별로 업섯습니다.(섬메,「무정한 사회와 유정한 사회－情誼敦修의 의의와 요소」,『동광』, 1926. 1, 29~30쪽)

여기에 나타나는 『무정』은 곧 정의가 없음이며, 조선 민족은 바로 그 정의 없는 "냉정"한 민족으로서, 그러한 '무정' 상태에서 벗어나 '유정' 사회로 나아가기 위한 각고의 노력을 기울여야 한다. 섬메 안창호는 이 무정 및 유정의 논리를 "정의돈수"라는 성어로써 집약한다.

> 情誼는 친애와 동정의 결합이외다. 친애라 함은 어머니가 아들을 보고 귀여워서 정으로서 사랑함이요 동정이라 함은 어머니가 아들의 당하는 苦와 樂을 자기가 당하는 것 가티 녀김이외다. 그리고 敦修라 함은 잇는 情誼를 더 커지게 더 만하지게 더 두터워지게 한다 함이외다. 그러면 다시 말하면 친애하고 동정하는 것을 공부하고 연습하여 이것이 잘 되어지도록 노력하자 함이외다.(위의 글, 29쪽)

필자는 앞에서 『무정』에 드리워진, 서양 '지·정·의'론의 맥락에 대한 연구들을 검토했으나, 지금 인용한 글은, 이광수 『무정』의 사상이 '사랑 없음', 냉정함, 어머니가 아들을 사랑하는, 즉 피에타, 성모 마리아가 예수의 죽음을 슬퍼하듯, 타자에 대한 지극한 사랑과 슬픔 없는 세계로서의 조선을 겨냥한 것이며, 그 원천은 안창호의 것으로 소급될 수 있음을 시사한다.

이광수가 안창호를 처음 만난 것은 제1차 유학시절인 1907년, 안창호가 신민회를 조직하기 위해 국내로 향하던 도중 도쿄 유학생들 앞에서 연설을 하던 시기로 돌아간다. 안창호는 본질상 독립운동가, 사회개혁가로서 저술인이라기보다 연설가였던 안창호는 자신의 '무정·유정 사상'을 1926년의 문장이 있기 아주 오래전부터 연설, 강연 및 일상적 감화 등을 통하여 일찍부터 가다듬어 왔을 가능성이 크며, 이는 이광수 『무정』에 있어서의 '정'의 의미 수준을 시마무라 호게츠, 칸트의 '지·정·의'론 이전에 안창호의 '무정·유정론'으로 소급시켜 볼 수 있게 한다. 그리고 이는 『무정』 독해에 있어 가외로 치부되어 온 126회의 의미 기능을 활성화 할 것을 요청하는 것이다.

안창호의 「무정한 사회와 유정한 사회−정의돈수의 의의와 요소」가 '무정'한 현재와 '유정'한 미래의 대비라는 시간적 구조로 짜여 있듯이 이광수 『무정』은 첫 회부터 125회까지의 '무정' 세계와 126회가 열어 보여주는 '유정' 세계의 전망으로 구성된 것이다. 이와 관련하여 눈길을 끄는 논의 하나는 송현호의 「『무정』의 이주담론에 대한 인문학적 연구」(『현대소설연구』, 2017)다. 이 논문은 이형식과 영채의 이야기 126회 분에서 보듯이 미국과 일본 유학으로 막을 내리는 것에 주목하여 '이주' 담론으로서의 의미를 밝히고자 한다.

> 미국 이주의 과정에서 형식은 막연하게 생각했던 삶의 가치와 목적을 구체화하고 있다. 아울러 교육자가 가질 이상을 확실하게 깨닫고 해외 이주의 분명한 목표를 세 사람의 여성들에게 설정해 주고 있다. 그의 미국에 대한 동경은 조선의 변혁과 조선인의 계몽에 필요한 선진화된 교육의 자양분을 공급받을 수 있는 공간으로 구체화된다. (중략)
> 조선의 밝은 미래는 일본과의 불평등한 관계에서 벗어나 민주적이고 평등한 관계를 설정할 수 있는 교육과 계몽에 의해 가능하다고 본 것이다. 그렇다면 춘원은 자신이 실현하지 못한 미국 이주를 이형식을 설정하여 시공간을 초월하여 실현하고 있는 것으로 볼 수 있다.(위의 글, 113~114쪽)

송현호는 형식의 미국 이주담에는 일본을 건너뛰어 이상적인 사회로 나아가는 길을 밝히고자했던 이광수의 뜻이 담겨 있다고 보았다. 그렇다면 그것이 왜 미국의 시카고대학이어야 하는 문제가 남는다. 이를 위하여 그는 이광수와 안창호, 안창호와 언더우드의 관계에 유의하여 다음과 같은 분석을 꾀하고 있다.

그렇다면 도산이 1915년경에 언드우드의 교육사업을 돕기 위해 언드우드가 편지를 보낸 곳을 순회하면서 재미동포들에게 민족의식을 심어주었을 가능성이 있고, 그때 들렀던 시카고대학이 춘원에게 영감을 주었을 가능성이 있다. 시카고대학이 준 영감이란 구체적으로 무엇을 의미하는 것일까? 뉴욕이라면 자유의 여신상이 있는 곳이어서 제1차 동경유학시절 신한자유종과 연계하여 생각할 수 있을 것이나, 시카고대학은 1890년 록펠러의 지원으로 개교하여 프래그머티즘의 근거지로서 사회학, 교육학, 자연과학 분야에서 급속한 발전을 이룩한 대학이다. 그렇다면 미국 교육학의 요람으로 생각하고 형식을 시카고대학에 이주시킨 것은 아닐까? 이에 대해서는 향후 지속적으로 조사해볼 필요가 있다. 어찌되었건 도산의 실력양성론은 춘원의 교육을 통한 민족계몽운동에 영향을 준 것이 사실이다.(송현호, 『한국현대문학의 이주담론 연구』, 태학사, 2017, 81~82쪽)

미국 시카고 대학이라는 구체적이주 공간 설정에까지 안창호와 이광수의 유대관계가 작용하였던 것으로 본 논의는 자못 흥미롭다. 형식의 유학을 '이주'로 볼수 있느냐는 흥미로운 논점이 될 수 있을 것이다. 최근에 필자는 이광수의 메이지학원 선배가 되는 작가 시마자키 도손의 『파계』(1906)를 일독해야 했던 바, 여기서 백정 출신 교사 우시마쓰는 자신의 신분을 밝힌 후 재계 유력자의 원조를 받아 미국 텍사스로 이주를 계획한다. 이 소설은 주인공이 교사인 점, 학교에서 불화에 휩쓸리는 점, 깊은 내면성의 소유자인 점 등에서 『무정』과 많은 유사성을 보인다. 이 작가에게서 나타나는 텍스스 이주와 『무정』속 형식의 미국행은 사뭇 다른 것으로서 비교 검토를 요하는 문제다.

『무정』'이주' 담론과 안창호의 관련성은 그 새로운 독해의 필요성을 다시 한 번 일깨우면서『무정』텍스트의 다층성과 입체성, 그 넓은 용적을 새삼스럽게 환기시킨다. 2017년은『무정』탄생 백 주년이 되는 해였다. 백 년 전의 오늘 이광수는 일본 도쿄의 하숙집에서 매삭 십원의 고료를 받으며 병중의 몸으로『무정』을 집필해 가고 있었다. 이 가난한 고학생의 뇌리에는, 그러나 '무정'사회를 '유정'사회로 개조코자 하는 안창호 '정의돈수'의 사상이 움터 자라 줄기와 가지를 뻗치고 있었다. 이 나무의 내부를 다시 한 번 들여다보는 작업은 한 시대를 고통을 인내하며 헤쳐나간 '예외적 개인'의 내면적 우주를 탐사함으로써 오늘과 내일을 위한 지혜를 구하는 일이 될 것이라 생각한다.

뿐만 아니라 이렇게 이광수를 그의 선배이자 선각자였던 도산 안창호, 즉 향리에서 십 년 간 한학 공부를 하고 서울로 나아가 언더우드의 구세학당에서 기독교와 함께 서구 문물을 적극적으로 수용한 끝에 형성된 유학의 '정'과 기독교의 '사랑'을 융합, 새로운 '정의돈수'의 사상을 형성한 안창호의 사상적 맥락에서 새롭게 보는 작업은, 이광수를 둘러싼 근대 소설 이식론을 반성적으로 돌아보게 하는 계기를 제공한다고도 할 수 있다. 이에 관해서는 다른 글에서 상론할 것이다.

경성 모더니즘 개념 구성에 관하여

1. 문화들의 공통성의 재확인 문제

이 글에서 필자는 작은 시도를 보여주려고 한다. 그것은 문화적 공통성의 회복을 위하여, 1930년대 한국문학과 문화를 세계문화의 일원으로 묘사해 보려는 것이다. 이 시대에 활동한 작가 이효석은 자신의 소설 『벽공무한』에서 화자의 입을 빌려 다음과 같이 말했다. "진리나 가난한 것이나 아름다운 것은 공통되는 것이어서 부분이 없고 구역이 없다. 이곳의 가난한 사람과 저곳의 가난한 사람과의 사이는 이곳의 가난한 사람과 가난하지 않은 사람과의 사이보다는 도리어 가깝듯이 아름다운 것도 아름다운 것끼리 구역을 넘어서 친밀한 감동을 주고받는다."

이러한 문장은 오리엔탈리즘의 맹점을 환기시킨다. 무엇보다 에드워드 사이드의 『오리엔탈리즘』에는 진리론의 요소가 결여되어 있는데, 그가 이런 낡은 문제를 다루는 것이 가당치 않다고 생각했을 것이라는 상상으로는 이 약점을 합리화할 수 없다. 한 알려지지 않은 연구자에 따르면 사이드는 자신의 논지를 명료하게 하기 위해서 영국과 프랑스 저자들의 텍스트를 중심으로, 그것도 오리엔탈리즘적 사고를 명확하게 보여주는 텍스트만을 분석 대상으로 삼아 자신의 논지를 펼쳤다. 이것은 물론 그가 일차적으로 오리엔탈리즘의 구조를 분석하고 밝히는 데 관심이 있었기 때문이다. 그러나 오리엔탈리즘이 그렇게 견고하게 닫힌 인식 체계라면 오리엔탈리스트는 언제, 어떻게 그렇지 않은 사람이 될 수 있는가? 서구는 언제 오리엔탈리즘에서 벗어날 수 있는가? 또는 서양인이 제출한 동양에 대한 이론은 어떻게 참이 될 수 있는가? 만약 진리가 권력 작용의 결과일 뿐이라면 오리엔탈리스트는 결코 진실한 동양을 발견할 수 없을 것이다. 뿐만 아니라 바로 같은 이유에서 동양은 동양적 후진성과 식민성의 닫힌 구조로부터 자유로워질 수가 없을 것이다.

이러한 난점에서 벗어날 수 있는 길은 구조화된 권력장을 넘어서는 대화가 가능하다고 생각하고 이것을 시도하는 것이 가능하다고 생각하고 이를 통해 서로의 인식을 공유하는 것이 가능하다고 믿는 것이다. 이것은 바로 이효석이 말한 공통성을 추구하는 것이 된다. 이때 이 공통성이란 서로 다른 것들이 그들 사이에 공유하는 어떤 자질, 특질을 의미한다. 이것은 서로 다른 것들 중의 어느 하나에 규범적 척도로서의 자격을 부여한 후 다른 것들을 그것의 결여 또는 과잉으로 설명하는 것과는 인연이 없다. 그것은 서로 등등한, 다른 것들이 공통적 성질을 띠는 것이다.

2. 비엔나 모더니즘에 나타난 특이한 양상들

모더니즘이란 무엇인가. 필자는 이것을 모더니티에 대한 미적 반응이라고 먼저 간략하게 규정해 본다. 그렇다면 모더니티, 즉 현대성이란 무엇이냐? 그것은 전통보다 새로움에 가치를 부여하는 것이며, 이 새로운 가치가 결코 과거의 그것이 누리던 권위와 안정감을 누리지 못하는 것이며, 언제나 더 새로운 것에 의해 구축驅逐 될 수밖에 없는 현기증 나는 시대적 성격을 가리키는 것이다. 마샬 버만은 이를 마르크스의 「공산당 선언」의 문장을 빌려 명료하게 정식화 한 바 있다. "모든 단단한 것은 공기 속으로 녹아 사라진다."(All that is solid melts into air) 또한 모든 신성한 것은 더럽혀져서 인간은 마침내 냉정한 의식으로 자신의 실제 삶의 조건들과 자신들의 상호 관계에 직면하지 않을 수 없다.(Karl Marx and Frederick Engels, "Manifesto of the Communist Party", *Collected Works* Ⅵ, tran. Richard Dixon and others, N.Y. : International Publishers, 1990, 487쪽) 인간을 둘러싼 물상들의 덧없음과 더불어 인간 존재의 불안정성이 심화된 시대, 이것이 바로 현대적인 시대다. 모더니티는 인간들을 그런 공통적인 존재론적 경험 속에 밀어 넣었다. 마샬 버만은 현대성이 세계 체제와 더불어 성장해 왔음을 지적한다. 그는 자신의 저서 첫 문장을 이렇게 썼다. "오늘날에는 전세계의 모든 사람들이 함께하는 생생한 경험 ─ 공간과 시간의 경험, 자아와 타자의 경험, 삶의 가능성과 모험의 경험 ─ 방식이 존재한다. 필자는 이러한 경험의 실체를 '현대성'이라고 부르고자 한다."(Marshall Berman, *All that is solid melts into air : the experience of modernity*, New York : Simon and Schuster, 1982, 15쪽) 또한 그는 한 문장 건너 뛴 후 이렇게 썼다. "현대적인 환경과 경험은 지리와 인종, 계층과 국적, 종교와 이데 올로기가 지니고 있는 모든 장벽을 무너뜨려 버린다. 이런 의미에서 현대성이란 모든 인류를 통합한다고 말할 수도 있다. 그러나 이것 은 역설적인 통합, 즉 분산된 통합을 의미한다. 그것은 또 영원한 해 체와 갱신, 투쟁과 대립, 애매모호성과 고통이라는 커다란 소용돌이 속에 우리 자신을 밀어 넣는다."(위의 글, 같은 쪽) 현대성을 떠받치는 자본주의는 인류를 하나로 묶어주는 접착제였다. 시장은 세계를 단 일하게, 이질적인 것들을 단일한 평면 위에 늘어 세웠다. 사람들은 자본주의 세계체제와 더불어 불균등한 것들이 균등한 척도 위에 세 워지는 모순적 세계를 살아가게 되었다.

　이러한 것이 시대적 성격으로서의 모더니티라면 그것에 대한 미 적 반응으로서의 모더니티가 있다. 자본주의가 점차 성숙해 가면서 유럽 각국에서는 서로 다르지만 공통적인 자질을 공유하는 '운동' 으로서의 모더니즘, 그러므로 그 분석을 위해서는 비교학적인 방법 을 요청하지 않을 수 없는 모더니즘이 발흥했다. 마샬 버만은 이 모 더니즘을 역사적으로 세 개의 단계로 나누어 고찰했다. 그러나 16세 기 초로까지 거슬러 올라가는 모더니즘 개념에 불만을 가진 사람들 은 세기말, 세기초의 문화적 흐름에 주목한다. 그 하나의 입장은 다 음과 같이 묘사한다. "20세기 초반 유럽의 모더니즘은 여전히 사용 가능한 고전주의적 과거와 여전히 불확실한 기술적 현재, 그리고 여 전히 예측할 수 없는 정치적 미래 사이의 공간에서 꽃을 피웠다. 다 른 식으로 말하자면, 그것은 반半 귀족적인 지배질서, 반산업적인 자 본주의 경제와 아직 완전히 출현하지 않았고 완전히 봉기하지 못한 노동운동이 상호 교차되는 지점에서 일어났다." 이것은 페리 앤더슨 의 견해를 알렉스 캘리니코스가 인용한 문장이다.(Alex Callinicos,

Against Postmodernism, N.Y. : St. Martin's Press, 1990, 40쪽) 이러한 입장에 서면 모더니즘은 충분히 잘 양육된 자본주의 체제의 문화적 상부구조라기보다는 구체제의 위압 속에서 새롭게 부상하고 있지만 미래적 가능성을 확실하게 엿볼 수 없는 사회정치적 상황 속에서 배태되는 문화적 경향이다.

알렉스 캘리니코스는 비엔나 모더니즘을 그 전형적인 예의 하나로 제시하고자 했다. "비엔나는 무질의 카카니아Kakania의 수도이자, 역대 구정권 중에서 가장 터무니없는, 바로크 양식으로 구성된 프란츠 조세프의 제국이자 왕실인 이중군주의 수도였다. 런던과 파리와 다르지만 베를린과 성 페테스부르크와 같이, 이 도시는 또한 2백만의 인구 중 37만 5천명의 산업 노동자를 가진 엄청난 제조업 중심지였다. 그 결과로 나타나는 사회적 긴장은 독일, 체코, 폴란드, 유태, 마자르, 크로아트, 세르비아, 슬로베니아, 루마니아, 이탈리아인 등 제국의 다양한 시민들로 형성된 비엔나 거주민들의 다중 언어적인 특성으로 인해 격화되었다. 이러한 변화로 눈을 뜨게 된 1890년대까지의 오스트리아 대중운동은 1866년에 프러시아에게 패배한 후 들어선 자유주의적인 입헌 정권을 뒤집을 만큼 위협적이었다."(위의 책, 47쪽) 여기서 비엔나는 현대적 모순의 집결지로 묘사된다. 발흥하는 부르주아는 구세력을 제압할 수 없었을 뿐만 아니라 새로운 세력에 대해서도 불안한 투쟁 상태에 놓여 있었다. 비엔나 모더니즘은 이 현대적 긴장의 산물이다. 칼 쇼르스케는 비엔나를 상징하다시피 하는 '링슈트라세' 거리를 대상으로 삼아 구계급과 자유주의 부르주아와 새로운 비판자들의 이데올로기적인 역학이 도시 공간 구성과 건축에 어떤 형태로 투영되어 있는지 보여주고자 했다. 분리파 운동의 일원인 오토 바그너는 링슈트라세를 둘러싼 전통(구 귀족)과 전통과 타협한 자유주의자들의 건축양식들에 대한 전면적인 공격을 감행하고자 했고 이것이 건축에서의 비엔나 모더니즘의 중요한 요소를 이루게 된다.

3. 경성 도시 공간의 형성사 및 그 대조법

1930년대의 경성에서 비엔나가 보여준 사회 주도 세력의 각축은 어떤 형태로 존재했을까. 경성은 '제국주의–식민지' 메커니즘을 통해서 세계자본주의에 연결되어 있었던 식민지 근대도시였다. 이러한 도시는 본국과 식민지를 정치, 경제, 사회, 문화적으로 통합하는 공간적 연계성을 지니게 되며, 전통적인 요소와 이질적 요소가 공간적으로 뒤얽히는 구조를 띠게 되며, '인종', '위생' 등의 담론적 효과를 통해 이중도시의 주민들을 격리시키는 공간적 구조를 가지고 있었다. 이러한 도시는 물론 비엔나와 같은 도시가 보여주는 내발적 계급 대립의 역학은 축소, 왜곡되고, 안과 밖의 대립이라는 제국–식민지 메커니즘의 모순과 충돌이 중요하게 부각될 것이다.

1934년 통계를 보면 경성 인구는 39만 4511명이고 이 가운데 조선인이 27만 9003명, 이른바 내지인이 10만 9672명, 기타 외국인은 5836명이다. 비율로 보면 조선인이 70.7%, 일본인이 27.8%, 기타 외국인이 1.5%가 되어 당시 경성은 인구 면에서 확연한 이중도시로서의 면모를 보여준다.(경성부 편, 『경성부 호구 통계』, 1943, 1~13쪽)

이 인구를 다시 직업별로 살펴보면 내지인은 농업 및 목축업 262명, 어업 및 제염업 38명, 공업 1만 6028명, 상업 및 교통업 3만 9852명, 공무 및 자유업 4만 3843명, 기타 915명, 무직 및 미신고자

8734명이다. 조선인의 경우에는 농업 569명, 어업 및 제염업 58명, 공업 3만 6311명, 상업 및 교통업 9만 5771명, 공무 및 자유업 3만 8575명, 기타 5만 5273명, 무직 및 미신고자 5만 2446명이다.

이를 조선 전체의 인구 통계와 비교해 볼 필요가 있다. 1935년 현재 조선 전체 인구는 2079만 1321명이고 이 가운데 내지인은 54만 3099명, 조선인은 2025만 5591명, 기타 외국인은 4만 2631명이다. 인구비율로 보면 이는 내지인 2.6%, 조선인 97.4%가 되는데, 이것은 경성에서의 일본인 인구 비율이 전체 조선에서의 일본인 인구 비율에 비해 아주 높음을 의미한다.

또한 1933년 말을 기준으로 한 직업별 인구 분포를 보면 농림 및 목축업 290만 5039호로 74%를 차지하면서 가장 많고 다음으로 상업 및 교통업 29만 7483호이며 공무 및 자유업은 18만 6790호, 공업은 10만 8897호이다. 또한 이를 다시 내지인과 조선인의 관계 속에서 살펴보면 내지인은 공무 및 자유업이 6만 295호로 가장 많은 비율을 차지하며 다음이 상업 및 교통업 3만 4253명, 공업 1만 74명 순인데 반해, 조선인은 농림 및 목축업이 289만 4115호로 가장 많고 다음으로 상업 및 교통업 25만 8413호, 공무 및 자유업 12만 5815호 순이다.(조선총독부 편, 『朝鮮の人口統計』, 1935, 1~6쪽)

이러한 통계가 의미하는 것들에 대해 생각해 볼 필요가 있다. 무엇보다 경성은 비엔나보다 훨씬 작은 인구를 가지고 있지만 조선이 전통적인 농업사회의 면모에서 벗어나지 못하고 있는데 반해 경성만은 이미 현대도시의 면모를 갖추고 있다. 둘째, 조선 전체에서 내지인이 차지하는 비중에 비해 경성에서의 내지인 비율이 압도적으로 높은 것은 일본의 식민지 경영 메커니즘이 전통적인 도시인 경성에 집중되어 있음을 의미한다. 셋째, 이러한 이유들로 인해 경성은 당시 조선에서 가장 모던한 도시로서, 마치 밤의 너른 들판 위에 켜져 있는 한 줄기 등불처럼 전통적인 전근대사회를 배경으로 불쑥 솟아오른 산과 같은 형국을 빚고 있다. 이러한 이유로 인해 경성은 이어져 내려 온 옛것과 밖에서 들어온 새로운 것의 대조, 경성과 조선의 다른 지역들과의 대조, 조선적인 것과 일본적인 것의 대조를 전형적이면서도 극적으로 시현하고 있는 도시였다.

이러한 경성의 도시 공간 구성을 압축적으로 보여주는 것이 바로 남촌과 북촌의 존재다. 경성은 조선이 국권을 빼앗기기 이전에 이미 유구한 전통을 축적해온 조선 왕조의 중심 공간으로서 구한말에 이르러 일본이 조선에 진출하기 이전에 성벽도시로서의 위용을 제대로 갖추고 있었다. 이러한 서울에 개항과 더불어 일본인 거주 지역이 형성되기 시작한다. 이는 주로 남산 기슭을 중심으로 이루어지는데,『곁쳐봉싱』(1914) 같은 신소설에 그 광경이 기록되어 있다. 그래도 일제 강점 이전에는 이 일본인 거리는 남산 기슭 진고개 중심의 변두리 지역에 국한되었다. 개항과 더불어 새롭게 개발되기 시작한 부산과 달리 전통적인 도시 중심부에 기존의 성벽 도시 형태가 의연하게 유지되어 왔기 때문이다.

이러한 경성의 근대적 도시 형성 과정은 일제에 의해 국권을 빼앗긴 후에도 영향을 미쳤다. 내지인과 조선인의 거주 구역은 청계천을 경계로 하여 남과 북으로 나뉘었고, 1935년이 되어서도 내지인은 마치[町]라는 일본식 지명이 붙은 지역에서 51퍼센트의 인구를 차지했던 데 반해서 동涧이라는 지명이 붙은 조선식 지명의 지역에서는 7퍼센트의 인구만이 살고 있었다. 거주지뿐만 아니라 상점가나 오락 시설에서도 이중 구조가 나타났다. 조선인 번화가는 북쪽의 종로를 중심으로 형성되었으며, 내지인 번화가는 남쪽의 본정[혼마치, 지금의 충무로], 황금정[고가네마치, 지금의 을지로], 명치정[메이지쵸, 지금의 명동] 등을 중심으로 형성되었다. 이러한 상황을 배경으로 종로는 조선인들의 삶의 감각을 대변하는 공간이면서 외부적인 문화의 침습과 함께, 조선적인 것과 함께, 조선적인 것이 외래적인 것과 함께 뒤얽히는 혼종성을 드러내는 공간으로 자리를 잡아 나갔다.

그러나 이러한 이중적 공간 구조에도 불구하고 1930년대의 경성은 공간의 권력적 효과를 전형적으로 드러내는 도시였다. 김백영은 식민도시의 중요한 권력적 효과를 가리켜 식민지 도시의 이중도시 현상은 "식민지 지배 권력의 우월성을 현시하기 위한 일종의 공간적 장치, 일종의 '권력의 무대 장치'로서 생산되고 연출"(김백영, 「일제하 서울에서의 식민권력의 지배전략과 도시공간의 정치학」, 서울대학교박사학위논문, 2005, 59~60쪽)된다고 하였다. 경성은 남북촌의 이중적 공간 구조를 띠고 있었으나 총독부 권력은 이 남북촌을 가로지르는 상징적 건물들을 새로운 도시 계획의 이름 아래 전진 배치했다. 1920년대 중반에 새로운 총독부 청사는 조선 왕궁인 경복궁 자리에 세워졌으며 경성역, 조선은행 등 외인들의 지배를 상징하는 건축물들이 잇따라 완공되면서 경성은 강력한 정치적 메시지를 함축한 문제적 공간이 되었다.

4. 경성 모더니즘 개념을 구성하는 지표들

경성 모더니즘은 바로 이러한 모더니티의 복합성을 배양토로 하여 싹터 자라난 미적, 예술적 현상이자 운동이다.

비엔나 모더니즘은 합스부르크 왕국의 수도였던 비엔나를 중심으로 펼쳐진 문학, 음악, 철학, 과학, 언어학 등에 걸친 전반적인 현대화 실험을 지칭하는 것이며 이는 전근대적 왕국의 중심이자 현대적 외부의 충격에 노출되어 있던 비엔나라는 지정학적, 사회문화적 위치에 그 근본적 토대를 가진 것이다. 이 충격에 대한 반응이 매우 넓고도 심도 있었던 것임은 잘 알려져 있다. "회화에서의 클림트, 코코쉬카, 쉴레, 건축과 디자인에서의 바그너, 올브리치, 루스, 호프만, 문학에서의 슈니츨러, 호프만슈탈, 크라우스, 무질, 브로흐, 트레클, 베르펠, 철학과 물리학에서의 마하, 볼트만, 마흐트너, 비트겐슈타인, 쉴릭, 뉴라흐, 포퍼, 정치경제학에서의 멩거, 봄바르베르크, 힐퍼딩, 슘페터, 음악에서의 쇤베르크, 배르번, 베르그, 영화에서의 스트로하임, 스턴버그, 랭, 프레밍거, 그리고 세기말 비엔나에 대한 우리의 전체적인 생각을 지배하는 것은 물론, 프로이트이다."(Alex Callinicos, *Against Postmodernism*, New York, N.Y. : St. Martin's Press, 1990, 45쪽)

이와 같은 맥락에서 경성 모더니즘이라는 개념은 사라져버린 조선 왕조의 전근대적 자취를 간직하고 있으면서도 일본 제국주의 문물과 서구 문물의 충격을 극적으로 감당하고 있던 경성의 지정학적, 사회문화적 성격을 바탕으로 문학, 회화, 건축 등에 걸쳐 새롭게 형성된 현대적 실험 과정을 보여준다.

문학연구의 맥락에서 보면 이러한 현상 또는 운동에 대한 고찰은 '구인회'를 비롯한 1930년대의 문학인들을 구본웅과 김용준, 길진섭 등이 활동한 '목일회' 그룹, 박동진이나 박길룡과 같은 건축가들의 실험 과정과 연관 지어 고찰할 것을 필요로 한다. 이들은 인맥, 학맥, 경향적 유사성 등에서 다양하게 뒤얽힌 관계를 형성하고 있었으며 이에 대한 고찰은 경성 모더니즘 연구의 핵심적 고찰 사항 가운데 하나다. 또한 이러한 연구는 1930년대 전반부터 중후반에 걸쳐 발표된 구인회 작가들 및 여타 관련 문학인들의 작품을 경성 모더니즘의 문학적 실험 과정의 측면에서 분석할 것을 필요로 한다.

예를 들어, 이상은 일제 강점기에 경성고등공업학교를 졸업한 수재로서 뛰어난 자연과학적 이해와 미술 등에 대한 해박한 지식 및 재능을 바탕으로 시와 소설 모두에서 활발한 실험을 펼친 문학인이었다. 그의 연작시 「오감도」와 소설 「날개」 및 「실화」 등은 지금에 이르기까지 한국문학사상 가장 현대적인 작품으로 알려져 있다. 또 박태원 같은 작가도 한문, 영어, 일본어 등 뛰어난 어학적 재능을 바탕으로 일본의 아쿠다카와 류노스케나 요코미쓰 리이치 등의 문학을 섭렵하고 서구의 제임스 조이스 문학 등을 비판적으로 조감하면서 「소설가 구보 씨의 일일」과 『천변풍경』 연작을 쓰는 등 독특한 모더니즘 소설의 경지를 열어나간 작가였다. 또한 에드거 알렌 포의 창작론을 수용한 이태준의 「까마귀」나 감각의 세계를 언어로 옮기는 문제를 시로 표현한 정지용의 「바다2」 같은 작품은 언어적 혁신과 인공적인 스타일의 구축을 중시한 기교파적 경지를 보여준 수작들이다.

이러한 작가들에 대한 고찰은 이상과 구본웅, 이태준과 길진섭, 김용준, 박태원과 삽화가로서의 이상 등의 관계에 대한 조명을 필요로 한다. 이들의 관계는 1930년대 내내 심화되어 1930년대 말에 나타난 『문장』 같은 잡지의 정신적 바탕을 이루게 된다.(김미영, 「구인회와 목일회의 표현주의적 작품 경향에 관한 고찰」, 『어문연구』 38, 2010 및 박슬기, 「『문장』의 미적 이념으로서의 문장」, 『비평문학』 33, 2009) 뿐만 아니라 이러한 연구는 1920년대 중반을 기점으로 본격화 된 식민지 상징 건축물들과 박동진, 박길룡 등 건축가들과 이 작가들과의 관련성에 대한 고찰을 필요로 하는 것이기도 한다. 또한 이들 뒤에는 1930년대 중반을 전후로 하여 본격화 된 국학 연구가 자리를 잡고 있었다. 경성 모더니즘은 전통과 현대의 만남이라는 충격적 사건을 학문연구의 차원에서부터 예술 운동의 차원에 이르기까지 광범위하게 수용하고 반응한 흐름이었다. 이러한 맥락에서 보면 심지어 1920년대 후반에 시작되어 1930년대 전반기에 명맥을 다한 KAPF 운동조차 일종의 모더니즘 운동이었다고 평가해 볼 수 있다.

경성 모더니즘 개념은 그것을 구성하는 지표들에 대한 항목화 및 그에 따른 분석을 필요로 한다. 이에 관한 필자의 생각을 여기서 간략하게 제시해 보면 다음과 같다.

(1) 도시주의—1925년경 전후하여 전격적으로 모던화 하기 시작한 근대도시 경성을 중심으로 한 감수성의 혁명으로서의 도시주의에 대한 고찰. 식민지 도시 근대화의 전형으로서의 경성과 문학의 관련 양상.

(2) 정치적 함축—일제 강점하의 사회정치적 상황에 대한 비판적 메시지를 함축하는 텍스트들. 은유적, 알레고리적, 상징적 장치를 통한 식민지배의 파시즘 비판 양상.

(3) 상호 텍스트성—한국의 예술적 전통과 서구 및 일본의 외래적이거나 새로운 문화적 요소를 능동적으로 결합시켜 새로운 세계를 창조하려는 경향. 특히 패러디와 패스티쉬를 비롯한 다양한 수사학에서 드러나는 헬레니즘적 경향.

(4) 장르 접근 및 통합 경향—구본웅과 이상, 이상과 박동진 등의 영향관계, 이태준과 길진섭, 김용준 등의 협력 관계에서 발견되는 문학과 회화, 건축의 상호 접근 및 통합 양상. 연재물 삽화, 잡지 『청색지』, 『문장』

등에 나타난 예술의 상호 침투.

(5) 타이포그래피에 대한 관심 - 한글, 한문, 일본어, 영어 등 여러 언어와 기호들의 혼류와 그 인쇄매체적 특질들에 대한 예민한 자각과 문학 표현 매체로서의 한글에 대한 자각.

(6) 언어 중시의 형식주의 - 언어적 형태에 대한 새로운 발견이나 실험, 언어적 구성물로서의 문학에 대한 자각이 문학예술의 정수라는 신념 및 그 논리화. 정지용, 이태준, 박태원 등의 문학론.

(7) 숭고와 데카당스 미학의 변주 - 역사적 난국, 정치적 폐색, 억압적 상황 등에 대한 미적 반응의 방식으로서의 숭고와 데카당스. 이상, 오장환, 서정주, 임화 등이 망명과 저항 사이의 협로를 따라 펼쳐나간 미학들.

(8) 히스테리, 폐결핵, 매독 등 질병의 수사학 - 사회의 병적 상태에 대한 반응으로서, 도피와 탈출 욕망으로서의 과잉 반응 형태로서의 히스테리의 문학적 구조물화 현상. 폐결핵, 매독 등의 문학적 효능.

(9) 개체성의 발견과 그 심층 - 개체의 발견과 탐구를 향한 열정. 정신의 복합성, 의식적 요소와 무의식적 요소에 대한 관심. 일본 사소설 전유에 나타난 독특한 의식들. 박태원, 이효석 등의 문학.

(10) 미의 원천으로서의 여성에 대한 탐구 - 여성의 사회적 의미에 대한 탐구. 구여성과 대비되는 신여성의 미학화. 근대성의 다층적 표상으로서의 여성 이미지들.

(11) 보편주의 또는 공통주의-문학적, 미학적 가치의 척도를 일본적인 근대에서 찾지 않고 서구적인 것, 일본적인 것, 한국적인 것의 공통성, 보편성 속에서 찾으려는 태도 또는 의식.

5. 낡은 인식 구조의 해체와 경성 모더니즘

에드워드 사이드는 오리엔탈리즘의 문제를 의식의 문제로 이해했다. 이것은 문제의 원천을 물질적 관계에서만 찾는 속류 마르크시즘에 대해서는 커다란 충격을 주었다. 그가 보기에는 마르크스 역시 서구 중심주의적인 사유법에서 자유롭지 못한 사람이었다. 과연 경성 모더니즘은 19세기 말 20세기 초에 하나의 세계사적 조류로 형성된 모더니즘의 하나로서 이해되고 분석될 수 있는가? 이것은 '사실'의 문제가 아니라 해석의 문제이며, 나아가서는 의식의 문제다. 제국주의-식민지의 이항대립적 인식 구조에서 벗어나지 못하는 연구자에게 식민지의 수도 경성에서 발흥한 모더니즘은 일본적인 한계에서 벗어나지 못한 것으로 평가되기 쉽다. 이러한 평가 경향은 '현해탄 콤플렉스' 같은 프로이트적인 용어로 잘 정리되어 오늘에 이르고 있다. 또한 필자가 만난 일본의 한 연구자는 과연 현대 한국 사회에 문학이라는 것이 있느냐는 극언까지 서슴지 않는 것을 본 적이 있다. 한국현대문학과 관련해서 식민주의적 시각은 아직까지 불식되지 않은 것 같다. 그러나 시작이 있는 것은 끝이 있어야 한다. 식민주의가 역사의 어느 시점에 시작되었다면 그것에는 끝이 있어야 한다. 식민성이라는 것 또한 그러하다. 그런데 이러한 상태의 변화는 의식의 변화에서부터 시작되어야 한다.

버만의 저서가 페테르스부르그를 중심으로 발홍한 모더니즘을 가리켜 "저개발의 모더니즘The development of underdevelopment"라고 명명하는 것을 볼 수 있다. 이 저개발의 페테르스부르그 모더니즘과 경성 모더니즘은 어떤 질적 차이가 있는가? 일본 모더니즘과 경성 모더니즘은 제국주의와 식민지라는 정치적 상황에 근거를 둔 어떤 구조적 차이가 있는가? 일본의 비평가 요시모토 류메[吉本隆明]는 「전향론」에서 일본 모더니즘에 대해 신랄한 비판을 가했다.

일본적 근대주의의 특징은 사고 자체가 결코 사회의 현실 구조와 대응되지 않고 논리 자체의 자동성automatism에 의해 자기 완결되는 것이다. 문학에 있어서도 예를 들면 상상력, 형식, 내용이라고 하는 것들이 만국 공통의 논리적 기호로 논의된다. 어떤 경우에는 발레리가, 지드가, 또 어떤 경우에는 사르트르가 옆 사람처럼 모더니즘 사이에서 언급되다 쉽사리 버려지는 풍조는 상상력, 형식, 내용이라고 하는 문학적 범주가 논리적인 기호로서만 환기되고 실체로 환기되지 않기 때문이다. 실체로서 환기되려면 그들 문학적 카테고리는 그 사회의 현실 구조나 역사와 대응되어서는 결코 논할 수 없는 것이다.

이같은 일본적 모더니즘은 사상의 범주에서도 동일한 경로를 밟는다. 예를 들면 맑시즘의 체계가 한 번 일본 모더니즘에 의해 취택되면 원리로서 완결되고, 사상은 결코 현실사회의 구조로, 또 시대적인 구조의 변화에 의해 검증될 필요가 없을 뿐만 아니라 오히려 번거로운 것이 된다. 이것은 일견 사상의 추상화, 체계화와 닮아 있지만, 전혀 달라서 일본적 모더니즘에 의해 취택된 사상은 처음부터 현실 사회를 필요로 하지 않는다. 일본적 모더니즘으로서는 자기의 논리를 유지하기에 형편이 좋은 생활 조건만 있다면 처음부터 전향할 필요가 없다. 왜냐하면 자신은 원칙을 고집하면 그만이고, 천동설처럼 전향하는 것은 현실사회의 방식이기 때문이다.(吉本隆明, 「전향론」, 『吉本隆明全作集』 13권, 勁草書房, 1968, 19쪽)

이 문장을 길게 인용한 까닭은 "일본" 또는 "일본적"이라는 말이 들어갈 자리를 "한국" 또는 "한국적"이라는 말로 바꾸기만 하면 그것이 마치 한국 모더니즘의 상황을 평가하는 문장인 것 같은 환각을 불러일으킨다는 점을 보여주고 싶었기 때문이다. 이러한 환각이 한국현대문학 연구자들을 사로잡고 있는 까닭에 한국은 식민지였고, 한국현대문학은 식민지 근대문학이고, 따라서 제국의 근대문학에 비해 결핍된 문학, 열등한 문학일 것이라는 인식 메커니즘이 항상적으로 작동하려는 경향이 있다. 그래서 한국 모더니즘과 한국의 모더니스트들은 열등감과 자의식, 호미 바바가 말한 모방과 차이화라는 양가적 딜레마에서 벗어나지 못하고 있었던 것으로 분석, 평가되곤 하며, 이 과정을 분석하는 것이 식민지 시대 문학 연구의 중요한 테마인 것처럼 오해되곤 한다. 1930년대 모더니즘은 필자가 보기에 아직 그와 같은 인식의 '잔상'에서 자유롭지 못하다.

그러나 경성 모더니즘은 작은 도시, 그것도 식민지 근대 도시의 모더니즘이지만 모더니즘 운동으로서의 보편성, 공통성을 가진다. 그것은 근대 자본주의가 촉진한 세계체제화가 극동아시아의 차원에서 새롭게 전개되는 과정에서 나타난 독특한 모더니즘으로서, 전통과 현대가 만나는 충격을 다양하고도 복합적인 형태로 표현하고 있는 것이다. 이러한 양상을 위에서 언급한 여러 지표들을 중심으로 입체적으로 분석할 수 있다면 경성 모더니즘은 하나의 실체로서 모습을 드러낼 수 있을 것이라 생각한다.

김환태 비평이 한국문학에 남긴 것

1. 저널리즘 비평을 넘어

문학의 진로가 혼미를 거듭할 때 되돌아가 기댈 수 있는 고전이 준비되어 있다면 얼마나 다행스러운 일인가. 그리고 지금 우리의 문학비평은 바로 그런 거점을 찾아내야 할 기로에 서 있다. 그곳으로 돌아가 그 우물에서 퍼 올린 성수로 영혼을 맑게 씻어 잃어버린 비평의 기능을 회복할 수 있도록 해야 한다. 그런데 그런 고전의 세계 또한 시대의 격랑과 정신의 혼미가 맞부딪히는 여울목에서 태어난 자식들이라는 사실은 아주 매력적이다.

김환태의 비평은 바로 그런 고전의 세계 가운데 하나다. 김환태가 평론계에 나타날 무렵 비평은 난파 직전의 위기감 속에서 조난신호를 보내고 있었다. "평론계의 SOS" 운운하던 1933년 10월, "이 무렵은 형식적으로는 KAPF가 존속하고 있었으나, 회월, 팔봉의 침묵, 임화를 중심하여 박승극, 민병휘 등의 자체 내의 혼란, 군소평론가의 섹트화로 인한 욕설비평, 김기림, 백철의 디렛탄티즘에의 유혹 등으로 비평의 권위는 거의 상실된 것"(김윤식,「눌인 김환태 연구」,『서울대학교 교양과정부 논문집』, 1969, 75쪽)이나 다름없었다.

김윤식은 김환태, 최재서, 김문집 등을 이 시대의 산물이라 했다. 김문집 비평의 의미나 가치에 대해서는 이론의 여지가 없지 않다. 그러나 김환태와 최재서가 이 혼란의 시대가 산출한 최량의 비평가들임에는 의문의 여지가 없을 것이다. 이 두 사람에 1930년 전후부터 비평 활동을 펼쳐온 임화와 김기림을 더하면 우리는 식민지 시대가 낳은 돌올한 비평가들을 전부 나열해 놓았다고 자부할 수도 있을 것이다.

그렇다면 김환태가 한국 근대비평에 기여한 것은 무엇일까. 그것은 먼저 1930년대 전반기의 거친 저널리즘 비평에 아카데미즘적 성격을 세련되게 착목시킨 데 있다고 말할 수 있다. 최재서는 자신의 평론집『문학과 지성』(인문사, 1938) 서문에서 "비평은 무엇보다 지성의 영위"라면서 "빈곤과 간난 중에서도 지성의 영위는 하로도 쉴 수 없는 것"이라고 했다. 이러한 최재서 비평의 저층에는 경성제국대학에서 수득한 영국 모더니즘에 대한 깊은 이해가 가로놓여 있었다.

그와 같이 김환태의 인상주의 비평도 일본 도시샤대학 예과를 거쳐 큐슈제국대학 영문학과에서 공부하면서 서구문학의 제반 조류를 넓고 깊게 섭렵한 소산이었다. 김환태가 매슈 아놀드와 월터 페이터에 이른 여정은 다음의 인용문이 보여주듯이 결코 간단치 않다.

내가 대학 예과에 입학하야 제일 처음으로 읽은 책이 厨川白村의「근대문학십강」과 新潮社 출판의「근대문학 십이강」,「근대극 십이강」이다. 이 책들을 읽고 나는 근대문학사상 유파의 이름과 그 각 유파에 속하는 대표적 작가의 이름을 알았다. 나는 그 후로는 그들의 대표적 명작이라는 것을 읽이 시작하였다. 그리고 읽는 방법으로는 앞에서 말한 바와 같이 처음에 자연주의 작품을 읽으면, 그 다음에는 낭만주의 작품을, 고 다음에는 사실주의 작품, 또 고 다음에 자연주의를 읽고 하는 비교대조법을 취하였다. 이것은 그리함으로 문학상의 각 유파의 특질을 이해하기 위해서이기도 했으나 이것도 앞에서도 말한 바와 같이 어떤 한 유파에만 심취하야 문학에 대한 나의 태도가 편협해질가를 두려워해서였다. 그런데 그 내가 이런 독서방법을 취하는 데 가장 편의를 본 것은 세계문학전집, 근대극문학전집 등 圓本 출판의 유행이었다. 각 유파에 대한 얼마만한 개념이 생긴 후는 나는 이 두 전집을 예과를 졸업하기까지 삼 년 동안에 전부 독료하랴는 계획을 세우고 밤이나 낮이나 학교에서 강의 듣는 시간 외는 그것 읽는 데 전심하였다. 결국 나의 이 계획은 다 수행되지 못했으나, 그 전집 중에 나오는 중요 작가의 대표적 작품이라는 것은 대개 다 읽었다. 나의 독서방법과 범위가 이러하였음으로 그때 나는 누구 특수한 작가의 영향을 받지는 못하였다. 하기야 그러는 동안에 『입쎈』,『스트린드베리-』,『마-테르링크』,『체홉』 같은 작가의 작품은 거이 통독하다싶이 하였으나, 그것도 그들에 대한 특별한 애호라기보다도, 그들을 통하야 그들의 대표한 유파나 국민적, 시대적 특징을 이해하기 위해서였다. 그럼으로 그 시절의 독서를 통하야 받은 영향이란 그 전 독서 내용이 총합하야 나의 문학에 대한 애호를, 나의 숙명처름 만들어준 점과 나의 문학 감상의 눈과 태도를 만둘어준 점에나 있다면 있을 게다.

그 다음 대학에 들어간 후는 전공하는 영문학 『텍스트』 공부 때문에, 이런 낭만적 독서는 할 수 없었으나, 대체로 일학년 때에는 각국의 고전주의 작품을 즉 영국의 『쉑스피어』,『밀톤』,『포우프』 등의 작품과 불란서의 『라시-느』,『코르네이유』,『모리에-르』의 작품과, 그리고 독일의 『괴-

테』,『쉴러』 등의 작품을 읽고 고전주의에 대하야 이해를 얻으려 하였다. 그러는 동안에 나는『괴-테』에게서 문학상으로가 아니라 인생철학 상으로 큰 교훈을 얻은 것이 있다.『파우스트』를 통하야 받은 「영원의 노력」 과『엑켈만』의 「괴-테와의 대화」를 통하야 배운 모-든 인간적 기능의 완전히 조화 발달된 전인에의 이상이다. 이학년이 되면서는 미학과 예술철학이 주로 나의 독서범위였다. 그리하야 학교 도서관의 도서 분류목록 중의 미학과 예술철학의 항목에 있는 서적을 대학을 졸업할 때까지에 전부 독파하랴는 턱없는 계획을 세우고, 植田 박사의 「예술철학」, 阿部 교수의 「미학」을 비롯하야『테-느』의 「예술철학」,『톨스토이』의 「예술론」,『을크로-체』의 「미학」,『그로-세』의 「예술의 시원」『레씽』의 「라오코-」,『규이요』의 「사회학상으로 본 예술」,『피-들러』의 「예술론」, 「예술활동의 기원」 등을 되는대로 난독하다가 예정하였든 십분지일도 못 읽은 동안에 삼학년 이학기가 닥처 창황히『매슈- 아-놀드』와『페이터』를 되는 둥 마는 둥 읽어매어 졸업논문입내 하고 내어놓고는 쫓겨나왔다.(김환태, 「외국 문인의 제상」,『조광』, 1939.3, 258~259쪽)

위의 인용문은 매슈 아놀드 및 월터 페이터를 향한 김환태의 접근이 문학도로서의 김환태의 체질에 관련되는 성질의 것이었음을 알려준다. 김환태 비평과 매슈 아놀드 및 월터 페이터의 관련성에 대해서는 이은애 석사학위논문 「김환태의 "인상주의 비평" 연구」(1985)에서 상세하게 조명한 바 있다. 김환태는 비평이란 "세상에서 알려지고 생각된 최상의 것을 배우고 퍼뜨리며, 그럼으로써 신선하고 진실한 사상의 조류를 형성하려는 사심 없는 노력"(윤지관 편역, 「현대에 있어 비평의 기능」,『삶의 비평』, 민지사, 1985, 124쪽)이 되어야 한다는 아놀드의 명제와, "비평가에게 중요한 것은 지성을 만족시킬 만한 미의 정확하고 추상적인 정의를 내리는 것이 아니라 어떤 종류의 기질적 소질, 즉 아름다운 것을 보고 깊이 감동받는 힘을 갖는 것"(월터 페이터, 『르네상스』, 김병익 옮김, 종로서적, 1988, 3쪽)이라는 페이터의 명제를 화학적으로 결합시켜 자신의 것으로 삼았다.

이러한 김환태의 비평은 단순한 종합이 아니라 문학에 대한 폭넓고도 균형 잡힌 독서의 결과물이었다. 그는 태생적으로 편협한 태도를 혐오했던 것이다. 김환태 자신은 자신의 지적 성장과정을 가리켜 "난독"이라 했지만 대학에서의 공부는 언제나 이러한 독학 과정을 수반하게 마련이며 바로 이 과정에서 전문적면서도 독창적인 견해가 수립된다. 김환태 비평은 상아탑이 제공하는 '몰이해적 관심'의 가능성 속에서 배태된 양질의 담론이었다. 또 그렇기 때문에 카프류의 사회학적 비평으로 점철된 1930년대 전반기 비평의 수준을 단번에 이끌어 올릴 수 있었다.

2. 정론적 비평을 넘어

다음으로, 김환태 비평이 중요하게 기여한 것은 카프로 대표되는 정론적 비평과는 전혀 다른 비평적 분석 및 평가의 척도를 제시한 것이다. 이것은 이른바 순수문학론이라는 이름으로 오늘날의 우리에게까지 중요한 영향력을 행사하고 있다. 김환태는 문단에 모습을 나타낸 초기부터 자신의 비평태도를 다음과 같이 천명하였다.

문예비평이란 문예작품의 예술적 의의와 심미적 효과를 획득하기 위하야 『대상을 실제로 잇는 그대로 보라』는 인간정신의 노력입니다. 딸아서 문예비평가는 작품의 예술적 의의와 딴 성질과의 혼동에서 기인하는 모-든 편견을 버리고 순전이 작품 그것에서 엇은 인상과 감동을 충실히 표출하여야 합니다. 즉 비평가는 언제나 실용적 정치적 관심을 버리고 작품 그것에로 돌아가서 작자가 작품을 사상한 것과 꼿 가튼 견지에서 사상하고 음미하여야 하며한 작품의 이해나 평가란 그 작품의 본질적 내용에 관련하여야만 진정한 이해나 평가가 된다는 것을 언제나 잇어서는 아니됩니다.(김환태,「문예비평가의 태도에 관하야」,『조선일보』, 1934. 4. 21)

이처럼 김환태는 비평가란 '몰이해적 관심disinterestedness'을 바탕으로 '대상을 실제로 있는 그대로 보려고to see the object as in itself it really is' 노력해야 한다는 매슈 아놀드의 생각을 받아들여 "실용적 정치적 관심을 버리고" "작품의 본질적 내용에 관련"된 "이해와 평가"를 지향할 것을 주장하였다. 또한 그러면서도 그는 이러한 주장을 월터 페이터 쪽으로 더욱 래디컬하게 밀어붙여 예술가들에게 "목적의식"과 "경화한 사상의 노예"가 되지 말고 "감격과 감동" 속에서 살 것을 주문했다.(김환태,「예술의 순수성」,『조선중앙일보』, 1934. 10. 27) 이처럼 "사상"과 "감격과 감동"을 대립시킨 것은 매슈 아놀드가 「현대에 있어 비평의 기능」에서 "사상을 즉시 정치적, 실제적으로 적용하려는 광증"(윤지관 편역, 앞의 책, 101쪽)을 경계한 것과는 현격한 차이가 있다. 당대 영국인들의 실제적, 정치적 성향을 비판한 아놀드에게도 사상 자체는 버릴 수 없는 것이었고 오히려 마땅히 지향해야 할 것에 가까웠다. 그러나 김환태는 과감하게 어떤 종류의 사상이든 그것은 곧 "경화"한 것이며 따라서 전제적인 성격을 피할 수 없다고 했다.

사상은 전제적이다. 그는 언제나 인간사회나 자연에 군림하야, 그것들을 동일한 법칙으로 통제하고 지배하랴 한다. 그럼으로 사상으로 무장하고 인간사회나 자연계에 대할 때 예술가는 아모런 감격도 늣길 수가 업슬 것이다.

그러나 감격이 업시는 진정한 예술품을 산출할 수가 업나니 진정한 예술가는 아즉 사상에 의하야 통제되고 지배되지 안흔 세계 즉 모-든 방면으로의 발달과 생성의 가능성이 창일한 소박한 상태로 돌아가 새로운 방법으로 인간이나 자연을 이해하기 위하야 사상의 고대에서 나려 다시 한번 무지의 세계로 돌아가지 안흐면 안된다.(김환태, 「예술의 순수성」, 『조선중앙일보』, 1934. 10. 27)

이러한 태도에 대한 비판은 일찍이 김윤식의 논문에 명료하게 제시된 바 있다. 그는 김환태가 "페이터나 아놀드가 그러한 사상을 이룩하기까지의 여건을 배우지 않고, 그들의 완제품 사상을 그대로 직수"한 결과 "시대적 현실의 고민과의 격투를 외면한" 결과를 낳았다고 했다.(김윤식, 「늘인 김환태 연구」, 『서울대학교 교양과정부 논문집』, 1969, 78쪽) 그러나 김환태의 순수주의는 직수입이라기보다는 그들의 비평태도를 당대의 조선적 풍토에 맞게 조정한 것에 가까운 것 같다. 김환태의 순수문학론은 일차적으로는 카프문학에 대한 비판의 형식을 띠고 있지만 좀 더 고차적으로는 당대 조선 문단의 부박한 풍조에 대한 예리한 비평적 의식에서 비롯된 것이다. 다음의 인용문이 이것을 말해준다.

이론은 언제나 현실을 초월하는 것이나 이론이 그 현실을 지도하랴면 그는 그 현실 속에 그 발생 근거를 갖고 있지 않으면 안된다. 그런데 사회주의적 리앨리즘이나 (그 이론의 정당여부는 이곳에서 불문에 붙인다) 휴매니즘은 조선의 사회적 현실이나 문단적 현실에 그 발생 근거를 가지고 있는 것이 아니라 다시 말하면 조선의 사회적 현실이나 문단적 현실의 필연성에서 산출된 것이 않이라 조선문단과는 아모런 관련이 없는 외국사회와 문단의 필연성이 나흔 문제를 조선에 수입한 것에 지나지 안는다.

사회주의적 리앨리즘이 조선에서 좋은 작품을 산출치 못한 것은 딴 데도 그 이유가 있으나 조선과는 사회사정이 달은 로서아에서 발생한 것은 아무런 수정도 없이 그와는 전연 사정이 달은 조선에 그대로 이식하야 조선적 현실이 그 이론을 딸으지 못한 데 그 원인이 있다.

휴매니즘도 또한 그렇다. 외국에서 휴매니즘이 발생한 근거는 극단의 자연주의와 주지주의의 여폐로 완전히 와해한 인간 전체성을 그리고 작품의 육체성을 찾으랴는 데 있다. 그런데 우리는 우리 문단에서 반동으로서의 휴매니즘의 원인이 될 극단의 형식주의 작품도 주지주의 작품도 심리주의 작품도 찾을 수가 없다.

이곳에 조선 문단적 현실과 아모런 관련성이 없이 그저 외국문단의 논의의 뒤푸리에 지나지 안는 휴매니즘 제창이 제창하는 그들 몇 사람의 반향 없는 고함에—이고 마는 이유가 있다.

(중략)

문단의 전통이란 (풍속과 구별해서 생각해야 한다) 선대의 많은 위대한 작품의 공통된 성격이 비저낸 어떤 규범성을 갖인 무형적 존재다. 따라서 전통이 엄연이 서 있는 문단에서는 모든 작가가 한 번은 그 속에를 단여 나오지 않으면 안 된다. 그런데 우리가 흔히 생각하고 있는 바와 같이 전통이란 고정한 것이 않이라. 늘 성장하여 나가고 변모하여 나가는 것이다. 그러므로 전통 속을 단여 나올 때 작가는 그 전통에서 한 발 더 나가지 않으면 안 된다. 전통에서 한 발 도 더 못 나갈 때 그 작가는 벌서 낙오한 작가다. 그러나 전통에 입각하야 그에서 한 거름 더 나서는 사람은 다시 전통을 지도하고 만들어 나가는 사람이다. 이리하야 전통의 질곡을 느끼고 그것에서 탈출하려는 내면적 욕구를 갖어 그 욕구가 어떤 방향을 얻고 또 같은 방향을 갖인 여러 욕구가 합처 흐를 때 그곳에 진정한 문단의 동향이 발생하는 것이다. 그리고 이런 동향은 자기 성장의 필연적 결과인 내면적 요구에서 발생하는 것이기 때문에 결코 실천이 상반하지 안는 이론의 유희에 빠지는 일이 없다. 그때에 실천은 반듯이 이론을 불으로 이론은 반듯이 작품을 났다. 그런데 우리 문단에는 문단 풍속은 있어도 이런 의미의 전통은 없다. 그런 전통을 만들기에는 우리 문단의 연령이 넘어나 얄고 위대한 작가와 작품이 넘어나 적은 것이다.

이곳에 우리 형의 극의 길이 있다. 전통이 선 문단에서는 벌서 작가의 출발의 지반이 준비되여 있음으로 그 곳에 있어서는 작가는 새로운 방향만 가지면 고만이다. 그러나 우리 문단에서는 작가는 방향을 가지기 전에 출발의 지반을 닦어야 한다.(김환태, 「동향 없는 문단 – 진정한 동향의 출현을 대망하면서」, 『사해공론』, 1937.2.1, 36~37쪽)

김환태가 작가와 작품에 집중한 것, 문학비평이 무엇보다 작품에 대한 것이어야 함을 주장한 것, 이른바 사상을 배격, 지양하고 예술 본연의 감격과 감동을 주장한 것은 이러한 장소의식 및 시대의식의 산물이었다고 할 수 있을 것이다. 이 점에서 김환태는 카프의 리얼리즘을 가리켜 "학설이 인생을 위하야 존재치 않고 인생이 학설을 위하야 존재하는 셈"(최재서, 「문학발견시대 – 일 학생과 비평가의 대화」, 『조선일보』, 1934. 11. 29)이라고 신랄하게 비판한 최재서와 상통하면서도 그보다 더욱 근본적이다.

관념적인 급진성을 추수한 카프비평에 대해서 문학작품에 대한 순수한 집중이 필요하다고 한 김환태의 처방은 조선적인 문학 풍토에 대한 비판적 사색의 소산인 것이다. 이러한 김환태의 순수주의는 교양과 신념이 어우러져 결빙된 담론이었기 때문에 시대의 흐름을 좇아 변질되거나 윤색되지 않을 수 있었으니, 이것은 그가 대일협력으로 나아가지 않고 절필했던 것으로 입증된 셈이다. 이것을 오늘날 어떻게 해석하고 수용하느냐는 그가 아니라 우리의 몫이다. 우리는 김동리를 김환태 문학의 후예로 인정하면서도 그와는 다른 길을 모색할 수 있을 것이다.

3. 비평 문장의 혁신

한편 김환태 비평이 우리 문학에 기여한 중요한 점의 하나는 비평 문장을 혁신한 것에서 찾아져야 할 것이다. 그가 남긴 가장 뛰어난 평론으로 알려진 「정지용론」은 정지용에 대한 탁월한 비평일 뿐만 아니라 한 편의 탁월한 예술적 문장이기도 하다.

> 그는 과연 감각이, 더욱이 시각이 누구보다도 예민한 사람이요, 따라서 그의 시는 일대 감각의 향연이다. 그러나 그의 시는 단지 찬란하고 화려할 뿐이요, 아모런 의미 없는 그런 감각의 축적은 않이다. 그의 감각은 수정처럼 맑고, 보석처럼 빛날 뿐 않이라 그 속에 감정이 쌍드랗게 얼어 비애와 고독이 별빛처럼 서리고 있다.
>
> (중략)
>
> 연정, 고독, 비애 이 모든 정서는 한숨 쉬고, 눈물 흘려야만 하는 것이 않이다. 시인 정지용은 이런 정서에 사로잡힐 때, 그저 한숨 쉬거나 눈물지

지 않고, 이름 못할 외로움을 검은 넥타이처럼 만지고, 모양 할 수도 없는
ㅡ음을 오렝쥬 껍질처럼 씹는다. 이리하야 그의 감각은 곧 정서가 되고,
정서는 곧 감각이 된다.(김환태, 「정지용론」, 『삼천리문학』, 1938. 4, 188쪽)

위의 인용문이 보여주듯이 김환태의 비평 문장은 부드러우면서도
섬세하다. 짧은 문장과 긴 문장의 효과를 적절하게 결합시키며 논리
를 전개해 나가는 유려함을 보여준다. 세련되고 정선된 어휘를 구사
하면서 때로는 정지용의 시적 표현까지 활용하여 차원 높은 문장미
를 구축해 나간다. 효과적으로 활용하는 쉼표는 문장을 신축적으로
만들어 주면서 산문의 리듬 감각을 극대화하면서 비평가 자신의 생
리나 취향을 음악적으로 환기시킨다. 이러한 비평 문장은 임화와 최
재서는 물론 김기림에게서도 찾아보기 힘든 수준의 것이라 하지 않
을 수 없다. 그는 엘리어트로 대변되는 영미 모더니즘 문학의 기술
및 기교 중시적 경향을 비판, 지양하면서 의식과 형식이 완전히 일
치된 시적 상태를 지양했던 바, 그가 이룩한 문장미의 수준은 바로
이러한 비평적 태도의 또 다른 산물일 것이다.

그러나 우리는 시의 가장 본질적인 성질을 의미로부터 독립한 기술의
우수성에서나 음악과의 결합에서가 안이라 생명의 힘을 전달하는 박력
속에서 열정적으로 체험된 경험을 전달하는 언어의 완전성 속에서 찾이
아니면 않 된다.
뙤-테가 말한 바와 같이 「생명은 생명에 의하야서만 환기되는 것이다」
그러므로 「생명의 의식」이 없는 시에서 우리는 진정한 예술적 감흥을
받을 수 없는 것이다.
그리고 또 열정적 체험을 전달하는 언어의 완전성 즉 의식과 형식과의

완전한 일치에 의하야서만 시인은 롱기너쓰가 말한 저 「황홀」을 우리의 마음 속에 불태울 수가 있는 것이다.(김환태, 「표현과 기술」, 『시원』, 1935. 8, 40~41쪽)

이렇듯 "언어의 완전성 즉 의식과 형식과의 완전한 일치" 상태를 향한 완전한 동경은 그의 산문들을 월터 페이터의 미문에 근접하는 것으로 만든다. 비록 짧은 산문이지만 「가을의 감상」(『조광』, 1935. 11), 「적성산의 한여름 밤」(『조광』, 1936. 7), 「내 소년 시절과 소」(『조광』, 1937. 1), 「맘물굿」(『여성』, 1938. 5), 「범 얘기」 같은 산문들은 은은하고도 섬세하다. 그것들은 흡사 팔라죠 루첼라이가 편집한 『페이터의 산문』에 수록된 첫 번째 글 「고향집의 아이」에 나올 법한 에피소드들 같다. 김환태 문학 기념비에 새겨진 글귀는 이러한 문장미의 정점에 놓여야 할 것 같다. 다음은 그 글귀가 담긴 비평문의 일부다.

나는 상징의 화원에 노는 한 마리 나-고저 한다. 아폴로의 아들들이 각가스로 갓구어 형형색색으로 곱게 피워논 꽃송이를 찾어 그 미에 흠벅 취하면 족하다. 그러나 그때의 꿈이 한곳 아름다웠을 때에는 사라지기 쉬운 그 꿈을 말의 실마리로 얽어놓으랴는 안탁가운 욕망을 갖인다. 그리하야 이 욕망을 채우기 위하야 씌워진 것이 소위 나의 비평이다. 따라서 나는 작가를 지도한다든가, 창작방법을 가르켜 준다든가 하는 엄청난 생각은 감히 일으키지 못한다. 그러므로 비평의 기준이니, 방법이니 하는 것도 또한 나에게는 소용되지 않는다. 한 작품에서 얻은 인상의 기록이 작가에게 작품 제작의 방법을 갈으킬 도리가 없는 것이며 그 인상만을 기록하야 놓으랴는데, 기준이니 방법이니 하는 것을 세울 필요가 없는 것이다. 그러나 나에게는 인상에 충실하랴는 노력이 인상을 보편성에까지 승화시키랴는 노력이, 그리고 그 인상을 가장 적절하게 표현하려는 노력이 있다.

거울의 면이 흐리거나 거칠거나 할 때에, 꽃은 결코 그 본래의 아름다운 자태로 그 속에 영상되지 못한다. 그와 맞찬가지로 우리의 마음이 둔하거나, 편협한 개인적 기호로 비틀어져 있을 때, 작품은 결코 온전한 양상을 그대로 그속에 빛우어 주지 않는다. 따라서 그러한 마음이 작품에서 받는 인상이란 대단히 왜곡된 것일 것이요 산만한 것일 것이다. 내가 나의 비평에 있어서 가장 두려워하는 사실은 이것이다. 그리하야 하는 작품에서 오는 인상을 그 온전한 상태에서 조곰도 흘님없이 받어들이기 위하야 작품에 대할 때마나 마음의 거울을 흐리지 않게 하고 그 포 – 즈를 밝으게 갖이고저 내 딴에는 노력하노라 한다. 이 노력이 곧 나의 비평가적 수양이다. 그런데 이 수양은 나에게 있어서는 다음과 같은 확수한 두 가지 신념 밑에서 행하여진다. 비평에 있어서 내가 의뢰할 수 있는 것은 오즉 내 자신의 인상뿐이라는 것과 내 자신의 인상에 철저할 때, 마치 우물을 깊이 파들어 가면 반드시 바위바닥을 볼 수 있는 바와 같이, 인상의 보편성에 도달할 수 있으리라는 것과, 그리하야 이 신념에서 나의 감성을 훈련하는 방도도 발견된다.(김환태,『조광』, 1940. 1, 150~151쪽)

이렇게 김환태의 문장은 심미적 비평가의 그것답게 차분하고도 유려하다. 그러면서 논리정연하다. 이러한 김환태의 문장은 당대의 어떤 비평가도 따라잡지 못한 것이며, 수입산 외래어와 비문과 약물들로 점철된 오늘의 비평 문장에 차가운 성찰을 요청하는 것이다.

돌이켜 보면 김환태의 비평이 없었더라면 우리의 근대비평은 또 얼마나 공허했을지 염려스럽고 또 다행스럽다. 김환태의 존재를 빌려 우리 근대비평은 텍스트를 시적으로 음미하는 가능성을 탐구할 수 있었고, 그 결빙된 심미적 비평안이 있었기에 정지용과 같은 탁월한 시인이 제빛을 잃지 않고 근대시의 태두로 우뚝 설 수 있었으리라.

김환태 비평의 존재 의의를 좁혀 본다면 그에게서 카프 비평에 대한 대타적 인식의 의미와 한계 이상을 발견하지 못하게 될 것이다. 이러한 관점이 문학사 연구의 한 특징을 이루었던 때도 없지 않았다. 그러나 지금은 그것 이상으로 김환태 비평의 의미와 가치를 새롭게 인식해야 할 것 같다. 비평이 아름다움과 섬세함을 잃어버리고 미래를 향한 예지력마저 보여주지 못하는 이 때 상징의 화원에 노닐고자 했던 저 한 마리 나비의 존재는 얼마나 소중하고 귀한 것이냐.

해방 후 8년 문학사에 관하여

1. '해방공간'이라는 용어

해방 후 8년 문학사 연구라는 논점은 해방 후 한국 현대 문학사를 가능한 한 주밀하게 추진해 보자는 문제의식의 소산이다. 필자가 대학원에 다니던 1990년대 초중반부터 현재에 이르기까지 20여 년 동안 해방 후 한국현대 문학사 연구의 지반은 그다지 충실하게 닦였다고 할 수 없다. 양적으로 부단히 증가해 온 것은 사실이지만 일제시대 문학에 대해서 김윤식의 한국근대문예비평사 연구와 같은 비계 역할을 해주는 저서가 부재하기 때문인지, 또 작가, 시인, 극작가, 비평가들에 대한 연구가 아직도 부족하기 때문인지, 필자로서는 어딘지 모르게 사상누각을 짓는 듯한 인상이 없지 않았다.

지금 이 문제를 돌이켜 생각하면, 해방 후 문학사를 총체적으로 조망할 수 있는 역사적 감각, 그리고 이 시대의 문학작품들의 질적 수준이나 성취를 가늠할 수 있는 척도의 부재 같은 것이 문제였다고 생각된다.

우리는 무엇보다 일제시대로부터 해방되어 8년에 걸쳐 견고한 분단체제에 다다른 이 시기 문학사가 어떤 위상을 가지고 있는지 판단할 수 있어야 하며, 이를 위해서는 역사적 연속성의 시각을 어떤 형태로든 구비해야 한다. 또 이를 위해서는 기존에 당연시 되던 것들을 낱낱이 심문하는 새로운 태도와 접근법을 가질 필요도 있다. 이와 관련하여, 우리는 해방후 현대문학사를 연구하면서 해방공간이라는 용어를 아주 자주 접해 왔다. 이 용어는 해방 이후 3년간을 하나의 공간 개념으로 포착하는 아주 매력적인 용어다. 문학 쪽에서는 김윤식, 권영민 등에 의해 즐겨 사용되었다.

해방공간이라는 용어는 8·15해방과 더불어 나타난 지정학적 상황을 설명하는 데 유용한 것으로 보인다. 그것은 남북한 대립, 미소 대립, 남한 내 좌우익 대립 등 상황을 이항대립적으로 설명하고자 할 때 특히 강한 힘을 발휘한다. 1980년대 말부터 이 용어는 여러 연구서에 등장하면서 당대 문학을 설명하기 위한 판구조적인 모델로서의 역할을 수행했다. 김윤식의 저서들, 『해방공간의 문학사론』(서울대출판부, 1989) 등에서 시작된 이 연구는 『해방공간 한국작가의 민족문학 글쓰기론』(서울대출판부, 2006) 등에까지 지속적으로 연계되어 있으며, 『김동리와 그의 시대』(민음사, 1995) 등에서도 작가 연구를 위한 전제적 방법으로서의 역할을 하고 있다.

필자는 최근에 일제 말기로부터 해방 이후로 연구의 중심점을 옮겨오고 있는데, 그러한 맥락에서 이 시대 연구의 어떤 결락 부분과 관련하여 이 용어를 성찰적으로 검토해야 한다고 생각해 왔다.

필자가 생각하기에 해방 이후 문학사 연구는 몇 가지 문제점을 노정하고 있다. 그러나 그 첫째는 이 시기 문학사가 사적 연속성 속에서 충분히 설명되고 있지 못하다는 점이다. 해방 후 8년간의 문학사는 현재 해방공간 문학 연구와 전시문학 연구로 양분되어 있으며, 이에 따라 1948년 8월 15일 단독정부 수립 이후 1950년 6·25 발발에 이르는 약 1년 10개월여의 문학사는 논의 대상에서 벗어나 있는 경우가 많다. 또 이로 인해 해방공간 문학사는 그것대로, 전시문학사는 또 그것대로, 따로따로, 다시 말해 공간적으로 연구되면서, 연속성과 인과성이 충분히 해명되지 못하고 있는 형편이다. 즉, 해방공간의, 그 공간 모델적 성격은 이 시기의 문학사 연구를 정태적, 단속적으로 만들면서, 그에 대한 총체적 접근을 가로막는 측면이 존재한다는 것이다.

이 글은 이러한 생각을 바탕으로 해방 후 8년사의 문학 연구를 위해 필요한 시각과 논점들을 정리하여 제시하고자 하는 것이다.

2. 『해방 전후사의 인식』 문제

필자의 앞에는 지금 두 권의 책이 놓여 있다. 하나는 『해방 전후사의 인식』 4권이고 다른 하나는 『해방 전후사의 재인식』 1권이다. 앞의 책에는 정해구의 논문이 실려 있고, 뒤의 책에는 이영훈의 글이 실려 있다. 앞의 책은 아주 오래 전에 한 시대를 풍미했던 시리즈의 일부이고, 다른 하나는 그것에 대한 강력한 비판을 겨냥하고 쓴 이영훈의 글이 들어 있다. 둘 다 비판적 극복의 대상이라면 대상이다.

정해구는 해방부터 한국전쟁 종결 시기까지를 총체적으로 파악할 것을 주장하면서, 그 이유를 두 가지로 제시했다. 해방 8년사는 그 전제로서 일제시대의 총체적 귀결인 동시에 이후 분단시대의 출발점이라는 것이며, 이 전환기적 시기는 격렬한 혁명적 상황이 최종적으로 전쟁을 통하여 분단으로 귀결된 치열한 정치 갈등의 한 시기라는 것이다.

그런데, 그가 말하는 8년간의 연속성은 그것대로 중요하다 할지라도 이 시대를 고찰하는 그의 시각은 당시의 좌우익 간, 남북 간, 미소 간 대립을 근본적으로 혁명과 반혁명의 이분법에 근거하여 이해한 것으로서, 선험적 선악의 관념에 저당 잡힌 것이다.

이 논의 이후 25년 동안 전개된 세계사는 그러한 구분법이 허구적 대립화에 지나지 않음을 드러내 보였다. 소련도, 북한도, 그러므로 이른바 좌익도 전혀 혁명적이지 않았다. 다시 말해 진정 도래해야 했던 혁명은 어디에서도, 누구에 의해서도 실현되지 않았고, 저쪽은 저쪽대로, 이쪽은 이쪽대로 디스토피아적 상황이 전개되었으며, 이에 대해 문학은 주체적, 능동적으로 대처하고 또 이를 초극하는데 '실패'했다.

이러한 체제 및 이념에 대한 재평가, 재개념화 문제는 아주 중요하다고 말할 수밖에 없는데, 예를 들면 북한체제를 사회주의라거나, 좌익 진보라거나, 혁명세력이라고 보는 시각으로는 해방 이후 북한이나 남북 간에 벌어진 사태를 제대로 설명할 수 없기 때문이다.

한편, 이영훈은 정해구의 논리가 민족, 혁명 논리에 입각해 있다고 비판한다. 그는 민족 사회주의자들이 그토록 중시하는 민족이란 번역어로서 한국에서는 20세기에나 의식되고 추진된 상상적 기획에 지나지 않는다고 주장한다. 또 정해구 식의 논법이 역사를 선악의 대립으로 보는 종교적 역사관에 지나지 않는다고도 한다.

그는 이른바 민족사의 대안으로서 "문명사"(이영훈, 「왜 다시 해방 전후사인가」, 『해방전후사의 재인식』, 책세상, 2006, 55쪽)를 내세우는데 그 출발점은 놀라울 것도 없이 "이기심을 본성으로 하는 호모 에코노미쿠스homo economicus, 그 인간 개체"다.

그러나 이는 8년사의 논리가 종교가의 것임에 대해 생물학자의 것이다. 실제로 이 글은 '고색창연한' 현대의 진화론적 생물학의 명제를 적용하여, 이기적인 인간 개체에서 출발하는 문명사를 구축하려고 한다. 민족은 가족과 친족의 역사, 마을과 단체의 역사, 사유재산과 화폐의 역사, 문학과 예술과 사상의 역사 등과 함께 문명소를 구성하는 하나가 된다. 그러나 민족개념의 이해에서 그는 착종적인 모순을 드러낸다.

(가)

앞의 백두산 이야기는 오늘날 한국인들을 정신적으로 결속하는 최대 공약수로서 '민족'이라는 것이 실은 생겨난 지 얼마 되지 않은 것임을 넉넉히 시사하고 있다. 이미 여러 차례 지적된 바이지만 민족이라는 단어는 1904년 이후 일본에서 수입된 것이다. 조선시대에는 민족이나 동일한 뜻의 다른 말이 없었다. 말이 없었음은 오늘날 그 말이 담고 있는 한국인들의 집단의식이 조선시대에는 없었거나 다른 형태의 것이었음을 이야기하고 있다. 민족이라는 말이 대중적으로 널리 유포된 것은 1919년 최남선이 지은 조선독립선언서를 통해서였다. 민족이라는 한국인의 집단의식도 그렇게 20세기에 걸쳐 수입되고 나름의 유형으로 정착된 것이다. 두말할 것도 없이 주요 계기는 일제의 식민지배로 인한 한국인들의 소멸 위기였다. 그에 따라 한국인들은 공동 운명의 역사적 문화적 공동체로 새롭게 정의되었고, 그렇게 한민족은 일제의 대립물로서 성립했다. 민족 형성에 요구되는 신화와 상징도 일본의 것들을 의식하면서, 그에 저항하거나 그를 모방하면서, 새롭게 만들어졌다.(위의 책, 33쪽)

(나)

민족이란 무엇인가? 민족은 서로 다른 이해관계의 인간 집단을 국가라는 정치적 질서체로 통합시킴에 요구되는 여러가지로 고안된 이데올로기 중의 한 자락일 뿐이다. 민족을 성립시키는 근본적인 재료는 피를 함께 나누었다는 종성 관념으로서의 인종이다. 종성 관념과 그에 상응하는 토템으로 통합을 성취한 최초의 문명단위는 씨족이었다. 그러니까 민족의 깊은 구석에는 낮은 수준의 통합으로서 야만이라 이야기될 수 있는 씨족이 웅크리고 있다. 그렇기 때문에 민족주의는 남에 대해 거칠다.(위의 책, 56쪽)

위의 인용들에서, (가)는 한국에서의 민족이 일본의 번역어를 수입한 것이라고 한다. 논자에 따르면 이 용어가 번역, 수입되기 전에는 일본에도, 한국에도 그에 상당하는 공동체 관념이 부재했다. 그렇다면 이 번역된 민족은 서구 유럽적인 민족, 즉 nation으로서의 번역어일 것이다. 그러나 (나)는 이 민족이 씨족관념을 바탕으로 한 것이라고 한다. 베네딕트 앤더슨의 서구에서의 민족nation 개념 성립에 대한 논의가 신빙성이 있다면, 씨족 관념에 바탕한 민족 관념이란 서구에는 어울리지 않는 개념이다.

그는 문명사론과 사회계약설의 견지에서 해방 전후사를 설명하고자 한다. 그는 해방 전사를 문명의 상호 접촉, 융합 과정으로, 또한 후사를 나라 세우기의 과정으로 보아야 한다고 주장한다. 이 나라 세우기의 과정에서 출현한 두 나라 북한과 한국 중에서 북한은 "1970년대부터 문명사의 막다른 골목으로 접어"든 반면, "남한의 민주주의와 시장경제는 온갖 잡동사니 문명소들이 뒤엉켜 출발이 심히 불안정했지만, 인간 본성인 자유와 이기심이 한껏 고양되는 가

운데, 한반도에서 문명사가 시작된 이래 최대의 물질적, 정신적 성과를 축적했다."(위의 책, 63쪽)

이 글은 문명사의 관점에서 대일협력과 저항 등 정치적, 윤리적인 차원의 문제들을 괄호 치면서 남한 체제의 우월성을 선언하는 것으로 종결된다는 점에서 역사적 성찰이라기보다는 좌익 민족주의에 대한 비판과 남한 체제에 대한 정당화에 가까운 양상을 보인다.

과연, 일제시대 및 해방 후 한국사의 전개는 한국인들의 문명사적 전개 속에서 어떤 의미를 가지고 있는 것일까?

3. 문명비평적 시각에서 본 일제의 식민 지배

필자 역시 간헐적으로나마 한국현대사를 문명사의 시각에서 검토할 것을 주문해 왔다. 필자의 평론집으로『문명의 감각』(향연, 2003)이 있는 것은 해방 전후사의 과정에서 임화와 김기림의 월북 및 월남을 문명 선택의 맥락에서 분석, 평가한 것과 관련이 있다.

실제로 북한과 남한 체제의 평가 문제는 두 사회가 채택한 소련식 '사회주의' 및 미국식 자본주의의 문명사적 위상에 관련되어 있다. 특히 북한 체제 문제는 멀리 거슬러 올라가면 마르크스, 레닌 등의 사회주의 이행 담론의 일부를 구성하는 영속혁명론의 함의와 관련이 있다.

그에 따르면 자본주의가 가장 발달된 나라에서 일어났거나(마르크스) 자본주의 세계체제의 가장 약한 고리에서 일어나는(레닌) 사회주의 혁명은 유럽 전체로 확산되지 않으면 야만으로 귀결되지 않을 수 없다. 자본주의 제국의 간섭 및 봉쇄로 말미암아 사회주의 체제는 고립적으로 존재할 수 없다. 반면에 스탈린은 이른바 일국 사회주의론, 즉 사회주의가 고립적으로도 생장, 발전할 수 있다는 논리를 펼치면서 마르크스, 레닌의 영구혁명론을 승계한 트로츠키와의 권력 투쟁을 승리로 이끌며, 이것은 곧 1930년대에 걸친 스탈린 대숙청에 연결된다. 이 과정은 사회주의 담론이 국가 사회주의, 즉 나치즘을 방불케 하는 독재체제의 논리로 귀착되는 과정이기도 하다.

일국 사회주의론은 곧 새로운 차원에서의 쇄국을 의미한다. 그것은 슬라브적 세계와 서구 세계의 단절이며, 이 단절은 곧 수십 년 후의 소비에트 체제의 붕괴로 이어졌다. 고르바초프의 소비에트 개혁, 즉 페레스트로이카가 글라스노스트와 짝을 이룰 수밖에 없었던 것은 그 때문이다.

같은 맥락에서 서방세계로부터 문을 걸어 닫고 오로지 중국과 구소련으로부터만 '외부'를 수혈 받아온 북한 체제는 몰락의 위기에 직면해 있다. 이영훈이 주장하듯이 문명은 이종 교배되지 않는다면 생존, 번성해 나가기가 어렵다. 그런데 이는 그의 특허가 아니라 영국의 '문명' 비평가 매슈 아놀드의 것이자, 많은 문명 연구자들의 논리이기도 하다.

일례로 『블랙 아테나』의 저자 마틴 버낼은 그리스 역사를 설명하는 두 개의 상반된 패러다임을 제시하면서 그리스 문명이 문화 교섭의 산물이었음을 보여준다. 그에 따르면 그리스 문명을 설명하는 모델에는 아리안 모델과 고대 모델의 두 가지가 있다. 이 가운데에서 아리안 모델은 그리스 문명이 처음부터 유럽적인 세계의 소산이었음을 강조한다. 그러나 고대 모델에 따르면 그리스 문명은 일찍이 그들보다 앞선 문명을 건설했고 그리스 지역을 식민화 했던 이집트 및 셈족의 영향 아래 주조된 것이다. 즉 허먼 멜빌이 모비딕에서 그토록 날카롭게 비판했던 그리스적인 흰 빛에는 이집트와 서남아시아의 검은 피가 흐르고 있다. 이러한 고대 모델이 망각되고 아리안 모델이 일방적으로 채택된 것은 놀랍게도 비교적 최근의 일이다.

내가 이 책에서 '고대모델'이라고 부르는 것은 19세기 초까지 지속했으며, 지금껏 배워 온 그리스 역사는 기껏해야 1840~1850년대의 산물이 었던 것이다. 애스터는 반유대주의가 페니키아인에 대한 연구 태도를 심각하게 훼손했다고 가르쳤다. 따라서 이집트인에 대한 침묵과 19세기 북유럽에서 폭증한 인종주의를 연계시키는 것은 손쉬운 일이었다. 낭만주의와의 관련성 그리고 이집트 종교와 그리스도교 사이의 긴장이라는 문제를 풀어나가는 데는 더 긴 시간이 필요했다.(마틴 버낼, 『블랙 아테나』1, 소나무, 2006, 12쪽)

이러한 논의로부터 우리는 한 가지 잠정적 결론을 도출할 수도 있다. 첫째, 문명의 진전에 있어, 매슈 아놀드가 말한 헤브라이즘에 대한 헬레니즘의 '우월성'은 단지 동양, 그 일부인 한국에 대해서만이 아니라 서양에 대해서도 하나의 진리다. 문명 사이의 문화 교섭은 확실히 탄력을 상실한 문명의 새로운 생로다.

그러나 여기서 필자는 두 가지 문제를 더 언급하고자 한다. 그 하나는 올더스 헉슬리가 『멋진 신세계』에서 말한 것으로 모든 진보는 필연적으로 상실 없이는 이루어질 수 없다는 것, 따라서 베버가 말한 진보주의를 이상화 하는 것은 이러한 부정적 측면을 직시하지 못한 소이라는 것이다. 이것은 정해구만이 아니라 이영훈 또한 진보라는 이름 아래 훼손되고 상실된 것의 가치를 돌아보고 있지 못함을 말하는 것이다. 진보는 그 자체로 완전한 선이 아니며 그러한 의미에서 문명의 교섭은 지고한 선일 수만은 없다.

　하물며 그것이 강제와 폭력을 수반하면서 각인이 모두 존귀한 생명들인 당대인들의 삶을 해치면서 이루어졌을 경우, 우리는 그 과거에 대해 각별히 날카로운 성찰적 시선을 던져야 한다. 일제시대라는 형식의 문명의 교섭 방식은 과연 정당한 것이었는가? 우리는 이 물음에 대한 정치적일 뿐만 아니라 윤리적, 미학적인 판단을 요청해야 하며, 해방 후 8년사에 대해서도 응당 그러해야 한다고 말하지 않을 수 없다. 근대화주의는 일제의 한국 강점을 어떻게든 합리화, 정당화 하려 한다. 그러나 이른바 진보로서의 근대를 특권화 하고 이 진보의 이름으로 '흑역사'를 정당화, 미화하는 것은 정치적으로는 몰라도 윤리적, 미학적인 견지에서는 부정될 수밖에 없다.

　또 하나, 이러한 근대화주의의 일제 지배 정당화는 한국의 근대화 과정을 곡해, 왜곡한 소산이라는 것이다. 우선, 일제의 조선 강점이 35년이었다면, 그 이전에 적어도 1876년의 개항으로부터 한일합방에 이르는 1910년까지 약 34년에 걸친 자체적인 근대화 노력이 존재했다는 사실을 간과하지 말아야 한다. 그리고 이 과정은 특히 최제우가 동학을 창건하면서 인간 평등의 이상을 제시했던 1860년대로까지 소급될 수 있다. 이 과정을 축소, 몰각한 뒤 일제에 의한 침략적 '문명 교섭'만을 일방적으로 강조하는 것은 독단일 뿐 아니라 남을 위해 나를 버리는 선행을 실천하는 것이다.

　그리고 이와 관련하여 명기해 두지 않을 수 없는 것은 개화기 이전의 조선이나 중국에 대한 문명교섭사적인 재발견의 필요성이다. 과연 개화기 이전의 조선은 서양과 같은 외부로부터 완전히 닫힌 사회였는가? 임화는 자신의 신문학사 서술을 멀리 임진왜란으로까지 거슬러 올라가 시작하는데 그것은 조선과 외부세계와의 교섭사를 적어도 그 시대로까지 소급시킬 수 있다는 판단 때문이었다. 그러나 이 교섭의 역사는 훨씬 더 유구하며, 이 살아있는 역사를 재구할 때만이 일제에 의한 한반도 강점이나 그 뒤를 잇는 오늘의 한국의 문화적 상태에 대한 더 진실한 재평가가 가능할 것이다.

4. 월북문학, 월남문학 문제

해방 후 8년간의 문학사를 통하여 가장 특징적인 문학사적 사건은 무엇일까? 필자는 그것을 문학인들의 월북과 월남에서 찾을 수 있다고 생각한다.

많은 사람들이 사석에서 필자의 이와 같은 생각에 의문을 제기하곤 했다. 월북문학이야 이미 그들에 대한 해금조치 이후 하나의 개념으로 성립해 있지만 월남문학은 어떤 설명적 개념으로 간주할 수 있겠는가 하는 것이다.

그러나 해방 후 남북한 문학사의 전개과정을 이른바 총체적으로 조망할 때 오히려 월남문학이라는 개념이야말로 한국문학의 가장 창조적, 생산적인 부분을 가리키는 용어임이 즉각 드러난다.

월북한 문학인들, 또는 북한에 잔류한 문학인들은 북한 문학사의 전개과정에서 어떤 가치로운 세계를 창조했던가? 임화와 김남천, 이기영, 김사량, 이태준과 박태원, 정지용이나 백석 같은 문학인들은 북한에서 무엇을 할 수 있었는가? 그들은 대부분 북한문학 환경에 적응하는데 실패했으며, 적응해서 살아남은 경우에도 그들의 문학의 최량의 부분은 박태원의 일련의 역사소설들에서만 간신히 간취될 수 있을 뿐이다. 그들이 그 열악한 세계에 적응하기 위해 내놓은 작품들이란 극악한 전체주의 체제를 미화하거나 합리화 하는 것들이었고, 그런 의미에서 그것들은 일제 말기의 노골적인 대일협력 문학만큼이나 무가치하고 해로우며 불모적이다. 그것들은 북한 지역에서 존재 가능한 진정한 문학과는 아무 관련성이 없다.

이와 관련하여 필자는 이른바 북한문학 연구의 방법론이 지금까지와는 완전히 달라져야 한다고 주장하고자 한다. 북한문학 연구는, 물론 전체주의를 합리화하고 추수하는 문학들의 지리멸렬한 전개과정에 대한 연구를 포괄할 수 있겠지만, 그보다 더욱, 북한 체제 하에서의 진정한 문학들의 존립방식과 형태들에 주의를 집중할 수 있는 연구 방법을 고안해야 한다.

그것은 비밀 일기나 수기 같은 증언문학의 양식들, 구비적인 유통양식들, 역사소설이나 아동문학과 같이 간접화 된 양식들, 현재와 같은 상황에서는 다량으로 증가해 가는 탈북문학, 시와 소설, 수기 등에 대한 연구가 되어야 하며, 해방 후 8년사의 맥락에서 보면 그것은 다시 북한에서 진정한 문학의 가능성이 소진되어 가는 과정에 대한 고찰이 되어야 한다.

그리고 이는 문학의 개념과 범위 또는 문학의 진정성에 대한 재질문을 포괄하는 근본적인 것이 되어야 하고, 구 사회주의 체제들 아래에서의 반체제 문학에 대한 광범위한 탐사의 도움을 필요로 하는 것이 되어야 한다.

북한문학에서의 월북문학의 기능에 비추어 보면 월남문학은 놀라운 창조력과 생산성을 특징으로 함이 즉각 드러난다. 이 특수한 부분에 대한 연구는 해방 후 8년사는 물론 그 이후 한국에서의 문학사 전개를 탐구하는데 있어 관건적인 역할을 한다.

실로 이 분단된 나라의 남쪽의 문학은 월남 작가들에 의해 풍요로 위졌다고도 할 수 있다. 전쟁 전과 전쟁 중에 걸쳐 남쪽으로 내려온 문학인들의 입각점, 즉 일종의 '크리티컬 인사이더' 혹은 '아웃사이더'의 시점들은, 이 남쪽 세계의 '고향' 깊은 곳에 뿌리 내리고 있는, 김동리, 서정주, 조연현, 박목월, 조지훈 등의 고색창연한 토착적 동양주의를 파열시켜 이질적이면서도 다종다기한 문학이 번성할 수 있는 비옥한 토양을 일구어 낸 것이다.

바로 이러한 점으로 인해 그들은 한국문학을 문협 정통파와는 다른 의미와 위상에서 세계문학의 일원으로 결부시켜 간 존재들이었다. 장용학이나 손창섭, 최인훈의 문학 등은 그 한 사례들이라 할 수 있다.

여기서 작성된 월남 문학인의 면면을 살펴보면, 먼저 작가로는 강용준, 계용묵, 곽학송, 김광식, 김내성, 김성한, 김송, 김이석, 김중희, 박순녀, 박영준, 박연희, 박태순, 선우휘, 손소희, 손창섭, 송병수, 안수길, 오상원, 이범선, 이정호, 이호철, 임옥인, 장용학, 정한숙, 전광용, 전영택, 정비석, 주요섭, 최독견, 최인훈, 최정희, 최태응, 황순원 등에 이르며, 시인으로는, 구상, 김광림, 김광섭, 김규동, 김동명, 박남수, 양명문, 유정, 이경남, 이봉래, 이인석, 장수철, 전봉건, 전봉래, 조영암, 주요한, 한성기, 한하운, 함윤수, 황동규 등에 걸친다.

이와 같이 길디긴 인명 목록은 그 자체로서 이들 월남문학인들이 해방 이후 한국문학의 가장 중요한 추동력이었음을 웅변해 준다.

그렇다면 이들의 문학을 어떻게 연구할 것인가? 첫째, 그들은 월남의 시기와 관련하여 유형화 될 수 있으며, 둘째, 월남의 동기와 관련하여, 셋째, 북학에서의 출신 지역의 특성과 관련하여 각기 유형화하여 접근, 분석이 가능하다. 특히 세 번째 항목과 관련하여 필자는 정주아의 선우휘 관련 논문 「이향과 귀향, 여행의 원점으로서의 춘원-소설『묵시』를 통해 본 선우휘와 춘원」(『춘원연구학보』, 2014)에서 서북 지식인으로서의 정체성이 그의 장편소설『묵시』에 어떤 형태로 드러나는가에 관한 흥미로운 시각을 접할 수 있었다.

필자는 이것과는 또 다른 각도, 즉 그들의 고향 상실이라는 원체험과의 관계 속에서 새롭게 인식할 수 있다고 생각한다. 즉, 월남이라는 것은 곧 감각적, 정서적 친밀감, 유대감의 원천으로서의 특정한 시공간의 상실을 의미한다. 이푸 투안은 공간과 장소를 구별하면서 추상적 개념으로서의 공간에 비해 장소란 경험적 연대의 의미가 부착된 구체적 개념이라고 했다. 이 개념을 빌리면 월남의 가장 원초적인 의미는 이데올로기 선택 이전에 장소 상실이자, 장소성 회복을 위한 '형언할 수 없는' 욕망을 야기하는 원천적 경험이 된다. 이로부터 필자는 월남 상황 또는 상태의 세 가지 유형을 구별해낼 수 있다.

그 첫 번째 유형은 장소성을 회복하려는 경향을 띠는 월남이다. 그것은 우리가 흔히 말하는 고향에 대한 향수를 의미하는 것으로, 전광용 소설「목단강행 열차」나「고향의 꿈」, 선우휘의「망향」 같은 작품이 대표적 사례다. 두 번째 유형은 고향으로의 회귀 욕구를 최대한 억제하고 고향을 떠난 현실 상태 그 자체에 적응하고자 시도하는 것이다. 그것은 대체로 반공주의를 비롯한 남한 체제 옹호 이데올로기와 결합하는 양상을 보이며, 선우휘 등의 이데올로기 문학으로 나타난다. 마지막 세 번째 유형은 생래적으로 부여된 고향과는 다른 차원의 고향을 향한 지향을 수반하는 월남이다. 월남을 일종의 엑소더스 또는 디아스포라 상태로 규정할 수 있다면 이것은 고향으로 돌아가고자 하는 대신 더 이상적인 고향, 상실된 과거로서의 고향보다 더 나은, 미래의 고향, 미지의 고향을 지향한다.

필자는 마지막 세 번째 유형의 고향상실 문학을 가장 문제적인 것으로 파악하고자 하며, 최인훈 등에 의하여 대표되는 이 경향을 하이데거적인 실존주의의 고향상실 개념에 연결하여 보다 래디컬한 시각에서 분석할 수 있다고 생각한다.

어떤 논문에 따르면 하이데거에 있어서 고향은 단순한 회귀의 공간을 의미하지 않는다. 고향은 "은폐되고 망각되어버린 역사적 존재의미가 탈은폐되는 사건이 일어나는 시간 – 공간 – 놀이 – 마당"이다. 같은 맥락에서 고향으로의 귀환은 "비본래성과 비진리lethe를 탈은폐시키는 투쟁으로서의 진리사건"이 된다.(윤병렬, 「하이데거의 존재 사유에서 고향상실과 귀향의 의미」, 『하이데거 연구』, 2016, 63쪽) 고향에 거주한다는 것은 본래적으로 거주함을 의미한다. 하이데거는 현대를 고향상실Heimatlosigkeit의 시대로 규정했으며, 현대인을 호모 비아토Homo viator, 즉 고향을 상실하고 정처 없이 떠도는 방랑자로 간주했다. 말하자면 현대인은 영원한 실향민인 셈이다.(위의 글, 65쪽)

이러한 시각에서 살피면 현재에 머무르고자 하는 월남의 두 번째 유형이나 원래 자신이 자연적으로 귀속되어 있었던 것으로 믿어지는 곳으로의 회귀를 지향하는 첫 번째 유형의 월남은 고향에의 진정한 회귀라 말할 수 없다. 또는 루카치의 『소설의 이론』을 빌려 말하면 현대인은 오디세우스처럼 고향으로 '편히' 돌아갈 수 없으며, 그 길은 애써 찾아지지 않으면 안 된다.

5. 태평양전쟁, 한국전쟁을 어떻게 인식할 것인가?

해방 후 8년사의 문학은 무엇보다 전쟁과의 관련성 속에서 다루어지지 않으면 안 된다. 실로 전쟁은 이 8년간의 문학사뿐만 아니라 이후의 문학사 속에서도 중핵적인 개념의 하나로 간주되어야 한다. 이와 관련하여 필자는 이른바 전후문학이라는 개념을 보다 철저히 심문해야 할 필요에 직면한다.

수 년 전에 필자가 훑어 본 일본 전후 문학사 기술들은 전후문학을 보다 근본적인 차원에서 다루고 있었다.

예를 들어, 일본문학 비평은 '전후'라고 하는 개념을 매우 근본적으로 인식해 왔던 것으로 보이는데, 그것은 상당한 일본문학 비평들이 패전 후부터 비교적 근년에 이르기까지를 전후체제로 인식하고 있는 것에서 드러난다. 이와 같은 양상을 가장 전형적으로 보여주는 것은 가토 노리히로加藤典洋의『패전후론』(1997)이다. '패전후론'의 논리는 다음과 같이 요약될 수 있다.

> 패전후의 일본은 호헌파와 개헌파라는 두 개의 인격으로 분열되었다. 이 둘은 상대방을 부정하는 형태로만 존재할 수 있는 '상호의존적 대항관계'를 이루고 있어 일본의 국민통합은 이루어지지 못하고 있으며, 그 결과 일본의 전쟁 책임을 지기 위한 주체(책임주체)가 형성되지 못하고 있다. 이 문제를 해결하기 위해서는, 우선 아시아 피해국의 사자死者들에 대해서가 아니라 먼저 우리 일본인 사자들에 대한 애도를 선행해야 하며, 이를 통해 만들어진 애도공동체, 즉 책임주체(국민주체)만이 외부를 향해 제대로 된 애도나 사죄를 행할 수 있다. 또한 이를 위해서는 '미국에 의해 강요되었으며' 그 결과 전후 일본의 기만의 시작점이 된 일본국 헌법 제9조는 재선택되어야 한다.(김만진,「『패전후론』과 전후 일본의 내셔널리즘」,『세계정치』32, 2011, 212쪽)

가토의 '패전후론'을 둘러싼 일본 사회의 논의들은 일본 사회에서 전후라는 것이 매우 근본적으로 이해되고 있으며, 아주 긴 시간에 걸친 장기 진행형 사건으로 이해되고 있음을 의미한다. 또 이 저술은 전후문학을 되돌아본다는 행위는 어느 만큼까지 정신화 되고, 또 심층적이 되어야 하는지 시사해 주는 것이기도 하다. 이에 관해서는 다른 글에서 조금 더 상세히 검토할 것이다.

한국문학 쪽에서 보는 전후라는 문제는 가토와는 달리 여러 편차들에도 불구하고 이와 같은 장기 지속형 사건으로 이해하는 경우가 별로 많지 않은 것이 현재의 상황이다.

한국문학 쪽에서 보여주는 전후 이해의 특징을 몇 가지로 요약해 보면 다음과 같다. 첫째 한국에서 전후는 대체로 한국전쟁, 그러니까 1950년 6월 25일에 발발하여 1953년 7월 27일까지 계속된 전쟁 이후를 가리킨다. 이것은 한국적 상황에서 태평양 전쟁 이후라는 의미에서의 전후라는 개념은 잊혀졌거나 적극적으로 탐구되지 못하고 있음을 의미한다. 일본에서 이른바 '조선전쟁'이 일본의 전후에 종속된 하나의 사건으로 이해되는 것과 달리 한국에서 전후는 대체로 6ㆍ25전쟁 이후를 가리키며, 태평양전쟁 이후라는 의미는 축소되어 있다. 그러나 한국문학이 이 두 개의 전후를 의식해야 한다는 것은 분명하다. 예를 들어, 김윤식은 학병세대의 문학이라는 개념을 제시하고 있는데, 이는 이른바 해방공간의 문학을 태평양전쟁의 맥락에서 상고하고 있음을 의미한다.

둘째, 한국에서 전후라는 '공간'은 대체로 1960년 4월 혁명과 더불어 해소되는 것처럼 보는 경향이 농후한 가운데, 그럼에도 불구하고 1960년대의 문학 작품들도 때로는 전후문학의 맥락 속에서 다루고 있기 때문에, 전후 또는 전후 문학이라는 개념을 새롭게, 그리고 엄밀히 재정의하고 이를 바탕으로 한국문학 연구를 행할 필요가 있다. 이는 한국문학 또한 일본에서와 마찬가지로 전후라는 문제를 훨씬 더 장기적인 현상으로 이해하고 그것의 '상부구조'로서 전후문학을 이해할 필요가 있다는 것이다. 전후문학을 이렇게 장기지속적인 관점에서 이해하면 비로소 전후문학의 시대구분이 가능해지는데 이때 1960년 4월 혁명 이후의 전후문학은 말하자면 전후문학 제2기를 이루는 현상으로 자리 잡을 수 있다. 필자는 이 시기의 시작을 4월 혁명보다는 더 올려 잡아 1960년대 중반 경까지로 산정할 수 있다고 생각한다. 제1차 전후파는 혁명 이후에도 상당한 여운을 그리며 확산되어간 셈이다.

이러한 관점 등에서 한국의 전후문학을 새롭게 이해하려는 시도는 필연적으로 일본에 있어서의 전후 개념과 전후문학 개념, 그리고 그 전후문학의 여러 현상들을 밀도 있게 연구해 볼 필요성을 제기하며, 이를 통해서 전후 일본문학과 한국문학의 접근 양상이 다각도로 분석될 수 있다.

이러한 맥락에서 보면 해방 후 8년의 문학사는 두 개의 중첩된 전쟁으로 점철된 시대라고 말할 수 있다. 해방 이후 한국 사회는 해방된 사회이자 동시에 일종의 전후 공간이었다고 할 수 있으며, 한국전쟁은 이러한 전후 사회에 밀어닥친 또 하나의 전쟁, 그러나 훨씬 심화되고 확장된 민족적 비극이었다.

그렇다면, 해방 후 8년사를 이 두 개의 전쟁과 관련하여 연구한다는 것은 무엇을 어떻게 풀어가야 하는 것일까?

첫째, 그것은 이 시기의 문학을 전쟁의 결과물이자 그에 대한 반응 또는 응전의 맥락에서 읽어내야 함을 의미한다. 필자의 관점에서 보면 전쟁은 인간성을 변모시키며, 문학이 인간성의 표현이라는 점에서 전쟁은 문학을 변모시킨다. 따라서 문학은 이 두 전쟁의 의미를 가장 근원적인 차원에서 물어나가야 하는데, 이와 같은 수준의 질문을 우리 문학이 제기하고 답하려 했는지는 의문스럽다고 할 수 있다. 또한 이러한 관점에서 보면 우리 연구와 비평은 두 개의 전쟁과 문학의 관련성을 근본적인 차원에서 성찰하는데 서툴렀던 셈이다.

실로 한국문학의 성취가 현재와 같은 수준에 머물러 있는 것은, 이 사회가 한국전쟁이라는 전대미문의 살상을 경험했음에도 이를 발본적으로 성찰하는 대신, 그것을 서로 적대적인 이념의 탓으로 돌리는 이데올로기적 태도로 시종해 온 것에서 큰 이유를 발견할 수 있다고 본다. 인간이라는 화두 대신에 이념성에 매달리게 될 때 문학은 본연의 가치의 실현에서 그만큼 더 멀어지게 된다. 따라서 해방 후 8년사의 문학 연구는 그와 같은 시각에서의 철저한 비판적, 성찰적 시각을 전제로 삼지 않으면 안 될 것이다.

둘째, 해방 후 8년사의 문학은 두 개의 전쟁의 성격에 관한 질문을 중심으로 새롭게, 심층적으로, 이해되어야 한다. 태평양전쟁과 한국전쟁은 우리에게 어떤 의미를 지니고 있었던가. 이 문제를 문학은 어떻게, 어디까지 이해하고 있었으며, 얼마나 깊이 성찰하고자 했는가. 일본 비평가 쓰루미 순스케鶴見俊輔는 태평양전쟁을 15년 전쟁의 연속성 속에서 매우 근본적으로 이해하고자 했다. 그것은 전쟁이라는 폭력을 통하여 국가 목적을 달성하고자 했던 과정의 파멸적 결과물로서 존재했다. 그러면 한국전쟁은 무엇이었는가. 이 전쟁의 발발 원인에 대해서는 여러 견해가 있어 왔으나, 필자는 이것을 태평양전쟁 종전 후 급속도로 재편된 두 세계체제 간의 충돌의 결과물로 이해하며 그 전쟁의 일차적 책임은 북한과 구소련 체제에 있는 것으로 판단한다. 전쟁 과정에서 소련과 미국이라는 두 제국 및 제국의 대리자로서 남북한 권력이 민중에게 자행한 폭력은 가공할 만하며 문학은 이를 어떤 형태로든 지속적으로 비판해 가지 않으면 안 된다. 해방 후 8년의 문학사 속에서 우리 문학이 그와 같은 기능을 얼마나 심도 있게 수행해 갔는가가 되물어지지 않으면 안 된다.

또, 이러한 맥락에서 한국전쟁의 와중에 촉발된 도강파와 잔류파 문제는 심층적으로 검토되어야 한다. 이것은 민중에 대한 국가의 폭력이 문학 내부의 문제로 전이된 것으로 이해되어야 한다.

셋째, 해방 후 8년의 문학사 속에서 전쟁은 특히 여성의 삶의 시각에서 비판적으로 조명될 수 있다.

우리는 이 시기에 활동한 많은 여성 작가의 이름을 알고 있다. 최정희, 박화성, 장덕조, 김말봉 같은 제2세대 여성작가를 비롯하여 지하련, 임옥인, 손소희, 윤금숙, 한무숙 같은 제3세대 여성작가들, 그리고 1920년대에 출생한 강신재, 박경리, 박순녀 등을 위시한 많은 여성 작가들의 목록이 존재한다. 이들에 대한 상세하고도 총체적인 고찰의 필요성에도 불구하고 그와 같은 작업은 아직까지 연기, 지연되고 있다.

전쟁은 근본적으로 남성적인 것이고 그들에 의해 자행되는 폭력의 성격을 띠는 것이며, 그 전쟁으로 인해 파괴되는 삶과 가족적 유대와 질서 등은 국가적, 남성적, 계급적 이데올로기 또는 시각과는 다른 차원에서의 해석과 비판을 가능케 할 것이다. 여성작가들, 시인들의 문학이 이를 어느 정도까지 수행할 수 있었는가는 매우 중요한 탐구 주제 및 영역이라 하지 않을 수 없다.

그리고 이는 여성문학의 존재론적 특성상 해방 후 8년사의 풍속사 및 세태, 특히 성 문화와 심리에 밀접히 연관되는 것으로 흥미로운 논점들을 형성할 수 있다.

6. 고찰 대상 혹은 논점들

이쯤에서 필자는 다시 보다 논쟁적인 문제로 되돌아가 이 글을 정리해 보고자 한다.

과연 우리에게 해방은 무엇이었는가? 그것은 어떤 상태로부터의 해방이었으며, 무엇을 향한 해방이었는가?

우리는 일제의 식민지배라는 말, 식민지 시대 한국문학이라는 말을 입에 달고 사는데, 그때 그 식민지의 본뜻은 무엇이며, 유형에는 어떤 것들이 있으며, 시대에 따라 그것은 어떻게 달라지며, 일제의 한국지배는 어떠한 형태 또는 양상을 띠었던 것인가?

또, 그로부터 해방되어 새로운 세계체제에 편입된 것은 어떤 의미를 가지며, 신탁통치와 식민통치는 어떻게 다르며, 분단 및 전쟁과 휴전은 어떤 의미를 가지는가?

이러한 문제들을 사유하는 데 있어 우리는 식민지, 민족, 근대화, 현대화, 세계체제, 분단체제 같은 개념들을 더욱 날카롭고 섬세하게 가다듬어야 한다. 개념적 도구에 대한 비판적 재인식 없이 새로운 검토를 성공리에 수행하기 어려울 것이다.

이 해방 후 8년사의 연구 주제들은 시기별로 다양하고도 복잡하다. 우리는 시간적 전개를 따라, 귀환문제, 대일협력의 청산 및 성찰 문제, 문학인들의 이념 및 체제 선택 문제, 그와 관련된 월남 및 월북 문제, 분단체제 및 그 문학의 문제, 그와 관련된 보도연맹과 문학인의 관련 양상, 북한에서의 전체주의 문학 형성 문제, 북한에서의 진정한 문학의 존재방식의 문제, 태평양전쟁 및 한국전쟁과 문학의 관련양상, 한국전쟁의 전개 과정과 문학의 관련 양상, 전시문학 또는 전후 문학 개념 문제, 여성문학의 재편 문제, 해방 이후 및 전쟁 중

풍속사 또는 일상사와 문학의 관련 양상, 영화 및 연극 등 인접 장르와 문학의 관련 양상 등을 탐색해 나가야 한다.

또한, 우리는 이 시대를 감싸고 도는 정치와 전쟁으로부터 필사적으로 탈출하여 독자적인 주제를 추구한 문학들이 없는지 추적해야 한다. 이것은 한국문학의 '고질병'인 문학의 정론화를 연구자들 스스로 극복해나가야 하기 때문이다. 우리는 사회학적, 정치적 분석방법에서 어떻게 벗어날 것인지 고민해야 한다.

그렇게 하고도 우리들에게는 아직 그 존재나 몇몇 작품들만을 알고 있는 많은 작가와 시인들, 극작가들, 아동 문학인들이 있다. 이들과 이들의 작품들은 앞에서 열거한 주제들을 형성하는 내용적 실체다.

박인환의 문학사적 위상

—해방과 전후 시단의 '책임 의사'

1. 김수영의 박인환 평가 이면

박인환에 대한 재인식을 위해서는 김수영이 말한 박인환에서부터 시작해야 한다. 그것이 오늘날 박인환 문학에 대한 오해와 선입견의 근거지이기 때문이다. 김수영이 훌륭한 시인이 아니라는 뜻은 아니다.

「말리서사」(1966)라는 산문에서 김수영은 박인환에 대한 부정적 시선을 숨김없이 내비쳤다. 그에 따르면 박인환은 떠벌이기 좋아하는 사람이고, 미기시 세츠코三岸節子, 안자이 후유에安西冬衛, 키타조 카츠에北園克衛, 곤도 아즈마近藤東과 같은 이상한 시인들의 이상한 시들을 읽는데도 일본말이 무척 서투른데다 조선말조차 제대로 모르는 사람이었다. 또한 박인환은 그 자신 발광체라기보다 누군가의 광대짓을 하는데 지나지 않았으니 그의 "최면술의 스승"(윤석산, 『박인환 평전』, 영학, 1983, 47쪽)은 따로 있어, 박일영이라는 초현실주의

화가가 바로 그였다. 그의 본명은 박준경, 바로 김수영이 자신의 시집『달나라의 장난』속표지에 헌사를 써넣은 상대였다. 김수영은 박일영과 박인환의 관계에 대해 이렇게 써놓았다.

> 인환의 최면술의 스승은 따로 있었다. 박일영이라는 화명을 가진 초현실주의 화가였다. 그때 우리들은 그를 〈복쌍〉이라는 일제시대의 호칭을 그대로 부르고 있었다. 복쌍은 싸인 보드나 포스터를 그려주는 것이 본업이었는데 어떻게 해서 인환이하고 알게 되었는지 몰라도, 쓰메에리를 입은 인환을 브로드웨이의 신사로 만들어준 것도, 꼭또와 자꼬브와 동향청아의「가스빠돌의 입술」과 부르똥의「초현실주의 선언」과「트리스탄 짜아라」를 교수하면서 그를 전위시인으로 꾸며낸 것도, 말리서사의 말리를 시집『군함 말리』에서 따준 것도 이 복쌍이었다. 파운드도 엘리어트를 이렇게 친절하게 가르쳐주지는 않았을 것이다. 나는 복쌍을 알고나서부터는 인환에 대한 그나마 얼마 남지 않은 흥미가 전부 깨어지고 말았다. 복쌍은 그를 말하자면 곡마단의 원숭이를 부리듯이 재주도 가르쳐주면서 완상도 하고, 또 월사금도 받고 있었다.(월사금이라야 점심이나 저녁을 얻어먹을 정도였지만.) 그는 세익스피어가 이야고나 멕베드를 다루듯이 여유 있는 솜씨로 인환을 다루고 있었지만, 세익스피어가 그의 비극적 인물의 파탄에 책임을 질 수 없었던 것처럼 그를 끝끝내 통제할 수는 없었던 모양이다. 그는 그럴 때면 나한테만은 농담처럼 불평을 하기도 했다. "인환이 놈은 너무 기계적이야" 하고.(『김수영전집 2 산문』, 민음사, 1981, 72쪽)

이러한 혹평은 손아랫사람을 향한 것으로는 너무 심각한 것이기 때문에 통상적으로 받아들이기 어렵다. 그들의 관계에 대해 생각해보아야 할 필요성이 제기된다.

둘 다 일찍 세상을 등진 시인들이다. 박인환은 1926년 8월 15일부터 1956년 3월 20일에 걸쳐 짧은 삶을 살았다. 그는 3월 17일을 이상의 기일로 알고 그날 오후부터 날을 거듭해서 술을 마신 끝에 3월 20일 오후 9시에 심장마비로 숨을 거두었다.(윤석산, 앞의 책, 245쪽) 김수영의 삶 역시 길지 않았다. 1921년 11월 27일에 출생하여 1968년 6월 16일에 그 역시 술을 마시고 밤늦은 11시 30분 마포 집으로 돌아가다 불의의 교통사고로 세상을 떠났다.

두 사람의 나이 차이는 다섯 살, 상당히 크다. 김수영은 일제말기에 선린상고 야간부를 졸업하고 일본에 공부하러 갔다 왔고 징집을 피해 만주에 가 있기도 했으며 해방 직후에는 이미 연극을 경유하여 시 쪽으로 접근하고 있었다. 경험과 식견이 넓은 대신 그럼에도 『새로운 도시와 시민들의 합창』에 실린 공자의 생활난이 보여주듯 사물을 정시하고자 하는 의지를 키우는 상태에 놓여 있었다.

동무여, 이제 나는 바로 보마.
事物과 事物의 生理와
事物의 數量과 限度와
事物의 愚昧와 事物의 明晰性을

그리고 나는 죽을 것이다.
　　　　　　－「공자의 생활난」(『김수영 전집 1－시』, 민음사, 1981, 15쪽)

시류나 유행에 흔들리지 않는 주체를 수립하기 위한 의지를 여실히 엿볼 수 있는 대목이다. 김수영이 이렇듯 사물을 바로 보려는 의지를 키워나가고 있는 사이에 그보다 '한 세대' 이상 늦게 세상에 나온 박인환은 김수영과는 비교도 되지 않는 명랑성, 경쾌함을 지니고 문단을 향한 돌진, 돌격을 감행했다.

해방 직후 박인환은 불과 만 스무 살의 나이로 종로 낙원상가 옆에 자신이 읽던 책들을 가지고 서점 마리서사를 냈다. 일찍이 경성고공 건축과를 졸업하고 조선총독부 기수로 일하던 이상이 돌연 공무원 생활을 청산하고 본격적인 문학으로 나아갔듯 박인환은 평양의전 학생 생활을 청산하고 읽던 문학책들을 물품 삼아 서적상으로 둔갑, 자신의 주위에 쟁쟁한 선배 문학인들을 '끌어 모은' 것이다.

그런 박인환과 김수영의 첫 만남은 박인환이 마리서사를 내기도 전의 일이었다. 박인환이 서점을 내자 자연스럽게 이를 중심으로 문단인들이 모여드는 과정을 김수영은 냉연하다 못해 냉소적인 "아웃사이더"의 감각과 태도를 가지고 지켜보는 위치에 있었다. 그런 김수영이 부지불식간에 '토설한' 마리서사의 위상에 관한 문장들이 있다.

요즘의 소위 '난해시'라는 것을 그는 벌써 그 당시에 해방 후 처음으로 본격적으로 시작하고 있었다. 그의 책방에는 그 방면의 베테란들인 이시우, 조우식, 김기림, 김광균 등도 차차 얼굴이 보이었고, 그밖에 이흡, 오장환, 배인철, 김병욱, 이한직, 임호권 등의 리버럴리스트도 자주 나타나게 되어서 전위예술의 소굴같은 감을 주게 되었지만, 그때는 벌써 마리서사가 속화의 제1보를 내딛기 시작한 때이었다.(『김수영 전집 2─산문』, 민음사, 1981, 72쪽)

사실은, 이 글의 의도는, 마리서사를 빌어서 우리 문단에도 해방 이후에 짧은 시간이기는 했지만 가장 자유로웠던, 좌·우의 구별 없던, 몽마르뜨 같은 분위기가 있었다는 것을 자랑삼아 이야기해 보고 싶었다.(위의 김수영이 이렇게 말했듯이 확실히 박인환은 해방 직후 새롭게 열린 '새로운' 실험과 모색의 중심점이었다. 박인환은 이 중심점의 주인공이었다. 김수영은 그러한 그를 몹시 불편하고도 의혹에 찬 시선으로 지켜보는 아웃사이더일 뿐이었다.

2. 김기림, 오장환, 박인환의 계선

박인환 문학을 재차 비판하는 또 다른 산문에서 김수영은 박인환의 시를 냉소적으로 폄하하는 시각을 드러낸다. "나는 인환을 가장 경멸한 사람의 한 사람이었다. 그처럼 재주가 없고 그처럼 시인으로서의 소양이 없고 그처럼 경박하고 그처럼 값싼 유행의 숭배자가 없었기 때문이다"(위의 책, 63쪽)로 시작되는 이 짧은 산문에서 그는 박인환의 시에 대한 극도의 경멸감을 표명하고 있다.

> 인환! 너는 왜 이런, 신문기사만큼도 못한 것을 시라고 쓰고 갔다지? 이 유치한, 말발도 서지 않는 「후기」, 어떤 사람들은 너의 「목마와 숙녀」를 너의 가장 근사한 작품이라고 생각하는 모양인데, 내 눈에는 「목마도 숙녀」도 낡은 말이다. 네가 이것을 쓰기 20년 전에 벌써 무수히 써먹은 낡은 말들이다. 원정園丁이 다 뭐냐? 베코니아가 다 뭣이며 아뽀롱이 다 뭐냐. (위의 책, 64쪽)

여기 나오는 "「후기」"란 『박인환 선시집』(산호장, 1955)의 후기를 말한다. 이 후기를 김수영은 유치하고 말발도 서지 않는다 했다. 꼭 그러한지는 검토의 여지가 있다. 또한 「목마와 숙녀」에 대해서는 이 시가 쓰이기 20년 전에 벌써 쓰고 있던 "낡은 말"을 쓰고 있다고 비난을 퍼부었다. 김수영 생존 시에나 지금이나 「목마와 숙녀」(『시작』, 1955. 10)는 박인환 최고의 작품으로 인식되고 있다. 이 최고작을 낡아빠진 것으로 치부함으로써 김수영에 의한 박인환 '기각'하기는 극단적인 양상을 나타낸다.

　김수영이 돌연히 세상을 떠난 후 그에 대한 '숭배'의 흐름이 나타났다. 김수영이 이어령과 이른바 '불온시' 논쟁을 벌이던 중 세상을 떠나자 『창작과비평』은 1968년 가을에 김수영 유고를 특집으로 게재했다. 이 '고 김수영 특집'에는 김수영의 시와 산문, 일기초 등이 게재되었고, 김현승의 평문 「김수영의 시사적 위치와 업적」도 발표되었다. 이때 널리 알려진 「풀」이 독자들에게 알려졌다. 「원효대사」, 「성」, 「사령」, 「푸른 하늘을」, 「그 방을 생각하며」, 「누이야 장하고나!」, 「전향기」, 「거대한 뿌리」, 「말」, 「미역국」, 「여름밤」 등의 시와 함께 「풀」이 유고작으로 소개된 것이다.

　「풀」과, 이와 함께 수록된 강연문 「시여 침을 뱉어라」가 의미심장한 작품이라는 것은 두말할 나위가 없다. 이 특집을 계기로 김수영은 1970년대 내내 해방 이후 시사의 최고 시인으로 부상했다. 민음사는 1974년 시선집 『거대한 뿌리』를 냈고, 1975년에는 산문집 『시여, 침을 뱉어라』, 1976년에는 시집 『달의 행로를 밟을지라도』와 산문집 『퓨리턴의 초상』을 잇달아 출간했다. 이러한 출간 흐름은 1981년에 『김수영 전집』을 시와 산문 편으로, 그리고 연구물들도 책으로 내는 것으로 이어진다. 한편, 1981년에는 최하림에 의한 김수영 평전 『자유인의 초상』이 문학세계사에서 나오게 되며, 1988년에는 창작과비평사에서 다시 시선집 『사랑의 변주곡』을 펴낸다.

1970년대, 1980년대는 민주화 운동, 체제 저항운동이 활발하게 전개된 시대다. 이러한 시대적 분위기 속에서 김수영은 반체제적 시인, 저항과 참여의 시인으로 재맥락화 되었다. 나중에 말할 기회가 있을지 모르겠지만, 이는 말년의 김수영이 추구한 자기 시세계의 변모 방향이나 그것을 둘러싼 시인 자신의 고민을 무색케 한 것이다. 김수영이 이렇듯 참여적, 실천적 시인으로 부상해 가면서 박인환의 문학은 상대적으로 저평가되는 양상이 나타났다. 이동하의 평전은 그 하나의 사례다.

> 그는 「남풍」이나 「일곱 개의 층계」 같은 작품에서 증명되듯 현실의 여러 고통스러운 문제들에 대하여 분명한 관심을 갖고 있었으며 그것들이 얼마나 중요한 것들인가에 대해서도 인식을 하고 있었으나, 그 관심, 그 인식에 철저할 수는 없었다. 그러기에는 이국 취미라든가 유행 심리 따위로 대표되는 '겉멋'에의 애착이 너무도 강했던 것이다. 물론 그 겉멋은 예술지상주의의 표피로 몸을 싸고 있었지만 하옇든 명철한 현실인식을 기르는 데 도움이 되는 것은 아니었다. 박인환이 가지고 있었던 이 겉멋에의 집착은 일종의 센티멘털리즘에도 통하는 것으로서, 한편으로는 그가 후세에 얻은 비상한 대중적 인기의 원인이 되었는가 하면, 또 한편으로는 김수영 같은 사람으로부터 엄청난 욕을 먹는 이유가 되기도 했다. (이동하, 「박인환 평전」, 『박인환평전―목마와 숙녀와 별과 사랑』, 문학세계사, 1986, 37쪽)

박인환 문학의 본질적 특성 가운데 하나로 "'겉멋'"을 지적한 이 평전은 김수영의 시각을 비교적 전체적으로 승인한 것이다. 이 편저가 나온 것이 1986년이었음을 환기해 두어야 한다.

문학사의 연구 또한 작품들만큼이나 시대 조류의 영향을 깊이 받는다. 1980년대 중반은 제5공화국 체제에 대한 시민적, 민중적 저항이 급진화 되는 시기였다.『실천문학』같은 부정기 무크가 출현하여 1985년부터는 계간지로 전환되었고 이 시기에 아주 많은 무크지, 잡지, 동인지들이 다투어 나왔다. 이러한 문학사의 흐름 속에서 김수영 문학은 1980년대 초에 이루어진 전집 간행과 함께 이른바 참여 및 실천의 코드로 재맥락화 되었다. 김수영은 현실에 고민하는 급진적 지식인, 학생들의 이목을 폭발적으로 그러모았다.『사상계』및『창작과비평』영인본과 함께『김수영 전집』을 옆구리에 끼고 다니는 대학생의 모습이 대학 캠퍼스의 전형적인 풍경 가운데 하나였던 시절이다.

김수영이 시대의 요청에 부응하여 참여문학의 화신, 실천적 지식인으로 호명되는 사이에 그 대칭적 위치를 할당받은 박인환은 이국 취미, 유행 심리, 겉멋, 센티멘털리즘 같은 문제를 안고 있는 시인으로 간주되었다. 그의 문학은 현실에의 관심에도 불구하고 여러 문제들로 말미암아 완성될 수 없었다. 시대가 그 무게감을 더하게 한 김수영 문장의 압력과 거리를 두면서 박인환 문학의 시사적 위상을 '재정위'시키고자 할 때 무엇보다 다음과 같은 김규동의 문장에 관심을 갖게 된다.

인환의 초기 시에는 오장환의 일련의 작품이 가지는 로맨티시즘의 여러가지가 여실하게 감지된다. 정지용에게가 아니고, 오장환에 끌렸다는 것은 기이한 일이다. 낡은 시의 전통을 부정하고 나온 시점이 바로 자신이 쓰는 시점임을 알았기에, 멸하여 가는 모든 것 앞에서 시인의 운명을 진실로 목놓아 울 수 있었던 격정의 시인에게서 그 음악의 향기와 감성을 감지해 냈다는 것은 특이한 일이다.

　김광균과 김기림도 한편에 있어서 새로운 시법을 형성하는 박인환의 레토릭한 논리의 세계를 도왔을 것이다.

　뭐니 뭐니 해도 역시 인환은 오장환을 통해서 시를 쓰는 기법과 리듬의 화려한 섬광을 발견해낸 듯이 보이며, 그래서 정신의 귀족주의적인 일면도 서로 흡사한 데가 있어 보인다.

　허무와 통하는 정신의 귀족주의─그것은 보오들레에르의 댄디 정신이나 악마적 낭만주의와도 서로 맥이 통하는 정신적 요소들이 아닌가 싶다.(김규동, 「한 줄기 눈물도 없이」, 김광균 외, 『세월이 가면』, 근역서재, 1982, 49쪽)

이 대목에서 김규동은 박인환의 시사적 위치를 오장환에 직접 연결되는 것으로 설정하면서 동시에 그가 김광균과 김기림에도 연결되는 측면을 가지고 있었다고 평가한다. 박인환이 정지용 대신 오장환에 연결되며 동시에 김광균, 김기림 시학과도 관련성을 지닌다는 김규동의 평가는 의미심장하다.

함경북도 경성 태생의 김규동(1925. 2. 13~2011. 9. 28)은 경성고보 시절 교사로 재직 중이던 김기림의 문학적 영향 밑에서 시인으로 성장한 사람으로서 박인환과 같은 세대적 위치를 지녔다고 말할 수 있다. 그 역시 1948년 『예술조선』 신춘문예를 통해 창작활동을 공식화 했다. 그의 박인환 평가는 세대를 격한 이동하의 평가보다 해방 직후의 문단현장적인 감각에 가까운 것으로 받아들일 수 있다. 이를 박인환에 관한 새로운 이야기의 힌트로 삼아 볼 필요가 있다.

3. 해방이 낳은 '최초' 시인 박인환

과연 해방 후 한국시는 어떻게 재출발했던가? 새로운 논의를 위해서, 일제말기의 시단이 어떻게 해방 후로 연결되었는가에 관한 설명적 묘사를 우선 시도해 보자. 다시 한 번, 해방 후 시단은 어떻게 구성되었던가?

무엇보다, 1939년 『문장』지를 통해 정지용의 추천으로 문단에 나온 이들 3인, 곧 박목월, 박두진, 조지훈이 일제 말기에 써서 간수했던 시들을 모아 펴낸 공동시집이 바로 『청록집』(을유문화사, 1946)이다. 이들은 비록 신인들이었지만 서정주와 달리 정신을 팔지 않고, 살아서 일제 말기를 넘어 해방공간을 맞이했다.

다음으로, 이들과 달리 충분히 조명 받지 못했지만 오장환이나 신석초 같은 시인들을 간과할 수 없다. 오장환의 『나 사는 곳』(헌문사, 1947)은 그가 제2시집 『헌사』(남만서방, 1939) 이후 일제말기에 쓴 시들을 중심으로 펴낸 시집이다. 또 신석초의 『석초시집』(을유문화사, 1946)은 문장 폐간호에 「궁시」(『문장』, 1941. 4)이라는 문제작을 발표한 후 침묵을 지켰던 신석초의 예술적 지향과 응축을 보여주는 시집이다. 오장환이나 신석초의 존재는 일제말기라는 '침묵'의 공간이 문자 그대로 암흑기가 아니라 새로운 창조를 위한 생성의 공간이었음을 말해주는 증거들이다.

이와 함께, 이육사와 윤동주 같은 정신적 유산의 존재를 언급하지 않을 수 없다. 『육사시집』(서울출판사, 1946)이나 『하늘과 바람과 별과 시』(정음사, 1948) 같은 시집의 고귀함은 가히 측정하기 어려운 것이라 할 수 있다. 이들의 육체는 살아서 일제 말기의 고비를 헤쳐 나오지 못했으나 혼은 살아서 시대의 죽음 같은 고통을 이겨내고 해방의 빛살 속으로 날아들 수 있었다.

해방 공간 시단을 구성하는 이 시인들과 시집들의 존재로 말미암아 우리는 한국 시사가 일제말기, 좁혀서 1941년부터 1945년까지의 시련에도 불구하고 결코 죽거나 혼도한 적이 없었음을 주장할 수 있다. 여기에 열거하지 않은 많은 사례가 있었음을 잊어서는 안 된다. 서정주 같은 시인들의 '종천순일從天順日' 같은 것은 역사를 초월하여 '유계幽界'의 이치 속에서 삶을 본다는 시각에도 불구하고 공동체와의 관계에서 살펴볼 수 있는 시의 '값'은 현저히 떨어지는 것이라 하지 않을 수 없다.

해방 공간은 이와 같은 일제 말기의 '신세대'만으로 구성되어 있지 않았다. 정지용 같은 근대시의 개척자적 시인이 여전히 군림하고 있었고 김기림 같은 1930년대 모더니즘의 기수도 활발한 움직임을 보이고 있었다. 임화 같은 좌익 문인은 해방 공간의 정세의 흐름 속에서 일찌감치 월북해 버렸지만 그 사상적 영향력 또한 부분적으로 유지되고 있었다고도 말할 수 있을지 모른다. 이러한 문단적 상황에서 김수영과 박인환이 일제말기에서 해방공간으로 연결되는 시사를 수용하는 방식은 같지 않았다고 볼 수 없다.

박인환이 새로운 시를 쓰던 그 시절 김수영은 '겨우' 일제말기 조지훈이 쓴 「봉황수」(『문장』, 1940. 2)를 연상케 하는 「묘정의 노래」(『예술부락』 2, 1946. 1)를 쓰고 「공자의 생활난」(『새로운 도시와 시민들의 합창』, 1949. 4)으로 나아가고 있었다. 이때 박인환은 「거리」(1946. 12, 『목마와 숙녀』, 근역서재, 1976, 게재), 「인천항」(『신조선』, 1947.4.), 「남풍」(『신천지』, 1947. 7), 「인도네시아 인민에게 주는 시」(『신천지』, 1948. 2), 「지하실」(『민성』, 1948. 3), 「열차」(『개벽』, 1949. 3) 등으로 나아가고 있었다.

말하자면 김수영이 정지용과 그의 '제자' 조지훈의 시풍에 머무르면서 새로운 시에 대한 고민을 곱씹고 있을 때 박인환은 오장환 모더니즘의 세례를 받으면서도 그것을 뛰어넘는 새로운 시에 대한 고민을 실천에 옮겼다. 느린 것이 다 나쁘지 않고 새롭고 발랄한 것이 능사는 아니다. 그러나 새롭고 발랄한 것이 늘 유행에 그치는 것만도 아님에 유의해야 한다.

그렇다면 여기서 박인환의 시사적 위상을 새롭게 정리해 볼 필요성이 제기된다. 필자의 판단에 따르면 박인환이야말로 해방공간이라는 새로운 시적 상황이 배태한, 가장 빠르고, 가장 전위적이며, 때문에 가장 문제적인 시인이었다. 세대적으로 보면 김수영이 박인환에 한 세대 앞서는 형국이지만, 바로 그렇기 때문에 김수영은 자기보다 앞선 시대의 시인들의 시적 경향을 소화하고 넘어서는 데 많은 시간과 노력을 필요로 했다. 그는 정지용과 청록파 시인들의 직접적인 문학적 영향력 아래서 새 것과 낡은 것의 의미나 가치를 따져보는 경과 과정을 거쳐서야 비로소 '진정한' 시대의 전위로 나아갈 수 있었다. 박인환은 달랐다. 젊은 그에게는 이력과 전력이 없는 만큼이나 앞 세대의 직접적 압력으로부터 자유로웠고 오만하고 귀족적이고 거침없는 그의 성격이 그러한 그의 발걸음을 더욱 경쾌하고 빠르게 해주었다.

이로부터 하나의 '기이한' 역전 현상이 일어났다. 세대적 격차를 고려하면 김수영이 해방 후에 먼저 문제적인 시인으로 부상하고 이어서 박인환이 뒤를 잇는 것이 자연스러울 수 있음에도 문학사적 흐름은 그와 전혀 달랐다. 스무 살 약관의 박인환이 마리서사를 중심축 삼아『신시론』과『새로운 도시와 시민들의 합창』으로 내달릴 때 김수영은 아웃사이더적 위치에서 한 발은 뒤늦게 담그고 그러면서도 한 발은 빼놓은 채 냉연하다 못해 냉소적인 태도를 유지했다. 따라서, 심지어는 이렇게도 말할 수 있다. 박인환은 해방공간부터 한국전쟁 전후까지의 문학사적 시대를 전위적으로 감당한 시인이며, 김수영은 박인환의 시대적 소명이 그의 요절과 더불어 갑작스럽게 끝난 다음에서야 비로소 자신의 시대를 만들어갈 수 있었다. 바로 이러한 의미에서, 박인환과 김수영이 '같은' 시대를 경쟁적으로 살았으며, 박인환은 경박하고 쌌던 반면 김수영은 심중하고 값있었다는 방식의 평가는 공정하지 못하다고 말할 수 있다.

김수영으로서는 그의 신중함과 뒤늦음이 진정한 거장이 되기 위한 준비 과정이었다고 강변할 수 있다. 그의 '불변하는', '유행적' 지지자들도 그럴 수 있다. 그러나 이로부터 곧 박인환이 '겉멋'의 한계에 갇혀 있었다는 김수영 식 관점이 성립할 수 있는 것은 아니다. 이를 위해서는 박인환의 시와 시론뿐 아니라 영화에의 관심을 포함한 그의 광범위한 문필 활동 전반에 걸친 새로운 검토와 평가가 이루어져야 한다.

박인환에 대한 공정한 평가를 위해서는 무엇보다 최하림(1939. 3. 7~2010. 4. 22)의 설명에 귀를 기울일 필요가 있다. 앞서 김규동의 평가가 박인환과 동세대의 감각을 바탕으로 해방 이후 한국 시사의 맥락을 따져 놓은 것이라면 최하림의 설명은 보다 폭넓은 세계 시사의 맥락을 따라잡고 있다. 최하림은 세대적으로 『산문시대』 동인들과 궤를 같이 하는 1940년 전후 출생 문학인 그룹의 일원이다. 상대적으로 복잡한 수학 과정, 활동 과정이 보여주듯 그는 김수영 평전을 쓰는 도중에도 박인환과 관련하여 문단적 중심의 시각에 얽매이지 않는 판단력을 보여준 것으로 생각된다. 다소 길지만 가급적 충분히 인용해 본다.

전후 모더니즘 운동의 효시가 되는『새로운 도시와 시민들의 합창』(정확히 말하자면 신시론 동인이라 해야 된다)은 이런 분위기에서 생생히 모태되어 가고 있었다.……박인환이 처음 김경린을 찾아가 동인지를 내자고 제의했다는 것은 신빙성이 있는 듯하다. 그는 일본에 있을 때 北園克衞가 주도하던 VOU의 한 멤버였으며, 현재의 일본 시단을 이끌어가는 대부분이 그 동인들이라는 사실을 박인환은 알고 있었기 때문이다.『새로운 도시』(이하 약칭)에 동인으로 참가한 일본 동인지 출신은 김경린만이 아니었다. 김병욱도 쟁쟁한『荒地』와『新領土』출신이었고, 김경희도, 뒤에『새로운 도시』의 후속자적인 '후반기' 동인이 된 이봉래도『일본 미래파』동인이었다. 이런 점을 감안해서 볼 때『새로운 도시』는 다분히 일본의 전위 시단을 서울에 이식하여 놓은 듯한 인상을 주고 있으며, 거기에 이 동인의 한계가 있다 할 수 있다.

일본 현대시의 흐름을 이어받고 있다고 생각되는『새로운 도시』의 시적 성격을 파악하기 위하여 여기서 우리는 30년대 이후의 일본 현대시를 조감해 볼 필요성을 느낀다. 일본 지식인 사회를 휩쓸던 사회주의와 상징주의 자연주의 사조 등이 사회적 한계 때문에 서서히 퇴조하자 그 틈바구니에서 1928년 일본 현대시의 르네상스라고 하는『시와 시론』운동이 일어난다. 이 운동은 시가 현실 경험의 소산이며 그러므로 계층 성격을 띠지 않을 수 없다는 나프적 사고의 중압을 벗어나 사회 지성과 정서적 기능을 부르짖는다. 春山行夫, 北川冬彦, 安西冬衞, 三好達治, 西脇順三郎, 上田敏雄, 瀧口修造 등이 그 챔피언들이다. 시단의 '無詩學'을 공격하면서 꼭또, 부르똥, 아라공, 엘뤼아르, 엘리어트 등 20세기 서구문학을 소개·번역하여 일본 근대시와 20세기 세계문학을 횡적으로 맺는 역할을 한 이들의 이론 축은 한 마디로 묶자면 시의 에스프리 추구였다. 그들은 '시는 시단의 입장에 선다'는 에드가 알렌 포우의 말을 지지하면서 시로부터 진리라든가 도덕적 관념을 추방하고자 하였을 뿐 아니라 감정이나 의미를 배제하였다. 이런 점은 감정적으로 꽃을 보는 것은 무의미하다, 무의미의 시에 의해서 포에지의 순수는 실험된다는 춘산의 말에서 단적으로 나타난다. 그들은 논리·의미·상징성 등을 폐기하고 실감 경험 의식을 제로화한 투명한 감각을 중시한다. 그 투명한 감각이 포에지라는 것이다. 이러한 『시와 시론』 및 그 계승자(『문학』이나 『신영토』 동인)들의 주지주의적 태도는 대전의 소용돌이를 거쳐 전후에 오면 鮎川信夫, 大岡信 등이 주도한 젊은 『황지』 동인들에 의해 철저히 비판되고 청각적 이미지의 회복과 더불어 실천적 구체적 지성으로서 계승 발전되어진다. 『황지』 동인들에게는 『시와 시론』이 쉬르레알리슴이라든가 이미지즘 등 서구 문예사조를 받아들여 방법적인 기술을 개척하고 시인의 내면세계의 확대 심화에 크게 이바지한 것은 사실이지만 그러나 시를 形骸的이며 형식적인 언어 미학으로 전락시키는 결과를 가져왔다고 본다. 이러한 젊은 세대의 비판 정신은 그들의 시대를 '황무지'라고 인식한 데서도 엿볼 수 있다. 전세대로부터 물려받은 게 아무 것도 없다는 황무지적 의식은 그들의 새로운 시대를 건설해야 한다는 윤리적 요청을 또한 그들의 시대로부터 은연중에 받고 있다. 그들은 현실에 대한 환멸을 씹는 일방으로 미래의 정신적 공동체를 꿈꾸고 있는 것이다. 그러한 절망과 좌절, 희망과 기대의 행동 양식은 오든과 스펜더, 루이스의 시론에서 다분히 영향 받고 있는 면이 있으며, 거기에서 전세대와는 다른, 전세대에 비해서는 놀랄 만큼 현실의 유의미성이 강조되고 있다. 이상과 같은 일본 현대시의 시적 특성은 그대로 박인환과 김수영, 김병욱, 김경린에게도 드러난다. 그들에게는 오든이나 스펜더, 엘리자베드 비숍의 영향도 있지만 그보다는 일본 모더니스트들로부터 수원을 공급받은 면이 더욱 많다. 김경린의 北園克衛로부터의 영향, 김수영, 김병욱의 村野四郎, 鮎川信夫, 高野喜久雄으로

부터의 영향이 그것들이다.(최하림,「새로운 도시의 시인들」, 이동하 편저, 앞의 책, 101~102쪽)

여기서 최하림은 일본 시단이 전전의『시와 시론』을 중심으로 한 시적 순수성 추구로부터 전후의 현실 비판 및 새로운 공동체 구상으로 나아가고 있음을 지적한다. 박인환은 그를 포함한 김수영, 김병욱, 김경린 등이 공유하고 있던 일본 전후 시단의 인식으로부터 영향 받고 있으며 이와 더불어 서구 동시대 시인들의 시적 경향을 참조하고 있다. 태평양 전쟁의 전전, 전후에 걸친 일본 시단의 전개와 박인환 문학의 위상을 연결 짓는 최하림의 논의는 그것을 세계 시사의 흐름 속에서 이해할 수 있게 해주는 단초를 이룬다.

그러나 박인환이 과연 일본 전후 문단의 자장권 안에 놓여 있었는가는 반문해 볼 여지가 있다. 예를 들어 고은 전언에 의한 다음과 같은 일화는 어떠한가?

그(=이봉래, 인용자)가 왔을 때 부산은 금강다방파 김동리, 황순원, 조연현, 유동준 들이 있고 김송, 조영암, 임긍재 등의 태백다방파가 이루어졌던 시기였다. 그는 전봉래가 음독자살한 스타다방에 포진해서 해방 직후의 구면인 박인환들과 어울리기 시작했다.

그는 박인환을 증오하고 있었다. 왜냐하면 그가 일본의 木原孝一 편집의『詩學』에 일문시「갈매기」를 1947년에 발표하자 박인환이 일본의 木原에까지 괴상한 편지를 보냈기 때문이다. 그것이 김기림의「바다와 나비」를 표절했거나 아니면 적당히 날조한 것이라는 내용이었다. 편집 책임자는 이봉래가 김소운 편역의『조선시집』에 수록된 김기림의 시와 그의 시를 대조시킴으로써 편지 내용이 무고라는 것을 확인했다.

"너 이 자식, 왜 그따위 고자질을 했어? 외국에까지 열심히 고자질을 한 건 무엇 때문이냐?"

그는 한 대 칠 기세로 스타다방에서 박인환을 힐책했다.

"카카카."

박은 웃었다. 웃은 뒤에,

"임마, 네가 일본서 출세하는 것이 괘씸해서 질투시기차 너를 골려주려고 그랬다."

이렇게 명쾌하게 응하는 박인환을 이봉래의 감정도 웃음으로 화답했다. 그리고 그들은 살이 부벼질 정도로 의기투합이 될 수 있었다.(고은, 「후반기의 데카메론」, 이동하 편저, 위의 책, 118~119쪽)

이봉래(1922. 4. 6~1998. 6. 12)와 박인환의 이와 같은 일화는 일본 문학 또는 서구문학에 대한 박인환의 태도를 조심스럽게 분석할 것을 요청한다. 해방 후에도 일본문단에 일문시를 발표하는 이봉래의 '낡은' 문단 감각을 박인환은 조롱한 것이다.

박인환이 세계문학을, 그리고 그 속에서의 한국문학의 위상을 어떻게 이해했는가는 앞으로 더욱 깊이 탐구해야 할 주제다. 그러나 해방공간에 박인환이 써나간 시들, 그리고 한국전쟁 이후 박인환의 문제작들은 그의 시의식이 단순한 모방이나 영향의 수수 이상의 것이었음을 시사해 주는 면이 있다.

4. 해방기 박인환 시의 전위성

해방공간에서의 박인환의 시의식을 단적으로 살펴볼 수 있게 하는 시 두 편으로 「인천항」(『신조선』, 1947. 4) 및 「남풍」(『신천지』, 1947. 7)을 꼽을 수 있다. 두 편의 시를 먼저 소개하면 다음과 같다. 「인천항」은 『신조선』 발표본과 『새로운 도시와 시민들의 합창』 수록본에 연의 삭제 및 시구 표현 등에 있어 차이가 있다. 앞의 판본이 오장환 초기 시풍의 이미지즘적 산문률의 영향을 비교적 잘 드러내 주므로 여기서는 이를 제시해 보도록 한다.

(가)

寫眞 雜誌에서 본 香港 夜景을 기억하고 있다 그리고 中日戰爭 때 上海 埠頭를 슬퍼했다

서울에서 삼십 키로—를 떨어진 땅에 모든 海岸線과 共通된 仁川港이 있다

가난한 朝鮮의 印象을 如實이 말하는 仁川 港口에는 商館도 없고 領事館도 없다

따뜻한 黃海의 바람이 生活의 도움이 되고저 나푸킨 같은 灣內로 뛰어들었다

海外에서 同胞들이 故國을 찾아들 때 그들이 처음 上陸한 곳이 仁川港이다

그러나 날이 갈수록 銀酒와 阿片과 호콩이 密船에 실려오고 太平洋을 건너 貿易風을 탄 七面鳥가 仁川港으로 羅針을 돌린다

서울에서 모여든 謀利輩는 中國서 온 헐벗은 同胞의 보따리같이
貨幣의 큰 뭉치를 등지고 埠頭를 彷徨했다

웬 사람이 이같이 많이 걸어다니는 것이냐 船夫들인가 아니 담배를 살
라고 軍服과 담요나 또는 캔디를 살라고- 그렇지만 食料品만은 七面鳥와
함께 配給을 한다

밤이 가까울수록 星條旗가 퍼덕이는 塾舍와 駐屯所의 네온 싸인은 붉
고 짠그의 불빛은 푸르며 마치 유니온 짝크가 날리는 植民地 香港의 夜
景을 닮아간다 朝鮮의 海港 仁川의 埠頭가 中日戰爭 때 日本이 지배했든
上海의 밤을 소리없이 닮아간다
(「인천항」, 『신조선』, 1947.4, 문승묵 편, 『박인환 전집-사랑은 가고 과거는 남
는 것』, 예옥, 2006, 52~53쪽)

(나)
거북이처럼 괴로운 세월이
바다에서 울려온다

일즉이 衣服을 빼앗긴 土民
太陽 없는 마레-

너의 사랑이 白人의 고무園에서
素馨처럼 곱게 시드러졌다

民族의 運命이

꾸멜 神의 榮光과 함께 사는

안콜·왔트의 나라

越南 人民軍

멀리 이 땅에도 들려오는

너이들의 抗爭의 銃소리

가슴 부서질 듯 南風이 분다

季節이 바뀌면 颱風은 온다

亞細亞 모든 緯度

잠든 사람이어

귀를 기우려라

눈을 뜨면

南方의 향기가

가난한 가슴팩이로 슴여든다

(「남풍」, 『새로운 도시와 시민들의 합창』, 산호장, 1949, 66~68쪽)

「인천항」과 「남풍」은 모두 잡지에 게재한 것을 '신시론' 동인 2집에 해당하는 『새로운 도시와 시민들의 합창』에 수록한 것이다. 잡지 게재와 『새로운 도시와 시민들의 합창』 사이에 무엇보다 남북한에서의 단독 정부 수립과 실질적 분단이라는 중요한 사건이 가로놓여 있다. 특히 이를 계기로 남쪽에서의 반공산주의 선전 및 좌익 색출과 전향자 동원이 노골화 되기 시작했다. 그럼에도 박인환이 좌익적 사상에 경도된 것으로 평가되기 쉬운 이 두 편의 시를 '의연하게'

『새로운 도시와 시민들의 합창』에 수록한 것은 주목할 만하다.

이 시기에 박인환은 동아시아, 동남아시아의 정세 흐름에 대한 예민한 반응을 보여주었다. 「남풍」과, 유사한 성격의 「인도네시아 인민에게 주는 시」 등은 박인환이 8·15 해방을 결코 감상적인 시선으로만 대하지 않았음을 시사한다. 그가 8·15 해방을 태평양전쟁 이후 새롭게 전개되는 반제국주의 해방운동의 맥락에서 이해하고 있었음을 보여주는 것이, 여기에 「인천항」을 더한 이 세 편의 시다. 「인천항」에서 '인천'은 중국의 '향항', 곧 홍콩에 비견된다. 또 그것은 중일전쟁 때의 '상해'에 겹쳐지기도 한다. 시에서 그는 아시아의 여러 나라들이 해안선을 따라가며 공통적인 운명을 나눠 갖고 있음을 의식하며, 성조기 퍼덕이는 인천항의 모습에서 유니언잭이 휘날리는 홍콩과 중일전쟁 중 상해의 병든 운명을 본다.

「남풍」에서는 그와는 방향을 달리하는 시상이 펼쳐진다. 여기서 시인은 식민지의 병든 운명을 뿌리치려는 거센 "남풍"을 노래한다. 앙코르와트의 나라 월남 인민군의 저항의 총소리 속에서 시인은 자신을 일깨우는 "남방의 향기"를 느낀다. 「인도네시아 인민에게 주는 시」에서도 박인환의 반제국주의적 연대의 사상은 강력한 성조로 이어진다. 이 무렵 인도네시아는 일본의 패전 이후 힘의 공백을 메우려 드는 영국과 옛 영화를 네덜란드 연방 구상으로 되찾으려 한 네덜란드 사이에서 완전한 독립을 위해 싸우고 있었다. 당시의 신문 지면들은 한국 언론들이 이 인도네시아 문제에 대해 큰 관심을 보이고 있었음을 알려준다. 「영군에 감연 항전 전 "인도네시아"에 격」(『동아일보』, 1945. 12. 14), 「인도네시아 독립 성명」(『동아일보』, 1945. 12. 15)같은 기사 등에서 모습을 나타내기 시작한 인도네시아 관련 보도는 박인환이 「인도네시아 인민에게 주는 시」를 발표할 무렵인

1948년 2월경에 이르면 치열하고 복잡한 국제적 정세를 딛고 독립을 쟁취할 수 있는 단계에 다다라 있었다.(「식민 정책은 종식 자유인국 탄생 기운」, 『동아일보』, 1948. 2. 5) 인도네시아가 연방공화국 형태로 독립을 쟁취한 것은 1950년 8월 15일이고 9월 28일에 유엔에 가입하였다.(신동욱, 「동남아세아의 정치 연구-주로 필리핀과 인도네시아를 중심으로」, 『학술지』 5, 1964, 208쪽)

인도네시아는 네덜란드의 삼백 년 통치에서 놓여난 국가로서 나중에 파푸아 뉴기니와 말레이시아 문제를 처리하는 과정에서 강대국들과 갈등을 빚으면서 비동맹 제3세계의 중심축 가운데 하나로 떠오르게 된다. 인도네시아가 주도한 반둥회의에 관련한 국문학계의 논의로는 오창은, 김주현의 「『청맥』지 아시아 국가 표상에 반영된 진보적 지식인 그룹의 탈냉전 지향」(『상허학보』 39, 2013. 10) 및 오창은의 「결여의 증언, 보편을 향한 투쟁-1960년대 비동맹 중립화 논의와 민족적 민주주의」(『한국문학논총』 72, 2016) 등이 있다. 이 인도네시아 문제에 대한 박인환의 관심과 그 국민들에 대한 연대감의 표명은 박인환이 제3세계 여러 나라들이 직면한 문제들을 당시 한국이 겪고 있는 것과 같은 문제, 즉 세계체제 속에서 식민지 국가들이 재위치 되는 과정의 하나로 보고 있었음을 말해준다.

'마리서사'의 서점 주인에서 『자유신문』 기자로 변신했던 박인환은 염상섭 장편소설 『효풍』의 남녀 주인공들이 남북한, 좌우익 문제에만 매달리고 있던 것과 달리 시선을 동남아시아로까지 돌려 반제국주의의 국제적 연대라는 새로운 이상에 눈뜨고 있었다. 1948년 4월 이정숙과 결혼한 박인환은 『자유신문』 기자로 일하기 시작했다. 「인천항」, 「남풍」, 「인도네시아 인민에게 주는 시」는 일본이나 서구 시문학의 모방적 추종과는 전혀 궤를 달리하는 박인환의 모습을 보여주며, 그러면서도 그는 정치와 국제정세에 함몰되지 않고 시인으로서의 고도를 유지하려는 성숙한 태도를 나타냈다. 다음의 산문들은 박인환 시학의 위상을 이해할 수 있게 하는 방증 자료들이다.

(가)

오늘날 남부 조선의 시인들은 소위 순수문학을 부르짖는 시인들을 제외하고서는 모다들 크다란 사회 혼란 속에서 헤매고 있다. 그들은 아름다움을 노래하기보담도 험악한 현실의 반항을 스스로 노래하였다.

현대시가 지금까지 봉착하지 못한 시대에서 누구를 막론하고 피흘리며 싸우고 있는 것이다. 여기서 뛰여나온 시 가장 주관이 명백하고 유행에서 초탈한 시 공통된 감정을 솔직하게 전하여 주는 시 이러한 시만이 부정할 수 없는 조선의 현대시일 것이다. 그럼에도 불구하고 지난날의 레토릭크와 스타일의 세계에서 벗어나지 못하는 시인들이 있다는 것은 그들이 암만 새로운 의욕과 정치성에 몸소 겪고 있다 할지라도 그들은 현대의 시인으로서는 완전한 의미의 퇴보를 하고 있는 것밖에는 아무것도 아닌 것이다.

(중략)

시처럼 새로움을 문제하는 문화적 체계는 없을 것이다. 그런데 이 새로움은 시간이 갈수록 어떠한 회의 속에서 방황하고 있다. 엄밀한 의미에서 요즘의 시인들은 자기가 무엇을 하는 길이 옳으냐? 는 것을 해득치 못하고 있다. 시대 조류만을 감수하고 시의 전진해온 역사를 망각하고 있다. 오늘의 시가 갈망하고 있는 것은 가장 현실적이면서도 그 시대를 극복한다는 것이다. 그런데 요즘의 시인은 이러한 시 입문의 정리도 파악 못하고 사회적 명성과 자기 도취에서 의식만으로의 편견으로 태만의 단계를 것고 있다.

(박인환, 「시단시평」, 『신시론』, 산호장, 1948. 4, 4~5쪽)

(나)

나는 불모의 문명 자본과 사상의 불균정한 싸움 속에서 시민정신에 이
반된 언어작용만의 어리석음을 깨달았었다.

자본의 군대가 진주한 시가지는 지금은 증오와 안개 낀 현실이 있을
뿐…… 더욱 멀리 지낸 날 노래하였든 식민지의 애가이며 토속의 노래는
이러한 지구에 가라앉져 간다.

그러나 영원의 일요일이 내 가슴 속에 찾아든다. 그러할 때에는 사랑
하든 사람과 시의 산책의 발을 옴겼든 교외의 원시림으로 간다.

아 거기서 나를 괴롭히는 무수한 장미들의 무거운 온도.

(박인환, 「장미의 온도」, 『새로운 도시와 시민들의 합창』, 산호장, 1949,
66~68쪽)

(다)

나는 10여년 동안 시를 써왔다. 이 세대는 세계사가 그러한 것과 같이
참으로 기묘한 불안한 연대였다. 그것은 내가 이 세상에 태어나고 성장해
온 그 어떠한 시대보다 혼란하였으며 정신적으로 고통을 준 것이었다.

시를 쓴다는 것은 내가 사회를 살아가는 데 있어서 가장 의지할 수 있
는 마지막 것이었다. 나는 지도자도 아니며 정치가도 아닌 것을 잘 알면
서 사회와 싸웠다.

(박인환, 「『선시집』 후기」, 문승묵 편, 『박인환 전집-사랑은 가고 과거는 남는
것』, 예옥, 2006, 300쪽)

위의 인용문들은 각각 『신시론』, 『새로운 도시와 시민들의 합창』,

그리고 『선시집』에서 가져온 것이다. 이 이야기의 맥락을 보다 짜임새 있게 맞추기 위해서는 한국전쟁 중 부산 피난 시절 박인환이 주도한 또 다른 동인 그룹 '후반기'를 특집으로 내세운 신문을 찾았어야 하지만 지금은 그럴 여유가 없다. 『신시론』의 「시단시평」에서 박인환은 해방의 감격을 노래한 시들의 감상성을 날카롭게 지적한 후 시인들이 써야 할 시는 피 흘리며 싸우고 있는 현실에서 뛰어나온 시, 유행에서 초탈한 주관 뚜렷한 시, 공통된 감정을 솔직하게 전달하는 시만을 써야 한다고 주장했다. 또 그러면서도 이러한 시는 지난날의 시들이 보여준 레토릭과 스타일에서 결단코 벗어나야 한다 했다. 시만큼 새로움이 문제시되는 문화적 체계는 없으며 따라서 시는 "가장 현실적이면서도 그 시대를 극복한" 것이 되지 않으면 안 된다.

이처럼 박인환은 당대의 현재적 현실 인식과 감각을 중시하면서도 시적 전통 속에서 레토릭과 스타일 상에서 가장 새로운 시, 단순한 정치적 의식의 시가 아니라 '내용'과 '형식' 모두에서 새로움의 혁명을 추구하는 시를 주장했다. 「인천항」, 「남풍」, 「인도네시아 인민에게 주는 시」가 바로 그러한 시였다.

(나)는 새로운 도시와 시민들의 합창에 실린 것으로 지극히 문제적이다. 여기서 그는 "불모의 문명 자본과 사상의 불균정한 싸움"을 이야기한다. 이 어구는 미묘한 차이를 갖는 두 개의 해석을 가능케 한다. 하나는 자본을 불모의 문명으로 보는 것이며 다른 하나는 불모의 문명과 자본과 사상의 불균정한 싸움을 동격으로 보는 것이다. 필자는 후자의 해석을 지지하는데, 왜냐하면 이 글이 실린 새로운 도시와 시민들의 합창은 좌우익 대결이 일단 남북한 단독정부들의 수립으로 일단락지어지면서 분단이 현실화 된 이후의 시점에 나온 동인지인 까닭이다. 박인환은 이 시점에서 '과거'의 싸움, 즉 좌우

익이 서로 맞서 피 흘리던 투쟁을 돌아보면서 그것을 불모의 문명이라 명명한 것이며, 그로부터 그 가장 본질적인 문제로서 "시민정신에 이반된 언어작용만의 어리석음"을 지적한 것이다. 즉, 자본과 사상이 불균정한 싸움을 벌이는 불모의 문명 속에서 박인환이 발견한 가장 큰 문제는 바로 시민정신에 이반된 언어작용이었다. 시민정신을 상실한 언어작용, 시민정신 없이 싸우는 두 극단적 세력들의 현장, 이것이 그가 목도한 해방공간 3년이었으며, 그로부터 박인환은 "영원의 일요일"에 본 "무수한 장미들의 무거운 온도"라는, 신비로운 레토릭으로 상징되는 시세계를 도출해낸다. 즉 시민정신에 이반된 언어작용으로 점철된 불모의 문명에 대해 그는 무수한 장미로 상징되는 영원한 일요일을 대비시킴으로써 자신의 시가 지향하는 방향을 제시하고자 한 것이다.

그가 생각한 바 시민이란 대체 무엇이며 시민정신에 부합하는 새로운 시는 무엇인지 가늠해 보기 위해서는 『새로운 도시와 시민들의 합창』에 실린 박인환의 또 다른 시들, 예컨대 「지하실」, 「열차」 같은 시들에 관한 분석이 필요하고, 또 이와 함께 이른바 "시민"의 의미를 탐구하기 위해서는 이 시어가 등장하는 박인환, 김경린의 시에 대한 분석도 필요하지만 역시 지금은 그럴 여유가 없다.

이제 『선시집』의 단계에 오면, 박인환은 그 자신은 모르고 우리는 알듯이 죽음을 불과 6개월밖에 남기지 않은 시점에서 그 자신이 겪어온 해방 후 십 년 세월의 의미를 단 몇 줄로 압축, 요약해 보인다. 그는 쓴다. "나는 지도자도 아니며 정치가도 아닌 것을 잘 알면서 사회와 싸웠다"라고. 자신의 시로 하여금 사회와 싸우게 한 것, 이것만큼 박인환 스스로 정의내린 그의 시의 문학사적 의미를 생생하게 드러내는 말도 없다. 그는 자본과 사상이 싸우는 불모의 문명을 가진 사회와 대결하는, 영원한 일요일의 장미꽃 같은 시를, 그 문명의 불모성을 예리하고도 깊게 적시는, 무거운 온도를 가진 장미꽃의 시를 추구한 것이었다.

지극히 혼란스럽고도 정신적으로 고통스러운 "참으로 기묘한 불안한 연대"를 헤쳐 나오며 박인환은 자본 또는 사상(이것은 물론 마르크시즘적 좌익사상을 의미한다) 불모의 문명의 어느 한쪽 편에 서는 시가 아니라 그 불모한 문명을 구가하는 사회에 맞서 그 위에 서고자 했다. 그는 자신의 시를 어느 한쪽을 위해 현실에 참여시키는 데 그치지 않고, "오늘의 시가 갈망하고 있는 것은 가장 현실적이면서도 그 시대를 극복한" 것이라는 자신의 시적 이상을 실현하려 했다.

필자로서는 이러한 박인환의 시적 태도를 당시의 김수영으로서는 충분히 이해할 수 없었을 것이라 생각한다. 현실에 참여되어 있는 자들은 참여(앙가주망) 하되 동시에 이탈한다는(데가주망) '배리'의 미학을 이해할 능력이 없다. 아마도 김수영은 그것을 「미인」(1967. 12)을 쓰고 「풀」(1968. 5. 29)을 쓰는 생애의 마지막 단계에 가서야 '겨우' 알아차렸으리라. 바로 자신이 도달한 지점에 박인환의 경쾌한, 그래서 그에게는 값싸고 경박한 것처럼 보였던 영원한 일요일의 장미꽃이 만발해 있었다는 것을.

5. 전쟁의 동시대성―박인환의 버지니아 울프 인식

그러므로, 박인환은 결코 단순히 겉멋 든 댄디가 아니요, 해방 직전까지의 한국 시문학의 전통을 단시간에 섭렵, 소화한 후 당대의 세계사적 현실을 주시하면서 영원한 시를 향해 나아가고자 한, 한국

시의 또 다른 '아폴론'이었다. 그의 앞에는 이상이 있었고 그의 뒤에는 아직 그런 시인이 없다. 박인환의 갑작스러운 죽음이 이상을 추모하는 시를 쓰고 그에 관한 행사를 벌인 끝에 발생한 사건이라는 사실은 우연을 가장한 필연의 섭리를 상기시킨다. 박인환은 28세에 요절한 이상만큼이나 한국 시문학의 위상과 과제를 깊이 있게 이해하고 실천할 수 있었던 지성적 실력가요, 그를 뒷받침할 수 있는 감수성과 예지력을 갖춘 '천재'였다. 이상에게만 붙이는 이 표현이 허용된다면 말이다.

박인환과 같은 세대의 일원이었던 김규동은 그러한 박인환의 진면목을 간파한 사람이었다. 그는 이렇게 썼다.

1949년 5인 합동시집 『새로운 도시와 시민들의 합창』에 참여했을 당시 그는 23세였다. 김경린, 김수영, 임호권 등 누구에 비해서도 나이로 치면 몇 살 아래였으나 그의 시의 음성은 극히 조숙하고 기발한 것이 아닐 수 없었다. 직업이 신문기자였던 이 무렵에 그의 날랜 센스와 명쾌한 화술은 빈번하게 사람들의 시선을 끌었다.

언제나 이야기할 때는 예언자에게라도 타일러 주듯이 초연한 인상으로 말하며 창백하나 굳은 입술에 엷은 미소를 잊지않고 불안에 떨리는 음절들을 반사적으로 거울 앞에 펼쳐 놓은 것이다.

그의 말은 흡사 그가 백지를 대하고 앉아 시의 한 줄을 서슴없이 써내려 갈 때와 흡사하다. 쟝 갸방이 소멸되어 가는 세리프를 하나둘 씩 무관심의 관심 속에서 냉엄한 진실 위에 던질 때와도 같은 그러한 템포로써 그는 언어를 구사한다. 실상 그는 시를 마지막 한 줄부터 쓸 때도 있었다.

거꾸로 쓰는 그의 시의 문체는 전락과 경이 혹은 예기치 않은 조화(부조화의 조화)를 구하려는 장난기 섞인 의식적 방법이었다.

시를 쓰는데 첫줄부터 쓰건 마지막 행부터 쓰건 그것은 시인의 방법론상의 작은 비밀에 속하는 일이겠거니와 중요한 것은 언어를 다루는 형이상학적 유혹에 넘친 자기 제어와 활달한 기법의 우수성이 아닌가 한다.(김규동, 「박인환론-신화와 창백한 마법의 법칙」, 이동하 편저, 앞의 책, 129쪽)

자기와 같은 시대의 공기를 호흡하는 동료 시인의 의미를 이만큼 정확하게 알아차릴 수 있는 사람도 드물 것이다. 김규동이 말했듯이 박인환은 1930년대 중반의 문단에서 이상이 그러했듯 조숙하고 기발했다. 날카로운 센스와 기발한 화술, 호쾌한 웃음소리를 가진 시인, 시의 레토릭과 스타일의 의미를 알고 그것을 실험할 수 있는 능력을 가진 존재였다. 그에게는 모든 것이 너무 빨리 명백했기 때문에 김수영의 '초초', '독개'를 경유할 필요가 없었다. 그는 이르게 왔다 서둘러 떠난 만 30세의 노옹과 같은 존재였다.

이제, 그가 진정으로 문제적인 시인이었음을 살피는 데는 한국전쟁 후에 그가 쓴 「목마와 숙녀」와 그의 버지니아 울프 논의를 살피는 일이 남아 있다. 「목마와 숙녀」는 지금까지 박인환 문학의 최고치로 알려져 있지만 이 시의 의미와 가치는 충분히 논의되지 못했다. 박인환을 감상주의로 몰아붙이는 추세 속에서 이 시는 학문적 탐구보다 대중적 향유의 대상으로 남아 있었던 감이 있다.

한 잔의 술을 마시고
우리는 버지니아 울프의 생애와
목마를 타고 떠난 숙녀의 옷자락을 이야기한다
목마는 주인을 버리고 거저 방울소리만 울리며
가을 속으로 떠났다 술병에서 별이 떨어진다

상심한 별은 내 가슴에 가벼웁게 부서진다

그러한 잠시 내가 알던 소녀는

정원의 초목 옆에서 자라고

문학이 죽고 인생이 죽고

사랑의 진리마저 애증의 그림자를 버릴 때

목마를 탄 사랑의 사람은 보이지 않는다

세월은 가고 오는 것

한때는 고립을 피하여 시들어가고

이제 우리는 작별하여야 한다

술병이 바람에 쓰러지는 소리를 들으며

늙은 여류작가의 눈을 바라다보아야 한다

……등대에……

불이 보이지 않아도

거저 간직한 페시미즘의 미래를 위하여

우리는 처량한 목마 소리를 기억하여야 한다

모든 것이 떠나든 죽든

거저 가슴에 남은 희미한 의식을 붙잡고

우리는 버지니아 울프의 서러운 이야기를 들어야 한다

두 개의 바위틈을 지나 청춘을 찾은 뱀과 같이

눈을 부릅뜨고 한 잔의 술을 마셔야 한다

인생은 외롭지도 않고

거저 잡지의 표지처럼 통속하거늘

한탄할 그 무엇이 무서워서 우리는 떠나는 것일까

목마는 하늘에 있고

방울소리는 귓전에 철렁거리는데

가을바람 소리는

내 쓰러진 술병 속에서 목메어 우는데

(『시작』, 1955. 10, 문승묵 편, 『박인환 전집 – 사랑은 가고 과거는 남는 것』, 예옥, 2006, 119~120쪽에서 재인용)

이 시와 박인환의 버지니아 울프 인식의 관계를 조명한 논문은 거의 없다. 버지니아 울프를 거명한다 해도 하나의 시적 장치로 해석하고 그치고 있어 보다 본격적인 논의가 필요한 시점이다. 박인환이 이 시를 쓰기 전에 버지니아 울프를 탐독했음을 보여주는 근거의 하나로 그가 쓴 버지니아 울프 소개 글이 있다. 「바 – 지니아 · 울 – 푸 人物과 作品 – 世界 女流作家 群像」에서 그는 버지니아 울프의 생애와 작품에 관하여 200자 원고지 26매 분량으로 논의하고 있다. 여기서 그는 버지니아 울프를 "十九二0년대에서 三十년에 걸쳐 신심리주의의 문학(新心理主義文學)이 나은 극히 중요한 여류작가(女流作家)"로 소개한다. 나아가 그는 그녀의 문학적 생애를 일별한 후 중요작들에 대한 간략한 논평들을 가해나가고 있다. 이 가운데 특히 그녀의 『등대로 To the Lighthouse』(1927)를 중요한 작품으로 평가하고 있다.

「울-푸」의 유수와 같이 아름다운 그리고 투명하고 서정적인 스타일은 결국 「燈台로」에서 완벽에 달하였다고 볼 수가 있었다.

특히 「時日은 지나간다」의 一장은 二十세기 영문학英文學중에서도 드문 아름다운 산문散文이다. 그것과 「燈台」로의 청려淸麗함은 전면에 넘치는 푸라토닉한 이념에서 동경이라고 할까 청명한 정신에 인한 것이 많을 것이다.

그러한 의미에서 「燈台로」는 「울-푸」문학의 최고봉이라 할수있다.

「죠이스」의 영향도 물론 있으나 「다로-웨이夫人」과 「燈台로」에 있어 서의 과거에의 회상적인 수법은 「마루세루·푸루-스트」에 배운 것이라 고 상상된다.

또한 이와 같은 二개의 작품과 그 후의 「오-란도-」(一九二三) 등에 보 이는 「時間의 觀念」에는 「베루그손」철학이 들어 있는 것을 어떤 비평가 는 지적하고 있다.

또한 그의 전려典麗한 스타일은 어디서 온 것일가? 「月曜日이나 火曜 日」에서 一변한 그것은 생각컨대 一九一伍年 전후에 영미시단英美詩壇에 대두한 「이마지슴」에서 온 것이라고 생각된다.

또한 「燈台로」에서 볼 수 있는 리리시즘은 빅토리아 시대문학에서 들 어온 것일지도 모른다.

「울-푸」는 지적知的인 여성으로서는 전시대前時代의 깊은 인습을 버리 고 자유스러운 생각을 하는 두뇌를 가지고 있으나 一면에서는 이와 같은 빅토리아시대후기의 로맨틱한 심미주의審美主義를 부활시키고 있는 것 이다.

그의 실험의 이면에는 이와 같은 영문학의 전통도 숨어 있는 것을 알 아야 할 것이다.

(박인환, 「바-지니아·울-푸 人物과 作品－世界 女流作家 群像」중에서)

인용문이 보여주듯이 박인환이 사용하는 인명 및 작품명의 표기 방식은 그가 이들 작품을 일본어 번역본으로 읽었을 가능성을 말해 준다. 또는 박인환은 그가 이 글에서 논의하고 있는 모든 작품들을 다 읽지 않은 채 많은 부분을 버지니아 울프에 관한 설명적인 일본 어 글에서 가져왔을 가능성도 없지 않다. 박인환이 이 글을 쓰기 전에 그녀의 소설이 한국어로 번역된 기록은 없는 듯하다. 그러나 어떤 언어로 읽었느냐가 곧 처음이자 끝은 아니다. 중요한 것은 그가 그로부터 어떤 생각을 만들어 나갔는가 하는 것이다.

박인환은 『댈러웨이 부인』과 『등대로』에 나타나는 "회상적인 수법"을 지적하면서 이 두 작품 및 『올랜도』에 베르그송 철학이 함축되어 있다는 비평가의 견해를 상기시킨다. 『등대로』의 "청려함"과 "전려함"에 관한 박인환의 지적은 이 작품을 그가 직접 읽었음을 추측케 한다. 그는 문학과 영화의 다방면에서 많은 논의를 행한 사람이었지만 문학인에 대한 개설적인 소개의 글은 아주 적다. 이 가운데 버지니아 울프를 논의하고 있음은 그가 그녀의 문학에서 어떤 각별한 인상과 교감을 얻었음을 의미한다.

버지니아 울프(1882.1.25.~1941.3.28.)에 관해서 가장 잘 알려진 일화는 그녀의 자살에 관련된 이야기일 것이다. 많은 연구들은 버지니아 울프의 죽음이 어려서 의붓 형제들의 성추행에 시달린 것, 우울증 같은 질병에 시달린 것 등과 함께, 전쟁이 가져다 준 파괴와 죽음에 대한 저항으로 보는 시각을 표명한다. 버지니아 울프와 남편 레너드의 관계를 조명한 한 저술 가운데서 세계 제2차 대전에 노출된 버지니아 울프의 내면적 정황을 엿볼 수 있는 대목이 있다.

1940년에서 1941년 겨울의 우울증은 보통 의미의 신경질이 아니었다. 그것은 환경 때문이었으며 날씨는 단지 부수적인 요인이었다. 1940년 6월말 무적의 독일 군대는 폴란드, 노르웨이, 덴마크, 홀랜드, 벨기에를 점령했고 프랑스 북부를 휩쓸고 영국군을 덩커트에서 몰아내었으며 쉬쎅스 해안선에서 50마일 떨어진 곳에 주문하였다. 로드멜은 런던 남쪽에 있었고 시포드 만에서 4마일밖에 떨어져 있지 않았으며 독일 폭격기가 수도로 진격하는 통로에 있었다. 그때부터 11월 13일까지 석달 동안 공습 경보는 밤낮으로 있었고 어떤 때는 24시간 동안에 여섯 번이나 있을 때도 있었다. 머리 위에서 공중전이 벌어졌다. 카번 산에 떨어진 매서쉬미트는 마치 '나방이 앉은 것' 같이 보였다. 때때로 독일 비행기는 바로 집 위를 날아가기도 했다. '우리가 나무 밑에 누워있을 때 그들이 가까이 왔다. 그 소리는 마치 머리 위에서 톱질을 하는 것 같았다. 우리는 얼굴을 숙이고 손을 머리 뒤로 했다. 입을 다물지 말라고 레오날드가 말했다. 톱질 소리는 끊임없이 들려왔다. 폭탄에 내 문간채의 창문이 흔들렸다. "그 창문이 떨어질까?" 하고 나는 물어 보았다. 만약 그렇다면 우리도 같이 파괴될 것이다.' 밤에 런던에 폭탄이 떨어졌을 때 몽크 하우스의 창문이 흔들렸다. 런던은 버지니아 개인의 보물이었다. '내 도시의 교회 8채가 파괴되었다.'라고 1941년 1월 1일 일기에 쓰여 있으며 2주일 후에는 '내가 살던 옛 거리들은 깊은 상처를 입고 철거되었으며 오래된 붉은 벽돌들은 모두 하얀 가루가 되었다. 모든 완전함들은 강간당하고 파괴되어 버렸다.'고 쓰고 있다. 로드멜은 지상전에도 휩쓸렸다. 마을에는 런던과 덩커트에서 온 피난민들로 찼고 의료 기차는 불쌍한 부상자들을 강둑으로 싣고 갔다. 가시 철사와 약상자들이 몽크 하우스 마당에 쌓였다. '이상하고 침략당한 느낌이 주위에 떠 있다. 길은 군인 기차와 군인들로 꽉 차 있다'고 버지니아는 썼다. 로드멜은 첫 번째 공격에 황폐해져 버렸다. '항복 문서는 모든 유태인들이 항복해야 한다는 것을 뜻한다.' 몽크 하우스 차고에는 '히틀러가 이길 경우에 자살을 하기 위한' 가솔린이 저장되어 있었다. 애드리안 스테판은 그들이 감옥으로 끌려가지 않도록 치사량의 모르핀을 구해 주었다. 1940년 6월에 버지니아는 '나는 1941년 6월 27일이 있을 것이라는 생각을 못하겠다.'는 일기를 썼다.

  (G. 스페이터 · I. 퍼슨스,『버지니아 울프를 누가 울렸나』, 정계춘 역, 자유문

학사, 1978, 247~248쪽)

이 문단들은 버지니아 울프가 겪고 있던 절망감을 잘 보여준다. 세계 제2차 대전 중에 버지니아 울프는 오랫동안 살아온 런던과 런던 교외 로드멜의 저택 '몽크 하우스'가 파괴되는 실상을 목도해야 했다. 두 사람은 이곳에 살며 일주일에 한 번씩 런던을 오갔고 런던에도 집이 있었지만 전쟁은 이 모든 삶의 질서와 감각을 파괴해 가고 있었다. 이미 세계 제1차 대전의 파괴 속에서 정신적 질병에 시달리며 소설을 쓰지 못했던 버지니아는 자신이 옛날의 과거로 돌아갈지 모른다는 공포에 사로잡혀 있었다. 그녀는 자신이 남편의 삶마저 파괴해 버릴지도 모른다는 두려움 속에서 스스로 생명을 버리고 말았다. 우즈 강에 몸을 던진 그녀의 죽음은 너무나 잘 알려져 있는 일화다.

「목마와 숙녀」에서 왜 박인환은 버지니아 울프를 '소환'했던가? 그것은 단순한 감상의 소산은 아니다. 버지니아 울프는 어려서부터의 쓰라린 경험들, 가족들의 잇따른 죽음을 통하여 삶이 근본적으로 허무한 것임을 깊이 깨닫고 있었다. 그런 그녀로 하여금 삶에 깃들어 있는 무상성을 더욱 깊이 인식하게 한 것은 바로 두 번의 세계전쟁이다. 「목마와 숙녀」에는 "……등대에…… / 불이 보이지 않아도 / 거저 간직한 페시미즘의 미래를 위하여"라는 시행들이 나타난다. 여기서 "……등대에……"는 버지니아 울프의 유명한 문제작 『등대로 To The Lighthouse』(1927)를 명시적으로 가리키고 있다.

이 소설은 버지니아 울프의 생애가 담겨 있는 작품으로 모두 3부로 구성되어 있으며 특히 알파벳 'H' 형태처럼 가운데가 잘록한 구성 형태를 취하고 있다.(최애리, 「추억을 그리는 세월의 원근법」, 『등대로』, 열린책들, 2013, 289쪽) 분량상의 구성은 1부, 3부에 비해 2부가 현저히 적다고 할 수 있지만 그 품고 있는 시간의 길이는 2부가 나머지 부들에 비해 현저히 길다. 나머지 부들이 겨우 하루 동안 일어난 사건들을 등장인물들 각각을 옮겨 다니는 초점화, 간접화법 기법으로 심층적으로 그려나가는 반면 2부의 주인공은 차라리 '세월' 그 자체라고 해야 한다. 세계 제1차 대전을 포함하는 세월의 경과 과정 속에서 많은 이들이 죽고 스카이 섬의 별장은 폐허가 되다시피 한다. 이 소설에서 "등대"는 의미심장한 장치다. 소설에 끊임없이 등장하는 파도소리는 인간들의 삶을 둘러싸고 있는 자연의 냉연함을 일깨운다. 1부에서 작품의 등장인물들, 특히 램지 씨의 어린 자식들은 섬의 "등대"에 가고자 하는 소망을 품지만 그것은 실현되지 못하며 3부에 가서야 2부의 십 년 세월이 부과한, 운명들의 무거운 훼손을 겪고서야 이루어진다. 그 십 년 동안 전쟁이 나고 많은 인물들이 뜻하지 않게 죽어간다.

버지니아 울프의 이 소설은 의식의 흐름 기법을 보여주는 모더니즘의 대표작으로 알려져 있지만 그만큼이나 그녀 자신의 페시미즘적 인생관을 깊이 있게 드러낸 수작이다. 박인환의 「목마와 숙녀」에 나타나는 "페시미즘"은 그러므로 단순한 감상적 허무주의가 아니라, 이 작품이 제시, 유도하는 상호텍스트적 독해를 통하여 버지니아 울프의 염세적 세계관에 연결된다. 박인환은 "등대"에 가고자 하는 소망에도 불구하고 끝내 그것을 이루지 못하고 죽어가는 사람들과, 이 훼손된 과거를 쓰라리게 의식하며 현재를 감당해야 하는 『등대로』의 인물들을 통하여 한국전쟁의 폭력과 죽음의 후과 속에서 살아가는 자기 자신을 비롯한 한국인들의 고통스러운 현실을 제시하고자 했다.

「목마와 숙녀」는 박인환이 『등대로』 말고도 버지니아 울프의 다른 작품들에 대한 인유적 효과를 의도했을 가능성을 시사한다. 예를 들어 이 시를 난해하게 만들고 있는 4행의 "목마를 타고 떠난 숙녀의 옷자락"의 해석은, 지금껏 단순히 자의적인 상징적 해석을 통해 충당되어 왔으나 기실 버지니아 울프의 다른 작품들에 연결되는 시구일 가능성이 높다. 또 13행의 "세월은 가고 오는 것"은 명백히 『등대로』의 주제에 연결되며, 또 다른 작품 『세월』이나 『출항』 같은 작품들과의 관계를 살펴볼 필요도 있는 것으로 판단된다.

「목마와 숙녀」가 그러하다면 그의 또 다른 시 「세월이 가면」 (1956. 3) 역시 버지니아 울프의 소설 세계와 관련되는 것이라 할 수 있다. 박인환과 버지니아 울프의 이러한 관계 양상이 말해주는 것은 무엇인가? 체계적인 연구가 아직은 전혀 이루어지고 있지 않은 박인환의 숱한 영화 관계 산문들, 세계문학에 대한 그의 관심과 탐구의 연장선상에서 박인환의 버지니아 울프 이해는 그가 한국전쟁 이후 한국문학, 특히 시의 타개 방향과 관련하여 독특한 자기만의 방법론을 만들어가고 있었음을 의미하지 않을까? 또한 나아가 해방 공간과 한국전쟁 및 그 이후에 걸친 시대를 "불모의 문명"이 벌이는 질병적인 현상들로 통찰해 가는 박인환의 시와 시론은 그가 오장환뿐 아니라 특히 김기림의 문명비평론에 연결되는 적자임을 말해준다. 김기림이 1930년대와 1940년대를 관통하는 비평적 화두로서 문명비평의 문제를 제시하고 대동아주의라는 변형된, 기형적 '오리엔탈리즘' 또는 옥시덴탈리즘에 대한 비평적 대응을 추구했다면 박인환은 김기림의 선례를 참조하면서 자신의 시와 비평을 현대문명이 처한 위기에 대한 진단과 처방으로 만들어 갔다.(방민호, 「김기림 비평의 문명비평론적 성격에 관한 고찰」, 『우리말글』 34, 2005, 325~351쪽)

그러나 이 모든 것에 관해 김수영은 관심을 충분히 기울여 주지 않았다. 한국전쟁 속에서 유럽 전쟁을 보고 버지니아 울프의 참담한 경험 속에서 자기 자신의 참혹한 경험을 읽어냈던, '비동시성의 동시성'에 관한 박인환의 인식을 버려둔 채 김수영은 그를 향해, "인환! 너는 왜 이런, 신문기사만큼도 못한 것을 시라고 쓰고 갔다지?"라고 일갈을 하며, 「목마와 숙녀」는 한갓 "낡은 말" 그득한 철지난 시로 치부해 버렸다. 이러한 김수영의, 속단인지 오해인지, 독설인지 모를 판단은 오늘도 강신주 같은 문학 비전문의 김수영 '교도'에 의해서까지 반복되기도 한다.

필자가 판단하기에 박인환은 이르게 왔다 빠르게 떠난 문제적 시인, 해방 속에서 세계 제2차 대전의 영향과 결과를 읽어내고 6·25 속에서 한국과 유럽을 관통하는 폭력과 죽음의 광기, 삶의 도저한 무상성을 읽어낸 시인이었다. 그런 의미에서 그는 해방 후 한국 시단이 배출한 첫 번째 문제적 시인이었고, 김수영의 훌륭함에도 불구하고 그 의미와 가치는 훼손될 수 없다.

김수영과 '불온시' 논쟁의 맥락

1. 김수영이냐, 이어령이냐

오늘날 김수영을 옹호하기란 너무 쉽다. 이는 이미 하나의 지적 유행이 되어 있다. 그러나 제대로 옹호하기는 쉽지 않다. 왜 그럴까. 뭣보다, 죽음은 권력이기 때문이다. 죽은 자는 비판하기 어렵다. 가능한 칭송해 주고 부덕함조차 감싸주어야 한다. 때문에 신비화, 우상화 되기 쉽고, 이런 울타리 탓에 사태의 본질에 육박해서 남겨져야 할 것을 적시하기 어렵다. 그렇게 김수영은 정전화 되어 있다. 따라서 우리는 김수영을 어설프게, 혹은 진부하게 옹호하는 일을 참으로 경계해야 한다. 그런 일 가운데 자기의 참된 존재 근거가 망실되어 버리기 쉽다.

그럼에도 이 글은 김수영 문학의 맥락에서 쓰일 것이다. 그것은 이른바·불온시 논쟁을 둘러싸고 김수영이 시종일관 옳았기 때문이 아니며, 이어령이 의미 없이 틀린 문학인이었기 때문도 아니다. 그것은 이 논쟁의 전후맥락을 따져볼 때, 김수영이 이어령보다 훨씬 더 불투명하고, 또 논리의 결핍을 보이고 있기 때문이다. 날카롭고 위트 있고 공격적인 이어령에 비해 김수영은 어딘지 모르게 방어적이다 못해 쩔쩔 매고 있다는 인상을 준다. 이러한 양상은 내가 보기에는 분명 그에게 더 말하지 못할 무엇인가가 숨겨져 있음을 시사해 주는 것처럼 보인다. 그 논쟁 속에서 이어령은 어떻게 보면 자신이 말하고 싶은 것을 다 말했다. 쓸 수 있는 지면도 '충분했고', 게다가 그는 『저항의 문학』(경지사, 1959)이 보여주듯이 현대문학사의 과거에 빚이 없다고도 볼 수 있다. 하지만 김수영은 논쟁 이전에 이미 얼룩져 있다. 그는 이어령에 비해 상당히 앞선 세대에 속하고, 해방공간에서 한국전쟁으로 이어지는 시대를 어떻게든 헤쳐 나와야 했다. 그래서 어떤 얼룩의 표정을 가지고 있다.

얼룩과 상관없이 김수영은 참으로 화려하고도 성실한 문학인이었다. 그는 무엇보다 대단한 번역가였는데, 이 면모는 지금도 충분히 검토된 바 없다. 이 번역문학에 대한 검토를 거쳐야만 새로운 차원의 김수영론이 가능해질 것이라고, 필자는 이 자리에서 단언할 수 있다. 번역은 그가 세계를 읽는 창이었다. 그는 틀림없이 번역된 글보다 훨씬 많은 영어책, 일본어책을 읽었다. 이 가운데 그가 번역한 글은 아주 일부분이고, 그 상당 부분은 호구지책의 의미를 지니고 있지만, 어떤 글들, 아니 상당한 정도의 글들은 그가 지향해간 문학의 특질이나 목표를 겨냥하고 있다. 이 번역을 안이하게 방치해 놓고 있는 김수영 문학 연구의 현재라는 것은 앞으로 나아가고는 있지만 더디기 짝이 없는 보병대의 행군들 같다.

이 김수영과 이어령 사이의 논전을 살펴보는 일은 흥미로운 대목이 있다. 김수영은 이른바 불온시 논쟁이라는 것을 벌이던 와중에 불의의 교통사고로 세상을 떠났다. 김수영은 1921년 11월 28일생이었고, 그가 세상을 뜬 것은 1968년 6월 16일이었다. 47세의 아까운 나이였다. 그런데 이 당혹스러운 사건 앞에서 필자는 또 하나의 뜻하지 않은 죽음을 연상하게 된다. 1960년 1월 4일에 있었던 까뮈의 죽음이 그것이다. 까뮈도 교통사고로 세상을 떠났다. 그는 1913년 11월 7일에 태어났으니, 그때 그는 47세쯤 되었을 것이다. 노벨문학상을 탄 지 3년 되던 때였다.

이런 우연에 기대어, 필자는 먼저 김수영과 이어령의 논전을 사르트르와 까뮈의 논전의 창에 비추어 보려 한다. 때로는 우연에 기댈 때도 있었다는 어떤 시인의 표제를 따라서 말이다.

『사르트르와 까뮈 – 우정과 투쟁』(연암서가, 2011)의 저자인 로널드 애런슨에 따르면, 사르트르와 까뮈는, "한국전쟁의 발발로 이어지는 미국과 소련 사이의 갈등이 악화됨에 따라", "그때까지 별다른 탈 없이 유지해온 우정에서 회복할 수 있는 타협의 여지를 완전히 잃게 된다."

여기서 우리는 한국전쟁에 대한 우리의 상상방식을 뒤엎어 놓는 사례를 발견하게 된다. 한국전쟁 전후의 한국이 세계 문화들, 사상들의 종착 지점인 것만은 아니었다는 사실이 그것이다. 당시의 한국은 사르트르나 까뮈 같은 사람들을 격발시키는 발신지이기도 했다. 말하자면 한국은 전쟁으로써 세계라는 바다의 하나가 되었고, 이쪽의 물결이 저쪽에 부딪혀 사르트르와 까뮈를 움직이고, 또 저쪽의 물결이 이쪽에 쳐 김수영과 이어령을 격발시켰다. 세계는 일제 강점기와는 다른 방식으로 재차 하나의 체제로 바인딩 되었고, 서구의 문학인들도, 한국의 문학인들도, 이 세계 체제에 동시적으로 반응해야 했다. 반응의 시간상에 격차가 나면 날수록 '그'의 문학은 부족한 것으로 판명되게 마련이었다.

사르트르와 까뮈는 여덟 살 차이가 났고, 사르트르가 위였다. 사르트르는 1905년 6월 21일에 태어나 1980년 4월 15일에 세상을 떴다. 이어령은 1934년 1월 15일생, 김수영보다 열세 살이 아래다.

흥미롭다. 앞으로 살펴보겠지만, 이어령은 비록 사르트르의 『문학이란 무엇인가』(1948)에 나타난 시와 산문의 이상한 구별법에 기대면서까지도 사실은 까뮈의 반공산주의적 태도와 유사한 입장을 취했고, 김수영은 공산주의를 용인한 사르트르와 결코 같을 수 없었음에도, '전향'한 지 얼마 되지 않았기 때문에, 또는 좌익에서 전향한 자들이 의레 그렇듯이 지극히 불투명한 분위기에 감싸여 있었다. 사실을 말하자면 김수영은 해방공간 때도 결코 공산주의적 좌익은 될 수 없는 체질을 타고난 사람이었다.(김수영, 「나의 처녀작을 말한다—연극하다가 시로 전향」, 『세대』, 1965. 9, 225쪽) 물론 이 글은 이미 그가 '전향'한 뒤에 남긴 기록임을 감안해야 한다.

사르트르와 까뮈, 두 세기적 문학인의 대립에 한국전쟁이 개입해 있다는 로널드 애런슨의 지적은 흥미롭다. 두 사람은 처음 만나기 전부터 서로를 알고 있었고 독일 점령 하의 파리에서 함께 저항투쟁을 하기도 했다. 그만큼 두 사람은 우의가 깊을 수 있었으나 끝내 헤어졌고 그 관계는 다시 회복될 수 없었다.

실존주의가 프랑스에서 아주 대중적인 용어가 된 때는 사르트르의 『현대』지가 창간될 무렵이다. 『현대』는 1945년 10월 15에 창간되었다. 이 잡지는 사회 참여를 공개적으로 표방했다. 공산당과 소련에 비판적 거리를 유지하면서도 반공산주의는 또한 철저하게 부정했다. 사르트르나 메를로퐁티 같은 논진의 태도가 그와 일맥상통했다.(로널드 애런슨, 『사르트르와 까뮈—우정과 투쟁』, 변광배 · 김용석 옮

김, 연암서가, 2011, 105~108쪽)

　이렇게 공산주의를 수용, 용인하고 목적을 위한 폭력 쪽으로 움직여간 사르트르와, 반공산주의적 태도를 확고히 했던 까뮈 사이의 대립은 세계 제2차 대전 이후의 냉전 체제를 살아가야 했던 두 문학인을 좌와 우로 극단적으로 밀어붙였으며, 때문에 그들은 본의 아니게 상징적인 존재가 되지 않을 수 없었다.

　이러한 그들이었기에 그들의 우정에 금이 가고 각자의 길을 가는 그 길목에 한국전쟁과 인도차이나 전쟁이라는 세계사적 규모의 '열전'이 자리 잡고 있었음을 인식하는 것, 그들이 불가피하게 이 두 전쟁에 연결되어 있음을 이해하는 것은 중요하다. 보봐르는 한국전쟁이 발발한 후 까뮈와 사르트르가 갈등을 빚은 한 장면을 다음과 같이 회상했다. 다소 길다.

　　"소련군이 이곳에 있다면 당신에게 벌어질 일들을 생각해 봤어요?" 카뮈가 사르트르에게 물었다. 카뮈는 열정적인 목소리로 이렇게 덧붙였다. "여기에 있지 마세요!" "그렇다면, 당신. 당신은 떠날 것을 생각하고 있나요?" 사르트르가 물었다. "저는 독일 점령기 동안 했던 일을 할 것입니다." '비밀 무장 레지스탕스 운동'이라는 생각을 해낸 혁명비밀행동위원회의 회원이었던 루스토노라코가 카뮈 대신 대답했다. 하지만 더 이상 카뮈와 자유롭게 토론을 벌일 수 없었다. 왜냐하면 카뮈가 순식간에 분노와 격정에 사로잡혔기 때문이었다. 사르트르는 결코 프롤레타리아와의 투쟁을 받아들이지 않을 것이라고만 간단하게 말했을 뿐이다. "프롤레타리아. 그것이 절대 숭배 되어서는 안 됩니다." 카뮈가 힘을 주어 말했다. 그리고 카뮈는 또한 프랑스 노동자들이 소련의 굴락에 대해 갖는 무관심을 비난했다. "그들은 시베리아에서 벌어지고 있는 일에 신경을 쓰지 않더라도 이미 충분히 곤란한 일들을 많이 경험했지요." 사르트르가 응수했다. "그렇다고 할 수 있지요. 하지만 어쨌건 나는 결코 그들에게 레지옹 도뇌르 훈장을 수여하지는 않을 겁니다!" 카뮈가 대꾸했다. 이상한 말이지만, 카뮈와 사르트르는, 권좌에 오른 친구들이 1945년에 그들에게 이 훈장을 수여하고자 했을 때 그것을 거절했었다. 하지만 그날 우리는 카뮈와 아주 멀리 떨어져 있다는 느낌을 받았다. 그렇지만 그는 정말로 열을 내며 사르트르를 질책했다. "떠나세요. 만약 당신이 남아 있는다면, 그들은 당신의 목숨뿐 아니라 명예도 앗아가 버릴 겁니다. 당신은 굴락에서 죽을 거예요. 그래놓고는 그들은 당신이 살아있다고 말할 거예요. 그리고 그들은 당신에게 사직, 복종, 배신이라는 단어들을 강제로라도 발설케 할 것이고, 그렇게 되면 사람들은 그들의 말을 곧이곧대로 믿게 될 겁니다."

(위의 책, 237~238쪽에서 재인용)

이 대목은 아주 흥미로울 뿐만 아니라, 이 글의 주목적이라 할 수 있는 김수영과 이어령의 '논쟁'을 다루는 데도 아주 시사적인 뜻을 담고 있다. 요컨대, 두 사람 사이의 논전은 단순히 당대 한국의 정치 상황에 관한 대립적 태도를 추출하는 것에 머물러서는 안 되며, 두 사람의 세계 인식을 따져 물어야 할 성질의 것이다. 이 점은 꽤나 간과되는 문제여서, 이러한 협애한 이해방식 경향 탓에 한국문학은 그 내장된 의미를 충분히 저작, 섭취하지 못하는 우를 범하곤 한다. 그리고 이러한 협애함 속에서 신비화, 우상화, 왜곡된 정전화가 진행, 심화된다. 떠받들어지지만 그 우상은 점점 더 흑빵 같이 딱딱하고 메마른 대상으로 변질되고 만다. 본래 빵은 참으로 맛좋은 식량인데도 말이다.

논쟁 속에서 사르트르와 까뮈는 프랑스 지성의 지형도를 대표하는 상징적인 존재들이 되어갔다. 마찬가지로 이어령은 '전향자' 김수영을 '재차' 참여문학파 쪽으로 밀어붙임으로써 스스로는 '순수문학'파의 새로운 대표자를 자임했다. '불온시' 논쟁을 통해서 죽은 김수영과 산 이어령은 참여문학과 순수문학을 상징하는 존재로 거듭났다. 하지만 이것은 김수영이 원했던 일이 아니었다. 그는 이미 '전향자'였고 따라서 전향 이전의 과거로는 돌아갈 수 없었기 때문이다.

2. '전향자' 김수영의 내면 풍경

김수영은 그렇게 '전향자'였는데, 이것은 필자의 독단적인 단정이 아니라 김수영이 비록 시의 형태로나마 스스로를 그렇게 규정한 것이었다. 이를 알려주는 시 한 편을 읽어보자. 그것은 새롭게 간행된 『김수영전집, 시』(민음사, 2003)에 실려 있다. '전향기'라는 이색적인 제목을 가진 이 시는 『자유문학』 1962년 3월호에 게재되었다.

> 일본의 '진보적' 지식인들은 쏘련한테는
> 욕을 하지 않는다고 한다 나도 얼마전까지는
> 흰 원고지 뒤에 낙서를 하면서
> 그것이 그럴듯하게 생각돼서
> 쏘련을 내심으로도 입밖으로도 두둔했었다
> ―당연한 일이다
>
> 쏘련을 생각하면서 나는 치질을 앓고 피를 쏟았다
> 일주일 동안 단식까지 했다

단식을 하고 나서 죽을 먹고
그 다음에 밥을, 떡국을 먹었는데
새삼스럽게 소화불량증이 생겼다
─당연한 일이다

나는 지금 일본 시인들의 작품을 읽으면서
내가 너무 자연스러운 전향을 한데 놀라면서
이 이유를 생각하려 하지만
그 이유는 시가 안 된다
아니 또 시가 된다
─당연한 일이다

'히시야마 슈우조오'의 낙엽이 생활인 것처럼
5·16 이후의 나의 생활도 생활이다
복의 미덕!
사상까지도 복종하라!
일본의 '진보적' 지식인들이 이 말을 들으면 필시 웃을 것이다
─당연한 일이다

지루한 전향의 고백
되도록 지루할수록 좋다
지금 나는 자고 깨고 하면서 더 지루한
중공의 욕을 쓰고 있는데
치질도 낫기 전에 또 술을 마셨다
─당연한 일이다

이 시의 화자는 이 시를 어태치트 텍스트(attached text, 결합텍스트: 저자와의 관련성 속에서 읽게 되는 텍스트 유형으로 수잔 랜서의 개념이다)로 읽는 견지에서 김수영 자신이라고 할 수도 있을 텐데, 그러한 그는 내심으로도, 입 밖으로도 두둔해 왔던 소련에 대해, 2연에서 보듯이, 이제는 "쏘련을 생각하면서 나는 치질을 앓고 피를 쏟았다"라고 고백해야 하는 처지가 되어 있다. 이 대목은 사르트르가 「공산주의자들과 평화」라는 글을 쓰면서 고통을 맛봐야 했다는 애런슨의 논평을 상기시킨다. 그에 따르면 이 글은 사르트르의 텍스트 가운데 가장 좋지 않은 것의 하나로서, 과장이 심하고 반복적이어서 공산주의자들에 대한 동조가 그에게 상당한 내적인 노력을 필요로 했음을 반증한다는 것이다. 말하자면 내적 부담감 없이는, 논리적 비약 없이는 그러한 동조가 불가능했다는 것이다.(로널드 애런슨, 앞의 책, 348쪽)

마찬가지로 「전향기」의 화자는 소련을 생각하면서 치질을 앓고 피를 쏟기까지 한다. 왜냐. 그것은 전향이라는 큰 문제가 그의 앞에 가로놓여 있기 때문이다. 이 전향 문제는 그에게 있어 매우 세계사적인 문제다. 이 시에 일본의 진보적이라는 지식인이 등장하고, 소련이 등장하고, 심지어는 중공까지 등장하는 데서 알 수 있듯이, 이 시의 화자는 세계사의 향배, 그 미래에 관한 고심에 찬, 코페르니쿠스적인 인식 전환을 시도하고 있다. 그런데 그는 사실은 이미 "자연스러운 전향"을 마친 상태이며, 그에 기반을 두고 "중공의 욕을 쓰"고 있기까지 하다. 그러므로 이 시는 이미 인식의 전환은 이루었으나 그에 대한 심리적, 즉 감정적 부담이 큼을 고백하면서, 이를 당대 한국사회를 향한 자신의 정치적 태도와 관련시키고 있는 작품이다.

그렇다면 소련의 어떤 것, 중공의 어떤 것이 이 화자로 하여금 일본의 소위 진보 지식인들과 다른 생각을 품게 하는가?

사르트르와 카뮈의 우정의 결렬의 시대에 소련에서는 스탈린 (1879. 12. 21~1953. 3. 5)이 죽고, 1956년 2월에는 흐루쇼프가 권력 투쟁 끝에 스탈린을 격하하는 연설을 했다. '뜻하지 않게' 그 파장은 컸다. 우선 소련 국내에서 열띤 문학적 반응이 나타났다. 두딘체프(Vladimir Dudintsev, 1918~1998)에 의한 『빵만으로 살 수 없다』(1956) 출판, 파스테르나크(1890~1960)에 의한 『닥터 지바고』(1958) 출판, 예프투셴코의 『바비이 야르Babi Yar』(1962) 발표 등이 줄을 이었다. 소련 바깥에서는 폴란드와 헝가리에서 자유화 운동이 일어났다. 소련은 이것을 좌시할 수 없었다. 이 때문에 갑자기 찾아온 이들 나라의 봄은 재차 겨울을 맞이해야 했다.

이러한 일련의 사태는 누구보다 사르트르에게 영향을 미쳤다. 그는 1954년 12월에 불소친선협회의 부회장이 되었으며 중공에도 방문했다. 하지만 흐루쇼프의 비밀 연설의 효과로 벌어진 일련의 사태가 사르트르의 태도를 바꾸어 놓았다. 소련의 폴란드, 헝가리 침공에 직면해서 그는 마침내 「스탈리주의의 망령」 같은 글을 써 소련식 전제적 공산주의와 결별했다. 그는 헝가리 침공을 맹렬하게 비난했다. 그러면서도 소련을 향한 그의 태도는 불분명했다.

> 분열되어 피를 흘리고 있는 이 괴물을 아직도 사회주의라고 불러야 하는가? 솔직히 대답하자면, 그렇다. 왜냐하면 사회주의의 첫 단계의 '그' 사회주의와 같은 것이기 때문이다. 다른 형태의 사회주의는 존재하지 않았다. 아마도 이상주의적인 사회주의를 제외하고는 말이다. 따라서 그 사회주의를 끝까지 희망하거나 아니면 그 어떤 사회주의도 희망해서는 안 될 것이다.(로널드 애런슨, 앞의 책, 424~425쪽)

이런 반응 방식을, 필자는 심지어 1991년에 소련이 붕괴되는 과정에서도 목도한 적이 있다. 구파 군부 세력이 쿠데타를 일으키다 실패했지만, 소련을 '현실 사회주의'라 부르며 사회주의 사상에 스며들기 쉬운 이상주의를 경계하던 냉철한 이성주의자, 현실주의자 사회주의자들은 심정적으로 이 군부를 성원했다. 어떤 '선의'가 결과적으로 낡은 악한들에 대한 동조로 연결되는 아이러니한 사태는 역사 속에서 반복적으로 등장하는 법이다. 이후에, 사르트르는 현실 공산주의 운동과 선을 그으려는 포즈 속에서도 마르크스주의와 실존주의를 공존시키려고 시도했고, 그 결과로서 『변증법적 이성 비판』(1960)이라는 저작에 다다르게 된다. 그리고 그때 까뮈가 갑자기 세상을 떠났다. 필자가 보기에, 아무리 까뮈가 알제리 사태 같은 것에 미온적이었다 해도 그의 다른 편의 올바름, 즉 전제적 공산주의에 대한 그의 확고한 반대는 사르트르를 내내 괴롭혔을 것이다.

김수영은 누구보다 한국 외부 정세의 흐름에 밝은 문학인이었기에, 서방에서 전개되는 이 모든 사태를 직접 접하고 있었다고는 말할 수 없을지언정 이런 일들에 무지했다고는 말할 수 없을 것이다.

「자유는 생명과 더불어」(『새벽』, 1960. 5)라는 글에서 김수영은 "요즘 외국잡지를 보면, 쏘련 같은 무서운 독재국가에 있어서도 에렌베르크 같은 작가는 소위 작가동맹의 횡포와 야만을 막기 위해서 작가들의 단결을 호소했다고 하거늘"(162쪽)이라고 하면서, 소련 사태를 언급하고 있는 것을 볼 수 있다. 또 『사상계』 1962년 6월호 및 9월호에는 피터 비어레크(Peter Viereck, 1916~2006)의 「쏘련 문학의 분열상」을 두 번에 걸쳐 나누어 번역하고 있다. 1961년에 소련을 직접 방문한 피터 비어레크의 견문록 격인 이 글은 앞에서 언급한 두딘체프나 예프투센코 같은 사람들의 움직임에 관한 생생한 묘사를 포함하고 있다. 또한 이 글은 흐루쇼프 통치 하의 소련문단의 흐름을, 체제파와 개혁파를 슬라브주의와 서구주의의 맥락에서 해석한다. 또한 특히 유태인 학살을 노래한 예프투센코의『바비이 야르』를 둘러싼 논란을 자세하게 전달한다.

예프투센코를 비롯한 개혁파들은 더 나은 마르크스주의를 향해 나아가고자 한다. 이 글은 그를 "우수한 레닌주의자"라고 평가한다. 또한 그는 "맑스주의자이고 친해빙파의 개혁론자"이지만 "원래가 개성적인 서정시인"이므로 그의 정치적인 영향력을 과장해서는 안 된다고 한다. 또한 나아가 이들을 가리켜 "반혁명주의자들이 아니라 반독재주의 이상주의자들"로 결론짓고 있다.(피터 비어레크, 「쏘련 문학의 분열상」, 김수영 옮김,『사상계』 1962년 6월호, 251~255쪽)

하버드 대학에서 역사를 전공한 피터 비어레크는 미국의 시인이자, 정치 사상가였고, 1949년에 퓰리처상을 받았다. 그는 전체주의와 나치즘에 반대한 작가였고, 이데올로기적으로는 명확히 규정하기 어렵지만 마르크시스트로 한정하기만은 어려운 작가였다. 그가 어떤 경위로 소련을 방문할 수 있었는가는 더 살펴보아야 하겠으나 그는 스탈린 체제에서 자유를 갈구하는 소련 문학인들에 깊은 공감을 품고 있었다.

김수영은 이와 같은 작가의 글을 번역하고, '전향'에 관한 시를 쓰고 나아가서는 소련 문학인들의 이후의 좌절을 진단하는 글을 썼다. 시 「전향기」에 나타난 김수영의 내면적 태도는 아주 복잡해 보인다. 그는 이미 "자연스러운 전향"을 해 버렸으며, 그럼에도 불구하고 남아 있는 문제를 처리하지 못해서 치질만이 아니라 소화불량증에 걸려 있으며 술을 마신다. 무엇인가 해결되지 않은 심중의 문제가 있는 것이다.

그것은 아마도 이 '전향'이 "복종의 미덕"에 직결될 수 있다는 사실일 것이다.「전향기」에 나타난 현실은 "5·16 이후"이고, 화자인 '나'는 이 새로운 독재 체제 속에서 살아가야 했다. 그는 함부로 말하거나 쓸 수 없었다. 그것이 바로 "복종의 미덕"이다. 그러면 이 "미덕" 속에서 살아가는 "생활도 생활이다"라고 말할 수 있는가? 5·16은 그에게 "사상까지도 복종하라!"라고 한다. 그러나 그는 그럴 수 없다. 마음은 불복한 상태로 놓여 있다. 그럼에도 그는 사실은 다른 한편에서는 '전향'해 버렸다. 레프트윙의 미래일 수도 있다고 막연하게 믿어졌던 곳에는 전체주의가 자리 잡고 있었고, 라이트윙은 이제 5·16이라는 이름으로 현실을 지배하고 있다. 이러한 상황 속에서 '전향'은 곧 5·16에의 승인으로 연결될 수도 있다. 공산주의적 전체주의의 현실적인 위협은 또 다른, 라이트윙의 독재를 정당화하는 논리로 작용할 수 있는 것이다. 실제로 해방 이후 한국 지식 사회가 당면해야 했던 딜레마가 바로 이것이었다.

이 시에 나타난 시인의 감정, 곧 지루함은 바로 이 진퇴양난을 인식한 결과라고 할 수 있다. "지루한 전향의 고백"은 "되도록 지루할수록 좋다". 왜냐. 출구를 찾을 수 있을 때까지는 태도를 확실하게 표명할 수 없기 때문이다. 또한 출구를 찾을 수 없기 때문에 그의 중공 비판은 지루할 수밖에 없다.

3. '불온시' 논쟁에 이르는 길목

이러한 문제들을 처리하는 김수영의 태도를, 아니 그 태도의 선택을 엿볼 수 있는 것이「공산권에서의 문학의 좌절」(『자유공론』,

1967.1.)이라는 글이다. 이 글에서 김수영은 소련문학 현황에 관한 해박한 지식을 드러내고 있다. 바로 여기에 이어령이 규정한, 예의 "서랍속에 든 '불온시'"에 가까운 표현이 먼저 등장하고 있음을 볼 수 있다.

> 그리하여 해빙기의 작가들은 용감한 패배의 한 시기를 맞이하게 되었고, 「책상 서랍 속에 넣어 둘」 작품만을 쓰지 않을 수 없게 되었다. 그러나 1960년 이후부터 대체로 형식면에서나 내용면에서 점점 더 대담해지는 젊은 작가나 시인들의 상상력이 풍부한 새 작품이 거의 매달 나오지 않는 달이 없었다. 에렌부르크의 「해빙기」, 포메란체프의 「문학에 있어서의 진지성」, 두딘체프의 「빵만으로는 살 수 없다」 등의 뒤를 이어, 에프뚜센꼬, 보즈네센스키, 아끄마둘리라, 비노끄로프 같은 시인들의 시와, 까자꼬프, 아끄시오노프, 나기빈의 소설과, 볼로딘과 로조프의 희곡 작품들이 쏟아져 나왔고, 이런 작품들은 드디어 이제 자기들은 고독하지 않다는 것을 발견한 거대한 수의 대중들로부터 반향을 받았다.(김수영, 「공산권에서의 문학의 좌절」, 『자유공론』, 1967. 1, 45쪽)

이 글을 보면, 그러니까 이어령이 규정한 "서랍 속에 든 '불온시'"의 상상력은 본디 소련 체제 하의 반체제 문학을 가리키는 말이며, 그와 같은 맥락에서 공산주의 체제에 대한 비타협적 태도를 상징하는 말이었음을 알 수 있다. 이것은 김수영과 이어령의 논전을 해석하는데 중요한 의미를 띤다. 같은 글에서 김수영은 소련 문학인들이 당면한 현실을 스탈린주의로 못 박고 있다.

문제는「스딸린주의」인데, 이「스딸린주의」라는 것이 규정짓기 어려
웁고, 악용하기에 편리한 지극히 탄력성이 있는 말이다. 사실상「스딸린
주의」의 비난은 그 효과가 그것을 쥐고 있고 또한 그것이 벼르고 있는 사
람에 따라서 달라지는 무기이다. 현재 권력을 장악하고 있는 영도자나 그
의 동료들의 손에 들어가게 되면, 그것은 정적을 제거하는 데 도움을 주
었고, 동시에 스딸린의 범죄를―또한 스딸린적인 개인숭배주의의 범죄
를―폭로시키고 레닌의 원칙을 부활시킨 정권의 합법성을 증진시키는 데
도움을 주었다.

스탈린 사후 잠깐 동안의 해빙기 이래 소련은 반체제 문학의 유행에도
불구하고 구체제를 옹호하는 쪽으로 기울었다. 소련이라는 현실 사회주
의는 반스탈린주의 배격이라는 미명 아래 구체제를 유지하기 위한 논리
를 슬며시 끌어들이고 있다.

그것은 또한 반스딸린주의나 반개인숭배주의의 명목으로, 현재의 지
도자가, 러시아를 현대세계와 진정으로 경쟁을 해나가는 것을 방해하는
제도나 인물―이를테면, 비생산적인 노예노동제도라든가, 테크노로지의
발전을 저해하는 무능력한 관료주의적 군대 같은 것―을 제거해 버리려
고 할 때에도 도움을 주었다. 자유주의적인 지식인의 눈에는,「스딸린주
의」는 원칙적으로 지식인의 적으로―독단주의자, 교훈주의자, 위선자, 속
물로―간주되고 있다.「스딸린주의」는 그들에게 노상 이런 위협을 주고
있는 것이다. …(중략)…「스딸린주의」라는 말이 어떻게 해석되던간에,
스탈린주의의―삼투성이 있고, 실체적이고, 숨이 꽉꽉 막히는―정신은 아
직도 쏘련의 중심적인 큰 문제로 남아 있다.(위의 글, 1967. 1, 49쪽)

김수영은 이처럼 스탈린주의라는 개념을 크게 부각시키면서, 이
것이 구세력의 헤게모니 유지를 위해서 얼마든지 플렉서블하게 운

용될 수 있었음을 상기시킨다. 그렇다면 이러한 스탈린주의 이후의 '부조리한' 현실 속에서 문학이 선택할 수 있는 대안은 무엇일까? 그 것은 "언어의 주권을 세우려는 노력에 헌신하"는 것이다. 그는 소련 의 현실을 다음과 같이 진단하고 있다.

오늘날 러시아에서는 유행어와 상말의 폭정을 누르고 언어의 주권을 세우려는 노력에 헌신하지 않고 있는 진정한 작가는 한 사람도 없다. 이 런 진정한 작가들은 빠스떼르나끄를 통해서, 또한 안나 아끄마또바를 통 해서, 그들의 진정한 스승인 블로끄, 쓰베따예바, 흐레브니꼬브, 만데르 스땀, 그리고 산문에서는 바벨과 글레샤로 돌아가고 있다. 오늘날 빠스떼 르나끄가 진지한 젊은 작가들에게 의미하고 있는 것은 무엇인가? 스딸린 치하에서 자기 자신과 자기의 예술을 타협하지 않은 한 인간의 자존심인 가? 그가 받은 고통에 대한 공명과 동정인가? 그의 시에 대한 진정한 감 상인가? 아무튼 그는 이러한 모든 것과 또한 그 이상의 것을 상징하고 있 다. 그는 작가들의 가장 절실한 관심사의 하나인 그들의 과거를 재창조하 는 일을 대표하고 있다. 1913년에서 1960년까지의, 빠스떼르나끄의 47 년간의 창작생활은—그것이 스딸린주의의 불모의 시간에 다리를 놓고 있 는 것이기 때문에—그들의 문학적 과거에 대한 고리(연결)의 역할을 하고 있는 것이다.(위의 글, 1967. 1, 51쪽)

김수영은 "언어의 주권을 세우려는 노력에 헌신하지 않고 있는 진 정한 작가"가 되는 길, 파스테르나크처럼 현실에서 패배한 "과거를 재창조하는 일"이 하나의 대안이 될 것이라고 했다.

이와 같이, 김수영은 5·16 이후 한국에서 전개되는 독재적 현실 을 소련과 스탈린주의라는 프리즘에 비추어보면서 현실의 패배를 벌충하는 언어의 승리를 지향하고 있었다. 그런데 이러한 지향점은 4·19 이후의 짧았던 자유의 공간 속에서 그 발화를 엿볼 수 있다는 점에서 상대적으로 오랜 시간에 걸쳐 준비된 것이었음을 알 수 있다. 1960년 5월에 발표한 「자유는 생명과 더불어」에서부터 그는 이러한 "언어의 주권"을 지향하고자 하는 몸짓을 보여 주었다. 예를 들어 다음과 같은 문장에서 김수영은 "정신의 구원"이라는 문제를 제기한다.

> 생각해 보라. 우리는 얼마나 뒤떨어졌는가. 학문이고 문학이고 간에 앞으로 해야 할 일이 얼마나 많은가.
> 이 벅찬 물질 만능주의의 사회 속에서 우리가 해야 할 것은 정신의 구원이라고 나는 확신한다. 지난 호의 「새벽」지에 게재된 「럿셀」의 소설이라든가, 요즘 내가 읽은 「모라비아」의 「멕시코에서 온 여인」이라든가는 모두가 벅찬 물질 문명에 대한 구슬픈 인간 정신의 개가이었다.(김수영, 「자유는 생명과 더불어」, 『새벽』, 1960. 5, 163쪽)

이에서 볼 수 있듯이 김수영이 지향하고 있는 것은 이미 어떤 정신주의적, 형이상학적인 문학이다. '불온시' 논쟁의 의미는 이와 같은 전후 맥락 위에서 음미되어야 한다.

그러나 김수영과 이어령의 논쟁 속으로 들어가 보면, 이 불온시라는 것이 김수영 자신의 시를 가리키는 표현은 아니었음이 드러난다. 그는 현실 저변에 정치적 부자유를 호도하는 여론 작용이 범람하고 있고, 이러한 부자유를 공산주의의 위협을 들어 정당화하고자 하는 논법이 횡행하고 있음을 지적한 후, "문화의 간섭과 위협과 탄압이 바로 독재적인 국가의 본질과 존재 그 자체"(김수영, 「지식인의 사회참여」,『사상계』, 1968. 1, 92쪽)라면서, "창조의 자유가 억압되는 원인을 지나치게 문화인 자신의 책임으로만 돌리고 있는 것 같은 감을 주는"(위의 글, 93쪽) 이어령의 글에 대해 비판을 가한다. 그 글은 다름 아닌 이어령의 「'에비'가 지배하는 문화 – 한국문화의 반문화성」(『조선일보』, 1967. 12. 28)이었다. 김수영에 따르면 이어령의 진단과는 달리, "오늘날의 문화의 침묵은 문화인의 소심증과 무능에서보다도 유상무상의 정치권력의 탄압에 더 큰 원인이 있다"(김수영, 앞의 글, 93쪽). 그는 이러한 판단을 바탕으로 논쟁의 사단이 된 '불온시'에 관한 주장을 펼친다.

이 글에서 불온시의 의미는 이미 다분히 불투명하고 중의적, 다의적이다. 김수영은 이 말을 개념적으로 사용하지 않고 있다.

> 사실은 나는 이 글을 쓰면서, 최근에 써 놓기만 하고 발표를 하지 못하고 있는 작품을 생각하며 고무를 받고 있다. 또한 신문사의 '신춘문예'의 응모작품 속에 끼여 있던 '불온한' 그 응모작품이 아무 거리낌 없이 발표될 수 있는 사회가 되어야만 현대사회라고 할 수 있을 것 같고, 그런 영광된 사회가 반드시 머지않아 올 거라고 굳게 믿고 있다. 그러나 나를 괴롭히는 것은 신문사의 응모에도 응해오지 않는 보이지 않는 '불온한' 작품들이다. 이런 작품이 나의 '상상적 강박 관념'에서 볼 때는 땅을 덮고 하늘을 덮을 만큼 많다. 그리고 그 안에 대문호와 대시인의 씨앗이 숨어 있다.(위의 글, 1968. 1, 94쪽)

위의 인용 부분은 몇 가지 정보를 제공한다. 첫째, 이어령이 제시한 '서랍 속에 든 불온시'라는 표현은 김수영의 본래 글에는 존재하지 않는다. 둘째, 여기서 '불온시'는 정치적 부자유를 비판하고 있는 시를 가리킬 가능성이 높으면서도, 또한 현실에 대한 비판을 겨냥한 모든 유형의 작품들을 가리키는 것일 수도 있다. 셋째, 때문에 여기서 '참여'라는 말의 의미 또한 불투명해진다. 그것은 정치적 참여일 뿐 아니라 모든 유형의 참여일 수도 있다.

그럼에도 김수영이 정치적 현실에 대한 비판에 갈증을 품고 있음은 분명하다. 소련체제 안에서의 작가들의 부자유를 언급하면서 "「책상 서랍 속에 넣어 둘」 작품"을 거론했던 맥락이 이러한 판단을 가능케 한다.

이러한 주장을 전후로 한 '불온시' 논쟁의 전후 전개과정은 일단 다음과 같다.

① 이어령, 「'에비'가 支配하는 文化－韓國文化의 反文化性」, 『조선일보』, 1967. 12. 28.

② 김수영, 「知識人의 社會 參與－日刊新聞의 최근 論說을 중심으로」, 『사상계』, 1968. 1.

③ 이어령, 「서랍 속에 든 「不穩詩」를 分析한다－'知識人의 社會 參與'를 읽고」, 『사상계』, 1968. 3.

④ 이어령, 「오늘의 韓國文化를 위협하는 것－누가 그 조종을 울리는가?」, 『조선일보』, 1968. 2. 20.

⑤ 김수영, 「實驗的인 文學과 政治的 自由－'오늘의 한국문화를 위협하는 것'을 읽고」, 『조선일보』, 1968. 2. 27.

⑥ 이어령, 「文學은 權力이나 政治 理念의 侍女가 아니다」, 『조선일보』, 1968. 3. 10.

⑦ 김수영, 「不穩性에 대한 非科學的인 억측」, 『조선일보』, 1968. 3. 26.

⑧ 이어령, 「論理의 現場 檢證 똑똑히 해보자」, 『조선일보』, 1968. 3. 26.

이러한 논쟁 전개 속에서, 이어령은 김수영을 정치적 참여를 핵심적 기치로 삼는 참여문학파의 상징적 인물로 소환하면서 정치주의적 문학의 한계를 적시하는 방향으로 논의를 전개했다. 이 점에서 김수영은 일방적으로 몰아붙여진 것처럼 이해될 수도 있다.

하지만 시간이 오래 지난 현재의 시점에서 보면, 상호간의 문맥에 대한 일방적 해석이나 몰아붙이기, 딴청 피우기와 같은 포즈들을 걷어내고 나면, 김수영과 이어령의 대립은 부정적, 독재적 정치적 현실 강조와 작가의 총체적 책무에 대한 강조로 서로 다른 차원에서 논의를 전개한 것일 뿐이며, 특히 이것을 논쟁화한 것은 김수영 쪽임을 알 수 있다.

4. '불온시' 논쟁과 '온몸시'론의 의미

애초에 이어령은 문학인의 외부가 아닌, "자체 내의 응전력, 창조력의 고갈"(「오늘의 한국문화를 위협하는 것-누가 그 조종을 울리는가?」 『조선일보』. 1968. 2. 20)을 지적했으며, 김수영이 이를 안이한 판단으로 치부한 데서 논쟁은 발단하게 된다.

이어령은 1967년 한 해를 진단하면서, "어떤 위기와 설명할 수 없는 위압감 속에서 문학 활동을 해왔던 한 해다. 말을 바꾸면 역사의 그 예언자적 기능으로서의 창조력이 극도로 위축된 시기의 문화라고 규정할 수 있다"(「'에비'가 지배하는 문화-한국문화의 반문화성」, 『조선일보』. 1967. 12. 28)라고 했다. 그가 보기에 이 위압은 세 가지 차원에서 왔다. "문화를 바라보는 위정자들의 시선", "문화 스폰서들의 노골화한 상업주의 경향", "문화를 수용하는 대중들의 태도" 변화 등이 그것이다. 그는 이러한 풍토 위에서 "한국의 문화인들이 창조의 그림자를 미래의 벌판을 향해 던지기 위해서는 그 에비의 가면을 벗기고 복자 뒤의 의미를 명백하게 해"둘 필요성이 제기된다고 보았다.

이러한 진단은, 김수영이 다가오는 시대를 향한 예언자였다면, 이어령 역시 예언력을 갖춘 사람이었음을 알 수 있게 한다. 실제로 박두한 1970년대는 이 세 가지 차원의 위협이 현실화 된 시대였다. 이어령은 다가오는 시대의 성격을 김수영에 비해 훨씬 더 총체적으로 예견하고 있었다. 반면에 김수영은 이 시대의 위기를 오로지 정치적 부자유, 독재 권력의 전제권력화, 언론 말살의 차원에서만 예감하고 있었다. 물론 김수영은 더 자극적이고 신랄한 표현으로 자신의 위기의식을 드러내고 있으며, 그만큼 절박감의 강도는 셌다고도 볼 수 있다. 하지만 표현의 강도가 진단의 총체성을 대체할 수는 없다.

따라서 이어령이 김수영의 비판을 즉각 정치주의자의 견해로 받아친 것은 그의 잘못으로만 치부할 수 없다. 하지만 이어령의 「서랍 속에 든 「불온시」를 분석한다-'지식인의 사회 참여'를 읽고」 또한 하나의 오독에서 출발하고 있다. 김수영이 자기 서랍 속에 '불온시'가 있다고 말한 듯, 그리고 김수영이 하늘만큼, 땅만큼 많을 것으로 요청한 상상의 불온문학이 마치 사실적 존재로서의 불온문학을 말한 것인 양 취급한다.

그럼에도 이어령의 이 글은 참여문학론의 허실을 날카롭게 비판하고 있는데, 그 논점 하나는 참여시가 곧 좋은 시일 수는 없다는 것이다. 그런데 그는 역설적으로 이를 산문의 앙가주망을 주장한 사르트르의 문학장르론에 기대어 주장한다. 그러나 이는 참여문학론 비판의 논거로서는 불충분한 것이라 할 수밖에 없다. 만약 사르트르의 주장처럼 시는 존재하기 위한 것인 반면 산문은 참여하는 것이라면,

시가 아닌 장르에서는 참여가 정당하고 또 요구되어야 할 일이 되기 때문이다. 그럼에도 그는 사르트르 시론에 기대어 언어 또는 작품으로서의 한계를 지킬 것을 요구한다.

> 즉 시인이 언어를 다루는 태도는 산문가가 다루고 있는 그것과 같은가? 사르트르는 그렇지 않다고 했다. 산문의 언어는 전달을 목적으로 한 도구로서의 언어이요, 시의 언어는 대상언어, 즉 사물로 화한 오브제, 랑가쥬라고 했다. 당신들은 어느 쪽인가?
>
> (중략)
>
> 참여는 문학이 정치로 화하는 것이 아니라 문학이 문학의 입장 위에서 정치사회제도를 향해 발언하는 것이다. 만약 이 말에 동의한다면 우리가 참여하기 위해선 먼저 문학자의 입장을 가져야 한다는 말이 된다.(「서랍 속에 든 「불온시」를 분석한다–'지식인의 사회 참여'를 읽고」, 『사상계』, 1968. 3, 258~259쪽)

사르트르의 시와 산문의 존재론적 지위의 준별은 현재의 시점에서 보면 타당하지 않은 것으로 판단된다. 필자가 보기에 이는 모든 문학적 언어가 존재하기보다 참여하는 것이기 때문이 아니다. 모든 문학적 언어는, 산문까지도 포함하여, 사르트르의 어법을 빌리면 먼저 존재함으로써 그 다음에 참여하기 때문이다. 모든 문학적 언어가, 참여하거나 개입하지 않는, 따라서 존재하기만 하는 존재가 될 수 있을까? 필자가 보기에 그런 법은 없다. 다만, 모든 문학적 언어는 먼저 존재를 제시해야 한다. 그것은 그보다 먼저 존재하는 것을 재현하는 것이 아니라 작가 혹은 시인의 머릿속에 존재하는 것을 제시하는 것이다. 물론 머릿속에 있는 것은 아직 문학적 존재로 현현된 것이 아니다.

이어령은 그러니까 사르트르 문학론의 권위를 빌려 참여문학을 비판하고 있는데, 이것은 비판으로서는 충분치 않았으나, 문학성과 정치성을 날카롭게 가르고, 이에 기대어 바야흐로 나타나고 있던 문학의 정치 일원화, 정치적 문학 전능화에 대응하고 있다는 점에서는 의미와 기능이 있었다고 보아야 한다. 그러나 한 번 더, 이어령의 비판은 정치주의를 비판하는 것에서 출발했으나 스스로를 비정치적인 문학의 한계 내에 머무르게 하고 그렇게 상징화하는 기능을 하게 된다.

그는 결국 "문학적인 순수한 입장"과 "예술의 순수한 의미"에 머무를 수밖에 없었는데 이것은 당시의 비평적 지형이 순수와 참여 가운데 전자 쪽으로 밀어붙였기 때문만은 아니다.(「서랍 속에 든 「불온시」를 분석한다 - '지식인의 사회 참여'를 읽고」, 『사상계』, 1968. 3, 259쪽) 정치적 부자유를 비롯한 모든 종류의 억압에 대한 문학적 반응 양식들 가운데 특히 아방가르드주의적인 문학의 자기파괴 또한 하나의 문학으로 성립할 수 있고, 심지어는 그것이 '불멸'의 문학으로 받아들여지면서 문학의 범주를 역사적으로 확장해 왔다는 사실을 이어령은 의도적으로 외면하고 있다. 때문에, 불가피하게 그의 문학 옹호는 과거적인 문학, 정태적인 문학의 옹호로 한정될 수밖에 없었으며, 바로 이 때문에 비평가로서의 그의 의의는 『문학사상』을 창간하는 것으로서 문학사에 합류하게 된다.

그러나 다시 한 번, 예기치 못한 김수영의 죽음 이후, 한국의 참여문학은 마치 균형추를 잃은 듯이 정치주의적 문학 쪽으로 내달려갔기 때문에, 그 기간만큼 이어령의 순수는 이항대립항으로서의 존재의미를 지속시킬 수 있었다.

한편, 이러한 비판에 대한 김수영의 대응은 한편으로는 지극히 수

세적, 방어적이면서 다른 한편으로는 전략적이기까지 하다. 먼저, 그는 「실험적인 문학과 정치적 자유-'오늘의 한국문화를 위협하는 것'을 읽고」(『조선일보』, 1968. 2. 27)에서 전위성과 정치성이 불가분한 관계에 놓임을 주장한다. 말하자면 이어령의 비판은,

> 그것이 우리나라의 문화인들의 무능과 무력을 진심으로 격려하기 위한 것이라면 우선 현대에 있어서의 문학의 전위성과 정치적 자유의 문제가 얼마나 밀착된 유기적인 관계를 가진 것인가 하는 좀 더 이해 있는 전제나 규정이 있어야 했을 것이다.(「실험적인 문학과 정치적 자유-'오늘의 한국문화를 위협하는 것'을 읽고」, 『조선일보』, 1968. 2. 27)

라는 것이다. 그런데, 이 대목이 말해주듯이 이제 김수영은 정치성을 전위성으로 대체함으로써 이어령의 문학 정치(주의) 비판의 칼날을 회피함과 동시에 그 자신을 참여문학론 이상의 존재, 즉 아방가르드 문학, 전위문학, 실험문학으로 새롭게 정돈하게 된다. 그는 자신의 문학의 지향점을 다음과 같이 규정했다.

> 모든 실험적인 문학은 필연적으로는 완전한 세계의 구현을 목표로 하는 진보의 편에 서지 않을 수 없게 되는 것이다. 모든 전위문학은 불온하다. 그리고 모든 살아있는 문화는 불온한 것이다. 그것은 두말할 것도 없이 문화의 본질이 꿈을 추구하는 것이기 때문이다.(위의 글, 같은 날짜)

또한 이로써, 그의 정치적 부자유 비판은 문화적 다양성과 새로움을 용인하라는 요구로 확장, 구체화 된다. 즉, "무서운 것은 문화를 정치 사회의 이데올로기와 동일시하는 것이 아니라, 문화를 단 하나

의 이데올로기와 동일시하는 것"이며, 문학인들이 두려워해야 할 검열자는 "획일주의가 강요하는 대제도의 유형무형의 문화기관의 '에이전트'들의 검열"이다. 이렇게 주장함으로써 그는 이어령이 제시한 문학이냐 정치냐 하는 프레임에서 벗어나 일원주의냐 다원주의냐 하는 새로운 프레임을 구축하려 한다.

사실을 말한다면, '선진국'의 경우와는 달리 후진국에서 일어나는 현상, 즉 "문화를 정치 사회의 이데올로기와 동일시하는 것"이야말로 무서운 것이며, 더 무서운 것은 이 후진국에서의 권력자들이 그러면서 동시에 "문화를 단 하나의 이데올로기와 동일시"한다는 사실일 것이다. 이 점에서 김수영의 진단은 옳지 못했다. 더구나 그가 소련에서 일어난 사태들을 글로 접하고 번역까지 했던 것을 감안하면, 그는 좀 더 투명하고 균형감 있게 좌우 모두에서의 문화 정치(주의)화 및 획일주의를 비판해 나갔어야 했다. 이어령이 「오늘의 한국문화를 위협하는 것—누가 그 조종을 울리는가?」(『조선일보』, 1968. 2. 20)나 「문학은 권력이나 정치 이념의 시녀가 아니다」(『조선일보』, 1968. 3. 10)에서 언급한 정치주의적 문학의 폐해, 해방공간과 사월혁명 기간 중의 문학 불모적 현상들은 더 교훈적으로 다루어져야 했다. 하지만 논쟁 중에서 그의 태도나 관점은 확립되어 있지 못했고 따라서 지극히 모호하고 불투명했다. 따라서 그는 참여문학에 기울어 있는 이들을 위한 새로운 문학의 길을 지혜롭게 밝혀줄 수는 없었다. 논쟁 속에서 그는 다만 그 자신만을 재정의하고 구제할 수 있을 뿐이었다.

이러한 논쟁의 과정을 거치면서 그의 문학론은 일층 형이상학적인 의미를 띠게 된다. 우리는 이를 확인할 수 있는 두 개의 자료를 가지고 있다. 「반시론」과 「시여 침을 뱉어라」가 그것이다. 이 두 글은 모두 김수영이 하이데거 또는 하이데거의 릴케론에 접근하고 있음을 보여준다. 그러나 여기서는 '불온시' 논쟁과 보다 직접적인 관련을 함축하고 있는 「시여 침을 뱉어라」 쪽만을 살펴볼 것이다.

「시여 침을 뱉어라」는 자신의 시와 시론이 영원히 새롭게 생성 중에 있는 것임을 드러낸다. 흔히 이 글에 나타난 그의 '온몸시'론은, 온몸으로 참여하라는 정언명령으로 속되게 이해되고 있다. 그러나 이 글에서의 '온몸시'의 진정한 의미는 그의 시와 시론의 생명스러움이 그 부단한 일신의 과정 그 자체에 내재되어 있음을 시사하는 데 있다. 이 글에서 먼저 그는 시 쓰는 일을 다음과 같이 묘사한다.

> 다음 시를 쓰기 위해서는 여기까지의 시에 대한 사변을 모조리 파산을 시켜야 한다. 혹은 파산을 시켰다고 생각해야 한다. 말을 바꾸어 하자면, 시작은 '머리'로 하는 것이 아니고, '심장'으로 하는 것도 아니고 '몸'으로 하는 것이다. '온몸'으로 밀고 나가는 것이다. 정확하게 말하자면 온몸으로 동시에 밀고 나가는 것이다.(김수영, 「시여 침을 뱉어라」, 『창작과비평』, 1968. 6, 411쪽)

이처럼 시를 쓰는 일은 부단한 생성 속에 놓여 있어야 한다. 그런데 이러한 시 쓰기의 생성적 성격은 시론 개진의 생성적 성격과 궤를 같이 하는 것이다. 그는 시론 개진의 문제를 '모험'이라는 말로 압축해서 설명한다.

> 시에 있어서의 모험이란 말은 세계의 개진, 하이데거가 말한 '대지의 은폐'의 반대되는 말이다. 엘리오트의 문맥 속에서는 그것은 의미 대 음악으로 되어 있다. 그리고 엘리오트도 그의 온건하고 주밀한 논문 '시의

음악'의 끝머리에서 "시는 언제나 끊임없는 모험 앞에 서 있다"라는 말로 '의미'의 토를 달고 있다. 나의 시론이나 시평이 전부가 모험이라는 말은 아니지만, 나는 그것들을 통해서 상당한 부분에서 모험의 의미를 연습해 보았다. 이러한 탐구의 결과로 나는 시단의 일부의 사람들로부터 참여시의 옹호자라는 달갑지 않은, 분에 넘치는 호칭을 받고 있다.(위의 글, 1968. 6, 412쪽)

이로써, 참여시는 이제 그의 것이 아닌 것으로 재정립된다. 그가 참여시의 옹호자가 된 것은 그가 시와 시론 모두를 생성적인 것, 개진 중에 있는 것, 모험을 통해 새롭게 획득되는 가능성으로 간주했기 때문이다. 그는 일종의 오해 받은 인격이다. 그러나, 이 모든 오해에도 불구하고 단 하나, 자유만은, 자유의 이행만은 포기될 수 없다.

　모험은 자유의 서술도, 자유의 주장도 아닌, 자유의 이행이다. 자유의 이행에는 전후좌우의 설명이 필요없다. 그것은 원군이다. 원군은 비겁하다. 자유는 고독한 것이다. 그처럼 시는 고독하고 장엄한 것이다. 내가 지금—바로 지금 이 순간에 해야 할 일은 이 지루한 횡설수설을 그치고 당신의, 당신의, 당신의 얼굴에 침을 뱉는 일이다. 당신이, 당신이, 당신이 내 얼굴에 침을 뱉기 전에—. 자아, 보아라, 당신도, 당신도, 당신도, 나도 새로운 문학에의 용기가 없다. 이러고서도 정치적 금기에만 다치지 않는 한, 얼마든지 '새로운' 문학을 할 수 있다는 말을 할 수 있겠는가.(위의 글, 413쪽)

이로써 김수영은 모든 오해와 변명과 제재를 뚫고 획득하는 완전한 자유, 그 자유의 이행을 기약한다. 이로써 그는 참여문학론의 정치(주의)적 한계를 뛰어넘은 새로운 문학의 주재자가 될 수 있는 자격을 구비한다. 그 문학은 정치적이지만 비정치적이며, 비정치적이면서도 정치적이다. 그는 자신의 시와 시론을 '온몸'으로 밀고나가 새로운 영지 위에 섰다. 바야흐로 김수영은 참여문학의 한계 바깥으로 자신을 밀고 나갈 수 있었다.

하지만, 안타깝게도 그에게는 이 새로운 영지를 다스릴 시간이 없었다. 예기치 않은 죽음 때문에, 그는 오해되고 오도되는 문학의 상징물로 남을 수밖에 없었던 것이다. 그는 너무 늦게 이 새로운 영지에 도달했던 것이다. 지루한 여행이 너무 긴 탓이었다.

사회구성체 논쟁의 시대
—1980년대 문학을 위하여

1. 사회구성체론이라는 '신비'

이 글은 다소 회고적, 증언적인 성격을 띨 수도 있을 것 같다. 이는 1980년대 문학이라는 것이 필자가 대학에 들어간 1984년 전후로부터 본격화 된 시대의 문학을 뜻하고 있고, 이 시대적 흐름을 필자도 한 사람의 목격자로서 살필 수 있는 위치에 있었기 때문이다.

1984년은 학원 자율화라는 말이 중요한 유행어였다. 그때 제5공화국 정부는 대학을 자율화하겠다고 했는데, 그것은 당시 대학생들에게는 이른바 '짭새'라고 불린 전경들이 비상 상황을 제외하고는 대학 캠퍼스 안에 들어오지 않는다는 것을 의미했다. 일상적이지 않은 상황이란 체감적으로는 대학 캠퍼스에서 벌어진 시위가 극단적인 사태로까지는 전개되지 않은 상황까지를 의미했다. 따라서 평소에 정복, 사복 경찰로 대표되는 사법적인 힘은 캠퍼스 내에서는 보이지 않는다. 그러나 학내에서 벌어지는 시위라 하더라도 상당한 정도로 격화되거나 주요한 인물을 체포해야 할 필요가 있을 때는 하시라도 대학 내에까지 사법적 힘의 발동이 가시화 될 수 있었다.

말하자면 이것은 표면상의 자율이었고, 제한된 자율이었다. 이는 마치 3 · 1 운동을 계기로 일제가 통치 방식을 수정했다는 1920년대의 문화통치 상황과 유사했을 것이라고 판단된다. 그러나 한정된 자율 공간의 가능성은 컸다. 교수와 학생들, 시민들은 이 공간을 최대한 활용하여 민주주의 회복 및 좌익 운동을 펼쳐 나갔다.

이 과정에서 대학교 학원을 중심으로 한 민주주의 운동은 하루가 다르게 급진화 되어 갔다. 1984년경에 이미 학생운동이나 노동운동은 야당이나 여타의 재야 운동과는 다른 방향을 취하기 시작했다. 부르주아 민주주의 회복을 목표로 삼은 야당(및 재야 운동, 예를 들어 민청학련)과 비합법적인 학생운동의 노선은 그때부터 늘 어긋났고, 따라서 갈등이 상존했다.

1984년, 1985년경에 필자는 한 팸플릿에서 CDR, NLR, NDR, PDR이라는 용어들을 목격할 수 있었다. 그것은 각각 Civil Democracy Revolution, National Liberation Revolution, National Nemocracy Revolution, People Democracy Revolution 등을 의미하는 약어였다. 그 때는 무엇이든 은어, 약어로 통했다. 여러 가지 방식의 도감청이 상시적이었고, 좌익운동을 향한 학생운동권의 열망은 비합법 출판물, 등사물, 복사물, 심지어는 필사본을 양산하고, 모든 '불온한' 용어들을 은어, 약어로 상용하도록 했다. 부르주아는 'Bg', 프롤레타리아는 'pt', 소부르주아는 '쁘띠'가 되었다. 대개 부르주아의 약어는 대문자로 시작하도록 했는데 프롤레타리아의 약어는 소문자로 썼다. 아무 이상함도 느끼지 않았다. 김근태 의장의 민청학런 쪽은 CDR론을 펼친다고 했는데, 그렇다면 그것은 사실상 야당의 민주주의 회복 운동과 큰 차이가 없었다.

1985년에 필자는 청계피복노조 합법성 쟁취대회 같은 시위에 참여했고, 11월에는 민정당연수원 농성 사건에 '연루'되었다. 당시에 3학년이던 이정형 선배가 농성에 합류할 것인지를 물었고 구류를 각오해야 한다고 했는데, 사태가 커지자 전원 구속 상황으로 변했다. 필자는 겨우 한 달, 정확히 30일만에 기소유예로 나왔지만 4학년이어서 '그림표' 상으로 책임선에 있던 황현길 선배 같은 분은 몇 년씩 수형 생활을 해야 했다.

'거사' 전날 우리들은 밤에 서울대 입구 역에서 만나 여인숙에서 합숙을 했다. 새벽이 가까울 때까지 이번 투쟁의 슬로건이 왜 파쇼 헌법 철폐하자는 것이 되어야 하는지를 놓고 진지한 토론을 했다. 토론이라기보다는 하나의 주입이었는지도 모르지만 새벽이 다 되어서야 잠깐 눈을 붙였고 너덧 사람 되는 우리 조 일행이 여인숙을 빠져 나왔을 때에도 날이 채 밝지 않았다. 5시 30분쯤 되는 때였다고 생각된다. 버스 정류장에 우리와 같은 목적을 가진 학생들이 눈을 밝히며 서 있었다. 버스를 두 번 갈아타고 가락동 연수원으로 갔을 때는 대략 8시 15분쯤 되었을까. 이미 상당수 대학생들이 연수원으로 기습해 들어간 후였다. 여기저기 흩어져 있던 학생들에 섞여 우리 조 사람들도 연수원을 향해 돌입해 갔다.

이때 슬로건을 무엇으로 해야 하는가는 아주 중요한 문제였는데, 그것은 마치 변혁운동의 목표, 즉 프로그램 또는 강령을 무엇으로 하는가 하는 문제에 직결되어 있었다. 그때 학생운동권 내에서 유행했던 용어 가운데 하나가 '핵심 고리'라는 말이었다. 주모(주요모순)이라든가 기모(기본 모순)라는 말도 꽤나 인구에 회자되었다. 상황 또는 국면을 타개 또는 돌파할 수 있는 가장 정확한 목표를 제시해야만 승리를 거둘 수 있고, 혁명을 실현할 수 있었다. 이 정확한 목표에 해당하는 용어가 슬로건, 프로그램 따위였다. 이렇게 보면 당시의 좌익운동 종사자들은 언어의 마법적 힘을 이후의 어느 때 사람들보다도 신뢰했다고 할 수 있다. 정확한 목표를 제시하면, 현실에 가장 부합하는 언어를 발설하면 뜻을 실현할 수 있다고 믿었다. 때문에 무엇이 바로 그 언어인가를 둘러싼 투쟁이 처절할 정도로 격렬하게 전개되었다. 사실은, 그런 언어 '따위야' 무엇이었어도 좋았는지 모른다. 학생운동권이 바라는 만큼 세계를 뒤바꿀 수 없었던 것은 이 자본주의 세계체제 속에서 한국(남한) 사회가 다른 어느 곳보다도 중요한, '핵심 고리'를 이루고 있고, 따라서 블라디미르 일리치이 레닌이 『제국주의론』에서 언급한 자본주의의 '약한 고리'에서 너무 멀리 떨어진 곳이었기 때문이었을 것이다.

좌익 운동 내에서 사회 성격을 둘러싼 논쟁이나 이른바 '이론 투쟁'은 바로 그와 같은 언어의 마법적 힘에 대한 무조건적 신뢰에 직결되는 것이었다. 한국사회가 자본주의 체제인가 반봉건 체제인가, 자본주의 체제라면 국가독점자본주의 체제인가 국제독점자본주의 체제인가, 중진자본주의 체제인가, 식민지 체제인가 신식민지 체제인가 서브제국주의 체제인가 등이 지극히 지속적이고도 격렬한 논의 대상이 되어 몇 년을 두고 지칠 줄 모르는 격론을 벌였다.

슬로건이나 프로그램 같은 언어의 마법적 힘만큼이나 신비스러운 힘을 가진 것으로 대두한 것이 '과학적'이라는 말이다. 출판 통제 및 검열 상황에서 비합법, 반합법적인 유통 경로를 따라 대규모로 유입된 마르크시즘 관련 서적들을 통하여 이 '과학적'이라는 말은 신비스러운 힘을 부여받았다. 사회주의는 생시몽, 푸리에, 오웬처럼 공상적이어서는 안 되고 과학적이 되어야 했다. 그것은 선험적이어서는 안 되고 경험적이어야 했고, 연역적이어서는 안 되고 귀납적이어야 했다. 인간의 삶은 직관적, 관념적으로 통찰되어서는 안 되고, 이론적, 물질적, 자연사적으로 접근되어야 했다. 역사철학과 역사이론은 다른 것이라는 알렉스 캘리니코스의 논리는 이와 같은 '과학주의'의 최신판이라고도 할 수 있다.

마르크스와 엥겔스의 논의가 중역, 직역의 여러 경로를 거쳐 대규모로 유입됨에 따라 해설서 차원에 만족하지 못하는 이들을 위하여 그들의 저작이 '원전'이라는 권위 있는 별명으로 불리면서 유통되었다. 예를 들어 1984년이나 1985년에는 『마르크스주의의 철학적 기초』 같은, 헤겔에서 마르크스로의 이론사적 전개를 따진다든가 『실존주의냐 마르크스주의냐』와 같은 이차적 저작물들이 주를 이루었다면 1986년경에 들어서면서는, 경험적으로 볼 때, 다종다양한 형태의 마르크스, 엥겔스 저작물들이 모습을 드러내기 시작했다. 『독일 이데올로기』 같은 것이 그 예일 것이다. 그러나 주된 유통 형태는 물론 비합법적인 팸플릿이나 제본 복사물이었다. 그리고 이로부터 과학적이라는 말과 평행적으로 '사회구성체'라는 말이 또한 신비로운 힘을 가진 용어로 대두하게 된다. 과학적인 혁명, 과학적인 투쟁을 위해서는 무엇보다 한국 사회를 '사회구성체론'의 맥락에서 파악할 수 있어야 했다. 왜냐하면 인간 사회는 이념적, 정신적인 차원에 선행하는 물질적, 자연사적 차원에서 분석될 수 있어야 하기 때문이다. "이념적인 것das Ideelle은 인간의 머릿속에 이식되고 번역된 물질적인 것Materielle 이외에 어떤 것도 아니"기 때문이다. 그리하여, 마르크스의 짧은 글 「정치경제학 비판 서언」(「Verwot」, 『Zur Kritik der politischen Ökonomie』)의 정식화가 절대적인 중요성을 띠고 부각되기에 이르렀다.

이러한 변혁을 고려함에 있어서 경제적인 생산조건에 있어서의 물질적이고 자연과학적으로 정밀하게 확인되는 변혁과 인간의 이데올로기적 형태, 즉 인간이 이 충돌을 의식하고 극복하는 바의 법률적, 정치적, 종교적, 예술적 혹은 철학적인 형태를 구별해야 한다.

(중략)

이러한 변혁 시대를 그 시대의 의식으로부터 판단할 수는 없으며, 오히려 이 의식을 물질적 생활의 제 모순 속에서 사회적 생산력과 생산관계 사이에 현존하는 충돌로부터 설명해야 한다.

(중략)

그들이 이데올로기적 사회관계(즉 그것이 형성되기 전에 인간의 의식을 통과하는 것들)로 스스로를 제한하는 한 그들은 다양한 여러 나라들의 사회적 제 현상에 있어서 반복성과 규칙성을 볼 수 없으며 그들의 과학이란 것은 기껏해야 이러한 제 현상에 대한 서술이나 원 자료의 집적에 머물게 된다. 물질적 사회관계(즉 인간의 의식을 통과하지 않고 형성되는 것들 : 생산물을 교환함에 있어서 인간은 여기에 하나의 사회적 관계가 존재한다는 것을 의식하지도 못한 채 사회적 관계 속으로 들어간다)의 분석은 반복성과 규칙성을 포착할 수 있도록 해주며, 다양한 여러 나라의 제반 체제를 사회구성체(social formation, Geselschftsformation)라는 단일한 기초 개념 속에서 일반화할 수 있게 해준다.(이진경, 『사회구성체론과 사회과학 방법론』, 아침, 1986, 42~43쪽에서 재인용)

2.『식민지 반봉건 사회론』과 식민지 반봉건 사회구성체론의 논리 구성

1980년대 사회구성체 논의에서 중요한 이론사적 맥락을 점하고 있는 저술이 몇 가지가 있는데 그 하나가 바로 장시원 편역의『식민지 반봉건 사회론』(한울, 1984)이다. 이 책은 "〈[반]식민지 반봉건 사회 구성〉의 개념정립을 위한 문제제기"(후지세 히로시 외,『식민지 반봉건 사회론』, 장시원 편역, 한울, 1984, 9쪽)의 일환으로 엮은 논문 앤솔로지다. 편집자는 이와 같은 책을 펴내게 된 이유로서 한국 근대사의 전체상과 그 사회 구성의 성격에 대한 논의가 적은 상황을 적시한다. 개별 연구 분야에 따라 실증적인 연구가 충분히 전개되지 못한 탓도 있겠지만 "기본적으로는 한국 근대사회가 식민지 사회이었음에도 불구하고 식민지 사회를 파악하는 연구방법론이 아직 확립되지 못하였다"(위의 책, 같은 쪽)라는 것이다. 식민지 사회를 고유한 방법의 파악이 이 책 편집의 목적이 된다.

> 식민지 사회의 연구에 있어서는 고전적 자본주의 사회의 역사적 경험에 기초한 기존의 서양 경제사의 이론만으로는 충분히 파악될 수 없다는 것이 명백하며, 따라서 한국 근대사 연구에 있어서는 한국근대사회를 어떠한 이론적 틀에 의해 통일적·종합적으로 파악할 것인가 하는 문제가 개별 연구 분야에 있어서의 실증적 연구 못지않게 중요한 연구 과제로 등장하게 된다.(위의 책, 10쪽)

서구의 '고전적 자본주의'의 역사적 경험과는 다른 한국 근대사만의 특질을 잡아낼 수 있는 "이론적 틀"을 수립하겠다는 것, 이 의욕은 이 책을 집필할 당시의 사회구성체 논의가 서구의 경제사 경험을 고전적, 즉 보편적인 것으로 상정하고 한국사회를 그것과 다른 특수성을 가진 것으로 볼 것이냐, 아니면 보편사의 맥락에서 설명할 것이냐 하는 이항대립적 구조를 보이고 있음을 암시하고 있다. 이와 관련해서 이진경은 식민지 반봉건사회론에 대한 이론적 논박을 중심 과제중의 하나로 삼은 『사회구성체론과 사회과학 방법론』에서 "현상을 그 자체로서 보는 것이 아니라 본질적 관계 속에서 보아야 한다"(이진경, 앞의 책, 18쪽) 하고, 또 "유물변증법에서 말하는 추상은 구체적 현실 속에서 보편적으로 관철되는 보다 중요하고 본질적인 계기Moment나 법칙을 의미한다"라고 하여, "현상" 또는 "구체적 현실"을 그것의 본질 또는 "추상"에서 이탈시켜 파악하려는 시각을 날카롭게 비판하고 있다.

현재의 시점에서 『식민지 반봉건 사회론』의 내용 구성에서 가장 주목되는 부분은 이 책의 4부에 배치된 글들이며, 그 중에서도 고타니 히로유키小谷汪之의 「[반]식민지 · 반봉건사회의 개념 규정」과 가지무라 히데키楠村秀樹의 「구식민지 사회구성체론」이다. 이들은 세론에서의 차이는 있어도 둘 다 식민지 반봉건 사회론의 입장에 서서 논의를 전개하고 있다고 할 수 있다.

먼저, 고타니는 "[반]식민지 · 반봉건적 사회 구성을 자본주의가 후진지역에 창출한 인류사적으로는 부차적 · 종속적인 사회구성체로 규정"(고타니 히로유키, 「[반]식민지 · 반봉건 사회 구성의 개념 규정」, 藤瀬浩司 외, 앞의 책, 333쪽)하면서 이와 같은 인식의 뿌리를 1930년대 일본자본주의 논쟁으로까지 거슬러 올라가는 것으로 파악한다.

그에 따르면 1934년경부터 만주 사회의 이론적 규정을 둘러싼 '만주경제 논쟁'이 벌어지고, 이어서 중국 사회의 기본적 성격과 동향을 둘러싼 '중국 통일화 논쟁'이 벌어지면서, [반]식민지 및 반봉건 사회 구성론이 명확한 형태를 띠게 되었다.(위의 책, 같은 쪽) 하지만 이러한 논쟁은 전후에 잊혀지다시피 했는데, 이것이 1970년대 초반 경에 몇몇 연구자들에 의해 새롭게 인식되기에 이른다. 고타니는 이러한 흐름을 이어서 일본 자본주의 논쟁 과정에서 [반]식민지 반봉건 사회론을 제기한 나카니시 이사오中西功의 논의를 재조명한다. 그에 따르면 나카니시는 [반]식민지 반봉건 사회를 "[반]식민지제(혹은 반식민지성)와 반봉건제(혹은 반봉건성)라는 두 개의 기초적 범주로 구성되어 있는 사회로 규정하고 있다."(위의 책, 334쪽) 특히 그는 나카니시의 논의에 나타나는 [반]식민지제(성)을, "외국자본(수출자본)과 중국의 계절적 이동 노동자 간에 성립하는, 실체로서의 자본 임노동관계를 중심으로 하여 형성되는 자본주의적 생산관계 그 자체를 의미하는 것으로 생각된다"(위의 책, 338쪽)라고 했다. 이것이 나카니시의 생각이었는지는 당장 확인할 수 없지만 고타니는 [반]식민제 또는 [반]식민성이라는 것을 나카니시를 빌려 일종의 생산관계 범주로 환원하여 이해함으로써 다음과 같은 잠정적 결론에 다다른다. "따라서 中西가 말하는 [반]식민지 · 반봉건 사회구성이란 자본주의와 반봉건적 토지 소유라는 두 주요한 생산관계와 그 상호의존 관계를 표시하고, 전체적으로 생산관계의 총체를 규정하는 개념이며, 따라서 상부구조 규정을 포함하지 않는 것"(위의 책, 339쪽)이다. 이에 반해 당시의 논쟁의 축을 형성한 한 사람인 오오가미 스에히로大上末廣의 [반]식민지론은 나카니시와 다르다. 그 역시 중국 사회 구성의 기초적 범주를 반식민지성(제)과 반봉건제(성)에서 찾고, 또 여기서 반봉건제란 반봉건적 토지소유 관계를 의미하는 반면, 반식민성은 경제적 생산 관계가 아니라 "국가권력(정치적인 모든 상부구조)에 관한 범주 규정"(위의 책, 349쪽)으로 나타난다. 고타니는 이 두 사람의 이론가들 가운데 후자, 즉 오오가미의 견해가 보다 타당하다고 보았다.

> ……[반]식민지성의 개념 규정에 관해서는 大上의 견해가 옳다고 생각된다. 즉 반식민성이란 상부구조에 관한 규정으로 생각해야 하고, 그것은 세계 자본주의, 제국주의 시대에서는 선진자본주의가 후진국의 상부구조에 대한 지배를 통하여 그 토대에 압도적으로 거대한 규정성을 미친다고 하는, 근대 세계 특유의 조건에 의해 필요하게 된 것이라 생각된다. 사회구성체는 상부구조와 토대를 모두 포함하는 개념이지만, 일반적으로는 주요한 생산관계에 의해 상부구조까지 표시될 수는 없고, 그 주요한 생산관계에 커다란 규정성을 부여하고 있는 상부구조 규정을 별도로 표시할 필요가 생긴다. 거기에 [반]식민지·반봉건 사회 구성이라고 규정해야 할 필연성이 있다고 생각된다. 이 경우 앞서 말했듯이 [반]식민지성이 반봉건제를 규정하는 것이기 때문에 순서상 [반]식민지·반봉건이라 표시되는 것이다.(위의 책, 350쪽)

한편으로, 가지무라는 마르크스의 『정치경제학 비판』 「서문」에 나타나는 아시아적, 고대적, 봉건적, 근대 부르주아적 생산양식을 "고정적, 교조적"으로 수용하는 "'정통파'"의 입장이 한국과 같은 '주변부 사회'를 설명하는 데는 무기력하다고 한다. 그것은 "권력과 하부구조가 반드시 정합적 관계로 되어 있지 않은 식민지 사회의 복잡한 실체를 분석하는 도구로서는 부적당하며, 오히려 식민지 사회를 사회구성체론적으로 깊이 연구하는 것이 사실상 단념되기도"한다는 것이다. 그는 이러한 관점에서 사미르 아민Samir Amin의 종속이론을 적극적으로 수용하여 '주변부 사회'에 걸맞은 새로운 사회구성체론을 전개하고자 한다.

　다른 종속이론과 비교할 때 사미르 아민 이론의 특징은 종속으로부터
발생하는 제 모순의 단순한 현상 설명에 그치지 않고, 자본의 운동법칙에
의해서 원리적으로 규정되는 구조론의 차원에서 세계를 대상화하고, 또
개개의 국가도 사회구성체론의 차원에서 파악하고자 하고 있는 점이다.
　이때 아민이 '정통파'와는 달리 '생산양식' 개념과 '사회구성체' 개념
을 분명하게 구별하는 방법을 취함으로써 '정통파' 사회구성체론의 스
콜라적 불모성의 한계를 벗어났고 또 이론과 현실의 괴리를 해결하는 활
로를 찾아냈다는 것은 특히 주목되어야 할 것이다. 아민에 의하면 중심
부 자본주의의 영향 하에서 생긴 상이한 생산양식의 이종혼합성이야말
로 주변부 자본주의 사회구성의 기본적 특징을 이룬다고 한다. 그리고 이
종혼합성이란 사회 구성의 이행과정에 어디에서나 일반적으로 존재하
는 과도적인 제 우클라드의 병존상태와는 구별되는 재생산구조상 특질
이다. 또 이것은 여러 가지 생산양식이 일정한 관계를 가지고 일체로서의
사회구성을 이루고 있다고 보는 점에서, 이식자본주의 우클라드와 토착
전자본주의 우클라드가 관련 없이 병존하고 있다고 보는 보크Bocke적인
'이중사회'의 도식과도 확실히 다르다.
　아민에 의하면 세계 자본주의 형성기 이후 오늘날까지 제3세계의 역
사과정은 다름 아닌 전자본주의 사회구성으로부터 주변부 자본주의 사
회구성으로 타율적으로 이행하는 과정이다. 그리고 주변부 자본주의는
중심부 자본주의에로 자율적으로 전화할 수 있는 가능성을 다름 아닌 기
존의 중심부 자본주의의 경제적 영향에 의해서 원리적으로 박탈당한 상
태여서 '저개발의 발전Development of underdevelopment만'이 남게 된
다. 그러므로 아민은 제3세계에 속한 국가가 자율적인 발전의 길을 회복

하기 위해서는 세계자본주의와 '단절'된 무언가 개별 국가의 비자본주의적 발전의 길을 선택할 수밖에 없다고 생각하고 있다. 다만 이 중심부 자본주의에로의 전화가 불가능하다는 아민의 논리는 구체적·역사적 사례와의 관련에서 일본과 같은 예외를 설정하고 있으며, 또 이른바 오늘날의 중진국에 대하여 불확실한 성격의 부차적 범주를 갑자기 도입하는 등의 부분에서는 아직 완성되지 못했다.(가지무라 히데키, 「구식민지 사회구성체론」, 藤瀬浩司 외, 앞의 책, 430~432쪽)

이와 같은 가지무라의 시각은 일본에서의 사회구성체 논의에 아민의 종속이론을 도입한 것이다. 종속이론dependency theory이란 세계 제2차 대전 이후 주로 라틴아메리카의 정치경제학자들을 중심으로 전개된 구조주의 정치경제 학설들을 통칭하는 것이다. 여기에는 마르크시즘적인 방법론과 결합된 것들도 있고 그렇지 않은 것들도 있다. 서구 자본주의 중심부와 비서구 세계를 중심부와 주변부로서의 이항대립적 관계가 정태적으로 구조화된 것으로 보는 시각이 주된 특징이다.

필자가 기억하기로는 1984년에 사계절 출판사에서 펴낸 안소니 브루어Anthony Brewer의 『제국주의와 신제국주의-마르크스에서 아민까지』(염홍철 역)가 이러한 종속이론에 대한 가장 체계적인 소개서였던 것으로 기억한다. 이 책의 원제는 'Marxist theories of imperialism-A critical survey'이고, 모두 4부로 구성되어 있다. 1부에는 마르크스, 룩셈부르크, 2부에는 힐퍼딩, 부하린, 레닌, 3부에는 바란, 프랭크, 월러스타인, 레이, 아리히, 엠마뉴엘, 아민 등 다양한 마르크시즘 정치경제학 조류를 광범위하게 다루고 있고, 4부에는 '생산양식' 논쟁, 중심부 자본과 주변부 자본에 관한 논쟁까지 다루고 있다. 필자로서는 엠마뉴엘Arghiri Emmanuel의 부등가교환론을 흥미롭게 읽었던 기억이 새롭다. 이는 마르크스의 생산가격 이론을 국제적 관계이론으로까지 격상시킨 것이다. "그는 상품과 자본은 국제적으로 자유롭게 이동하지만 반면에 노동(력)은 그렇지 않으므로, 그 결과 가격 및 이윤율은 경쟁에 의해 국제적으로 균등해지지만 임금은 균등화되지 못한다는 중요한 가정을 만들었다."(Anthony Brewer, 『제국주의와 신제국주의─마르크스에서 아민까지』, 염홍철 옮김, 사계절, 1984, 238쪽) 그는 이 부등가 교환을 종속이론에 특징적인 불균등발전의 구조화를 위한 근원적 원인으로 파악했다.

종속이론은 이와 같이 백화제방적인 방식으로 서구와 비서구 사회의 구조화된 중심부─주변부 관계를 효과적으로 설명, 묘사하려고 했으며, 아민은 당시로서는 그 최신판에 해당했다. 가지무라는 아민 이론이 토착 전자본주의 사회구성에 대한 역사이론이 미비하고 주변부 자본주의 사회구성체를 이해하는 방식에서 정태론적, 유형학적임을 지적하면서 이를 보완하기 위해서는 "토착 전자본주의 사회구성체로부터 현재의 주변부 자본주의 사회구성체로 이행하는 중간단계로의 식민지·반봉건 사회구성체라는 단계를 설정하여 고찰해 보는 것이 오히려 의의가 있다"(가지무라 히데키, 앞의 책, 454쪽)라고 주장한다. 세계 자본주의의 주변부에서도 전자본주의 사회구성체→식민지·반봉건 사회구성체→주변부 자본주의 사회구성체라는 법칙적인 종속 발전 과정이 보인다는 것이다.

이러한 도식 속에서 하나의 역사적 단계로서 식민지·반봉건 사회 구성체를 정당화하기 위해 세 가지 근거를 마련한다. 첫째, 주변부 각각의 전자본주의 사회의 사회구성체적 특질이나 식민지 반봉건적 사회구성체들은 공통적 요소를 추출한 일반화가 가능하다. 둘째, 주변부 식민지 사회에서의 해당 국가 권력의 성격이나 그 정책 방향은 반드시 그 토대에 조응하지 않으며 그 전사로서의, 해당 사회의 전자본주의적 사회구성체의 성격이나 본국 자본주의의 필요성에 따라 변동, 조정될 수 있다. 셋째, 식민지로서의 지배국의 자본주의 이식은 자본주의적 전일화를 향해 나아가지만은 않으며, 식민지 권력은 토착 농촌 사회를 본국의 경제적, 경제외적 요구에 따라 재편성, 이용한다. 넷째, 제국주의 단계의 식민지로의 자본수출 또한 평균 이윤율의 경향적 저하에 대응한다는 단순 도식 이상의, 보다 복합적이고 장기적인 관점에서의 분석이 필요하다. 한정적 자본 수출의 가능성이 항존하며 이것이 식민지에서의 자본주의 발전 방향 및 그 수준을 한계 짓는다.(위의 책, 434~436쪽)

이상과 같은 전제를 두고 가지무라는 주변부에서의 자본주의의 발전은 본국 자본주의와의 관계 방식, 곧 국제 분업의 특질 여하에 따라 대략 세 가지 단계가 가능하다고 보았다. 경공업(소비재 생산)·농업 분업의 단계, 중공업(생산재 생산)-경공업 분업 단계·기술·지식 집약적 산업-기타 여러 가지 산업의 분업 단계 등이 그것이다.(위의 책, 439쪽) 그는 이러한 단계 인식 속에서 세계사적으로 보면 1900년경부터 1950년경에 걸쳐 주변부 사회에서는 식민지·반봉건 사회구성체가 보편적이었고, 이 때는 경공업(소비재 생산)-농업 분업의 단계가 전형적이며, 이 시기의 후반부부터는 본국과 식민지 사이에 중공업·경공업 분업의 요구가 나타나게 된다고 보았다.

그런데 이는 다분히 일본과 한국 관계를 염두에 둔 추단이었던 것으로 보인다. 다른 곳에서 밝히고 있듯이 그는 중국보다는 한국 근대사 전문가였고, 그의 식민지 반봉건 사회론은 그러한 전문성에 기반을 둔 것이었다. 실제로, 1950년대부터 1970년대에 걸쳐 식민지

본국이었던 일본과 주변부 자본주의화한 한국 사이에 그와 같은 수직적 분업이 명확해 보였고, 논자에 따라서는 한국이 경제적, 문화적으로 일본을 따라잡는 것은 아예 불가능해 보일 수도 있었다. 1980년대의 한국은 고도성장으로 나아가는 길목에 서 있었음에도 불구하고 많은 논자들은 1960년대부터 지속되어 온 제3세계론의 맥락에서 한국 사회를 파악하고자 하는 태도를 버리지 않았다. 한국은 제3세계의 일원이어야 했고, 때문에 제1세계도, 제2세계도 아닌 제3의 길을 추구해야 했다.

가지무라의 논의는 전자본주의적 식민지 사회로서의 한국의 자본주의화 과정을 그 '후진적' 특수성을 무시하지 않으면서도, 식민 및 탈식민 과정을 거쳐 실제로 자본주의화해 가는 한국 자본주의의 실상에 맞게 설명하고자 하는 고육지책에서 비롯된 것이다. 그러나 이는 식민지 반봉건 사회구성체라는 새로운 주변부적 역사 단계를 설정하는 '실용적' 해결책이었고, 따라서 마르크시즘 원리론을 수정하지 않으려 했던 '정통' 마르크시즘 쪽으로부터의 거센 반론에 직면하지 않을 수 없었다.

3. 이진경의 사회구성체론과 1980년대 좌익 문학의 노선 분화

한국 사회 성격에 관한 논쟁, 즉 사회구성체 논쟁은 1980년대 내내 뜨거운 감자 중의 하나였다. 필자는 학부 시절에 같은 학번의 친구와 함께 이 논쟁에 관련된 대학신문 기사들을 스크랩했던 기억이 있다. 당시에는 대학신문이 지금과 같은 '소식지'가 아니라 학술적 논쟁을 펼치는 토론 공간이었다. 대학신문뿐 아니라 운동성을 띤 모든 지면들이 사회구성체 논쟁을 다루고 있었다.

예를 들어, 1987년에 출간된 『창비 1987』은 권두좌담으로 「현단계 한국사회의 성격과 민족운동의 과제」를 게재하는데, 여기서 지금 서울시 교육감이 된 조희연은 다음과 같이 말했다.

> 예, 지금 말씀드렸듯이 사구체 논쟁의 본격적인 전개는 『창비』무크지에서 촉발된 국독자와 주자의 논쟁으로 출발했다고 볼 수가 있겠는데, 그걸 어떻게 보면 논쟁의 1단계라고 얘기할 수 있을 것 같습니다. 다시 말해 논쟁의 1단계에서는 논쟁의 양 축이 국가독점자본주의론과 주변부 자본주의론으로 설정되었습니다. 이 논쟁은, 주자론이 한국사회의 종속성과 그로 인한 사회 내적 특수성을 파악해 내는 데 있어서 많은 기여를 했으나 종속이론이 정통 정치경제학적 방법론으로부터 이탈된, 소위 리버럴한 혹은 소시민적 성격을 갖는 이론이라는 점에서 비판을 받고 일단락이 되면서, 국독자론을 출발점으로 해서 종속성을 국독자론의 틀 안에서 수용해야 한다는 식으로 정리가 된 것 같습니다. 그 다음 이렇게 정리가 되어갈 즈음에 현재 한국사회를 식민지 반봉건 사회로 파악하려고 하는 식민지반봉건사회론(이하 '식반론'이라 하지요), 이 식반론이 등장하면서 논쟁은 2단계로 넘어갔고 그것이 지금에 이르고 있다고 생각합니다.(백낙청·정윤형·윤소영·조희연, 「현단계 한국사회의 성격과 민족운동의 과제」, 창작사, 1987, 11~12쪽)

이 좌담이 있었던 1987년 6월~7월은 이른바 6월 항쟁이라고 하여 5공화국 체제에 반대하는 대규모 시위가 한 달 동안 계속된 시기였다. 이 때, 급진적인 좌익 운동집단들은 한국사회성격을 둘러싼 첨예한 논쟁을 거듭하고 있었는데, 이는 좌익혁명을 위한 전략 전술의 수립과 밀접한 관련이 있었다. 현안은 반제반봉건인가, 반제반독점인가에 있었으며, 이는 다음해에 창간된 사회과학 무크지 『현실과 과학』(새길, 1988)의 권두 좌담 「한국 사회 민주변혁의 성격」(장상환 · 윤소영 · 박형준)으로 나타난다. 이 창간호에 이진경은 「사회과학에 있어서의 당파성 문제」라는 글을 게재하여 『사회구성체론과 사회과학 방법론』에 대한 한 서평(김창호, 「사회과학 이론의 방법론 비판」, 김창호 외, 『한국사회변혁과 철학논쟁』, 사계절, 1989)에 비판적으로 대응하고 있음을 볼 수 있다. "이들이 운위하는 소위 '사상의 차원', 즉 이론을 뛰어넘어 품성으로 승화(?)된 사상의 차원 속으로 우리가 다시 또 뛰어 들어가야 한다는 것이 과연 필요한 일일까 하는 의문이 필자로 하여금 그것에 대한 검토조차 소극적으로 하게 한 것은 사실이다."(이진경, 「사회과학에 있어서 당파성의 문제」, 『현실과 과학』1, 새길, 1988, 288쪽)라는 문장은 이 글이 어떤 흐름을 겨냥하고 있는가를 보여준다.

1986년 서울대학교 구국학생운동연합의 산파 역할을 한 「강철서신」1, 2나 1988년경에 학생운동 그룹에 전파된 이른바 「산개전」 같은 팸플릿 등은 식민지반봉건 사회론을 바탕으로 한 이른바 NLPDR National Liberation People Democracy Revolution론에 입각하여 한국 사회를 변혁하겠다는 목표를 바탕으로 작성된 것들이었다. 이때 필자는 이 「산개전」을 접하고, 다른 팸플릿들이나 학생운동 그룹들 사이에서는 이른바 전위당 건설이 가장 중요한 당면 목표라고들 하고 있는데, 왜 이 팸플릿에서만은 이에 대해서는 한 마디도 하지 않고 오로지 산개하라고만 하고 있는지 매우 궁금했다. 그 답은, 이 입장에서 보면, 전위당은 이미 북쪽에 존재하고 있기 때문이었다. 남한 혁명을 위한 '기지'로서 북한에 이미 전위당이 존재하고 있으므로, 한 나라 안에서는 오로지 하나의 전위당만이 존재해야 한다는 일국일당주의의 원리에 의해 더 이상 무슨 당을 만들 필요는 없었던 것이다. '작은' 이론적 차이들을, 종파적 차이들을 넘어서서 전위당의 지도 아래 사상적으로 통일된 전선을 형성하는 것이 그들의 당면 목표였던 것이다.

그러나 이와 같은 이른바 '주사파' 민족해방론자들과 생각이 전혀 다른 전형적인 두 그룹이 있었다. 그 하나는 이진경(박태호)이 주도한 '노동계급' 그룹이고, 다른 하나는 이정로(백태웅)와 박노해(박기평) 등이 주도한 '사회주의 노동자 동맹 그룹'(『노동해방문학』)이다. 이진경의 『사회구성체론과 사회과학방법론』 및 이정로의 「식민지 반자본주의론에 대한 파산 선고」(『노동해방문학』 창간호, 1989.3.)가 보여주듯이 두 입장은 모두 식민지 반봉건 사회론 및 이른바 사상투쟁론이나 품성론에 '정통' 마르크시즘론에 입각한 신식민지 국가독점 자본주의론 및 당파성론으로 맞섰다.

1980~1990년대 초에 나타난 많은 문학잡지들이나 무크지는 시기적으로 보아 두 가지로 분류될 수 있다. 하나는 『실천문학』이나 무크 『창비』, 『창비 1987』처럼, 제3세계론, 종속이론 같은 사회이론과 관계가 없지 않으나, 사회 성격에 관한 논쟁들을 비교적 종합적으로 이해하면서 사회파적 문학 운동을 추구한 것이다. 다른 하나는 『녹두꽃』 및 『사상문예운동』, 『노동자문화통신』, 『노동해방문학』처럼 한국사회 '변혁'의 구체적인 이론적, 실천적 가지들과 깊은 관련을 맺고 있는 것들이다. 이러한 잡지들과 복합적인 관계를 형성하면서 김형수(민족해방문학), 진중권 · 김정환(노동계급문학), 조정환(민주주의민족문학), 박노해(노동해방문학) 등의 이론가들이 포진했다. 그리고 이와 관련하여 빼놓은 수 없는 사회과학 무크지가 바로 『현실과 과학』이다. 서울대학교 사회학과 대학원을 중심으로 한 이 사회과학

무크지는 신식민지 국가독점자본주의론에서 서브 임페리얼리즘론에 이르는 다양한 한국 사회분석 논문들을 게재하면서 당시의 사회과학 담론을 주도해 나갔다.

이진경의 『사회구성체론과 사회과학 방법론』은 이것이 당시 좌익 운동 그룹들에 미친 영향이나 그 체계적인 논리 전개의 측면에서 아주 중요한 의미를 가진다. 이 책은, 필자가 보기에는, 당시의 마르크시즘적인 좌익 운동이 보여줄 수 있는 '최선의' 이론적 수준을 보여주었다. 서문에서 이진경은 "최근 수년 간에 제기된 과학적 이론에 대한 요구는 그 자체가 지난 20여년의 사회적 변화와 변혁운동 속에서 필연적으로 제기된 합법칙적 요구이며, (중략) 변혁의 대상이 무엇이며 그것을 어떻게 변혁시켜야 하는가가 문제"(이진경, 『사회구성체론과 사회과학방법론』, 아침, 1986, 15~16쪽)라고 하면서, 이 저술의 목적을, 논쟁의 철학적 기반 및 방법적 원칙의 천명과 더불어 그 과정을 통한 사적 유물론의 제 원칙과 주요 개념의 정리에 두고자 한다.(위의 책, 17쪽)

그가 이 책을 쓰고자 한 동기가 된 것은 무엇보다 식민지 반봉건 사회론이 사회구성체론의 맥락에서 광범위하게 유포되고 있는 현상이었다. 그는 단순히 이에 대한 비판만으로는 당면한 이론적 문제들을 근본적으로 해결할 수 없다고 생각한 나머지, 이른바 "과학적 방법론"에 입각하여 사회구성체론의 이론적 토대들을 점검하고 또 한국 자본주의 형성 및 전개 문제에 관한 이론적 접근법을 수립하고자 한다.

그가 제시하는 사회과학의 철학적 제 원칙은 다음의 네 가지다. 첫째는 계급성Klassenheit이다. "하나의 철학이란 무엇보다도 먼저 특정 계급의 세계관이라는 것이고, 따라서 사상이나 이론은 그 자체가 계급적 존재의 반영이라는 것"(위의 책, 26쪽), "'어떤 한 계급'의 입장에 서서 변혁의 목적의식 하에서 대상 세계를 일관되게 분석할 때에만 과학적 분석도 가능해진다는 것"(위의 책, 27쪽)이다.

두 번째는 객관성Objektivität이다. 마르크스의 말처럼 의식은 의식 된 존재에 다름 아니며Das Bewußtsein ist nichtsals das Bewuße Sein, 따라 서 개념이 진리로서 존재하기 위해서는 실재와 통일되어야 한다.(위 의 책, 28~29쪽) 세 번째는 총체성Totalität이다. 이에 관해서 그는 다 음과 같이 제시한다.

객관적 실제로서의 세계가 하나의 전체Ganze인 이상, 그것의 반영으 로서의 인식 또한 총체적(혹은 전체적)이지 않으면 안 된다. 헤겔은 그의 『정신현상학』 서설에서 다음과 같이 말한다. "진리는 전체이다Das Wahre ist das Ganze. 그러나 전체는 오직 스스로의 전개과정을 통해서 자기 완 성을 기할 수 있는 바로 그러한 본질이다. 어떤 대상이나 사실에 대한 인 식이 현실에 대한 올바른 인식이 되기 위해서는 그것을 전체 속에서, 전 체의 한 계기Moment로서 파악하여야 하며 여타 관련 대상과의 연관 속 에서 고찰하여야 한다.(위의 책, 30쪽)

총체성의 원칙은 또한 대상을 그것의 전개 과정 속에서 볼 것을 요구한다.

헤겔의 말을 빌어 표현하자면 현실은 스스로의 전개과정을 통해 자 기 완성을 기할 수 있는 본질이고, 다르게 표현하자면 "구조화 되고 발 전하며 형성과정Formationsprozeß에 있는 전체로서의 현실" 그 자체 이다. 따라서 한 사회를 총체적으로 본다는 것은 동시에 그것을 전체

258

의 형성과정·발전과정 속에서 본다는 것을 의미한다. 이는 사회구성체 Geselscaftsformation의 개념과 관련해서 매우 중요한 함의를 담고 있는 것으로서 여기에 네 번째의 기본 범주가 도출된다.(위의 책, 31~32쪽)

네 번째는 특수성Besonderheit이다. 그는 특수성 범주를 사회과학 연구에서 가장 중심적인 범주일 뿐만 아니라 사회과학 연구 그 자체가 하나의 특수성으로 나타난다고 했다. 특수성은 '보편성과 개별성의 통일'이며, '본질과 현상의 통일', 본질적 관계 속에서 포착된 구체적이고 총체적인 현상으로서의 현실성Wirklichkeit이다.(위의 책, 32쪽)

이 네 가지 범주, 계급성(당파성), 객관성, 총체성, 특수성을 이진경은 사적 유물론의 철학적 원칙으로 제시했지만 오늘의 시점에서 보면 네 범주가 모두 여러 가지 측면에서 그 유효성 여부를 깊이 되물어볼 필요가 있다. 예를 들어 알렉스 캘리니코스는 『현대 철학의 두 전통과 마르크스주의』(갈무리, 1996)에서 칸트에서 헤겔로 가는 인식철학적 계보와 대조하여 칸트에서 프레게로 가는 언어철학적 계보를 조명하는 가운데, 러셀, 포퍼, 쿤, 라카토스 등으로 연결되는 이론의 진리성 문제를 둘러싼 논의를 재점검하면서 이론의 계급성, 곧 당파성 범주를 필수불가결하지 않은 것이라 주장한다. 이론의 진리 접근 여부는 그것이 어느 계급의 입장에 서 있느냐에 의해서 결정되지 않으며, 이론의 검증 과정을 통해서 옹호되거나 기각될 수 있다. 마르크스의 물신성론에 바탕한 세계관과 이론의 계급성, 당파성론은 게오르그 루카치의 역사와 계급의식에서 가장 고조된 표현을 볼 수 있다.

그러나 어느 계급의 입장에 섬으로써 진리를 담보 받을 수 있다면 누가 그 입장을 마다하려하겠는가? 누구나 그 계급, 즉 프롤레타리아의 입장에 서려 하겠지만 아무리 그러려고 해도 도대체 어떤 이론이 프롤레타리아의 입장에 선 것인지를 '과학적으로' 입증할 수는 없다. 프롤레타리아의 입장 또는 당파성은 선언될 뿐이다. 이 편리성이 사실은 구소련과 북한, 그밖의 모든 구 공산권 국가들에서의 피비린내 나는 숙청의 근거다. 권력을 쥔 자가 자신이 당파적 입장에 서 있음을 선언하고 타자들을 반당, 종파 등으로 몰아 하시라도 학살과 탄압을 가할 수 있다.

마찬가지로 인식론적 반영론에 입각한 객관성 범주나, 캘리니코스가 표현론적 총체성이라 이름붙인 정치경제학적 현실 중심의 총체성 범주나, 들뢰즈 등에 의해서 존재, 사물의 고유성을 훼손시키는 것으로 비판되는 보편성과 개별성의 통일로서의 특수성 범주 역시 현재로서는 심각한 논쟁의 대상이 되어 있다고 할 수 있다. 따라서 당시로서는 철저하다 싶을 정도로 가지무라 및 그 이론적 동반자인 장시원의 식민지 반봉건 사회론에 날카로운 비판을 가한 이진경의 논리 또한 이른바 정통 마르크시즘의 교조적 특질을 정교하게 갱신하고 있었다는 혐의로부터 자유로울 수 없다. 또 그것이 이진경이 이후 들뢰즈나 니체 등을 비롯한 서구 철학의 다른 계보들에 관심을 표명하면서 코뮤니즘을 재구성하고자 하는 내적 계기를 이룬다고 할 수 있다. 그러나 사회구성체론과 사회과학방법론이 여러 해결할 수 없었던 난점을 보이고 있다 해도 그것은 결코 만만히 취급할 수 없다. 이 저술은 당시 한국과 일본의 마르크시즘 수준을 한 단계 끌어올렸다.

사회구성체론과 사회과학 방법론에서 이진경은 객관성 범주를 활용하여 사회구성체를 자연사적 과정으로 파악하고자 한 마르크스의 논의의 연장선상에서 가지무라나 그 한국적 필적판인 장시원 등의 논리에 상세하면서도 날카로운 비판을 가한다.

  구체적으로 제국주의가 식민지에게 끼치는 영향을 논하면서 가장 흔히 제기되는 논리는 "제국주의는 식민지의 자본주의 발전을 저지하고자 (의도)한다"는 것이고, 따라서 제국주의 지배 하에서 자본주의는 발전하지 않는다는 것이다. 예컨대, 미촌수수는 다음과 같이 주장한다. "한편 식민지 권력에 의해 경제적으로 개편된 토착 제 우클라드도 식민지 권력이 의도적으로 존속시키는 것으로 전화함에 따라 일종의 조응관계가 발생한다." 이러한 논지의 근저에는 제국주의에 대한 혐오감이 깔려 있으며, 이러한 감정은 제국주의가 식민지에서 자본주의를 '발전'시키는 '진보적' 역할을 한다는 식의 견해를 용납하지 않는다. 물론 수많은 형태의 제국주의 이데올로기의 침략 '의도'가 진보적이었음을 보여주고자 하던 데 대한 반대라는 의미에서 그 동기 자체의 진지함을 이해하지 못하는 것은 아니며, 일방적으로 '유치함'의 딱지를 붙일 생각도 없다. 그러나 이러한 논지는 제국주의 이데올로기의 반사적 대립물에 불과하다. 즉 그것은 자본주의 이식을 진보적 의도라고 하는 주장을 반대하기 위해 '자본주의 이식'을 부정하고, 따라서 전체적인 틀은 마찬가지의 주관주의가 되고 있으며, 이렇게 되면 그들은 자본주의 발전의 예만 들면 부정될 수밖에 없는 논리에 머물고 있는 것이다.(이진경, 『사회구성체론과 사회과학방법론』, 아침, 1986, 49~50쪽)

  제국주의를 정당하지 못한 것으로 보는 윤리적 가치 판단이 한국에서의 "'자본주의 이식'"과 "발전"을 부정할 수 있는 근거는 되지 못한다는 것이다. 이러한 그의 논의는 총체성 범주에 대한 검토를 거쳐 특수성 범주를 활용한, 한국에서의 자본주의 전일화 논의로 나아간다.

일단 자본주의의 본원적 축적이 이루어지면 자본주의는 마치 거대한 수레바퀴가 굴러가기 시작하듯이 자본주의의 난숙을 향해 나아가기 시작한다. 그러나 이 과정은 진공관 속에서 식물이 자라나는 과정과 다르다. 전자본주의 사회구성체에 '착근'된 자본주의 '체제'는 그것과의 관계 속에서 자신의 일생을 시작한다. 그러나 일단 바퀴가 구르기 시작하면 그것은 어떻게든, 필연적으로 '앞을 향해' 나아가기 시작한다. "자본주의적 전일화란 흔히 정태적으로 이해되는 것처럼 '전면적인 자본주의화'를 의미하지 않는다. 말 그대로 전일화란 사회의 전 영역에 걸쳐서 자본주의적 관계가 현일화 되는 것을 의미하며, 따라서 비자본주의적인 것이 발견된다거나 양적으로 우세하다는 것으로 자본주의적 전일화 혹은 자본주의 사회구성체라는 파악을 부정할 수는 없다."(위의 책, 133쪽)

이진경은 가능성의 현실성으로의 전화라는 변증법적 논리와 자본주의 전일화 논리에 기대어 가지무라의 식민지 반봉건 사회론에 대한 파산을 선고한다.

여기서 미촌이 염두에 두고 있는 것은 소위 '일반적인' 경우로서 상정되어 있는 사회구성체, 즉 하나의 일정한 생산관계를 토대로 그에 조응하는 상부구조가 선다고 하는 '정통파적' 도식이며, 그가 보기에 이 도식은 여타의 '우클라드'나 전자본주의적 상부구조 등이 존재하는(존재할 뿐인!) 사회에 대해서는 적용할 수 없는 것이고, 필연적으로 사회구성체 이해에 실패할 수밖에 없으리라는 것이다. (중략) 이는 미촌이 이해하는 '정통파적' 사회구성체론이 지극히 평면적이고 정태적인 사회구성체 개념에서 출발한 것임을 보여준다. (중략)

이미 우리는 경제적 사회구성체를 완성체로서의 '(경제적) 사회구성체'와 형성되는 것으로서의 '사회의 경제적 구성(형성)'이라고 하였던 바, 이는 동태적 실체로서의 사회구성체에 대한 변증법적 이해의 전제였다. 이때 완성된 것으로서 상정되는 것은 발전과정의 완성적 귀결을 염두에 둔 변화의 방향으로서, 예컨대 자본주의 사회구성체의 경우 자본주의적 생산관계를 토대로 하여 자본주의적 상부구조에 의해 재생산되는 자본주의적 전일체를 의미한다. 이때 사회구성의 개념은 여타의 생산양식을 배제하여 앞서 미촌이 비판한 데서 얘기하는 '정통파적' 사회구성체의 도식으로 단순화될 수 있다. 그러나 이것이 의미하는 것은 단지 이념형식으로, 관념적으로 재구성(혹은 생산?)된, 비교를 위한—이는 비교사적 방법을 즐겨 쓰는 베버리안인 대총류의 사학에서 흔히 발견된다—일개 유형이 아니라, 실제 발전방향을 의미하는 객관적 법칙의 반영이며, 발전과정 속에서 대상을 인식하는 변증법적 방법에 있어서 필연적으로 요구되는 역사적–실재적 개념이다.(위의 책, 147~149쪽)

4. 시대적 한계와 문학예술의 연계 양상

1980년대 사회구성체 논의를 앞에서 잠시 살펴보았듯이 일제시대 일본에서의 이른바 일본 자본주의 논쟁에까지 소급해서 그 연원을 살펴볼 수도 있을 것이다. 일본 자본주의 논쟁이란 1927년경부터 약 10년간에 걸쳐 강좌파와 노농파 사이에 전개된 일련의 사회구성체 논쟁을 가리키는 것으로서, 조관자는 1927년부터 1935년경까지 일본 자본주의의 성격을 둘러싼 강좌파와 노동파의 이론적 반목이 한국 자본주의 성격 문제로 대상을 옮겨 새롭게 전개된 것이라고 보았다.(조관자, 「'사회과학·혁명논쟁'의 네트워크: 일본자본주의 논쟁 (1927~1937)을 중심으로」, 『한림일본학』 12, 2010) 일리 있는 지적이다. 일본에서는 이미 유령이 된 강좌파 노선이 북한 체제의 존재를 매개로 하여 1980년대의 한국 사회구성체 논쟁에 강력한 영향을 미치면서 가장 낡은 이론이 한국 좌익운동의 형세를 주도해 나가는 웃지 못할 상황이 전개되었던 것이다.

1980년대는 실천적 의지와 열정이 지배하던 시대였다. 다른 대학교 대학원 사정은 잘 모른다. 서울대학교 대학원에서는 대학원생이 민중미학연구소 사건과 관련하여 국가보안법 위반으로 구금되는 일도 있었다. 이진경 역시 이론과 실천의 통일을 믿었을 것이다. 1989년에 노동계급 사건이 뉴스화 되었을 때 그는 그 리더였다. 노동운동 그룹들 사이에서는 이 그룹을 가리켜 '강단 피디'라고, 조롱조로 비난하곤 했다.

그러나 1980년대를 지배한 사회구성체 논의 속에서 이진경 그룹, 또는 서울대 사회학과 대학원 그룹은 가지무라가 비판했던 논조와는 또 다른 의미에서 '정통파' 이론의 진수를 보여주었다. 이 그룹은 그 당시에 이른바 교조적인 마르크시즘이 처한 제반 이론적 난점을 근본적으로 이해할 수 없었으며, 레닌주의의 정치학과 조직학, 인간관 등에 대해서도 근본적인 성찰을 통과하지 못했다. 그들, 그리고 이정로, 조정환, 박노해 등 사회주의노동자동맹의 멤버들은 과학적인 이론을 구축하고자 했으나 근본적으로는 영국 신좌파나 이탈리아 자율주의 같은 서구 마르크시즘의 최신판을 접하지도 못했으며, 서구에서 포스트모더니즘으로 이루어진 마르크시즘에 대한 회의에도 무지했다.

이 모든 성찰은 1980년대의 투쟁 뒤로 연기되었다. 지금으로서는 필자의 시선에는 조정환과 이진경만이 사회과학 또는 마르크시즘의 새로운 진경을 개척해 나가고 있는 것처럼 보인다.

1980년대의 좌익문학은 『실천문학』 및 『창작과비평』, 그리고 앞에서 열거했던 여러 잡지들이 보여주듯이, 중요한 몇몇 사회구성체론을 중심으로 이합집산한 정치적 결사체들과 밀접한 직간접적 관계를 형성하고 있었다. 그러나 당시 한국의 마르크시즘 수준을 능가하는 이론적 견지를 추구한 문학 집단은 존재하지 않았다. 『노동자문화통신』 등은 민중문화운동연합에서 노동자문화예술운동연합으로 '발전'해온 예술운동 집단의 기관지였으나, 대중 선전 및 조직을 위한 시험적인 통신지였다. 사회주의노동자동맹의 기관지였던 『노농해방문학』은 박노해, 김사인, 조정환 등의 개인적인 문학적 역량에 기대고 있었고, 레닌의 「당 조직과 당 문헌」을 금과옥조로 삼아 문학예술을 '당'의 '아지프로'를 위한 선전물로 이해하는 수준을 넘어서지 못했다. 다소 과격한 표현이 되겠지만 말이다. 착각적일 뿐만 아니라 시대착오적인 엔엘파 문학에 대해서는 더 말할 나위가 없다.

1980년대 내내 지속된, 만연한 사회성격 논쟁은 반영론 중심의 인식론적인 미학 이론을 만능키처럼 오해하도록 했다. 이는 계급주의(당파성주의)와 함께 급진적인 좌익문학을 불모적인 땅으로 밀어붙였다. 1980년대가 소련 및 동구권의 몰락과 함께 저물자 곧바로 포스트모더니즘 문학, 심미적 미학 효과를 추구하는 문학들이 1990년대 문학의 주류로 부상했다. 이것은 1980년대 좌익문학의 빈핍성에 대한 반작용이었지만, 그 결과 한국문학이 그 갈구하는 바 예술적 성취를 얼마나 기록했는가는 미지수라 하지 않을 수 없다.

1990년대 소설을 어떻게 보아야 하나?

1. 1990년대의 전면적인 개방화와 소설

비평가 임화는 『개설신문학사』에서 구한말에 이르기까지의 조선 근대화 과정을 3단계로 나누어 설명하였다. 그에 따르면 제1단계는 봉건적 유대의 잔재인 대지나 관계가 조선근대화의 제1과정이요 코스인데 이것은 중국을 통한 서양문물과의 교섭을 의미한다. 이것을 그는 약 1500년경부터 1800년경 전후에 걸쳐 나타난 현상으로 파악하고 있다.

제2단계는 서구제국과 조선의 직접적 관계로서 하멜 등을 비롯한 서양인들이 표류하는 과정에서 조선에 들어온 것을 위시하여 영·미·불·독·러 등 서양 제국의 선박이 조선 근해에 출몰하게 된 것을 의미한다. 이러한 양상은 대략 1600년 전후에 그 단초가 엿보인 후 1800년대 중후반에 이르러서는 매우 빈번한 일이 되었다.

근대화의 제3과정은 서구 자본주의가 현해탄, 즉 일본을 경유하여 조선에 들어온 것을 의미한다. 이것은 대략 1800년대 중후반에 강화도 조약을 맺은 이후 과정을 포괄하는 것으로 설명된다. 이후의 역사 전개가 한일병합을 통한 식민지화 과정으로 귀결되었음은 주지하는 바다.

이러한 세 단계 과정은 동북아시아의 은둔국인 조선이 중국이라는 외피를 벗고 서양 근대에 개방되는 과정이라고 풀이해 볼 수 있을 것이다. 그런데 이러한 맥락에 따르면 1990년대는 한국이 임화가 말한 바 3단계의 과정을 거쳐 식민지화 과정에 들어선 이후 다시 세 번째 개방의 단계에 들어선 것을 의미하는 것으로 파악된다.

구한말 이후 한국은 모두 세 단계에 걸쳐 외부 세계에 자기를 개방하는 과정을 거쳤다고 할 수 있다. 그 첫 단계는 일본의 식민지가 되면서 전개된 일본을 통한 서양 근대문물에의 개방이다. 이것은 일본을 창구로 이루어졌던 까닭에 일본이라는 프리즘을 통한 굴절이 그 특징이다.

두 번째 단계는 1945년 해방 이후 남북으로 분단되면서 미국의 압도적인 영향력 아래서 이루어진 서구문화에의 직접적 개방이다. 이것은 물론 일본문화와의 새로운 접촉 과정을 포함한다.

세 번째 단계는 1990년을 전후로 한 냉전적 세계체제의 붕괴와 더불어 일어난 전면적인 개방화로서 목하 진행 중인 전방위적 개방화 과정을 말한다. 이 시기에 접어들어서 한국문화는 미국을 중심으로 한 서구문화와 일본문화는 물론 멀리 유럽적인 가치들에 대해서도 일층 수용성이 강화되었고 뿐만 아니라 매우 자연스러운 현상으로서 중국(및 러시아) 문화와의 새로운 교섭도 비약적으로 발전하게 되었다. 나아가 이 시대는 팍스 아메리카나가 정점에 도달한 국면이자 동시에 미국적 가치와 일방주의가 새로운 도전에 직면하게 되는 국면이기도 해서 멕시코 같은 중진 개발 국가들 및 이슬람권의 미국 비판과 저항이 심화되는 양상을 보이게 되었고 이것은 당연히 한국 국민들의 정치의식에 심대한 영향을 주었다.

이렇게 한국은 개방화라는 측면에서 보면 1990년에 들어서면서 비로소 근대적 과정을 다 마친 것이라고 말할 수 있다. 중세적인 중화적 질서라는 단단한 외피를 뒤집어쓰고 있던 한국은 식민지 시대 일본과 1945년 이후 미국이라는 두 매개항을 통해서 동북아시아의 외부와 연결되고 또 세계에 자기를 매개적으로 개방해 온 것이 지난 100년간의 역사 과정이라면 1990년대 이후 한국은 매개 없는 개방을 통해서 세계 각국의 문화적 흐름들을 필터 없이 수용하고 이 혼돈과 뒤얽힘 속에서 새로운 자기 정체성을 형성해 나가는, 전적으로 다른 상황에 직면하게 되었다. 그리고 이러한 개방은 글라스노스트와 페레스트로이카가 동시에 전개된 고르바초프의 구소련에서와 마찬가지로 개혁을 요구하는 국민적 요구에 직면했다. 1988년의 올림픽과 1989년의 베를린 장벽 해체는 한국인들에게 역설적으로 기존의 반공이데올로기나 한미일 삼각동맹과는 다른, 세계라는 새로운 척도를 제공하기에 이르렀다.

한국인들은 달라져야 했다. 무엇보다 세계시민이 되어야 했다. 여기에 1997년 말에 시작된 IMF 관리체제는 한국사회를 자본주의 세계체제와 더욱 단단히 결부시킨다. 이제 한국은 세계체제의 일부로서 한국에서 일어나는 일들은 곧 세계적인 파장을 낳고 역으로 세계에서 벌어지는 일들이 한국인들의 삶에 매우 중요한 영향을 미치게된다. 이러한 전면적인 개방화 양상이야말로 1990년대 소설을 배태시킨 가장 큰 요건이라고 말할 수 있을 것이다.

2. 정치적 일원론이 붕괴하는 양상들 1— 후일담 소설

1992년에 실천문학사에서 간행한 논문모음집 『다시 문제는 리얼리즘이다』에 부록으로 실린 「리얼리즘 논쟁 자료 목록」은 1990년을 전후로 하여 여러 갈래로 펼쳐진 리얼리즘 논의 양상을 일목요연하게 보여준다. 『실천문학』은 1980년 봄에 무크지로 창간되어 이후 계간지로 변신, 오늘에까지 계속 발간되고 있는 문학잡지이지만, 1990년대 전반기 내내 급격히 변모한 문학계와 시장의 변화에 적응하느라 극심한 몸살을 앓아야 했다. 『다시 문제는 리얼리즘이다』에 실린 논문들은 당시 이른바 진보적 문학을 지향했던 문학인들이 직면해 있던 문제를 잘 드러내 보여준다.

그에 따르면 범칭 진보적 문학 계열은 다음의 몇 가지 갈래를 보여준다. 첫째는 『창작과 비평』을 중심으로 활동하면서 1980년대 후반경의 복간 시기보다는 한결 여유로우면서도 거시적인 안목으로 새로운 시대를 조망하고 있는 백낙청이 그 하나다. 이것은 「사회주의 리얼리즘론과 엥겔스의 발자크론」을 통해서 잘 드러나는데, 이것은 사회주의 리얼리즘론을 액면 그대로 부정하지는 않으면서도 '사회주의'라는 관형어보다는 리얼리즘이라는 개념을 충분히 이해하는 것이 훨씬 더 중요하다는 견해를 피력한 것이다.

백낙청의 리얼리즘론은 제3세계론 및 민족문학론과 서로 맞물리는 구조를 가지고 있다는 점에서뿐만 아니라 하이데거와 로렌스의 언어관 및 리얼리티 개념을 제3세계의 일부로 상정된 한국 현실에 비추어 창조적으로 재구성한 것이라는 점에서 여타 논자들의 리얼리즘론과는 완전히 궤를 달리하는 것이라고 할 수 있다. 이것은 재현 및 반영론에 대한 그의 신축적이면서도 발본적인 접근법에서 두

드러지는데,「로렌스와 재현 및 (가상) 현실 문제」(『안과 밖』, 1996, 하반기) 같은 일련의 로렌스 연구 또는 리얼리즘론 연구는 이러한 양상을 잘 보여주는 글이라고 할 수 있다.

백낙청은 「90년대 민족문학의 과제」(『창작과 비평』, 1991, 봄호)에서 '근대 이후'를 자처한 문예이념으로는 서방 세계의 포스트모더니즘과 사회주의권의 사회주의 리얼리즘론이 있는데, 이 둘이 모두 탈냉전 시대의 문학 논리로는 적합하지 못하다고 주장하면서 "오늘의 지구적 현실에 걸맞는 새로운 리얼리즘"의 필요성을 역설했다. 그리고 이것은 "생태계의 위기와 성차별의 현실 등 이제까지 변혁운동에서 경시되었던 문제들에 대한 인식과 더불어, 나라마다의 독특한 전통과 체험이 능동적으로 작용한 성취"를 보여주는 리얼리즘이라고 부기하였다. 그의 리얼리즘론은 그 특유의 민족문학론, 제3세계문학론 등과 맞물려 있었고 나아가 리얼리티 개념에 대한 발본적인 천착을 바탕으로 하고 있으며 서구 세계에서 전개되고 있는 새로운 문학론들에 대한 직접적인 지식에 바탕해 있었던 만큼 그 이론의 올바름이나 적실성 여부를 떠나서 1990년대라는 한 시대를 능히 감당할 수 있는 용적을 갖고 있었다고 말할 수 있다.

이에 반하여 세대적으로 보면 백낙청과는 현저한 낙차가 있고 그만큼 새로운 세대의 문학인들인 젊은 비평가들이 냉전적 독재체제 하에서 역설적으로 신비화된 소비에트와 동구권 중심의 사회주의 리얼리즘론에 경사된 양상을 보여준 것은 냉전체제의 외딴 섬과 같은 지형학적 구도 속에 놓여 있었던 한국 문학사의 심각한 아이러니 가운데 하나일 것이다.

한국은 6 · 25 전쟁 이후 1980년대 말까지 북으로는 북한에 가로막히고, 동남서 방향으로는 바다에 가로막힌 섬과 같았다. 이 섬과 같은 지형은 군사 독재체제가 오랜 시간 동안 군림하는 좋은 토양이 되었으며, 이 체제에 저항하는 사람들의 의식 역시 좁은 반도의 남쪽에 가두어버리는 역할을 했다. 1990년 당시 갓 30대에 접어들어 있었을 뿐인, 그리고 대부분 비유학파인 좌파 비평가들은 1980년대 내내 대부분 일본어 중역이었던 마르크시즘 저작을 숨어 읽으면서 반체제적인 시각을 키워나갔던 사람들이었고 이 과정에서 오로지 풍문으로만 접할 수 있었던 소비에트 체제에 대한 환상을 품고 있었던 사람들이었다. 그들에게 사회주의 리얼리즘은 단순한 문학 이론이 아니라 그들의 좌파적 신념을 보지해주는 존재론적 기반이었다.

임규찬의 「최근 리얼리즘 논의의 성격과 재인식」(『실천문학』, 1990, 가을호)과 조정환의 『노동해방문학의 논리』(노동문학사, 1990) 등으로 대변되는 노동해방문학 그룹의 논리나, 조만영의 「현단계 리얼리즘 논의의 이론적 검토」(『실천문학』, 1991, 가을호)와 서민형의 「당파적 현실주의의 이해를 위해」(『실천문학』, 1990, 가을호) 같은 당파적 현실주의 논의는 소비에트가 붕괴되고 동구 사회주의권이 와해되는 상황 속에서, 세계사적으로 보면 이미 낡아버린 이론을 무기로 삼아 당시 경제적으로 급상승하는 국면에 놓여 있던 체제와 대결하고자 했던 비평가들의 우울한 풍경들을 보여준다. 이런 글들에 비추어 보면 「현단계의 성격-비판적 리얼리즘」(『실천문학』, 1990, 가을호)을 통해서 비판적 리얼리즘을 주장한 최유찬이나 「다시 문제는 리얼리즘이다」(『실천문학』, 1991, 가을호)를 통해서 교조주의를 청산하고 리얼리즘론을 새롭게 정립할 필요가 있다고 주장한 윤지관 등은 시대적 추세에 비교적 민감하게 반응했다고 할 수 있다.

그러나 이처럼 소비에트 체제에 대한 막연한 기대심리에 바탕하여 동구권을 모델로 삼아 사회주의 혁명을 지향하던 그룹의 기대와는 달리 한국사회는 자본주의적 발전을 거듭해 나갔고 이러한 상황에서 좌파 문학 진영은 급속도로 해체되는 상황에 처하지 않을 수 없었다. 후일담 소설은 이러한 상황을 배경으로 우리 문단에 등장했으며, 이 후일담이야말로 90년대가 전적으로 새로운 문학적 환경이라는 것을 웅변해 주는 중요한 현상이다.

박일문의 『살아남은 자의 슬픔』(1991), 이인화의 『내가 누구인지 말할 수 있는 자는 누구인가』(1992), 주인석의 『희극적인, 너무나 희극적인』(1992), 최윤의 「회색 눈사람」, 송기원의 「아름다운 얼굴」, 김남일의 「영혼과 형식」, 김인숙의 『칼날과 사랑』(1993), 공지영의 『인간에 대한 예의』(1994)와 『고등어』(1995), 공선옥의 『피어라 수선화』(1994), 오수연의 『난쟁이 나라의 국경일』(1994), 김영현의 『깊은 강은 멀리 흐른다』(1990)와 『그리고 아무 말도 하지 않았다』(1995), 신경숙의 『외딴 방』(1995), 방현석의 『십 년간』(1995), 전경린의 『아무 곳에도 없는 남자』(1997) 등은 후일담 소설이라는 범주로 검토할 수 있는 대략적인 목록들이다.

이 후일담 소설의 영역은 2000년대에 들어서 황순원 문학상을 수상한 방현석의 「존재의 형식」(2003)이나 김영하의 「보물선」(2004) 같은 작품에까지 이른다. 특히 김영하의 최근 소설집 『오빠가 돌아왔다』(2004)는 후일담적인 요소들이 가득하다.

후일담이라는 것은 어떤 시대나 국면이 지나간 후일의 자리에서 그 과거의 이야기를 쓴다는 일반적인 의미로 해석할 수도 있지만 그보다는 범주를 좁혀서 좌파 운동권에 몸담았거나 그것에 연관된 사람들이 화자나 주인공으로 등장하여 회상의 형태로 이야기를 풀어가는 소설들을 가리키는 것으로 보는 것이 타당할 것이다. 더 범주를 좁혀서 말한다면 더 고양된 후일담은 이 후일의 시점에서 과거의 좌파적 실천 행위의 의미를 성찰한 바탕 위에서 새로운 삶의 윤리를 발견하려는 시도를 보여주는 소설이라고 말할 수 있을 것이다.

이러한 관점에서 보면 많은 후일담 소설 가운데 공지영의 창작집 『인간에 대한 예의』에 실려 있는 단편소설 「무엇을 할 것인가」만큼 전형적인 후일담을 찾아보기는 어렵다. 이 작품에서 '나'는 1986년 겨울, 한 비밀스러운 모임에서 노동현장에 투입되기 위한 준비교육을 받고 있었던 때를 회상하게 된다. 그때 '나'의 사랑의 대상이 된 '그'는 이 모임의 지도를 맡고 있던 인물이었다. '그'에게는 이미 함께 시위를 주도하다가 하반신이 마비된 애인이 있음에도 '나'는 목숨을 걸 수도 있다는 절박한 심정으로 '그'를 사랑하게 된다. 그러나 그 사랑은 동지애 이상의 감정이 허용되지 않는 모임에서는 실현 불가능하다. '나'는 감기를 앓는 '그'를 위해 파뿌리 삶은 물을 건넸다가 조직원들의 질시를 받고 갈등을 빚으면서 모임을 이탈한다. 그 후 세상이 변하고 그 속에서 '나'도 변한다. 그러나 '그'는 변화에 적응하지 못한 채 옛날의 연인과 결혼하려고 한다는 것을 알게 된다.

이것으로 보건대 「무엇을 할 것인가」는 단순히 사랑의 기억에 관한 이야기라고만 할 수 없다. 무엇보다 이 작품은 1980년대 후반에서 1990년대 전반기에 이르는, 이른바 운동권 시대에 관한 반성의 시각을 제공한다는 의미를 갖는다. 집단적 이상의 이름으로라면 개인의 삶은 부정될 수도 있는가, 집단적인 선과 개인의 행복은 궁극적으로 괴리될 수밖에 없는가, 개인을 제약할 수 있는 집단의 힘은 어느 선에서 한계 지어져야 하는가 하는 등등의 문제를 이 작품은 제기한다.

작가가 이 문제를 예각화 하여 보여준 것만은 아니라는 점은 회상 주체인 '나'의 감상적 태도가 말해준다. 그럼에도 이 작품은 흔한 후일담이 보여주는 고통과 상실의 고백에서 벗어나 투쟁의 과거를 간직하고 현재를 살아가는 사람의 윤리나 모럴의 문제를 제기했다는 점에서 중요하다.

이러한 후일담 소설은 좌파의 정치적 일원론이 더 이상 실효적인 의미를 발휘할 수 없음을 보여준다는 점에서 문제적이다. 1930년대 중후반 이후에 전향소설 등의 형태로 후일담류가 성행했던 것과 마찬가지로 1990년대 전반기에 봇물 터지듯 쏟아져 나온 각종 후일담류는 한 시대의 운동이 종언을 고했음을 말해준다. 그러나 1990년대의 후일담 소설과 1930년대 중후반의 그것 사이에는 근본적인 차이점이 있다. 후자는 일제의 폭압과 대동아주의에 외견상 굴복한 태도를 보이면서도 내면적으로는 이념적 지향을 버리지 않는 위장적 성격이 농후하다. 반면에 전자는 전체주의적 사회주의의 시대가 완전히 종언을 고했다는 거대한 종말감 위에서 전개된다.

무라카미 하루키의 문체와 분위기를 옮겨온 박일문의 『살아남은 자의 슬픔』이나, 작가가 운동권과는 전혀 무관했다는 점에서 일종의 가공의 후일담 소설이라고 할 수 있는 이인화의 『내가 누구인지 말할 수 있는 자는 누구인가』, 그리고 1970년대의 아나키스트 저항 집단의 이야기를 그렸다는 점에서 후일담 소설 범주가 암암리에 내포하고 있는, 작가 또는 작가 주변 인물의 경험 지시성이 결여되어 있는 최윤의 「회색 눈사람」 같은 작품을 낳은 실질적 주체는 프란시스 후쿠야마가 선언한 역사의 종언이라는 담론이었다고 말할 수도 있을 것이다.

이에 반해 송기원, 주인석, 김인숙, 김남일, 김영현, 공지영, 공선옥, 오수연, 방현석 등의 작품들은 어떤 형태로든 1980년대의 좌파 운동에 긴밀하게 연결될 수밖에 없었던 작가가 경험했거나 목격한 이야기들을 적절히 삭감 또는 추가하여 작품화한 것이라는 점에서 후일담 소설의 본령을 보여준다. 그러나 바로 이러한 경험적 실제성으로 말미암아 후일담 소설은 인간 삶에 근본적 질문을 던지는 고차원적인 소설미학에 접근하기 어려운 경우가 많으며 1990년대의 후일담 소설 역시 이 점에서 냉정한 평가를 필요로 한다.

3. 정치적 일원론이 붕괴하는 양상들 2─여성소설의 등장과 성행

1980년대까지 한국사회는 냉전적 군사독재체제와 그에 저항하는 민주주의 세력 사이의 투쟁이 사회적 상황을 결정짓는 근본적인 상황이었고 이 점에서 1980년대는 정치적으로 일원화된 사회였다. 1990년대는 이러한 정치적 일원론이 붕괴하면서 그 수면 아래 응축되어 있던 삶의 여러 층위와 국면들이 각기 자기 목소리를 발하게 된다. 전체주의적 사회주의에 연동된 미학 이념으로서, 1920년대에 일본에서 풍미한 바 있는 구라하라 식의 문학적 정치우위론이 허물어지면서 가장 강력한 문학적 현상으로 나타난 것이 바로 여성소설이다.

1990년대 내내 공지영, 신경숙, 공선옥, 오수연, 김인숙, 전경린, 이혜경, 배수아, 김이태 등 1962~1965년생들을 위시하여 그 아래 위 세대로 김형경, 정길연, 은희경, 이나미, 차현숙, 김별아, 하성란, 송경아 등에 이르는 여성 작가군이 대규모로 형성되어 가는 광경이 확인된다. 이밖에도 필자는 아직 수다한 여성 작가들의 이름을 남겨두고 있는데 이러한 여성 작가군의 형성 과정은 지금도 매우 빠른 속도로 진행 중이다.

이처럼 여성 작가군이 갑작스럽게 대규모로 형성된 예는 한국근대문학사상 일찍이 찾아볼 수 없다. 한국문학사를 돌이켜 보면 여성 소설가의 등장이 두드러진 몇 개의 시기가 있었음을 알 수 있다. 근대문학 초창기에 김명순, 나혜석, 김일엽 등의 작가들이 출현했던 것, 1930년대에 이르러 강경애, 백신애, 박화성, 장덕조, 이선희, 김말봉, 임옥인, 최정희, 지하련 등의 작가들이 나타났던 것, 1950년대에 이르러 강신재, 박경리, 정연희, 한무숙, 한말숙 등의 작가군이 나타난 것 등이 그것이다. 이 세 차례의 경우에 비추어 볼 때 1990년대의 여성작가군 출현은 먼저 그 규모와 지속성 면에서 여타의 시대와 뚜렷하게 구분된다. 다음으로 이들 가운데 상당수는 급진적인 여성주의적 시각을 기반으로 삼고 있다는 점에서 특징적이다. 물론 여기에는 편차가 있다. 그럼에도 이들은 한국사회의 남성 중심적 질서와 관습의 폐해는 물론 한국사회의 구심성과 폐쇄성 자체를 문제 삼으면서 인간 자체의 개체성을 탐구하는 방향으로까지 논의를 심화, 확장시켜나가는 특징을 보여준다.

　이러한 여성소설 범주로 기록해 둘 만한 작품들에는 장편소설과 창작집을 모두 감안하여 공지영의 『무소의 뿔처럼 혼자서 가라』(1993), 신경숙의 『풍금이 있던 자리』(1993)와 『외딴방』(1995), 이혜경의 『길 위의 집』(1995), 김형경의 『세월』(1995), 공선옥의 『피어라 수선화』(1994)와 『내 생의 알리바이』(1998), 김별아의 『내 마음의 포르노그라피』(1995), 배수아의 『푸른 사과가 있는 국도』(1995), 전경린의 『염소를 모는 여자』(1996), 송경아의 『책』(1996), 은희경의 『새의 선물』(1997)과 『행복한 사람은 시계를 보지 않는다』(1999), 김이태의 『슬픈 가면무도회』(1997), 차현숙의 『나비 봄을 만나다』(1997), 오수연의 『빈집』(1997), 정길연의 『종이꽃』(1999), 하성란의 『곰팡이

꽃』(1999) 등이 있다.

우선 공지영의 『무소의 뿔처럼 혼자서 가라』는 1980년대 내내 정치적 민주주의 담론의 울타리 안에 갇혀 있던 여성의 시선과 목소리가 문학에서 '최초로' 뚜렷한 모습을 드러낸 경우에 해당한다. 공지영 소설이 폭넓은 대중적 관심을 불러일으킨 것은 그녀가 민주주의 담론 아래서 억압되어 있던 여성의 시각과 입장을 생생하게 드러내 주었기 때문인 것으로 해석된다. 불교의 초기 경전에서 제목을 빌려온 『무소의 뿔처럼 혼자서 가라』는 중산층에 속하는 대학 동창생 여성들을 주인공으로 내세움으로써 민중 담론이나 민주주의 담론과는 위상을 달리하는 여성의 문제를 단일 주제화하는 데 성공한다. 1980년대의 대학 풍경을 후경으로 삼아 펼쳐지는 세 여성 주인공의 서로 다른 선택 과정을 통해서 작가는 정치적 민주화의 그늘에 가려진 가부장제의 부조리와 여성 해방의 문제를 전면화 시켰다.

전경린 역시 이러한 맥락에서 상기되어야 할 작가다. 중편소설인 「염소를 모는 여자」(1995)와 「밤의 나선형 계단」(1998) 연작을 통해서 전경린 역시 가부장제 혹은 부르주아적 일부일처제의 굴레 속에 갇혀 있는 한국판 보바리 부인의 탈출을 극적으로 형상화했다. 전경린의 소설은 결혼 또는 가족제도의 한계를 벗어난 삶의 가능성을 탐색한다는 점에서 공지영의 소설적 전망에 맞닿아 있지만, 그 실험적 측면에서는 일층 극단적이고 근본적인 점이 있다. 예를 들어 중편소설인 「염소를 모는 여자」의 여주인공은 염소처럼 살을 꿰뚫을 듯한 야생의 기미를 간직한 고립자를 꿈꾸며, 「밤의 나선형 계단」의 열두 살 소녀는 기르던 고양이를 죽이는 제의 행위 끝에 가출하는 엄마를 이해하기로 결심한다. 이후에도 전경린은 『난 유리로 만든 배를 타고 낯선 바다를 떠도네』(2001)라는 긴 이름의 장편소설에서 크로왓상적인 독신자의 삶을 꿈꾸면서 비혈연적인 결합을 실현하는 가족의 존재를 실험해 가는 것을 볼 수 있다.

『풍금이 있던 자리』에서 『외딴방』을 지나 『딸기밭』(2000)으로 나아가는 신경숙 소설은 1990년대 여성소설의 중요한 시금석 가운데 하나라고 할 것이다. 백낙청은 「『외딴방』이 묻는 것과 이룬 것」(1997)에서 이 작품을 리얼리즘론의 시각에서 독해하고자 했다. 그에 따르면 이 작품의 예술적 성취는 이 작품이 "'사실대로' 쓰는 일의 중요함과 어려움을 뼈저리게 체득한 데서 나온"(백낙청, 「『외딴방』이 묻는 것과 이룬 것」, 『창작과 비평』, 1997, 가을호, 231쪽) 것이다. 백낙청은 이것을 『외딴방』의 어떤 장면 묘사를 예로 들어 설명해 나간다. 이를 통해서 그가 주장하고자 한 것은 반영론적 재현 관념을 완곡하게 부정하는 것이었고, 따라서 이것은 그의 비평문 「사회주의 리얼리즘과 엥겔스의 발자끄론」에 직접 연결된다. 백낙청은 신경숙론을 통해서 1990년대 전반기에 성행한 사회주의 리얼리즘론 중심의 좌파 비평을 수정하고자 했다.

또한 이 점에서 백낙청의 신경숙 논의는 권성우의 김영현 논의에 직접 연결되는 것이라고 할 수 있다. 왜냐하면 백낙청이 신경숙을 통해서 제기한, 사회주의 리얼리즘으로 충당할 수 없는 심미적 진실의 문제는 권성우의 '김영현론'이 다른 어법과 태도로 이미 제기했던 것이기 때문이다. 이 문제는 잠시 음미해 볼 필요가 있다.

1990년경을 전후로 한 리얼리즘론의 귀추는 김영현의 소설집 『깊은 강은 멀리 흐른다』(1989)를 사이에 두고 비평가 권성우와 『노동해방문학』 그룹 비평가들 사이의 대립적 논쟁으로 나타났다. 권성우는 「어느 신진 소설가의 최근작에 대한 단상」(1990)에서 「벌레」, 「엄마의 발톱」, 「멀고 먼 해후」, 「그해 겨울로 날아간 종이비행기」 등을 들어 김영현의 소설을, "역사 혹은 이데올로기라는 괴물에 상처 받은, 섬세하며 도시에 진보적인 지식인의 마음의 무늬가, 유려한 문장력의 도움을 받아 정갈하게 노정된 작품"이라고 고평하였다. 또 이들 작품이 감동적인 것은 "진보적 지식인의 마음의 무늬를 하나의 '고정된 실체'로서 선험적이며 도식적으로 묘사하지 않고 이상사의 미세한 풍경들 속에 깊숙이 저장하여 자연스럽게 형상화 하였기 때문"이라고 하였다.(권성우, 「어느 신진 소설가의 최근작에 대한 단상」, 『문학정신』, 1990. 1, 388쪽.)

이러한 고평은 「베를린, 전노협, 그리고 김영현; 90년대 사회와 문학」(『문학과 사회』, 1990, 봄호)으로 이어지면서 이른바 김영현 논쟁이라고 할 만한 비평적 논란을 야기했다. 정남영은 「김영현 소설은 남한 문예운동의 미래인가, 과거인가 : 자유주의 문학사들의 '김영현론'에 대한 비판적 검토」(『노동해방문학』, 1990. 6)를 통해서 권성우의 비평이 김영현 소설에 대한 자유주의적 해석에 불과하다는 논지의 비판을 펼쳤으나 이것은 곧 권성우의 반비판에 직면하게 된다.

권성우는 「김영현의 소설과 정남영의 비평문에 대한 열네 가지의 단상」(『문학정신』, 1990. 9)에서 정남영이나 조정환으로 대변되는 노동해방문학그룹의 문학론을 신랄하게 비판해 나갔다. 그 중요한 논점은 현실주의에 대한 이해 문제, 다양한 문학적 유파의 존립에 대한 평가 문제, 1980년대 문학에 대한 문학사적 평가 문제, 김영현의 소설에 대한 평가 문제, 향후 한국사회에 대한 전망 문제 등에 이르기까지 다양하고 폭넓다. 무엇보다 그는 정남영을 비롯한 노동해방문학 그룹의 비평이 전형이나 전망 범주 등을 중심으로 하는 교조적인 현실주의 이론에 입각한 해석과 비판에 불과하며 김영현 소설에서 주목해야 할 것은 이러한 측면보다는 80년대 소설에서 새롭게 개척한 측면, 그리고 작가적 개성일 것이라고 주장하였다. 여기서 심미적 진실의 문제가 리얼리즘의 한계를 가리키는 바로미터로 떠오르는 것을 볼 수 있다.

이러한 논쟁은 당시 문학잡지를 중심에 놓고 보면『문학과 사회』와『노동해방문학』의 대립 구도로 파악될 법하다. 정남영 등은 따라서 이 논쟁을 자유주의 그룹과 노동해방 그룹의 대립으로 파악했고, 1990년대 문학의 진로 문제를 둘러싼 중요한 사건으로 간주했다. 이 점에서는 권성우 역시 맥락을 같이한다. 그러나 그는 1980년대로부터 1990년대로 나아가는 문학적 흐름을 향후 한국사회의 발전 방향에 대한 당시로서는 매우 정확한 진단 위에서 파악하고 당시 문단 일각에 팽배하던 정치주의적 일원론을 예리하게 비판했다고 할 수 있다.

결국 김영현 논쟁은 리얼리즘론을 중심으로 한 좌파 문학론이 '붕괴'하고 문학적 자율성과 개성이 전면적으로 옹호되는 계기가 되었다는 점에서 중요하다. 백낙청의 신경숙 발견은 바로 이러한 예술적 진실, 방법론적 개인주의, 심미성에 대한 각성의 연장선상에서 이루어졌던 것이다.

또한 문학사적 맥락에서 볼 때 이러한 백낙청의 신경숙론은 리얼리즘 논의가 재차 출현한 것과도 관련이 있다. 진정석의「모더니즘의 재인식」(『창작과 비평』, 1997, 여름호), 윤지관의「민족문학에 떠도는 모더니즘의 유령」(『창작과 비평』, 1997, 가을호), 필자의「리얼리즘론의 비판적 재인식」(『창작과 비평, 1997, 겨울호), 김명인의「리얼리즘 · 모더니즘, 민족문학 · 민족문학론」(『창작과 비평』, 1998, 겨울호) 등으로 이어지는 새로운 리얼리즘 논의는, 리얼리즘과 모더니즘의 장점을 취합하자는 진정석, 리얼리티 개념을 재구성함으로써 리얼리즘의 의미를 새롭게 획득하자는 필자, 리얼리즘 옹호의 입장에서 모더니즘 수용을 비판한 윤지관, 두 개념 사이의 이항대립의 지양을 주장한 김명환 등으로 갈래를 치게 된다. 리얼리즘론을 구성하는 기본 개념들을 근본적으로 재검토하자는 입론에서 출발한 필자의 견해는 이후에 환상성에 대한 재인식, 현실의 위상에 대한 검토 등으로 나아가게 된다.(방민호, 「한국현대소설에 흐르는 환상의 발원지를 찾아서」, 『환상소설첩』, 향연, 2004)

한편 이러한 여성소설의 성과는 고백이라는 측면에서 검토될 수 있을 것이다. 신경숙의 출세작이라고 할 수 있는 단편소설 「풍금이 있던 자리」가 고백 형식을 띠고 있는 데서도 알 수 있듯이 『외딴방』을 지나서 『딸기밭』으로 나아가는 신경숙 소설의 묘미는 바로 고백에 있다고 해도 과언이 아니다. 그리고 이것은 1990년대에 여성소설이 각광을 받게 된 중요한 이유이기도 하다. 공지영의 『무소의 뿔처럼 혼자서 가라』나 『고등어』도 고백 형식은 아닐지언정 고백적인 작가의 존재를 암시하고 있다. 나아가 은희경의 『새의 선물』 역시 열두 살짜리 소녀의 자기 고백이라는 형식을 취하고 있으며 그 후속작 성격이 강한 단편소설 「서정시대」(1997)나 『마지막 춤은 나와 함께』(1998) 역시 삶을 연기하는 여성 주인공의 내면 심리를 읽어내는 것이 관건인 작품들이다.

이러한 고백은 작가 자신 또는 작중 주인공의 고백적 이야기를 전경화시킴으로써 나르시시즘과 감상의 폐해를 가져올 가능성이 크다. 실제로 공지영과 신경숙의 소설은 작중 주인공의 심리와 사고가 주관적이고 감상적인 화자의 주석에 의해 변호되는 면이 있고 은희경의 소설은 이러한 측면을 주인공의 위악 또는 이중적 태도가 자아내는 거리의식으로 해결하고 있지만 그럼에도 여성 주인공이 살아가는 세계를 객관화시켜 보여주는 측면은 약하다. 공선옥의 소설이 의미를 갖는 것은 바로 이 지점이다.

창작집『피어라 수선화』에서 역시 창작집『내 생의 알리바이』와 장편소설『수수밭으로 오세요』(2001)로 나아간 공선옥의 소설적 진로는 그녀의 경험 세계에 비추어 뜻밖에도 이념성이 강하여서 남성과 여성의 이항대립을 넘어서 모성적인 사랑이라는 문제를 지속적으로 담론화하는 경향을 보여준다. 이 점에서 작가의 문제의식과 성실성이 돋보인다.『내 생의 알리바이』와『수수밭으로 오세요』를 통해 보건대 작가의 이런 문제의식은 이른바 '어미 마음'이라는 것으로 응축되어 나타난다.

「어미」, 「어린 부처」, 「술 먹고 담배 피우는 엄마」 등『내 생의 알리바이』에 실린 단편소설들은 작가의 자전적인 경험이 투영되어 있는 가난한 어머니의 상황과 심리를 그린 것이었다.『수수밭으로 오세요』는 필순이라는 여인의 억척스러운 삶을 사상의 차원으로까지 밀어붙여서 이섭이라는 남성 주인공의 이타주의를 넘어선 경지에 '어미'라는 본성적인 세계를 설정한다. 이 점에서 공선옥의 '어미'는 마르크시스트 페미니즘과는 달리 의식화보다는 본성과 생리를 강조하는 측면이 강하고, 반면에 여성성이라는 범주를 남성성과 대립적인 함의를 갖는 범주로 특권화하는 페미니즘과도 구별된다.『수수밭으로 오세요』에는 남성성과 여성성을 분별하는 문장이나 구도가 엿보이지만 공선옥의 이후 소설 창작 과정을 총괄해 볼 때 공선옥 소설의 본령은 이항대립적 여성주의보다는 모성적인 생명주의에 가까운 것으로 해석된다. 이것은 최근에 간행되어 나온 그녀의 창작집 『유랑가족』(2004)을 통해서 여실히 확인된다.

그런데 이처럼 물질적 세계의 모순에 의해 고통 받으며 살아가는 존재들을 향한 사랑은 공지영의 소설집『존재는 눈물을 흘린다』에서도 확인된다. 요컨대 공지영과 공선옥은 여성이라는 문제를 여성을 둘러싼 세계의 보편적, 객관적 진실의 문제와 관련지어 탐구하려는 시도를 보여준 작가들로 기록될 만하다.

4. 포스트모더니즘, 근대 이후 담론과 관계된 소설들

1990년대 문학에서 리얼리즘의 권능이 소실되어간 것과 궤를 같이하여 포스트모더니즘을 표방하거나 그러한 계열로 범주화 할 수 있는 작품들이 빈번하게 출현하기 시작했다. 문흥술에 따르면 1990년대는 신격화 된 자본이 지배하는 세계다. 이 신격화된 자본을 자신의 실체를 감춘 채 모든 것을 상품화 하는데 이 물신화 자본을 조정하는 것은 미국이라는 초월적 중심부다. 이 초월적 중심부는 지구가 하나 되는 지구촌 시대인 것처럼 선전하지만 실상은 지구촌 전체를 지배할 뿐이다. 미국은 그들의 체제와 문화를 주변부에 강요해 나가는데 이처럼 본질이 은폐된 거대한 세계체제와 싸우면서 물신화된 자본을 파괴하기 위해 고군분투하는 문학으로 나타난 것이 최수철, 이인성, 서정인 등의 글쓰기라는 것이다.(문흥술,「상업주의 비평의 실체」, 85~108쪽,『자멸과 회생의 소설문학』, 열음사, 1997, 103~104쪽) 이러한 평가는 최수철의『알몸과 육성』(1991) 및『불멸과 소멸』(1995), 서정인의『붕어』(1994), 이인성의『미쳐버리고 싶은, 미쳐지지 않는』(1994) 등을 염두에 둔 것이다.(문흥술,「1990년대, 소설의 자멸 혹은 회생」, 139~169쪽,『자멸과 회생의 소설문학』, 열음사, 1997). 이러한 작품들에서 그는 리얼리즘 이론의 붕괴 이후의 소설 또는 글쓰기의 가능성을 발견하고자 한다.

　문홍술 같은 비평가가 냉전체제 와해 이후의 탈근대적 글쓰기를 비평적으로 옹호하고자 했다면 탈리얼리즘을 적극적으로 표방한 작품으로 초기 논쟁의 대상이 된 것은 하일지의 작품들이다. 하일지의 장편소설『경마장 가는 길』이 1990년 11월경에 단행본으로 출간되고 집중적인 주목을 받게 되면서 그 작품성을 둘러싼 논쟁을 야기되기에 이른다.

　비평가 한기는『경마장 가는 길』이 "한국 소설의 새로운 방법적 차원을 개척한 공로"를 일단 인정한다. 그러나 그의 총괄적 견해는 "보편성과 전체성으로의 확대 가능성을 담지한 개별자의 현실이 뛰어난 방법적 미학으로 구현되고 있다는 점에서 리얼리즘 소설로서의 예술적 성취 가능성"을 보여준 전반부에 비하여 후반부로 갈수록 "소설 미학의 핵심 항목인 '거리'의 문제"를 야기하면서 사사화되는 경향을 보인다는 것이다. 그의 이러한 부정적 평가는 루카치의『소설의 이론』을 감당할 만한 전범적인 작품이라고 본 염상섭의『만세전』에 기댄 것이었다.(한기, 「놀라운 방법, 빈곤한 주제; 혹은 작가의 탄생」,『문학정신』, 1991. 2)

　이후에 하일지의 연작 형태 속편인『경마장의 오리나무』(1992)에 대해서도 논란이 야기되는 것을 확인할 수 있다. 한기는 이 작품이 우연성을 남발하는 졸속적인 작품이라고 하였고(한기, 「장인 정신 없는 모험 취미」,『조선일보』, 1992. 8. 28) 하일지는 이러한 평가가 구조적 규범성을 중시하는 낡은 소설미학의 기준에서 파생한 것일 뿐이라고 주장하였으며(하일지, 「텍스트 임의 해석 논리 개진 위험」,『조선일보』, 1992. 10. 7) 이남호는 이 작품이 일상의 문제를 심화시켜 보여준 수준작이라고 하였다.(이남호, 「일상 억압 집요한 묘사 "수준작"」,『조선

일보』, 1992. 9. 9)

　이러한 논의들은 하일지의 포스트모더니즘적인 창작방법과 기존의 리얼리즘 비평이 충돌하는 양상을 보여준 것이라고 할 수 있을 것이다. 1980년대에서 1990년대 초반 경까지 커다란 영향력을 행사한 좌파 문학이 여러 변형태로 나타난 리얼리즘적 방법의 미학적 우위성에 대한 인식을 공분모로 하고 있었다면 하일지의 소설을 둘러싼 논란은 이러한 인식에 파열구를 내면서 새로운 소설 시대를 알리는 기능을 했다고 할 수 있다.

　한편 소설가 이인화는 류철균이 본명이다. 그는 류철균이라는 필명으로 비평을 하다가 『내가 누구인지 말할 수 있는 자는 누구인가』(1992)라는 장편소설로 1992년 제1회 작가세계문학상을 받으면서 소설가로 변신하였고, 곧이어 1993년에 정조 연간의 이야기를 추리소설적 기법으로 쓴 『영원한 제국』(1993)으로 커다란 주목을 받았다. 이후 그는 박정희 일대기를 다룬 『인간의 길』(1997)을 세 권으로 펴내면서 박정희 유신체제와 정조의 개혁을 연결하는 특유한 사유법으로 대중적인 관심과 논란의 한가운데에 서게 된다.

　또한 그는 이러한 소설 창작 활동과 아울러 소설가인 장정일, 그리고 이후에 역사소설가가 되는 김탁환 등과 함께 문학잡지 『상상』을 주재하면서 대중문학을 논리적으로 정당화하고자 하였다. 몇몇 비평을 통해서 그는 고급문학과 대중문학의 분리 및 이른바 독자의 침묵을 근대문학 담당층의 문제로 돌리면서 대중문학을 거부함으로써 자기 자신의 존재 이유를 정당화한 근대문학 담당층들로 말미암아 우리 문학이 오도된 길로 들어서게 되었다고 하였고, 바로 이러한 근대문학 담당층의 성격을 작가주의로 명명하면서 그 자신의 장르주의와 구분하였다.(류철균, 「근대문학의 엘리트 문화적 성격」, 『상

상』, 6호, 1994년 겨울 및 「UR 시대의 문화 논리」, 『상상』 3호, 1994년 봄)

이러한 이인화의 소설과 비평은 영남지역의 패권에 기반한 장기간의 군사독재체제를 옹호하고, 노태우, 김영삼, 김종필 3자 보수대연합 아래서 전개되고 있던 독점자본의 공세를 문학 논리화 했다는 점에서 문제적이다. 그의 소설과 이론은 역사적 사건을 탈역사적으로 미학화 하면서 동시에 근대 이후라는 역사적 비전을 보여준다는 점에서 당시 급속도로 확산된 포스트모더니즘 이론을 충당할 만한 것으로 평가되기도 했다.

그의 견해가 민주주의라는 시대적 추세와는 궤를 달리할 뿐만 아니라 그 어조 역시 매우 공격적이었다는 점에서 그 비평적 반응 역시 날카로웠다. 예컨대, 이성욱은 「'심약한' 지식인에 어울리는 파멸－이인화의 『내가 누구인지 말할 수 있는 자는 누구인가』 표절 시비에 대해」(『한길문학』, 1992년 여름)라는 비평문으로 이인화의 표절을 문제 삼았다. 그는 『내가 누구인지 말할 수 있는 자는 누구인가』를 전반적으로 분석하면서 이 작품이 공지영, 요시모토 바나나, 무라카미 하루키 등의 작품을 표절한 혐의가 다분하다고 하였다.(이성욱, 유고집 『비평의 길』, 문학동네, 2004, 108-114쪽) 필자 역시 「대중문학의 '복권'과 민족문학의 갱신」(『실천문학』, 1996년 가을)에서 이인화와 김탁환의 문학논리가 문화산업의 논리를 대변하고 있을 뿐이라고 비판하였고, 이에 대한 김탁환의 반론이 있자 문홍술은 「상업주의 비평의 실체－김탁환 「비평의 운명」 비판」(『문학정신』, 1997, 여름)으로 김탁환의 논리를 전반적으로 비판하는 글을 발표하기에 이른다. 그는 고미숙과 필자의 비판에 대한 반론 형태를 띤 김탁환의 비평이 상업주의 논리에 깊이 침윤된 것은 물론 서구 문학이론들을 무체계적으로, 무분별하게, 자의적으로 남발하고 있다고 전면적으로 비판하였다.

이인화와 김탁환이 소설과 비평으로 활발한 활동을 펼친 당시는 우루과이 라운드 협상이 대두하면서 국내 시장의 자족성에 대한 환상이 깨어지고 문화 영역 역시 국제적인 개방화 추세에 뒤따를 수밖에 없으리라는 위기의식이 고조된 시기였다. 이 무렵 이청준의 소설 『남도 사람』(1978)을 영화화 한 임권택의 『서편제』(1993)가 이른바 UR 시대에 처한 한국 문화산업의 가능성을 보여준 것으로 평가되면서 문화와 문학의 시장 경쟁력에 관한 논의가 무성해졌던 것도 특기할 만한 사항이다.

이러한 상황에서 대중문학과 엘리트문학을 구별하면서 대중문학을 주장한 이인화, 김탁환 등의 논리는 근대문학이 구축해온 내면성의 폐색 상태에 대한 반작용이자 동시에 문화산업 시대의 문학 재생산 위기를 극복하려 한 시도의 하나로 해석될 여지가 없지 않다. 그러나 과거와는 전혀 다른 문학적 개념과 그에 바탕한 새로운 모색이 요청되는 시기에 창발적이고 진취적인 문학을 재구축함으로써 문제를 해결하려 하기보다는 중세 회귀적인 퇴행 논리에 기대어 문화산업의 논리를 전면화 하는 방향으로 논지를 펼친 것에 대해서는 비판적 검토가 필요할 것이라 판단한다.

한편 장정일은 이러한 포스트모더니즘 문학의 맥락에서 중요한 작가 가운데 한 사람이다. 그는 시집 『햄버거에 대한 명상』(1987) 등을 펴낸 시인에서 『그것은 아무도 모른다』(1989)와 『아담이 눈뜰 때』(1990)를 펴내면서 소설가로 전환하였고 이후에 『너에게 나를 보낸다』(1992), 『너희가 재즈를 믿느냐』(1994), 『내게 거짓말을 해봐』(1996), 『보트하우스』(1999) 등의 장편소설을 차례로 발표하면서 관심과 논란의 대상이 되었다. 특히 『내게 거짓말을 해봐』(1996)는 그로 하여금 일시적이나마 영어의 몸이 되게까지 하는 등 1990년대 내내 그는 문단의 주요 활동가 가운데 한 사람이었다.

또한 그는 이인화, 김탁환 등과 함께 『상상』의 주요 멤버를 구성하기도 하였다. 이것은 그가 1990년대의 영남 포스트모더니즘 문학의 일부이자 동시에 1990년대 중후반기 내내 우파 정치주의 문학의 수령 역할을 한 이문열과도 문학적 연결 관계가 있음을 의미한다. 그럼에도 그는 그 자신의 이력이 말해주듯 이 그룹의 예외적 존재로서 체제 '저항적인' 포즈로 실험적인 창작 활동을 이어갔다.

필자는 「그를 믿어야 할 것인가」(1996)라는 제목을 단 작가론에서 장정일의 문학적 모순에 대해서 "그의 문학은 세상에 대한 희망과 절망, 구원을 향한 희구와 그 방기 사이의, 자신에 대한 우월감과 열등감, 문학에 대한 진지함과 경박성 사이의, 모든 갈등 위에 놓여 있다. 그리고 그 갈등하는 두 측면 중 후자의 측면은 언제나 전자의 측면을 짓누르고 있다. 그것은 마치 어둠이 빛을 감싸 안은 형국과도 같다."(방민호, 「그를 믿어야 할 것인가─장정일 소설론」, 『창작과 비평』, 1996년 여름, 79~80쪽)라고 썼었다. 장정일의 문학은 그 알레고리적 기법이 말해주듯 단순치 않고 여러 양상이 혼재되고 중첩된 양상을 보인다. 그는 서구의 1920년대 아방가르드주의자들 혹은 1960년대의 히피나 아웃사이더들이 추구했던 미학적 저항을 1990년대 한국의 지형도 위에서 재현하고자 하는데 이로 인해 발생하는 시공간적 낙차는 그의 문학을 포스트모더니즘으로 해석하도록 유도한다.

작가 역시 이러한 맥락을 충분히 계산할 줄 알았던 만큼, 또 그 자신 희곡 작가이기도 했던 만큼 그는 상당히 정교한 운산법 아래서 『아담이 눈뜰 때』에서 『내게 거짓말을 해봐』에 이르는 일종의 소설적 연기를 펼쳐 보인다. 필화 사건과 그것에 뒤이은 『보트하우스』는 이러한 측량에서 벗어난 우연적 사건에 따른 부산물이라고 할 수도 있겠지만 이러한 해프닝을 통해서 작가는 자신의 미학적 저항을 역설적으로 정당화 하는 효과를 자아냈다.

한국의 1990년대 문학에 포스트모더니즘이라는 흐름이 존재했는가 하는 것은 충분한 논의를 필요로 하는 문제다. 몇몇 논의들에 따르면 포스트모더니즘은 독자적인 실체라기보다는 허위적 담론에 불과하다. 그러나 포스트모더니즘이 모더니즘의 연속이든 그것의 부정적 계승이든 한국에서 하일지나 이인화나 장정일 문학에서, 그리고 그것과는 색조가 다른 최수철이나 이인성의 문학에서 포스트모더니즘의 양상들이라고 불릴만한 문학적 자질을 발견하는 일은 그렇게 어렵지 않을 것이다. 모더니즘과 마찬가지로 포스트모더니즘 또한 타협과 저항의 폭넓은 스펙트럼을 현상을 보여준다. 실제로 상품화 되지 않는 한 소통, 소비될 수 없는 오늘날의 문학 체제 속에서 자본주의적 재생산 체제에 대한 완전한 의미의 미학적 저항이란 있을 수 없을 것이다. 그럼에도 유희, 게임, 포즈의 단계와 다른 문학적 가치를 창조하는 일에 대한 고민은 필요할 것이다. 뚜렷한 윤곽을 그리기 어려운 포스트모더니즘 작가들의 실천은 과연 그들이 부정한 리얼리티를 대체할 만한 어떤 문학적 진실과 전망을 획득했는가 하는 문제는 1990년대 문학이 남겨놓은 하나의 숙제 가운데 하나다.

5. 가상현실의 전면화와 새로운 세대의 소설들

전면적인 개혁과 개방으로 인한 정치적 일원론의 붕괴가 작가들로 하여금 한국사회의 다층성과 다면성에 눈뜨게 했다는 것은 앞에서도 이미 지적하였다. 이와 함께 1990년대 문학에 심대한 영향을 미친 것은 바로 가상현실의 전면화다. 1990년대는 인터넷 등을 중심으로 사이버 공간이 대량적으로 형성되면서 문학 창작활동의 제반 조건을 혁명적으로 탈바꿈시켜 간 시대로 기록되어야 마땅하다.

조정환에 따르면 한국에서 컴퓨터 네트워크가 첫 모습을 보인 것은 1982년경으로까지 소급되며 1994년경부터는 인터넷의 상업적 이용이 활성화 되기 시작한다. 1995년에는 나우콤, 천리안이 인터넷 연결 서비스를 제공하기 시작했고 이후에 월드 와이드 웹이 급속히 발전하여 텍스트, 이미지, 오디오, 비디오를 불문한 세계 어느 곳의 정보도 검색 가능하게 되었다. 이후에 상업망을 매개로 급속히 일반화 된 초고속 정보 통신망이 등장하면서 한국의 컴퓨터 네트워크들은 전세계를 거미줄처럼 얽는 단일한 사이버스페이스 속으로 통합되기에 이른다.(조정환,『제국기계비판』, 갈무리, 2005, 325~6쪽)

이와 같은 컴퓨터와 인터넷의 등장 및 전면화 과정에서 작가들은 전혀 새로운 창작적 조건들을 경험하게 되었다. 무엇보다 먼저 퍼스널 컴퓨터가 작가들의 창작을 위한 필수적 도구로 자리를 잡았다. 1980년대만 해도 작가들은 원고지나 타자기, 전동 타자기, 워드 프로세서 정도만을 가지고 작업을 하는 정도였으나 1989년경부터 대중화되기 시작한 컴퓨터가 단시간 내에 필수불가결한 작업 수단이 되었다. 장정일의 소설『아담이 눈뜰 때』와『보트 하우스』는 이처럼 급속하게 변모해 나간 창작 작업의 조건을 잘 보여준다.

이와 더불어 인터넷의 발달은 새로운 창작 개념의 등장을 가져왔다. 초기에 컴퓨터문학이나 통신문학 등의 용어로 불리다가 점차 하이퍼텍스트나 사이버문학이라는 형태로 네트워크를 통한 전달 기능이나 하이퍼텍스트 기능에 착목한 개념으로 정착되어 나간 새로운 형태의 문학 창작 및 유통과 소비 메커니즘이 창출되었고 이러한 메커니즘을 바탕으로 한 작가와 작품이 문학의 중요한 영역으로 부상했다.(최혜실, 「디지털 서사의 미학」, 『디지털 시대의 문화예술』, 문학과지성사, 1999, 241~6쪽) 『디지털 구보, 2001』은 이러한 맥락에서 나타난 하이퍼텍스트 실험이었다.(김미영, 「「디지털 구보, 2001」을 통해 본 하이퍼텍스트 소설의 가능성」, 『우리말글』, 2005. 4)

한편 지금도 거의 모든 포털 사이트에서 문학과 관련된 커뮤니티가 활동하고 있고 이러한 장들이 문학의 새로운 대중적 기반을 형성해 나가고 있지만 특히 김영하, 송경아 등은 1990년대에 시작된 이러한 흐름 속에서 본격 작가로 부상한 사람들이었다. 사이버 매체들은 새로운 작가 제도를 형성시켰다. 나아가 컴퓨터를 통한 집필 스타일이 일반화되면서 사용 어휘나 어법에서 문체 면에 이르기까지 광범위한 부분에서 변화가 생겨났다. 이 점은 아직까지 충분히 규명되지 못한 상태에 놓여 있지만 활동 중인 거의 모든 작가들이 연필과 종이를 대체하는 키보드와 화면의 사용, 인터넷을 통한 정보 수집과 활용이라는 글쓰기의 기본적인 성격 변화에 적응하지 않으면 안 되는 상황임은 분명하다.

또한 이처럼 가상현실 영역이 활성화 됨에 따라 사이버리즘이라 불릴 만한 가상현실 중심적 사고가 적극적으로 대두하고 기존의 리얼리티 개념에 대한 회의와 환상의 미적 가능성을 중시하는 문학적 경향이 배태되기에 이른다. 우리는 이 과정에서 나타난 몇 사람의 작가들의 이름을 알고 있는데, 『퇴마록』(1994~2001)의 이우혁, 『바람의 마도사』(1996)의 김근우, 『드래곤 라자』(1998)의 이영도 등이 그들이다.(김미영, 위의 글)

이른바 본격문학의 영역에서 이와 같은 현상의 영향을 잘 보여준 것은 김연수의 『가면을 가리키며 걷기』(1994)와 『7번 국도』(1997), 송경아의 『성교가 두 인간의 관계에 미치는 영향에 대한 문학적 고찰 중 사례 연구부분 인용』(1994), 김경욱의 『아크로폴리스』(1995), 김영하의 『나는 나를 파괴할 권리가 있다』(1996)와 『호출』(1997)과 『엘리베이터에 낀 그 남자는 어떻게 되었나』(1999), 백민석의 『내가 사랑한 캔디』(1996)와 『16 믿거나 말거나 박물지』(1997), 전성태의 『매향』(1999) 등이다.

이들은 인터넷 및 컴퓨터, 영화, 비디오, 음반, 게임 등을 비롯한 대중문화산업 및 첨단매체 산업의 영향력을 작품에 부조하면서 물질적 풍요로움과 빈곤의 교차에서 오는 사회적 부조리, 불확정적인 리얼리티의 시대를 살아가는 실존적 불안과 고민 등을 작품화 해 나갔다. 이들의 문제의식은 문학의 역능에 대한 고민과 회의로까지 나아가게 되는데 이 지점에서 이들의 문학은 1990년대 내내 팽배했던 문학 위기론과 조응하게 된다.

실로 1990년대는 문학위기론이 끊임없이 제기된 시대였다. 이것은 1990년대라는 새로운 문학 환경이 새로운 문학 개념과 실천을 필요로 했음을 의미한다. 그러나 기성 작가들은 물론 신진 작가들이 세계사적인 변화를 신속하게, 충분히 수용할 수 있었으리라고 기대할 수는 없다. 1990년대 내내 이들 작가들은 대부분 새로운 작가군의 출현을 알리는 징후 또는 증상으로 기능했고, 2000년 이후에서야 비로소 작품성을 논의할 만한 가치가 있는 작품을 발표하게 되는 것으로 판단된다.

이처럼 1990년대 문학 지형의 과도적 성격을 가장 잘 보여주는 현상 가운데 하나는 신세대라는 용어의 빈번한 사용일 것이다. 1990년대의 개시와 더불어 시 비평을 중심으로 나타나기 시작한 신세대라는 말은 1993년경에 이르면 소설 부문에도 적극적으로 사용되기 시작한다. 이 시기에 필자는 신세대문학의 성격과 의미를 미학주의라는 용어로 파악하고자 했었는데, 그에 따르면 신세대 작가는 위에서 열거한 작가와 작품들 외에도 구효서, 신경숙, 공지영, 윤대녕, 장정일, 김소진, 배수아, 이인화 등은 물론 뒤늦은 나이로 등단한 최윤까지 포괄하게 된다.(방민호, 「미학주의, 그리고 그 밖의 우울한 풍경과 작은 가능성」, 『문학사상』, 1995. 9)

이러한 발상법에 의하면 이순원, 박상우, 심상대, 한창훈 같은 작가들 역시 신세대적인 감수성에 포괄될 수 있을 법하다. 이것은 신세대의 내포적 의미를 정치적 일원론이 파열되고 붕괴되는 지점에서 솟아오른 문학적 독자성에 대한 관심과 표현에서 찾으려 한 것이지만 새로운 세대의 등장이라는 의미까지 함께 포괄하고자 한다면 역시 김연수, 송경아, 김경욱, 백민석, 전성태 등으로 범위를 좁힐 필요가 있을 것이다.

이들 좁은 의미의 신세대 작가들은 대체로 1970년 전후에 출생하여 산업화 시대에 텔레비전과 만화영화의 세례를 받으면서 성장하였고 민주주의 투쟁 이후의 시대에 청년기를 보낸 세대의 구성원들이다. 이들의 주된 관심은 정치적 민주화와 민족 문제가 아니라 문화산업과 대중문화를 수용한 감수성을 바탕으로 단자화된 삶의 아이덴티티를 확보하는 데 있다. 또한 이들에게는 고전적 교양과 전통보다는 모방이나 패러디 같은 상호텍스트성과 문화적 횡단이 중요했다. 전성태는 이문구 소설의 전통을 계승하는 이들 작가군의 예외에 해당하는 작가다.

이러한 신세대 작가의 성격을 비교적 잘 보여준 좌담으로 「90년대 문학을 결산한다」(『창작과 비평』, 1998년 가을)를 상기해 볼 수 있다. 김정란, 김영하와 필자 등이 참여하고 김사인이 사회를 본 이 좌담에서 김영하는 자기를 포함한 젊은 작가들이 "최근의 작가들이 보여주는 경향은 문화가 우선하고 생체험이 결여된 환경에서 비롯된 일종의 과장된 포즈에서 출발했"으며 "90년대 초반부터 밀려들어왔던 다종다기한 문화 또는 문화담론들", "컴퓨터 통신, 대중문화, 페미니즘, 동성애, 영화 등 다양한 하위문화들"의 세례를 입은 것으로 묘사했다. 또한 그는 "'가장 민족적인 것이 세계적인 것이다'라는 언명은 박정희 시대 이래로 훼손되어온 언어"라면서 "민족적인 것은 민족적인 것이고, 세계적인 것은 세계적인 거"라는, "제3의 길"을 주장한다. 이 "제3의 길"이란 "번역을 견디는 문체", "한국이라는 국지적 맥락에 함몰되지 않는 주제와 이야기", "세계문학의 흐름도 면밀히 살펴 받아들이면서 경쟁력 있는 문학을 생산해내려는 노력" 등을 의미했다.(김정란·방민호·김영하·김사인, 좌담 「90년대 문학을 결산한다」, 『창작과 비평』, 1998년 가을, 14~15쪽 및 45~51쪽)

이 좌담에서 신세대문학이라는 용어를 "개별 작가들에 대한 평가를 정치하게 수행할 수 없게 만드는 가짜 개념"이라고 신랄하게 비판한 김영하는 정작 그 자신이 세대상으로는 386에 속하면서도 신구 세대상의 대립적 구분법에 기대어 80년대 문학과 90년대 문학, 정치주의적 문학과 문학주의적 문학을 대조시키면서 후자의 문학에 신세대라는 레떼르를 부착한 신세대문학 담론의 가장 큰 수혜자였다. 그는 백민석 등과 함께 90년대에 들어서 등단한 몇 안 되는 작가군의 일부였을 뿐만 아니라 이른바 통신문학에서 출발하여 기성 문단에 진입한 과정이라든가 소설적 스타일 등에 비추어 볼 때 가장 신세대다운 작가였다. 그의 평판작인 『나는 나를 파괴할 권리가 있다』는 프랑스와즈 사강의 말을 제목으로 빌리고 구스타프 클림트의 그림 이야기를 도입하는 방식 등에서 짐작할 수 있듯이 키치적인 요소를 무의식적, 의식적으로 도입한 것이었다. 또 이 시기에 간행된 두 권의 창작집에 실린 「고압선」, 「흡혈귀」, 「비상구」 등의 단편소설들은 환상적 장치를 효과적으로 사용하고 있다는 점에서 인터넷 등 가상현실이 힘을 발휘하는 현실 속에서 기존의 리얼리티 개념을 심문하고 새로운 리얼리티를 구성해 나가고자 하는 신세대문학 경향을 효과적으로 대변하는 측면이 있었다.

한편 새로운 리얼리티의 실험과 환상적 장치의 활용이라는 측면에서 보면 백민석 또한 언급해 둘만 하다. 경장편소설에 속하는 『내가 사랑한 캔디』(1996)나 연작소설집 『16 믿거나 말거나 박물지』는 동성애 모티프, 만화적인 상상력, 엽기적인 이야기 등을 현실의 범주를 극대화하고자 하는 전위적 실험 양상을 보였고, 이러한 경향은 장편소설인 『목화밭 엽기전』(2000)으로 이어지게 된다.

6. 소설적 공간의 확장과 세계시민의 등장

한국 현대소설 속의 시공간이 한반도를 떠나 세계 여러 곳으로 옮겨 다니게 된 것은 어제 오늘의 일은 아니다. 이인직의 예를 상기해 볼 수도 있지만 우리 소설이 가장 광활한 무대를 보여준 사례로 중요한 것은 이광수다. 『유정』(1933)이나 『그의 자서전』(1937)을 비롯한 이광수의 몇몇 소설 속 주인공들은 시베리아며 중앙아시아며, 상하이며, 만주를 헤맨다. 일본은 당시 식민지였던 조선으로서는 내지나 다름없다. 이태준 소설에서도 부분적이지만 이러한 양상이 확인된다. 그의 장편소설 가운데 하나인 『불멸의 함성』(1934~1935)의 주인공은 미국의 내륙까지 횡단하는 양상을 보여준다. 또 일제말기에는 특히 대일협력적인 소설을 중심으로 만주와 중국이 소설 무대로 떠오르게 된다.

해방 이후 분단과 전쟁, 그리고 오랜 냉전 체제는 한국소설의 무대를 현저히 좁혀 놓았다. 김동리나 황순원 등 이른바 문협 정통파 소설은 한국문학의 정체성을 지방적 토속성에서 찾았고 그 영향 탓에 우리의 소설은 한반도 안에 갇힌 듯한 형국을 보여주게 되었다. 물론 베트남 전쟁이나 그 밖의 특수한 계기들로 인해 소설적 무대가 확장된 경우를 볼 수 없었던 것은 아니지만 그것은 특수한 사례를 형성하는 것이 대부분이었다. 수십 년 동안 한반도 외부는 우리 소설의 무대로 등장한 적이 별로 없었다고 보아도 무방하다. 아울러 외국인이 등장하는 법도 별로 없었고 있었다고 해도 대개는 외면적으로 처리되는 경우가 대부분이었다. 우리의 소설은 '고요한 아침의 나라'를 살아가는 사람들의 이야기로서 섬과 같은 한반도에 고립된 채 외국 또는 세계와는 언어적인 장벽을 사이에 두고 전개된 감이 없지 않았다.

이러한 상황에 비추어 볼 때 이른바 본격소설이 1990년대만큼 지속적인 공간적 확장을 보여준 시기는 일찍이 없었던 것으로 판단된다. 최인훈의 『화두』(1994), 이문열의 「아우와의 만남」(1994), 윤후명의 『여우사냥』(1997), 김이태의 『슬픈 가면무도회』(1997), 박상륭의 『평심』(1999), 이나미의 『얼음가시』(2000), 황석영의 『오래된 정원』(2000), 오수연의 『부엌』(2001) 등으로 이어지는 일련의 작품들은 한반도 외부의 세계를 주유하는 세계인들의 형상을 보여준다는 점에서 1990년대 소설의 가장 큰 변화 양상 가운데 하나다. 일례로 김이태의 『슬픈 가면무도회』를 살펴보면 다음과 같다. 이 소설의 주인공인 서경은 잡지사에서 근무하다 사랑하는 사람을 찾아 한국을 떠나 칠레로 간다. 그 사랑의 대상은 영국인이고 그와 결혼한 그녀는 칠레에서 영국으로, 다시 일본으로 떠도는 삶을 살게 된다. 한국의 본격소설에서는 여주인공이 외국인과 사랑을 나누고 결혼까지 한다는 모티프도 찾아보기 힘들고 또 그녀가 그 어디에도 닻을 내리지 못하고 세계라는 바다를 떠돌아다닌다는 설정도 매우 드물다는 사실을 염두에 둘 필요가 있다. 뿐만 아니라 작중에서 서경이라는 여성은 대학시절을 풍미하던 학생운동에 저항감을 가지는 한편 이해자의 입장을 취하기도 하는데, 이런 변민의 경험을 가진 여성이 그와 같은 행로를 걷게 된다는 설정은 더구나 찾아보기 힘들다.

결국 이 소설은 한국의 소설로 보면 매우 이례적인 인물을 내세운 셈인데, 그 이례성이란 한국이라는 민족 '공동체'에의 집단적 귀속감과 의무감을 전제로 하는 학생운동으로부터 상당한 영향을 받지 않을 수 없었던 여성이 그러한 요구에 대한 극단적인 거절의 방식으로 외국인과 사랑하고 결혼하고 아이를 낳고 그 과정에서 한국을 떠나 세상을 떠돌며 살게 된다는 데 있다. 이 소설은 단일한 민족공동체라고 운위되는 한국사회에서 이제까지는 당연한 것, 당위적인 것으로 전제되고 요구되던 '공동체'에 대한 개인의 귀속성 문제를 개인의 자기 정립이라는 문제와 관련지어 새로운 방식으로 다룬 것이다.

김이태는 1964년생 작가다. 이것은 그녀가 이른바 386세대에 속하는 작가임을 의미하며 또 이것은 그녀의 소설이 386세대가 안고 있는 정체성의 위기를 표상하고 있음을 의미한다. 이십 대를 민주주의 및 민족 담론의 영향권 아래서 살았던 그들은 1990년대에 접어들어 개혁과 더불어 전면화 된 개방의 물결 속에서 광활한 사막 또는 바다 위에 홀로 서 있는 자기를 발견해야 했다.

필자는 오수연의 『빈집』이라는 창작집에 대한 해설을 쓰는 가운데 386 세대의 불확실하고 불투명한 자아 정체성에 관해 언급한 적이 있다.(방민호, 「근본주의의 한 모습」, 『빈집』, 도서출판 강, 1997, 274~275쪽) 민주주의와 인권을 위해 싸우고 민족적 재통합을 주장해온 세대가 세계사적 흐름에 뒤쳐져 있는 자기를 되돌아 보아야 했던 것이 바로 1990년 이후의 상황이다. 따라서 그들에게 세계사적인 동시대성을 확보한다는 것, 소설적 공간이 확장된다는 것은 그들의 정체성 위기를 해결하는 문제와 직결되어 있다. 바로 이 점에서 1990년대 소설의 공간적 확장은 하나의 문학사적 현상인 것이다. 그것은 단순한 공간적 확장이 아니라 작가들의 경험과 사상의 확장 또는 심화 과정이 낳은 필연적 부산물이고 정체성의 위기를 겪으며 존재 전환을 꾀하지 않을 수 없었던 그들의 삶이 투영된 문제적 양상이다. 1990년대 소설의 공간적 확장은 386세대를 비롯한 한국인들의 세계시민화 과정을 서사화 한다. 이렇게 볼 때 외국을 여행하고 돌아온 이야기를 쓴 일군의 기행 소설들은 이러한 과정의 작고 좁은 일부만을 보여줄 수 있을 뿐이고 신변잡기 수준의 소설에 지나지 않는다. 왜냐하면 여행이란 아무리 상세한 관찰력을 발휘한다 해도 여행지를 자기의 시각에서 관찰하고 따라서 외면적으로 해석할 수 있을 뿐이기 때문이다.

2001년에 책으로 간행되었지만 그 대부분이 1990년대에 씌어진 오수연의 『부엌』은 작가의 인도 정주 경험이 바탕에 깔린 단연 문제작이다. 여기서 인도는 어떤 신비 체험의 공간이 아니라 세대적인 패배를 안고 한반도를 떠난 주인공이 새로운 아이덴티티를 수립해 가는 사투장이다. 인도가 곧 새로운 삶과 투쟁의 공간이기에 이 소설의 주인공은 이미지로서의 인도가 아니라 '실체'로서의 인도를 상대로 싸운다. 한반도 외부 공간이 이렇게 하나의 '실체'로 모습을 드러내고 주인공이 그 실제적 공간을 무대로 자기 삶을 건 투쟁을 벌인다는 점에서 이 작품은 인도를 초월적 공간으로 묘사하는 여타의 작품들, 그리고 수많은 여행기들과 구분된다.

그런데 이 작품이 더욱 의미심장한 것은 그것이 서로 다른 언어를 가진 사람들 사이의 소통의 문제를 다루고 있기 때문이다. 여기서 언어가 다르다는 것은 관습과 상식이 다르다는 것이기도 하다. 즉 언어가 다른 사람들이란 시스템을 공유하지 않는 사람들, 서로가 서로에게 외부적 실존들인 사람들을 의미한다. 이 연작에 등장하는 세 인물, 주인공인 '나'와 다모와 무라뜨는 모두 국적이 다르고 모국어가 다르다. 언어와 국적과 내력이 다른 한국인과 동양인 그리고 아프리카인이 인도라는 불가해한 세계 속으로 찾아든다.

그들은 '나'의 부엌을 매개로 삼아 연결된다. 그러나 다모는 자기 생명을 이어가기 위해 다른 생명을 살육하는 삶의 조건을 견디지 못하는 채식주의자인 반면에 무라뜨는 천부적인 육식주의자로 채식주의자의 위선을 견뎌내지 못한다. 한편으로 '나'는 다모의 채식에도 무라뜨의 육식에도 모두 적응하려고 한다. 문제는 그러한 '나'의 딜레마다. 만약 그녀가 완전한 채식주의자가 된다면 육식주의자인 무라뜨는 생존의 조건을 잃어버리게 된다. 또 그녀가 육식에 만족한다면 이번에는 다모라는 존재를 잃어 버리고 말 것이다.

이 작품은 언어, 국적, 내력이 다르고 따라서 생리가 다른 존재들 사이의 공존이라는 문제를 제기한다. 서로를 향해 열리지 않는다면, 양보하지 않는다면, 각자가 부엌을 독점하고자 한다면 진정한 교류란 불가능하다. 결국 '나'는 다모와 무라뜨 모두에게 자기의 부엌을 사용할 수 있도록 허용한다. 이 소설의 주제는 여러 겹이지만 필자가 주목하고자 한 것은 바로 이처럼 자기 또는 자아의 경계를 넘어 타자의 세계로 나아가는 문제에 관한 작가의 생각이다. 인도라는 소설적 공간의 확장이 이처럼 존재적인 전환의 문제와 관련되어 있다는 점에서 이 작품은 386 세대의 새로운 세계인식을 보여준 문제작이다.

지금까지 설명한 두 작품 외에도 1990년대 소설의 공간학을 보여주는 작품들은 많다. 러시아 유학 생활의 경험을 주제화한 이나미의 『얼음가시』는 1990년 전후의 개방화 과정이 낳은 국제적 경험을 미학적으로 승화시킨 작품집이다. 박상륭의 『평심』은 작가의 오랜 캐나다 체류 경험을 인간 존재에 대한 종교적 탐구의 차원으로까지 끌어올린 작품집이다. 그런가 하면 최인훈의 『화두』나 이문열의 「아우와의 만남」이나 황석영의 『오래된 정원』은 모두 역량 있는 작가들의 세계사적 전망이 소설적 공간 확장이라는 문제와 내부적으로 연결되어 있음을 보여주는 문제작들이다. 이들 중견 및 원로 작가들의 세계사적 전망과 관련해서는 장을 따로 마련하여 서술하고자 한다.

7. 역사와 삶을 향한 근원적 성찰들

이 마지막 장에 이르러서 우리는 한국문학을 지탱해 온 거장들의 면면과 마주치게 된다. 『매월당 김시습』(1992)과 『내 몸은 너무 오래 서 있거나 걸어왔다』(2000)의 이문구, 『늘 푸른 소나무』(1993)와 『마당 깊은 집』(1995)의 김원일, 『토지』(1994년 완간)의 박경리, 『화두』(1994)의 최인훈, 『흰옷』(1994)과 『축제』(1996)의 이청준, 『마지막 테우리』(1994)와 『지상에 숟가락 하나』(1999)의 현기영, 『그 많던 싱아는 누가 다 먹었을까』(1995)와『그 산이 정말 거기 있었을까』 (1995)의 박완서,『아우와의 만남』(1995)의 이문열,『평심』(1999)의 박상륭 등이 그들이다.

또 여기에 이르러 우리는 역사와 인간에 대해 근본적인 성찰을 시도하고 있는 젊은 작가군을 만나게 된다.『내 영혼의 우물』(1995)과 『나를 사랑한 폐인』(1998)의 최인석,『열린 사회와 그 적들』(1993) 과『장석조네 사람들』(1995)과『눈사람 속의 검은 항아리』(1997)의 김소진,『은어낚시통신』(1994)과『많은 별들이 한곳으로 흘러갔다』 (1999)의 윤대녕,『묵호를 아는가』(1994)와『떨림』(2000)의 심상대 등이 그들이다.

먼저 전자에 속하는 작가들에 대해서 살펴보면, 오랫동안 한국문학을 지탱해 왔고 또 그만큼 한국문학을 대표할 만한 이들 중견 작가들은 박경리, 최인훈, 박완서 등을 제외하면 대부분 1940년 전후 출생자들이다. 특히 이문구, 김원일, 이청준, 현기영 등은 모두 같은 세대로서 해방과 분단, 전쟁의 와중에서 성장한, 좌우익 대립으로 인한 역사적 격난의 희생자 혹은 목격자였고, 오랜 시간에 걸친 군사 독재 체제 아래서 정치적 문학의 고난을 짊어져야 했던 고통스러운 세대의 작가들이다.

이들과 박경리, 최인훈, 박완서 등에게 1990년대 이후의 상황은 예견하거나 전망한 것은 아니었으되 당혹스럽지도 혼란스럽지도 않은 것처럼 보인다. 박경리는 1960년대부터 계속 집필해 온 대하소설 『토지』를 완결 지었고, 최인훈은 작가 자신의 삶을 송두리째 바쳐서 한국현대사의 운명을 탐구한『화두』를 발표했으며, 박완서는『그 많던 싱아는 누가 다 먹었을까』와 후속편인『그 산이 정말 거기 있었을까』를 통해 6 · 25 전후의 기억으로 되돌아갔다.

또 김원일, 이청준, 현기영 역시 전쟁과 분단과 학살의 상흔을 되짚어 군사독재시절에는 가능하지 않았을 법한 충분한 사색과 초월적인 역사 감각으로 『마당 깊은 집』, 『흰옷』, 『마지막 테우리』를 쓰고, 역사에 대한 성찰이 마무리된 지점에서 삶 자체에 대한 근원적 사색으로 나아갔다. 김원일의 『슬픈 시간의 추억』(2001), 이청준의 『축제』, 현기영의 『지상에 숟가락 하나』는 이러한 과정 속에서 나타난 훌륭한 문제작들이다.

여기에 오랫동안 국외에 머물러 있던 박상륭이 창작집 『평심』을 통해 로이며 미스 앤더슨이며 하는 낯선 이방인들의 삶을 통해서 인간 삶의 덧없음을 통찰한 것을 빼놓을 수 없다. 이 글에서 이러한 작업들을 모두 총괄할 수는 없으므로 여기서는 최인훈의 『화두』와 현기영의 『지상에 숟가락 하나』, 그리고 이문열의 『아우와의 만남』을 일별하는 것으로 논의를 대신하고자 한다.

1994년경으로 돌아가 보면 많은 젊은 작가들이 '이념의 시대'가 퇴거하고 '사실의 시대'가 도래한 상황 앞에서 후일담, 역사소설, 세태 묘사 등에 기울어 있었음을 볼 수 있다. 그러나 최인훈, 이청준, 이문열 등은 달랐다. 그들은 동구 사회주의권의 붕괴와 냉전체제의 와해를 한국현대사의 새로운 원점 또는 가능성의 시대로 파악하면서 『화두』, 『흰옷』, 「아우와의 만남」 같은 문제작을 제출했다. 이 가운데 이청준의 『흰옷』은 그 특유의 전통적인 미학에 기대어 좌우익 간, 신구 세대 간의 화해를 그려낸 것이었고 이문열의 「아우와의 만남」은 북한에 대한 남한의 우위성이 입증된 역사적 상황에 대한 인식을 바탕으로 남쪽의 형과 북쪽의 아우의 만남을 그림으로써 향후 그의 우파적 정치 활동을 예견케 하였다. 이러한 작품들의 연장선상에서 함께 살펴볼 수 있는 최인훈의 『화두』는 그러나 최인훈의 전생애가 담겨 있는 일생일대의 야심작이자 한국현대문학사상 몇 손가락 안에 드는 최고의 문제작이다.

명백히 작가 자신을 환기시키는『화두』의 주인공인 '나'는 작중에서 북한에서 성장하면서 뇌리에 깊이 자리 잡은 두 개의 이미지로 되돌아간다. '지도원 선생'의 이미지와 '국어선생'의 이미지가 그것이다. 이 두 이미지는 어린 '나'의 눈에 비친 현존 사회주의의 두 모습이다.

그 하나는 어린 중학생에게 차디찬 자아비판을 끝없이 강요하는 어둡고 가혹한 명령체계의 이미지로 나타난다. 다른 하나는 조명희의「낙동강」(1927)에 등장하는 박성운과 로사의 사랑과 혁명적 투쟁이라는 아름다운 이미지로 나타난다. '나'를 평생 동안 괴롭힌 것은 가혹한 명령체계로서의 사회주의다. 그러나 또 한편의 아름다운 이미지는 그로 하여금 사회주의라는 이상적 이념에 대한 사유를 그치지 못하게 한다. 그의 전 생애와 특히 창작활동은 이처럼 상반된 사회주의의 이미지 안에 갇혀버린 자아의 방황과 모색으로 점철된다.

작중에서 미국과 러시아를 오가는 여행들, 이 과정에서 펼쳐지는 길고 끈질긴 회상과 사색들은 밤하늘의 별을 보고 어두운 길을 더듬어 가는 외로운 순례자의 형상을 드러내 보여준다. 특히 작가는 미국 체험을 세밀하게 묘사하는 데 많은 노력을 기울이는데 독자로서는 지극히 난해하다 싶을 정도로 긴 분량의 사색 더미는 작중 주인공인 '나'의 입장에서 보면 자기에게 덧씌워진 이념의 주박을 풀어내기 위해 필요한 만큼의 시간과 노력의 양에 해당한다. 이 여행을 통해서 그가 보고 듣고 겪고 생각하게 되는 모든 것들은 영혼의 주박에서 해방되기 위한 고통스러운 통과 의례에 해당한다. 미국과 러시아를 오가면서 그는 현대판 로마제국과 '제국의 폐허'라는 상반된 현실을 목도하게 된다. 사회주의자들에 의해 현대적 고통의 근원으로 묘사되던 제국주의 국가는 지극한 풍요로움과 안정과 문화를 향유하는 데 반해 아름다운 명목을 내건 왕년의 사회주의 국가는 지독한 남루에 시달리고 있는 역설적 현실을 '나'는 목도하지 않을 수 없다. 그리고 이것은 조명희의 「낙동강」과 '국어선생'이 그에게 부여한 사회주의 이념의 환상적 가면을 벗겨버리고 그 실체에 접근할 수 있도록 한다.

'나'는 비로소 자기를 절대적으로 지배해 온 이념의 광휘를 상대화 함으로써 자기라는 단순 투명한 원리 앞에 서게 된다. 이제 문제가 되는 것은 교조로서의 사회주의가 아니라 살아 있는 실체로서의 사회주의, '나'의 사회주의다. 사회주의 그 자체가 아니라 이념적 대결의 장벽이 허물어진 광장 앞에 서 있는 '나'라는 이름의 단순투명한 원리야말로 『화두』의 주인공이 최종적으로 획득한 마지막 결론이다.

이러한 『화두』는 이념시대의 종언과 탈이념 시대의 도래를 주장하는 포스트모던적 담론들, 자본주의를 최종단계로 확정하고 '역사의 종언'을 선언한 후쿠야마 식의 담론들, 국제화와 개방화를 내세우며 국수주의적 경쟁전략을 제기하는 공세적인 민족주의의 흐름들에 대한 비판의 의미가 있다. 『화두』의 작가는 좌익에 대한 우익의 승리가, 소련에 대한 미국의 승리가 선언되는 광장 한복판에서 이념과 현실을 이분한 후 후자의 승리를 양자택일 식으로 선택하는 모든 '현대적' 담론들을 심문하고 의심하면서 해방 후 현대사 전체를 버텨온 전생애의 힘으로 '나'라고 하는 단순투명한 원리 위에 서서 그모든 것들을 새롭게 성찰할 것을 주문한다. 『화두』는 현대사라는 이름의 역사와 대결하는 단독자적인 자아의 원리를 제시한 것이다.

현기영의 『지상에 숟가락 하나』는 『화두』와는 다른 차원에서 삶에 대한 한국인의 역사주의적인 태도를 근본적으로 성찰하고자 했다는 점에서 문제적이다. 이 작품을 통해서 작가는 창작집 『마지막 테우리』에 이르기까지 부단히 형상화해온 4·3 이야기를 거두어들이고 작가 자신의 삶에 대한 성찰의 이야기를 전개해 나간다. 성장소설의 형식을 빌린 이 이야기는 아버지의 죽음에 관한 회상에서 시작하여 다시 그것에 관한 상념으로 되돌아가는 구조를 보여준다. 그 말미에서 작중화자인 '나'는 다음과 같이 술회한다.

> 죽음이 궁극적으로 나를 자연으로 데려가줄 것이다. 이렇게 귀향연습을 하는 것도 그 때문이다. 자연으로 돌아가기 위해 귀향 연습을 하고 있는 지금의 나에게는 그 동안의 서울생활이란 부질없이 허비해버린 세월처럼 여겨진다. 저 바다 앞에 서면, 궁극적으로는 내가 실패했음을 자인할 수밖에 없다. 내가 떠난 곳이 변경이 아니라 세계의 중심이라고 저 바다는 일깨워준다. 나는 한시적이고, 저 바다는 영원한 것이므로. 그리하여, 나는 그 영원의 말씀에 귀를 기울이기 위해 모태로 돌아가는 순환의 도정에 있는 것이다.(현기영, 『지상에 숟가락 하나』, 실천문학사, 1997, 388쪽)

현기영의 소설이 그의 고향인 제주에 관한 이야기로 일관해 왔음은 물론이다. 이 점에서 그의 소설은 언제나 작가의 귀향 의식을 근저에 숨겨둔 것이었다고 말할 수도 있다. 그러나 『지상에 숟가락 하나』가 보여주는 귀향은 그의 많은 작품들에 내재되어 있던 귀향 의식을 새로운 차원으로 비약시킨 작품이다. 그것은 제주라는 '변방'이 변방이 아니라 "세계의 중심"이었음을 깨닫는 귀향이기 때문이다. 자기를 중심에 놓고 원근법의 부채꼴 시야의 수평선에 고향을 위치시키는 대신에 바다와 고향이라는 영원한 중심의 시점에서 자기를 보는 인식론적 전환을 통해서 주인공인 '나'는 한국현대사를 가로지르는 왜곡된 중심의 역사로부터 최종적으로 벗어난다. 자기가 떠나온 곳이 바로 세계의 중심이었다는 주인공의 자각은 한국현대사라는 것으로 표상되는 역사 일반에 대한 작가의 근본주의적인 태도 전환을 알려 준다. 그것은 왜곡된 중심의 역사와 맞싸우는 역사적 저항인의 태도가 아니라 역사 자체로부터 이탈하여 자유로운 자연인으로 돌아가기를 꿈꾸는 것이고, 따라서 중심과 변방, 억압과 피억압이라는 이항 대립적인 구도 전체를 무화시키고자 하는 것이다.

한편 이처럼 『화두』와 『지상에 숟가락 하나』를 의미심장하게 파악하는 입장에 서면 최인석, 김소진, 윤대녕, 심상대 등 앞에서 잠시 언급한 작가들의 의미를 새롭게 인식할 수 있게 된다. 이들 작가들은 1990년대라는 전혀 새로운 시대 현실과 문학 환경 속에서 인간의 삶에 관한 성찰적 태도를 유지해 나갔다는 점에서 특기할 만한 작가들이다. 이들의 경향은 서로 엇갈리고 다르지만 이러한 다양성과 차이가 1990년대 문학의 또다른 풍요로움을 형성했다는 것은 분명하다.

먼저, 최인석은 창작집 『내 영혼의 우물』과 『나를 사랑한 폐인』이 말해주듯이 장정일과 마찬가지로 신학적 상상력에 바탕하고 있지만 당대의 문화적 현상들에 대한 단순하고도 유행적인 반응과는 거리가 먼 작가였다. 그의 단편소설 「내 영혼의 우물」, 「세상의 다리밑」, 「심해에서」 등은 1990년대를 살아가는 한국인들의 삶의 조건을 근본적으로 성찰하고자 하는 작가의 문제의식이 잘 부조된 작품들이다. 알레고리적 장치에 리얼리즘적인 태도를 부착한 최인석의 스타일은 그로테스크한 현실을 미학적으로 그려내기 위한 독특한 방법으로서 한국의 소설적 전통에서는 희귀하다고 할 수밖에 없는 마술적 리얼리즘으로 가는 길을 개척한 것이라고 평가해 볼 수 있다.

다음으로, 젊은 나이로 타계한 김소진의 작품들, 특히 유고집이 된 『눈사람 속의 검은 항아리』에 실려 있는 동명의 단편소설이나 「내 마음의 세렌게티」 같은 작품들은 개발주의와 경쟁주의에 물든 현실로부터 이탈하고자 하는 작가적 동경을 보여준다. 김소진은 인문학적 교양과 민중적 감수성이 적절한 균형과 조화를 이룬 작가였으나 마치 검은 항아리 속의 눈사람처럼 1990년대라는 시대의 병목을 빠져나오지 못하고 타계해 버렸다.

한편 김윤식은 윤대녕의 단편소설 「은어낚시 통신」을 '역사의 종언' 이후의 인간에 대한 인식 전환을 보여주는 작품으로 격찬한 바 있다. 이 작품이 그처럼 심원한 의미를 갖고 있는가는 회의의 여지가 있다. 그러나 윤대녕의 소설들이 현대인의 삶을 그 존재의 근원에 비추어 반성하도록 하는 힘을 가지고 있음은 사실일 것이다. 「천지간」, 「빛의 걸음걸이」 등 문학상을 수상한 작품들은 동양적, 불교적인 세계관을 기저로 삼아 감각적이고 환상적인 플롯과 문체로 삶에 대한 낭만적 초월을 그려나간다. 이러한 윤대녕의 소설적 스타일은 일찍이 이광수나 이태준에게서 찾아볼 수 있었던 한국적인 심경소설의 세계를 현대적으로 계승한 것이라고 할 수 있다.

마지막으로, 심미주의자를 자처하는 문단의 이방인으로 심상대의 소설이 하나의 가능성으로 남아 있다. 선데이 마르시아스, 마르시아스 심 등으로 필명을 바꾸면서 때로는 유머로, 때로는 반진보적인 태도로 한국문단의 역사주의적인 체질에 반대하면서 의식적으로 이효석의 야생주의를 계승하고자 하는 심상대의 문학적 실험은 한국문학 전체의 지형도에 비추어 볼 때 희소한 가치를 지닌 작가로 기록되고 이해될 필요가 있다.

8. 1990년대 소설사 이해를 위한 기타 고려사항

1990년대는 한국인들에게 과거와의 완전한 단절과 새로운 시대로의 조속한 이행을 요구하는 것처럼 이해되었다. 그러나 이러한 단절과 이행은 단숨에 이루어질 수 없었다. 따라서 1990년대는 하나의 격심한 과도기로 기록될 만하다. 이 점에서 이 시대는 1930년대에 비견될 만하다. 김윤식은 프로문학의 퇴조와 함께 시작된 1930년대를 전형기로 지칭하면서 주조 모색이 그 초점이었다고 했는데,(김윤식, 『한국근대문예비평사 연구』, 일지사, 1976, 202쪽) 이점은 1990년대에도 완전히 적용될 수 있다. 다만 일제의 탄압과 국제 파시즘의 대두에 의해 퇴조 양상을 보이기는 하였으되 소비에트라는 현실 사회주의의 존재를 막강한 배경으로 삼아 내면적인 기조를 버리지 않고 있었던 1930년대의 좌익과는 달리 1990년대의 좌익은 현실적으로 의지할 곳이 없는 상태에 접어들게 되었으며 이것은 곧 실제 사회 및 문화 운동의 각 방면에서 현실화 되었다.

본래 한국전쟁 이후 좌익 및 그 운동은 한국사회의 모든 부면에서 추방되었으므로 그 현실적 영향력은 극히 미약했던 데 반해서 예술 가운데 특히 문학 부문에서는 민족 또는 민중문학론이 1970년대, 1980년대에 걸쳐 꾸준히 성장해 온 결과 1990년경에는 그 문학적 영향력이 상당한 수준에 도달해 있었던 상태였다. 사회 변화에 대한 기대를 배경으로 확산되어 나간 민족, 민중문학론은 1990년경 전후에 이르면 민주주의 민족문학론, 민족해방문학론, 노동해방문학론과 같은 다양한 가지로 분화되는 양상을 보이면서 주로 젊은 대학생들과 지식인 그룹에 한정되기는 했지만 중요한 문학적 현상으로 주목을 받기에 이르렀다. 그러나 동구권 몰락과 냉전 해체 과정은 이러한 상황을 전변시키기에 충분했다. 이로써 범칭 좌익 계열의 문학과 그 운동은 빠른 속도로 혼란, 해체, 전향 및 후일담의 단계에 접어들었고 이처럼 혼돈스러운 상황 속에서 문학의 주조를 선점하려는 새로운 시도들이 다양한 형태로 출현, 각축을 벌이게 된다. 1990년대 문학사는 따라서 이러한 제경향이 난립하고 경쟁하는 전적으로 새로운 과도기로 규정할 만하다.

그런데 이처럼 새로운 양상은 무엇보다 한국어라는 문학 언어의 측면에서 재검토될 수 있다. 1990년대는 삶의 모든 국면에서 민족적, 국가적 장벽이 허물어져 나가기 시작한 시대다. 한국문학에서도 이러한 양상이 매우 명백해서 한국인이 한국어로 한국인의 사상과 감정을 기술한 것이 한국문학이라는 기존 개념이 신중하게 재검토되어야 하는 상황이 전개되기에 이른다. 작가들은 더 이상 한반도에서 벌어지는 한국인들만의 삶을 문제로 다룰 수 없는 상황에 봉착한다. 또한 작가들의 국적이나 신원을 문제시할 수도 없는 상황이다. 새로운 시대적 국면은 이 세 요건 가운데 오로지 한국어만이 유효한 개념이 될 수 있음을 보여주는데 바로 여기에 한국문학의 난제가 있다. 삶의 모든 국면에서 국제적 스타일이 침투하고 있는 가운데 문학의 필수불가결한 표현수단인 언어만은 세계 공용어의 수준에 비교해 볼 때 비교적 소수에 해당하는 7000만 명만이 사용하는 독특한 한국어이므로 여기서 한국문학 특유의 고립성이 부각되기에 이른다. 1990년대의 문학은 세계와 동시대적인 교통을 추구하는 작가들이 한국어, 그리고 한반도라는 특수한 상황적 조건에 대해 고민해 나가지 않을 수 없는 시대였다. 그로부터 영어공용어론을 펼친 복거일이나 우리는 모두 그리스인이라고 한 고종석의 견해가 출현하게 된다.(복거일,『국제어 시대의 민족어』, 문학과지성사, 1998 및 고종석,『감염된 언어』, 개마고원, 1999) 1990년대는 한국문학의 개념을 근본적인 수준에서 새롭게 검토할 것을 요구받은 시대다.

한편 1990년대 소설문학은 당대의 한국사회 변화 양상 및 문학사적인 변화 양상을 근거로 두 개의 시기로 나누어 볼 수 있다.

그 1단계는 1990년경부터 1994년경까지다. 이 시기는 1989년 대사건의 세계사적 파장에도 불구하고 냉전적인 분단 체제의 폐쇄성으로 인해 그 영향력이 한국문단에 즉각적이고 구체적인 형태로 나타나지 않은 가운데 주로 정치적, 이념적인 태도상의 상이점을 중심으로 형성되어온 기존의 문단적 구조 아래서 점점 더 급진화 하는 양상을 보인 민족, 민중, 노동 문학 계열과 4공화국 및 5공화국을 지탱했던 지배 이념의 복고를 지향하는 문학 계열, 그리고 1980년대를 통해 급성장해온 경제, 문화적 현실을 바탕으로 새로운 스타일의 문학을 지향한 포스트모더니즘 또는 해체주의 계열 등으로 갈래를 치는 양상을 보이게 된다.

2단계는 1995년경부터 1999년경까지다. 이 시기는 한국문인협회와는 전혀 다른 문학적 실천 배경을 가진 문학인들이 민족문학작가회의를 결성하고 새로운 타입의 동인 집단인 『문학동네』가 창간된 두 사건이 상징적인 의미를 제공해 준다.

민족문학작가회의가 창립된 때는 1995년 7월 30일이고, 『문학동네』는 1994년 겨울에 창간되었다. 백낙청이 의장이 된 민족문학작가회의는 1974년 11월 18일에 결성된 자유실천문인협의회로까지 소급되는 역사를 가진 단체로서 박정희, 전두환, 노태우, 김영삼 정부로 이어진 군사파시즘 및 그 변형 체제에 대한 비판과 저항을 전개해온 문학적 흐름들이 하나로 합류한 것이었다. 이에 반해『문학동네』는 탈이념적인 지향, 잡지와 상업적 출판의 적극적 연계, 『조선일보』

를 비롯한 각종 언론과의 협력체제 구축 등을 통해서『창작과 비평』
과『실천문학』,『문학과 사회』,『문학정신』등 이념성과 가치 지향이
뚜렷한 잡지들을 중심으로 형성되어 있던 문단적 균형에 커다란 변
화를 초래하게 된다. 1990년대 중후반의 문학은 기본적으로『문학동
네』그룹의 공세적 활동을 중심으로 윤대녕, 신경숙, 전경린, 성석제,
김영하 등의 작가들이 집중적으로 부각되는 양상을 보이게 된다.

이러한 문단적 상황은 1990년대 말까지 근본적으로 유지되었다.
김영삼 정부 말기인 1997년 12월에 한국이 외환 부도 위기 속에서
IMF 관리 체제에 들어가면서 변화 조짐을 보여주게 되고 문학이 사
회적 현실에 대한 관심을 재고하는 계기가 되기는 하였지만 이러한
상황이 문단적인 역학 구도를 새롭게 일신한 것은 없다.

마지막으로 1990년대 문학은 문학운동의 흐름을 대변하는 문학
잡지들을 중심으로 그 양상을 새롭게 살펴볼 수 있다. 여기서는 소
설 장르와 밀접한 관련성을 가진 잡지들을 중심으로 논의를 국한한
다. 앞에서 언급한 1990년대의 두 시기 구분을 중심으로 이 문제를
살펴보면 다음과 같다. 우선 1단계 시기의 뚜렷한 양상은 각기 이념
적, 가치론적 지향성이 뚜렷한 제반 문학적 경향과 이것을 대변하는
잡지들의 각축 양상이다.

우선, 1980년대 후반 경에 형성된 문학잡지들이 정립 양상을 보
이는 것을 확인할 수 있다. 1987년에 무크지 형태로 부활한『창작과
비평』, 1980년대에 무크지 형태로 출발하여 계간지로 바뀌면서 저
항적인 작가 정신을 대변한『실천문학』, 1988년 봄에『문학과 지성』
의 뒤를 잇는 잡지로 나타난『문학과 사회』, 1988년에 창간되어 문
학에 대한 이론적 탐색을 중심 내용으로 삼았던『문학과 비평』등이
여전히 건재한 양상을 보였다.

두 번째로 여러 갈래로 분화된 좌파문학운동 그룹들이 다투어 그들의 기관지 성격의 잡지를 발행했다. 시인 김정환 등이 주도적으로 참여하여 1989년 9월에 창립된 노동자문화예술운동연합은 당파적 현실주의를 모토로 삼고 있었고 진중권, 이병훈 등의 평론가가 주축이 되어 『노동자문화통신』을 발행했다. 이 무렵 필자는 대학원생 신분으로 지하 그룹 '노동계급'과 관계를 맺으며 '노문연'의 일원으로 지역 문화 활동을 조직하는 부서에서 일하고 있었다. 채광석, 김진경 등의 민중적 민족문학론이 진화해 나간 맥락에서 김명인, 김재용 등이 주도한 『사상문예운동』과 김형수, 백진기, 정도상 등이 주도하면서 민족해방문학론을 표방한 『녹두꽃』과 『노둣돌』 역시 특기할 만한 흐름이다. 백태웅, 박노해 등이 주도한 남한사회주의노동자동맹 기관지 역할을 한 김사인, 임규찬 등의 『노동해방문학』 및 『우리 사상』은 지속성과 체제 면에서 문학사상에 나타난 어떤 좌파문학 잡지보다도 탁발한 측면이 있었다.

세 번째로 이 시기는 1980년대까지를 지탱하고 있었던 정치 중심적 문학담론 체계가 심각한 회의에 직면하게 된 시기였다. 자연스럽게 일종의 정치 우위론 또는 정치적 일원론 아래서 독자적인 담론 영역으로 기능하지 못하던 주제들이 자기 목소리를 내기 시작했다. 이것을 대표하는 잡지로는 김종철 교수가 중심이 되어 1991년 겨울에 창간된 『녹색평론』이 있다. 이 잡지는 생명이라는 전혀 다른 화두를 제기하면서 기존의 모든 정치 중심적 문학 담론들과는 상이한 위상을 확보해 나간다. 이 생명운동은 연원을 거슬러 올라가면 몽양 여운형에서 장일순(1928. 9. 3~1994. 5. 22), 김지하 등으로 이어지는 계선을 통해서 살펴볼 수 있는 것처럼 국내적인 사상운동에 깊은 뿌리를 갖고 있다.

진형준, 이인화 등이 주도해 나간『상상』이나, 단명했지만 권성우, 서영채, 주인석 등이 문화론적인 맥락의 문학 논의를 시도한『리뷰』등도 정치적 일원론의 유효성이 상실되어 버린 세계사적인 상황, 그리고 대중문화산업이 양적, 질적으로 비약적으로 팽창한 상황 등을 배경으로 나타난 잡지들이다. 바로 앞 절에서 언급한『문학동네』역시 이러한 맥락의 연장선상에 놓인다.

2단계 시기에 들어서면 백낙청, 최원식 등이 중심이 된『창작과 비평』, 김영현, 방현석 등이 중심이 된『실천문학』, 김병익, 정과리 등이 중심적으로 활동한『문학과 사회』, 그리고『문학동네』등이 새로운 균형을 확보한 가운데 이러한 문학적 구도에서 벗어나 새로운 가능성을 추구하고자 하는 잡지들이 다양한 형태로 출현하게 된다.

비록 문학전문지라고 할 수는 없지만 페미니즘을 표방한『이프』가 1997년 여름경에 창간되었고, 1998년경에는 작가인 조세희 등이 주도한『당대비평』이 창간되었다. 민족문학작가회의 기관지인『작가』와『내일을 여는 작가』를 비롯한 수많은 지방 문예지와 동인지가 출현하게 된다. 이미 1991년에 창간되어 활발한 비평 및 창작 활동을 전개한 부산 중심의『오늘의 문예비평』이나 1993년에 창간되어 인천 지역의 문화담론의 중심적 매체가 된『황해문화』를 위시하여 대구, 광주, 대전 등 지방 중심 도시를 중심으로 문학 단체 기관지 등의 형태로 다종다양한 잡지들이 모습을 보이게 되면서 문학의 서울 중심성을 허물어뜨리는 현상이 일반화된다. 손장순이나 김준성 같은 연령 높은 작가들이 새로 펴낸『라뿔륨』이나『21세기문학』같은 잡지들 역시 기존의 문단 구도에 대한 반작용의 하나로 기록될 수 있을 것이다. 민주화와 지방자치화, 그리고 정치적 일원론의 붕괴에 힘입은 이러한 현상들은 1990년대 후반기 내내 진행되었다.

숙명과 그 극복이라는 문제

__김윤식론

1. 어찌 되었든 쓴다는 것

무엇이 그로 하여금 그토록 끊임없이 글을 쓰도록 하는 것일까. 지금까지의 저술만 해도 이미 막대한 분량에 이르건만 그의 쓰는 행위는 쉽게 잦아들 것 같지 않다. 어떤 문학단체의 이념이라고도 들은 적이 있다. '어찌 되었든 쓴다'는 것. 그의 작업을 일별하다보면 마치 그런 이념이라도 지니고 있는 듯한 느낌에 사로잡히지 않을 수가 없다. 그의 작업방식에 동의하느냐는 그 다음의 문제이다.

'어찌 되었든 쓴다'는 것. 다시 말해 글 쓰는 행위로 세상을 견디겠다는 것, 세계와의 긴장을 유지하겠다는 것. 그에게는 그런 완강한, 수십 년에 걸쳐 공고하게 다듬어진 태도가 있다. 원고지를 하루에 스무 장 내지 서른 장씩 꼬박꼬박 채워나가야만 다다를 수 있는 글에 대한, 글을 쓰는 행위에 대한 사랑의 높은 열도가 그에게는 있다.

그래서인지 몰라도 하나의 신화가 만들어지고 있다. 김현이 세상을 뜬 후 많은 시인들이 그에 대해 '그이만큼 시인의 내면에 밀착된 비평을 하는 이는 없다'고 말해왔다면, 평론가로서의 김윤식金允植에 대해서 작가들은 '그이만큼 많은 작품을 읽고 쓰는 평론가는 없다'고 입을 모은다. 정녕 사실일 테지만, 그러나 그같은 발언들 속에는 창작자들의 이기주의가 가로놓여 있다. 비평을 창작에 대한 장식물로 치부하고 싶어하는, 오랫동안 지속된 '비평의 치세'에 대한 풀리지 않는 적대감이라고나 할까. 그러나 그같은 지적들 속에는 비평가인 '그'가 왜 그렇게 썼던가, 쓰는가에 대한 이해의 시도는 잘 보이지 않는다. 그의 작업에 대해 말할 수 있기 위해서는 먼저 그에 대한 해답이 필요한 것은 아닌지 생각해볼 일이다.

　글을 쓰는 행위는 그 책임의 문제에 관한 사유를 수반하지 않으면 안 된다. 글을 쓴다는 행위에는 이미 공적인 의미가 스며들어 있다. 이 점에서는 창작자 또한 예외가 되지 못 한다. 하물며 비평에서 어떤 작품이나 작가에 대해 발언한다든지 그것 혹은 그들을 재료로 삼아 발언한다는 것은 그것의 공적 의미에 대한 사유를 수반하지 않으면 안 된다. '나'는 왜 그런 판단을 하는가, 그런 주장을 하는가, 어떤 권리로, 무엇을 위해서. 이같은 물음이 전제되지 않는 비평적 행위란 진지한 의미를 지니기가 힘들다.

　그러나 비평에서도 창작에서와 같이 그같은 이성의 판단이 소거되는 지점이 있다. 비평을 하는 그로 하여금 비평으로 향하지 않을 수 없도록 만든, 글이 아니고는 세상을 지탱해갈 수 없도록 만든 어떤 것이 없을 수 없다. 그것은 공포일 수도 있고 절망일 수도 향수일 수도 있다. 그러나 그것이 무엇이든 작품론이나 작가론에서와 마찬가지로 비평가론에서도 그것의 발견은 다른 무엇보다 중요한 일이 된다. 많은 경우에 그것은 그야말로 발견되지 않으면 안 된다. 그러나 김윤식은 그같은 원점을 비교적 선명하게 기억하고 있는 경우에 해당한다. 「나의 글쓰기, 한국근대문학 연구에의 도정」(김윤식, 『운명과 형식』, 솔, 1992)과 같은 글이 그것을 잘 보여준다.

　명치학원明治學院대학에 들러 춘원의 중학 시절 자료를 찾는 일 못지 않게 나는 춘원의 중학 시절에서도 어떤 '느낌'을 붙잡지 않으면 안됨을 깨달았다. 나를 외국인 연구원으로 받아들인 동경대학 교양학부 소속 비교문학 및 문화연구소 도서관에서 『태양』 잡지를 비롯, 메이지明治 시절의 사상적 분위기와 지적 풍속에 대한 감각을 기르고자 상당한 시간을 보냈다. 이광수와 관련된 일이라면 누구에게도 무릎을 꿇고 배울 마음가짐이 되어 있었다. 그렇지 않았다면 내가 어떻게 그 황폐한 동경 사막 속을 견딜 수 있었겠는가. 도쿄 타워의 불빛, 록본기의 술집, 요요기 공원의 타케노코竹の子의 춤, 시부야 NHK 광장과 야시장의 책방, 석양 속에 빛나던 시부야의 붉은색 전화박스, 궁성 위로 떠오른 어느 날의 무지개, 근대 미술관 휴게실에서 내려다본 요미우리 신문의 편집실, 브리지스톤 미술관에서 본 후지시마藤島武二의 「검은 부채를 든 여인」, 동경대학 서고 속의 냄새, 비 오는 날의 수이도바시 근처의 그린 호텔과 오찬노미즈 인의 바, 간다神田 고서점의 책 축제일, 기쿠닝기요菊人形 전시회장이 벌어진 유시마湯島 신사, 우에노 도립미술관에서의 일전日展의 화려한 작품들, 그리고 동경대학 소나무숲을 나는 송장까마귀떼들-이 모든 외로움은 나만의 것이었다. 어찌 이뿐이겠는가. 안견의 「몽유도원도」를 찾아 천리대학을 헤매고 이양하와 정지용이 번갈아 드나들었던 찻집, 고마도리야를 찾아 지하철 공사중인 비 내리는 경도의 좁은 길을 걷고 뜻밖에도 이 도시에서 세잔느의 원화를 보았다. 북해도의 눈과 노보리베츠登別 온천의 북소리를 들은 것은 나만의 외로움이었다. 춘원과 육당, 김동인, 그리고 현해탄을 넘나들던 많은 식민지 시절의 지식인이 겪었던 일을 생각하며 이들이 왕래했던 길을 나는 걸어보았다. 일부러 도카이혼센東海本線을 타고 비아코琵琶湖를 지나고, 후지산을 끼고 도는 산속의 작은 역에 내려 플랫폼 나무의자에 걸터앉아 어둠속을 지켜보곤 했다. 나고야 교외 산 중턱에 있는 메이지무라明治村에서 러·일전쟁의 표정과 메이지시대의 풍물을 보면서 춘원과 육당의 감각을 얻고자 서성거리기도 하였다. 김동인이 그토록 열심히 다녔다는 아사쿠사淺草 극장가를 헤매고 시나가와品川의 조선 노동자들이 살던 동네의 축제를 보았고 도시 구석구석에 살아 있는 낯선 신들을 모신 사당들을 보았다.

그것들은 모두 아련히 저 추억 속에 떠오르는 둘째누님의 교과서 속의 세계 그것이기도 하였다. 나는 다만 까치와 메뚜기와 벗하던 강변 버드나무집의 어린 소년이 되어 있었다. 그 순간 내 글쓰기의 기원이 이 외로움이었음을 나는 깨달을 수 있었다. (『운명과 형식』, 21~23쪽, 강조는 인용자)

그가 1970년과 1980년, 두 번에 걸쳐 일본에 유학했던 것은 잘 알려진 사실이다. 그 첫번째 유학을 통해 그가 얻은 것이 『한국근대문예비평사 연구』(한얼문고, 1973)였다면 두 번째 경험을 통해서 얻은 것은 『이광수와 그의 시대』(한길사, 1986)였다. 카프(KAPF)를 중심으로 하는 전자의 연구와, 이후 『안수길 연구』(정음사, 1986), 『김동인 연구』(민음사, 1987), 『염상섭 연구』(서울대학교출판부, 1987) 등으로 이어지는 후자의 연구는, 한국문학에 있어 근대성의 문제를 탐구하기 위한 그의 두 개의 지반이 되었다 해도 과언이 아니다. 그만큼 두 번에 걸친 일본 유학의 경험은 그의 평생의 연구 작업에서 지대한 의의를 지니지만, 그러나 이 장에서 내가 주목하고자 하는 것은 한국문학의 근대성에 관한 그의 작업 그 자체는 아직 아니다. 나는 먼저 예의 그 원점이라는 것에 주목하고 싶다.

앞에서 내가 인용한 것은 그 스스로 자신의 두 번째 유학 생활을 묘사하고 있는 부분이다. 다소 길게 인용된 이 부분에서 그는 세 번에 걸쳐 '외로움'에 대해 말하고 있다. 본격적으로 이광수 연구에 매달리기 위해 떠난 유학길, 그 혼자만의 고투를 그는 외로움을 자의식화함으로써 견뎌낸다. 자신이 외로울 수밖에 없는 존재인 것은 그 자신만이 한국의 근대문학을 철저히 연구하고자 하기 때문이다. 그런데 실제로, 어느 면에서는, 나는, 이광수가 되었든 염상섭廉想涉이나 김기림金起林이 되었든, 지금까지는 오로지 그만이 도쿄東京와 교토京都와 센다이仙臺 체험에 근접하는 경험 속에서 그들의 문학적 궤적에 접근해간 비평가인지도 모른다고 생각한다. 그리고 그렇게 본다면 그같은 외로움의 자의식화는 비난받을 일만은 아니다. 개인의 초인에의 의지라는 것이 역사적으로는 비록 파멸적인 결과들을 낳고는 했지만, 그러나 동시에 근대문학의 전통은 그처럼 심미적인 유혹에 매료된 의지에 의해 수립되어오곤 했다.

그런데 그는 그런 자신의 외로움이 유년시절, "둘째누님의 교과서 속의 세계"를 보며 "형언할 수 없는 가슴 설렘"에 빠지곤 했던, "다만 까치와 메뚜기와 벗하던 강변 버드나무집의 어린 소년"의 그것과 같았다고 술회하고 있다. 한국 근대문학의 '기원'을 찾아 떠나온 일본, 그 낯선 세계 속에 놓인 자신의 외로움이 자신의 유년의 외로움과 같다는 것이다. 그는 말한다. "그 순간 내 글쓰기의 기원이 이 외로움이었음을 나는 깨달을 수 있었다"라고. 자신의 글쓰기의 기원이 강변 버드나무집 어린 소년의 외로움에 있다는 것은 무엇을 말함일까. 그는 마을로부터 꽤 떨어진 강변 버드나무 숲속에서, 엄격한 아버지 밑에서, 세 누나 밑의 외아들로, 장수를 위해 절 어머니를 두고 자라났다. 이런 것들이 그의 외로움을 운명지었다면 그럴 수도 있을 것이다. 그러나 이 외로움과 끊임없이 글을 쓰는 행위 사이에는 어떤 매개가 필요하다. 그것이 무엇일까.

김윤식의 문학의 기원, 그 글쓰기의 기원은 외부의, 낯선 세계를 향한 강렬한 그리움이었던 듯하다. 낯익은 내부, 강변의 정적, 그 결핍을 보상해줄 낯선 외부를 향한 동경이 그의 글쓰기의 기원이었을 것이다. 이같은 판단에 대한 직접적인 증거가 있다면, 그것은 아마도 그 자신이 쓴 편지 형식의 글 「어떤 일본인日本人 벗에게」(『낯선 신을 찾아서』, 일지사, 1988)일 것이며, 마산상업학교 시절, 문학에 열중하던 그 시기의 초입에 "전시물자가 산적한 마산 부둣가에 나아가 친구들과 밀항을 꿈꾸고 있곤 했다"는 술회는 그 간증이 될 것이다. 그렇다면 그 외부의, 낯선 세계란 구체적으로 무엇일까. 1936년생으로, 세 누나 밑의 외아들인 그가 국민학교에 들어가기 전, 국민학교에 다니던 둘째누나의 교과서 속에는 무엇이 들어 있었을까.

그것은 강변의 버드나무집 소년이 매일 보고 듣는 농사 짓는 아버지와 불심이 깊은 어머니'들'의 세계와는 정녕 다른, 일문日文으로 씌어진 이방의 세계, "참으로 희한한 글자와 그림"의 세계였다. 그와 같은 연장선에 놓인 이방의 노래가 유년의 그에게 달라붙어 있음은 물론이다. 그러나 여기서 일제말 천황제 파시즘의 논리를 운위하는 비약은 삼가는 것이 좋겠다. 영문英文으로 씌어진 소설 '나부랭이'와 잡지들이 또한 그의 의식 성장의 한켠에 자리를 잡고 있을 것이기 때문이다. 그러므로 이때 중요한 것은 논리가 아니라 이미지, 그 낯선 세계들의 이미지이다. 그 자신이 "신국神國 일본을 위한 교육은, 저에게 논리가 아니라 생리적 감각의 수준이었지요"라고 말하고 있지 않은가.

내가 말하고 싶은 것은 그에게 있어 근대문학의 척도 혹은 한국 근대문학의 성숙의 척도는 숙명적으로 이 낯익은 세계의 바깥에 있는 그 무엇, 즉 서양의 근대문학 또는 일본의 그것에 있었으리라는 점이다. 그의 세대는 해방을 전후로 한 15년 사이에 유년기와 청소년기를 보냈고 이때의 학교교육이나 사회적 풍토는 그들에게 민족적 정체성이라는 개념을 제대로 전달해주지 못했다. 그와 같은 상황이 그의 세대 대부분에게 그러했듯이 그의 의식에도 지대한 영향력을 행사하고 있는 것은 아닐지 생각해볼 일이다. 예를 들어 다음과 같은 문제는 어떠한가.

그는 김현과 함께 『한국문학사』(민음사, 1973)를 썼는데, 그것은 한국 근대 문학의 전통을 그 내적인 차원에서 발견하고자 하는 문제의식의 산물로서 임화의 『신문학사 연구』를 넘어서기 위한 것이었다. 그런데 그는 바로 그해에 독자적으로 『한국근대문예비평사 연구』를 출간했다. 그 기념비적인 연구서는 프로문학의 성립과 해체를 한국 근대문학의 기축으로 간주한 연구서로서, 첫 번째 일본 유학을 통해서 획득한 시각과 자료에 기댄 것이었다. 그렇다면 이 연구서는 오히려 임화의 신문학사 연구의 견해를 뒷받침해주는 것은 아닌가. 『한국문학사』와 『한국근대문예비평사 연구』의 이 양립이 보여주는 것이 무엇인지 궁금하지 않을 수 없는 대목이다. 더 나아가 그는 두 번째 유학을 통해서는 이광수와 김동인, 염상섭에 접근해갔는데, 그 결과로서 그가 얻은 사고는 무엇이었던가. 그것은 제도로서의 근대문학, 근대성, 그것이 아니었던가. 그의 『한국근대소설사 연구』(을유문화사, 1986)는 '풍경의 발견'론을 수용함으로써 씌어진 것이라 할 수 있다. 그러나 여기서 푸코M. Foucault나 가라타니(柄谷行人, 1941~)

는 문제가 되지 못한다. 중요한 것은 그같은 일본과 서양 문학에의 지향이 그의 세대 문학인들 대부분과 마찬가지로 그에게도 일종의 숙명적 힘을 행사하고 있는 것만 같은 이상, 그것이다. 임화를 논하는 자리(「이식문학론 비판」, 『한국문학의 근대성과 이데올로기 비판』, 서울대학교출판부, 1987)에서 그 인상은 오히려 더욱 강해진다.

그러나 그는 역설적으로 그 숙명에 철저함으로써, 근대와 근대문학에 관해 일본과 서양의 모델을 따르는 시각이 지니게 마련인 모방과 추종의 한계, 그 '현해탄 콤플렉스'로 상징되는 한계로부터 벗어나고자 애썼다. 연구와 비평의 지난한 궤적, 방대한 저술이 그것을 말해준다. 그는 지난한 고투를 통해 전후의 단명했던, 여러 창작자들과 이론가들의 한계로부터 벗어나려 했고, 이것은 그를 끊임없이 다시 쓰는 행위로 밀어 넣곤 했다. 지금도 그 다시 쓰는 과정이 끝나지 않았음을 확인하는 일은 어렵지 않다. 예를 들어 「근대문학 연구의 자립적 근거—한 연구자의 심정고백」(『현대문학』, 1997. 10)은 그 자신이 촉진적 역할을 했는지도 모르는 이른바 '역사의 종언' 이후 7~8년간의 문학연구 동향을 비판적 시선으로 회고하면서 다시 한번 근대문학의 연구의 새로운 방향을 모색하고 있다. 이같은 글 속에서 전후 세대의 숙명으로부터 자유롭지 못한, 그러나 그 숙명을, 한 사람의 비평가가 행할 수 있는 최대의 실험으로 시험해가고 있는 그를 확인하기란 어렵지 않다.

2. 비평 행위의 의미

앞에서 나는 글을 쓰는 행위는 그 책임의 문제에 관한 사유를 수반하지 않으면 안 된다고 했고 그것은 글을 쓰는 행위 자체에 이미 공적인 의미가 스며들어 있기 때문이라고 했다. 내 자신, 어느 순간엔가 문득, 그리고 그 이후 지속적으로, 글을 쓰는 자신의 행위, 즉 어떤 작품이나 작가에 대해 발언하거나 그것 혹은 그들을 재료로 삼아 자기에 대해 발언하거나 하는 행위 속에, 진정한 책임의 자각이 깃들여 있는가, 라고 심각하게 자문했고, 자문해 오지 않으면 안 되었다. 행동한다는 것과 쓴다는 것은 다른 것이 아닌가. 지난날의 행동에 정당함이라 이름 지어질 만한 어떤 것이 있었다 해도 그것이 지금 글을 쓰는 행위의 정당함을 확증해주지는 않는 것이 아닌가. 그 지난날이라는 것은 또 얼마나 많은 얼룩으로 점철되어 있으며, 오늘의 삶이란 또 얼마나 자기 속에 매몰된 것이란 말인가.

'나'는 어떤 권리로 '나'의 생각을 글에 드러내고 있으며, 또 그 생각을 글로 옮기기 위해서 어떤 다른 가능한 생각들을 배제하고 있는가. 무엇이 글을 쓰는 '나'의 행위에 윤리적 정당성을 부여해 주는가. 글을 쓰는 행위의 책임을 자각한다는 것은 곧 공동의 언어가 아닌 '나'의 언어로 쓰는 것이 아닐는지 모르겠다. 공동의 언어, 공동의 이론을 위해 끊임없이 바위를 굴려 올리는 행위는 그 고통스러운 반복에도 불구하고 궁극적으로는 불모적인 일이고, 따라서 그같은 행위에는 본질상 창조적 작업으로 규정되는, 글을 쓰는 행위의 윤리적 기초가 결여되어 있는 것은 아닐지. 그러나 다른 한편으로 책임에 대한 자각을 수반하지 못한 '나'만의 언어, 다시 말해 쓰고 싶은 심정과 욕망에 무차별적으로 이끌리는 언어 또한 적어도 비평에서만큼은 비윤리적이다. 적어도, 비평에서만큼은, '나'의 운명의 언어는 공동의 운명이라는 거울에 비추어질 필요가 있다.

김윤식에 대해서도 그와 같은 질문의 방식이 가능할 것이다. 그의 부단한 비평 행위, 때로는 거친 문장마저 낳고, 때로는 실효를 다한 기교의 재활성화마저 시도하기도 하는, 또 때로는 지나치게 인상주의적인 가치평가에 기운 듯이 보이기도 하는, 그러나 무엇인가 절대적 신념에 이끌리고 있다는 인상을 주는 그의 그치지 않는 비평적 작업에 윤리성을 부여하는 것은 무엇일까. 이 윤리성은 제3자의, 객관성을 가정한 시각으로는 함부로 말해질 것이 못 된다. 그같은 윤리성은 무엇보다 글을 쓰는 행위자 자신에 의해 의식되고 그 자신의 언어로 말해지는 것이어야만 한다.

내가 이광수 평전을 쓰고자 한 것은 두 가지 동기에서다. 지금부터 십수년 전인 1970년 제일차 일본 유학길에 오른 나는 우리 근대 문인들의 유학시절을 조사하는 일에 몰두하였으며, 특히 와세다早稻田 시절의 이광수에 관한 자료를 찾아내고 그가 공부했던 당시의 일본 사상계 및 문학계를 연구한 바 있었다. 가능만 하다면 이광수의 생애와 문학을 복원하고 싶었던 것이다. 이 바람은 귀국 후 논문인 「와세다 시절의 이광수」(1971)와 그의 일본어로 쓴 처녀작 「사랑인가」를 발굴하여 번역했을 뿐 계속하여 흥미를 갖기 어려웠다. 두번째 유학길에 오른 것은 그로부터 10년 뒤인 1980년이었는데, 이때의 목적은 서류상으로나 실질상으로나 '이광수 연구'라는 제목을 단 것이었다. 그러나 막상 그러한 열망은 추상적이어서 많은 자료 앞에서 망설일 만큼 내 열정은 엷었다. 귀국 후, 이 열정을 내면화시킨 한 가지 계기가 내게 닥쳤다. 내가 쓰고 있던 한 권의 전공서적이 출판할 수 없는 상태임을 깨닫고 나는 무엇인가 더듬고 있던 내 연구의 궤도수정에 나아가지 않으면 안 되었다. 그것은 나를 한순간 아득하게 만들었으며, 그 때문에 오래도록 나는 글을 쓸 수 없었다. 그럴 무렵 문득 사르트르가 한 말이 떠올랐던 것이다. 독설가 사르트르의 악담과 진실이 담긴 다음 구절에서 일찍이 나는 밑줄을 쳐놓고 있지 않았던가. ……결국 이런 행위(비평적 행위-인용자)란 귀신과의 통화가 아닐 것인가. 죽은 사람들이 다시 살아날 수 있도록 죽은 자들에게 자기 육체를 빌려주는 것이니까. 죽은 자들이 쓴 글은 그대로 두면 내려앉아 무너지고 곰팡이 난 종이 위에는 잉크 자국밖에는 남지 않는다. 비평가가 그 잉크 자국을 소생시킬 때 그것은 비평가가 느끼지도 않는 정열과 대상 없는 분노, 공포, 그리고 죽은 희망 등에 관해서 말하는 것이다. 그것은 모두 비평가를 둘러싸는 '육체에서 분리된 세계'이며, 거기서는 인간적 애정은 이미 아무런 감동도 주지 않으므로 '모범적 애정의 세계'로, 요컨대 '가치의 세계'로 넘어가는 것이다. 비평가가 이런 무덤 속의 작업을 하는 동안 그의 일상생활은 한갓 헛것으로 된다. 그를 제대로 평가해주지 않는 여편네도, 애비 덕을 몰라보는 자식도, 그를 억압하는 사회의 힘도 한갓 헛것이다. 말하자면 나는 무덤 냄새가 살며시 나는 묘지기로 전락한 것이다. 무덤은 안전하고 아무도 관심을 보이지 않는 곳이었다. 그것은 도피가 아니고 나만이 가장 잘 할 수 있는 일이라는, 실로 터무니없는 생각에서였다.(「사르트르의 무덤을 찾아서」, 『김윤식 선집』 6, 솔, 1996, 327~328쪽)

몽파르나스에 있는 사르트르J. P. Sartre의 무덤을 찾아간 일을 떠올리는 글 속에서 김윤식은 사르트르를 빌려 자신의 비평작업에 대한 정당화를 시도한다. 사르트르가 "대부분의 비평가들은 그다지 복을 받지 못한 사람들이고, 절망하는 순간에 묘지기의 조용한 일자리를 찾아낸 그러한 종류의 사람들"이라 했다면, 그 자신이 바로 그러한 유형의 비평가라는 것이다. 따라서 그의 역할을 현실의 힘이 직접적인 압력을 행사하는 장場에서 그것과 싸우는 데 있지 않고 사자死者들의 서고를 뒤져 그것들의 '가치'를 따지는 데 있다. 아니, 비평가에게 있어서는 그 현실이란 실상 '헛것'일 뿐이고 리얼한 것은 오로지 글 속에, 글로서만 존재한다.

이같은 잠정적 결론은 그에게 하나의 위안으로 작용했을 것이다. 첫 번째 일본 유학 시절 그는 루카치의 저서를 밤새워 읽으며 관련 논문을 번역하기도 했고 도쿄대학 동양문화연구소의 북한문학 서적을 두근거리는 마음으로 베끼기도 했다. 또 그는 카프문학 연구와 관련하여 보안사의 조사를 받았고, 「문인 61인 유신헌법 개헌서명 지지선언」(1974년 1월 7일)에 서명도 했으며, 월북작가들의 자료를 당국에 자진반납 당해야 했다. 그같은 긴장의 1970년대를 넘어와 1980년대에 들어서도 연구서적의 판권 허가증이 나오지 않는 상황에 직면했을 때, 그는 비평가의 직분에 관한 사르트르의 언명을 떠올렸다. 그러나 결과적으로 보면, 정치적이고 철학적인 견해의 변화 속에서도 참여적 태도를 잊지 않으려 했던 사르트르와는 달리, 그는 사르트르의 견해를 지렛대로 삼아, 1980년대와의 대응이 아니라 그 시대로부터의 이탈을 꾀했다고 할 수도 있다. 그리고 그렇다면 이것은 비평가로서의 간지奸智를 보여주는 것이라고도 말할 수 있겠다. 그와 같은 해석의 연장선에 백철白鐵에 대한 그의 평가 문제가 놓일 수 있음은 물론이다.

그러나 이것은 단순히 간지의 차원에서 해석될 수 있는 성질의 문제가 아니다. 무엇보다, 그같은 비평적 태도 속에는 1970년대에서 1980년대로 이어지는, 일본과 서구의 지식인들의 풍향계의 변화라는 세계사적 상황이 가로놓여 있다. 1969년에 그가 일본으로 떠났을 때 그는 그곳에서 무엇을 보았을까. 또 1980년에 다시 한 번 일본으로 떠난 그가 그곳에서 보았던 것은 무엇일까. 두 번에 걸친 도일渡日을 통해서, 그는 한국사회 내부로부터 한국문학을 볼 경우에는 결코 볼 수 없는 어떤 것, 일본과 서양이라는, 근대를 앞서 가는 사회들을 이끌어가는 문학적 담론, 문학을 둘러싼 담론의 변모를 목격했을 것임에 틀림없다. 그 두 번에 걸친 유학 사이에 일본의 문학계에서는 어떤 일들이 일어났던가. 1960년대 말에서 1970년대 초입에 걸친 일본의 학생운동이 급격히 퇴조하면서 양兩 무라카미로 대변되는 세대가 대두했고, 맑스주의적 사유의 효용성이 심각하게 의심을 받으면서 이른바 프랑스철학의 권능이 현실 비판적 지식인들의 의식을 점유하게 되지 않았던가. 그가 루카치를 해방 이후 한국사회에 다시 처음으로 소개하고 카프를 중심으로 하는 한국의 근대문예비평사를 구상할 수 있었던 것, 마찬가지로 푸코의 권력 이론에 접하고 이를 '응용한', 가라타니 코진柄谷行人의 견해를 수용할 수 있었던 것, 이 모두는 일본 유학 및 그것을 통해서 본 인문학적 주제의 변모에 관한 지식 없이는 불가능했을 것들이 아니던가.

그런데 이처럼 비평이란 것이 현재, 산 자들의 세계로부터 물러나 과거, 죽은 자들의 세계로 나아가는 것, 힘과 힘이 맞부딪치는 현실로부터 한 걸음 더 물러나 서적, 글의 세계 속으로 스스로 '전락'해 가는 것에서 그 본령이 찾아질 수 있는 것이라면, 그같은 비평에 몰두하는 자에게 마지막으로 남는 것은 앞의 인용글에서 그가 암시하고 있는 것처럼 그것들, 즉 책들과 글들을 해석하고 그 '가치'를 판단하는 일이 될 것이다. 그러나 이것은 실은 비평가의 일이라기보다는 순수한 연구자의 작업이 아닐까. 이 점에서 그의 비평은 연구자의 포즈 속에서 나오는 것이 되며, 반대로 그의 연구는 비평적인 관심에 이끌리는 것이 된다. 다시 말해 그는 두 이질적 존재 사이의 경계선에 서 있는 셈이다.

한편, 1980년대 말에서 1990년대에 걸쳐 그가 새롭게 발견한 것이 김동리에 관한 연구 등에서 보이는 것과 같은 '사상의 등가성', 근대라는 이름 앞에서의 '평등'이라면, 그는 어쩌면 근대성·근대문학이라는 이름 앞에서 '가치'의 판정조차도 유보하고 있는 셈이다. 물론 그와 같은 유보 자체도 가치판단에서 벗어나지 못하는 것이고 따라서 당연히 이데올로기적 함축을 지니고 있는 것이지만, 그러나 그처럼 '가치'의 판정을 유보하는 포즈 속에서 행해지는 그의 비평 행위의 모럴을 최종적으로는 어디에서 찾아질 수 있는 것일까. 이에 접근하기 위해서는 루카치에 대한 그의 관심으로 나아갈 필요가 있다. 그는 루카치의 『영혼과 형식Die Seele und die Formen』의 논리를 빌려 다음과 같이 말하고 있다.

> 우선 운명은 사물들 중에서 비본질적인 분을 제거해버려 본질적이고 근원적인 것만을 골라낸다. 외부에서 오는 그 어떤 것으로 간주되는 형식은 본질과의('본질과'의 오식인 듯–인용자) 다른 것의 한계를 정하게 된다. 그런데, 일회성과 우연성을 기반으로 하는 운명에서 이것들을 제거하게 되면 운명은 형식을 부여할 힘을 잃게 될 것이다. 다르게 말하면 운명과 형식의 관계는 직접성으로 드러난다는 뜻이 아니겠는가. 궁극적인 근거의 탐구에 대한 형언할 수 없는 그리움(괴테는, 그리움이 무엇인지를 아는 자만이 내 괴로움을 알 것이라고 했거니와)을 두고 영혼이라 했다면 그러한 영혼을 가진 일회성과 우연성으로 된 구체적 인간이란 누구인가. 그런 인간이야말로 운명적인 인간이 아닐 수 없다. 젖어미를 운명적으로 가졌던 오이디푸스, 애청, 이양하도 그런 부류 곧 일회성과 우연성에 속하는 것. 이러한 운명으로 된 영혼이 직접적으로 발현되는 곳(장소)이란 무엇이겠는가. 다시 말해 영혼이란 그러니까 삶의 절대적 근거를 캐고자 한 충동을

가진 민감한 인간에게는 보편적인 것인데, 그러한 보편성 중에서도 일회성, 우연성으로 이루어진(가령 젖어미라든가 고아라든가, 불치의 병이라든가, 소수민족이라든가 등등) 이른바 운명적 요소를 포함한 경우란 어떠할까로 문제가 제출되는 것. 이것이 에세이가 가진 직접성이다. 그렇다면 직접성이란 과연 무엇인가.

영혼이 필연적으로 형식을 찾아내지 않으면 안 되듯, 그때 그 영혼은 운명이 말하는 일회성, 우연성에 비하면 보편성일 터이겠거니와, 그것과 운명이 필연적으로 발견하는 형식이란 어떻게 다른가. 이렇게 문제가 제출될 때 설정되는 것이 직접성 개념이다. 영혼이 찾는 형식이 매개화된 형식, 곧 간접화된 형식 또는 이중화된 형식이라면, 운명이 찾는 그것은 무매개의, 단일성으로서의 직접성인 것. 이를 두고 루카치는 에세이라 불렀던 것이 아닐까. "비평가란 형식 속에서 운명적인 것을 보는 사람"이라든가, 비평가의 심오한 체험이란 "형식 속에 감추어진 영혼의 내용"이라 말해지는 것도 이 직접성을 가리키는 것이 아니겠는가.(「운명과 형식-애청·이양하·루카치」,『운명과 형식』, 49~50쪽)

그 특유의 난해한 문체로 표현되어 있지만 이 대목은 1990년대의 문턱에 이르러 그가 도달한 비평의 논리, 비평가로서의 자신의 직분의 논리를 선명하게 드러내고 있다. 비평가란 무엇보다 운명적인 개인으로서의 작가와 그 작품에 집중하는 자임을, 아니 운명적인 개인으로서의 작가와 그의 작품을 통해 운명 그 자체에 몰두하는 자임을, 그는 강하게 말하고자 한다. 그에 의하면 소설이나 시나 비극이 아닌, 바로 비평, 곧 에세이 속에서만 운명은 형식이라는 '외피'를 쓰지 않은 채 직접 자기를 드러낸다. 그러므로 비평은 형식이라는 간접성을 지닌 여타의 장르들에 비해 더없이 날카롭지만, "알몸으로,

무방비 상태로 세계 속에 노출되어" 있는 탓에 그만큼 더 위험스러운 존재라 할 수 있다. 이 위험스러운 작업을 통해 운명에 관심을 기울이고 그것을 드러내고자 한다는 것, 그리고 그같은 작업이야말로 그만이 가장 잘할 수 있다는 것, 바로 여기에 비평가로서 그 자신의 직분의 논리가 놓여 있는 것이 아닐까. 그리고 이것은 그가 행해온 숱한 작업 중에서도 특히 작가론의 영역이 가장 빛난다는 세평과도 통하는 면이 있다. 작가론에 이르면 그는 그들의 운명에 접근해가는, 누구도 따르기 어려운 예민한 감수성을 발휘한다. 현실 역사, 곧 시간과의 직접적인 대응으로부터 벗어나 근대 문학인들의 제각기 다른 운명을 비평적으로 드러내고 이를 통해 현실 역사, 곧 시간에 우회적으로 대응하는 것, 아니 더 정확히는 그것을 초월하는 것, 어쩌면 이것이야말로 비평가로서의 김윤식이 자신의 비평 행위에 부여하는 고유성이며, 따라서 그의 글쓰는 행위의 최종적 윤리성은 바로 이 지점에서 확보되고 있는지도 모른다. 한국의 근대 문학인들에 대한 그 방대한 '기록'이 그것을 입증해주는 것이 아닐까.

3. 어떻게 근대를 따라잡을 수 있나?

지금 이 장을 준비하는 내 앞에는 한 권의 도록圖錄이 놓여 있다. 『교차하는 시선』이라는 제목의 이 책은 '유럽과 근대일본의 미술'이라는 부제가 붙어 있으며, 도쿄 국립근대미술관과 국립서양미술관이 공동으로 1996년에 출판한 것이다. 제목이 시사하듯이 이 책은 양 미술관에 소장된 작품을 중심으로 유럽과 일본의 근대미술사상의 영향관계를 매우 짜임새 있게 밝혀놓고 있다. 비록 김윤식이 보앉다는 후지시마 타케지(蘇島武二, 1867~1943)의 「검은 부채黑扇」는 들어 있지 않지만, 그 대신에 역시 그의 낭만주의적인 화풍을 한눈에 알 수 있게 해주는 「향기」가 포함되어 있으며, 더더욱 중요한 것은, 이 책의 첫 장 제목이 '외광에의 관심─인상파를 중심으로'인 데서도 알 수 있듯, 유럽의 인상파 화가들과 일본 근대 초창기의 화가들의 화풍을 한눈에 비교할 수 있도록 배려하고 있다는 점이다. 이 인상파 화가들은 바로 풍경의 '진정한' 발견자들이었고, 따라서 그들의 그림은 유럽 근대미술을 논하는 자리에서 언제나 관심의 주된 대상 중 하나가 될 수밖에 없었겠지만, 특히 일본의 근대미술은 바로 이 인상파 화가들의 영향으로부터 비롯되었다는 점에서, 그들에 대한 일본 미술사가들의 관심은 남다르지 않을 수 없는 듯하다. 그러나 일본에서도 역시 인상파 화가 및 그들의 풍경화는 회화에 국한된 주제가 될 수 없었고 고바야시 히데오(小林秀雄, 1902~83)나 가라타니에게서 볼 수 있듯 빈번히 문학적 관심사로 위치지어지곤 했다.

이제야 번역된 가라타니 코진의 『일본 근대문학의 기원』(講談社, 1980; 박유하 옮김, 민음사, 1997)의 첫 장이 「풍경의 발견」인데서도 알 수 있듯 풍경의 발견이란 근대문학의 성립을 알리는 매우 중요한 징후로 간주된다. 풍경이 풍경으로서 성립하기 위해서는 풍경과 그것을 바라보는 주체, 혹은 객관과 주관, 자아와 세계를 구별하는 시각이 전제되어야 한다는 것, 따라서 문학이 풍경을 발견하고 그것에 대해 사실적인 묘사를 본격적으로 시도한다는 것은 인간과 세계에 대한 근대적 사유가 출현하여 정립되고 있음을 의미한다는 것, 그런 의미에서 풍경이 풍경으로 된 과정, 즉 풍경의 기원을 밝히는 것이야말로 은폐된 근대문학의 기원을 드러내는 일이며, 이같은 작업을 통해 풍경의 문학뿐만 아니라 그것에 엄밀히 대응하는 내면의 문학의, 그 신비적 외관을 벗겨내고 그 도착적 성격을 드러낼 수 있다는 것 등 가라타니는 이와 같은 점들을 강조하고 싶어했다.

물론 여기서 간과하지 말아야 할 것은 그의 『일본 근대문학의 기원』이, 그것이 씌어진 1970년대 후반 일본의 문학적 풍토에 대한 근본적인 비판의 의도를 담고 있다는 사실이다. 그는 이를 한국어판 서문에서 매우 간명한 문장들로 표현하고 있다.

> 내가 의식했던 문제 중의 하나는 이런 것이었다. 당시는 1960년대부터 계속되었던 급진적인 정치운동이 좌절되고, 그 결과 사람들이 '문학'으로 향하는 현상이 생기고 있었다. 아니면 '내면'으로 향하는 것을 통해 모든 공동 환상으로부터 '자립'하는 일이 가능한 것처럼 생각되고 있었다. 그러한 것은 사실 진보적 포즈를 취한 보수주의에 지나지 않는다는 것은 나중에 증명된 바 있다. 나는 그 경향에 반발을 느끼고 있었지만 단순히 '정치'를 말하는 것만으로는 그것을 부정할 수 없다고 생각했다. 좀 더 근본적인 비판이 필요했다. 거기서 내가 깨닫게 된 것은 그것이 메이지 20년대 때부터 되풀이되어 왔다는 사실이었다.(위의 책, 8쪽)

이같은 의도가 얼마나 올바른 것이었는지 또 그의 그같은 의도가 『일본 근대문학의 기원』을 통해서 얼마나 깊이 있게 관철되었는지 등에 대해서 나로서는 지금 이렇다 할 판단을 내리기가 쉽지 않지만, 위의 인용문이 보여주는 그의 문제의식은 90년대에 들어서서 역시 급격하게 '문학' 혹은 '내면'으로 경사되어온 우리 문학의 풍토에 대해 많은 것을 생각하게 한다. 이것은 이른바 내면의 문학이라는 것이 부정되어야 한다고 섣불리 말하고자 함은 아니다. 적어도 그는, 내면의 문학은 과연 바람직한가, 또는 어떤 내면의 문학을 할 것인가 등과 같은 질문이 필요함을 상기시켜주는 면이 있다. 물론 그의 견해는 일본문학에 비추어볼 때 내면의 결핍을 노정해온 것으로 평가되곤 하는 한국문학의 상황에서는 다시 한 번 검토될 필요도 있을 것이다. 그러나 이 장에서의 나의 관심은 한국문학의 현재를 둘러싼 진단 문제에 있지 않다. 나는 다시 예의 그 도록 『교차하는 시선』으로 돌아와 모방 혹은 수용과, 창조의 문제를 생각해보고자 한다.

앞에서도 말했지만 이 책은 유럽의 인상파 화가들과 일본 근대회화의 선구자들 사이의 화풍을 한눈에 비교해볼 수 있도록 배려하고 있다. 마네, 모네, 세잔느, 고갱, 고흐, 쇠라, 르누아르 등에 의해서, 그들의 외광에 대한 관심을 통해서, 유럽의 회화가 비로소 그 근대적 성격을 분명히 획득할 수 있었다면, 일본 근대회화의 성립과 발전에서도 역시, 서화에서나 일본화에서나, 모두 그들의 영향이 압도적이었음을 그 책은 보여준다. 예를 들어 이시이 히쿠테이(石井柏亭, 1882~1958)라는 화가의 「풀밭 위의 짧은 휴식草上の小憩」이라는 그림은 한눈에도 그것이 마네의 「풀밭 위의 식사」와 상사관계를 맺고 있음을 알 수 있으며, 모리타 츠메토모(森田恒友, 1881~1933)라는 화가의 「프랑스 풍경フランス風景」 역시 엑상 프로방스 지방을 그린 세잔느의 풍경화로부터 직접적인 영향을 받아 그려진 것임을 단번에 알아낼 수가 있다.

그와 같은 그림들은, 서양적 규준으로 이해되는 근대화의 대열에 뒤늦게 들어선 사회의 문학은 도대체, 어떻게 함으로써, 본격적으로 근대화 할 수 있는지, 혹은 세계적 수준에 도달할 수 있는지 하는 문제를 생각하게 한다. 인상파 화가들 상당수가 단어의 원뜻 그대로 꼬뮌의 지지자들이라는 의미에서 코뮤니스트였다는 점을 생각해보면, 근대화 한다는 것은, 그것이 극적으로만 이루어진다면 탈근대화 한다는 것과 그다지 결정적인 차이를 갖지 않을 듯도 하다. 문학 상의 진보와 이념상의 그것을 혼동하고 있다고 비웃을지 모르나 만약 인상파 화가들이 정녕 근대회화의 담지자들이었고, 그럼에도 불구하고 그들이 당대 프랑스사회의 삶의 조건을 초월하고 싶어했던 자들이며, 바로 자신들의 그림을 통해서 그와 같은 초월을 수행하려 했다면 근대성을 철저히 추구하는 예술이란 곧 근대를 극복하는 예술이 아니고 무엇일 것인가. 그렇다면 근대문학의 완성이 곧 그 극복이라는, 흔히 말해지곤 하는 논리는 매우 큰 진실을 함유하고 있는 것이 된다. 다시 말해 필요한 것은 섣불리 탈근대의 문학을 운위하는 것이 아니라 오히려 근대문학을 완성하는 일이라는 것인데, 이는 동전의 양면 이상의 의미를 함축하고 있다. 그리고 이는 또 하나의 '근대화주의'로 오인받을 수도 있겠지만, 그러나 한국의 근대문학에 관해 선의를 지닌 하나의 입장으로 충분히 존재할 수 있는 견해라 할 것이다.

또 도록의 많은 그림들이 보여주듯이 일본의 근대회화가 유럽 인상파 화가들의 영향을 받으며 비록 뒤늦게 출발했지만 어느 사이엔가 세계적 수준의 위치를 점유하게 된 것이라면, 또 반대로 근대 회화사상 기념비적인 위치를 차지하는 고흐의 그림도, 「탕기 영감」 같은 그림에서 보듯, 저패니즘Japanism으로부터 깊은 영향을 받음으로써 성립된 것이라면, 특정한 한 사회의 예술이 높은 수준에 다다르기 위해서는 우선 모방이나 수용에 대한 전면적인 허용이 요구된다는 평범한 진리는 근대의 문학에서도 극히 중요하게 받아들여져야할지 모른다. 이 요구 앞에서는 후발 근대문학의 정체성 확립이나 식민지성의 극복 등의 문제제기란 그 자체가 한갓 후진적인 문학의 콤플렉스를 보여주는 것에 다름 아닐 수도 있다. 다시말해, 후발의 근대 문학이 다른 선발의 근대문학에 비해 전반적으로 열등하지 않은 수준으로 올라선다는 것은 선발의 그것에 대한 모방이나 수용을 거부함으로써가 아니라, 오히려 바로 그와 같은 과정을 거침으로써만 가능해진다는 논리가 성립할 수 있다. 모방이나 수용을 전면화하면서도 선발의 근대문학이 미처 지니지 못한 어떤 것마저 마침내는 구비함으로써만 후발의 근대문학은 자기를 확립할 수 있으리라는 생각, 이것은 오리엔탈리즘에 대한 비판과는 다른 차원의 문제일 수 있다. 프랑스 인상파의 압조적인 영향력 앞에 놓여 있는 메이지시대 그림들은 바로 그와 같은 생각을 뒷받침해주는 것이 아닐까. 그러므로 비록 서구적 모델에 기반한 데 지나지 않는다 하더라도 근대성의 심화 혹은 그와 차원은 다르지만 합리성의 심화를 통해 한국의 근대문학을 성숙시켜야 한다는 문제제기는 쉽게 부정할 수 없는 견해라할 것이다.

그렇다면 이제 김윤식의 경우로 돌아올 필요가 있겠다. 나는 도쿄 근방의 카나가와현神奈川縣의 근대문학관에서 우연히 코바야시小林秀雄의 저서 중 하나인 『고호의 편지ゴッホの手紙』(新潮社, 1952)를 만날 수 있었다. 비록 그 구체적인 내용을 확인할 수는 없었지만, 이 책은 「까마귀가 있는 밀밭」을 위시한 고호의 그림을 약 28편에 걸쳐 자유롭게 논하는, 연작 에세이 형식을 취하고 있었다. 그런데 이 책을 접하면서 내가 가장 먼저 떠올린 것이 무엇이었을까. 그것은 바로 김윤식의 『문학과 미술 사이』(일지사, 1979)였다. 그가 지속적으로 몰두하고 있는 작업 중 하나가 바로 예술기행문이라 불릴 만한 일련의 글들임은 잘 알려진 사실이고, 그중에서도 『문학과 미술 사이』는 그 초기 글들을 모아놓은 매우 의미 있는 책이다. 그 『문학과 미술 사이』의 첫 장이 바로 고호의 그림에 관한 것(「고호의 '과수원'」)임은 단순히 우연의 소치일까.

그렇다면 코바야시에 관한 김윤식의 관심은 상기하지 않을 수 없을 듯하다. 「고바야시 히데오와 경주체험」(1982) 같은 글은 코바야시에 대한 그의 관심이 얼마나 깊은 것인가를 알려주거니와, 여기서 그는 코바야시를 일본의 우수한 비평가 중의 한 사람으로 치부하는 차원을 훨씬 더 벗어나서 코바야시라는 '미학적' 인간 그 자체에 집중하고자 한다. 코바야시의 경주체험에 대한 검토는 기실 그와 같은 탐구의 매개물에 지나지 않는다. 그는 고도의 미의식의 소유자이자 동시에 식민지 본국 지식인이라는 역사감각의 한계를 지니고 있던 코바야시가 30년대 말에서 40년대 초의 파시즘과 전쟁의 시대를 어떻게 건너갔는가를 주시한다. 그런데 그의 석굴암 기행을 검토한 끝부분에서 김윤식이 내린 결론은, 코바야시는 근대 일본의 운명을 자신의 숙명으로 극화시킨 독창적 존재였지만, 궁극적으로는 일본적 중심성으로부터 벗어나지 못했다는 것이다. "그는 어디까지나 철저한 일본인이었고 따라서 신뢰할 만한 인물이지만, 동양인으로 또는 세계인으로 되기엔 그 나름의 자격과 동시에 한계를 갖춘 인물"이었다. 김윤식에 의하면 그는 석굴암에서 보편적 미를 느낄 수는 있었지만, 그러나 그같은 미의식은 "과거라 불리는 신앙"으로부터 완전히 자유롭지 못했다.

지금의 나로서는 그의 이같은 평가가 얼마나 정확한 것이었던가를 판단할 지식이 없다. 그러나 적어도, 지금 이 순간에도, 쉼 없는 비평에 몰두하고 있는 그의 뇌리 속 어디엔가, 시가 나오야(志賀直哉, 1883~1971)의 죽음 이래 일본의 근대문학 속에서 때로 "문학의 신"으로 불리곤 했다는 코바야시가 잠자고 있다는 사실만은 지적할 수 있을 듯하다.

예술품이란 만든 사람이나 시대나 상황을 떠나 누구에게나 미로써 작용해야 올바른 예술품이다. 그런 진짜 예술품을 감상하기 위해서는 인종과 시대를 초월해야 한다. 지식이란 그런 사람에 속한다. 지식인 고바야시(小林秀雄-인용자)는 일단 '백제관음'에서는 한 번 실패한 그런 사람이었다. 그러나 사변을 각오와 신념으로 받아들여 사변에다 자기의 사상을 맡겨버린 원시인 고바야시는 바로 그 때문에 마침내 석굴암을 바로볼 수 없었던 것이다. 그를 피로케 한 것은 기실 석굴암이 아니라 원시인에서 문명인으로 환원하는 행위에서 발생한 에너지의 소모였음 따름이다. 그렇지만 그가 아니고는 두 번씩이나 석굴암에 서고자 한 자는 아무도 없었다. 그러기에 그를 피로케 한 그 피로감의 무게는 험한 시대를 살아온 후진사회의 지식인의 견딤의 무게와도 어느 정도 비견될 수 있는지도 모른다.(『김윤식 선집』 6, 254~55쪽)

그는 일본적인 중심성으로부터 미처 벗어나지 못하는 코바야시의 역사 감각을 비판적인 시선으로 조명하면서도, 톨스토이L.N. Tolstoi와 도스토예프스키F.M. Dostoevskii에 비추어 고르끼M. Gor'kii를 이류로 간주하는 자부심을 안고 있던, '일류' 비평가 코바야시의, 그 "피로감의 무게"에 마지막 연민을 표현한다. 그 방법은 그것을 "험한 시대를 살아온 후진사회의 지식인의 견딤의 무게"와 비교하는 것이다. 이 대목에서 김윤식 자신의 견딤의 무게, 혹은 그 무거운 견딤에 대한 자부심을 엿보게 됨은 지나친 일만은 아닐 것이다. 코바야시가 석굴암의 보편적 미를 여과 없이 받아들이지 못하는 자신의 일본적 귀속성 앞에서 심한 피로를 느꼈다면, 해방과 전쟁 이후를 읽고 쓰는 행위로 버텨온 김윤식은, 세계문학 또는 일본문학의 수준에 비견되는 한국문학이라는, 한국문단의 전반적인 풍토와는 어울리지 않는 그 자신의 문학적 규준과 감각으로 인해 견딤의 시간을 보내야 했는지도 모른다.

그러므로 김윤식에게 코바야시 히데오라는 이름은 고유명사만은 아니다. 그것은 코바야시일 수도 있으나 『코바야시 히데오小林秀雄』 (1962)와 『소세키와 그의 시대漱石とその時代』(1970)를 쓴 에토 준(江藤淳, 1932~1999)일 수도 있고, 세대를 더 내려가 가라타니일 수도 있다. 그들처럼 일본의 근대문학을 세계문학의 수준에서 논의할 수 있게 하는 존재들, 그 글들만이 그에게는 참된 의식의 대상이다. 『고흐의 편지』와 『문학과 미술 사이』의 상이성이 시사하는 바는 바로 그것이다. 물론 일본인에게 있어 고흐는 매우 각별한 존재이고 따라서 코바야시가 고흐의 그림에 관심을 갖게 된 이유와 김윤식의 그것이 같을 수는 없다. 하지만 그렇다 해도 김윤식이 바로 그와 같은 수필의 영역에서조차도 한국 근대문학의 수준 문제, 그 세계성의 문제를 의식하고 있음은 분명하다. 「운명과 형식―애청·이양하·루카치」가 또 그런 것이 아니었던가.

김윤식의 작업들 중에는 그와 같은 비교가 가능한 저작과 논문들이 매우 많은데, 『이광수와 그의 시대』 같은 저작은 그 단적인 한 예가 될 뿐이다. 이는 한국의 근대문학 연구와 비평에 있어, 그가 그같은 근대문학의 수준 문제, 심화 문제에 얼마나 깊은 관심을 기울여왔는가를 보여주고도 남음이 있다. 그러나 「고바야시 히데오와 경주체험」 같은 짧은 글에서도, 『이광수와 그의 시대』 같은 노작에서도 볼 수 있듯 그는 단순히 그들의 방법을 답습하는 데 그치고자 하지는 않았다. 그는 모방 혹은 수용을 지나 창조적 수준에 이르는 문제를 자기의 것으로 만들어 부단히 실험해왔고, 이는 역사라는 것은 비약이라든가 지름길이라든가 하는 것이 쉽사리 허용되지 않은 영역이므로 후발의 문학은 선발의 문학과 다른 어떤 길을 구상하려 하기보다는 처음부터 그와 같은 길을 어떻게 하면 빨리 걸을 수 있는가를 생각해야 하는, 근대화의 논리에 은밀히 연결되는 생각에 바탕하면서도, 이를 자신의 삶의 역정 자체로서 시험해 보인 것이라 할 수 있다.

4. '근대'라는 아포리아 앞에서 묻기

이제 그에게 있어 근대 · 근대성 · 근대문학이란 어떤 의미를 갖는지 생각해볼 때가 되었다. 그에게는 한국의 근대문학 연구에 관한, 크게 두 번에 걸친 시각의 변모가 있었고, 그때마다 월평月評을 비롯한 실제적인 비평행위에서도 변화가 일어났다. 그 각각의 시각을 대변하는 것은 아마도 『한국 근대문예비평사 연구』와 『염상섭 연구』와 『김동리와 그의 시대』(민음사, 1995)일 것이다. 약 30년에 걸친 이 지적 변모의 과정을 그는 『김동리와 그의 시대』의 서문에서 비교적 간결하게 요약해놓고 있다. 짧은 분량 속에 자신을 변모시켜온 지적 계기들을 어떤 현학도 수반하지 않은 채 드러내고 있다는 점에서 이 글은 매우 인상적이다.

한국 근대문학은 내 전공 분야이다. 이 한국 근대문학의 근대성을 문제 삼을 때 맨 먼저 부딪히는 것이 내게는 카프문학이었다. 물론 일반적으로 근대성이란 시민계급이 이룩한 시민혁명의 이념에 기초를 둔 것이며 따라서 시민계급의 욕망의 체계가 근대문학의 앞자리에 놓이겠지만, 그 시민성의 발로가 빈틈 없는 제국주의 형태로 치달아 그 수레바퀴 밑에 치여 있던 식민지시대의 한국문학을 들여다보고 있노라면, 그것의 극복을 지향했던 계급성에 먼저 눈을 돌리지 않을 수 없었던 까닭이다. 이른바 근대성을 극복하기 위한 또 다른 근대성으로 계급성에 입각한 카프문학이 보였던 것이다. 내 첫 번째 서술인『한국근대문예비평사 연구』가 카프문학 비평을 중심으로 전개되었음은 이 때문이었다. 이러한 내 생각이 조금씩 달라지기 시작한 것은 1980년대 초반이었다. 인류사의 진보에 대한 확신이 흔들리기 시작한 것은 아니지만, 세계에 대한 전망이랄까 인식이란 일종의 방법론적 시각에 비켜서자 칼 포퍼가 보였고 푸코도, 후기의 소쉬르도, 비트겐슈타인도 보이는 것이었다. 인식(지식)의 체계란 일종의 고고학과도 같은 것은 아닐까. 나는 고고학자처럼 땅을 조금씩 파보기 시작했다. 거기 우리의 민화가 있었고 민요가 있었다. 원근법이 없는 그림, 5음으로 된 음정이 있었다. 원급법의 도입, 7음계의 도입이 근대성의 층이라면 민화나 5음계는 근대 이전premodern이라고 할 수 없겠는가. 그렇다면 시민성의 문학이나 이를 넘어서고자 한 카프문학 다음 단계로는 근대 이후postmodern라 할 수 없겠는가. 이러한 시각이 나로 하여금 이인직, 김동인, 염상섭의 문학을 정밀하게 검토하게끔 이끌어왔다. 『염상섭 연구』(1987)가 그러한 생각의 한 결과였다. 그러나 근대 이전, 근대, 근대 이후라는 지식 체계의 고고학이 아무리 과학적일지라도, 결국 근대성의 변형이며 근대성 안의 논의임을 내게 암시해주는 계기가 있었다. 1989년 동구, 구소련의 해체와 더불어 불어닥친 '역사의 종말관'이었다. 근대 논의란 헤겔주의자들의 사상놀이였는지도 모른다는 생각에서 나는 쉽사리 벗어날 수 없었다. 내가 김동리 문학에 매달리게 된 것은 이 때문이었다. 김동리 문학, 그것은 물론 근대가 아니지만 근대 이전도 근대 이후도 아니었다. 근대의 초극도 물론 아니었다. 그것은 근대성의 논의 자체를 무화시키는 늪과 같은 것이었다. 어떠한 근대성 논의도 김동리 문학에 부딪히면 무無로 변해버린 것 같았다.(『김동리와 그의 시대』7~8쪽)

인용된 부분은, 그를 이끌어온 것이 한국 근대문학의 근대성이라는 것에 대한 관심이었다는 것, 근대와 근대성에 대한 이해의 변화와 함께 연구의 대상 및 그 방법이 달라져왔다는 것, 그 변화의 두 계기란 근대 혹은 근대성에 대한 초기의 믿음의 상대화("80년대 초반")와 전근대·근대·탈근대라는 시간 개념 설정의 무의미성에 대한 인식("역사의 종말관") 등이라는 것, 그 각각의 계기를 중심으로 한, 셋으로 나누어지는 기간에 각각 카프 연구(1970년대), 염상섭 연구(1980년대), 김동리 연구(1990년대)가 대응하고 있다는 점 등을 말해주고 있다. 그런데 여기서, 카프문학 연구와 염상섭 연구가 두 번에 걸친 유학과 그것을 전후로 한, 서구 및 일본의 인문학적 관심을 수용함으로써 가능했고, 그는 이로써 한국문학계의 선진 연구자들의 관심 주제들을 언제나 한 발 내지 두 발 앞서갈 수 있었던 것이라면, 김동리 연구를 가능케 한 지적 관심의 변화는 어디에서 그 계기를 찾을 수 있는 것일까.

　위의 인용 부분에서 그는 그것이 "1989년 동구, 구소련의 해체"라고 밝히고 있는데, 흥미로운 것은 그보다 2년 앞서, 비록 매우 짧은 기간이지만 그가 다시 한 번 일본에 체류하고 있었다는 점이다. 「경도京都문학파의 감각―염상섭, 정지용, 윤동주」(『낯선 신을 찾아서』)가 그것을 보여준다. 두 번째 유학 이후 7년의 시간이 흐른 뒤 그는 다시 한 번 일본으로 향하고 있는데 그 목적은 교토에 관한 문학적 탐색이었다. 교토는 교토 부립 제2중학을 다닌 염상섭, 도오시샤同志社 대학을 다닌 정지용, 김환태, 윤동주, 그리고 교토대학을 다닌 이양하의 고장이었다. 그는 그 교토로 향하기 전에 한국문학 연구와 관련이 깊은 일본의 지인들을 만나게 되는데, 특히 카와무라 미나토(川村湊, 1951~)에 대한 기억이 인상적이었던 듯하다. 물론 이 글을 쓰고 있는 나의 관심은 카와무라에 관한 김윤식의 인상 자체보다는 그의 세 번째 평론집 『소리의 환상』(國文社, 1987)을 대하는 김윤식의 관점에 있다.

그는 이 평론집을, "일본 근대문학을 언어의 환상성에서 구하고", 근대에 관한 근대주의자들의 형이상학을 해체하기 위해 "일본 전통 속에 놓인 환상적인 것, 무속적인 것, 원시적인 것의 점검에로" 나아간 것으로 보고 있었다. 이와 같은 관점에서 김동리에 관한 탐색의 씨앗을 보는 것 역시 지나친 일일까. 그러나 그렇다면 「경도문학파의 감각」과 가까운 시기에 씌어진 「어떤 일본인 벗에게」로 다시 한 번 돌아가 볼 수도 있을 것이다. 그 88년의 시점에서 그는 자신의 새로운 연구를 다음과 같이 예감하고 있다.

일본의 풍물이 이국이면서도 저의 생리 쪽에는 더할 수 없는 친근감이 거기 깃들이고 있습니다. 누님의 교과서 속의 풍물이야말로 진짜처럼 보이었지요. 저의 생리적인 안정감에 연결된 이 부분을 찾는 일이야말로 저에게는 소중한 것이었지요. 이광수, 김동인, 이태준, 임화, 이상 등등 문인의 족적을 찾는 일은 논리적인 쪽이지만, 어쩌면 한갓 핑계였는지도 모르지요. 이 논리의 측면에서 저는 약간의 성과를 올리긴 했습니다. 『이광수 연구』라든가 『이상 연구』같은 저술들이 그런 것이라고 할 것입니다.

이렇게 되고 보니, 인격분열증(현해탄 콤플렉스—인용자) 치유를 위해 일본 유학을 택했고, 그로써 연구를 해온 제 연구 분야에의 나아감은, 치유이기는커녕 새로운 또 다른 분열증을 장만한 꼴이 되고 만 것은 아닐까 하는 의문이 강하게 일어났습니다. 이 느낌은 일차적으로 제 자신에 대한 서글픔이고, 그 다음은 논리의 측면인 일본 유학 출신의 한국 문인들에 대한 미안함이고, 그 다음엔 역사에 대한 분노 같은 것입니다.

역사에 대한 분노란 무엇인가. 이 문제를 제가 여기서 논의할 생각은 없습니다. 그리고, 이 과제는 저 자신 아직 논리의 수준으로 수용하고 있지 못한 것이기도 합니다. 분노는 생리 축에도 들지 못하는 그런 것 아니겠습니까. 그러나 저는 역사에의 분노가 역사철학에로 저를 조만간 이끌어 가리라는 예감을 갖고 있습니다. 그것은 한국이라는 특정한 나라의 역사성에 굳건히 서면서도 거기를 넘어서 동북아시아의 역사성, 나아가 세계사 속의 역사성에 대한 시각을 얻는 일입니다.(『낯선 신을 찾아서』, 324쪽)

그의 이 "역사철학", 다시 말해 근대에 관한 새로운 방식의 사유는 "1989년 동구, 구소련의 해체"를 계기로 전면화 되기 시작했고, 그 매개물·결과물이 바로 김동리 연구였다. 그에게 1989년은 역사가 더 이상 나아갈 곳이란 없음을 입증해주는 것으로 보였고, 이로써 그는, 비록 80년의 두 번째 유학을 전후로 하여 "제도적 장치로서의 근대"라는 관념으로 나아갔음에도 불구하고, 집요하게, 그의 뇌리 속에 달라붙어 따라다녀 온, 역사적 진보의 한 계단으로서의 근대라는 사고를 떨쳐버리기 위한 적극적인 시도를 펼치게 된다. 역사가 더 이상 나아갈 곳이 없다면 그 나아갈 곳을 상정함으로써 가능했던, 역사적 계단으로서의 근대라는 사고 또한 발붙일 곳이 없기 때문이다. 이같은 시도가 "제도적 장치로서의 근대"라는 사고를 가능케 했던 푸코적 사유를 넘어서는 일, 근대에 관한 개념과 논의 자체를 해체하는 일을 필요로 했음은 물론이다. 그에 의하면 근대, 근대성, 그리고 그것들에 대한 논의란, 서양의 시간관을 보편적인 것으로 상정하는 것에 지나지 않기 때문이다. 결국 그에게 있어 한국 근대문학의 정체성을 찾는 일, 그것을 확보하는 일은 근대, 근대성이라는 개념 및 그것에 관한 논의의 무화를 필요로 했으며, 그런 그에게 김동리는 바로 이 양자를 모두 가능케 하는 것으로 보였을 것이다. 달리 말해 김동리는 그에게, "어느새 문학과 사상을 검증하는 시금석 같은 것으로 되어 있"는 일본과, "단순한 한 특정 국가나 민족을 가리킴이 아니고, '근대' '근대적인 것' '근대화' '근대성' 등으로 불리는 것들에 직접 간접적으로 관련되어 있"는 것으로 간주되는, 일본문학의 규준으로부터 벗어나 한국 근대문학의 정체성을 확인할 수 있게 해주는 존재로 간주되었다.

그렇다면 이것은 다른 한편으로, 그의 의식의 가장 깊은 곳에 임화가 자리 잡고 있음을 말해주는 것이 아니고 무엇일까. 일본적인 것이 그의 생리적 감각에 달라붙어 있고, 그리하여 한국 근대문학의 정체성을 확인하고자 했던 연구가 오히려 이식문학론 같은 임화의 견해를 도리어 확인해주는 것이 되고 있는지도 모른다는, 그 뿌리 깊은 불안이 그로 하여금 김동리로 나아가게 했다는 것이 나의 생각이다. 바로 임화로 대변되는, 진보의 한 계단으로서의 근대라는 사고를 버림으로써만 한국의 근대문학이 자기정체성을 새롭게 확보해갈 수 있으리라는 것, 그는 이 딜레마 속에서 전자를 버리고 후자를 취하려 했다.

나로서 의문스러워지는 것은 진보의 과정으로서의 근대라는 사고가 과연 포기되어야 하는가 하는 점이다. 물론 지금은 이른바 프랑스 철학의 시대이고, 탈구조주의 혹은 해체주의가 철학의 주조主潮처럼 이해되는 시대이고, 또 1990년을 전후로 한 세계사적인 변화는 근대의 극복 또는 초월에 관한 일견 형이상학적인 사유들을 무화시키는 것처럼 보이기도 하지만, 그러나 궁극적으로 볼 때 현실이 논리를 대신할 수는 없으며, 현실의 변화가 논리의 변화를 곧바로 가져와야 하는 것도 아니다. 탈구조주의나 해체주의가 어느 면에서는 낡은 사유를 해체하는 긍정적인 요소를 지니고 있다 해도 그것이 곧바로 그들 사조의 극단적인 상대주의와 주관주의, 또는 허무주의까지도 변호해주는 것은 아니지 않을까. 그러므로 근대를 어떻게 이해할 것인가, 또는 근대라는 논의가 필요한가 등의 문제는 아직도 여전히 논란거리로 남을 수 있으며 또 남아 있어야 하는지도 모른다. 그럼에도 불구하고 그는 1980년대 초반 이후 지속적으로 진보의 관념에 입각한 근대의 이해로부터 멀어지는 길을 걸어왔는데, 그것 역시 그 같은 견해가 서양 혹은 일본을 규준으로 하는 근대문학관을 합리화 하는지도 모른다는 우려 때문이었다. 이것은 곧 이식문학론에 대한 우려라고도 말할 수 있을 텐데, 여기서 궁금해지는 것은 결국 그가 임화의 「신문학사의 방법」(1940)을 이해했던 방식이다. 왜냐하면 그는 임화의 방법론에 노출된 자기를 느끼며 심각한 불안에 사로잡혀 있었고, 따라서 임화를 비판함으로써만 1980년대와 1990년대의 새로운 시도들로 나아갈 수 있었기 때문이다.

그는 임화의 「신문학사의 방법」이 "토대와 상부구조의 비변증법적 처리와 상부구조 이데올로기 사이의 비변증법적 처리(무매개성)"에 떨어졌으며, 이에 반해 "환경과 전통 사이에는 직접적 대신 매개항의 삽입이 가능하였다"고 평가한 후, 최종적으로는 임화의 문학사 방법론이, "의식형 · 토대형 · 제도형" 중 마지막 형태에 속한다고 보았다.

세 번째 유형의 문학사적 관념이란 무엇인가. '근대'란 제도적 장치가 만들어낸 것이자 그 자체라는 사실을 승인할 때 비로소 성립될 수 있는 문학적 유형은 제도적인 문학사라 규정할 수 있다. 임화가 이 사실을 깊이 알아차리지 못했음을 새삼 말할 것도 없다. 그렇지만 그가 내세워놓은 신문학사의 방법론은 위의 세 가지 중 이것에 제일 가까운 것이다. ……이렇게 보아올 때, 우리가 문학사의 방법론에서 내세운 세 가지는 각각 그 나름의 명분과 의미층을 갖고 있음이 판명된다. 이 중 첫 번째 방법론에 지나치게 편향되면 단재의 주체사상처럼 허무주의에 빠질 것이며, 두 번째 방법론에 매달리면 자칫 '직접성'(선험성)에 빠져 매개항 없는 기계주의에 함몰하고 말 것이고, 세 번째 방법론에 매달릴 경우엔 합리주의의 노예가 되고 말 위험에 봉착할 것이다. 임화 그는 이 세 가지 방법론 중 어느 쪽에 일층 가까이 기울었던 것일까. 그는 어느 쪽도 투철히 검토하지 못했지만 굳이 등급을 매긴다면 그의 방법론은 세 번째 방법론에 가까운 것이라 할 수 있다. 문학사를 양식의 역사라고 표 나게 내세우고 거기에다 그의 친근함을 표시하고 있기 때문이다. 다시 말해 그가 제일 잘 할 수 있는 것은 그에게 제일 낯익은 것이었다. 신소설 연구에서 그가 제일 생산적인 업적을 낳은 원인도 여기서 말미암았다. 그렇지만 그는 세 번째 방법론의 본질을 알지 못했기 때문에 중도에 머물지 않을 수 없었다. …만일 그가 양식을 제도적 장치의 수준에서 이해할 힘이 있었더라면, 다시 말해 증기기관을 움직이게 하는 원리(정신)를 밝히고자 했더라면 그가 찾고자 하는 근대정신은 훨씬 분명히 드러날 수 있었을 것이다. 이런 점에서 보아, 임화의 신문학사방법론은 세 유형 중 귀속점을 찾지 못하고 아직도 방황하고 있다고 할 것이다.(「이식문학론 비판」, 『한국문학의 근대성과 이데올로기 비판』, 93~95쪽)

그는 임화의 문학사 방법론이 임화 스스로 의식하지는 못했지만 결국은 제도적 장치로서의 근대라는 관념에 이끌리는 것이었다고 본다. 그에 의하면 임화는 스스로 제도적 장치로서의 근대에 전면적으로 노출되어 있었고 따라서 의식상에서는 그것을 깨닫지 못한 채

'토대형'의 문학사에 머무르고 있었지만 실제로는 바로 '제도형'의 문학사에 가까운 방법론을 지니고 있었던 셈이다. 결국 임화는 바로 이 근대를 이끌어가는 제도적 장치들에 더 심각하게 주의를 기울여 '제도형'의 문학사 방법론을 심화시켰어야 했다. 그러나 이 '제도형'의 문학사에서는, 이식의 문학사라는 신문학사적 '사실'을 수용하면서도 바로 그 때문에 임화가 또한 의식하고 있던, 주체성의 문제에 관한 의식이 결여되어 있는 것은 아닐까. 임화는 자신의 신문학사방법론의 뼈대가 되는 여섯 개의 개념, 즉 대상·토대·환경·전통·양식·정신 중 전통의 장章에서 다음과 같이 쓰고 있다.

> 그러나 外來文化의 輸入이 우리 朝鮮과 같이 移植文化, 模倣文化의 길을 걷는 歷史의 地方에서는 遺産은 否定될 客體로 化하고 오히려 外來文化가 主體的인 意味를 띠우지 않는가? 바꿔 말하면 外來文化에 沈弱하게 된다. 또한 그러한 것이 完全히 遂行되기는 文明人과 野蠻人과의 사이에서만 可能한 것이다. 東洋諸國과 西洋의 文化交涉은 一見 그것이 純然한 移植文化史를 形成함으로 終結하는 것 같으나, 內在的으로는 또한 移植文化史 自體를 解體할냐는 過程이 進行되는 것이다. 卽 文化移植이 高度化되면 될수록 反對로 文化創造가 內部로부터 成熟한다.(임화, 『문학의 논리』, 학예사, 1940, 831~32쪽)

이와 같은 부분은 임화가 신문학사를 이식의 문학사로 파악하면서도 그같은 문학사로부터 벗어나는 과정에 관심을 기울이고 있었음을 보여준다. 그렇다면 그가 "新文學이 西歐的인 文學 '장르'(具體的으로는 自由詩와 現代小說)를 採用하면서부터 形成되고 文學史의 모든 時代가 外國文學의 刺戟과 影響과 模倣으로 一貫되었다 하야

過言이 아닐 만큼 新文學史란 移植文化의 歷史다."(827쪽)라고 하여 이식문학론을 주장했던 것은, 어쩌면 조선에 있어 근대문학의 형성과 전개에 관한 사실 인식의 부재로부터 온 것인지도 모른다. 다시 말해 임화에게 있어 이식의 문학사라는 것은 사실의 인식 및 그 해석의 문제이지 방법론에 깃들인 시각의 문제는 아니었는지도 모르는 것이다.

만약 그렇다면 임화의 방법론에서 찾을 수 있는 근본적인 한계는 제도적 장치, 즉 구조를 투철히 인식하지 못한 데 있는 것이 아니라, 주체, 즉 "行爲者의 志向"을 종국적으로 "그때의 文化擔當者의 物質的 意慾"에 종속시킨 데 있다. 말하자면 문학의 문제를 직접 물질적인 차원으로 환원하려는 경향이 문제이며, 이는 문학의 정체성 문제에 관한 더 깊은 성찰을 통해서만 해결될 수 있었던 문제이다. 또 그렇다면 김윤식이 임화의 문학사 방법론을 '제도형' 문학사의 일종으로 보고, 자신은 여기서 더 나아가 그 방법론을 정밀하게 적용하려는 시도로서 『염상섭 연구』를 비롯한 일련의 연구를 진행한 것은, 근대를 주체 없는 구조의 과정으로, 다시 말해 '현해탄 콤플렉스'를 일층 강화하는 경지로 나아간 것이라 말할 수도 있다. 이와 같은 상황이 그의 1980년대를 통해 진행되었다고 할 때, 이 모든 과정에 대한 방법론적 반성으로서 김동리론은 배태되고 있었다.

그러나 이 김동리 연구는, 내게는, 1980년대를 철徹했던 그 스스로의 방법론적 시각, 즉 '제도형' 문학사론에 대한 또 하나의 반작용으로 느껴지는 감이 없지 않다. 그것은 역사의 한 과정으로서의 근대라는 사고를 '희생'함으로써 비로소 얻은 한국 근대문학의 주체성, 매우 기묘한 형태의 정체성으로 보이기 때문이다. 그러나 이 같은 사실마저도 어쩌면 김윤식은 이미 감지하고 있는 듯하다. 「근대문학

연구의 자립적 근거―한 연구자의 심정고백」(『현대문학』, 1997년 10월호)에서 그는 이른바 역사의 종언 이후의 문학 연구 동향을 비판적으로 회고하면서, 새로운 문학사 기술의 방법론으로서 "국민국가의 이념적 산물"로서의 문학사를 "해체하고자 하는 문학사", 또는 "문학작품의 역사"를 예감하고 있다. 그렇다면 그것은 어쩌면 김동리라는 국민국가적 차원의 '주체성'에 대한 또 하나의 반성의 시도가 아니고 무엇일 것인가.

　21세기로 이르는 '문턱에서' 다시 한 번 문학적 방법론을 시험하고 싶은 유혹에 이끌리는 그 앞에서 나의 예감은 밝지만은 않다는 것이 솔직한 심정이다. 그러나 이 글을 맺으며 분명히 하고 싶은 것이 있다면, 그것은, 그 모든 방법론상의 우여곡절과 지난한 도정에도 불구하고, 오로지 그만이 그 모든 것을 행할 수 있었으며, 오로지 그만이, 다른 한두 사람과 함께, 자신의 문학적 숙명을 투철하게 시험하고 있다는 사실이다. 바로 그와 같은 투철함이 그를 한국 근대문학비평이 그토록 갈망하는, 하나의 전통과도 같은 존재로 만들고 있다. 그리고 이는 문학인의 태도의 한 전형을 우리에게 가르치고 있는 것이기도 하다.

(1998년)

역사와 문학의 시적 완성이라는 문제

—백낙청론

1. 비평

　백낙청론이 그와 그의 비평에 관한 세평을 재확인하는 데 그친다면 이는 매우 비생산적인 작업이 아닐 수 없지 않을까. 그와 그의 비평, 나아가 『창작과비평』과 민족문학작가회의 같은 잡지 및 기관에 대해서는 이미 어떤 인상이 형성되어 있고 이 가운데는 사실에 부합하는 측면이 그렇지 않은 쪽만큼이나 많으리라고 예상해볼 수 있다. 그러나 어떤 비평이 통념을 확인함에 그치거나 평가 및 비판에만 초점을 둔다면 이는 비평이 존재하는 이유의 많은 부분을 스스로 놓아 버리는 것이 된다. 비평의 의의가 그 대상과 더불어 사유하고 그로써 문학적 통찰의 가능성을 확장해 가는 데 있다면 낱낱의 비평적 작업은 매순간 대상을 새롭게 발견할 필요가 있다. 아직 말하여지지 않은 것을 발설함으로써 말의 세계를 충만하게 하는 것, 이 점에서 비평은 소설이나 시와 다를 바가 없다. 백낙청론은 백낙청이라는 한 비평적 개성에 대한 발견적 개입이 되지 않으면 안 된다.

먼저 그가 로렌스D. H Lawrence를 전공한 영문학 연구자라는 사실에 관심이 간다. 김기림에게서 리챠즈I. A. Richaris를 배제하고, 김동석에게서 아놀드M. Armolk를 제외하고 그들을 논할 수 없듯이 백낙청에 관한 논의에서 이를 간과함은 메마른 결론으로 이끌릴 가능성이 높다.

백낙청의 박사학위 논문은 『A Study of The Rainbow and Women in Love』(1972, 부제는 'as Expressions of D. H. Laurence's Thinking on Modern civilization')이었다. 여간해서는 고백의 '죄'를 범하지 않으려는 그의 생애에 관해서는 지금의 나로서는 그중 상세한 이력에 의존하여 접근해볼 수밖에 없다. 이에 의하면 그는 1959년에 영문학 및 독문학 분할 전공으로 브라운대학을 졸업하고 그 해 하바드대학 대학원 석사과정에 영문학 전공으로 입학, 이듬해 졸업했다. 다시 1962년에 도미하여 그 해 9월에 영문학 박사과정에 들어가 이후 그 결과로 나타난 것이 상기 논문인 셈이다. 그 사이 그에게는 서울대 취직 및 『창작과비평』을 창간하는 등 그의 생애에서 중요한 몇 가지 일들이 있었으니, 그는 도미 1년 만에 돌아왔다가 1969년에 다시 나가 수학을 계속했었다.

근대문명에 관한 로렌스의 생각을 연작 성격을 갖는 두 장편을 통해 해명하고자 했던 논문의 작업은 물론 비교적 근작에 속하는 「로렌스와 재현 및 (가상)현실 문제」(『안과 밖』, 1996년 하반기)에 이르기까지, 그의 학문적 · 비평적 작업에 있어 로렌스가 차지하는 비중이 상당함을 말해주는 많은 작업이 있다. 그럼에도 불구하고 그에 관한 기왕의 논의에서 이같은 측면은 크게 주목되지 못한 듯한 인상이어서, 일역의 『백낙청평론선집白樂晴評論選集』(李順愛 편역, 同時代社, 1992~3) 제2권이 주로 로렌스에 관련된 작업을 수록하고 있음은 편역자의 안목을 생각케 하는 바가 있다. 까다로운 백낙청도 이 점에 대해서는 매우 기꺼워했음이 분명하다.

『평론선집』의 나머지 한 권이 D. H. 로렌스에 관한 글들을 위주로 꾸며져 나오는 데에는 남다른 감회가 따른다. 지금도 영문학 교수가 생업이고 영문학연구를 본업의 중요한 일부로 삼고 있는 나에게 로렌스는 '전문분야'에 가장 근접하는 대상이다. 학위논문의 주제였으며 여전히 가장 애독하는 작가의 한 사람이다. 그런데도 아직 한국에서조차 로렌스에 관한 글들을 따로 묶어 펴낸 바가 없는 처지에 일본서 이런 책이 먼저 나오게 되니, (…하략…) (백낙청, 「일역 『백낙청평론선집』 2권 서문」, 『분단체제 변혁의 공부길』, 창작과비평사, 1994, 322쪽)

이로써 일본의 문학인들에게는 백낙청이 단순히 문학평론가일 뿐아니라 영문학연구자로 이해될 수 있는 가능성이 열렸으나 정작 한국의 문학계에서 그것은 특별한 경우에나 주로 의식되는 '직업'으로 간주되고 있는 듯한 느낌이 강하다.

원인을 생각해 볼 필요가 있겠는데, 무엇보다 그는 오랫동안 본격적이고 완전한 형태를 갖춘 로렌스론 하나를 제대로 간행할 수 있는 여유를 갖지 못해 왔다고 말할 수도 있다. 『창작과비평』의 편집인으로, 해직교수로, 문인 조직의 요인으로, 그는 집단의 일원으로서의 일에 너무 많은 시간을 할애해야 했다. 이것은 외국문학 전공자의 연구에는 매우 불리한 조건이라 하지 않을 수 없다. 그러나 이것이 온전한 설명을 대신해 주지는 않는다. 그가 영문학자보다는 문학평론가로, 그것도 이론비평가로 간주되는 데는 그의 태도가 또한 한 몫을 했다.

  ……나의 작업에서 '이론적 탐구'와 실제 상황 또는 작품에 대한 '구체적 논평' 사이의 경계선은 극히 모호한 편이다. 그리고 이론작업을 포용하는 비평이 비평의 경지에 미달한 이론작업보다 한 차원 높은 실천이라는 것이 「작품 · 실천 · 진리」가 그 나름의 이론작업을 통해 논증하고자 하는 입장이기도 하다.(백낙청, 「책머리에」, 『현대문학을 보는 시각』, 솔, 1991, 13쪽)

그의 작업은 실제로 '이론적 탐구'와 실제상황이나 작품에 대한 '구체적 논평' 사이 어딘가에 자리잡고 있다. 그에게서 단순한 작가론을 좀처럼 발견할 수 없다는 사실이 상기된다. 오랜 시간에 걸친 비평작업 가운데서 그가 적극적이면서도 지속적인 관심을 기울인 작가를 찾아본다면 로렌스와 한용운, 김수영 외에 고은, 신경림 등을 꼽을 수 있을 뿐이다. 그들이 그나마 로렌스를 전공하고 하이데거에 이끌린 그의 지적 성향에 부합하는 작가들이기 때문이다. 신경숙에 관한 논의 또한 그 연장선에서 이해된다. 외국문학을 전공한 '강단비평가'의 보편적인 약점을 상기시키는 바가 있다.

  그들의 시야는 그들이 읽은 한정된 작품 및 작가와 유사성을 보이는 작품 및 작가에 국한되는 경우가 많고, 주로 서구의 고전으로 단련된 그들의 감식안은 너무 높아서 애써 이 나라 문학의 수준으로 시선을 낮추다 보면 사실이 아닌 것을 보게 되는 경우도 많다. 지상으로부터, 존재하는 그것으로부터 논의해야 하건만 태생적으로 망원경을 통해 작품과 작가를 읽지 않으면 안 되는 것이 그들이다. 그들의 논의는 자칫 불모의 현학으로 빠져드는 경우가 많다. 그 정도는 외국어를 몰라도 안다, 또는 그 편협하면서도 고지식한 기질에는 견딜 수가 없다, 하고 생각하게 되는 경우가 허다하다.

그러나 이와 같은 약점이 온전히 백낙청의 것이라고 간주되어서는 안 된다. 무엇보다 내게는 로렌스를 읽는 그의 방법이 매우 독창적으로 보인다. 즉, 그의 논의는 생산성이 높다. 특히 로렌스에 관해서는 영문학의 본고장에서도 수준 높은 논의로 간주되었으리라고 믿어진다. 이에 관해서는 다음의 장에서 따로 살펴볼 필요가 있겠으나, 그러면서도, 아니 그러해서인지 몰라도, 그는 그와 같은 로렌스 연구, 범위를 더 넓혀 영문학 연구에 대한 자의식을 잃지 않으려 했다. 이 한국이라는 외딴 섬 같은 언어의 나라에서, 한글이라는 세상에서 볼 수 없는 기묘하게 균형잡힌 문자로 문학을 함에 영문학이란 도대체 무엇이란 말인가. 영문학 연구상의 주체성을 강조하는 점이 인상적이다.

> 한국의 영문학자가 영국의 작품들이 우리의 민족문학론에서 강조되는 민족적 · 민중적 체험과 거리가 멀다는 사실을 마치 우리 자신의 잘못만인 것처럼 영국은 워낙 선진적이고 문명한 나라니까 그들의 문학이 우리 같은 낙후한 족속에게 실감이 적을 것은 당연하다는 투로 생각한다면, 그것이야말로 영국문화의 때 지난 후광에 굴복하는 것이며 식민주의와 제국주의를 토대로 하여 꽃피었던 낡은 체제와 이념을 연장시키는 데 보태주는 꼴이 될 것이다.(백낙청, 「영문학연구에서의 주체성 문제」, 『민족문학과 세계문학』II, 창작과비평사, 1985, 163쪽)

그는 영국과 미국의 문학에 그들 나라의 세계사적 선진성이 배어 있는 한편으로 그들이 허구적 보편의식에 빠져 있거나 있었다면 그 역시 그 문학에 담겨 우리에게도 직접적인 영향력을 행사하거나 했다고 생각한다. 그 허위의식에서 벗어나 진리에 다다르는 것이 곧 한국의 영문학자의 역할이다. 그런데 그것은 오늘의 한국이라는 상황에서 모든 학자의 몫이 되어야 할 역할을 영문학 연구를 통해서 특수하게 수행하는 것 외에 다른 것이 아니다.

이처럼 그에게서는 실천적 연구가 강조된다. 이 점에서 내게 두드러져 보이는 것은 1982년에서 1985년 사이에 쓰여진 「리얼리즘에 관하여」, 「모더니즘에 관하여」, 「모더니즘 논의에 덧붙여」(이상, 『민족문학과 세계 문학』 II) 등의 연작, 그리고 상기한 「로렌스와 재현 및 (가상)현실 문제」를 비롯하여 로렌스에 관련된 일련의 글들이다. 이들은 리얼리즘에 관한 이론적 탐색이면서 상황에 의해 부과된 실천적 동기를 담고 있다. 이들은 모두 로렌스와 하이데거를 향한 관심이라는, 변경될 수 없는 태생에서 연유하면서도 당대 한국문학의 문제를 정면으로 다루려 한 역작이다. 이들 작업이 보여주는 바 '대문자'로 된 리얼리즘의 추구는 어느 부류의 어떤 비평가라 해도 참조하지 않으면 안 되는 점이 있다. 이와 같은 '작품들'이 있는 한, 작가론에서 결핍을 보이고 현장비평을 원활히 수행하지 않는다 해서 그를 쉽게 비난할 수 없다. 비판은 언제나 대상의 의의를 규명하는 작업과 동시에 이루어져야 한다.

반면에 그의 실천적 의지가 민족문학론, '제3세계 문학론', 분단체제론 등의 논리를 수반함에 대해서는 의문의 여지가 없지 않다. 지식에 국한되지 않는 학문 탐구의 보편성, 그 만상萬象의 진리를 향한 의지에도 불구하고, 그 논리의 전개과정은 그 '도道'에 이르는 길이 무척이나 매개적임을 직감케 한다. 매개의 힘을 빌려 그의 논의는 체계 혹은 전체에 대한 사유로 나아간다. 이들 체계 혹은 전체에의 관심은 그의 애초의 출발점이라 할 만한 근대문명Modern civilization에 대한 사유를 풍부화 하고자 한 노력의 산물이다. 그러나 그것이 역으로 문학 자체의 문명비평적 기능을 통제하는 규범 역할을 하게 되는 아이러니를 생각해 보지 않을 수 없다. 또 그것이 '현단계의 민족문학론'과 같은 형태로 나타날 때 그 문제는 더 심각해지는 것도 같다. 나로서는 그와 같은 매개 또는 단계 개념의 설정이 그의 독특한 리얼리즘론이 지향하는, 경계 없는 진리에의 추구를 억제하는 기능을 할 가능성이 없지 않다고 생각하게 되었다. 문학이 민족적이면서 동시에 세계적인 가치와, 오리엔탈리즘orientalism뿐 아니라 악시덴탈리즘ocidentalism에 의해서 가려진 지금 · 이곳의 진실을 드러냄에 그 의의가 있다면, 우리는 한국문학이라는 이름 외에 민족문학이나 제3세계 문학과 같은 가치범주를 필요로 하지 않을 수도 있을 것 같다. 그것 또한 어떤 허위의식을 수반할 위험성이 있기 때문이다. 백낙청의 리얼리즘론은 오히려 어떤 전제도 허락하지 않은, 본질적으로 자유로운 문학의 이미지와 어울리는 듯하다.

그러나 나로서는 제3세계의 주체적 시각을 강조하면서 하나의 독특한 류流를 형성하게 된 백낙청 비평의 연원이 그 개인으로부터만 찾아져서는 안 된다고 생각한다. 국문학을 전공한 평론가로서 일본을 경유하여 세계문학의 존재를 의식하고 이를 자의식화한 김윤식과는 달리, 그는 영문학이라는 곧 '세계문학'에 속해 있음으로 해서 오히려 한국문학의 정체성이라는 문제를 지속적으로 탐구해가지 않으면 안 되는 운명에 빠져 버린 것이 아닐까.

이 점에서 세대상으로도 유사한 두 사람을 나는 공동의 운명을 절반씩 나누어 가진 듯이 생각해 왔다. 이 나라에 의미 있는 비평가가 이들 두 사람뿐이라는 말이 전혀 아니라 이들이 내가 관심을 갖고 있는 어떤 주제에 대해 매우 대척적인 위치를 점하고 있다는 것이다. 각각 1938년생과 1936년생인 백낙청과 김윤식. 이들 세대는 일제하 식민지 시대에 유년기를 보냈고, 초등학교에 들어간 그 어름에 해방이 되었으나 이는 곧 제1세계의 변방으로 수직적으로 귀속됨을 의미하였으므로 식민지성이라는 문제, 또 그것의 극복이라는 문제는 그들의 운명적 화두일 수밖에 없었다. 근대는 이미 불합리한 형태로 '주어졌고', 남은 것은 그 행정行程을 얼마나 어떻게 변화시킬 수 있는가 하는 문제뿐이다.

이 문제를 앞에 두고 두 사람은 그 각기 다른 전공만큼이나 현저히 상반되는 경험 및 사유 세계를 보여주는데, 민족문학적 관점 또는 '제3세계적' 시야에 대한 백낙청의 몰두는 세계문학 수준에의 접근에 대한 김윤식의 집착만큼이나 크지만, 그러나 두 사람은 그 나누어진 절반씩의 운명으로 인해 문제의 완미한 '해결'에는 도달하지 못하고 있는 듯하다. 방대할 뿐 아니라 구체적인 작가론이 이론적 일관성의 결핍을 보상해 주는 김윤식의 비평이 한 극단에 있다면 백낙청의 비평이 다른 한 극단에 있다. 그 서구적 연원에도 불구하고 그는 언제나 한국적인 가치, 동양적인 사상으로의 귀환을 꿈꾼다. 이를 실행하는 과정이 보여주는 이론적인 정교함과 섬세함은 가히 독보적이라 할 만하다. 그럼에도 그의 비평에 대한 불만이 상존함은 무엇을 의미하는 것일까.

2. 리얼리즘

백낙청의 리얼리즘 논의와 관련하여 주목해야 할 평론의 하나로

「민족문학론과 리얼리즘론」(『한국 근대문학사의 쟁점』, 창작과비평사, 1990. 『현대문학을 보는 시각』에 재수록)이 있다. 비평은 그것에 내재된 불가피한 실천성으로 인해 예술에 미달하는 것으로 간주될 수도 있다고 생각하는 나로서는 그의 비평에 대해서도 그와 같은 인상을 느낄 때가 없지 않다. 그 글에 담긴 수고로움에도 불구하고 지금에 와서 다시 보는 그것은 사회주의 리얼리즘론에 대해 지나치게 관대하다는 인상을 준다. 물론 그는 리얼리즘이라는 말 앞에 어떤 관형어가 첨가되는 일을 전혀 달갑게 생각하지 않는 이이나, 1990년은 그것이 진지하게 논의되지 않으면 안 되는 시점이었을 것이다. 그 의도를 짐작하기란 어렵지 않다. 이 글은 사회주의리얼리즘론의 기초적 범주라 할 만한 당파성 개념에 대한 검토로부터 리얼리즘의 승리라는 그 유명한 엥겔스의 발자크론을 지나 레닌의 톨스토이론에 이르고 있는데, 이들은 모두 당대 일각의 소장 비평가들이 몰두하고 있던 주제인 것이다. 그같은 시대와 상황의 압력 탓인지 몰라도 이 글은 "……지배자의 '제1세계적' 관점을 끝까지 거부하면서 동시에 이제까지 그 대안으로 제시되어 온 '현실사회주의'(또는 '혁명 후 사회')의 이론적 · 실천적 성과에 대해서도 주체적인 비판을 불사하겠다"(『현대문학을 보는 시각』, 216쪽)는 의지에도 불구하고, 그 본연의 리얼리즘론이 상기 논의들과 맞물리는 과정에서 일종의 '타협'에 이끌렸다는 생각을 하게 한다. 과연 당파성 개념 자체가 회의의 대상이 아니라 "작품 자체의 당파성"(위의 책, 195쪽), 또는 "작품에 구현된 민중성 · 당파성"(위의 책, 196쪽)이 문제일까. 또 그는 레닌의 톨스토이론을 분석하면서 "자기 계급과의 단절"(위의 책, 215쪽)이 갖는 중요성을 강조하는데 이 또한 레닌의 입론에 지나친 관용을 베풀고 있다는 인상을 남긴다.

그렇다 해도 이 글이 사회주의 리얼리즘론의 수용이나 그대로의 인정을 의미하지 않음은 명백하다. 무엇보다 그는 현실사회주의권의 문학논리를 향한 교조적이거나 무분별한 추수를 경계하고자 했으니, 그 결론은 그의 리얼리즘론에 내재된 시대에의 내성性이 큼을 말해준다.

> 사회주의 리얼리즘이 일종의 '정신적 · 이념적 조종중심'이라거나 "응용된 역사적 유물론"이라고 할 때, 그것이 바로 사회주의 리얼리즘도 하나의 이데올로기라는 말이 아니고 무엇이겠는가. 물론 전적인 허위의식이란 뜻은 아니고, 이것도 저것도 다 이데올로기인 만큼 아무도 진리를 주장할 수 없다는 상대주의나 허무주의도 아니다. 다같이 이데올로기의 물속에 있다 해도 그 가운데 진리의 꽃 피어남이 따로 없지 않을 터이며, 허우적거림을 다잡아줄 동무나 뗏목도 방편으로서는 고마운 것이다.
> 실제로 필자는 "하나의 지속되는 역사적 싸움으로서의 리얼리즘 운동에 충실하면서 리얼리즘 개념의 형이상학적 성격을 극복하는" 작업의 필요성을 말 한 적이 있다.(위의 책, 219~220쪽)

이와 같은 결론은 내게는 그가 다시 한 번 로렌스로 돌아가고 있음을 의미하는 것으로 보인다. 로렌스의 소설과 비평에서 그가 무엇보다 깊이 있게 수용한 것은 바로 이데올로기, 곧 허위의식의 베일 너머에 존재하는 사실 자체, 진리 자체를 향한 로렌스의 의지였던 탓이다. 이를 확인해 볼 수 있는 글이 많으나 아쉬운 대로 로렌스의 소설관에 대한 생각이 스케치로 드러나는 「D.H.로렌스의 소설관」(『민족문학과 세계문학』 I, 창작과비평사, 1978)에서 해당되는 대목을 찾아보면 다음과 같다.

그러나 로렌스의 경우 〈삶〉 또는 삶의 진실은 여하한 명제로도 포착될 수 없으며, 개인적 실존이든 사회적·역사적 실존이든 일체의 실존 existence과는 본질적으로 다른 차원, 그가 말하는 "being"의 차원에서만 체험되고 사유될 수 있다고 본다.(『민족문학과 세계문학』I, 231쪽)

이때 백낙청은, 이 "being"이라는 단어가 지닌 동명사적인 속성에 주의를 기울여 그것이 하이데거의 "Sein"과도 뉘앙스가 다르나, 그럼에도 "being"과 "Sein"의 차원 자체를 문제 삼는다는 점에서는 두 사람이 통한다고 설명한다. 또 이때 "being"이란 "사람이든 또는 다른 무엇이든, 사람답게 또는 다른 무엇답게 그것임의 경지를 뜻하는 바, 그 경지는 실존의 과정에서 도달되지만 도달되는 그 순간 이미 실존 차원, 有·無의 차원에서 벗어나 있는 것"(위의 책, 같은 쪽)을 의미한다. 그는, 그 만남, 깨침의 순간, 언어의 경지를 넘어선 존재 자체를 직관하게 되는 열림의 순간을 표현함에는 "being"이라는 동명사가 정지의 뉘앙스가 강한 "Sein"보다 적절하다고 보았다. 그러나 그는 하이데거의 "Sein" 또한 단순히 '존재'라는 말로 번역될 수 없는 성질의 것이라 본다. 이는 "실재하는 일체의 것은 말하자면 있는 것으로서 있는 동시에 존재하는 그 무엇인 것"(「역사적 인간과 시적 인간」, 『창작과비평』, 1977년 여름호, 『민족문학과 세계문학』I, 창작과비평사, 1978, 170쪽)이라는 의미에서의 "Sein"이라는 것이다.

나로서는 로렌스에 관한 그의 논의를 쉽게 따라갈 수 없으나, 그가 그 본디 뉘앙스를 따라 "임"이라 번역하고 있는 "being"에 대한 그의 생각에 관해서만은 시선을 좀 더 고정시켜야 할 필요를 느낀다. 이것이야말로 백낙청류 리얼리즘론의 기초적 전제이기 때문이다. 로렌스에 관한 백낙청의 관심은 「시민문학론」(『창작과비평』,

1969년 여름호)에서 볼 수 있듯이 일찍부터 표명되고 있으나 그것이 가장 체계적으로 정리되고 있는 글은 역시 학위논문이다.

그곳에서 그는 "being"의 의미를 어떻게 해석했던가. 백낙청이 로렌스에 대해서 먼저 주목한 것은 그가 지성 또는 지식을 불신하고 오히려 인간의 육체성을 신뢰했다는 점이다(학위논문, 2~3쪽). 그러나 그것은 사유thinking의 가치를 부정해서가 아니라, 우리가 우리 자신에 대해서 알고 있다고 생각하는 그 자연스러운 관념이 외려 우리 자신에 대한 이해를 저해하고 있다고 보았기 때문이었다(위의 논문, 4쪽). 이 점에서 로렌스의 생각은 플라톤의 '동굴의 우화Allegory of the cave'를 상기시킨다. 이 점에서도 그는 하이데거와 일치하는 면이 있다고 백낙청은 생각한다(위의 논문, 14쪽).

한편, 관념으로서의 지성과 지식을 부정하고자 했을 때 로렌스가 의도적으로 도입한 단어가 바로 "being"이었다(위의 논문, 8쪽). 그가 "existence"라는 말의 존재를 의식하면서 그것을 쓸 수도 있을 자리에 "being"을 썼을 때, 그것은 "existence"가 갖는 실재론의 뉘앙스를 피하여 사물에 존재적 보편성을 드러냄과 동시에 오랜 서구 철학의 역사 과정 속에서 "be"라는 말에 할당된 관념성마저 회피함으로써 역으로 그 구체성에 접근하려는 의도의 결과였다. 따라서 "being"은 어떤 허위적 관념에 의해서도 가리워지지 않은 생생한 '物 自體'의 드러남이라는 뜻이 포함되어 있으며, 동시에 바로 그러한 '物 自體'의 존재 또는 의미를 깨친다는 뜻이 들어 있다. 그는 고흐Van Gogh의 「해바라기sunflower」에 대한 로렌스의 평가에서 그처럼 생동하는 존재로서의 "being"에 대한 구체적인 생각을 발견한다(위의 논문, 33~34쪽). 이는 「로렌스와 재현 및 (가상)현실 문제」에서도 중요하게 다루어진다.

…… "우리는 해바라기 자체가 무엇인지는 영영 모를 것이다"라는 로렌스의 명제는 칸트의 '물物 자체das Ding an sich'를 상징하는 태도와도 거리가 멀다. 로렌스의 취지가 본체 세계의 '객관적 속성'보다 인간 이성의 인식능력으로 초점을 돌린 칸트의 시도와 판이함은 너무나 명백하다. 또한 주체와 분리된 어떤 대상물의 재현이 아닌 주·객체간의 '관계'의 재현을 로렌스가 말한 것이라는 주장도 성립하기 어렵다. 그가 "인간과 그를 둘러싼 우주 사이의 관계를 그 살아있는 순간에 드러내는 일"을 강조한 것은 사실이지만, 그 관계란 예술가가 그의 작업을 통해 "드러내고 또는 성취하는" 것이지 작품 이전에 성립된 어떤 대상은 아닌 것이다. (…중략…) 로렌스가 반 고흐 그림을 두고 "그것은 어떤 순간에 인간과 해바라기 사이의 완성된 관계의 드러냄이다. 그것은 '거울 속의 인간'도 '거울 속의 해바라기'도 아니며, 그 어느 것의 위에 있거나 아래에 걸쳐 있지도 않다. 그것은 모든 것의 사이에, 제4의 차원에 존재한다"라고 할 때 바로 그러한 개념도 사물도 아닌 불안정하면서도 '유희하는' 그 무엇을 떠올리게 되는 것이다.(『안과 밖』, 1996년 하반기, 277~278쪽)

이제 로렌스에게 있어 소설이란 고흐의 그림에 해당하는 것이 된다. "인간과 그를 둘러싼 우주 사이의 관계를 그 살아 있는 순간에 드러내는 일", 또는 인간과 물상 사이의 "완성된 관계의 드러냄", 이것이 소설이다. 또 이것이 백낙청 소설관의 기초를 이룬다. 이처럼 "being"의 의미를 깨치는 소설, 즉 인간과 "being"의 진정한 관계를 드러내는 소설은, 언제나 허상에 의해 가리워진 실상Real 그 자체에 수렴해 감을 의미하므로, 그 어원을 따라 리얼리즘적인 것이 되지 않을 수 없다. 편견과 인습을 떠나 현실·세계·우주를 그 자체로, '진실하게' 이해하려는 것이 리얼리즘론의 본의라면 로렌스의 소설론이야말로 그 극화極化이고, 따라서 이를 수용함은 자연스럽다는 것이 그의 생각이다.

흥미로운 것은, 로렌스를 기초로 한 그의 리얼리즘론이 동시에 하이데거를 깊이 있게 참조하는 데서도 드러나듯이 매우 시적인 이념이라는 점이다. 본디 시라는 것은 소설에 비해서는 현저히 시간 동시적이지만, 특히 우주와 인간의 관계를 그 살아 있는 순간에 드러낸다는 로렌스의 예술이념은 무척이나 돈오적頓悟的이지 않은가. 온갖 허상에 시달리며 살아가는 동굴 속 존재로서 인간은 긴 암흑의 어느 순간 언뜻 비쳐드는 햇살을 통해서만 진리의 존재를 직관하는 것이다. 또한, 진리 현시顯示의 순간성에서만이 아니라, 본래 시라는 것이 완성됨, 충만함 그것이고, 주체와 객관의 조화로운 관계를 꿈꾸는 것이라 할 때, 로렌스나 하이데거나 모두 그같은 '완전한' 상태로부터의 소외를 견뎌 이곳 아닌 저곳에 도달하는, '궁핍한 시대의 시인'이 되고자 했다는 점에서, 백낙청의 리얼리즘은 시적이라 말하지 않을 수 없다. 「모더니즘에 관하여」(『리얼리즘과 모더니즘』, 창작과비평사, 1984)나 「현대 영시에 대한 주체적 접근의 한 시도」(『현대 영미시 연구』, 민음사, 1986)는 그와 같은 사고를 드러낸 대표적인 평문으로, 특히 엘리어트T.S.Eliot의 '감수성의 분열dissociation of sensibility'론을, 시대의 흐름을 타고 서로 길항하면서 운명이 엇갈리는 극·시·소설의 관계로 살펴 가는 과정은 분열된 것의 재통합을 지향한다는 점에서 시적이라 하지 않을 수 없다.

그의 리얼리즘론이 지닌 또 하나의 특징을 찾는다면 그것은 재현representation 또는 반영reflection 개념에 대한 독특한 해석에 있을 것이다. 관념적 실체론의 혐의가 짙은 반영 개념에 만족할 수 없으면서도, 반면에 예술 작품이 지닌 반영으로서의 측면 또한 무시할 수 없다는 생각에서, 그는 "……예술의 예술성 내지 창조성 자체는 달리 규명하되, 그러한 예술성이 실제로 성취될 때 '현실반영'이라는 사건이 어째서, 얼마나 그 핵심적인 요인으로 반드시 끼어들게 마련인가를 밝히는 것이 옳은 접근법일 것 같다"(「모더니즘 논의에 덧붙여」, 『민족문학과 세계 문학』Ⅱ, 446쪽)라는 견해를 표명한다. 그렇다면 이는 그가 돈오적인 진리 체험 및 그 현시로서의 리얼리즘을 신뢰하면서도 이를 아주 '전통적인' 재현으로서의 리얼리즘 개념으로 그것을 보충하고 있다는 설명을 가능케 하는 것이 아닐까. 재현에 대한 그의 관심과 신뢰는 매우 높아서 이것은 로렌스와 하이데거를 '차별 짓는' 근거가 되기도 한다.

아무튼 이러한 장편소설론에서 강조된 건전한 상식 및 세상 물정에 대한 알음알이가 사상가로서 로렌스 특유의 위대성이며, 그의 경우(설혹 더 오래 살았더라도) 하이데거의 일시적 나찌 가담과 같은 과오를 상상하기 힘든 이유이기도 하다. 그리하여 로렌스는 소설세계의 성격이나 문학관에서 루카치 같은 리얼리즘론자와 결과적으로 많은 공통점을 보여주게 된다. 로렌스는 루카치가 높이 평가하는 19세기의 위대한 소설가들에 대해 훨씬 거침없는 독설을 퍼붓기도 하지만, 말라르메라든가 자기 시대의 모더니스트들을 거의 무시하는 태도와는 사뭇 다르게 똘스또이나 디킨즈, 하아디 등에 대해서는 기본적인 존중심을 깔고 비판한다. 흥미로운 것은 쎄잔느에 대한 평가에서조차 두 사람이 일치하는 면을 보인다는 점이다.(「로렌스와 재현 및 (가상)현실 문제」, 『안과 밖』, 1996년 하반기, 296쪽)

이제 진리론의 측면에서는 하이데거와 가까웠던 로렌스는 재현이라는 측면에서 루카치G. Lukács와 가까워진다. 그런데 이는 본질상

시적인 그의 리얼리즘론에 '소설적'인 면모가 강화되는 결과를 가져온다. 이처럼 재현에 대한 루카치의 관심을 인정하는 연장선에, 엥겔스의 전형론, 즉 리얼리즘이란 세부의 진실성 외에도 전형적인 환경에 놓인 전형적인 인물을 진실하게 재현하는 것이라는, 재현으로서의 리얼리즘론에 대한 깊은 배려가 놓임은 물론이다. 「로렌스 소설의 전형성 재론」(『창작과 비평』, 1992년 여름)은 그 한 호례다. 한편으로 "세부적 진실성"에 대한 그의 애착 또한 여러 곳에서 찾아볼 수 있다. 「외딴 방이 묻는 것과 이룬 것」(『창작과비평』, 1997년 가을호)이 그 한 예다. 물론 이들 글에서 그가 보여주는 강조점의 차이는 단지 상대적으로만 그러할 뿐이다. 이때 재현은, 루카치에서 이미 그러했듯이, '시'로서의 소설이라는, 완성됨과 충만함을 위한 매개 역할을 해줄 것으로 기대된다. 즉, 그것은 '시'로 나아가는 계기다. 총체적이자 동시에 섬세한 그물 같은 소설, 부르조아 세계의 산문 됨을 낱낱이 들추어내면서도 조화미와 균형미를 갖춘 소설, 이것이 아마도 그의 소설적 이상일 것이다.

3. 만해卍海와 김수영金洙暎

여기까지 이르렀을 때 새삼스럽게 생각하게 되는 것은 그의 비평, 특히 리얼리즘론에 내재된 '시'적인 성격과 '소설'적인 성격이 서로 상충하고 있는지도 모른다는 점이다. 그의 리얼리즘론은 어떻게 시에서 리얼리즘이 가능한가를 설명해주는, 지금으로서는 거의 유일하게 유효한 설명방법인 것처럼 보인다. 이것은 그의 리얼리즘론이 지닌 로렌스적 측면 덕분이다. 반면에 그것이 정작 소설에서 힘을 발휘할 때는 뜻밖으로 진부한 재현론이나 전형론의 모습을 취하는 경우가 없지 않다. 진부함은 그만큼 오래되고 굳은 진실의 표현일 수도 있으나 반면에 더 이상 유효하지 않은 인식의 표현일 수도 있다. 로렌스를 통해서도 충분히 강조될 수 있는 '사실'에의 의지가 완고한 루카치의 논리로 보충될 때, 그의 리얼리즘론에는 부적절한 무엇이 함께 개입하게 된다는 인상을 나로서는 지우기 어렵다.

본디 그의 리얼리즘론이 시적인 경지를 지향하고 있었던 만큼 아주 일찍부터 그가 한용운이나 김수영에 관심을 기울여 왔음은 자연스럽다. 그의 논리는 그들의 '재발견'에 어떤 몫을 했을 것만 같은데, 이로 인해 나는 그 분석의 구체성 여부를 떠나 이를 언급할 필요를 느낀다. 살펴보면 이들에 대한 그의 관심은 매우 지속적이다. 탐구의 대상을 쉽사리 옮기지 않는 그의 성격이 여기서도 발견된다. 그에게 한용운이나 김수영은 한국의 로렌스, 하이데거, 톨스토이다.

먼저, 만해卍海, 「시민문학론」에 그에 대한 높은 평가가 보인다.

님을 〈침묵하는 존재〉로 파악한 데에 그의 현대성이 있다면, 현대의 침묵이 어디까지나 님의 침묵임을 알고 자신의 사랑과 희망에는 고갈을 안 느낀 것이 종교적·민족적 전통에 뿌리박은 시인으로서 그의 행복이었다.

여하튼 한용운은 그의 시대를 〈님의 침묵〉의 시대로 밝혀 놓았다. 그것은 3·1운동의 드높은 시민의식과 그 시민의식의 기막힌 빈곤을 동시에 체험했고 체험할 줄 알았던 시인만이 할 수 있는 일이었다.(『민족문학과 세계문학』 I, 53쪽)

만해를 시민문학의 경지로 해석해 놓은 것에는 부담이 느껴진다.

그에게 있어 만해의 발견은 "님의 침묵"이 하이데거의 "궁핍한 시대"와 같은 차원에 놓인다는 사실에서 연유하는 것처럼 보인다. 그 부재하는 님의, 존재의 깨침, 그 "날카로운 첫 키쓰", 이것은 백낙청이 애착을 갖는 '진리의 일어남happening of truth', "being"에의 열림과 사실상 동일하다. 그는 만해의 『조선불교유신론』(1913)을 비교적 길게 설명한다. 시민 의식의 비약이 불교사상의 형태로 이루어졌다는 사실에서 어떤 희열을 느끼는 것도 같다. 그는 근본적으로 현세 지향적이고 혁명적인 대승大乘 사상이 만해라는 존재 안에서 근대적인 사상과 습합을 이룸으로써 평등주의적이고 구세주의적인 시민종교로 거듭날 수 있는 가능성을 얻었다는 사실에 주목했던 것이다.

제 학문과 지식을 대진리에 이르는 방편들로 생각하고, 그들이 원융圓融한 대진리의 일부로 자리잡을 때 비로소 그 의의가 제대로 실현되는 것이라고 생각하는 그, 극이나 시나 소설이라는 장르가, 또는 이를 이루는 각각의 작품들이 그 낱낱으로는 대진리를 현현케 할 수 없고 그들의 총합으로서만 그것이 가능하다고 믿는 그, 마지막으로 과학도, 예술도, 종교도 모두 만상의 진리에 이르는, 또는 대진리를 이루는 유기적인 요소로 자리잡지 않으면 안 된다고 생각하는 시적인 사유의 소유자인 그는, 만해에게서 그 원융한 정신의 존재를 발견한다. 그 원융한 정신이 유신을 설파한다. 그런데 유신은 곧 개벽開闢, 무명無明에 가리워져 있던 진상의 드러남이 아니던가. 그는 『조선불교유신론』의 세계성을 말한다.

기독교와 회교가 그 우민주의적 요소를 탈피하고 불교 역시 만해의 뜻에 맞춰 유신되며 모든 세계진화적 세력이 〈사랑〉과 〈자유〉의 동의어로서 참다운 시민의식으로 일체화할 때 인류가 현재의 인류로서는 개념화

하기조차 힘든 어떤 높은 경지, 초인화라고 부르건 성불이라 부르건 우리로서는 어렴풋이 짐작만 하거나 개별적인 은총의 순간에야 홀연히 깨칠 수 있는 어떤 경지에 함께 이르리라는 가르침을 우리는 만해의 불교사상에서 얻을 수 있다. 논문으로서 『조선불교유신론』의 세계성이 바로 거기에 있다 하겠다.(『민족 문학과 세계문학』Ⅰ, 50쪽)

"〈사랑〉과 〈자유〉의 동어의로서 참다운 시민의식"이라는 문제의식은 만해의 것이자 동시에 만해에 적용된 로렌스의 것이었다고 생각된다. 『무지개The Rainbow』(1915, 김정매 번역본 참조)에서 어슐라Ursula의 마지막 깨달음이 바로 그런 것에 가까웠다. 백낙청은 로렌스 연구를 통해서 「시민문학론」에 나타나는 현대문명에 대한 비판적 통찰이라는 문제의식을 체계화했고, 이후 그의 과정은 그것을 확충·완성해 가는 과정에 다름 아니었다.

그러나 같은 고평에도 불구하고, 『조선불교유신론』이 오늘의 불교 철학을 얼마나 깊이 있게 만들었는지는 쉽게 확인할 수 없다는 것이 나의 생각이다. 또 이같은 평가가 만해의 시에 대한 정교한 분석으로 이어지지는 않았다는 판단이 들기도 한다.

반면에 김수영에 이르면 양상이 다르다. 그는 김수영을 여러 주제의 글에서 반복적으로 언급했을 뿐 아니라 역시 명확한 체계를 갖춘 작가론의 형태는 아니었다 해도 여러 번에 걸쳐 그와 그의 시를 논한 바 있다. 「김수영의 시세계」(『현대문학』, 1968. 8), 「시민문학론」 「역사적 인간과 시적 인간」(『창작과 비평』, 1977년 여름호) 「살아 있는 김수영」(『사랑의 변주곡』, 창작과비평사, 1988) 등이 그것이다. 앞의 두 글이 같은 시기에 씌어졌음을 감안하면 그는 약 10년 주기로 김수영을 재론해왔던 셈이다. 이들 논의는 그가 김수영을 '모더니즘의 경지를 넘어선 리얼리즘'이라는 관점에서 다루고 있음을 보여준다.

〈후반기 모더니즘의 일파들이 창궐을 극하던〉 50년대에 대해 최근의 김수영이 뚜렷한 거리를 취하면서도 그가 아끼던 어느 참여파 시인을 평하여 〈50년대 모더니즘의 해독을 너무 안 받은 사람 중의 한 사람〉이라고 말한 것은 그러한 유산의 중요성을 그 스스로가 잘 알고 있었음을 보여주는 것이다.(「김수영의 시세계」,『현대문학』, 1968. 8, 23~24쪽)

그리고 김수영에게 있어 〈님〉의 기억이 만해의 경우처럼 전통 속에서 몸에 밴 기억이 못 되는 약점이 보이는 반면, 한용운이 노래한 〈님의 침묵〉은 김수영의 시가 지닌 숙달된 운문의 기교와 일상 현실을 기록하는 리얼리즘에 못 미침으로써 우리의 기억으로 바로 전달되기 어려운 데가 있다.(「시민문학론」,『민족문학과 세계문학』Ⅰ, 75쪽)

위 인용문들은 그가 모더니즘과 리얼리즘을 변증법적 관계로 이해함을, 김수영이 모더니즘의 세례를 받은 연유로 오히려 그것을 넘어 리얼리즘에 도달해갔다고 생각하고 있음을 보여준다. 그러나 이 리얼리즘이라는 것도 단순히 의식의 시로 그쳐서는 안 된다는 생각을 그는 "전통 속에서 몸에 밴 기억"이라는 말로 표현하고 있다. 그가 이른바 김수영의 '온몸시론'에 주목한 것은 그같은 맥락에서 이해될 수 있다. 체험과 깨침이라는 궁극의 시적 경지에 이르는 것, 이것이 그의 리얼리즘론이며, 때문에 비록 역설적이라 해도 그의 리얼리즘론은 시적인 담론이다. 김수영의 시를 그가 "행동의 시"이자 동시에 "존재의 시"로 파악하고자 한 데서도 그와 같은 성격을 발견할 수 있다. 그러므로 막 리얼리즘을 넘어서려는 시점에서 갑작스레 세상을 뜬 김수영의 시와 시론은 한국문학이 도달해야 할 미래의 경지를 예지적으로 드러낸 것이 된다.

이와 같은 입장이 더욱 분명하게 개진된 곳이 「역사적 인간과 시적 인간」이다. 이 곳에서 그는 역사와 시가 합일되는 국면, 또는 역사가 시로 완성되는 경지를 꿈꾸는데, 그것은 사랑과 자유의 동의어로서 시민의식이라는 말 속에 이미 함축되어 있던 것이다. 김수영의 산문 「시여, 침을 뱉어라」와 「풀」은 이곳에 이르러 그 풍부한 해석의 가능성을 확인 받는다. 특히 「풀」에 대한 설명은 인상적이다.

황동규씨의 지적대로 이 시의 〈풀〉을 예컨대 〈민중〉으로 바꾸어 어떤 산문적인 의미를 추출하려는 노력은 쉽사리 벽에 부닥치고 만다. 그렇다고 민중과 결코 무관한 것도 아니다. 이 작품은 이른바 〈넌센스의 시〉에 대한 김수영 자신의 말을 빌린다면 『먼저부터 〈의미〉를 포기하고 들어간』것이 아니라 『〈의미〉를 껴안고 들어가서 그 〈의미〉를 구제함으로써 무의미에 도달하는 길』을 밟은 진짜 시인 것이다. 그러므로 이 시에는 마치 동요童謠와도 같은 〈소리의 울림〉과 더불어 무궁무진한 〈의미의 울림〉이 담겨 있으며 그 가운데서 이 시 속의 〈풀〉과도 같은 민중의 삶에 대한 생각은 결코 군더더기가 아닌 것이다.(「역사적 인간과 시적 인간」, 『민족 문학과 세계 문학』 I , 188~189쪽)

「풀」은 여기서 의미를 넘어선 무의미의 시, 또는 역으로 소리의 울림과 의미의 울림이 공존하는 시로 해석된다. 나로서는, 이미 「김수영의 시세계」에서도 그러하였으나, 특히 이곳에서 그가 "울림"을 강조하는 대목에 시선을 고정시킬 필요가 있다고 생각한다. 우리는 어떻게 세계를 체험하고 깨치는가? 바로 울림, 곧 운율을 통해서이다. 그 일어나고 눕고 당기고 미는 그 울림의 선線, 그 틈새를 따라 우리

는 불현듯 진리의 얼굴을 엿본다. 그것이 '나'의 것이 된다. 다시 10
년 후 그는 김수영의 난해시 문제를 재론하면서 그 운율의 의미를
다음과 같이 요약하고 있다.

김수영이 개발한 가락을 알게 모르게 답습한 그 후의 수많은 시들과
구별하는 일은 좀 더 까다롭다면 까다롭다. 그러나 이런 노력 역시 정작
허심탄회하게 수행해보면 생각처럼 힘든 일이 아니다. 김수영의 리듬만
빌린 '쉽게 읽히는 시'든 그의 알 듯 모를 듯한 어법까지 닮은 '난해시'든,
뜻이 제대로 통하기 전에 이미 독자를 사로잡고 마는 김수영 시 특유의
힘이 결코 느껴지지 않는 것이다. 그러한 것은 오로지 김수영에게서 얻을
만큼 얻으면서도 자기만의 새 가락을 이룬 득음의 경지에서만 나오는 힘
이요 기상이기 때문이다.(「살아있는 김수영」,『민족문학과 세계문학』Ⅲ, 창작
과비평사, 1990, 277쪽)

이 "가락"은 바로 역사적 존재로서의 인간이 우주와 만나는 방법
이다. 역사가 부과하는 관념의 허상에서 벗어나 우주적 진리, 본디
그것이 있어야 할 것을 깨치는 '해탈'의 경지다. 이 떨림이 바로 진
리의 처소다. 따라서 비록 그가 김수영 시의 산문적 요소를 강조했
다 해도 이는 그의 리얼리즘론의, 본질상 시적인 성격에 부가된 것
일 뿐이라는 생각을 하지 않을 수 없다. 진리가 울림 위에 자신의 집
을 갖는다면 산문, 곧 울림의 배제로써 탄생한 소설은 궁극의 시를
향한 도정에 불과한 것이다. 비록 그가 사실에의 배려를 강조한 로
렌스를 강조한다 해도 나로서는 그 로렌스조차도 시적이라는 느낌
을 지울 수 없다. 『무지개』에 대한 소감이 바로 그렇다. 3대의 가족
사 이야기는 바로 어슐라의 시적 깨침이라는 작품의 마지막 결말을

위해 준비된 것이 아니었던가.

4. 재현再現, 전형典刑

비록 길지 않은 김수영론들에서지만 그는 자신의 리얼리즘론이 구체적인 작가에게 적용될 수 있음을, 또 그 적용이 작가가 지닌 가치를 재발견하는 데 유효할 수 있음을 보여주었다고 생각된다. 아이러니컬하게도 김수영은 시인이었던 바, 그렇다면 소설가들과 그들의 작품에 대해서는 어떠했던가. 단언할 수만은 없으나 시에서 그러했던 것만큼 풍요로운 결과를 산출하지는 못했다는 생각이 없지 않다. 그에게 작가론이나 작품론이 많지 않음은 한편으로는 그가 '신문비평'을 수행하는 부류의 평론가가 아니라는 사실에서 연유한다. 그럼에도 그가 한국의 현대소설가들 가운데서 문제적인 존재를 찾아내고 이를 설명하는 작업에서 시에 비견될 만한 성과를 거두지는 못했다고 말한다면 이는 인정될 만한 것이 아닌가 한다.

그가 상대적으로 빈번히 언급한 작가로는 박경리, 이호철, 황석영, 방영웅, 이문구 등이 있고 최근 들어 신경숙을 논한 것이 있으나, 이것을 제외하고는 대부분 주제비평의 일부를 형성하는 데 그친 감이 없지 않다. 이는 그가 작가보다는 작품을 중심으로 그 가치를 사유하는 비평가라는 사실을 다시 한 번 상기시킨다. 바로 이 점이 그에 대한 불만의 일부를 이루고 있음 또한 사실이다. 또 그나마 독립된 작품론조차 많지 않음은 그가 원하는 소설의 부재, 또는 빈곤에서 연유하는 것처럼 보이기도 한다. 그러나 그에 대한 불만의 다른 요인은, 불만이 그 자체로 타당한 것은 아니지만, 반영과 재현에 대한 그의 '지나친' 요구에서 기인하는 듯도 같다. 나는 이를 그의 『외딴방』(문학동네, 1995)론에 대한 조명을 통해 드러내고자 한 적이 있으나 여기서는 박경리에 대한 논의를 참조하고자 한다. 그녀에 대한 언급은 그의 소설 논의에서 가장 빈번한 경우에 속하고 특히 1970년대 이후의 언급은 대부분 『토지』(1969.8.~1994.9.)를 높이 자리매김하는 데 바쳐져 왔다. 그러나 조금 더 거슬러 오르면 『시장과 전장』(1964)에 대한, 서평으로서는 짧다고만은 할 수 없는 비판문을 발견할 수 있다. 이 글은 이 작품이 "한국전쟁의 상흔을 한국문학의 유산으로 길이 남겨줄 작품"으로는 평가되기 어렵다고 판단하고 있다. 그 이유는 피상적 기록에 따른 "진실"의 결핍, 또 그에 따른 "감동"의 부재에 있다.

  그러나 작품으로서의 『市場과 戰場』은 한국동란을 다른(룬-인용자) 또 하나의 피상적 기록을 넘어서지 못하였다. 그것은 독자의 체험에 비해 작중인물의 비극이 더하냐 덜하냐의 문제가 아니다. 9·28 수복까지를 그린 제1부의 사건이 별 것 아니라 하더라도 제2부에 가서는 어느 누구의 체험에 비해 손색없는 量의 財産 및 人命 被害가 제시되어 있다. 문제는 그것이 독자를 어떻게 움직이느냐는 데 있다.
  한국의 독자로서 비록 피상적인 기록에 접하더라도 저마다 잊었던 일, 잊을 수 없는 일들을 되새기며 감개무량하지 않을 이 드물겠지만, 예술 작품의 효과가 그처럼 독자의 우연한 事情에 달린, 散發적인 것이어서는 안 될 것이다. 작품의 세계가, 그 작품 스스로 설정한 한계 내에서는 바로 眞實, 그것으로서 감동시켜 줄 것을 독자는 요구한다.(「피상적 기록에 그친 6·25 수난」, 『신동아』 4, 324쪽)

나로서는『시장과 전장』이 피상적이든, 그렇지 않든 "기록"으로 이해될 때 어떤 난점이 발생하지 않는가 하는 생각을 해 본다. 그 긴 장편을 전부 새로 살펴 볼 수 있는 여유는 없으나, 널리 알려진 대로 이 작품은 전쟁 중에 남편을 잃고 또 그 직후에는 아들을 잃은 작가 자신의 경험이 투영되어 있다. 그렇다면 중요하게 읽혀야 할 부분은 남편 기석과 아내 지영의 관계를 다룬 부분일 것이다. 그러면서 그 가운데서도 역시 지영의 생각과 감정을 따라가려는 노력이 필요한 것이다. 이 작품의 주제는 이 과정을 통해서 이해될 가능성이 높다. 기석과 지영의 관계 말고 코뮤니스트인 기훈과 가화라는 여인의 관계가 이 작품의 또 다른 뼈대를 이루고 있으나 이는 작품의 비극적 성격을 강화하기 위해서 가공된 성격이 강하다. 이렇게 볼 때 중요하게 부각될 수 있는 것은 작품의 11장에 해당하는「전야」부분이다. 이 장에서, 전쟁이 일어나기 전날 밤 지영은 기석에게 긴 편지를 쓴다. 그것은 허영과 욕심, 속됨 같은 것들에 대한 지영 자신의 억누를 수 없는 거부감을 표현한 것이었다. 연백에 가서 선생을 하는 그녀가 원하고 있는 것은 결혼이 배제된, 고독한 삶의 자유인데, 이 작품의 전개과정에서 드러나는 바 이를 선사해 준 것은 전쟁이라는 참극이었다. 전쟁은 그녀에게 고독한 자유를 선사했으나 그것은 남편의 죽음이라는 희생을 대가로 삼은 결과였다. 이 작품 마지막에서 두 번째 장의 소제목은「황야를 헤매는 세 마리의 개미」, 그것은 이 장의 마지막 장면에서 따온 것이다.

　경주에서 이 상사와 작별하고 그들은 부산가는 트럭을 탄다. 해가 지고 부산진의 불이 보인다. 지영은 잃은 것과 잃은 세월에의 작별보다 닥쳐오는 어둠, 사람, 도시, 전쟁이 전혀 새로운 일처럼 그의 가슴을 치는 것이었다.

그 숱한 길, 수많은 사람들이 떼지어 가는 길, 군용트럭이 수없이 달리던 길, 한반도의 핏줄처럼 칡뿌리처럼 얽힌 그 눈물의 길, 바람과 눈보라, 푸른 보리와 들국화의 피맺힌 길, 세계의 인종들이 밟고 간 길.

(모든 것을 잃었다.)

트럭은 속도를 늦추며 장이 벌어진 길을 천천히 누비고 들어간다. 빨간 사과와 술병, 땅콩과 빵, 노점 불빛 아래 신기롭게 그런 것들이 놓여 있다. 시장의 음악은 트럭 구르는 소리에 들리지 않아도 아름다운 그림처럼 풍경은 한 폭 한 폭 스치고 지나간다.

거대한 발굽에 짓밟힌 개미떼들, 그 발굽에서 아슬아슬하게 비어져나와 오랜 황야를 헤매어 이 도시, 이 사람 속으로 그들은 들어가는 것이다.

(『시장과 전장』, 나남, 1999년판, 536쪽)

지영에게는 새로운 삶을 향한 가능성이 열렸으나 그것은 "거대한 발굽"의 횡포를 겪음으로써다. 순수를 되찾고 난 그녀에게 남은 것은 이제 생명의 의미를 묻는 일이 될 것이다. 최인훈에 있어 분단과 전쟁이 『화두』(민음사, 1994)를 통해서 보듯 이념이라는 문제에 관한 평생의 탐구를 낳았다면 박경리에 있어 그것은 『토지』가 웅변하듯 생명의 탐구, 유한을 거듭하여 무한에 이르는 인간 삶에 대한 끈질긴 조명을 가능케 했다. 『시장과 전장』은 박경리라는 장대한 드라마의 일부분이며, 그 주제 역시 그와 같은 전체상 속에서 이해될 필요가 있다. 그러므로 이 작품은 그 "기록"의 측면에 치우쳐 읽음은 오히려 작품의 본의에서 멀어지는 결과를 가져올 수도 있다. 그런데 이처럼 "기록"을 중시하는 태도는 이후 『토지』를 고평하는 가운데서도 읽을 수 있다.

『토지』와「수라도」가 모두 참다운 민족문학의 기념비적 작품이라는 것은, 그것이 각기 다루는 시대와 장소에 관계 없이 당대 현실의 본질적 모순을 포착함으로써 바로 현재의 역사의식을 계발해주기도 한다는 사실을 보아도 알 수 있다. 즉 그 스스로가 현단계 민족문학의 중요한 성과이자 현단계 민족문학의 남은 과제를 해결하는 데 직접적인 기여를 한다. 보다 구체적으로 민주회복이라는 현단계 특유의 과제를 언급하지 않는 경우에도 이 움직임을 밑받침해 주고 올바로 이끌어주기까지 할 수 있다는 것이다.(「민족문학의 현단계」,『창작과비평』, 1975,『민족문학과 세계문학』 Ⅱ, 32쪽)

　　위 인용부분이 포함되어 있는 글은『토지』를 보다 객관적으로 보고자 하면서도 그것이 매우 예술성 높은 작품이라는 점을 강조하고 있다. 또 이 작품이 작가의 세계관의 한계에도 불구하고 그것을 본질적으로 뛰어넘는 가치를 지닌 것으로 본다는 점 또한 잊혀져서는 안된다. 그러나 이 작품은 엥겔스나 루카치의 어법을 상기시키는 '리얼리즘의 승리'로 설명하기에는 너무 크며, 특히 '단계'라는 개념이 시사하는 문제와는 본질적으로 차원이 다른 주제를 추구하고 있다. 『토지』는 우주와 생명의 무한성에 바쳐진, 유한한 인간의 공물供物이다. 25년이라는 세월과 16권에 걸친 분량이라는, 무한에 근접하고자 하는 이 유한한 '시간'과 '공간' 속에 숱한 인간이 세대를 이어 생명을 이어가는 것이 바로 이 작품이다. 이 점에서 이 작품은 총체성의 개념으로 설명되기가 어렵다. 생명과 그 터전 우주는 무한하여 궁극적으로는 무엇으로 대표될 수가 없다. 존재하는 모든, 삶을 이루는 모든 것은 그 본질에 있어 균등하여 무엇이 전형典型이라 말하여질 수가 없다. 박경리의 한 에세이 가운데 이 작품의 의미를 가늠케 하는 대목이 있다.

생명은 어디서 오는 것이며 어디로 가는 것인가, 수태와 사망이라는 매우 단호한 해답이 나와 있지만 결코 결론일 수가 없는 깊고 깊은 생명의 비밀이라든지 오묘한 우주의 질서, 생성과 소멸 앞에 인간은 속수무책인 존재라는 것, 측량할 수 없는 느낌의 세계에서 행복과 불행의 추상적대상을 향한 인간의 갈등과 오뇌 같은 것, 이러한 문제들은 여전히 건너갈 수 없는 피안인 것입니다.

그럼에도 불구하고 피안은 진실을 향한 우리의 영원한 목적지이며 궁극적인 뜻에서 언어는 그와 같은 진실과 소망의 강을 건너는 배라고 생각할 수 있습니다. 언젠가 나는 언어의 마성에 관한 말을 한 적이 있었습니다. 피안을 향해 한 치도 나갈 수 없지만 그러나 언어의 배를 타지 않고는 강을 건널 방법이 따로 없다는 실상을 두고 한 말이었습니다. 언어는 불완전하여 진실을 완전하게 전달할 수 없기 때문이지요.(박경리, 「작가는 왜 쓰는가」, 『작가세계』, 1994년 가을호, 118쪽)

이 같은 박경리의 언어관이 이 글의 2장에서 살펴본 백낙청의 리얼리즘론의 언어관과 흡사하다는 사실을 이해하기란 어렵지 않다. 그녀는 "진실을 향한 우리의 영원한 목적지", 그 "피안"을 향한 도강을 말한다. 그러나 그것은 불가능하다. 그녀는 그 불가능한 시도를 행할 수밖에 없는 인간의 숙명을 말한다. 우리는 "피안을 향해 한 치도 나갈 수 없지만 그러나 언어의 배를 타지 않고는 강을 건널 방법이 따로 없다." 여기서, 어느 순간, 강 이편에서 인간이 애타게 그 존재를 체험코자 하는 진리가 제 빛을 드러내는 경우가 있다고 말한다면 그것은 하이데거나 로렌스의 언어론과 불이不二의 것이 되지 않을까. 또 그것은 백낙청 자신의 것이기도 하다. 박경리의『토지』는 우주적 존재, 생명적 존재로서의 인간이 이어가는 삶의 연속을 그린다. 그것은 계급론이나 민족론으로 환원될 수 없는 세계이어서 이같은 차원의 분석은 다만『토지』를 보충적으로만 설명할 수 있을 뿐이다. 우주적ㆍ생명적 존재라는 것이 인간 삶의 실상을 이루는 것이라면, 이 작품은 본질상 매우 시적인 백낙청의 '대문자'로 된 리얼리즘론을 충족시키는 것이 된다. 그러나 그는 당대 현실의 재현 또는 전형이라는 문제에 이끌린다. 이 인식론적인 규범은 시적인 리얼리즘론을 소설적으로 만들어주는 기능을 한다. 그러나 이 결합은 이질적인 요소들의 종합이고, 그 소설적 요소가 시적 요소를 제한하는 형태를 취한다.

내가 생각하는 해결법은 리얼리즘론에 내재된 시적 성격을 보다 강화하는 것이다. 박경리가 생각하고 있듯이 우리는 저 "피안"에 도달할 수가 없다. 우리가 저 "피안"에 속하는 무엇을 어느 순간에, 언뜻, 체험했다 해도, 우리는 다시 말로 그것을 번역하는 수밖에는 없다. 언어가 우리가 느끼고 생각하는 바를 드러낼 무이無二한 도구라면, 우리는 그 언어라는 "배"를 타고 영원히 건널 수 없는 강을 건너려 하는 존재다. 그러나 우리는 건너버릴 수는 없으나 수렴해 갈 수는 있을 것이다. 그 "피안"에 대해 우리가 깨친 무엇을 그려낼 수도 있을 것이다. 그러나 그 깨친 그것이 "피안"을 대표한다고도, 그것이 중심이라고도 말할 수 없다. 우주는 본질적으로 인간보다 우월하다. 우리의 인식은 언제나 무한한 우주에 대하여 유한할 것이다. 그러나 동시에 우리는 우리가 축적해 온 "피안"에의 지智를 전적으로 불신할 수도 없다. 우리는 우리가 나날이 새롭게 축적해 가고 있는 지식이, 우리를 지智로 이끈다고 믿었던 과거의 지식知識을 대체할 만한 것인지 아닌지 가늠해 볼 필요가 있고, 또 새로운 지智를 제시하고 있다고 주장하는 작품이 설득력이 있는 것으로 믿어지고 있는 기존의 지식조차도 구비하지 못하고 있는 것은 아닌지 생각해 볼 필요가 있다. 새롭다는 것이, 정녕 우리가 이제껏 무지했던 삶의 실체Real를 드러내고 또 그것을 깨치게 하는 것인지 검증해볼 필요가 있다. 그러므로 "피안"을 향해 거듭 경계를 넘어 나아가고자 하는 예술의 이념은 바로 그와 같은 의미에서 리얼리즘이다. 그러나 그것은 우리가 사실주의라고 불렀던 것, 또 그것과 구별하여 굳이 현실주의라고 불렀거나 그도 아니면 리얼리즘이라는 말 그대로 불렀던 것과는 다른 차원의 이념이다. 그것은 총체적 재현을 규범으로 삼지 않는다. 현실·세계·우주야말로 총체적이어서 인간의 언어에는 그것에 값할 수단이 근본적으로는 없다. 디테일의 진실성이라는 규범 또한 "피안"에의 시적 체험을 위해 바쳐지는, 표현과 방법의 우월성이라는 신념 아래서 다만 상대적인 신뢰의 대상이 되어야 한다.

그렇다면 그와 같은 리얼리즘은 아직도 리얼리즘인가? 나는 그것이 여러 리얼리즘론에 내재된 '형이상학', 즉 상대적 주관으로부터 독립된 절대적 존재에의 접근 의지를 공유한다는 점에서 리얼리즘의 하나라고 생각한다. 그것은 리얼리즘 아닌 리얼리즘, 곧 역설의 리얼리즘이다. 그러나 그것이 더 이상은 리얼리즘으로 불릴 충분한 이유를 갖고 있지 않다고 생각하는 이가 있다면 그에 마땅한 이름을 지어 주어도 무방할 것이다.

5. 지혜의 시대

이제껏 나는 재현 및 전형에 대한 그의 강조가 지닌 난점을 설명하고자 했으나, 이는 한편으로 그의 주밀·섬세한 성격이 표현된 것이다. 로렌스와 하이데거에 루카치의 견해가 결부된 것은 제 견해를 그것을 이루는 여러 요소로 세분하여 그 가운데 취할 것을 가려 취하면서 자기 사유를 발전시켜 가는 그만의 스타일로 인해 가능했을 것이다. 그는 루카치 사유의 인식론주의적인 요소를 경계하면서도 재현에 관한 그의 관심에서 참조할 만한 것이 있다고 보았고 이를 자신의 이론체계 속으로 이끌어 들였다.

이와 같은 이론적 스타일은 비평적 사유상의 새로운 창조를 가능케 하는 것으로 중시되어야 마땅하다. 그러면서도 스스로 성급한 비약을 허용하지 않는 합리적 성격은 그를 이 이론에서 저 이론으로 이리저리 쉽게 건너뛰어 다니면서도 아무런 양심의 가책을 받지 않는 외국문학 연구자들과는 명백히 구별되는 존재로 만들었다. 「시민문학론」에서 「지혜의 시대를 위하여」(『창작과비평』, 1990년 봄호)를 지나 오늘에 이르는 과정에는 사실상 전향轉向이 없다. 물론 모든 전향을 양심의 문제로 이해하는 사고의 폭력을 옹호하자는 말은 아니다. 그러나 전향에는 전향의 논리가 있어야 하며, 이론적으로든 삶으로든 내적인 자기 점검이 수반되지 않으면 안 된다. 이는 지식인의 도덕규범이다. 그의 비평이 전개되어 온 과정은 무책임한 전변의 연속과는 거리가 멀다. 애초의 사유를 완성시키고 그를 이루는 부분들을 더 정교화하고 이로써 하나의 사상을 수립하고자 하는 것이 그의 비평이다.

무엇보다, 식민지 과정을 경유한 사회의 문학이 독자적인 가치를 유지하고 발전시켜 세계문학의 당당한 일부로 되는 방법을 지속적으로 모색한 것에서 그 비평의 의의를 찾을 수 있다. 이 점에서 그는 포스트콜로니얼리즘postcolonialism이라 불리우는 경향과 연관이 깊으나 그것이 하나의 경향으로 의식되기 이전부터 독자적인 사유체계를 형성해 왔다는 점이 중요하다. 또 그는 식민지상태로부터 벗어난 상태를 암시할 수도 있는 포스트콜로니얼리즘이라는 용어 자체에 대해서 거리를 두고자 하기도 한다. 『분단체제 변혁의 공부길』(창작과비평사, 1994)을 제외한 세 권의 평론집이 모두 "민족문학과 세계문학"이라는 이름을 갖고 있는 데서도 알 수 있듯이, 그는 세계문학이라는 보편적 범주를 염두에 둔 민족문학이라는 문제를 두고 독자적인 논리를 개척하고자 했다. 그것은 처음부터 매우 가치론적인 관점에서 행해졌다. 다시 말해 "〈한국민족이 생산한 문학〉이라는 의미(『민족문학과 세계문학』Ⅰ, 123쪽)"의 민족문학과는 다른 민족문학 개념, "〈한국문학〉 혹은 한국의 〈국민문학〉과 구별되는 민족문학의 개념"(위의 책, 같은 쪽)이 성립 가능하다는 입장을 취한다.

> ……민족문학의 개념을 고수할 것을 요청하는 어떤 구체적인 민족적 현실이 있어야 한다. 즉 민족문학의 주체가 되는 민족이 우선 있어야 하고 동시에 그 민족으로서 가능한 온갖 문학활동 가운데서 특히 그 민족의 주체적 생존과 인간적 발전이 요구하는 문학을 〈민족문학〉이라는 이름으로 구별시킬 필요가 현실적으로 존재해야 하는 것이다. 다시 말해서 그것은 민족의 주체적 생존과 그 대다수 구성원의 복지가 심각한 위협에 직면해 있다는 위기의식의 소산이며 이러한 민족적 위기에 임하는 올바른 자세가 바로 국민문학 자체의 건강한 발전을 결정적으로 좌우하는 요인이 되었다는 판단에 입각한 것이다.(위의 책, 124~125쪽)

그의 민족문학은 어떤 특정한 민족적 현실을 전제로 하는 개념이고, 그 현실이 촉구하는 위기의식의 소산이자 그 위기의식의 중요성

에 대한 인식의 소산이다. 따라서 현실에서 그와 같은 국면이 해소
된다면 민족문학이라는 특정한 가치 범주 역시 부정되거나 다른 더
차원 높은 개념 아래 흡수될 수가 있다.

　위기 또는 위기의식의 강조는 비평이라는 말의 서구적 어원을 떠
올리게 하며, 동시에 그와 같은 가치론적 범주는 그가 이른 나이에
유학한 영문학도라는 사실을 상기시킨다. 이 자리에서 자세히 논의
하지 않겠지만 백낙청의 민족문학론은 매슈 아놀드의 문명비평론을
한국적 실정에 적용하여 '번역'하다시피 한 것이다. 이는 그와 같은
민족문학 개념이 그 자신의 정체성 추구라는 문제와 연관되어 있음
을 암시한다. 물론 플라톤에서 하이데거로 이어지는 형이상학의 전
통에 조예가 깊은 탓이기도 하겠으나 그는 비평활동 초기에서부터
이미 허위의식 개념으로서의 이데올로기 문제를 강조하고 있었다.
진정한 정체성의 수립이라는 문제와 이데올로기적 허상으로부터 탈
피라는 문제는 연관이 깊다. 그런데 그는 이데올로기의 역할이 역
사적 상황에 따라 다르다고 본다. 예를 들어, 초기 비평에 해당하는
「서구문학의 영향과 수용－그 부작용과 반작용」(『신동아』, 1967. 1)을
보면 다음과 같은 대목이 눈에 띈다.

　　그러나 우리의 理論이나 姿勢의 이데올로기적 성격이 불가피하다고
　하여 그 이데올로기性이 어디서나 같은 質의 것은 아니다. 역사의 어느
　時點에서 가능한 가장 보편성 있는 思考를 감행하고 當代의 과제와 가장
　발전적으로 對決해나가는 가운데 그 時代의 역사적 상황에 의해 불가피
　하게 規定된다는 의미에서의 이데올로기가 있고, 시대에 逆行하는 어느
　폐쇄적 集團의 自己防禦手段으로서의 이데올로기가 있다.(「서구문학의 영
　향과 수용-그 부작용과 반작용」, 406쪽)

그의 민족문학 개념은 민족주의라는 이데올로기의 역할을 상기 전자의 입장에서 볼 수 있듯 적극적인 것으로 상정하는 가운데 성립된 것이다.

> 진정한 민족문학은 여하한 감상적 또는 정략적 복고주의와도 양립할 수 없으며 그것은 또 결코 국수주의에 흐를 수도 없다. 아니, 식민지 또는 반식민지 상황에서 국수주의에 흐를 수도 없다. 아니, 식민지 또는 半식민지 상황에서 국수주의의 위험을 과도히 경계하는 것 자체가 그릇된 현실감각의 소산일 수 있다. (… 중략 …) 그것은 복고주의와 더불어 참다운 민족주의·민족문화의 발흥을 정해하는 요소로서 마땅히 경계되고 규탄되어야 하지만, 그 올바른 극복의 길은 오직 참다운 민족주의의 실현뿐이다. 국수주의를 두려워한 나머지 민족주의 자체를 경계하고 민족문화·민족문학의 이념 자체를 부인한다면 이는 본말을 뒤집는 꼴이며, 사이비 민족주의자들에게 그럴듯한 반론의 구실이나 주어 민중의 정신을 더욱 산란케 하고 민족적 각성을 지연시키는 결과나 가져올 뿐이다. 참다운 민족문학이 선진적인 세계문학이듯이 식민지적 상황에서의 민족주의 역시 그것이 맞서 싸우는 상대의 국제적 성격 때문에라도 국제주의적 성격을 띨 수밖에 없는 것인데, 민족주의냐 세계주의냐 하는 식의 때늦은 탁상공론은 당면한 민족적 위기의 인식을 흐리게 하기에나 알맞은 것이다.(「민족문학 개념의 정립을 위해」, 위의 책, 146~147쪽)

이 글은 1970년대 전반기의 상황인식의 소산이기는 하나, 한국에서 민족주의 이데올로기가 지닌 위험성을 과소평가하고 있다고 말할 수 있다. 또한, 허위를 넘어 세계의 진상에 도달하려는 리얼리즘의 의의를 강조하는 그가 민족주의의 긍정적 역할을 동시에 강조한다는 점 역시 어떤 모순을 느끼게 하는 점이 없지 않다. 물론 우리는 항상적으로 이데올로기의 영향 아래 있다. 그러나 이로부터 자유롭게 되는 일은 진상을 깨침에 의해 가능한 것이지 어떤 특정한 이데올로기적 입장을 강조함으로써 가능해지는 것은 아니다. 루카치의 당파성 이론도 궁극적으로는 이론의 과학성을 가늠하는 기초를 이론 자체에서가 아니라 계급 또는 당파의 관점에서 찾는다는 점에서 올바르지 않음을 상기할 필요가 있다. 어떤 특별한 국면이 특정한 이데올로기의 도덕적 정당성을 강화시키는 것은 사실이다. 또 그것이 진상의 깨침에 긍정적인 역할을 할 가능성은 부인될 수 없다. 그렇다면, 어떤 국면은 이와는 정반대의 결과를 가져올 수도 있는 것이 아닐까? 예를 들어 그는 몇몇 곳에서 우리 사회를 제3세계로 이해하면서 서구적 시야가 아닌 제3세계적 시야를 갖는 일이 중요하다고 역설했으나 오늘의 상황은 그같은 논리의 적절성에 의문을 갖게 하는 점이 있다. 또, 실은 한국 사회는 1970년대와 80년대에도 제3세계라기보다는 제1세계의 변방이었던 것이고, 그만큼 민족주의는 그 실현조건의 취약성에도 불구하고 특히 관변적인 차원에서 실제적인 힘을 행사해왔던 것이 아닐까.

그러나 이보다 더 중요한 것은, 먼저, 민족의 입장을 강조하는 이같은 민족문학론의 논리가 민족적 차원이나 영역으로 환원될 수 없는, 더 높은 차원과 더 넓은 영역을 문제삼는 문학, 그리고 그보다 더 기초적이고 더 내밀한 문제를 제기하는 문학에 대해 뜻하지 않은 통어적 힘으로 작용할 수 있다는 사실이다. 이런 문학들은 민족적 문제를 전면에 제기하는 문학만큼이나 세계문학의 고전으로 자리잡을 가능성이 높다. 예를 들어 박경리와 최인훈의 문학은 그 주제의 차원이 다르고 따라서 제각기 달리 정당히 평가될 필요가 있는데, 민족문학론은 이들 문학의 서로 다른 가치를 그 자체로부터 설명하는 데 취약성을 보일 수 있다.

다음으로, 민족문학론은 우리 자신에게 속한 낯익고 가까운 것들을 안이하게 용인하는 경향으로 이끌릴 가능성이 높다. 이 점에 대해서는 그 자신 누누이 경계해 마지않는 것이어서, 「민족문학 개념의 정립을 위해」는 "의미 있는 비판은 곧 막강한 외세에 대한 싸움일 뿐 아니라 무엇보다도 자기 자신과의 싸움"(『민족문학과 세계문학』 I, 135쪽)임을, 민족문학의 성립은 "자기인식과 자기분열극복의 작업"(위의 책, 같은 쪽)을 수반하지 않을 수 없음을 강조하고 있다. 이 같은 태도는 오늘에 이르기까지 일관됨을 누차에 걸쳐 확인할 수 있다. 가깝고 낯익은 것을 멀고 낯설게 보려는 노력은 모든 진정한 문학의 출발점이라 할 때 그와 같은 경계는 무조건 타당하다. 그렇다면 그와 같은 경각심을 포용할 수 있는 바람직한 문학의 이름은 민족문학이라는, 집단을 표상하는 관형어로 수식되는 이름은 아닐 수도 있을 듯하다. 그것은 '내'가 '나' 아닌 모든 전존재全存在를 응시하는, 그리고 '나' 자신마저 해부코자 하는 문학일 것이며, 동시에 그럼으로써 '나'와 '나' 아닌 모든 전존재를 사랑하고 수용코자 하는 문학일 것이다. 그것은 '대문자'로 쓰인 문학이라는 글자 외에 다른 것이 아니지 않을까.

결국 나는 민족문학론이라는 개념의 난점을 드러내려 한 셈이다. 나 자신 그의 민족문학 개념에 신뢰를 품은 가운데 비평활동을 시작하였으므로 이와 같은 논의는 무엇보다 나 자신의 문학논리를 대상으로 한 것이기도 하다. 상황의 변화라기보다는 논리적 약점 탓으로 민족문학론이라는, 국민문학과는 구별되는 가치론적 범주는 어떤 방향으로든 변화를 요구받고 있다는 것이 나의 판단이다. 이는 특히

1990년대를 지나면서 공적으로나 사적으로나 많은 문학인들에 의해 표명된 생각이기도 하다.

그러나 이같은 민족문학론의 논리적 약점이 그것이 품고 또 드러내고자 했던 중요한 문제들을 무의미하게 하지는 않는다고 믿는다. 민족문학론이라고 불려 온 것들 일반에 대해서가 아니라 백낙청이라는 그 개인의 민족문학론에 대해서는 더욱 명료하게 그렇게 말할 수 있다. 민족문학론이 지양코자 했던 당대 문학의 현실을 생각할 때, 또 지금도 여전히 존재하는 나태懶怠와 안일을 생각할 때, 그 개념의 약점이 정도 이상 과장될 필요는 없다.

무엇보다, 백낙청 비평의 참된 가치는 그 문명비평적 성격에서 찾을 수 있을 것이다. 그는 단순한 문학연구자나 문학평론가에 머물려 하지 않았고 처음부터 근대문명 전체를 대상으로 사유하는, 이상적 사유인의 태도를 견지하려 했다. 민족문학론은 서구문명 및 문학의 실상과 한계를 냉철히 살피는 가운데 펼쳐진 것이었으며, 분단체제론 역시 세계체제론과 같은 당대적 이론을 의식함과 동시에 한반도의 실상을 논리적으로 정식화 한 노력의 산물이었다. 특히 지난 10년간 그의 지적 작업은 우리가 통상 문학이라고 말할 때의 그것을 뛰어넘는 것이었다. 그것은 미래를 구상하고 설계하는 철학인의 작업이었다. 「지혜의 시대를 위하여」(『창작과 비평』, 1990년 봄호)는 그와 같은 면모가 여실한 글이다. 현실사회주의권의 몰락을 계기로 자본주의의 승리를 구가하는 속된 이론이 횡행하고 이를 따라 값싼 사상의 전회를 감행하는 이들이 속출하던 그 시기에 그는 냉철한 어조로 이렇게 말하고 있다.

오늘의 시점에서 분명한 것은, 적어도 생산력의 발전은 평등사회를 이

록하고 남은 만큼 더욱 발전했다는 점과, 궁핍과 강압이 사라진 세상을 만드는 데 필요한 과학적 인식과 실천적 의지의 결합이 여간한 지혜의 경지가 아니어서는 안 되겠다는 점이다. 더구나 그것은 전인류가 동참하는 지혜라야 될 모양이다. 세계의 어느 한쪽에서 일어나는 제도변혁이 충분히 성과적이기 위해서도 그렇거니와, 오늘날 또 한 가지 분명해진 사실은, 현대세계의 엄청난 생산력을 평등한 분배 속에서 유지하는 일도 희한한 지혜를 요하지만 그러한 생산력의 유지 자체가 자연환경을 파괴하고 인류의 멸망을 가져올지 모른다는 것이다. 결국 모자람이 없이 생산해서 나눠 쓰는 지혜와 더불어 알맞은 선에서 충족을 느끼는 지혜가 요구되고 있다.

다시 말해서, 사람이면 누구나 궁핍에서 벗어나는 일이 물리적으로 가능해진 시대, 그리하여 좋든 싫든 점점 많은 사람들이 자기도 남부럽지 않게 살겠다고 주장하고 나오게 마련인 이 시대는, 지혜의 다스림이 없는 한 모두가 함께 파멸할 운명에 놓인 시대이기도 하다. 다가오는 세상이 민중의 시대이자 곧 지혜의 시대라는 명제는 그러한 현실에 근거한 것이다.(「지혜의 시대를 위하여」, 『민족문학과 세계문학』 III, 134쪽)

나는 이 "지혜"라는 말을 알레고리로 읽었다. 즉 그것은 현실에 존재하지 않는 이상적 질서를 잉태할 그 무엇을 지칭하는 기호이다. 그렇다면 이것은 과학적, 합리적인 사유의 방기를 의미하는가? 그 자신 그렇게 생각하지 않듯이 나 또한 그런 생각은 들지 않는다. 당시 상황에서는 그와 같은 말이 아니고는 현실에 존재하지 않는 이상적 원리를 표현할 방법이 없었다. 그리고 지금도 그것은 발견되지 않았다. 그러나 지금, 이곳에 대한 불만이 존재하는 한 우리는 무엇인가 더 나은 미래세계를 꿈꾸지 않을 수 없다. 그런데 그 시계는

"지혜"라는 말이 가리키는 어떤 원리에 의해 유지되지 않으면 안 되는 것이다. 그렇다면 이 대목에서 그는 다시 플라톤의 사유로 돌아가고 있는 셈이다. 「시민문학론」에서 그가 역설했던 것은 자유와 사랑의 공존 그것이었다. 그렇다면 지금 그가 말하는 "지혜"란 자유와 사랑을 공존케 할 어떤 원리를 가리키는 것이 아닐까. 이 플라톤적인 어휘를 접하며 나는 그에게 로렌스나 하이데거나 플라톤이 중시된 것은 그가 그들을 읽었기 때문이 아니라 이들이 형이상학을 지향하는 그의 성격에 부합했기 때문이라는 생각을 해 본다. 그때나 지금이나 그는 지식의 말을 넘어 지智의 언어를 추구하는 철인이다. 그에게 한국문학은 그리고 영문학은, 궁극적으로는 지智를 얻고 그것을 드러내는 매개요 방편에 불과하다. 그가 강조하는 주체적 시각 또는 제3세계적 시각이라는 것도 같은 맥락에서 이해되어야 한다. 그 보편의 지를 추구하면서도 그의 비평은 언제나 한국적 상황과 한국문학의 현실에 관한 긴장을 늦추지 않았고 그로써 그의 논리는 실천적이고 창조적일 수 있었다. 그 비평의 희귀한 가치로 말미암아 나는 그에 대해 쓰지 않을 수 없었던 것이다.

(2000년)

한국 출판시장의 창에 비친 일본 소설

1. 서점의 현란한 일본소설들

한번은 필자가 대학 강의실에서 무라카미 하루키의 『해변의 카프카』를 읽어본 사람들 손을 들어보라고 하자 열다섯 명 정도가 손을 번쩍 들었다. 필자가 맡은 이 강의에는 약 마흔 명 정도가 수강하고 있었다. 몇 사람 의견을 들어보았지만 작품에 대한 반응은 제각각이었다. 그러나 이렇게 많은 사람들이 하루키를 읽고 있다는 사실이 중요하다. 사실 이 마흔 명의 학생들 가운데 황석영의 『심청』을 읽어본 사람은 다섯 명도 채 되지 않았다.

교보문고처럼 잘 알려진 서점에 가보면 우리 소설 시장에서 일본 소설이 얼마나 큰 비중을 차지하게 되었는지 실감하게 된다. 종로에 있는 교보 본점의 소설 진열대는 에쿠니 가오리라는 작가의 『반짝반짝 빛나는』과 『도쿄타워』, 무라카미 하루키의 『도쿄 기담집』, 가네시로 가즈키의 『플라이 대디 플라이』와 『스피드』와 『레벌루션 No.3』,

츠지 히토나리의『사랑 후에 오는 것들』등등이 독자들을 기다리고 있다.

　이것은 비단 교보문고처럼 큰 서점에만 국한된 현상이 아니다. 필자가 몸담고 있는 학교 구내 서점의 소설 진열대는 예전과 달리 새로운 삼분법에 따른 진열 상태를 보여준다. 한국소설, 일본소설, 서양 및 기타 소설이라는 구분법이 그것이다. 정작 한국 작가의 소설이 독자들에게 외면당하고 영미권 소설이 현저한 약세를 보이는 상황에서 단연 약진하고 있는 것이 바로 일본소설이다. 구내서점에는 또 다른 이름들이 필자를 기다리고 있다. 오쿠다 히데오, 노자와 히사시, 와타야 리사, 가와카미 히로미, 무라카미 류 등등. 이외에도 더 많은 이름과 작품이 있지만 일일이 적을 수 없다. 그리고 시야를 신간 소개 전시대 바깥으로 돌리면 또 다른 이름들이 있다. 나츠메 소세키, 기쿠치 칸, 다니자키 준이치로, 시마자키 도손, 다자이 오사무 같은 고전적인 작가들과 요시모토 바나나, 현월, 아사다 지로 등등. 그리고 유미리.

　두 서점의 진열대가 보여주듯이 한국 문학시장이 일본소설을 다루는 방식은 이처럼 꽤나 무질서하다. 순문학과 대중문학이 뒤얽히고 옛날 작가와 오늘의 작가가 나란히 어깨를 맞대고 있다. 가와무라 미나토는 자신의『전후문학을 묻는다』한국어판 서문에서 이렇게 말했었다. "한국에서 일본문학의 번역과 소개가 활발하지만, 교보문고 같은 대형 서점의 일본소설 코너에 가면, 다소 위화감을 갖지 않을 수 없다. 무라카미 하루키가 진열되고 요시모토 바나나가 쌓인 그 옆으로 나쓰메 소세키의『몽십야』,『도련님』,『그 후』가 있고, 아사다 지로와 에쿠니 가오리가 나란히 있는가 하면, 시마자키 도손의『파계』가 신간으로 나와 있다. 무라카미 류 옆에는 아쿠타가와 류노스케의 『라쇼몬』이다." 이런 문장에는 체계와 질서, 정밀함과 세심함이 부족한 한국의 문학계에 대한 야유의 뉘앙스마저 담겨 있는 것 같다.

문학시장을 매개로 접하게 되는 일본소설들은 현란하기도 하다. 서점에 놓인 일본소설들은 이미지 위주의 판매 전략 때문인지 바로 옆에 놓인 한국작가들의 소설보다 책 사이즈나 표지 장정 등에서 한결 눈에 띄는 디자인 상태를 보여준다. 특색 있고 이국적이고 화려하다. 가네시로 가즈키의 책들이 특히 그러하다. 우리 작가들 가운데 이런 식으로 작가 이미지를 포장하는 경우는 지금까지 배수아 정도가 있었을 뿐이다. 작가역량의 문제는 별도로 놓고 생각해 볼 때 그녀는 이러한 전략의 혜택을 많이 본 작가다. 지금 한국에 소개되고 있는 일본 작가들이 또한 바로 그렇다. 지나가는 말이지만 가네시로 가즈키의 『플라이 대디 플라이』는 역시 '재일' 출신이어서 그런지 대중소설 취향에도 불구하고 독특한 면이 있다. 소시민적인 가장의 복수를 돕는 것이 재일 한국인이라는 점은 일본적인 우라미[怨]의 미학적 의미를 확장시킨 것이라는 생각을 하게 한다.

그런데 필자는 이들 일본 작가들에게서 뭔가 예전과 달라졌다고 해야 할지 아니면 새롭게 나타났다고 해야 할지 모를 어떤 태도를 보게 된다. 츠지 히토나리는 『사랑 후에 오는 것들』의 작가 후기에서 이렇게 썼다. "'한일 우호의 해' 끝자락에서 이 작품의 출간을 볼 수 있어 무척 기쁘다. 이건 우리들의 꿈이기도 했다. 이제는 서로가 진정으로 마음을 열 수 있는 시대가 오기를 기대한다. 젊은 세대는 분명 이룰 수 있을 것이다. 홍이와 준고처럼. 그리고 이를 위한 노력을 나는 아끼지 않을 것이다. 내가 정말 좋아하는 한국 독자들에게 사랑받는 것이 나의 또 하나의 꿈이다. (여러분 감사합니다!)." 이 대목을 접하면서 필자는 이 작가가 필시 문체만큼이나 낭만적이고 다정다감한 성격의 소유자일 것이라고 생각했다. 그렇지 않다면 일본 작가가 자기 책을 읽어주는 이웃 나라의 독자를 이렇게 많이 생각해주는 말을 쓸리는 없기 때문이다. 그러나 또 생각한 것이 있다.

한국문학시장에서 일본 작가들의 작품이 그렇게 많이 진열되고 또 팔리고 있다면 그들에게 한국독자들은 귀한 존재는 못 될지라도 배려해야 할 존재는 될 것이라는 점이다. 더구나 이 작가처럼 대중적인 소설을 쓰는 작가라면. 사실 이 작가의『사랑 후에 오는 것들』은 공지영과 함께 공동 기획으로 펴낸 대중 호소용 상품인 것이다. 그리고 그는 이 작품 이전에 이미 일본에서 에쿠니 가오리와 공동작업으로『냉정과 열정 사이』를 펴낸 바 있었던 것이다. 이런 상황이라면 한국독자들의 구매력은 중요한 문제가 된다. 이러한 태도를 한국시장에 소개된 다른 작가들의 글에서도 확연하게 느낄 수 있다. 한국은 상당수 일본 작가들에게 하나의 큰 시장이라는 인상을 주고 있는 것이다. 엔화가 약세인 시대이므로.

그런데 츠지 히토나리와 함께『냉정과 열정 사이』를 펴낸 에쿠니 가오리에 대해서『도쿄타워』한국어판 날개의 소개 글은 다음과 같다. "에쿠니 가오리는 일본 문학 최고의 감성작가로서, 요시모토 바나나, 야마다 에이미와 함께 일본의 3대 여류작가로 불린다." 필자는『도쿄타워』를 읽어 보았는데 그녀가 감성을 위주로 쓴다는 것은 대략 들어맞는 말이지만 이 작가가 과연 일본의 3대 여류작가가 될 수 있는가는 알 수 없다. 또 만약 이러한 소개 글이 일본문학계의 정평을 따온 것이라면 일본의 여성소설은 부각된 이미지만큼 강한 것은 아니라고 속단해 볼 수도 있을 것 같다. 물론 이것은 그녀의 잘못이 아니다. 대중적인 소설을 쓰는 작가가 나쁘다고 할 수는 없다. 세상에는 실로 다양한 기호가 존재하고 소설들 또한 그러한 다양성에 부응할 뿐이다.

한국의 독자들은 지금 매우 다양하면서도 세분화된 기호들에 기초한 독서 욕구를 갖고 있는데 반해서 작가들은 그만큼 다양하거나 세분되어 있지 않다. 또 그들은 다만 넓은 배후지를 가졌을 뿐, 마치 커다란 도시국가처럼 소용돌이치고 있는 한국사회의 초현대성에 기초한 감수성의 혁명을 맛보고 있는데 반해 작가들은 이를 채 따라잡지 못하고 있는 상태다. 우선 작가의 숫자가 적고 그 유형 또한 다양하지 않고 한국사회의 현대적 심층을 탐사하려는 능력과 노력 역시 부족하다. 본래 현대 사회의 독자들은 다른 사회의 문화적 산물을 즐겨 찾게 되어 있다고 본다. 그러나 현재 독자들의 욕구와 한국작가들의 총합적인 역량 사이에는 현저한 격차가 있고 이를 메워 주는 수단이 되는 것이 바로 가까운 다양함과 낯익음을 고루 갖춘 일본의 소설들이다. 그렇다면 이처럼 한국 독자들의 대중적 취향과 욕구에 대한 반응이라는 측면과 달리 생각해 볼 것은 없겠는지?

앞에서 에쿠니 가오리와 함께 호명된 다른 두 여성 작가들은 또 현재 일본의 여성소설을 확실히 대표할 만한 것일까? 필자는 요시모토 바나나의 장편소설인 『암리타』를 읽어보았지만 깊이 음미하지는 못했다. 세계 시장에 많은 독자를 마련해 나가고 있는 그녀라지만 필자에게는 아직 그녀에게 몰두해 볼 만한 동기가 주어지지 않는다. 나머지 한 사람인 야마다 에이미는 작품이 여럿 번역되어 있지만 필자는 아직 접해 보지 못했다. 아쿠타가와상 후보에 올랐었다는 것으로 보면 뭔가 아주 새롭고 흥미 있는 요소가 있을 수 있겠지만 그렇다고 해서 이 상을 만능으로 생각할 수는 없다.

그렇다면 여기서 필자는 현대 일본문학을 전공하거나 그 작품을 번역하는 분들의 역할을 기대하게 된다. 그러나 사실 현대 일본문학에 대해서라면 소개나 번역은 너무나 왕성한 반면에 그것들에 대한 비평적 기능은 거의 정지되어 있다는 것이 진실에 가까운 것 같다. 무엇보다 팔아야 하고, 팔기 위해선 찬사를 늘어놓아야 하는 출판의 논리가 그곳만큼 해당 전공자들과 번역자들의 심부에 깊숙이 침투해 들어간 곳도 드물다.

2. 무라카미 하루키와 무라카미 류

최근의 일본소설 가운데 필자에게 흥미를 준 것은 역시 무라카미 류와 무라카미 하루키의 작품들이다. 두 사람의 작품을 읽고 있으면 이들은 역시 의미를 던지는 작가들이라고 생각하게 된다. 그러나 이번에는 특히 그들의 작품이 무의식중에 보여주는 심상지리적인 상상력에 대해 생각해 볼 것이 많았다. 그렇다고 해서 이 상상된 지리라고 하는 것이 어떤 작가나 작품을 논의할 때 가장 중요한 것이라고 생각하는 것은 아니다. 그러나 우리는 이 개념을 통해서 어떤 텍스트가 전통과 문화가 다른 사회에 놓이게 될 때 나타나게 되는 감춰진 의미를 헤아릴 수 있게 된다.

무라카미 류와 무라카미 하루키는 일본의 학생운동이 퇴조한 가운데 나타난 시대의 문제들을 감각적 또는 관조적으로 펼쳐 보임으로써 1970년대 말 이후의 일본문학을 이끌어간 대표적인 작가들이다. 그런데 이들이 모두 같은 세대를 이루는 큰 작가들인데 왜 하루키가 류보다 더 폭넓은 독자를 포섭하게 되는 것일까. 이것은 일본에서도 그렇고 한국에서도 그런 것 같다. 일본에서의 두 사람에 대해서 이야기한다는 것은 필자의 본분을 벗어나는 일이므로 여기서는 다만 한국에서의 두 사람에 대해서만 제한적으로 이야기할 수 있을 것 같다. 류의 『반도에서 나가라』와 하루키의 『해변의 카프카』는 그들의 오늘을 실감하게 해주는 작품들인데 그것들은 또한 한국의 시점에서 그들의 공간 감각과 관련된 현실 인식 성향을 생각하게 한다는 점에서 흥미롭다.

『반도에서 나가라』는 2001년 3월에 시작되어 2001년 4월 11일에 일단락되는 북한군의 일본 규슈 침공 사건을 그린 것이다. "반도에서 나가라"는 그 작전명이고 북한의 김정일 수뇌부는 인민군 내부의 반란군인 것처럼 위장한 특수부대와 후속 부대를 보내서 후쿠오카를 위시한 규슈를 점령한다는 계획을 세운다. 여기서 왜 하필 규슈인가 하는 의문이 발생한다. 해답은 여몽 연합군이 1274년과 1281년 두 차례에 걸쳐 일본 정벌을 시도하면서 규슈의 하카타 만에 상륙했던 것과 관련되어 있다. 북한의 2차 파견부대 이름이 고려원정군인 것도 이러한 역사적 사실을 먼 배경으로 삼은 까닭일 것이다. 이러한 점들은 여러 모로 흥미롭다. 지금 일본에서는 북한의 납치문제가 한창이다. 사실 북한이 이슈화 하고 싶어 하는 것은 경제적 곤경에 숨통을 틔워줄 식민통치 배상 문제지만 고이즈미 내각이나 일본의 리더 그룹은 그럴 생각이 없다. 최근에 부상한 독도 문제를 보면 그들은 북한뿐만 아니라 한국까지 중국 쪽으로 밀어붙이는 전략을 선택한 것 같다. 그러나 중국 쪽 또한 만만치 않아서 내년이면 연변 조선족 자치주가 인구 감소로 인해 자치주 자격을 상실할 것이라고 하고 경제적, 정치적 위기로 인해 북한은 마치 중국의 동북4성처럼 취급되는 경향이 있으니 남북으로 갈려 허리를 쥐어 잡힌 한국과 북한이 오늘의 상황을 지혜롭게 타개해 나가기란 참으로 어렵다. 결국 점차 구한말과 같은 국제적 상황이 도래할 수도 있는 시점인 것이다. 그렇다면 위기는 십년 불황에서 벗어난 일본에 있다기보다는 한국 쪽이 더한 것이 아닐까. 그러나 무라카미 류의 상상력은 일본이 경제 개혁에 실패하면서 국제적 역량을 상실하고 이 틈을 탄 북한이 옛날의 여몽연합군처럼 하카타 침공을 시도하는 쪽으로 작동한다. "그런 게 가능할 리 없지만 쓰지 않을 수가 없다는 생각에"서 북한의 일본 침공기를 쓰는 것이다.

무라카미 류는 저자 후기에서 『반도에서 나가라』가 "타인과의 교섭·커뮤니케이션"에 대한 관심과 탐구, 그리고 정치나 국가가 외면하게 마련인 "소수자의 자유"라는 두 가지 커다란 동기를 갖고 있다고 밝혔다. 현대사회에서 실로 이것은 중요한 문제인 것 같다. 그런데 그는 왜 이러한 주제를 전달하는데 북한의 하카타 침공기를 필요로 했던 것일까. 과거에 한국의 작가 채만식은 작가는 시대적 환경으로부터 자유로울 수가 없다고 단언했었다.(채만식, 「시대를 배경하는 문학」, 『매일신보』, 1941. 1. 5~15) 이러한 생각은 그로 하여금 대일 협력으로 나아가게 했다. 그러나 이것은 어느 면에서는 진실을 내포한다. 작가는 자기가 속한 사회와 시대의 자장으로부터 멀리 떨어지기 어렵다. 『반도에서 나가라』의 상상력은 근현대사의 가해자로 작용해 왔으면서도 정작은 자기를 피해자로 인식하는 일본적인 '자학사관'에 영향 받은 흔적이 강하다. 그런 까닭에 이 작품은 일본 내부를 향해서는 대화와 커뮤니케이션이 필요하고 소수자의 자유가 필요하다는 쪽으로 작용할지 모르지만 외부를 향해서는 그렇게 작용할 것 같지 않다. 『반도에서 나가라』에서 13세기 말의 가미카제 역할을 하는 것은 이시하라 그룹으로 통칭되는 일본 사회의 광기를 동반한 이단자들이다. 이 갑작스러운 '해피엔딩'은 마치 스티븐 스필

버그의 우스꽝스러운 영화『우주전쟁』의 허망한 결말을 재상연하는 것 같다. 작가는 주장한다. 우리들의 위기에 대해 우리가 미처 깨닫지 못하는 해결사가 있노라고. 그들은 우리들 곁에 늘 있었으나 존재를 무시당해온 '바이러스'들이라고.『한겨레신문』의 최재봉 기자가 이 작품을 혹평한 것은 그만한 이유가 있는 것이다. 한국의 시점에서 보면『반도에서 나가라』는 지극히 일본 중심적이다. 그것은 현재의 동아시아 체제에 대해 전혀 비판적이지 않다.

무라카미 류 문학의 정치성은 이처럼 구체적인 현실의 범주들이 확장됨에 따라 작가 자신의 의도와는 다른 의미를 산출하는 쪽으로 전개될 가능성을 내포하고 있는 것 같다. 그런데 이것은 류의 한계라기보다는 모든 역사적 저항, 현실 참여적인 문학에 내재해 있을 법한 역설이다. 무라카미 하루키는 그것과 달랐다.『상실의 시대(노르웨이의 숲)』로 한국의 독자들에게 모습을 드러낸 그는 그 자신의 문학을 외부적 현실보다는 내면세계 쪽으로 밀어가 주인공들로 하여금 영혼의 모험을 벌이게 함으로써 무라카미 류의 역설에 빠져들지 않아도 되는 방향으로 자기 세계를 꾸준히 확장시켜 왔다고 할 수 있다. 많은 사람들이 지적하듯이『해변의 카프카』는 그러한 하루키의 문학이 어느 한 단계에 다다른 것 같은 느낌을 준다. 그만큼 작품의 규모나 이야기를 통해서 전개되는 영혼의 모험이 다채롭고 지난해 보인다. 또 단순히 그러할 뿐만 아니라 큰 이야기를 이루는 작은 이야기 단위들이나 등장인물들이 지시적이거나 상징적인 의미망을 형성한다는 점에서 이 이야기는 매우 복합적이고 중층적인 구조물을 이룬다.『해변의 카프카』는 많은 야심작이나 대작들이 그러하듯이 인생에 대한 아주 폭넓은 성찰을 시도하고 있고, 또 수많은 고전들에 대한 지식과 여타 장르, 특히 음악에 대한 이해를 바탕으로 삼고 있으며, 등장인물이나 사물들, 사건들, 문장들에 복잡하면서도 정교한 지시성과 상징성을 부여하고 있다. 무엇보다 이 작품은 그리스 비극인『오이디푸스』나 일본의『겐지 모노가타리』같은 작품들로까지 거슬러 올라가는 인간의 삶과 행위에 대한 오래된 해석의 역사를 근간으로 삼고 있어서 읽는 사람들은 어려운 수수께끼를 풀어 나가는 듯한 난해성에도 불구하고 어둠을 더듬어 정해진 길을 찾아가듯이 소설의 결말을 향해 조심스럽게 나아갈 수 있는 안정된 플롯을 준비하고 있다. 이런 점들로 미루어 짐작해 보건대『해변의 카프카』는 하루키의 알레고리적인 사서적 행로를 일단락 지은 하나의 사건이다.

그럼에도 필자는 이 작품이 어느 면에서는 귄터 그라스의『양철북』에 대조될 만하다고 생각하게 된다. 이 작품의 주인공 15세 소년 다무라 카프카는 성장하지 않겠노라고 결심한『양철북』의 관찰자적인 주인공 오스카를 닮았다.『해변의 카프카』는『양철북』이 나치즘이 주도한 전쟁에 대한 결산을 꾀했던 것과 마찬가지로 태평양 전쟁과 그 이후의 일본 현대사에 대한 모종의 결산을 꾀하고 있는 것처럼 보인다. 번역자도 해설자도 이 점에 대해서는 왜 그런지 침묵하고 있다. 그런데 여기서『해변의 카프카』가 보여주는 난해성은『양철북』의 난해성과는 궤를 달리하는 것 같다.『양철북』은 알레고리적 상징의 난해성에도 불구하고 나치즘을 방조한 독일정신에 대한 날카롭고도 본격적인 비판을 시도했던 데 반해서『해변의 카프카』는 태평양 전쟁에 대한 반성적 성찰보다는 그러한 전쟁을 낳는 인간성 일반의 성찰에 초점을 맞춘다. 하루키에게 이러한 전쟁은 현실이 아니라 작중에 일어나는 다무라 카프카의 친부 살해처럼 꿈속의 사건이다. 그것이 꿈속에서 일어나는 일이라는 점에서 태평양 전쟁은 다른 어떤 전쟁과 같은 의미를 지닐 수 있고 미군의 일본 통치는 일본의 점령지 통치나 근본적으로 같은 것이며 중요한 것은 이처럼 아버지의 법으로 점철되어 있는 꿈속 현실의 바깥에 서서 꿈속의 삶에 내재된 숙명적인 비극을 꿰뚫어보고 그것 아닌 다른 삶으로 들어가는 입구의 돌을 찾아내는 것이다.

그리하여 『해변의 카프카』는 태평양 전쟁을 겪지 않은, 그래서 아직 아버지의 법을 모르는 15세 소년 다무라 카프카와 태평양 전쟁의 와중에서 의식을 잃고 쓰러졌다 깨어난, 그리하여 아버지의 법에 의해 유린된 나카타 사토루라는 두 인물, 그러나 종국에 다다라서는 하나의 문제적 인물임이 드러나는 두 주인공을 제시한다. 처음에는 각기 다른 두 사람의 이야기가 펼쳐지게 된다. 한편에는 다무라 카프카라는 15세 소년이 있고 다른 한편에는 나카타라는 노인이 있다. 카프카는 아버지를 죽이고 어머니 및 누이와 관계를 맺게 되리라는 아버지의 예언을 두려워하면서 도쿄를 떠나 시코쿠[四國]로 향한다. 나카타는 죽음 같은 의식상실에서 깨어나 백치와 같은 존재가 되어 고양이를 찾아다니는 사람이 된다. 거칠게 말한다면 이 카프카의 이야기는 인간을 지배하는 아버지의 법에서 벗어나려는 작가적 시도를, 나카타의 이야기는 전후 육십년에 걸친 일본정신의 방황에 기초하여 새로운 길을 찾아내고자 하는 작가적 시도를 각각 상징하는 알레고리적 의미를 갖는다고 할 수 있다.

전자의 해석에 실마리를 제공해 주는 것은 시코쿠의 의미다. 아버지의 예언을 피해서 다무라 카프카 소년은 정처없이 길을 떠나 시코쿠로 간다. 시코쿠와 혼슈 사이의 바다는 아버지의 법이 지배하는 세계와 그것에서 벗어난 비현실적 공간을 가르는 경계선이다. 보통 예로부터 세계와 인간을 이해하기 위해서는 천하를 주유해야 하는

데 이 이야기의 주인공인 소년 다무라는 시코쿠라는 일본의 더 깊은 심부로 들어가 고무라 도서관이라는 지식의 저장고 속에서 파묻혀 세상을 경력해 나가는 역설적인 방향을 취한다. 여기서 소년은 도서관에 비치된 수많은 책들을 읽으면서 인간의 삶을 응축해 놓은 정신적 자산들을 통해서 새로운 삶으로 들어가는 길을 준비하게 된다. 작중의 시코쿠는 아버지의 법이 미치지 않는 공간, 아직 그곳으로 진입하지 않은 소년의 공간이다. 그곳은 "도쿄보다 훨씬 남쪽에 있고, 바다가 중간에 있어 본토와 떨어져 있으며 기후도 따뜻하다. 지금까지 한 번도 가본 적이 없는 고장이고, 그곳에는 단 한 사람의 아는 사람도, 단 한 사람의 친척도 없다."

후자의 해석을 가능케 하는 것은 고양이를 찾아다니며 고양이와 대화를 나누는 나카타의 특이한 면모다. 그는 태평양 전쟁을 겪으면서 혼수상태에 빠졌다 깨어나 백치 같은 백지 상태의 존재가 된다. 이 나카타는 『양철북』의 오스카가 독일 국민정신을 상징하면서 동시에 그것에 대한 비판적 시각을 이중적으로 상징하듯이 전후 일본의 국민정신 또는 일본적인 정신을 상징하면서 동시에 진정한, 그런 것이 있다면, 그러한 일본 정신을 찾는 탐색의 여로를 상징한다. 그가 고양이와 대화를 나눌 줄 알고 고양이를 찾아다닌다는 것은 나츠메 소세키의 『나는 고양이로소이다』에 나타나는 고독한 에고이즘을 연상시킨다. 작품 말미에 이르러 나카타는 결국 죽음을 맞게 되는데 이것은 그가 일본 전후 육십 년이라는 시대를 상징하는 인물이었다는 점에서 자연스럽다. 그는 사명을 다하고 새로운 자들이 세계를 만들어 나가야 한다. 이야기 속에서 이 역할을 맡게 되는 것은 호시노라는 나카타의 동반자다. 이것은 아마도 새로운 세대의 신인간이 되어야 할 것이다.

하루키는 이 다무라 카프카와 나카타의 이야기를 교대로 엮어나가면서 오이디푸스 서사의 맥락을 따라 카프카 소년이 부친을 살해한 자가 자기 자신임을 깨닫도록 한다. 그는 꿈속의 현실에서 부친을 살해하고 몽환 속에서 어머니와 누이와 사랑을 나눔으로써 아버지의 법이 지배하는 세계로부터 벗어나 새로운 삶을 살아갈 수 있는 존재로 변신해 나간다. 나카타라는 카프카 소년의 외피는 그와 나카타의 존재가 하나임이 드러나는 국면에 이르러 숨을 거두고 소년은 나카타가 의식을 잃었던 먼 옛날의 숲으로 들어가 전쟁이라는 이름에 의해 대표되는 역사적 시간에 의해 훼손되지 않은 순수한 인간으로 거듭난다.

『해변의 카프카』는 여러 기호적 인물들과 사건들이 중첩되고 뒤얽히면서 의미를 만들어 가는 어려운 작품이다. 작중에 나오는 사에키 여인, 즉 다무라 카프카의 어머니와 누이 사쿠라를 비롯하여 오시마, 호시노 같은 인물들도 모두 의인화된 의미 덩어리인 까닭에 『해변의 카프카』는 스핑크스의 수수께끼를 집적해 놓은 구조물 같은 인상을 준다. 이러한 이유로『해변의 카프카』는 아주 많은 비평적 언어를 동원해도 여전히 실체를 감추고 있는 이야기로 남을 것이다. 작중에서 사에키 여인이 지었다는 '해변의 카프카'라는 곡이나 또 그것이 탄생하게 된 동기를 부여해 준 그림도 모두 자허 마조흐의 『모피를 입은 비너스』에 나오는 그림처럼 신비의 베일에 싸인 해석 대상이 될 것이다. 모든 알레고리가 그러하듯이 작중에서 하루키는 듣는 자만이 듣고 알아차릴 수 있는 자만이 알아차릴 수 있다는 예언자의 언어로 자기 작품의 구조를 미궁의 원리로 설명한다. "그러니까 미궁의 기본 형태는 창자야. 즉 미궁의 원리는 네 자신의 내부에 있다는 거지. 그리고 그건 네 바깥쪽에 있는 미궁의 성격과도 서로 통하고 있어.” “그렇지. 상호 메타포. 네 외부에 있는 것은 네 내부에 있는 것이 투영된 것이고, 네 내부에 있는 것은 네 외부에 있는 것의 투영으로 봐야 한다는 말이지.”

　이처럼 메타포의 의미 증식적인 원리에 힘입어 『해변의 카프카』는 태평양전쟁과 그 이후의 시간을 비본질적인 역사 과정, 아버지의 법이 관철된 무의식적인, 꿈속의 현실로 치환하면서 본질적이고 순수한, 그러한 까닭에 강한 인간의 탄생이라는 니체적인 주제를 변주하기에 이른다. 작가는 시코쿠와 도쿄의 공간적 대비의 구조를 인간의 영혼을 둘러싼 '무한정한' 모험의 구조로 전변시키는 것이다. 또 그로써 『해변의 카프카』는 광고 문구가 말해주듯이 카프카상을 수상하는 세계문학의 차원에 진입하게 된다. 그러나 여기에는 귄터 그라스가 보여준 행위에 대한 반성이라는 문제가 어쩐지 생략되어 있다는 인상이 뒤따르는 것 같다. 그리고 이것은 하루키가 오에 겐자부로가 시도했던 것과는 확실히 다른 세대의 방식으로 세계문학에 다다르고 있음을 의미하는 것 같다. 그런데 그것과 다른 한편에서 오이디푸스에 대한 프로이트적인 해석을 원용하고 카프카를 재해석하고 새롭게 활성화하고자 하는 그의 알레고리가 필자에게는 새로운 것 같으면서도 낡은 것처럼 느껴진다. 아니 실제로 이것은 매우 낡았다. 하루키는 이것으로 완성되면서 끝을 맺는 것 같은 느낌이다. 과연 한국의 하루키 독자들은 이 작품을 어떻게 어디까지 읽어내고 있는 것일까. 언제까지 하루키를 성원하게 되는 것일까.

3. 가토 노리히로, 『진주부인』, 『박치기』

　무라카미 류와 하루키에 만족할 수 없다면 한국시장에 들어와 있는 일본문학의 실체는 과연 어디에서 찾을 수 있는 것일까. 최근에 가토 노리히로라는 일본 비평가의 비평집인 『소설의 미래』(조일신문사, 2004)라는 것을 접해 볼 수 있었는데 그가 논의하고 있는 작가들 대부분이 한국시장에서는 존재를 찾을 수 없는 것 같다. 즉 최근 일본에서 과연 순문학이 아직까지 얼마나 큰 힘을 발휘하고 있는지는 모르지만 한국시장에서 그것의 양자를 제대로 확인하기란 극히 어렵다. 대신에 필자에게 그것은 나츠메 소세키나 기쿠치 칸 같은 고전적인 작가들의 작품의 형식으로 다가온다. 두 사람을 이렇게 나란히 열거해 버리면 가와무라 미나토 같은 비평가는 다시 한 번 위화감을 느끼게 될지도 모르지만 어쩔 수 없다. 대략 이런 방식이 어떤 사회가 타자의 문화나 문물을 수용하는 통상적인 방식의 하나가 아닐까 생각해 볼 수도 있을 것이다. 우리는 자기가 애착을 가진 것들이 원래의 가치 그대로 지켜질 수 있는 질서나 체계를 간절히 원하지만 세계는 그렇게 운용되지 않는다. 지금 문학을 평생의 과업으로 삼고 있는 사람들이 문학이 미래에도 지속되어야 할 귀중한 보석이라고 생각한다 해도 실제로는 꼭 그렇게 되지 못할 수 있는 것처럼.

　나츠메 소세키와 기쿠치 칸이 전혀 성향이 다른 작가라는 점은 무시될 수 없을 것이다. 그러나 고독한 고양이의 시선으로 시대를 관조해 나가는 나츠메 소세키의 에고이즘이 귀해 보이는 만큼이나 일본 사회의 근대적 전환 과정을 인형조종술 같은 숙련된 기술로 조망적으로 보여주는 기쿠치 칸의 소설 역시 큰 매력이 있음을 부정할 수 없게 된다. 한국에서 나츠메 소세키의 소설들은 눈에 보이지 않는 가운데 상당한 정도의 독자층을 형성하기에 이르렀다. 기쿠치 칸은 그렇지 못한 상태다. 그러나 얼마 전에 번역되어 나온『진주부인』 같은 작품을 접하게 되는 독자라면 필시 그의 또 다른 작품들에도 손을 뻗치기를 주저하지 않을 것이다. 번역자에 따르면『진주부인』은 1920년에 신문에 연재되어 일본 가정소설의 새로운 지평을 연 작품이라고 한다. 기쿠치 칸은『문예춘추』를 창간했고 이광수와 같은 한국작가와도 교분을 쌓으며 영향을 미쳤으며 일제 말기의 신체제론의 흐름 속에서 상당한 역할을 한 문제적인 작가다. 그러한 기쿠치 칸의『진주부인』에서 필자가 본 것은 발자크처럼 당대 일본 사회의 변화를 상류사회의 연애 사건을 매개로 삼아 가라타니 고진이 말한 3인칭 객관묘사의 방법으로 장악해 나간 빼어난 솜씨와 식견이다. 아무래도 이 작품은 발자크의 소설적 실험을 일본에 옮겨 심어놓은 것 같은 인상을 준다.『진주 부인』역시『고리오 영감』처럼 상류 사회의 사교계를 무대로 이야기를 펼쳐낸다.『고리오 영감』이 고리오 영감으로 상징되는 신성한 부성애의 몰락을 배경으로 부상하는 새로운 세대의 비속한 욕망들을 냉정하게 묘사해 나간다면『진주부인』에서도 루리코와 나오야의 가슴 아픈 사랑 이야기는 입신출세나 금전 대신에 가문의 대의와 명분을 숭앙하는 루리코의 아버지 카라사와의 몰락과 더불어 펼쳐진다. 세계 제1차 대전을 통과한 일본은 바야흐로 정신적 가치 대신에 세속적 욕망이 지배하게 된다. 이러한 상황을 배경으로 펼쳐지는 두 청춘 남녀의 비극적인 사랑, 정확히 말해서 루리코라는 여인의 순수한 사랑을 향한 비극적인 헌신은 통속적이면서도 그렇지 않은 비범함을 보인다.

그런데 이 작품이 통속적이면서도 통속적이지 않은 것 같다는 필자의 이 판단은 사실상 이 작품을 신문에 연재하면서 작가가 의도

한 것에 대한 정당한 반응일지도 모른다고 생각한다. 『진주부인』의 후반부에서 작가는 루리코와 나오야의 사랑에 대한 증언자 또는 전달자 역할을 하게 되는 신이치로의 견해를 빌려서 통속소설이라는 것에 대한 매우 논쟁적인 생각을 펼쳐내고 있다. 신이치로는 오자키 고요의 『콘지키야샤[금색야차]』를 가리켜 "지금 읽으면 통속소설일지 몰라도 메이지 시대의 문학으로는 훌륭한 대표적인 작품"이라고 하면서 "과거의 문학을 논하려면 역시 문학사적으로 관찰해야 한다"라고 주장한다. 나아가 그는 살롱의 상대 논객들을 향해 "훌륭한 문예작품일수록 세월이 흐르면 점점 통속화 되어 가는 거라고" 하면서 "그 작품의 규모적인 면에서나 영상적으로 묘사해 낸 수완만 보더라도 그를 메이지 시대에 둘도 없는 작가라고 말해도 손색이 없다고", "아니 그 황갈색 모란처럼 현란하고 화려한 문장만을 보더라도 훌륭한 메이지문학의 대표자로 추대할 만한 가치가 충분하다고" 강변한다. 이러한 신이치의 발언은 기쿠치 칸이 당대 일본 사회의 변화뿐만 아니라 문학의 변화에 대해서도 매우 비판적인 식견을 가지고 있었음을 보여준다. 요컨대 그는 메이지 시대의 영상적이고 화려한 대중적 소설과 그가 담당하고 있는 시대의 내면적인 소수자의 소설을 대비시키면서 당대의 작가들이 공유하고 있던 내면적인 소설, 사소설, 묵독의 소설이 아닌 길이 있을 수 있음을 강력히 시사했던 것이다. 또는 그러한 소설이 언젠가는 새로운 소설에 의해 대체될 수도 있음을 말하고자 했던 것이다.

다만 필자는 『진주부인』의 내용으로 보건대 그러했으리라는 것이다. 그러나 가라타니 고진은 기쿠치 칸이 문제시한 『콘지키야샤』가 근대문학이란 무엇이며 그것의 운명이 무엇인지를 가늠하게 해주는 중요한 작품이라고 보는 것 같다. 그의 「근대문학의 종언」(『근대문학의 종언』, 도서출판 비, 2006)에 따르면 근대문학은 소설에 의해 대표되는데 이 근대소설이란 프로테스탄트의 금욕주의적인 에토스 및 내부지향적인 사회심리를 바탕으로 형성되고 융성한 문학 장르다. 그리고 이것을 떠받치고 있는 것은 바로 산업자본이다. 이러한 근대소설의 전사를 차지하고 있는 것은 이야기다. 이것은 금욕적인 에토스 대신에 상인자본의 소비적인 에토스를, 내부지향적인 사회심리 대신에 전통지향적인 사회심리를 바탕으로 한다는 점에서 소설과 대비된다. 그렇다면 이러한 이야기를 전사로 삼아 출현한 근대소설은 어디로 어떻게 나아가게 되는가. 그것은 영원한 것인가. 그렇지 않다면 어떻게 어떤 형태로 존재하게 되는가. 이런 것들이 그의 관심사다. 그는 이렇게 예견한다. 산업자본의 시대 이후를 지배하게 된 것은 금융자본 또는 투기자본인데 그것의 본성은 실상 상인자본의 그것에 가깝다. 이러한 자본이 지배하는 사회에서 금욕적인 태도는 더 이상 미덕이 되지 못하고 사람들은 소비와 향락을 중시하는 삶을 지향하게 된다. 그리고 이런 사회에서 금욕적인 태도와 내부지향적인 심리를 바탕으로 형성, 발전한 근대소설은 종막을 고할 수밖에 없을 것이다. 그러한 시대에 근대적인 소설은 더 이상 유력한 담론적 힘을 갖지 못하게 될 것이다. 그렇다면? 바야흐로 세계는 순환적 반복의 축을 돌려서 사람들을 본성상 상인자본의 속성을 갖는 금융자본과 투기자본의 시대에 노출시킨다. 가라타니 고진은 이 대목에서 오자키 고요의 『금색야차』를 끌어들인다. 『금색야차』의 여주인공은 남주인공과 오 년가량이나 동거를 하고도 처녀성이나 연애에 대한 집착이나 숭배 같은 것을 보이지 않는다. 오미야는 연애의 순결성이나 엄숙성에 대한 고민 없이 간이치의 곁을 떠나 도미야마라는 유학생에게 몸을 맡겼다가 후회하게 된다. 간이치는 오미야가 자기를 버리고 부를 향해 달려간다고 생각하고 고리대금업자가 되어 그녀에게 복수하려 한다. 가라타니는 현대 일본의 젊은이들이라면 이러한 『금색야차』의 청춘남녀들에게 전혀 놀라지 않을 것이라고 한다. 왜냐하면 오늘날 오미야처럼 자기를 팔려는 여성은 널려 있고 간이치처럼 한꺼번에 돈을 벌려고 투기에 뛰어드는 사람도 많다는 것이다. 즉 이 시대에 근대소설을 떠받치던 윤리감각은 무너져 내렸다. 가라타니는 이렇게 말한다. "오늘날의 상황에서 문학(소설)이 일찍이 가졌던 것과 같은 역할을 다하는 일은 있을 수 없다고 생각합니다. 다만 근대문학이 끝났다고 해도 우리를 움직이고 있는 자본주의와 국가의 운동은 끝난 것이 아닙니다. 그것은 모든 인간적 환경을 파괴하더라도 계속될 것입니다. 우리는 그 한복판에서 대항해 갈 필요가 있습니다. 그러나 그 점에 관해 나는 더 이상 문학에 아무것도 기대하고 있지 않습니다."

기쿠치 칸의 『진주부인』에 나타나는 비련의 여주인공 루리코는 무역으로 떼돈을 번 쇼다 가츠히라의 덫에 걸린 아버지를 구하려고 사랑하는 사람 곁을 떠나 그와 결혼하지만 끝내 순결만은 지켜낸다. 쇼다가 갑자기 세상을 뜬 후 그녀는 사교계의 여왕이 되어 자신의 숭고한 사랑을 앗아간 남성들을 농락해 나가지만 끝내 그러한 행위가 비극의 씨앗이 되어 그녀 역시 때 이른 죽음을 맞이하게 된다. 순결한 사랑과 비속한 돈의 대립이 죽음을 낳는 이 이야기는 1920년 일본문학의 감각으로 보면 어느 정도나 통속적이었던 것일까. 그러나 오랜 시간이 흐른 후 다시 보게 되는 이 소설은 필자에게는 기쿠치 칸이 작중 인물의 입을 빌려서 『금색야차』를 고평했던 것처럼 많은 것을 생각하게 하는 좋은 작품으로 다가온다. 그러나 그 방식은 다르다. 『진주부인』에 나오는 신이치로의 말과는 달리 옛날에는 한갓 통속적인 것으로 치부되었던 작품도 시간이 흐르고 나면 훌륭한 문예작품이 되는 것 같다. 다시 씌어지기 어려운. 이미 지나간 시대의 시효가 다했으므로.

화제를 돌려보자. 얼마 전에 필자는 작년에 일본에서 화제가 된 영화인 『박치기』를 관람했었다. 소개에 따르면 이 영화는 각종 신문이나 잡지가 꼽은 2005년의 베스트 영화 1위를 차지했고 유수한 영화상을 석권했다고 한다. 그러나 명동에 있는 일본영화 전용관인 CQN에서 이 영화를 보았을 때 필자와 함께 그 자리에 앉아 있던 관객은 열다섯 명이 채 안 되었던 것으로 기억한다. 많은 사람들이 지적하듯이 예술의 총아 역할이 문학에서 영화 쪽으로 옮겨간 지 오래되었고 또 일본에서는 그러한 양상이 한국에서보다 훨씬 더 일찍 나타났다고 한다면 일본영화를 보는 일은 그 소설을 읽는 일보다 중요한 일이 될 수도 있을 것이다. 또 『박치기』에 대한 필자의 관람 소감에 따르면 일본에서 무슨 일이 벌어지고 있는가를 알고자 하는 사람이라면 그는 당연히 무라카미 하루키를 비롯한 여러 명의 작가를 섭렵하려 하기보다 『박치기』를 만든 이즈츠 카즈유키 감독의 영화세계를 탐색해 보는 쪽을 선택해야 하리라. 이것은 재만주 조선족 문제에 관해서 수다한 조선족 문학 작품들보다 장률 감독의 영화 『망종』 한 편을 보는 것이 나은 것과 같은 이치고 또 이것은 오늘의 한국사회를 이해하는 데 유수한 문학상들을 석권한 잡다한 소설가들의 작품들을 읽는 것보다 박찬욱 감독의 『친절한 금자씨』 한 편을 보는 것이 나은 것과 같은 이치다. 소설들을 향해 비평가들은 이런 문장은 없었다, 이런 아버지는 처음이다 하는 식의 고평가를 내리곤 하는데 기실 그것은 새것에 대한, 젊음에 대한 콤플렉스에 불과한 것처럼 보인다. 진정한 예술작품은 새롭기만 한 것에는 없다. 이런 예술은 없었다는 말은 얼마나 발설하기 어려운 것인가.

『박치기』의 시공간적 배경은 1968년 교토다. 일본학생운동의 전운이 감돌고 있던 그때를 배경으로 일본인 고등학생 코스케와 조총련계 조선고등학교에 다니는 여학생 경자의 사랑 이야기가 그 줄거리다. 앞에서도 이야기했다시피 지금 일본에서는 북한 정권에 의한 일본인 납치사건이 아직도 자민당이 즐겨 내뿜는 현안으로 되어 있고 독도를 둘러싼 문제가 정체 모를 연기를 내뿜고 있다. 일본 정부가 북한과 한국을 얼마나 밀어붙일 수 있을지는 가늠하기 어렵지만 고이즈미 내각에 이어서 예정대로 아베 내각이 들어서게 된다면 동북아시아는 전운에 가까운 긴장감이 감돌게 될 것이다. 이러한 상황에서 『박치기』라는 영화가 만들어졌다는 것은 여러 모로 시사해 주는 바가 많다. 그러나 무엇보다 이것은 『반도에서 나가라』의 작가 무라카미 류가 선언만 했을 뿐 제대로 그려 보여주지 못한 "타인과의 교섭"과 "커뮤니케이션"을 시도한 것이라는 점에서 높이 평가해 볼 만하다. 재일한국인 또는 재일 조선인은 식민지 시기의 조선인 전체를 대리해서 전후의 일본인으로 하여금 자기 아이덴티티를 형성해 가도록 하는 어떤 부정적 타자의 이미지를 떠안고 있는 것이 현실일 것이다. 최근 한류의 영향 때문일지는 모르겠지만 최근에 일본인들은 국적이 한국인 한국인과 조선 국적의 조선인을 명백히 구분하는 경향이 있다고 한다. 그렇다면 내면적으로는 어떤지 몰라도 외면적으로 지금의 일본에서 부정되어야 할 자기의 역할을 감당해야 하는 것은 조총련 계열 재일 조선인일 것이다. 유미리가 『아사히신문』과 『동아일보』에 『8월의 저편』을 연재하면서 작중에 "나의 국적은 한국이다"라고 명백히 국적을 드러낸 것은 작가의 성격상 단순히 상황을 의식한 소치만은 아니라 하더라도 또 그것과 전혀 무관한 것 같지만은 않게 보이는 것이 그 때문이다.

　이러한 상황에서 『박치기』는 기타노 다케시의 영화 『피와 뼈』에 등장하는 괴물 조선인 김준평의 피를 이어받은 것처럼 '무대뽀' 인생을 살아가는 재일 조선 청년들의 희로애락을 유머와 페이소스를 뒤섞어 하나의 희비극으로 묘사해 나간다. 여기서 1968년이라는 상황은 당시의 중국이나 소비에트의 실상을 알지 못했던 일본의 청년과 지식인들이 민족과 국적의 한계를 넘어 평화적인 세계를 창출하고자 했던 순진한 이상을 상기시키는 설정으로 작용하며, 코스케와 경자 사이에 흐르는 「임진강」은 아마도 가모가와鴨川인 것으로 보이는 시내를 사이에 두고 갈라져 있는 일본인과 조선인의 대화 또는 커뮤니케이션을 가능케 하는 매개체로 기능한다. 그때 그곳에서 벌어졌던 일들은 2005년이나 2006년의 시점에서 보면 우스꽝스러운 희극처럼 보이지만 그 당시의 상황 속에서 그들은 진지했고 그들의 현실 속을 살아갔었다. 그러한 삶은 일본인도 재일 조선인도 지금은 불가능하다. 그러나 감독은 그처럼 반복될 수 없는 과거적 상황을 재현해 보임으로써 오늘의 일본에서 과연 타인들끼리 소통하는 것은 불가능한가, 재일 조선인이라는 제국의 유산을 열도에 품고 동거하는 일은 불가능한가 하는 질문을 던진다. 그리고 이러한 질문은 이 영화를 보는 한국인들에게도 무거운 비중으로 다가갈 것이다.

　무릇 답을 주려는 예술보다는 질문을 던지는 예술이 훌륭한 법이다. 상황에 부응하고 독자들을 따라가려고 발버둥치는 소설보다 상황을 창출하고 독자들을 만들어 가는 소설이 남는 것이다. 『박치기』와 같은 영화의 존재는 『진주부인』 같은 과거적인 소설과 함께 필자로 하여금 한국 시장에 들어와 많은 독자들을 사로잡고 있는 오늘의 일본소설들을 자못 엄격하게 평가하도록 한다. 근대소설의 종언이라는 것은 양식사적인 측면에서 그렇다는 것이고 우리는 엄연히 근대소설의 이상 속에서 살아간다. 많은 사람들이 영화라는 현대예술의 총아를 향해 돌진한다 해도 여전히 문학에 뛰어드는 사람은 존재하기 마련일 것이고 우리는 우리가 못 다 발산한 한국문학의 근대적인 에네르기를 전부 다 소모하면서 새로운 시대를 준비해야 할 것이다. 만약 그렇게 하지 않는다면 사회나 개인이 미구에 또는 먼 후일에 새로운 내면성을 촉구하게 될 때 우리는 다시 한 번 우리들의 결핍을 깨닫게 될 것이다. 오늘날 한국시장에 넘쳐나는 일본 소설들은 대중문학적이든 본격문학적이든 언제나 한국문학의 토양을 비옥하게 해주는 첨가제가 될 것이다. 이것은 의심할 까닭이 없다. 그러나 우리는 또한 가늠하고 선별할 줄 아는 능력을 잃어버리지 말아야 할 것이다.

인간의 본원적 생명력에 대한 직관과 경의

—황석영, 『심청』에 이르기까지

1. 단편소설 「밀살」의 인상

황석영이라고 하면 먼저 「객지」를 떠올리고 연이어 리얼리즘을 떠올리는 것이 상식이 된 지 오래되었으나 필자 자신은 지난 몇 년 동안 이러한 도식에 어떤 불만 비슷한 것을 가져왔다. 과연 황석영 문학의 본질은 어디에 있는 것일까. 그것을 리얼리즘이라고 한다면 충분한 설명이 이루어지는 것일까. 황석영 문학을 논함에 있어 가장 중요한 사항은 역시 그가 리얼리즘 작가라는 사실일까? 황석영이 리얼리즘이라는 커다란 이론틀로 매우 잘 설명된다는 일반론의 특수한 적용 차원에서 더 나아가 황석영이라는 고유한 인격과 그 상상력의 키 포인트에 관해 생각해 볼 수는 없을까? 이것이 여러 황석영 비평을 향한 필자의 이의의 요체다. 이러한 생각은 황석영 소설이 리얼리즘의 측면에서 설명될 수 있는 풍부한 내용을 함유하고 있다는 점과 상치되지는 않을 것이다. 황석영과 리얼리즘론을 직접 연결하는 이론적 접근법을 잠시 접어두고 황석영 소설에 빈번하게 출현하는 모티프를 중심으로 황석영은 도대체 어떤 작가일까 하고 생각해 보자.

필자가 아는 황석영의 중단편 소설선집은 두 판본이 있는데 하나는 『열애』(1988)이고 다른 하나는 『돼지꿈』(1980)이다. 필자는 이 두 선집을 모두 좋아하는데 특히 『열애』는 헌책방에서 볼 때마다 사둔 까닭에 세 권이나 갖고 있다. 표제작인 「열애」는 제목만 보면 무슨 열렬한 사랑 이야기 같지만 그렇지 않고 중산층의 현실감을 다루었다는 점에 큰 매력이 있다. 또한 이 선집은 책 앞자리에 써놓은 작가 서문이 의미가 있어서 황석영이라는 작가의 세계관이나 창작기법을 헤아리는 데 큰 도움이 되기도 한다. 이에 비해 또 다른 선집인 『돼지꿈』은 별도의 작가 서문이 없다. 비평가의 해설 글만 작품집에 딸려 있을 뿐인데 여기에 실린 작품의 비중을 생각해 볼 때 『열애』만 못하다는 느낌이 없지 않다. 그러나 여기에는 「삼포 가는 길」 및 「객지」와 함께 「밀살」이라는, 자주 인용되지 않는 작품이 실려 있어 눈길을 끈다. 필자는 이 작품이 이제까지 관심의 대상이 되지 못했음에도 황석영 문학 전반을 염두에 둘 때 매우 중요한 단편소설이라고 생각하고 있다.

「밀살」은 밀도살을 말한다. 두 사내가 한밤중에 농가의 암소를 훔쳐 산으로 올라가 이미 자리를 봐둔 다른 한 사내와 함께 한밤의 살육제를 벌인다. 나중에 밝혀지는데 죽임을 당하는 암소는 새끼를 배고 있었다. 끌려가지 않으려는 소를 산속으로 끌고 간 사내들에 의해 새끼를 밴 소의 몸뚱이는 무참하게 해체되고 만다. 소라는 아름다운 짐승이 생명을 잃고 초라한 고깃덩어리로 변해가는 광경을 작가는 생생한 필치로 묘사해 보여준다.

　　조수와 신마이는 달려들어 가죽에 붙들어맸던 줄을 풀었다. 피가 일직
선으로 공중에 뻗쳐 올라갔다. 소는 여전히 최후의 힘을 내어 땅바닥에서
허우적거렸다. 그들의 상반신은 소나기를 맞은 것처럼 온통 피에 젖어버
렸다. 조수가 양손으로 기둥을 붙잡고 힘이 빠져나가는 소의 목을 두 발
로 타눌렀다. 칼잽이가 꼬챙이를 소의 정수리에 뚫어진 구멍 속으로 깊숙
하게 찔러 넣었다. 그리고 소의 두개골 속을 사방으로 쑤셔댔다. 소의 뇌
조직은 지리멸렬되고, 들락날락하는 꼬질대의 율동과 똑같이 소의 팔다
리가 끈 아래서 움직이는 인형같이 춤추었다. 차츰 소의 춤이 마비되어
갔고 마지막 경련이 찾아왔다. 서투르고 투박한 동작을 되풀이했던 다리
들이 곧게 펴지고, 아주 섬세하게 떨면서 작은 파동에서 점점 격렬한 움
직임으로 옮겼다가, 다시 처음의 미약한 떨림으로 돌아가 한 순간에 모든
동작이 멎어버렸다. 칼잽이가 꼬챙이를 정수리에서 뽑아들고 흘러나온
뇌수를 손가락으로 찍어 맛보았다.

「어 고소하다. 목을 따야 할 텐디.」

「불 비춰야 되겠구먼.」

　　신마이가 구경만 하기는 미안한 지 플래시를 비춰 들었다. 진홍의 선
명한 피가 희게 까뒤집힌 눈가녁으로 해서 황갈색 털을 적시고 흘러내리
고 있었다. 피가 아직 살아있는 것처럼 뭉클뭉클 솟았다. 사람의 살갗 위
에도 그것은 여러 모양으로 물들었다. 불빛에 번들거리는 땀과 피가 그들
의 가슴과 배 위에 번져갔다. 칼잽이는 식칼의 날을 손가락 끝에 벼루어
보고 나서 소의 멱을 따냈다. 몰렸던 선지피가 솟았다. 목뼈 부분을 여러
차례 내리찍어 머리를 도려냈다. 덜렁대던 머리가 떨어져 나가자 짐승은
비로소 생시의 형상을 잃었다. 죽은 짐승은 피비린내와 더불어 발정기의

냄새 같은 연한 노린내를 풍기기 시작했다. 칼잽이가 목밑둥의 동맥에서 솟아오르는 핏줄기 아래에 양재기를 갖다 댔다. 솟아오르는 선지덩어리가 그의 벗은 팔뚝 위에 엉겨붙었다. 잠깐 동안에 그릇이 하나 가득 채워졌고, 그는 턱 아래로 두 줄기의 피를 흘리면서 천천히 마셨다.

「아직두 따땃하구만. 마셔 봐. 몸에 좋다니께.」

조수가 그릇을 넘겨받고 몇 모금 마시다가 쏟아버렸다. 칼잽이는 목이 떨어져 나간 소를 네 발굽이 위로 가도록 눕혀놓고 사지관절 부분을 잘라냈다. 가죽을 벗겨내자 털 아래 회백색 지방질이 드러났다. 그는 일하다가 꼬질대를 쇠대가리 속에 후비어 뇌수를 꺼내 손에 한줌씩 쥐고 먹었다. 소의 가죽이 모조리 벗겨지고 초라한 육괴로 변했다. 해체되자마자 소는 단번에 짐승의 늠름함을 상실해서, 생생한 빛깔과 냄새 외의 것들은 주위의 사물에 흡수되어 버렸다.

이러한 광경은 도살 장면을 실제로 목격하지 않고서는 절대로 쉽게 묘사할 수 없는 대목일 것이다. 황석영은 관념적이지 않고 경험적이며 정적이지 않고 동적이다. 황석영의 소설은 작가적 재능이 경험을 거쳐 생생한 소설적 형상을 획득한 결과로 나타난다. 「밀살」은 황석영 소설의 이러한 측면을 잘 드러내 보여준다. 그러나 이보다 중요한 것은 이 작품에 나타난 생명의 형상 그 자체다.

새끼를 밴 암소는 세 사람의 밤 사람에 의해 무참하게 해체되어 버린다. 생명을 가진 것은 생명으로서 나타날 때 아름다울 뿐 생명을 잃고 난 후 그것은 한갓 고깃덩어리에 지나지 않는다. 따라서 생명을 가진 것이 제 생명을 위해 몸부림침은 바타이유 같은 이론가의 설명을 빌리지 않더라도 알 수 있는 자명한 이치다. 새끼를 밴 소는 죽음 앞에서 몸부림치지만 결국 무심한 사물의 일부로 화해 버리고 만다. 그런데 작가가 밀살을 모티프로 삼아 그려내고자 한 것은 소의 죽음에 국한되지 않는다. 밀살을 마치고 해체된 고깃덩어리들과 죽은 소의 뱃속에서 나온 태어나지 못한 새끼를 지고 산을 내려가는 사내들이 대화를 나눈다.

> 묵묵히 걷기만 하던 칼잽이가 불쑥 말했다.
> 「자네 대처엘 가서 살아보면 안다니께.」
> 칼잽이는 지게 멜빵을 치켜 올리고서 신마이 쪽을 바라보았다.
> 「예서야 사는 게 그저 해 뜨고, 해지면 하루지마는…… 게서는 하루에 억만 겁을 사는 셈인디.」
> 조수가 끼어들었다.
> 「살 방도가 많다는 애기라우, 아니면 당최 없응께 질다는 말이오?」
> 「살려면 못할 짓이 없고 잉? 못헐 짓 허자니 목숨이 질다는 이약이랑게.」

칼잽이는 대처에서 살아본 경험이 있는데 반해 그런 경험이 없는 신마이와 조수는 대처의 삶을 동경하고 있다. 칼잽이가 대처의 삶이 어떤 것인지 말해준다. 대처의 삶은 "하루에 억만 겁을 사는 셈"이라고. 살려면 못할 짓이 없고 못할 짓을 하자니 목숨이 질기다는 것을 절감하게 되는 것이 바로 대처의 삶이라고. 그러나 그런 이야기를 나누고 있는 지금 이 순간 그들이 벌이고 있는 행위가 바로 목숨이 질겨서, 살아가야 하기 때문에 벌이는 일이 아니고 무엇일까.

결국 대처란 좁게 보면 도시의 삶이라고 할 수 있지만 넓게 보면 세속적인 삶 모두를 지칭하는 것이라고 할 수 있다. 이 세속의 삶 속에서 사람들은 목숨 때문에 몸부림치건만 그것을 위압하는 커다란 힘에 치여 덧없이 사라져 가곤 한다. 새끼를 밴 암소의 몸뚱이가 인간의 폭력에 노출되어 힘없이 조각나듯이 인간들 역시 생명을 가진 것 본연의 속성으로 목숨을 이어가고자 몸부림치지만 그것을 위압하는 더 큰 압력에 의해 산산조각이 나곤 한다. 그 더 큰 힘이란 역사다. 황석영 소설의 대주제는 역사의 위압에 직면한 사람들이다. 그들이 벌이는 싸움이란 그네들의 생명을 위협하는 힘에 부닥쳐 그것에 저항함이다. 황석영 소설의 주인공들로 하여금 그들을 둘러싼 조건과 맞싸우게 하는 것은 정신, 의식이 아니라 그들이 본래 그들 안에 구비하고 있는 생명력이다.

「밀살」은 이 약동하는 생명력과 그것을 위압하는 외부의 힘, 그것에 대한 저항과 덧없는 스러짐을 보여준다. 사내들에게 죽음을 당한 암소의 운명이 바로 사내들 자신의 운명일 수가 있다. 황석영 소설은 역사라는 흉폭한 압력에 직면해 사멸해 가는 인간의 형상을 수없이 반복적으로 보여준다. 실로 황석영만큼 죽음의 현장을 집중적으로 그려낸 작가도 드물다. 황석영 소설의 주인공들은 죽음의 위협 앞에 서 있거나 죽음의 도상을 달려가고 있다. 이에 대해서는 『무기의 그늘』『장길산』『손님』을 상기해 보는 것으로 족할 것이다. 『손님』이 묘사하는 처참한 살육의 장면들은 「밀살」이 보여주는 살육을 몇 등급 업그레이드한 버전에 해당한다. 그것으로 부족하다면 「한씨연대기」와 「낙타누깔」과 「잡초」를 떠올려 보아도 될 것이다. 또한 광주항쟁을 기록한 『죽음을 넘어, 시대의 어둠을 넘어』가 있다.

그러나 그럼에도 불구하고 밀살의 밤은 지나가고 날은 밝아오고 "들판의 이곳저곳에서 산 것들이 깨어"(「밀살」)난다. 이것은 낙관적인 시각이라고 이를 만한 것이다. 깨어지고 조각나고 흐트러지고 불태워지지만 끝없이 새로운 생명의 힘을 잉태하는 생명의 복원력. 황석영의 소설은 이러한 신비로운 힘을 가진 주인공들을 보여준다.

「삼포 가는 길」의 백화가 그러하다. 술 마시고 몸 파는 일에 이력이 났건만 그러한 백화의 마음은 얼마나 밝고 탄력이 있는가. 닳고 닳은 생활에 마멸되지 않은 백화의 진면목이란 결국 복원을 향한, 부활을 향한 생명 자체의 속성이 아닐 것인지? 그리고 「객지」의 동혁이 그러하다. "꼭 내일이 아니라도 좋다"고 다짐하는 동혁은 "알 수 없는 강렬한 희망이 어디선가 솟아올라 그를 가득 채우는 것 같다"고 느끼고 있는데 이 알 수 없는 힘의 정체는 무엇인가. 그것은 고차원의 의식이 아니라 그 자신의 본원적인 생명력이다. 또한 「장사의 꿈」이 그러하다 「장사의 꿈」의 마무리 장면은 「객지」의 그것과 동일한 구조를 갖고 있다. 도시에서 몸을 파는 데 지친 일봉이를 구원해 주는 것은 다른 무엇이 아니라 바닷가에서 난 그 자신의 몸에 면면히 흐르는 생명의 기운이다. "내 살이여 되살아나라"고 주문을 외자 일봉이의 성기는 "호랑이의 앞발처럼 억세게 일어"나고 있다. 마지막으로 『오래된 정원』의 현우와 윤희가 그러하고 『심청』의 심청이 그러하다. 『오래된 정원』에서 오랜 감옥 생활에 지친 현우로 하여금 새로운 삶의 가치를 일깨워 주는 것은 윤희가 남긴 기록들과 그들 사이에서 난 딸, 그리고 무엇보다 두 사람의 사랑의 보금자리였던 '오래된 정원'의 기억이다. '오래된 정원'을 회복하려는 의지가 현우의 새로운 시작을 가능케 한다. 『심청』의 심청은 「삼포 가는 길」의 백화의 면모를 확장, 심화한 것이다. 「밀살」과 『손님』의 관계가 「삼포 가는 길」과 『심청』 사이에 그대로 성립하고 있다. 사내들과 헤어지면서 백화는 자기는 백화가 아니라 점례라고 했었다. 렌화에서 로터스로, 다시 렌카로 이름을 바꾸며 유전하는 심청도 언제나 그 자신이 본래 청이었음을 잊지 않고 있다. 현재의 자기를 응시하면서 "너는 내가 아니야"라고 독백하는 복원에의 의지는 다른 누가 가르쳐 준 것이 아니다. 몸을 파는 행위에 의해서 훼손될 수 없는 생명 자체의 의욕이 어떤 공부도 하지 않은 그녀를 완강한 정신의 소유자로 만든다.

필자가 지금까지 말하고자 한 것은 황석영 소설의 본령에 관한 것이었다. 리얼리즘이란 물론 위대한 창작방법론이다. 리얼리즘은 훌륭한 비평적 기준선일 수도 있다. 그러나 황석영 소설에 내장된 생명에 대한 직관과 경의를 빼놓는다면 황석영의 리얼리즘이란 구체 없는 추상에 불과할 것이다. 「객지」의 동혁에게서 1970년대의 현실과 계급적 각성의 수준만을 본다면 이는 「객지」를 황석영 소설 세계 전체로부터 떼어내 외롭게 읽는 우를 범하는 일이 될 것이다. 낡은 논법을 빌려 말한다면 황석영 리얼리즘의 승리는 리얼리즘 이론의 승리 이전에 인간의 생명력에 대한 직관과 경의를 역사라는 무대 위에서 펼쳐 보일 수 있었던 작가적 천품과 노고의 승리인 것이다.

2. 『손님』 혹은 「장사의 꿈」을 빌려

필자가 황석영의 소설 가운데 「객지」라든가 『손님』 등에 관해 관심을 표명했을 때 그것은 이른바 낡은 리얼리즘의 논법으로 황석영의 소설 세계를 고평하거나 폄하하는 태도에서 벗어나야 한다는 생각에 바탕을 둔 것이었다. 여기서 리얼리즘이란 과연 무엇이냐는 논의를 반복할 필요는 없겠지만, 시간이 오래 흐르도록 루카치의 견해를 변함없이 금과옥조로 여기면서 리얼리즘의 의미와 가치를 과거에 묶어두는 논의는 오늘의 시점에서 볼 때 전혀 불요불급하다는 점만은 분명히 인식되어야 한다. 그리고 이것은 「객지」의 작가인 황석영 자신에 의해 피력되고 있는 주장이기도 하다. 얼마 전에 간행된 『황석영 문학의 세계』에 실린 황석영과 최원식의 대담이 그 실례를 제공한다.

여기서 황석영은 과거의 리얼리즘의 "가장 큰 약점이 현실주의적 진지함을 자기 안에 엄격하게 가두고 거기서 벗어나지 못한 측면"에 있다고 하면서 "양식상의 자유로움, 다채로움으로 현실주의적 시각과 만나야 한다"고 지적한다. 그가 자기의 주장을 뒷받침할 수 있는 사례로 제시하는 것은『손님』이다. 그에 따르면『손님』은 "리얼리즘이 갖고 있던 딱딱함, 고지식할 정도로 시점, 인칭, 사건의 배열 등을 한정짓던 것을 다 풀어버린" 작품이다. "좌우가 서로 죽이는 끔찍한 얘기를 이런 오래된 형식(황해도 지노귀굿 12마당—필자)에 실어냄으로써 글 자체가 다채로워졌을 뿐만 아니라 이야기 전개과정에서 서로를 정화하는 구실도 했"으리라는 것이다.

실제로『손님』은 이러한 실험적 의도가 돋보이는 작품으로서 필자 자신도 어느 짧은 서평에서 "『손님』에 가득 찬 산문적 언어의 진경, 전통적 양식을 살린 엄밀한 구성, 전편에 흐르는 상징과 몽타쥬, 시간과 시점의 교차들, 산자와 죽은 자들의 성숙한 교감" 등을 들어 고평을 한 바 있다.

그러나 여기서 중요한 것은 황석영 자신이『손님』을 통해서 자신의 과거로부터 벗어나고자 했다는 점이다. 즉 작가 자신이 지금 이 순간 과거의 리얼리즘의 좁은 울타리로부터 벗어나려고 애쓰고 있음을 외면하고 「객지」이므로, 「객지」이니까, 루카치의 리얼리즘을 들어 과거의 평가를 되풀이할 수 있다고 본다면 그것은 적잖이 안이한 태도라고 하지 않을 수 없다.

그런데 필자는 여기서 더 나아가 작가가 생각하는 "현실주의적 시각"과 "양식상의 자유로움, 다채로움"의 접합이 과연 과거의 리얼리즘에 대한 발본적인 해결책일 수 있는가에 대해서도 의문의 여지가 있다고 생각한다.

이렇게 생각해 보면 어떨까 한다. 황석영은 만주의 신경新京이라는 외지에서 태어나 황해도를 거쳐 월남하여 서울의 영등포에서 성장기를 보낸 이래 고등학교를 중퇴하고 산문에 들려고 시도하기도 하고 베트남에 다녀오고 호남에서 거주하기도 하고 밀입북했다 독일과 미국을 경유하여 한국으로 돌아오기도 했다. 이로 미루어 짐작해 볼 수 있듯이 일종의 방랑벽이 골수에 밴 작가다. 아니, 이것은 방랑벽이라기보다는 한 인간이 개체적 특질로 타고나 환경적 요인에 의해 강화된 자유혼의 약동이라고 해석할 수 있으리라고 생각한다. 규범과 구속과 안정을 거부하고 끊임없이 어딘가로 흐르고 나아가고자 하는 황석영의 체질에 비추어 볼 때 과거의 리얼리즘은 너무 옹졸한 우물이 아니었겠는지?

그러나 작가의 사고와 언어는 문학사적 상황에 의해 좌우되고 제약되는 측면이 강하다. 그는 1970년대와 1980년대를 거치면서 리얼리즘이라는 개념으로 그 자신의 문학적 지표를 요약할 수밖에 없었을 것이다. 지금도 그는 과거의 리얼리즘에 양식상의 자유로움과 다채로움을 부여함으로써 새로운 문학이 탄생할 수 있다고 말하고 있다. 그러나 이것 역시 오늘날의 문학적 상황에 이끌리는 어법이라고 할 수 있다. 리얼리즘과 모더니즘의 회통이라든가 과거의 리얼리즘에 양식상의 자유로움과 다채로움을 부여한다든가 하는 말은 미래의 영지를 예비하는 어법이지 새로운 개념적 인식의 획득을 의미하지는 않는다. 필자는 리얼리즘 자체에 대한 인식론적, 창작방법론적 이해가 전혀 새로운 차원에서 전개되어야 할 필요를 제기한 바 있다. 그러나 내일의 언어를 발견한 작가와 비평가가 별로 눈에 뜨이지 않는 한국문학의 오늘의 상황을 생각할 때 방향 모색의 문제의식을 잃지 않는 비평가와 작가의 논의는 언제나 중요하다.

그러면 여기서 다시 소설의 양식적 자유로움과 다채로움이라는 문제로 돌아와 보면 황석영은 창작활동의 비교적 초기 단계부터 이른바 과거의 리얼리즘으로 한정할 수 없는 여러 독창적 면모를 간직하고 있었음을 알 수 있다. 이 가운데 가장 흥미로운 작품 가운데 하나가 바로 「장사의 꿈」이다.「장사의 꿈」은 대처에 가서 성공하겠다는 꿈을 품고 도시로 나간 일봉이가 레슬러가 되려다 좌절한 후 목욕탕 때밀이로, 에로영화 배우로, 몸 파는 신세로 전전하다 끝내 다시 낙향하는 이야기다. 이것을 과거의 리얼리즘의 독법으로 읽는다면 「장사의 꿈」은 당연히 1970년대 산업화 과정상에 나타난 대규모 이농 현상의 그늘을 그린 작품이 된다. 이것은 물론 「장사의 꿈」에 대한 타당하고 유효한 한 해석 가운데 하나다. 그러나 이것만으로는 뭔가 부족한 것이 있다. 작중 주인공인 일봉이는 바닷가에서 태어나 다시 바닷가로 돌아가고자 하는데 그곳은 장사의 기운을 그에게 유산으로 남겨준 할아버지와 아버지의 일화가 살아 숨쉬는 곳이다. 특히 「장사의 꿈」의 앞머리에 나오는 아버지의 일생에 관한 이야기는 재미 면에서뿐만 아니라 작품의 의미 확장이라는 면에서 중요한 구실을 한다.

서리 놀음에 밤을 새우던 일, 쥐불 놓던 일, 골짜기에 눈이 덮이면 토끼 사냥하러 다니던 일, 아니 그건 소싯적에 한참 팔자가 좋았던 때의 얘기지. 우리 집안이 폭싹 망해버린 것은 그놈의 낙지 때문이었어. 아버지는 바다의 사나이였다 그 말씀야. 사형제의 셋째인데 위로 둘이 오징어잡이

배를 탔다가 먼 바다에서 죽고, 끝에삼촌은 대를 이어야 한다며 운전수가 되어서 아버지가 선대의 가업을 물려받은 셈이었지. 그 양반은 나보다두 억세구 덩치가 커서 모두들 햇말 장사라구 불렀지. 전설 같은 얘기지만 철도 레일을 한 손으로 서너 번씩 꼬늘 수가 있었다니까. 좌우간에 그분은 천성으로 타고난 뱃놈이었어. 배를 부린 지 십 년 만에 세 척으로 가산을 늘려 놓았단 말야. 지금도 그 양반을 생각하면 바닷바람에 생긴 마른 버짐이 희끗거리는 거친 얼굴과, 팔뚝에 솟은 동아줄 같은 핏줄, 그리고 컬컬하게 쉰 음성이 떠오르는군. 우리 할아버지는 한 술 더 떴다는 거야. 역시 그도 젊을 적에 바다에서 죽었지. 그 양반은 일찍이 멧돼지를 맨손으로 때려잡았다지 아마. 햇말 너머에 묘심사라는 절이 있는데 말야, 칠성각의 네 기둥 중에서 하나가 새 것이지. 그 빠진 기둥 자리가 우리 할아버지 기운 자랑의 흔적이라더군. 나는 참으로 힘에 있어서는 역사와 전통이 뚜렷한 가문에서 태어났단 말야. 아버지가 바다에서 초죽음이 되어서 돌아온 게 내가 소학교를 마치던 해였지. 먼 대처의 항구에다 고기를 부리고 돌아오다가 풍랑을 만났다는군. 일주일을 바다 위에서 혼자 살아 떠돌았대. 구조되자마자 낙지를 안주로 해서 막소주를 한 말이나 마셨대니, 그 뱃속이 온전하겠냐 말야. 우리 아버지는 시름시름 앓다가 말라비틀어진 수수깡 꼬락서니가 되어 누워 지냈었지. 그이는 돌아가기 전날 갑자기 자리를 차고 일어나더니 웃통을 벗더래. 어머니가 말릴 수도 없었다더군. 벗거벗은 아버지는 햇말 동구 앞에 쌓아올린 바람막이 돌담가로 달려갔지. 동네 사람들도 좋은 구경 났다고 하얗게 모였는데, 아버지가 담벼락에 찰싹 붙어서 힘을 쓰기 시작했지. 등에 가죽 같은 근육이 솟고 장딴지는 부풀었으며 얼굴은 푸르딩딩 팔뚝이 덜덜 떨렸다. 돌담이 기우뚱하더니 와르르 무너져 내렸지. 아버지는 무너진 돌 위에 털썩 주저앉더니,

「어 후련하다!」

그러더래. 그날 밤에 아버지가 죽었지. 가만 있었으면 빌빌 그냥저냥 한 십여 년 족히 살았을 거라고 모두들 그러대. 한숨에 모조리 뽑아냈으니 기운이 쇠서 어디 살겠느냔 얘기지. 그래, 지금도 나는 낙지는 먹지 않지.

이 일화는 읽는 이로 하여금 만담의 묘미를 선사한다. 일봉이의 할아버지가 멧돼지를 한 손으로 때려잡고 묘심사 칠성각의 기둥을 뽑아냈다든가 아버지가 철도 레일을 한 손으로 서너 번씩 꼬늘 수가 있었다는 말에는 집안 내력을 과장하는 일봉이의 허풍이 담겨 있다. 그러나 여기에 국한되지 않는다. 바닷가에서 바다를 터전으로 살아간 그네들은 자연이 내고 거둬들인 존재로서 앞에서 언급했던 본래적인 생명력을 간직한 존재들이다. 그들은 저마다 요절했음에도 강인한 장사의 이미지를 후세에 전해 주고 있다. 반면에 장사의 피를 이어받은 일봉이가 대처로 나아갔을 때 강인한 장사의 이미지는 어느새 사라지고 몸을 팔다 시들어버리고 마는, 거세된 사내의 이미지만 남게 된다. 일봉이의 운명은 아버지와 할아버지의 영웅담에 비추어져 대조됨으로써 그 초라함이 더욱 극적으로 부각되며 이로써 일봉이가 잃어버린 것이 무엇인지 더욱 분명하게 드러나게 된다. 따라서 작중 말미에 이르러 일봉이가 그가 떠나온 바다를 떠올리면서 도시를 떠나게 되는 것은 예정된 결말이다.

내 살이여 되살아나라. 그래서 적을 모조리 쓰러뜨리고 늠름한 황소의 뿔마저도 잡아 꺾고, 가을날의 잔치 속에 자랑스럽게 서 보고 싶다. 햇말의 돌담과 묘심사의 새 기둥을 쓸어 만져보고 싶다.
무엇보다도 성나서 뒤집혀진 바다 가운데 서 있고 싶었지. 그때에 기적이 일어났지. 내 자지가 호랑이의 앞발처럼 억세게 일어났어. 그것을 뿌듯하게 바지춤을 비집어 곤두섰어.

　나는 다리를 건너서 철뚝을 가로지르고 걸어갔지. 동네의 집집마다 불이 하나둘씩 켜지데. 걷기가 불편해진 나는 조금씩 절뚝이면서 눈물을 흘리면서 이 도시를 떠나가기 시작했지.

　대처를 유전하면서 잃어버린 일봉이의 원기를 회복시켜 줄 수 있는 것은 아버지와 할아버지의 영웅담이 살아 숨 쉬는 바다로의 회귀뿐이라는 결말을 통해서 「장사의 꿈」은 1970년대 한국의 산업화의 의미를 심층적으로 드러낸다. 그것은 농촌의 몰락, 도시 빈민의 형성, 빈부 격차의 심화, 퇴폐적이고 병리적인 현상의 증대 이상의 것이다. 그것 이상의, 잃어버려서는 안 되는 그 무엇인가를 잃어버린 것, 이것이 1970년대 한국의 산업화다. 작가는 그것이 할아버지에서 아버지를 거쳐 일봉이에게 유전되어 내려온 본원적인 생명력이라고 암시하고 있다.

　황석영의 소설을 보면 「장사의 꿈」에 삽입된 일봉이의 할아버지와 아버지의 이야기와 같은 기능을 하는 장치를 어렵지 않게 찾아볼 수 있다. 이 가운데 가장 대표적인 예는 『장길산』의 프롤로그와 에필로그 역할을 하는 장산곶매와 운주 미륵의 전설일 것이다. 이 두 개의 이야기 장치가 없었다 하더라도 『장길산』이 오늘날과 같은 명성을 획득하는 것은 어렵지 않았을 테지만 적어도 『장길산』의 문학적 함축성만큼은 커다란 손상을 입었을 것이다. 역사적 실존 인물에 가까운 장길산의 행적을 열 권이나 되는 이야기로 꾸며놓은 이야기꾼다운 솜씨는 물론 고평할 만하다. 그러나 『장길산』의 가치는 역시 그 속에 살아 숨쉬는 민중적 세계관에서 찾아져야 한다고 할 때 장산곶매와 운주 미륵의 이야기는 작가가 장길산의 생애를 다룬 긴 이야기에서 미처 다하지 못한 주장을 감당하고 있는 필수적인 요소로 나타난다. 장산곶매의 이야기는 장길산이라는 영웅의 비극적인 운명을 감당해 주면서 동시에 그러한 운명의 존재를 현재에 이르기까지 일반화시켜 주는 상징적 장치로 기능한다. 운주 미륵의 이야기 역시 이루지 못한 장길산 민란의 비극성을 드러냄과 동시에 오늘에까지 이어지는 대동세상의 염원과 과제를 제시하는 "알레고리"(황석영) 역할을 한다. 이와 같은 상징과 "알레고리"는 장길산이라는 민란의 주도자와 민란에 참가한 사람들의 의미를 부각시킴과 동시에 이를 보편화 하는 기능을 한다. 여기서 보편화 한다는 것은 해당 소설로 하여금 경험적, 역사적 차원을 넘어서 초경험적이고 형이상학적인 차원을 함축하도록 함을 의미한다.

이처럼 황석영의 소설은 이른바 낡은 리얼리즘의 좁은 격식을 뛰어넘는 다양한 수사적 장치 및 양식상의 자유로움, 다채로움을 통해서 '역사소설'의 한계를 뛰어넘어 사회역사적 차원의 설명으로 만족하지 않는 인물, 인간 본연의 생명력으로 약동하는 세계를 창조해낸다. 앞에서도 잠시 언급했듯이 그 일례가 바로 「삼포 가는 길」이다. 이 작품으로 하여금 '역사소설'의 좁은 울타리에서 벗어날 수 있도록 해준 것은 삼포라는 잃어버린 이름의 상징성, 흰 눈길이라는 공간적 배경의 함축성, 백화라는 이름과 점례라는 이름 사이에 놓인 거리, 만남과 헤어짐, 고향 상실의 모티프 같은 것들이다. 이러한 것들이 없었더라도 상처 받은 사람들의 만남과 헤어짐 자체는 손상되지 않았겠지만 이들의 이야기를 보편화하는 힘 자체는 상당히 약화되었으리라고 예상해 볼 수 있다. 「삼포 가는 길」은 황석영 소설의 장치와 구조가 단순히 외면적인 특성을 보여주는 데 그치지 않고 심층적인 미학적 가치를 형성하는 기능을 하고 있음을 보여준다. 이러한 장치와 구조를 통해서 황석영 소설의 인물들은 소외되고 훼손당한 존재들이라는 역사적, 사회적 맥락에서 해방되어 자유로운 생명력을 간직하고 발휘하는 인간형으로 거듭나게 된다.

이 점에서 비슷한 시기에 발표된 「객지」를 「삼포 가는 길」에 대조시켜 볼 수도 있다. 과연 「객지」가 「삼포 가는 길」보다 더 나은 작품이라고 할 수 있을까? 또는 각기 서로 달리 빼어난 두 작품을 비교하는 것은 불필요한 일일까? "꼭 내일이 아니라도 좋다"고 다짐하는 동혁의 모습을 보여주는 「객지」의 마지막 장면은 내일의 노동자 계급의 거대한 존재를 예감케 하는 훌륭한 결말이라고 할 수도 있다. 그러나 「객지」의 이야기는 어딘가 답답해 보이고 무엇인가에 매여 있는 것처럼 보인다. 필자는 몇 년 전에 조세희의 『난장이가 쏘아올린 작은 공』을 분석하는 글에서 "『난장이가 쏘아올린 작은 공』 연작에 도입된 제반 문학적 방법, 기법은 리얼리즘 성취에 장애로 작용한 것이 아니라 오히려 아직 가시화되지 않은 현실의 비의에 도달하고 이를 드러내는 적극적인 수단으로 기능"했다고 평가한 적이 있다. 방법, 기법의 가치라는 측면에서 보면 다양한 상징적 장치가 자아내는 여러 효과들로 인해 「삼포 가는 길」은 「객지」에 비해 풍요롭다. 이것은 「삼포 가는 길」이 완벽한 작품이라거나 「객지」 없이 「삼포 가는 길」이 저 홀로 자기 충족감을 자랑할 수 있음을 의미하지 않는다. 「삼포 가는 길」은 훌륭하다고 해도 한 편의 단편소설일 뿐이다. 「객지」가 보여주는 삶의 현실적 영역에 대한 치밀한 관찰력이 있기에 「삼포 가는 길」의 시대적 함축성이 빛날 수 있다. 그러나 한편으로 「객지」 또한 한 편의 중편소설일 뿐임을 잊어서는 안 된다. 도대체가 한 편의 단편소설, 한 편의 중편소설이 "총체적 형상화"라는 재현적 리얼리즘의 막중한 과제를 감당할 수 있다고 보는 것부터가 문제라고 할 것이다. 그런데 이 점은 더 나아가 장편소설이라 해도 마찬가지다. 소설은 한 개인에 의해 씌어지는 것이고 따라서 그것은 인간의 드라마 전체를 대변할 수가 없다. 그러므로 중요한 것은 본질적으로 총체가 아닌, 부분밖에는 감당할 수 없는 소설이 어떻게 자기가 말할 수 있는 것 이상의 세계를 향해 자기를 개방할 수 있는가 하는 것이다. 이 점에서 볼 때 「삼포 가는 길」은 「객지」보다 더 많은 개방성을 가진 작품이다.

황석영의 소설의 전개과정을 전체적으로 살펴보면 그가 다양한 기법과 방법을 통해 그 자신이 승인한 리얼리즘의 폐쇄성을 지양해 왔음을 알 수 있다. 방북과 뒤이은 영어에 이어 발표한 『오래된 정원』, 『손님』, 『심청』 등에서 이러한 점은 특히 현저하다. 에필로그와 프롤로그로 그 사이에 놓인 이야기의 폐쇄성을 극복할 수 있는 가능성을 간신히 열어둔 『장길산』이나 치밀한 서술로 시종 읽는 이들을 고통스럽게 만드는 『무기의 그늘』에 비해 이들 장편소설은 점점 더 자유로워지는 작가의 손놀림을 보여준다. 이들 기법, 방법의 소설에서 작가는 좁은 현실의 층위에 머무르지 않는 정신의 비상을 행한다. 역사를, 역사를 넘어선 인간의 삶의 층위에 연결하고 이를 통해서 역사를 초월할 수 있는 가능성을 실험하는 것이다. 이것을 가능케 한 것은 물론 과거의 리얼리즘 이론을 대체하는 새로운 소설적 방법론에 대한 인식이겠지만 필자는 이것을 이러한 이론의 차원에서만 해석하고 싶지 않다. 무엇보다 이것은 황석영이라는 자유혼이 걸어가야 할 예정된 행로였던 것이다.

3.『심청』과 한국문학 전통

『장길산』의 프롤로그를 이루는 장산곶매 이야기는 서해안 쪽으로 삐죽이 돌출한 황해도장산곶에 이어져 내려오는 전설을 옮겨 놓은 것인데 그 첫머리는 다음과 같이 시작된다.

기암 절벽이 바다 가운데까지 둘러서 있고 골짜기가 깊게 뚫렸는데 곶은 백여 리에 이르고 수세가 거꾸로 휘돌아서 근처의 임당수는 몹시 험하였다.

필자는『장길산』을 읽으면서 이 대목을 무심결에 지나쳤었는데 이후에 황석영이 다른 작품을 써나가는 것을 보다가 황해도, 장산곶, 신천, 인당수 같은 곳이 황석영 문학에서 범상치 않은 의미를 지니고 있음을 새삼스럽게 깨닫게 되었다. 일찍이 이들이 소설에 등장한 예로 채만식의 「낙조」와 「심봉사」가 있었다. 박경리의『불신시대』도 잠깐 황해도를 보여주지만 해방 이후 황해도 황주며 신천이며 은율이 소설의 배경이 되어 본격적으로 등장한 것은 채만식이 전형적인 예를 보인다. 그리고는 황석영이다. 황석영은 어머니 고향이 평양이고 본적지가 신천인 관계로 해방 이후 신천에 잠깐 머물다 1949년에 월남한 것으로 되어 있는데 그 때문인지 황석영 소설은 황해도 지역을 무대로 쓴 것이 상당한 정도에 이른다.『장길산』은 물론이고『손님』이나『심청』등 영어 생활을 겪은 뒤에 쓴 세 편의 장편소설 가운데 무려 두 편이 이곳을 배경으로 삼고 있음을 볼 수 있다.『손님』은 한국전쟁중에 신천의 양민이 대량 학살된 사건을 정면으로 다룬 것이며『심청』은 황주 도화동(복사골)의 열다섯 살 처녀 심청의 인생 유전을 그린 것이다. 『장길산』까지 포함하여 세 작품 모두 작가의 신원을 고려하지 않고는 설명할 수 없는 유기적 관련성을 지니고 있음을 알 수 있다. 이밖에도 「한씨 연대기」의 주인공 한영덕은 평양 사람이다. 그러나 어느 작가에게나 고향은 있는 법이고 저마다의 고향마다 옛날부터 흘러내려오는 역사담이나 야담, 전설이나 민담, 판소리나 민요는 있게 마련이다. 이러한 전통적 내러티브를 현대적인 문학성 지닌 소설로 얼마나 심도 있게 바꾸어놓을 수 있는가는 순전히 작가적 역량과 전망의 문제다. 그리고 이 점에서 황석영은 분명 문제적인 작가라고 하지 않을 수 없는데 최근에 발표한 『심청』은 이러한 황석영의 가치를 새롭게 인식할 수 있도록 해준다. 일찍이 채만식은 「심봉사」라는 제목 아래 장편소설을 한 번, 희곡을 두 번이나 쓰고 있다. 이 가운데 첫 번째 희곡 「심봉사」를 쓰면서 그는 "첫째 제호를 '심봉사'라고 한 것, 또 『심청전』의 커다란 저류가 되어 있는 불교의 '눈에 아니 보이는 힘'을 완전히 말살 무시한 것, 그리고 특히 재래 『심청전』의 전통으로 보아 너무도 대담하게 결말을 지은 것 등"에 어떤 작가적 의미가 부여되어 있음을 밝히고 있다. 이처럼 세 번에 걸쳐 채만식은 『심청전』의 주인공을 심봉사로 교체함으로써 패로디의 새로운 차원을 구축하고자 했고, 불교적 세계관을 소거함으로써 효성으로 요약되는 중세적 질서 감각이 소거된 자리에 근대적 욕망의 문제를 제기하면서, 해피 엔딩 구조를 뒤바꾸어 파국적인 결말을 갖는 새로운 『심청전』, 즉 「심봉사」를 창조해 냈다.

그런데 이렇게 고전적인 『심청전』과 「심봉사」 사이에 이러한 변화를 이끌어낸 것은 물론 작가의 문제의식이다. 채만식은 1935년부터 1936년 사이에 "무엇을 어떻게 쓸 것인가" 하는 문제를 제출하면서 단순히 서구의 고전적 리얼리즘에서 배우는 데에서 한 발 더 나아가 조선적인 아이덴티티를 갖는 근대문학을 구상하고자 했다. 「심봉사」, 『탁류』, 『태평천하』 등은 이러한 문제의식의 소산이었고 이 단계에 이르러 채만식은 초기에 보여주었던 서구소설의 단순한 변형단계에서 벗어나 서구의 고전적인 서사문학과 한국 고전소설의 요소를 결합한 제3의 형식을 창출할 수 있었다. 이 대표적인 예가 바로 「심봉사」인 것이다.

이 희곡의 주인공 심봉사는 눈을 뜨려는 욕망 때문에 딸을 인당수의 제물로 팔아버린 후 오랜 기다림 끝에 딸이 살아 돌아올 수 없다는 사실을 깨닫게 된다. 그리고 이 대목에서 중세의 『심청전』은 그리스의 비극 『오이디푸스』의 결말에 겹쳐지게 된다. 즉 심청이를 가장한 궁녀를 내세운 장승상 부인과 왕비의 기지로 눈을 뜨게 된 심봉사는 딸이 끝내 돌아오지 못했음을 알고는 절망과 회한에 빠져 자기 손가락으로 두 눈을 찔러 다시 한 번 눈이 멀고 마는 것이다. 이 마지막 장면에서 심봉사는 "아이구 이놈의 눈구먹! 딸을 잡어먹은 놈의 눈구먹! 아주 눈알맹이째 빠져 버려라"라고 절규하고 있다.

이처럼 채만식은 『심청전』의 결말에 대한 대담한 발상의 전환, 그리스 고대 비극의 결말의 차용 등을 통해 욕망의 대상에 관한 한 무신론적인 야만성을 발휘하곤 하는 근대인의 이기적 근성에 대한 통렬한 비판을 감행한다. 이로써 중세 문학의 백미 가운데 하나인 『심청전』은 근대인의 추악한 욕망의 문제를 제기하는 새로운 문학으로 전변될 수 있었다. 그런데 과정에서 중요하게 인식되어야 하는 것은 "조선적인" 아이덴티티를 갖는 독자적인 내러티브를 창조해 내고자 한 채만식의 문제의식이다.

새로운 『심청전』으로서 황석영의 『심청』 역시 그와 같은 맥락에서 살펴볼 수 있을 것이다. 실로 『심청』을 가로지르고 있는 것이 바로 한국적인 아이덴티티를 갖는 독자적인 내러티브에의 열정과 고민인 까닭이다. 필자는 이러한 황석영의 문제의식이 방북과 독일 및 미국 체류 이후 일층 강화되었다고 반추한다. 그만큼 황석영의 방북은 그의 작가적 도정에 심대한 영향을 끼쳤던 것으로 보인다. 이것은『장길산』과『심청』을 대조해봄으로써 분명해진다.『장길산』의 주제는 프롤로그와 에필로그를 통해서 분명해지는 것처럼 민족주의적 패러다임의 문학적 실천에 있었지만 이러한 주제의식은 구전민요, 설화, 민담, 야사 등을 줄거리나 원형 그대로 도입하고자 한 작가적 노력에도 불구하고 하나의 양식적 형태를 얻지 못한 채 덩어리 큰 역사소설에 귀착하고 말았다 물론『장길산』에 대해 전반적이고 균형 잡힌 평가를 내리는 일은 이 글의 주제가 아니다. 이에 반해『손님』에 이어 발표한『심청』은 명실상부 한국적인 현대소설의 창조라는 방법론적인 자각 아래 대표적인 고전소설 가운데 하나인『심청전』을 그 자신만이 구사할 수 있는 독창적인 문법과 상상력으로 전혀 새롭게 쓴 걸작이라고 할 수 있다.

　『심청』의 방법론이 매우 자각적이라는 사실은「작가의 말」을 통해서 확인되는데 그 내용을 필자의 언어로 바꾸어 몇 가지로 요약해보면 다음과 같다. 첫째, 황석영은『심청전』에 깊이 스며들어 있는 유교적 성격을 배제해 버림으로써 심청을 인당수에서 부활하는 존재가 아니라 남경 등지를 거치면서 몸을 팔며 유전하는 여인으로 만들었다. 둘째, 이러한 변화를 통해 이제 심청은 인당수에서 부활하여 아버지를 만나 복락을 누리는 존재가 아니라 동아시아 매춘 시장에 편입됨으로써 각지를 떠돌아다니며 서세동점으로 요약되는 근세 동아시아의 혼란스러운 근대화 과정을 몸소 체험하고 목도하는 존재가 되었다. 셋째, 작가는 심청의 유전 과정을 통해서 드러나는 동아시아 근대화 과정을 오리엔탈리즘의 관철이라는 시각에서 새롭게 해석하고자 하였다. 넷째, 황석영은 이러한 동아시아 근대화 과정을 동아시아 각국 백성들의 생활상을 만화경적으로 재현하는 민중적 시각을 견지하면서 총체적으로 묘사하고자 하였다.

그렇다면 황석영의 이러한 의도는 얼마나 성공적으로 관철되었다고 평가할 수 있을까. 무엇보다 소설에 나타난 심청의 형상을 중심으로 이것을 생각해볼 수 있을 것이다.

흔히 『심청전』은 판소리계 소설로 알려져 있지만 경우에 따라서는 문장체 소설이 판소리계 소설에 선행했다고 보는 입장도 있어서 그에 따르면 본래 『심청전』은 적강 모티프를 보여주는, 고대소설의 이원적 구조를 띠고 있었다. 즉 심청은 하늘에서 죄를 짓고 지상에 내려와 인간 윤리의 최고 덕목인 효를 죽음으로 실천함으로써 죄를 씻고 천수를 누리다 천상으로 돌아가는 존재다. 이러한 『심청전』의 이원성은 황석영의 『심청』에서도 곽씨 부인의 태몽을 통해서 심청이 죄를 짓고 인간 세계에 내려와 온몸을 던져 세상을 공양하도록 운명 지워진 관음보살이라는 방식으로 보존된다. 그렇다면 황석영의 심청에게는 인당수에 몸을 던져 죄를 씻는 것과 같은 대속의 과정을 통해 종국적으로는 아비를 만나 행복한 결말에 이르는 운명이 예정되어 있다고 생각해 볼 수 있을 것이다.

그러나 황석영은 이러한 심청의 운명을 태몽으로 한정함과 아울러 그녀로 하여금 근대 이행기에 다다른 동아시아 각국을 유전케 함으로써 전혀 새로운 심청의 형상을 창조해 낸다. 고난으로 점철된 인생 역정을 거듭하면서도 타고난 생명력을 잃어버리지 않고 오히려 그것을 강화해 나가면서 환난 가득한 세계를 모성적 사랑으로 감싸 안는 새로운 심청의 형상이 바로 그것이다. 이 점에서 심청은 「삼포 가는 길」의 백화가 환생한 것이라고 할 수 있으며『오래된 정원』
의 여주인공 윤희가 시대를 바꾸어 자태를 새롭게 드러낸 것이라고
할 수도 있다.

이때 심청의 모성적 사랑이 구체적으로는 서양의 동양 침탈 과정
에서 태어난 혼혈아들을 거두어들이는 것으로 나타난다는 사실에
유의할 필요가 있다. 이것은 동아시아 근대화 과정에 대한 황석영의
새로운 비전이 순혈적 민족주의 지향을 넘어선 곳에 이르렀음을 시
사해 준다.『장길산』이나『무기의 그늘』의 배경에 자리 잡고 있는 것
은 제국주의에 대한 식민지 민중의 항거와 제3세계 민중의 연대라
는 이념이었다. 반면에『심청』은 제국에 대한 투쟁이나 제국에 기생
하는 제3세계 지배 계급의 타락상을 묘사하는데 시선을 집중하지
않는다.『심청』의 주제는 침탈과 타락을 거부하는 데 있는 것이 아
니라 이미 침탈당하고 타락한 세계를 어떻게 구원할 것인가에 있다.
작중 심청은 서양의 지배력에 노출된 동아시아 세계의 고통, 혼란,
타락을 적나라하게 드러내면서도 근대사 전개 과정에서 불가피하게
뒤섞여 소용돌이치는 세계를 부처와 같은 모성애로 부드럽게 감싸
올리는 존재다. 서양의 위력에 짓눌려 꼼짝달싹 못하면서도 남성 중
심적 지배질서를 유지하는데 급급한 동아시아 각지에서 서양 남자
와 창녀들 사이에서 태어나 짜중 또는 아이노코로 불리며 가장 천대
받고 버림받는 아이들을 거둬들이는 심청의 면모를 통해 이를 엿볼
수 있다. 심청은 동아시아 각지를 물결 따라 이리저리 떠돌아다니는
삶을 살아가면서도 그 자신이 본래 청이었다는 정신적 각성 상태를
잃어버리지 않을 뿐더러 첸 대인, 구앙, 리동유, 제임스, 우에즈 등
여러 남자를 만나 나가며 온갖 풍파에 시달리는 와중에 그 영혼은
오히려 점점 더 고양되고 고매해져서 종국에는 환난에 가득 찬 남성

적 세계를 구원해 줄 수 있는 정신적 표상으로 정립되는 것이다. 근대적, 전근대적 남성적 지배질서에 대한 투쟁이나 서양의 위세에 대한 동양 중심주의 또는 민족주의적 입장에서의 대결이 아니라 기왕에 야기된 뒤섞임과 혼란을 부드러운 모성애의 힘으로 제도해 나가는 것, 이것이 황석영의 새로운 문제의식이며 이것을 그는『오래된 정원』에서 이미 실험해 보인 바 있다.

이야기의 결말은 이러하다.『심청』의 심청은 태평천국의 난과 아편전쟁 전야에 난징으로 팔려가 일본에 의해 조선 개국이 이루어진 다음에야 인천을 통해 조선에 돌아온다. 인편에 고향 황주 소식을 알아본즉 부모님 묘소도 사라지고 고향 마을에는 아는 이들도 남아있지 않다. 심청의 나이 일흔 살에 이제 조선은 이미 일본의 손아귀 아래 들어가 버렸고 심청은 문학산 골짜기에 연화암 암자를 짓고 연화보살이 되어 함박눈이 내리는 밤에 세상을 떠난다. 심청의 최후를 작가는 이렇게 그려내고 있다.

심청은 눈을 감고는 한 번 빙긋이 웃었다. 오물조물한 입이 조금 움직였을 뿐, 실컷 울고 난 사람의 웃음처럼 그건 아주 희미했다.

이러한 심청의 최후는 필자로 하여금 다시 채만식의 작품에 등장하는 노구할미를 떠올리게 한다.『제향날』에서 남편과 자식과 손자를 모두 일제와의 투쟁에 바치고 만년을 보내고 있는 최씨 할머니의 이미지는 해방 후에 씌어진 미완의 장편소설『역사』의 제1화「신미전후」에 이르러 다시 한 번 그 모습을 보인다. 동학 난리 와중에 남편을 잃고 혹독한 일제시대를 보내고 살아남은 최씨 할머니는 숱한 환난을 겪고도 번성하는 박씨 문중의 자손들을 바라보면서 "허……

씨를 말릴 듯기 극성으로 잡아 죽이더니, 쯧, 씨가 마르기는커녕 박 규천이 하나에서만두 이렇게 수둑히 퍼지구, 늡늡장병 같은 놈들이 득실득실하니!……"라고 독백하고 있다. 이러한 최씨 할머니의 면 모는 남성적인 제국의 식민 지배에 맞서 역사를 이어가는 식민지 민 중의 강인한 생명력을 상징하는 것이라고 할 수 있다. 그런데 이러 한 최씨 할머니의 모습은 작중 서두에 등장하는 노구할미의 형상을 인물화한 것이라는 점에서 인상적이다. 이 서두는 다음과 같다.

노구할미가 졸고 앉았다. 상전이 벽해 되는 것을 보고 입에 물었던 대 추씨 하나를 배앝았다. 그러고는 또 졸고 앉았다. 벽해가 상전이 되는 것 을 보고, 입에 물었던 대추씨 하나를 배앝았다. 그렇게 졸고 앉았다는 상 전이 벽해 되고, 벽해가 상전이 되고 할 적마다 대추씨 하나씩을 배앝고 배앝고 하기를 오래도록 하였다.

누가 노구할미더러 나이 몇 살이냐고 물었다. 노구할미는 말없이 손을 들어 대추씨로 이루어진 큰 산을 가리키더라……는 옛이야기가 있다.

더 긴 시간의 흐름 속에서 보면 긴 것도 긴 것이 아니다. 근대 조선 의 식민지화라는 불행도 더 긴 시간의 흐름 속에서 보면 불행에 그 치는 것만은 아닐 수가 있다. 노구할미는 바로 그와 같은 이치를 관 장하는 '여신'의 이름이다. 여기서 만년에 다다른 심청의 형상을 겹 쳐 보게 되는 것은 무리한 일이 아닐 것이다. 작가인 황석영도 혹시 독자들이 심청의 마지막 미소를 이해하지 못할까 염려하여 "이 멀고 먼 길을 희미한 웃음으로 끝낸 것은, 이 지역 사람들의 삶이 헛수고 가 아니었음을 말하고 싶었을 것"이라고 토를 달아놓지 않았던가.

장편소설로 미완에 그친 채만식의 첫 번째 『심봉사』에도 노구할

미가 등장한다. 이 작품의 서장을 보면 인간 세계의 운명을 맡아보는 노구할미가 나타나 "대체 그, 인간들이 비극이라는 걸 얼마침이나 견디어내는 끈기가 있을꾸?" 하고 묻는다. 그리고는 연상 위에 놓인 낡은 운명록에서 황주 도화동 심학규라는 이름을 찾아내 그의 운명을 써나가기 시작한다. 그리고는 심봉사의 이야기가 펼쳐진다. 이제 결론 삼아 말하건대 심청은 따라서 하나의 단순한 인격이 아니라 동아시아 근대화 과정을 내려다보는 부처 또는 신의 현신과 같은 존재라고 할 수 있으며 이 소설에 해설을 붙인 류보선의 말을 빌리면 동아시아 "모더니티 전반을 가장 선명하게 비추는 거울"과 같은 존재라고 할 수 있다.

『심청』은 방북과 외국 체류와 영어 생활의 과정에서 작가 황석영의 시각이 일층 원숙해졌음을, 무엇보다 한국 현대소설의 아이덴티티 및 그 가능성에 대한 작가적 탐구가 예전에 비할 수 없을 정도로 높은 차원에 다다랐음을 시사해 준다. 『오래된 정원』에서 『손님』을 지나 『심청』에 이르는 과정은 민족사만이 아니라 동아시아를 비롯한 세계사의 흐름을 주시하면서 그 처방을 고민하되 이것을 타자의 내러티브 아닌 한국적인 향취가 물씬 풍기는 내러티브로 다시 쓰려는 치열한 탐구의 도정이라고 할 수 있다.

이 과정에서 더욱 분명하게 드러나는 것은 역사가 아니라 역사를 살아가는 인간의 본원적인 생명력에 대한 작가의 인식이 세월과 더불어 심화되어 왔다는 사실이다. 바로 이것이 황석영을 황석영이라는 작가로 만들어온 원천이라고 한다면 이것은 황석영이 리얼리즘의 대가라는 기존의 평가를 부정하고 있다는 혐의를 받아야 하는가? 그러나 황석영에게 현실이라는 이름으로 불리는 세속의 차원을 초월하는 본원적인 생명력에 대한 직관과 경의가 없었다면 이처럼 역사와, 근원적인 인간의 생명력 사이에 벌어지는 힘의 충돌과 상충 속에서 이를 극복해 나가는 살아 있는 인간의 형상을 제시하는 황석영의 소설 세계란 애시 당초 존재할 수 없었을 것이다.

한강 장편소설 『채식주의자』의 '나무되기'

___문학전통의 혼합 문제를 중심으로

1. '변신담'에 관한 현대철학의 관심과 해석

  이 글은 '한강'론이라기보다 『채식주의자』론이 되어야 할 것 같다. 작가를 아는 것보다 이 소설을 더 잘 알 수 있고 그것이 필요한 논의인 까닭이다.

  『채식주의자』는 세 편의 중편소설을 연작으로 엮어 장편으로 완성한 것이다. 그 각각이 전체에 대해서 갖는 관계는 유기체적이지만은 않다. 세 편은 하나로 연결되어 있으면서도 느슨한 관계망을 이루고 있으며, 그럼에도 불구하고 시종 긴장감을 유지하며 읽을 수 있도록 배치되어 있다.

  표제작인 중편 「채식주의자」는 『창작과비평』 2004년 여름호에 발표되었고, 「몽고반점」은 『문학과사회』 2004년 가을호에, 마지막 「나무불꽃」은 『문학판』, 2005년 겨울호에 실렸다. 발표 시기로만 보면

약 일 년 반에 걸쳐 완성한 소설로서 분량에 비해 시간이 많이 걸린 작품이다. 또,『채식주의자』의 전신작으로「내 여자의 열매」가 있었음을 상기해야 한다. 이 단편소설은『창작과비평』1997년 봄호에 실렸다.「내 여자의 열매」를『채식주의자』와 연결 지으면 작가의 이 독특한 변신담은 팔 년 이상의 숙성 과정을 거쳐 세상에 모습을 보였다고 해석할 수 있다.

금방 변신담이라 했다. 그런데, 지난 십 년 동안 한국문학에서는 변신담 형식의 소설들이 많이 등장했다. 특히, 들뢰즈와 가타리의『천개의 고원』같은 저작이 소개, 번역, 분석됨에 따라 변신 이야기를 향한 비평계의 조명도 아주 활발해졌다. 학계 쪽에서 먼저「「몽고반점」의 미의식 연구-들뢰즈와 가타리의 '욕망이론'을 중심으로」(강연옥, 제주대 석사학위논문, 2007)가 있었다.「내 여자의 열매」를 '되기'라는 들뢰즈, 가타리의 논리를 중심으로 분석한「들뢰즈/가타리의 사유를 토대로 살펴본 변신 모티프」(남정애,『카프카연구』30, 2013)도 있었다. 그밖에 한강 소설 분석과 직접 관련되어 있지 않지만,「들뢰즈와 가타리의 '동물-되기' 연구」(이수경,『철학논총』72, 2013) 같은 좋은 분석 글도 있어, '되기'라는 문제에 대한 고찰의 심도를 높여주었다.

변신담, 특히 동물 되기에 관해서 들뢰즈와 가타리는『천 개의 고원』10장「1730년-강렬하게 되기, 동물-되기, 지각 불가능하게-되기」에서 본격적으로 논의했다. 여기서 그들은 변신담 독해를 위한 새로운 인식 지평을 선보였다. 한강은「내 여자의 열매」단계에서는 아마도 그와 같은 논의를 직접 접하지 않았을 가능성이 있다.『천 개의 고원』번역이 2001년에 이루어졌음을 감안하면,『채식주의자』와『천개의 고원』이 '직접' 연결될 수 있는 가능성도 배제할 수 없다. 한강은 대학원에서 한국문학, 특히 이상의 작품을 연구한 적 있는 지적인 작가다. 한국문학 전공 대학원의 연구풍토에 비추어 볼 때,『천 개의 고원』같은 문제적인 책은 빨리 저작, 소화될 수 있다.

윤지선의「들뢰즈와 가타리의『천 개의 고원』용어 분석론−지질학적 공간의 탐사 작업으로서의 철학」(『철학논집』43, 2015.11.)에 따르면,『천 개의 고원』은 "수사적 은유"(260쪽)의 의미 확장 기능을 적극 활용하여, 리좀rhizome적 글쓰기를 시도한 책이다. 나아가,『천 개의 고원』은 "지질학적 운동"(265쪽)의 용어와 개념들을 차용한 "이미지 개념"(image-concept, 268쪽)을 통하여, "기관 없는 신체"(Corps sans organes, 271쪽), 즉 "지층화 되기 이전의 상태, 분절화나 유기체적 조직화가 일어나지 않은 유동성의 질료상태", "유기적이고 정합적 시스템 논리 아래 기능주의적 기관들로 분절되고 코드화, 위계화 되는 것을 거부한 개념"에 입각한, 일종의 "탈지층화 운동"(273쪽)을 풍요롭게 설명했다.

지질학적 개념을 활용한 지층화와 탈지층화는 천 개의 고원의 핵심적 대립 개념이다. 지층화 작용-stratification을 통하여 "우리는 '유기체'로 조직화 되고 '기표'라는 언어구조에 정박해야 하며 '나'라는 주체화 작용에 종속"(272~273쪽)된다. 반면, "탈지층화 운동은 우리를 유기체적 논리에서 벗어나 기관 없는 신체가 되게 하며 기표적 언어구조에서 벗어나 주체화로 정박되지 않는 역량들의 강도에 주목하게"(273쪽) 한다.

윤지선의 논의는『천 개의 고원』의 의미를 다음과 같이 아주 효과적으로 압축한다. "지질학에서의 지구의 구조 도식과 인용 텍스트의 면밀한 연계 분석은 철학과 지질학의 경계를 무위계적이며 우연적인 조각보 패치워크처럼 자유자재로 교차 접속시키는 것을 통해 기존의 한정된 의미망과 경계를 파기, 탈각하고 새로운 개념 생성 가능성을 여는 '기관 없는 신체'의 실천적 전략"(273쪽)이다.

이와 관련하여 『천 개의 고원』 저자들의 '되기'에 대한 생각은 깊이 음미할 필요가 있다. 그들은 이탈리아어판 서문에서 다음과 같이 썼다.

다양체들은 현실이며, 어떠한 통일성도 전제하지 않으며, 결코 총체성으로 들어가지 않으며 절대 주체로 되돌아가지도 않는다. 총체화, 전체화, 통일화는 다양체 속에서 생산되고 출현하는 과정들일 뿐이다. 다양체들의 주요 특징은 독자성이라는 다양체의 요소들, 되기의 방식인 다양체의 관계들, 〈이것임〉(즉 주체 없는 개체화)이라는 다양체의 사건들, 매끄러운 공간과 시간이라는 다양체의 시-공간, 다양체의 현실화 모델인 (나무형 모델과 반대되는) 리좀, 고원들을 형성하는 다양체의 조성판(연속적인 강렬함의 지대들), 그리고 고원을 가로지르고 영토들과 탈영토화의 단계들을 형성하는 벡터들에 따라서도 달라진다.(들뢰즈·가타리, 『천 개의 고원』, 새물결, 2001, 5쪽)

여기서 중요한 것은 저자들이 '되기의 방식'을 "다양체의 관계들"로 규정한 것이다. 즉, 무엇인가로 된다는 것은, 하나의 다양체가 자기 아닌 무엇인가로 변모함을 의미한다. 그런데 이러한 의미에서의 되기란 곰이 호랑이로 변하는 것과 같은, 단순하고도 순수한 변신을 의미하지 않는다. 그것은 '개체'의 고유성을 간직하면서 다른 '개체'의 특성과 결합하는 변용을 통하여 새로운 존재 방식과 삶의 가능성을 만들어 가는 과정이다.

되기(=생성)는 결코 관계 상호간의 대응이 아니다. 그렇다고 해서 유사성도, 모방도, 더욱이 동일화도 아니다. …… 그리고 특히 되기는 상상 속에서 일어나는 것이 아니다. …… 되기는 완전히 실재적이다. …… 이 되기는 자기 자신 외에는 아무 것도 생산하지 않는다. …… 실재적인 것은 생성 그 자체, 생성의 블록이지 생성하는 자Celui qui devient가 이행해 가는, 고정된 것으로 상정된 몇 개의 항이 아니다. …… 결국 되기는 진화, 적어도 혈통이나 계통에 의한 진화는 아니다. 되기는 계통을 통해 아무 것도 생산하지 않는데, 모든 계통은 상상적인 것이기 때문이다. 되기는 항상 계통과는 다른 질서에 속해 있다. 되기는 결연alliance과 관계된다. (…중략…) 따라서 우리들로서는 이처럼 이질적인 것들 간에 나타나는 진화 형태를 "역행"involution이라고 부르고 싶은데, 단 이 역행을 퇴행과 혼동해서는 안 된다. 되기는 역행적이며, 이 역행은 창조적이다. 퇴행한다는 것은 덜 분화된 것으로 향해 가는 것이다. 그러나 역행한다는 것은 자신의 고유한 선을 따라, 주어진 여러 항들 "사이에서", 할당 가능한 관계를 맺으면서 전개되는 하나의 블록을 형성하는 일을 가리킨다.(위의 책, 452~454쪽)

그러니까, '되기'는 마법적 변신이라기보다, 현재의 유기체적 존재항, 그 규정으로부터의 이탈적 생성의 과정을 드러내는 독특한 사건이라고 할 수 있다.

들뢰즈와 가타리는 이 책 속에서 적어도 지금 논의하고 있는 10장에서는 '식물 되기'에 관해서는 크게 언급하지 않는다. 이것은 이 책 전체가 리좀적 식물과 나무의 대립항적 세계상을 제시하고자 했기 때문인지도 모른다. '식물 되기'에 관한 설명들, 사례 제시들은 상상력의 혼동을 초래할 수도 있었을 것이다. 그러나 분명 책은 동물 되기와 더불어 아이 되기, 여성 되기, 식물 되기, 광물 되기, 분자 되기, 입자 되기와 같은 다양한 사례들이 있음을 지적한다.(위의 책, 516쪽) 식물 되기는『천 개의 고원』의 저자들이 포착한 다양한 되기의 양상의 하나이며, 작가 한강은 그것을 자신의 독특한 창작적 역량을 통하여 시연해 보였다고 말할 수 있다.

때문에『채식주의자』를 들뢰즈, 가타리의 '되기' 개념과 연관 짓는 논의들이 있었던 것이다. 하나의 있을 수 있는 반문, 들뢰즈주의, 가타리주의가 이 시대의 지적 유행을 이르고 있다 해서, 이처럼『천 개의 고원』같은 외국 저작과『채식주의자』를 그렇게 '단단하게' 결부 지어 논의해도 될까?

그렇다고 생각한다. 한강은 현대철학의 지적인 성취를 섭취해서 자기 의제화 할 수 있는 몇 안 되는 현역 한국 작가의 한 사람이다. 지적이라는 것은 중요하다. 세계 철학사나 문학사의 전위적인 지적 국면들을 섭취하지 않고 자신의 작품이 현대적인 세계문학의 범주 안에서 논의되기를 바라는 것은 '있을 수 없는' 일이라고 생각해야 한다.

한강은 분명『채식주의자』를 통해 들뢰즈와 가타리가 설명한 '되기'의 문제를 의식하며 실험했던 것으로 보인다. 이 작품이 맨 부커 상을 수상하며 영국인들의 주목을 받는 데는 이와 같은 지적 요소가 한몫을 했다고 봐야 한다. 채식이 유럽에서 유행이기 때문에, 또는 보신탕에 대한 유럽인들의 혐오 같은 것에 동조했기 때문에, 한국의 출판사의 성동격서적인 출판전략이 외국 문학상 제도를 효과적으로 공략했기 때문에, 이 작품이 좋은 평가를 받았다고만 설명하는 것은 부족하다.

들뢰즈와 가타리에 있어 '되기'는 '지층화' 작용에 맞서 '탈지층화'를 향한 역행적 탈주의 의미를 갖는다. 이 말을 다르게 표현하면, 개체로서의 인간을 선규정하고 억압하는 카테고리의 작용력을 딛고 혹은 그것에 맞서 해방적인 힘을 획득하고자 하는 강렬한 내적 의지의 작용이라고 할 수 있다. 한강에 있어 『채식주의자』의 '나무되기'는 인간 사회의 폭력, 억압 메커니즘으로부터 벗어나고자 하는 여주인공의 '의지'의 작동 과정에 관한 이야기라 할 수 있다.

2. 비교—버지니아 울프의 『등대로』와 한강의 『채식주의자』

『채식주의자』를 이루고 있는 연작 세 편을 일관하는 문제적인 인물은 '영혜'라는 여성이다. 이 여성의 이야기를 전달하는 시각은 세 편이 각각 다르다. 첫 번째 이야기 「채식주의자」는 영혜의 남편 '정'의 시각에서 전개된다. 두 번째 이야기 「몽고반점」에서 같은 역할을 하는 것은 영혜의 형부 비디오 아티스트고 세 번째 이야기 「나무 불꽃」에서는 영혜의 언니 '인혜'가 같은 역할을 맡는다.

통상적으로 말하는 시점에 관해서도 세 편이 다 같지는 않다. 「채식주의자」가 일인칭 주인공 시점을 취한다면 「몽고반점」과 「나무 불꽃」은 전지적 작가 시점이다. 이를 '누가 보느냐' 하는 초점화focalization의 문제로 옮겨 살펴보면, 『채식주의자』는 영혜의 남편-형부-언니로 이동해 가는 초점 인물의 시선에 의해 영혜의 심리 및 행동의 추이가 드러나는 양상을 보인다고 할 수 있다.

이 소설이 시종일관 극적인 긴장감을 유발하는 것은 이러한 서술 기법의 발현 과정에서 단순히 영혜의 심리 및 행동 추이만 드러나지 않고 이를 바라보는 남편, 형부, 언니의 입장들도 선명하게 드러나게 되며 그로써 그들이 겪어나가는, 주인공 영혜와의 심리적 거리의 멀고 가까움이 소설 전체에 팽팽한 장력을 선사하기 때문일 것이다.

이러한 『채식주의자』의 서술 방법은 쥬네트가 말한 내적 초점화의 하위 유형의 하나인 가변 초점화의 맥락에서 살펴볼 수 있다. 내적 초점화는 서술자가 등장인물의 시점을 통하여 작중 상황을 바라보고 전달하는 서술 방법을 가리킨다. 이 중 가변 초점화란 초점자로서의 역할을 맡은 인물이 작품 내에서 '이동해' 가는 서술법을 말한다. 그런데 『채식주의자』는 영혜가 연출해 나가는 일련의 사건을 그녀를 둘러싼 세 인물의 각기 다른 시각에서 '동시에' 바라보도록 한 요소도 포함하고 있다. 가변 초점화 서술방법에 다중 초점화 방식이 함께 사용되고 있다고 말할 수 있는 대목이다.

이와 관련하여 주지영의 한 평론은 다음과 같이 요약한다. 그녀는 한강의 소설이 탄탄한 서사구성을 보여줌과 동시에 텍스트 간의 긴장관계를 자아내는 구조를 지닌다고 보면서, 그 몇 가지 이유 가운데 하나를 다중 초점화에서 찾는다.

> 셋, 동일한 사건을 겪는 인물들의 다중 초점화. 「채식주의자」, 「몽고반점」, 「나무불꽃」이 만드는 연작 형식. 영혜라는 인물을 중심에 두고 「채식주의자」는 그녀의 남편의 시선에, 「몽고반점」은 형부의 시선에, 「나무불꽃」은 언니의 시선에 초점을 맞추고, 영혜를 바라보는 중층적인 시선들을 세 작품에 나누어 배치한다. 그럼으로써 식물성의 세계를 지향하는 영혜의 욕망을 보여주고, 그녀의 욕망이 일상 속에서 어떻게 인식되는가를 부각시킨다. 더불어 텍스트마다 화자를 바꾸어 조명함으로써 각 인물의 내면을 포착하고 그 인물이 다른 인물들에게 어떻게 인식되는가를 보여주고자 한다. 그 결과 각 인물들은 세 텍스트 안에서 역동적으로 움직

이는 시선에 의해 입체적으로 살아 움직이면서 '지금, 이곳'의 리얼리티를 무수히 직조한다.(주지영, 「'여수'에서 식물성의 세계로, 그 타자 찾기」, 『서울신문』, 2008. 1. 3)

이처럼, 하나의 사건을 서로 다르게 보는 거리가 소설 내적 긴장감을 형성하는 동시에 이 긴장은 세 연작을 통하여 초점 인물이 이동해 가는 가변 초점화 서술 방법에 힘입어 더욱 심화되는 양상을 보인다. 이러한 가변 초점화(또는 다중 초점화) 기법은 세계문학사에 강렬한 흔적을 남긴 버지니아 울프의 독특한 서술 문제를 되돌아보게 한다.

버지니아 울프는 영국 모더니즘 문학을 대표하는 가장 중요한 여성 작가로 인정되고 있다. 그녀는 이른바 '의식의 흐름stream of consciousness' 기법에 입각한 새로운 서술방법을 지속적으로 실험해 나갔다. 『제이콥의 방Jacob's Room』(1922)에서 도입된 의식의 흐름 수법은 『댈러웨이 부인Mrs. Dalloway』(1925), 『등대로To the Lighthouse』(1927), 『파도The Waves』(1931) 등에서의 실험으로 계속되었다.(민대기, 「버지니아 울프의 의식의 흐름의 수법」, 『산업개발연구』 6, 1998, 278쪽)

버지니아 울프의 문제작 『등대로』는, 처음에, 예를 들어, 발자크의 『고리오 영감』을 처음 읽는 것만큼이나 낯설고 어렵게 느껴진다. '의식의 흐름' 기법으로 잘 알려진 이 소설은 사건 중심적이라기보다 등장인물들의 의식에 비친 인상들을 중심으로 이야기를 펼쳐나가는 독특한 양상을 드러낸다. 이러한 창작방법의 교의를 그녀는 이렇게 요약했다.

인생은 대칭적으로 배열되는 일련의 등불이 아니라 빛이 발산되는 하나의 후광, 의식이 생기기 시작해서부터 사라질 때까지 우리를 감싸는 반투명의 봉투이다. 이처럼 다양하고 이처럼 경계가 정해지지 않은 미지의 정신을−가능하면 이질적이거나 외부적인 것을 줄인 채−전달하는 것이 (비록 탈선하거나 복잡성을 드러내더라도) 바로 소설가의 임무가 아닐까? 우리는 단지 용기와 성실성만을 호소하고 있지 않다. 올바른 소설이란 우리가 관습에 따라 믿어온 것과 조금 다르다는 이야기를 하고 있는 것이다. (…중략…) 우리의 마음 위로 원자들이 떨어질 때 차례대로 그들을 기록하고, 겉으로 볼 때 전혀 무관하고 일관성 없는 것처럼 보일지라도 그 패턴(원자들의 모습이나 그것이 나타날 때 의식에 생겨난 것들)을 추적해 보자. 그리고 흔히 작다고 생각되는 것보다 크다고 생각되는 것에 인생이 더욱 충만하게 존재하리라고 당연시하지 말자.(버지니아 울프, 「현대소설」, 『보통의 독자』, 박인용 옮김, 2011, 377~378쪽)

버지니아 울프에 따르면 소설은 "반투명의 봉투"와 같은 우리의 인생에 대한 "의식" 즉, "미지의 정신" 내용을 "가능하면 이질적이거나 외부적인 것을 줄인 채" "전달하는 것"이다. 소설가는 바로 의식을 써야 한다.

그런데 이 인상들의 기록이라는 것도 그녀의 소설을 보면 그냥 단순한 흐름의 묘사에 그치는 것은 아니었음을 알 수 있다. 한 패러그래프 안에서도 수시로 초점 인물을 바꾸면서 인물들의 의식 내용을 3인칭 화자의 시점에서 전달하는, 이른바 독특한 자유간접화법free indirect speech이 지속적으로 시험되는 복합적, 중층적인 의식의 흐름을, 그녀는 보여준다.

예를 들어, '1부 창', '2부 시간이 흐르다', '3부 등대' 등 모두 3부로 이루어진 이 소설의 1부와 3부는 아주 많은 인물들이 등장하며 이들은 각기 다른 저마다의 의식 세계 속을 살아간다. 버지니아 울프는 단락을 바꾸지도 않으면서 이 인물의 시각에서 저 인물의 시각으로 건너뛰면서 동시에 그들 모두를 '위에서' 포착하는 화자의 존재를 보여준다. 그녀는 이를 "간접화법"이라고 불렀다고 하며, 통상적으로는 자유간접화법이라 논의된다. 『등대로』의 1부 1장에서만 해도 화자는 어머니인 램지 부인에서 아들 제임스로, 그리고 다시 무신론자 탠슬리, 딸 낸시 등으로 이어지는 복잡한 초점 이동을 보여줌으로써 전통적인 서술방법에 익숙한 독자들을 당혹스럽게 한다. 장을 거듭해 가면서 이러한 서술방법은 더욱 심화되는 양상을 빚는다.

한국의 독자들은 그래도 이 소설을 '읽어준다.' 그것이 영국의 고전적 소설의 맥락 속에 확고히 위치해 있음을 알고, 그녀가 독특하고도 '혁명적인' 페미니스트였으며, 세계 제2차 대전의 광기 속에서 스스로 목숨을 끊었다는 사실도 안다. 이러한 점들로 인해 버지니아 울프는 우리 앞에 확고한 고전으로 자리를 잡았다.

여기서 하나의 질문을 던져 본다. 이렇게 우리들 삶의 외적인 것, 가시적인 것 대신 마음 속에서 일어나는 사건의 이야기를 전개함에 있어서의, 그 깊이의 문제에 관하여, 버지니아 울프의 『등대로』를 염두에 두면서 한강의 『채식주의자』를 논의해 볼 수 없을까?

인간 삶의 덧없음을 드러내고자 한 버지니아 울프의 이 소설과 폭력이라는 인간적 삶의 조건에 저항하고자 하는 한강의 소설은 근본주의적이라는 공통점이 있다. 그들은 모두 삶을 근본적으로 바라보고 해석, 평가하는 기질을 지녔다. 이와 관련하여 작품 속으로 이제 들어가 보도록 한다.

『채식주의자』의 표제작 「채식주의자」는 영혜의 남편의 시각을 빌려 아내의 사연을 전달한다. 그러나 남편의 시각에 비친 아내의 사연은 그 자신에 의해 설명될 수 없는 난해함을 내포한다. 아내의 사연을 지켜보고 겪어 나가는 남편은 아내의 발작적 행동의 의미를 알수 없다. 이해할 수 없는 현상 앞에 선 그는 회사에서의 유능함과 달리 철저히 무능력하다.

남편 정은 영혜를 평범하기 때문에 아내로 맞이했다. 이 평범함은 곧 남편인 그가 현대 기업적 체제의 역군으로서의 삶을 영위하는데 필요한 것으로 여겨진 미덕이었다. 어느 날 아내는 그러한 남편의 기대를 무너뜨리기 시작한다. 냉장고에 가득 찬 각종 고깃덩어리들을 치워버리고, 남편과의 섹스를 고기 냄새가 난다는 이유로 거부하고, 가죽 제품을 버리고, 남편 회사의 사람들 앞에서 육식의 거부 태도를 명백히 드러낸다. 이제 남편은 이러한 아내를 정상적인 삶으로 환원시키기 위해 아내의 친족들을 동원한다. 장모, 장인과 처형에게 이 사실을 알리자 그들은 남편 앞에서 아내의 입을 강제로 벌려 고깃덩어리를 밀어 넣으려 하고 이에 아내는 과도로 손목을 그어버린다. 아내를 들쳐 업고 처형과 함께 병원 응급실로 달려간 남편은 이 모든 사건들이 주는 감정의 효과를 드디어 응결된 어휘로 표현할 수 있게 된다.

구역질이 났다. 이 모든 상황이 징그러웠다. 현실이 아닌 것 같았다. 놀람이나 당혹감보다 강하게, 아내에 대한 혐오감을 느꼈다.(한강, 『채식주의자』, 창비, 2007, 55쪽)

이야기는 여기에서 그치지 않는다. 병실에서 아내는 어딘가로 사라져버리고 병원 뜰 분수 앞에서 아내를 발견했을 때 그녀는 환자복 상의를 벗어버린 채 앙상한 쇄골과 여윈 젖가슴, 연갈색 유두를 그대로 드러내고 있다. 그러한 그녀의 입은 피에 젖어 있다. 이 마지막 장면이 가진 의미에 대해서는 아마도 지금까지 잘 분석되지 않았을 것이라 생각한다. 이곳을 필요한 부분만을 중심으로 인용해 보면 다음과 같다.

> 나는 마치 타인인 듯, 구경꾼들 중의 한 사람인 듯 그 광경을 바라보았다. 지쳐 보이는 아내의 얼굴을, 루주가 함부로 번진 듯 피에 젖은 입술을 보았다. 물끄러미 구경꾼들을 바라보던, 물을 머금은 듯 번쩍거리는 그녀의 눈이 나와 마주쳤다.
>
> 나는 그 여자를 모른다, 라고 나는 생각했다. 그것은 사실이었다. 거짓말이 아니었다. 그러나 어쩔 수 없는 책임의 관성으로, 차마 움직여지지 않는 다리로 나는 그녀에게 다가갔다.
>
> (…중략…)
>
> 나는 아내의 움켜쥔 오른손을 펼쳤다. 아내의 손아귀에 목이 눌려 있던 새 한 마리가 벤치로 떨어졌다. 깃털이 군데군데 떨어져 나간 작은 동박새였다. 포식자에게 뜯긴 듯한 거친 이빨 자국 아래로, 붉은 혈흔이 선명하게 번져 있었다.(위의 책, 64~65쪽)

남편 정에게 아내 영혜의 사연은 질서정연하게 설명될 수 없는 그로테스크함을 지닌다. 그녀는 꿈 때문에 결혼 5년 동안 행하던 육식을 갑작스럽게 거부하게 되며 일단 거부가 시작되자 그 속도와 열도는 '평범한' 샐러리맨인 그로서는 감당할 수 없는 수준까지 육박해버린다. 「채식주의자」의 이탤릭체 부분들은 남편에 의해 이해될 수 없는 것으로 그려진 아내의 행동의 이면을 설명할 수 있게 해주는, 아내의 의식의 흐름을 드러내는 사연들로 이루어져 있다. 그러한 사연의 맨 밑바닥에 가로놓인 것은 유년 시절의 한 기억, 그것은 아버지가 오토바이에 매달고 달리는 잔인한 방법으로 개를 잡아 동네잔치를 벌이고 그 '향연'에 어린 그녀 또한 참례해야 했던 기억이다.(이 '기억'의 원점 제시 방식에 대해서는, 프로이트주의적이라는 혐의가 있지만 여기서는 중요치 않으므로 일단 넘어가 보도록 한다.)

『채식주의자』의 세 연작은, 버지니아 울프가 『등대로』에서 했던 자유자재의, 그러나 순간 이동적인 가변 초점화와는 다른 방법으로, 그보다 확실히 느리게, 연작 세 편에 걸쳐 이동해 가는 양상을 보인다. 하지만 남편, 형부, 언니의 시선을 차례로 등장시키며 이 시선에 노출된 영혜라는 문제적 여성의 사연을 드라마틱하고도 미스테리하게 드러내는 수법은 그들의 시선에 비친 영혜의 내면을 더욱 넓고 깊게 조각할 수 있도록 해준다.

여성 작가가 쓰는 문학적 주제가 다 페미니즘적일 수는 없을 것이다. 그러나 문제적인 여성작가가 페미니즘적이지 않은 작품을 쓰기는 더욱 어렵다. 버지니아 울프에서 한강으로 이월해 올 때 그들은 남성 중심적인 '시선'의 일방향성에서 벗어나고자 노력하지 않을 수 없었으며, 이때 다중적이면서도 가변적인 초점화라는 새로운 서술기법은 이를 위한 효과적인 수단이 될 수 있었다.

한강의 『채식주의자』는 여성 인물의 내면적 정황을 버지니아 울프의 경우만큼이나 깊게, 충격적으로 드러낸다. 이는 여성 작가로서의 한강이라는 작가의 고민과 문제의식이 그만큼 심각했음을 시사한다. 그러면서도 『채식주의자』는 『등대로』에서 버지니아 울프가 드러냈던 것보다 훨씬 더 드라마틱하게 여성의 내면세계를 드러내는 양상을 보인다. 그리고 이는 초점화와는 다른 차원의 문제로 우리들의 생각을 이끌어 간다.

3. '날개' 잃은 여성 주인공의 '나무되기'의 의미

앞의 장에서 살펴 본 첫 번째 연작 「채식주의자」의 마지막 장면으로 되돌아가 본다. '새'를 물어뜯고 그 물어뜯은 새의 목을 움켜쥐고 있는 영혜의 '벌거벗은' 모습은 독자들에게 충격을 준다. 서사적으로 이 새는 필연성 없이 등장했다는 느낌을 주며, 그 때문에 소설 속 이야기를 인과 법칙에 따라 읽어나가는 독자들은 당황해 할 수 있다.

갑자기 끼어든 것 같은 결말의 이 장면은 연작 두 번째의 「몽고반점」에 가면 해명의 열쇠가 마련된다. 그러니까 작가는 「채식주의자」를 쓸 때 「몽고반점」을 이미 염두에 두었음을 의미한다.

「몽고반점」에서 영혜의 사연을 드러내는 초점자 역할을 하는 것은 그녀의 형부, 비디오 아티스트다. 작중에서 그는 지금 그동안 자신이 해왔던 "현실적인" 작업에서 "관능적인" 이미지 쪽으로 작업의 초점을 옮기고 있는 중이다.(한강, 『채식주의자』, 창비, 2007, 73쪽) 「몽고반점」에서 이 사람은 영혜만큼이나 문제적인 인물로 등장하므로 여기서 잠시 그의 과거를 재구성할 필요가 있다.

그는 그동안 "후기 자본주의 사회에서 마모되고 찢긴 인간의 일상을 그래픽과 사실적 다큐 화면으로 구성"하는 작업을 해왔다. 칼로 손목을 그은 처제를 병원 응급실에 데려다 주고 돌아오면서 그는 자신이 해온 작업에 대해 "구역질"(위의 책, 83쪽)을 느낀다. 그가 지금 하고 있는 작업, "그가 거짓이라 여겨 미워했던 것들, 숱한 광고와 드라마, 뉴스, 정치인의 얼굴들, 무너지는 다리와 백화점, 노숙자와 난치병에 걸린 아이들의 눈물" 같은 것들에 대해서 "그는 더 이상 그 현실의 이미지들을 견딜 수 없"다. "다시 말해, 그것들을 다룰 수 있었을 때 그는 충분히 그것들을 미워하지 않았던 것 같"다. 처제를 데려다 주고 돌아오면서 "단 한순간에 그는 지쳤고, 삶이 넌더리났고, 삶을 담은 모든 것들을 견딜 수 없"다.(위의 책, 83~84쪽) 여기서 더 나아가 그가 어떤 유형의 작가였는가를 가늠할 수 있게 해주는 단서 하나가 더 있다. 그의 후배 P는 이 모든 것들을 뒤로 돌리고 새로운 작업을 하는 그를 향해, "그런데 형답지 않다. 이거 정말 발표할 수 있겠어? 형 별명이 오월의 신부였잖아. 의식 있는 신부. 강직한 성직자 이미지…… 나도 그걸 좋아했던 건데."(위의 책, 135쪽)라고 말한다.

P의 대화 중에서 "오월의 신부"라는 표현은 예사롭지 않다. 그것은 단순히 봄을 맞은 5월의 화사한 신부 같다는 뜻이 전혀 아니며 오히려 광주항쟁으로부터 작업의 영감을 받은 작가임을 환기시키는 아이러니한 표현을 담고 있기 때문이다. 즉, 작중의 영혜의 형부 그는 광주항쟁의 직접적 영향 아래서 작가 정신이 발화되어 후기 자본주의의 일상성 비판으로 진화해 온 작가이고, 이제 처제 영혜의 사건을 경험하며 바야흐로 새로운 작가, "관능적인" 이미지의 작가로 재탄생하는 중이다.

사실을 말하자면, 「몽고반점」의 구성은 연작 세 편 가운데 가장 불완전한 편이다. 작가는 자신이 『채식주의자』를 통해서 말하고자 하는 것을 위해 광주 및 자본주의 일상성 문제를 중심으로 작업해온 영혜의 형부를 등장시키는 '무리'를 감행했고, 이것이 작품 전체의 서사구조에 부담을 가했다. 「몽고반점」의 시작 부분에서부터 독자들은 서술이 다소 산만하고 줄거리를 쉽게 파악하기 어렵다고 느끼게 되어 있고, 무슨 얘기를 하고자 하는지 어리둥절한 느낌을 가질 수 있다. 이 모든 것이 다 이 비디오 아티스트에게 예술적 '현실주의자realist'로서의 과거를 부여하기 위한 작가의 노력 때문이었음을 눈치 채기는 쉽지 않다.

이러한 그가 진정 어떤 의미를 지닌 존재인가를 알기 위해서는 「몽고반점」의 마지막 장면에까지 가야 한다. 「몽고반점」에서 그는 몽고반점이 남아 있는 처제의 알몸에 나무를 그려 넣어 자신의 작품에 끌어들이고 나아가 자신도 나무가 '되어' 그녀와 육체적 교합을 갖는 과정을 작품으로 만드는데 성공한다. 그가 벌인 일들을 알게 된 그의 아내, 곧 영혜의 언니 인혜가 부른 구급대 소리가 나는 중에 "어린아이"(위의 책, 146쪽)처럼 변한 영혜는 벌거벗은 몸 그대로 아파트 베란다에 나가 "흡사 햇빛이나 바람과 교접하려는 것"(위의 책, 147쪽)처럼 가랑이를 활짝 벌리고 선다. 그는 급한 발소리들이 그들을 향해 다가오는 것을 느낀다. 그 다음 장면은 중요하기 때문에 인용한다.

지금 베란다로 달려가, 그녀가 기대서 있는 난간을 뛰어넘어 날아오를 수 있을 것이다. 삼층 아래로 떨어져 머리를 박살낼 수 있을 것이다. 그렇게 할 수 있을 것이다. 그것만이 깨끗할 것이다. 그러나, 그는 그 자리에 못 박혀 서서, 삶의 처음이자 마지막 순간인 듯, 활활 타오르는 꽃 같은 그녀의 육체, 밤사이 그가 찍은 어떤 장면보다 강렬한 이미지로 번쩍이는 육체만을 응시하고 있었다.(위의 책, 같은 쪽)

"난간을 뛰어넘어 날아오"른다는 것. 이것이 한국 현대문학의 전통 속에 명백히 살아 있는 이상의 소설 「날개」의 발상법이었음을 반드시 상기해야 한다. 「날개」의 '나'는 작중 결말 부분에서 미쓰코시 백화점 옥상에 올라가 피로에 가득 찬 "회탁의 거리"를 내려다보는데, "거기서는 피곤한 생활이 똑 금붕어 지느레미처럼 흐늑흐늑 허비적거"리고 있다. 사람들은 모두 "눈에 보이지 안는 끈적끈적한 줄에 엉겨서 헤어나지들을 못한다."(이상, 「날개」, 『조광』, 1936. 9, 213쪽) 그러나 통속적이고 섣부른 해석과 달리 「날개」의 주인공은 이때 옥상에서 뛰어내리지 않는다. 텍스트를 면밀하게 읽으면 그는 미쓰코시 백화점 옥상에서 내려와 다시 거리를 걸으며 어디로 가야 할까를 생각한다. '아내'에게로 돌아가지 않는다면 어디로 가야 하는지를 알 수 없는 상황에서 그는 정오의 사이렌 소리를 듣는다.

> 이때 뚜—하고 정오 싸이렌이울었다. 사람들은 모도네활개를펴고 닭처럼 푸드럭거리는것같고 온갖 유리와 강철과 대리석과지폐와잉크가 부글부글 끓고 수선을떨고 하는것같은 찰나, 그야말로 현란을 극한 정오다.
>
> 나는 불현듯이 겨드랑이 가렵다. 아하그것은 내 인공의날개가돋았든 자족이다. 오늘은없는 이 날개, 머릿속에서는 희망과야심의 말소된 페─지가─슈내리넘어가듯번뜩였다.
>
> 나는 것든걸음을멈추고 그리고 어디한번 이렇게 외쳐보고싶었다.
>
> 날개야 다시 돋아라.
>
> 날자. 날자. 날자. 한번만 더 날자ㅅ구나.
>
> 한번만 더 날아보자ㅅ구나.(위의 책, 214쪽)

상념에 잠겨 거리를 걷던 그는 정오의 싸이렌 소리를 듣고 피로와 침울에 잠겨 있던 모든 사물이 깨어나는 듯한 환각을 느끼며 "이렇게 외쳐 보고 싶었다"라고 독백한다. 단락의 문맥은 주인공이 실제로 이렇게 외치며 자살을 감행한 것이 아님을 입증한다.(이 부분의 해석에 관해서는 졸고,『이상 문학의 방법론적 독해』, 예옥, 2015, 161~164쪽)

마찬가지로「몽고반점」의 영혜의 형부 역시 아파트 삼층 베란다 아래로 뛰어내리지는 않는다. 다만, 햇살을 향해 온몸을 벌리고 선 영혜와 마찬가지로 자신 또한 새처럼 뛰어내리고 싶을 뿐이다. 그런 데 여기서 형부와 영혜의 차이가 드러난다. 영혜는 이미 자신의 새 를 물어뜯어버린 존재, 게다가 목을 눌러 죽여 버린 존재, 즉 자신이 새처럼 비상할 수 있으리라는 꿈, 기대를 버린 존재이기 때문이다. 이 점에서 영혜는 그녀의 형부보다 더 빨리, 더 확실히, 그리고 더 멀 리, 이 현실적 세계로부터 달아나고 있다. 그녀는 이미 자신의 '날개' 를 잃어버렸으며 그것을 확실히 자각한 채 '나무되기'로 나아가는 중이다.

「나무 불꽃」에서 이러한 그의「날개」주인공과 흡사한 특성은 다 시 한 번 강조된다. 영혜 언니 인혜의 회상 속에서 남편은 새, 나비, 비행기부터 나방이나 파리에 이르기까지 날개가 있는 것들을 즐겨 찍은 것으로 그려진다.(한강,『채식주의자』, 창비, 2007, 159쪽) 또한 「몽고반점」에서 베란다 밑으로 뛰어내리려 하는 대신 그 자리에 못 박힌 듯 서 있었던 것과 달리 응급요원들이 그를 덮치려 하자 갑자 기 베란다로 달려 나가 "마치 자신이 새인 듯 난간 위로 훌쩍 뛰어오 르려"(위의 책, 168쪽) 한 것으로 그려진다. 그럼으로써 비상을 향한 그의 의지는 훨씬 더 강렬한 것으로 나타나게 되는데, 그렇다면 그 는 결국 작중에서 영혜의 '나무되기'와 달리 '새 되기'를 꿈꾼 존재 로 그려져 있음을 알 수 있다.

『채식주의자』는, 그러니까 '나무되기', '아이 되기', '새 되기' 같은 되기의 모티프가 넘쳐나는 소설이며, 영혜는 '새 되기'에 실패한 자신의 운명을 뒤로 하고, '아이 되기'를 거쳐, '나무되기'로 나아가는 존재다. 영혜의 형부는 그러한 영혜의 운명적 역행의 동반자로 나타나며, 그 역시 늘 날개 달린 것들을 즐겨 삽입시켜온 것, 베란다에서 뛰어내려 버리려고 한 것 등이 보여주듯이 현실의 중압을 딛고 비상하고자 하는 예술가적 열정과 의지를 품은 존재로서, '동물 되기'(='새 되기')를 뛰어넘은 '식물 되기'(='나무되기')에서 새로운 전망을 찾고자 몸부림치는 인물이다.

여기서 잠시 이상의 「날개」에 등장하는 '인공의 날개'에 관한 주석적 설명을 붙여보는 것도 좋다. '인공의 날개'란 그리스 신화 이카루스의 날개를 가리키는 것이며, 이는 아쿠타가와 류노스케의 「톱니바퀴」를 거쳐 이상의 날개 속으로 들어와 새로운 자리를 잡았다.(김명주, 「아쿠타가와 '톱니바퀴齒車'와 이상 '날개' 비교 고찰」, 『일어일문학연구』 49권 2호, 2004, 430~434쪽) 한강의 『채식주의자』는 바로 그러한 전통 속에 들어 있는 '날개'를 작중에 도입함으로써, 자신의 작품을 이상적 예술지상주의를 통과한 소설로 밀어붙일 수 있었다.

영혜든, 형부든 그들은 모두 광주와 육식으로 상징되는 폭력, 살육의 현대세계를 향한 리얼리즘적 비판 단계를 넘어, '새 되기'의 단계를 통과, 마침내 '나무되기'로 나아간다. 온몸에 나무의 줄기와 잎사귀와 꽃을 그려 넣는 보디 페인팅은 이를 위한 통과 제식이다. 그들의 육체적 교섭은 동종적 인간, 식물적 인간들 사이의 유대의식의 표현이다. 그들의 육체적 교섭은 육체적이라기보다 식물적인, '인간-식물'적 의미를 띤다.

이 '나무되기'는 들뢰즈와 가타리가 상세하게 분석, 설명한 동물 되기를 넘어서는, 더욱 근원적인 역행이며, 이를 통하여 특히 영혜는 인간의, 넘어설 수 없는 한계라 할 동물성, 다시 말해 육체성조차 벗어던진 새로운 생명성을 획득하고자 한다. 그런데 이 육체성의 거부야 말로 다시 한 번 이상이 「날개」에서 시도하고자 한 것이다. 그가 「날개」 서문에서 "육신이 흐느적흐느적하도록 피로했을 때만 정신이 은화처럼 맑소"(이상, 「날개」, 『조광』, 1936.9, 195쪽)라 한 것의 진의는 육체성의 거부에 있었으며, 그는 육체성이 욕망의 서식처이며, 자본주의적 현대성의 의지처임을 알고 있었다. 자본주의적 현대성, 약육강식, 폭력, 살육 따위에서 최종적으로 벗어나기 위해서는 나무되기라는 식물성, 탈육체성을 향한 새로운 생성 과정이 필요하다.

4. '나무되기'의 전통들과 『채식주의자』의 보편성

「몽고반점」에서 영혜는 "모든 욕망이 배제된 육체"(104쪽), "일체의 군더더기가 제거된 육체"(106쪽), "어떤 성스러운 것, 사람이라고도, 그렇다고 짐승이라고도 할 수 없는, 식물이며 동물이며 인간, 혹은 그 중간쯤의 낯선 존재"(107쪽), "광합성을 하는 돌연변이체의 동물"(110쪽)의 단계를 넘어, '어린 아이'의 단계를 넘어 본격적인 '나무되기'의 단계로 나아간다. 그녀의 몸에 남아 있는 파란 몽고반점은 그녀의 식물적 역행을 가능케 하는 내재적 근거의 표상이다. 이 몽고반점이 힘을 발휘하는 것이 「몽고반점」이며 이 속에서의 제식을 통해 영혜는 식물-인간으로의 재생을 단행하는데 이것을 그린 것이 곧 연작 세 번째 「나무 불꽃」이다.

무엇보다 이 소설은 영혜의 "과민함"(한강, 『채식주의자』, 창비, 2007, 12쪽)이 시사하고 있듯이 히스테리 분석을 필요로 하는 작품이다. 히스테리란 들뢰즈에 따르면 일종의 '하이퍼'한 반응 양식이며 자극에 대해 몸 전체, 즉 '기관 없는 신체'의 차원에서 반응하는 양식이다. "기관 없는 신체가 기관의 구성과 구속력에 속해 있지 않으면서, 그 어떤 힘을 느낄 수 있는 또 하나의 신체"가 바로 "히스테리에 걸린 신체"다.(연효숙,「무의식의 감정과 감각의 힘에 대한 여성주의적 재구성·프로이트와 들뢰즈를 중심으로」,『한국여성철학』2013, 57쪽) 히스테리, 즉 과민 반응은 여성이 자신에게 주어진 정체성을 버리고 새로운 '주체'로 재생할 수 있는 근거다.(위의 글, 59쪽)

『채식주의자』의 주인공 영혜는 자신을 둘러싼 환경에 '온몸'으로 반응하는 양상을 보인다. 이 강렬함은 새로운 생성을 위한, 들뢰즈적으로 말하면 필사적인 탈주의 의미를 갖는다. 아버지의 월남전 참전과 남편의 현대자본주의적 일상성에의 순응에 깃든 남성주의적 메커니즘, 그 폭력적 구조에서 헤어나오기 위해서는 육식 전체를 거부하고, 육체성을 근원에서부터 부정하는 '강도'적 탈주가 필요하다. 영혜는 자신을 가두는 모든 금기들, 노브래지어에, 공원에서 옷을 벗고, '형부'와 몸을 섞는 것조차 두려워하지 않는다. 몽고반점에서 근친상간 금지라는 '최후'의 금기의 벽을 뛰어넘었을 때, 그녀에게는 마치 장용학의 『원형의 전설』(『사상계』, 1962. 3~11)의 주인공 '이장'처럼 새로운 삶의 단계에 들어설 수 있는 예비적 단계를 끝마친다. 「나무불꽃」은 그러한 영혜가 인간적, 현실적 세계로부터의 탈주를 마지막으로 성취하려는 곳이다.

이 「나무불꽃」에서 언니 인혜는 서울 근교의 정신병원에 감금된 동생을 찾아간다. 그녀가 생각하기에 동생은 "진창의 삶을 그녀에게 남겨두고 혼자서 경계 저편으로 건너"(173쪽)가 버렸다. 병원 복도에서 그녀는 물구나무 서 있는 기괴한 모습의 동생을 발견한다. 동생은 이제 먹지 않아도 된다고, 몸에 물을 맞아야 한다고 말한다.(179~180쪽) "모든 이차성징이 사라진 기이한 여자아이의 모습"(183쪽)으로 자신은 이제 동물이 아니라고, 햇빛만 있으면 된다고, 이제 곧 말도, 생각도 모두 사라질 거라고 말한다.(186~187쪽) 그녀는 그런 동생이 처음부터 죽음을 원했는지도 모른다고 생각한다. 또 동생은 그런 언니를 향해 "……왜, 죽으면 안 되는 거야?"(191쪽)라고 반문한다. 이 소설에서 죽음은 단순한 죽음이 아니며 재생을 위한 계기다. 또 삶에는 살아 있는 것 같지 않은, 이미 죽은 것과 같은 삶이 있다. '나무되기'를 향한 영혜의 역행은 최후의 단계에 다다른다. 모든 음식물을 거부, 삽관을 통한 투입조차 거절한 끝에 피를 토하고 탈수증세를 보이고 위에서 피를 내뿜으며 나무되기를 향한 도정을 완성하려 한다.

「나무불꽃」은 이러한 영혜의 모습을 이승, 현실, 인간성의 세계에 갇혀 살아가는 인혜의 시각에서 그린다. 인혜는 마치 최정희의 소설 「흉가」의 여주인공처럼 '눈에 피를 흘리는 존재'를 가슴 속에 안고 인내와 배려의 미덕을 발휘하며 살아가는 인물이다. 그러나 「나무불꽃」에서 인혜는 서서히, 아니 급속히 동생의 몸부림, 그 광기 어린 탈주의 의미를 깨달아간다. 비록 세속적 삶의 통념과 메커니즘 속에 갇혀 있는 채지만 살아간다는 것이 살아가지 않는 것과 다르지 않을 수 있고, 미치는 것은 그렇게 어려운 것이 아닐지도 모른다고 생각한다. "지금 그녀가 남모르게 겪고 있는 고통과 불면을 영혜는 오래 전에, 보통의 사람들보다 빠른 속도로 통과해, 거기서 더 앞으로 나아간" 것이며, "그러던 어느 찰나 일상으로 이어지는 가느다란 끈을 놓아버린" 것인지도 모른다고 생각한다.(203쪽)

결국은 언니 인혜도 동생 영혜와 전남편의 육체적 교접을 "사람에서 벗어나오려는 몸부림"(218쪽)으로 이해하기에 이른다. 동생을 응급 후송하며 비록 그녀는 아직 "초록빛의 불꽃들"(221쪽)을 향해 무언의 힐난을 보내기를 포기하지 않았지만, 그럼에도 그녀는 이미 동생의 변신을 향한 몸부림의 의미를 '완전히' 깨달았다고 할 수 있다.

이로써 연작 세 번째 「나무불꽃」의 이야기는 끝났다. 그러나 우리에게는 아직 던져야 할 질문이 남았다. 그것은 한강이 이토록 집요하게 매달린 꿈, 나무로 변신함으로써 인간적 삶의 조건으로서의 육체성, 동물성 자체를 피부에 달라붙은 의복을 벗어버리듯 탈각시켜버리고자 하는 발상법은 어디에서 왔는가 하는 것이다.

여기서 두 개의 뚜렷한 선례를 생각해 볼 수 있다. 하나는 한국현대문학의 줄기 속에서 온 것이요, 다른 하나는 영국의 현대사상사에서 근거를 찾을 수 있다.

한강은 공부를 잘 하는 국문학도였을지 모른다고 생각한다. 일찍이 이효석은 짧은 단편소설 「산」(『삼천리』, 1936. 1)에서 나무로의 변신이라는 문제를 제시해 보였다. 이 소설은 「산」, 「들」(『삼천리』, 1936. 3), 「영라」(『농업조선』, 1938. 9)로 연결되는 연작성 강한 일군의 작품들의 일부를 이루고 있다. 이 작품군에서 이효석은 인간 사회에 대해 자연과 자연 속에서의 삶의 아름다움, 가치를 역설해 나갔다. 「산」은 이 가운데서도 백미를 이루는 작품으로 이효석 특유의 간결하면서도 섬세, 세련된 문체미를 잘 보여준다.

이 소설의 주인공은 중실이라는 머슴, 그는 주인 영감에게 첩과 불미스러운 관계를 맺고 있다는 오해를 받게 되자 그 집을 떠나 산으로 향한다. 이 작품에서 산은 인간 사회의 대척 지점에 선 자연을 대표하며, 다시 이 산은 나무들의 군집처다. 이 나무들의 서식처에서 중실은 비로소 산밑 사회에서 맛보지 못한 참된 자유를 느낀다.

산속의 아츰나절은 조을고잇는즘생같이 막막은 하나 숨결이은근하다. 휘엿한산ㅅ등은 누어잇는 황소의등어리요 바람결도업는데 쉴새업시 파르르나붓기는 사시나무닙새는 산의숨소리다. 첫눈에띄이는 하아얏케분 장한 자작나무는 산속의일색. 아모리 단장한대야 사람의살결이 그러케 흴수잇슬가. 숨북들어선나무는 마을의인총보다도만코 사람의성보다도 종자가흔하다. 고요하게 무럭무럭 걱정업시 잘들자란다. 산오리나무 물오리나무 가락나무 참나무 졸참나무 박달나무 사수래나무 떡갈나무 피나무 물가리나무 싸리나무 고루쇠나무. 골작에는 산사나무 아그배나무 갈매나무 개웃나무 엄나무. 잔등에 간간히석겨 어느때나 푸르고 향긔로운 소나무 잣나무 전나무 향나무 노가지나무…… 걱정업시 무럭무럭 잘들자라는—산속은 고요하나 웅성한 아름다운세상이다. 과실같이 싱싱한 긔운과 향기. 나무 향긔 흙냄새 하날향긔. 마을에서는 차저 볼 수 업는 향긔다.

락엽속에 마뭇처안저 깨금을알뜰히바수는 중실은 이제새삼스럽게 그 향긔를생각하고 나무를살피고 하날을 바라보는것이아니었다. 그런 것은 한데합처저 몸에함빡저저들어 전신을가지고 모르는결에 그것을늣길 이다. 산과몸이 빈틈업시 한데얼린 것이다. 눈에는 어느결엔지 푸른하날이 물들엇고 피부에는 산냄새가배엿다. 바슴할때의 집북덕이보다도 부드러운 나무닢—여러자 기피로싸이고싸인 깨금닢 가락닢 떡갈닢의 부드러운 보료—속에 몸을파뭇고잇스면 몸동아리가 맛치 땅에서솟아난 한포기의 나무와도같은 늣김이다. 소나무 참나무 총중의 한대의 나무다. 두발은 뿌리요, 두팔은 가지다. 살을베히면 피대신에 나무진이흐를듯하다. 잠잣고 섯는나무들의 수고밧는은근한말을 나뭇가지의 고개짓하는뜻을 나무닢의 소군거리는속심을 총중의한포기로서 넉넉히짐작할수잇다. 해가쪼일

462

때에 질겨하고 바람불때 롱탕치고 날흐릴때 얼골을찡그리는 나무들의풍속과 비밀을 력력히번역해낼수잇다. 몸은한포기의나무다.(이효석, 「산」, 『삼천리』, 1936. 1, 315쪽)

　여기서 우리는, "산과몸이 빈틈업시 한데얼린 것이다.", "몸은한포기의나무다."라는 등의 문장에 유의해야 한다. 여기서 우리는 '나무-인간'이 된 중실의 모습을 확인한다. 이 문장들을 포함하는 「산」의 문체는 이효석 그 자신의 작품들을 포함하여 다른 어떤 작가에게서도 볼 수 없는 아름다움을 선사한다. 여기서 나무들의 산속 세상을 "걱정업시 무럭무럭 잘들자라는-산속은 고요하나 웅성한 아름다운세상"으로 표현한 것은 한강이 『채식주의자』 중 「나무불꽃」에서 영혜로 하여금 "세상의 나무들은 모두 형제 같아"(한강, 『채식주의자』, 175쪽)라고 말하게 한 것을 상기시킨다. 현실세계와 달리 모든 나무들이 "물구나무"(위의 책, 179쪽) 서 있는 나무들의 세상에서는 폭력과 억압, 살육 따위는 없다.

　이것이 바로 이효석이 원한 산속 나무들의 세계였다. 한강은 바로 이 독특한 자연주의의 후계자라 할 수 있다. 이효석의 이러한 나무의 사상과 관련하여 필자는 다음과 같은 생각을 개진한 적 있다. 도대체 나무와 같은 자유를 누린다는 것은 무엇을 의미하는가?

　　나무처럼 살라.
　　도대체 어떻게 살라는 말이냐.
　　나무는 남을 먹지 않고 스스로 먹이를 만들어 살아간다. 뿌리로부터 무기물을 흡수해서 양분을 만든다. 햇빛을 받아 광합성으로 삶을 이어갈 에너지를 창조한다. 사람 또한 모름지기 스스로 만들어 살아갈 일이다.

남을 해치지 않고 자기 스스로 자신의 삶을 위한 먹이며 재화를 만들어
갈 일이다.

나무는 또 향상하는 마음이 있다. 위를 향해 뻗어나가는 저 나무들과
같이 사람도 자신의 자아를 고양시켜 나가며 위를 향해, 위를 향해 살아
갈 일이다.

또 나무는 제가 뻗어가고픈 곳이면 어디로든 가지를 내뻗는 자유를 품
고 있다. 그가 움켜쥐는 허공이 그대로 그 나무의 영토가 된다. 그러면 사
람도 자기가 하고 싶은 일, 말하고 행동하고 싶은 것을 행할 수 있어야 하
지 않을까. 어느 영화를 보았다. 세 아들 중 하나가 아버지에게 말했다.
예의를 지키며 할 말을 하지 않으니 예의를 지키지 않겠습니다. 이런 사
람의 말과 행동은 귀하고 자유롭다.

나무는 또 저마다 서로로부터 일정한 거리를 두고 혼자 살아간다. 그
나무 어느 것도 다른 나무의 삶의 영토를 침범하지 않는다. 우리도 그와
같이 서로로부터 자유롭게 살아갈 일이다. 자기 삶의 범위를 지키며 남
의 삶의 방식을 논단하지 않으며 나는 나대로 살겠다. 당신은 당신대로
살라. 햇볕을 쬐고 싶소. 조금 몸을 비켜주지 않겠소?(방민호, 「나무처럼 살
라」, 『경북매일신문』, 2014. 1. 23)

이것은 필자가 이효석을 탐구하면서 그가 읽었으리라고 짐작되는
존 스튜어트 밀과 오스카 와일드의 저작들에 나타난 나무의 비유를
참조하여 조금 더 진척시킨 것이다. 예를 들어, 밀은 "어느 종교든
인간이 어떤 선한 존재에 의해 창조되었다고 믿는다. 그렇다면, 이
런 선한 존재는 자신이 인간에게 준 모든 능력이 뿌리를 드러낸 채
말라비틀어지기보다는 잘 자라고 번성하기를 바랄 것이다."(존 스튜
어트 밀, 『자유론』, 서병훈 옮김, 책세상, 2005, 120쪽)라고 쓴 바 있다. 인

간의 개별성을 옹호하고 그 자유를 최대한 보장하고 싶어 했던 밀은 사람들이 저마다 자신들에게 어울리는 환경에서 살아갈 수 있어야 한다고 믿기도 했다.

온갖 종류의 식물들이 다 똑같은 물리적 환경과 대기, 그리고 기후 조건 속에서 살 수 없듯이, 인간 또한 똑같은 도덕적 기준 아래서는 건강한 삶을 누릴 수 없다. 같은 것이라 하더라도, 이 사람의 정신적 성장에는 도움이 되지만 저 사람에게는 방해물이 되기도 한다. 동일한 생활양식이지만, 어떤 사람에게는 행동능력을 잘 키워주면서 최선의 상태에서 건강하고 즐겁게 살 수 있도록 해주지만, 다른 사람에게는 모든 내적 삶을 황폐화시켜 버리는 지긋지긋한 암초 같은 것이 되기도 한다. 사람들을 기쁘게 해주는 일들, 고통을 느끼게 되는 상황, 이런 문제들을 지각하는 육체적, 정신적 작용은 사람에 따라 다양하다. 그러므로 각자의 경우에 맞는 다양한 삶의 형태가 허용되지 않는다면, 인간은 충분히 행복해질 수 없다.(위의 책, 130쪽)

한강의 『채식주의자』는 이러저러한 인간에 대한 나무의 비유법에 토대를 두고 있으며, 특히 그 한국적 형태로서의 이효석의 사상에 소급되는 특성을 지녔다. 들뢰즈의 '나무되기' 이전에 나무인간에 대한 많은 이야기와 비유담들이 있었음을 상기하면서 이 소설이 그러한 지성적 사유와 상상력의 전통을 잇고 있음을 의미 있게 여긴다. 세계문학은 바로 이 지성적 사유와 상상력의 총합일 것이기 때문이다.

오스카 와일드의 용법을 빌려 말하면 한강의 『채식주의자』는 확실히 '공상'의 소설이다.(오스카 와일드, 「거짓말의 쇠퇴」, 『오스카 와일드 예술평론』, 이보영 옮김, 예림기획, 2001, 32쪽) 그러나 이러한 공상에 바탕한 로맨스가 없이는 오늘의 현대소설은 비상구를 찾기 힘든 것 같다. 『채식주의자』는 오스카 와일드가 추구했고 노스럽 프라이가 노블과 대등한 위치로 돌려놓은 로맨스를 활용한, 로맨스적 소설로서의 '나무되기' 이야기다. 이것을 영국인들, 유럽 사람들은 의식으로 알지 못한다 해도 직감한 것이리라, 생각한다.

'신라의 발견' 논쟁에 붙여

1. 이 논의의 위치와 성격

올해 2014년은 김동리 탄생 백 주년이다. 초봄에 필자는 비평가 송희복으로부터 '신라의 발견' 문제를 취급해 달라는 말씀을 들었다. 내심 반갑게 여겼다. 그 까닭은 지난 몇 년간 필자가 관심을 기울여온 한국문학의 근대이행이라는 문제를, 비록 철지난 느낌이 없지 않지만 비평적 쟁점이 된 문제와 부딪히게 하고, 그럼으로써 필자의 생각의 유효성 여부를 시험해 볼 수 있으리라는 생각이 들었기 때문이다.

필자 역시 근대이행이라는 문제, 근대문학이란 무엇이냐 하는 문제에 관심이 있었다. 하지만 필자가 문제를 다루는 방식은 현저히 귀납적인 데 치우쳐 있어 일반론을 제출하기까지는 긴 시간이 아직도 더 필요한 상황이다. 그럼에도 논쟁은 문제를 해결해 주지는 않지만 문제의 소지와 성격을 인식하게 하고, 그럼으로써 연구 수준을 심화시켜 가는 촉매제가 된다.

변명 삼아 먼저 밝히면 필자는 '신라의 발견' 논쟁 당시의 경과 과정을 주밀하게 살펴보지 못했었다. 한 당사자인 김홍규의 『근대의 특권화를 넘어서』는 통독을 했으며, 아주 깊은 통찰과 문제의식의 산물임을 알아차릴 수 있었다. 다만, 이 논의들은 여러 가지를 고려하여 문학 작품에 대한 논의를 우회하고 있다. 따라서 이 글에서 필자의 몫은 문학 작품을 통한 주장 또는 논증의 형태를 띠게 될 것이다. 황종연의 글들은 사실상 첫 번째 글, 즉 『신라의 발견』에 실린 글과 그 책에 들어 있던 윤선태의 글 등을 접했을 뿐이다. 그러나 근거 없는 주장을 펼치려 하지는 않았다. 이 글은 최근 몇 년 간 필자의 연구 결과를 바탕으로 논의를 전개하고자 하는 것이다.

한편, 김동리의 고장 경주는 이 논쟁을 취급하는 데 적절한 장소인 듯하다. 김동리야말로 자신이 경주라는 폐도의 후예라고, 강렬하게 의식한 작가였기 때문이다. 필자는 지난 5월 「역마」의 고향인 화개에 가서 김동리 탄생 100주년 기념 발표를 하면서, 자신을 경주의 아들, 신라의 후예로 인식한 김동리의 자기 인식이 그로 하여금 일제말기를 어떻게 견딜 수 있게 해주었는가를 이야기했었다.

필자는 그때 김동리의 당시 소설 「술」, 「폐도의 시인」, 「두꺼비」 같은 작품들에 주목했다. 이 세 작품은 「무녀도」나 「산화」, 「화랑의 후예」 같은, 1930년대 후반에 씌어진 다른 작품들만큼이나 지극히 중시되지 않으면 안 되는 것으로 보였다. 여기에 그의 '비전향' 사상이, 그 형태와 구조가 적나라하게 표현되어 있기 때문이다.

김윤식은 1930년대 중반 이후의 전향을 1차, 2차로 나누어 설명하면서 1차 전향이란 마르크스주의자나 민족주의자가 그것을 버리는 것으로, 2차 전향이란 천황제 파시즘에 귀의하는 것으로 설명했었다.

「두꺼비」는 이를 적용해 말하면 1차 전향을 거부하는 인물의 이야기다. 주인공은 여기서 삼촌의 대승주의, 즉 세계시민주의를 부정하고 소승주의, 즉 민족주의를 버리지 않으려 한다. 이 소설이 씌어진 시점이나, 전향 문제에 특이하게 불교적인 용어를 도입하고 있음에 비추어 이 소설은 필시 이광수의 장편소설『사랑』을 염두에 두고 썼을 가능성이 농후하다. 이 문제는 물론 다소의 논증이 필요하다.

그러나 당시 불교계가 첨예한 논전의 장이었다는 것, 한편에 한용운이나 이학수 운허나 젊은 청담, 박한영, 백용성, 송만공 같은 이들이 있는가 하면, 그 대극에 김태흡이니 권상로니 하는 '친일' 승려들이 있었고, 이광수가 이러한 각축의 장 속에서『사랑』이니, 「육장기」, 「난제오」니, 「무명」이니, 그리고『세조대왕』을 썼으며, 이것이『원효대사』로 귀착된다는 것을 이해하는 것은 중요하다. 마르크시즘에서와 마찬가지로 불교계에도 이른바 전향축과 비전향축의 대립이 있었고, 이광수는 김동리가 「두꺼비」에서 비판한 세계시민주의를 거쳐 천황제 파시즘의 승인 쪽으로, 적어도 표면상으로는 논지를 이월시켜 가게 된다.

이와 같은 '전향'의 계절에 '젊디나 젊은' 김동리가 서정주나 정비석 같은 여타의 작가들과 달리 '자기'를 버리지 않고 지켜가는 모습은 하나의 장관이라 하지 않을 수 없다. 그리고 이 '저항'의 바탕에 바로 경주와 신라의 기억이 존재한다. 「폐도의 시인」은 「술」에서 보듯 지독한 허무에 시종할 수도 있었을 김동리가 어째서 그 허무에도 불구하고 자기를 지켜냈는가를 보여준다. 이 소설의 주인공은 자신을 폐도의 자식으로 이해한다. 폐도란 이미 역사적 시효성을 상실한 도읍이다. 그러나 이 말이 김동리에게는 하나의 역설이 된다. 세속적인 권력을 상실한 폐도가, 김동리에게서는 마치 능구렁이에게 잡아

먹힌 두꺼비가 그 안에서 무수히 많은 새끼를 낳아 그것들이 능구렁이 뼈 마디 마다에서 쏟아져 나오듯이, 폐도는 죽었어도 죽지 않고, 죽은 뒤에도 부활하며, 자신을 죽음으로 몰아넣은 자를 응징한다, 복수를 행한다.

이 죽음의 극복과 부활과 복수는 일종의 사상이라고 불러 마땅한 것이며, 사상이라는 말은 이런 때 비로소 그 생생한 실체성을 드러낸다. 필자의 『일제말기 한국문학의 담론과 텍스트』에 서평을 쓴 한수영은 필자의 저서가 동아시아협동체론이니 뭐니 하는 사상들을 구축하려 한 일제말기 작가들의 사상적 모색을 외면하고, 그들을 불안과 공포에 사로잡힌 왜소한 사람들로 묘사했다고 비판을 가했었다. 물론 서평의 전반적인 내용은 우호적이고 긍정적이었지만, 이와 같은 진단은 필자가 그 책에서 묘사하려 한 사상의 생생한 실체성을 보지 못했거나 알고도 애써 외면한 듯한 인상을 남긴다.

한 문학인의 사상이란 동아협동체론이나 마르크시즘이나 불교 따위를 그가 어떻게 그럴 듯한 말로 논리화했는가를 보여주는 '시신의 해부학'으로는 절대로 포착할 수 없다. 그런 방법은 사이비 사상에 논리를 부여해주거나, 비루하고 과장된 것에 의미와 가치를 부여하는 일에 불과한 것이 된다. 사상은 한 개인이 온갖 거대담론들의 존재에도 불구하고 그것들을 종합하거나 지양하고, 또 여기에 그 자신의 시대인식과 경험이 응축되어 하나의 생생한 개별적 자질을 획득할 때 비로소 사상다운 것이 된다. 이광수나 최남선의 일제말기 대일협력 논리를, 서정주의 '종천순일' 같은 것을 사상이라 일컬어주지 않고 역사의 어둠에 묻힌 것들로 취급하는 이유가 여기에 있다.

그때 김동리는 근대의 초극 운운하는 일본 지식인들의 허위적인 관념들을 도입하는 대신에, 「두꺼비」의 저항사상을 주조해 냈으니 이것은 '식민지적 근대'의 극복이라는 시대적 과제를 김동리만의 방식으로 '해결'한 것이라 할 수 있다.

그리고 그 배후에 바로 신라와 경주가 있다. 그러면 이렇게 반문할 것이다. 이 신라와 경주는 김동리의 것이었는가. 혹은 범부 김정설의 것이었는가. 그것은 일제 식민사학이 제출한 '신라의 발견'의 산물이 아니었는가. 그러나 경주를 죽은 도읍으로 명명하는 김동리의 용례를 '(통일)신라의 발견'의 논리에 연결되는 것, 즉 등가적인 것으로 놓을 수는 없을 것이다. 그것은『원효대사』에서 이광수가 화려하게 묘사한 경주와는 비교할 수 없도록 비참하고 황폐하다.「화랑의 후예」의 주인공처럼 경주는 아무런 세속적 입법성(실정성)을 지니지 못한 죽은 도시다. 그러나 이 죽은 왕조의 옛 도시가 산 제국의 힘과 논리를 이긴다. 사자가 돌아와 잘못된 산 자들의 세계에 응징을 가한다.

이러한 '사상'은 요컨대 일제의 식민사학의 대상으로서의 경주 표상에서는 발견될 수 없는 것이다. 즉, 역사에 관한 모든 것을, 그것을 보는 기본적 모델을, 심지어 '(통일)신라의 발견'조차 일제 식민사학이 제공했다는 논리는 적어도 김동리 같은 작가에게는 허용되거나 관철되지 못한다.

다시 말해 우리가 지금 가치 있게 보존해야 하는 신라나 경주에 관한 담론은 이런 것이며, 이러한 '진정한' 역사철학은 식민사학 따위가 제공해 줄 리 만무하다. 에드워드 사이드의『오리엔탈리즘』과 강상중의『오리엔탈리즘을 넘어서』가 공들여 주장한 것은 권력의 효과로서의 담론이 그 자체로 진실한 것은 아니라는 점이었다. 만약 이러한 오리엔탈리즘론 또는 그것과 관련 깊은 포스트콜로니얼리즘론을 진지하게 취급하려는 연구자라면, 일제 식민사학에 의해 주창된 '신라의 발견'이 현진건이나 이광수에게 어떻게 관철되었나를 즐겨 묘사하기 전에 그러한 담론 자체의 허구성에 주목해야 할 것이다. 그것은 권력이 구성할 수 있도록 해 준 것일 뿐, 그 '진리' 효과가 곧 진리 그 자체는 아닐 것이기 때문이다.

그러나 '신라의 발견'의 논자는 매저키즘적 숭배 심리가 있는 듯하다. 들뢰즈에 따르면 매저키즘은 모피를 입은 비너스다. 물론 그것은 매저키스트의 숭배 대상이 되는 여성을 상징한다. 이 비너스는 매저키스트의 사랑을 수락해주지 않음으로써 그의 숭배와 애정을 유지시킨다. 이제 식민사학이 비너스가 되었다. 숭배와 사랑에 대한 대가는 연기되고 그 연기 속에서 매저키스트는 구애 행위의 쾌감을 만끽한다.

그러나 그는 돌아서면 어느 순간 새디스트가 된다. 그는 얻어맞기를 원치 않는 이들에게 채찍을 휘두른다. 진정한 새디즘은 들뢰즈에 따르면 맞는 것을 즐기지 않는 여성에게 학대를 가하기를 즐기는 것이다. 이때 이 학대받는 여성의 자리에 놓이는 것은 이른바 그가 점찍은 '내발론자들'일 것이다. 신라를 주체적으로 발견해 왔다고 믿는 너희들에게 내가 진리의 채찍을 가할 테니 보라. 너희가 너희 것이라고 믿는 것은 실은 너희들 노예의 주인이 선사한 것이니라.

그런데 경우에 따라 노예는 한 마디 말로 주인으로 둔갑하기도 한다. 김철은 김동리의 「황토기」를 가리켜 파시즘 미학으로 해석하는 기술을 발휘했는데, 이것은 이태준의 「농군」을 이태준의 대일협력 노선을 보여주는 작품으로 읽어낸 그의 또 다른 글보다도 더 경탄할 만한 것이다. 이러한 분석에서 김동리는 원한을 품은 노예가 아니라 갑자기 광폭한 주인의 논리를 공유하는 자가 된다. 물론 극과 극은 통한다는 말 한 마디면 모든 것이 설명되는 것을 어찌하랴.

2. 이광수에 관한 이해에 관하여

어째서 이러한 해석이 가능했느냐를 물을 때 우리는 컨텍스트에 대한 이해라는 문제를 떠올리게 된다. 사실 김흥규가 여러 번에 걸쳐 황종연과 윤선태의 논의를 취급하면서 제시한 근거들은 그들이 모르는 역사 또는 그 기록들의 컨텍스트에 관한 것이었다.

그는 신라의 삼국통일이라는 논리가 얼마나 오래된 것인지, 신라, 고려, 조선, 그리고 구한말의 역사서술에 얼마나 자주 등장해 온 것인지 조목조목 제시했다. 아무리 연구가 해석이라 해도 이처럼 '사실'을, 사실적 자료들을 누적해서 제시하는 것을 당할 재간은 없을 것이다. 심지어 두 사람이 금과옥조로 떠받든 하야시 타이스케의 『초오센시』마저 김부식의 『삼국사기』와 서거정 등의 『동국통감』을 짜깁기한 것이라면 그의 식민사학을 일제강점기의 '모든' 민족사학의 원천이자 원형으로 제시한 두 사람의 지식의 일천함에 대해서는 두말할 필요가 없을 것이다. 물론 문제는 일천함 자체에 있지 않다. 자신의 무지를 깨닫지 못하고 타인들의 무지를 비웃을 용기를 가졌을 때 문제는 나타나기 시작하는 것이다.

여기서 「신라의 발견」의 논자가 펼친 논리전개 방법을 간단히 상기해 보고자 한다. 그는 먼저 해방 이후 신라가 어떻게 호명되어갔는가를 지극히 묘사적으로 서술한 후, 그러한 민족주의적 호명의 원천이 실은 일제 식민사학에 있었다고 단정한다. 그로써 해방 이후 민족주의는 식민주의의 자식이 된다. 이러한 논리를 보충하기 위해 그는 그 시대의 역사학자들이 식민사학의 논리를 어떻게 모방했는지 묘사한다. 역사학계의 모방 양상을 유창하게, 그러나 지극히 간단히 처리한 후, 그는 이제 현진건과 이광수를 또 그렇게 간단히, 그러나 유창하게 처리해 나간다.

이 자리에서 필자는 이 모든 과정을 돌이켜 볼 수 없다. 필자는 현대문학과 고전문학을 아울러 깊이 탐구한 김흥규의 논리체계를 갖추고 있지 못하며, 일제시대 근대사학에 대해서도 충분한 지식을 쌓아놓지 못했다. 다만, 이러한 논의가 필자가 몇 편의 논문을 쓴 이광수에 가서 대단원의 막을 내리고 있으므로 필자 또한 이 이광수에 잠시 논의를 기대보고자 한다.

동서양 제국의 논리를 망라, 섭렵한 거대담론의 소유자는 이광수의 『원효대사』가 식민사학을 모방한 민족주의 사학의 면모를 드러내는 것이라고 한다. 그 앞에서도 그는, 예를 들어 현진건이, "신라문화의 정화를 당의 영향과 무관하게 만들고", 그것을 "단일한 역사적 민족의 자기발양으로 정의한" 것은 "두말할 것도 없이 일본인의 식민지주의적 신라관에 대한 민족주의적 반동"이며, 현진건이 화랑도를 조선 민족문화의 원형으로 취급한 것은 그 전에는 없었고, 오로지 식민사학이 화랑도의 존재를 근대적으로 부각시켜서나 회득된 역사인식을 소설로 '번역'한 것이다. 그는 『무영탑』에 그려진 당학파와 국선도파의 대결을 현진건의 묘사를 작가보다 한 수 높은 조감적 위치에서 "실망스러울 정도로 추상적"이라 한다.

또한 그는 『무영탑』이 의도한 민족주의 이데올로기의 '프로파갠더' 효능에 대해서도 의문을 표명한다. "중국을 자신의 타자로 만드는 조선 민족의 자전적 이야기는 19세기 후반 김옥균과 개화파 지식인들의 반청주의와 상통하기 때문에 일본 식민주의자들로서는 위험하다고 여겼을 이유가 없다." 그러니, 일장기 말소사건의 주역 가운데 하나인 현진건은 이 대목에 이르러 '적'이 위험스러워하지도 않을 짓을 열심히, 자기가 하는 일은 위험하다고 생각하면서 행하는,

일대 넌센스를 남발하는 희극 배우가 되고 만다. 대신에 일본 식민주의는 무엇이든 잡아먹고 용해시킬 수 있는 만능이 된다. 이런 관점은 요컨대 탈식민주의라 하지 않으며, 국외자인 듯한 포즈로 오히려 식민주의의 입지를 강화시키는 논리라 해야 마땅하다.

『무영탑』논의에 이어 이 논자는『원효대사』에 대해서도 거침이 없다. 그는 이광수가 원효를 묘사함에 있어 "특히 빈약한 기록을 이용해서 소설을 썼던 것으로 보인다"라고 간단히 추론한다. 그가 주로 의존한 기록은『삼국유사』의 원효 관련 설화들이며, "게다가 그 설화의 연대기적 서사를 충실하게 좇고 있지도, 그 설화의 각각의 모티프를 발전시키고 있지도 않다." 이 논자의 자신만만함은 어디서 연유하는지 모르겠지만, 필자가 아는 바로는『삼국유사』의 원효 기록만으로는 원효 일대기를 구성하는 것 자체가 불가능할 것이며, 잘 알려진 원효의 유학 중단과 해골 물 이야기조차도『송고승전』을 비롯한 여러 판본들을 종합하면서 작가 자신의 창작적 의도를 살린 것임을 유념할 필요가 있다. 특히『원효대사』의 이 설화 대목은『삼국유사』의 기록과 상치되는 부분이 있음을 간과하기 어렵다.

논자는 나아가 "『원효대사』에는 문헌상의 증거가 희박한, 이광수가 날조한 것으로 보이는 원효의 일화가 다수 들어 있다"라고, 과격한 문체를 구사하는데, 역사소설에도 여러 유형이 있는 법이고, 더구나 이광수가 노블에도 '못 미치는' 로맨스를 쓴 다음에야 여기에 구태여 "날조"라는 자극적인 어휘를 보태야 하는 의도는 무엇일까. 소설이란, 특히 연대기적 형태의 역사소설도 아닌 바에야, 항용 역사적 사실과 합치해야 할 까닭도 없지 않은가 말이다.

논자는 이러한 맥락에서 이광수의『원효대사』가 사실에 부합하지 못하는 몽상적인 에피소드들을 끌어나 놓은 노블에 못 미치는 소설이며, 원효도 따라서 루카치식의 전형적 인물이라고는 볼 수 없다는 장식적인 분석을 덧붙이고는, 외세 의존에서 벗어나 자주성 추구로 나아가는 이 원효의 이야기가 일본인의 식민지주의적 조선관에 대한 대립을 함축한다고 보면 그것은 경솔한 판단일 것이라는 훈계를 잊지 않는다. 이광수가 묘사한 신라는 일본 국수주의 이데올로그들이 만들어낸 신의 나라 일본의 이미지를 가지고 있으며, 그의 고신도 '창안' 역시 일본의 일선동조론을 상기시킬 뿐이라는 것이다. 그는 이렇게 단언한다. "이광수의 신라 표상은 그것이 내세운 신라인의 국민적 결속이 조선 민족주의의 알레고리처럼 보일지라도 일본인의 고대 조선 담론의 권역에서 벗어나 있지 않다. 신라를 일본과 유사하게 만든 그의 고신도 창안은 오히려 조선과 일본의 민족적 차이의 말소, 조선사의 일본사적 종언이라는 사태에 대한 수락을 의미한다." 또 사실 이광수는 그때 열렬한 내선일체 정책의 지지자였고, 이처럼 "내선일체를 조선인을 위한 거룩한 복음으로 받아들인" "제국주의적 사고"와 그의 원효 이야기는 불가분의 관계가 성립한다는 것이다.

이러한 논리는 최근 십 년 간 제출된 어떤 유형적인 타이프의 이광수론들을 상기시킨다. 그러한 논의들에 따르면, 이광수는 계몽주의자이자, 근대주의자이며, 제국주의 논리를 내면화 한 식민지 테크노그라트다. 이광수는 이렇게 단순화 된다. 이런 분석이 하나의 유행이 되어 이와 관련된 논자들끼리 서로를 부추기며 다른 관점을 가진 논자들의 단견을 냉소적으로 취급하기를 잊지 않았다. 더 구체적으로, 이광수는 일본처럼 조선을 근대화 하고자 한 계몽주의자였고, 일본적 근대와 근대문학을 모방하여 조선에 근대문학을 착근시키려한 '이식론자'였으며, 일제말기에 이르러서는 급기야 일본식 불교

논리를 바탕으로 전쟁동원을 합리화 한 인물이다. 그의 계몽주의는
『무정』과 『민족개조론』에, 그의 이식론적 시각은 『문학이란 하오』와
『무정』에, 또한 그의 일본 불교식 전쟁 참여 논리는 「육장기」나 『원
효대사』에 잘 나타난다.

그러나 이러한 논의들은 이광수의 민족 개조라는 것이 도산 사상
에 연결되며, '정'으로서의 문학이라는 것도 유학의 사단칠정론의
정과 칸트적 지정의론의 정의 이중적 결합물이라는 것, 그의 문학에
서 불교니 『법화경』이니 하는 것이 멀리 1920년대에까지 소급될 만
큼 유구하다는 점을 간과한다. 단적으로 말해 지금 '이광수학'은 일
신되어야 하고 낡은 논리의 구태를 벗고 사태의 진상에 한 발 더 다
가서야 한다. 그런 노력이 필요한 때다.

이광수에 관한 가장 흔한 오해 가운데 하나는 이광수가 저항적 민
족주의자로서 사상적 인생을 시작했다는 것이다. 특히 장편소설 『무
정』을 전후로 한 이광수의 사상적 색채의 변화에 관해서는 모든 것
을 자명하게 생각하는 경향이 있다. 즉 『무정』을 쓸 때 그는 계몽적
인 민족주의자였다는 것이며, 상해에서의 귀국과 민족개조론 집필,
발표는 그 변질이라는 것이다. 하지만 이광수는 이른바 일진회 장학
생으로 일본 유학에 나아갔으며, 귀국해서 오산학교 선생이 되었다
그만둔 후에 다시 한 번 유학으로 나아가는 데에도 김성수의 주선
으로 일본인 목사의 원조를 얻어서였다. 와세다대학에 재학 중 『무
정』을 쓰고 나아가 상해로 가 안창호의 지도 아래 다른 독립운동가
들과 함께 활동했지만 결국 국내로 돌아오는 길을 선택했다. 즉, 이
시기에 이광수는 자신의 사상적 선택을 둘러싸고 번민과 선택을 거
듭해 나갔으며, 「민족개조론」 이후에도 그 고민은 끝나지 않았다.

표면상 민족주의자로서의 외피를 뒤집어쓰고 있는 가운데에도 그

는『매일신보』에『무정』을 연재하고, 뒤이어 총독부의 전폭적인 지원 아래「오도답파기」를 연재하는 데서도 볼 수 있듯이, 일제에 의해 발탁되어 성장한 청년지식인이었고, 그럼에도 상해로 건너갔다 2·8 독립선언을 위해 일본으로 돌아왔고 다시 상해로 건너가는 등 복잡한 궤적을 보였다.

이러한 그의 주변에는 늘 안창호와 같은 서북 지식인 독립운동가들, 운허와 박한영 등의 불교계 인사들이 있어 대일협력에 기우는 그를 민족운동 쪽으로 견인하는 역할을 했다. 특히 1930년대의 그는 수양동우회와, 홍지동 산장 시대가 보여주듯이 민족주의적 불교의 영향력이 지속적으로 확장되어간 시기다. 아직 가설이지만 1937년 6월에 시작된 수양동우회 사건은 이처럼 체제외적인 방향으로 움직이는 이광수를 체제 협력 쪽으로 견인하기 위한 조치였다고 할 수 있다.

장편소설『사랑』은 이러한 검속을 전후로 한 이광수의 사상적 모색을 살펴볼 수 있게 하는 문제작이다. 그는 여기서, 앞서 김동리의「두꺼비」를 살피면서 언급했듯이 인류평화와 병든 인간의 구원이라는 명제를 제기한다. 이것은 중일전쟁(1937년 7월)이 발발하는 시대적 전환기에 인류적 차원의 중생 구제를 제시한 것이라는 점에서 매우 문제적이다. 그러나「육장기」가 보여주듯이 이광수 소설의 체제이탈적인 주제 구축은 대체로 여기까지다. 그는 김윤식의 일제말기 이광수 분석이 보여주듯이 일제말기를 여러 개의 가면을 쓰고 버텨나갔으며, 그 표면에는 철저한 체제 협력론자의 가면을 쓰고 있었다.

그러나 이 가면 쓰기가 얼마나 철저한 것이었는가를 두고는 논란의 여지가 있다. 그가 철두철미 내선일체론자였는지, 일본 국민으로서의, 대일협력자로서의 '의식'과 조선인으로서의 '무의식' 사이에 균열과 상충은 없었는지 따져보아야 하며, 그 시금석 가운데 하나가 바로『원효대사』다. 의식이니 무의식이니 하는 말이 최근 몇 년처럼 본말전도 된 적도 없었다고 해야 할 것이, 어떻게 식민지가 된 지 얼마 안 되었고, '국민'이 된 지 얼마 안 된 것이 무의식, 즉 의식 이전의 심층을 구성할 수 있겠는가. 그러나 '식민지적 무의식'이라는 수입산 용어를 즐기는 이들은 정신분석학의 가장 기본적인 모델조차 점검하지 않고 무의식이 어떻고, 의식이 어떻고를 말하곤 한다.

다시『원효대사』로 돌아가 보면, 이 작품은 적어도 표면상으로는 민족주의 서사를 구축하기보다 내선일체론을 서사화 하려는 동기를 가진 것이며, 문제의 초점은 이런 텍스트가 어떤 균열을 내포하고 있는가 여부, 즉 그의 대일협력이 '완성'될 수 있었는가에 있다. 황종연은 이를 그것과는 반대로, 즉 민족주의 서사 구축을 목표로 삼은 소설이 불가피하게 식민사학에 동조될 수밖에 없었다는 쪽으로 분석하고 있으니, 이것은『원효대사』텍스트가 놓인 위치, 즉 컨텍스트를 전연 잘못 짚은 것이다. 이광수에 있어『원효대사』가 놓인 맥락을 고려하지 않고 오로지 일제시대 민족주의는 일본의 식민사학이 발명한 것을 모방, 차용하면서 스스로의 이념을 세우려 하나 이것의 이데올로기 효과는 '무용지물'에 가깝다는, 자신의 상상된 이야기를 완성하려는 의욕이 앞선 것이 바로 '신라의 발견'론이며, 그 속에서의『원효대사』론이다.

발명이라는 수사가 횡행하는 것에 대해 김흥규는 깊은 우려를 표명했던 바, 필자는 이 발견이라는 말에서 마치 콜롬부스의 신대륙 발견과 같은 수사를 떠올리게 된다. 물론 식민사학자들은 통일신라를 '발견'했는지도 알 수 없다. 그곳에 사는 이들은 다 알고 있는 대륙을 발견하고 거기에 이름을 부여한 콜롬부스처럼 이름도 선명하게 남아있지 못한 어느 식민주의 사학자가 대륙을 발견하자 그곳의 원주민들이 그제서야 자신들이 그런 이름을 가진 땅에 살고 있음을 깨닫고 너나없이 그렇다고 떠들기 시작했다는 것이다. 그토록 조선 전래의 지식인들, 대한제국 시기의 역사학자들, 일제시대의 역사학자들은 무지몽매했다는 것이다.

3. 내부와 외부, 한국 소설의 근대이행에 관하여

그러나 이렇게 말하면, 문제는 단순히 무엇을 알고 있었느냐가 아니라 근대적 인식 구조의 창출에 관한 것이라고, 꽤나 현학적인 태도로 반론을 꾀하는 것이 물론 가능할 것이다. 이제 신라는 어떻게 발견되었느냐, 하는 말은 국문학계에서 근대적 인식 구조의 창출을 묻는 문제가 되었다.

그런데 이제는 어쩌면 낡은 문제가 되어버린 신라의 발견 문제, 즉 누가 근대적 인식을 이끌었나 하는 문제 앞에서 가장 간결하고 또 잘난 체하는 방식은 그것이 '다' 외부에서 왔다고 주장하는 것이다. 원리적으로 보면 이러한 태도는 일단 출발부터 용납되기 어려운데, 그것은 이러한 설정이 역대 또는 당대의 국문학 담당자들의 창조적 역능을 왜소화시키고, 번역자적 기능에 국한시키며, 그리하여 그러한 수동적 존재들을 관망하는 유리한 위치에 자신을 배치하고는 만족스러운 웃음을 짓는, 매우 자족적이며, 냉소적인 방식이기 때문이다.

대신에 필자는 이 문제가 창조적 접합을 통한 새로운 문화적 국면 형성의 측면에서 논의되어야 한다고 믿는다. 이 문제는 지금 필자의 상황에서는 두 개의 논거를 준비할 수 있다. 그 하나는 이광수의 『무정』의 경우이며 다른 하나는 이인직의 『혈의루』다.

『무정』은 많은 논자들에 의해서 반복적으로 최초의 근대소설이라 논의된 바 있다. '신라의 발견'의 필자는 『무정』을 서구 신사상의 수입으로 보는 관점을 수리하여, 이것을 서구식 노블의 통국가간 시작이라고 명명했다. 과연 이 소설의 인물들은 관념성, 내면성이 풍부하기 때문에 그때까지의 한국소설이 보여주지 못한 경지를 개척하고 있는 것은 사실이다. 그러나 조동일을 비롯한 많은 논자들은 이 소설이 재래의 소설들의 문법적 구조와 특질을 풍부하게 계승하고 있다고 했다. 또한 조동일은 한국에서는 서구식의 노블 대신에 동아시아 공동의 서사 양식으로서 소설이 형성, 전개되어 왔고, 이것이 『무정』에도 면면히 흐른다고 했다. 필자는 『무정』의 소설적 구조나 주제, 인물들의 성격 등에 그와 같은 요소가 풍부하게 작용하고 있다고 보며, 이 점에서 『무정』은 전승되어 온 것과 외부에서 온 것을 종합한 것이라고 생각한다.

이 종합은 근래 논의에 종종 오르내리는 정으로서의 문학론과 관련해서도 논증될 수 있다고 생각한다. 「문학이란 하오」와 『무정』에 나타나는 정은 단순히 일본 철학계나 교육계, 문학계의 창작물, 즉 발명품이 아니다. 『무정』이나 「문학이란 하오」에 '정'은 중첩적으로 나타난다. 그 하나는 칸트적 의미에서의 정이다. 칸트의 시대에 요하네스 니콜라우스 테텐스는 인간의 정신작용에 있어 지성, 감성, 도덕 의지(지·정·의)의 삼분법을 근대적으로 확립했고, 칸트는 이것에 대응시켜 순수이성비판, 판단력비판, 실천이성비판을 저술했다. 신칸트주의자들은 칸트의 이러한 면모를 들어 칸트철학을 주지주의, 즉 데카르트의 지성 중심적 인간이해와 다른, 전인간론으로서의 인간학이라 규정했다.

이광수가 와세다대학에 유학하던 시대에는 이 신칸트주의가 성행했으며, 나중에 교토로 가 니시다철학에 합류하게 되는 하타노 세이이치가 바로 신칸트학파로서 독일에 유학까지 한 연구자였다. 이광수 『무정』에 등장하는 '전인간'의 유래는 바로 이 칸트였다. 그런데 여기서 더 나아가 생각해야 할 것은 이 칸트의 지·정·의라는 것이 실은 저 고대 그리스의 진선미의 이상을 근대적으로 '번역'해 놓은 것에 불과하다는 사실이다. 근대의 변방 독일은 이 '번역'을 통해 서구 보편적인 문명에 참여했고, 이점에서 이광수는 바로 일본 것이 아니라 그리스의 것을 자기 것으로 만든 셈이다. 물론 『블랙 아테나』 같은 책을 참고하면 그리스라는 이 기원의 형이상학은 다시 한 번 해체된다.

그렇다면 이 정의 다른 측면은 무엇인가. 그것은 이 소설의 제목이 '무정'인 것에 직결된다. 정이 없다는 것은 칸트적 의미의 정이면서 동시에, 또는 그 이전에 성리학 속에서의 정이기도 하다. 우리는 저 사람은 정이 없다는 말을 쓰곤 하는데, 이때 정은 사람의 본성 (성)에서 발원하는 자연스러운 마음의 흐름, 즉 측은지심이 없다는 것이다. 성리학에서의 성정론은 조선에서 사단칠정론을 이루는데, 이것은 전통적인 성정론에 내재한 성과 정의 관계에 대한 이중적 사고에 기인한다. 즉 어느 경우에 정은 성의 발현을 위해 억제, 조절되어야 하는 것으로 간주되기도 했다.

『무정』에서 무정하다 함이란 무엇을 가리켜 말함인가? 그것은 형식이 영채를 버리고 선형을 취한 것을 일러 가리키는 것이다. 작가는 화자를 빌려 무정한 세계에서 유정한 세계로 나아가자고 했는데, 이것은 새로운 계급이 낡은 계급을 구축하고, 새로운 지식이 낡은 지식을 구축하고, 돈 때문에 의리를 버리는 상태에서 벗어나 이 모순되는 양극이 화해와 조화를 이루는 세계로 나아가자는 뜻을 함축하고 있다.

이러한 측면에서 보면『무정』은 근대를 지향한다기보다 이광수 자신이 당면하고 있던 근대의 약육강식, 적자생존식 체제에서 벗어나 신구, 강자와 약자, 남성과 여성, 제국과 식민지, 새로운 지식과 옛 지식이 융합된 새로운 세계운영 원리를 지향하고 있는, 이른바 탈근대적 지향을 보여주는 소설이다. 이 새로운 도덕원리가 나중에 장편소설『사랑』의 종교통합적인 구원의 사상으로 나타나게 되는 셈이다. 그렇다고 여기서 그럼『무정』이 포스트모더니즘 소설이냐는 우문을 하지는 말아주었으면 한다.

그리고 여기서 유학은『혈의루』에서처럼 '단순히' 부국강병을 위한 타자 계몽적인 수단이 아니라 이를 위한 인물들의 자기의식 획득을 위한 매개체로 설정된다. 작중에는 말미 부분에서 기차가 남대문 정거장을 지나가면서 등장인물들이 서로의 존재를 알게 되면서 번민하는 장면이 나타난다. 이때 형식은 영채가 동승한 것을 알고 괴로워하다가 자신이 아직 "어린애"라고 생각한다.

필자의 생각에 따르면 이 어린애는 칸트가「계몽이란 무엇인가에 관한 답변」에서 말한 "미성년"의 번역어다. 오성을 스스로 사용할 줄 아는 용기와 결단이 없는 상태를 가리켜 칸트는 마땅히 스스로 책임져야 할 미성년 상태라고 했고, 여기에서 벗어나는 것은 바로 스스로 계몽되는 것, 자기의식을 획득하고 이를 바탕으로 스스로 진리를 향해 나아가는 것이다. 이 대목에서 형식은 자신이 조선의 역사와 현실을 모른다는 것 때문에 바로 어린애라고 생각하고 있음이 드러나는데, 이것은 이광수가 왜『무정』이후에「가실」같은 신라 사람 이야기를 다룬 단편소설을 거쳐 일련의 역사소설로 나아가게 되는가를 설명해준다. 그의 역사소설들은 『무정』을 '최고의' 노블로 보는 관점에서 보면 퇴행적 로맨스에 불과하겠지만, 『무정』에 나타난 형식의 고민이 담긴 프로젝트를 이광수 자신의 것으로 보는 관점에서 보면 유학을 통해 서구적 지식을 획득하고 나아가 조선에 대한 지식을 아울러 구비하기 위한 방법적 수단으로 이해될 수 있다.

그리고 여기에 이르면 이광수가 정작 이루고자 한 것은 노블의 수입이 아니라 '안과 밖'의 모든 가치 있는 지식과 가치와 문학 양식을 통합하고 종합함으로써 새로운 문학을 건설하는 것이었음이 드러난다. 「문학이란 하오」의 '지정의'론과 무정의 실체 사이에도 일종의 단락과 비약이 존재한다.

그러나 여기서 우리는 문학양식의 이식과 수입이냐, 종합을 통한 비약이냐를 사고함에 있어 도대체 안이란 무엇이고 바깥이란 무엇이냐를 되물을 필요가 있다. 이때 부각될 수 있는 문제가 바로 번역, 또는 번역된 근대라는 말이다. 김흥규는 황종연의 「노블 · 제국 · 청년」을 논하면서 그가 번역의 '불투명성'을 충분히 고려하지 않았다고 했다. 번역되는 근대뿐만 아니라 일종의 번역하는 근대, 이때 번역하는 이들의 의지와 지향이 중요하다. 황종연이 언급한 쓰보우치 쇼요에 대한 검토를 거쳐 김흥규는 "그의 담론들은 노블이라는 방사체가 세계 각지에 침투 · 적응하여 장르적 식민화를 달성한다는 '노블 제국주의'의 보편성에 대한 방법론적 의심을 별로 보여주지 않는다."라고, 예리한 비판을 가한다. 나아가 그는 이런 식의 사고법에 내재한 "척도의 제국주의"에 비판을 가한다. 서구 근대를 가치의 척도로 보고, 한국의 것은 이에 미달 또는 과잉된 비정상성으로 보는 관점을 비판한 것이다.

김흥규는 이러한 맥락에서 일본에서 미요시 마사오가 일본 근대소설을 노블이라 하지 않고 '쇼세츠'라 부르면서 이러한 척도의 제국주의에서 벗어나려 했던 것을 상기시킨다. 그런데 이것은 한국에서 조동일이 오랫동안 추구해온 방식과 사실은 같은 것이다. 조동일은 루카치와 바흐친의 '소설' 개념이 서구 규범적임을 지적하면서, 각 문명권마다 제각기 다른 서사양식들이 존재했음을 들고, 한자문명권에서 어떻게 소설이라는 '보편적' 서사양식이 성장, 변화해 왔는가에 주목한다. 뿐만 아니라 그는 근대를 특권화 하고, 그럼으로써 근대에 이르러 강자가 된 서구를 특권화 하는 역사 인식 모델에 대해, 고대·중세·근대의 역사 시대 구분이 어느 문명권에서나 적용 가능함을 보이고 중세에서 근대로 나아가는 과정에서 한중일 삼국 공통의 서사양식이 어떤 변화를 겪게 되는지 설명했다. 물론 지나친 도식화의 위험은 없지 않았다.

　　그러나 이러한 조동일의 관점에서 보면, 한국문학은 중세에 이미 문학의 '세계체제' 속에 위치해 있었다고 보아야 한다. 김흥규는 내재적 발전론의 역사적 시효가 끝났다고 보면서 그것을, "민족이라는 인식 단위에 집착한 연구, 근대를 향한 단선적 진보사관, 이들을 희망적으로 결합한 내재적 발전론의 구도"라고 요약했다. 이러한 관점에서 보면 조동일의 노블 아닌, 소설 중심의 문학사 인식은 이러한 내재적 발전론의 구도 바깥에 있었던 셈이다. 다만, 조동일의 논법은 『신소설의 문학사적 위치』에 담긴 논리가 보여주듯이, 신소설 역시 구소설의 성장과정 속에, 연속적인 결과물로 위치지우는 것이어서, 소설의 근대적 '진화' 또는 형질 전환을 충분히 설명하지 못했다. 그리고 이것은 바로 소설과 노블이 만나는 방식들을 문제 삼는 구체적 연구들에 의해서 유형적 모델과 이들을 포괄하는 일반론을 추출해야 하는 사안이다.

이러한 관점에서 이광수 소설은 아주 중요한 사례를 제공한다. 그것들은 노블 수준의 것과 그것에 미치지 못하는 것으로 나뉘는 것이 아니라 소설과 노블이 다양한 형태로 결합하며 소설의 형질전환을 실현시켜 가는 사례들로 간주되어야 한다. 황종연은 마치 자신만이 노블의 수준이 무엇인지 알고 있다는 듯이 자신만만한 어조로 이광수의 『원효대사』가 수준 미달인 듯이 말했는데, 사실 이 소설의 수준 '미달'은 노블이 되지 못한 데서 온다기보다 작가가 이 소설 속에 자기 논리를 완전히 세우지 못한 데서 온 것이다. 『유정』이나 『사랑』, 『세조대왕』에 비해 이 소설이 현저히 부족한 것은 이 소설 속 세계가 이광수의 '진정한' 자기세계가 못 되고, 빌려온 것, 강요된 것들이 주인 행세를 하고 있기 때문인 것이다. 만약 소설에서 진정성 authenticity을 문제 삼아야 한다면, 바로 이 점에서 『원효대사』는 미달인 것인데, 그러나 이 미달됨을 증명하는 문제는 작가와 작품 속 인물을 소박하게 등치시키는 분석이 아니라 서술론narratology 상의 암시된 작가implied auther라든가 암시된 독자implied reader라든가, 서술자적 청중narratee이라든가, 자전적 소설autobiographical novel 같은 범주들의 원조를 얻어야 분석 가능하다.

이광수 소설은 실로 여러 형태의 서사양식들이 한 창의적 존재 안에서 어떻게 만나고, 뒤얽히며, 종합되고, 비약하면서 형질전환 하는가를 보여주는 중요한 사례들이다. 그의 소설들에는 소설과 노블만이 존재하는 것도 아니며, 온갖 다양한 형태의 서사 양식들, 기록 양식들이, 마치 바흐친이 소설novel은 종합적인 양식이라고 말했던 양상을 보이며 중첩적으로 구조화 되어 있다. 조동일은 루카치와 바흐친 양자를 모두 비판했지만, 그 귀납적 접근법으로 말미암아 바흐친의 논의는 이른바 소설에 대해서도 경청할 바가 많다.

소설에서 안과 밖이라는 문제는 따라서 간단치 않다. 한국 소설에는 이미 동아시아적 보편성이 편재해 있고, 따라서 소설을 생각하는 한 민족단위를 절대화 하는 것도, 동아시아 각국의 차이를 단순화 하는 것도 온당치 않다. 이인직이나 이해조의 신소설은 이러한 조선의 소설에 서구 '소설' 또는 일본 '소설'이라는 척도가 '더해지는' 과정을 잘 보여준다. 김윤식은 일찍이 이인직의 『혈의루』나 『은세계』를 가리켜 "일본 정치소설의 결여 형태"라고 불렀는데, 이것처럼 예의 "척도의 제국주의"를 극명하게 보여주는 말도 없다. 이 점에서 신라를 이제서야 식민주의 사학의 가르침을 받고서야 발견한 이들은 이것에서 한 발 더 나아가 어떤 감탄할 만한 진경을 보인 셈이다.

『혈의루』를 앞에서 언급한 소설과 노블의 만남 또는 동아시아적인 것, 조선적인 것과 서구적인 것의 만남이라는 측면에서 보면, 우리는 반드시 전란으로 인한 가족의 이산과 재회라는 17~18세기 한문 단편의 전란소설 양식에 주의를 돌리지 않으면 안 된다. 『혈의루』가 바로 그 전형적인 플롯을 재활용한 것이기 때문이다. 동아시아에서 17~18세기는 국제적인 전란의 시대였고, 이것은 각국의 소설 양식을 변화시켰다. 중국에서도, 조선에서도, 전기소설은 구체적인 리얼리티를 재현하고, 여기에 새로운 세계질서에 대한 구상을 부착한 전란소설로 진화해 갔다. 조선에서 이것은 『최척전』, 『김영철전』, 『주생전』 등으로 나타났다. 고전문학 연구에 이들에 대한 숱한 언급을 볼 수 있다.

『혈의루』는 바로 이 전란소설 문법을 한글소설로 변전시킨 것이며, 여기에 당시 일본에서 유행한 '피눈물'이라는 제목을 붙이고, 또한 새로운 국제질서와 조선의 생로에 대한 작가적 구상을 탑재한 것이다. 이러한 점들은 아직 충분히 조명되지 못했으며 필자나 김양선 같은 연구자들에 의해서 분석, 지적된 상태다.

요컨대, 한국 소설에는 '처음부터' 안과 밖이라는 고정된 항이 존재하지 않았다고 해야 한다. 그것은 신라 불교처럼 외부가 내부화한 것이며, 또 내부가 외부가 되는 것이었다. 모든 발달하는 문화와 문명은 내부와 외부의 원활한 소통과 상호 전환을 특징으로 삼는다. 또 그렇기 때문에 이렇게 잠정적인 내부와 똑같이 잠정적인 외부를 만나게 하고, 이를 통해 새롭고 가치 있는 사고와 양식을 만들어가는 행위 주체들의 특질과 의지가 아주 중요하다. 신라불교에서는 원효가 바로 그런 존재였다. 그는 유학길에 올랐다 중도에 되돌아왔으나 그의 해박하고도 정심한 논리는 중국과 일본에 널리 알려졌다. 이것을 "척도의 제국주의"의 견지에서 원효가 불교라는 당대의 세계철학을 잘 받아들였기 때문이라고 진단하는 것은 해석의 자유겠다. 그러나 그 원효가 잘 정리된 외국 이론을 겉모양 좋게 베껴 조잡하게 적용하는 수준을 넘어서 있었다는 것은 분명하다.

'신라의 발견'이라는, 이미 몇 년이나 지난 문제를 다시 다루어야 하는 까닭은 지금 한국문학의 근대전환을 규명하는 문제가 국문학상의 중심 의제 가운데 하나인 때문이다. 이 문제를 고찰하면서 필자는 평소와 다른 문체를 사용했다. 그러나 필자는 유념하고 있다. 지식의 세계는 넓고 깊고 '내'가 아직 캐내지 못한 것들로 가득하다. 그릇은 언제나 큰 그릇 앞에서는 작고 작은 그릇 앞에서는 크다. 지식의 상대적 크기에 몰두하고, 대 진리를 향한 공동의 참여자들을 잊는다면 대화는 불가능하다. 지적 관심과 오만은 다른 것이며, 이 지식 세계의 문제를 해결해주는 것은 지식 자체를 참되게 만들어가는 것 이상이 될 수 없다.

장편소설을 다시 생각한다

1. 비평에 관한 우화들

이 글은 리뷰 형태가 되지 않을 것이다. 왜냐하면 리뷰를 하다보면 필시 어떤 작품들의 당부당을 논의하는 시비에 빠질 게 틀림없기 때문이다. 지금 한국 소설은 각 잡지와 출판사별로 나뉘어 계열화되어 있고, 비평가들은 많은 경우 이 잡지, 출판사의 '이념'이나 상업적 필요를 넘어서는 독자적 영역을 개진하기 어렵기 때문에 리뷰 형태의 비평은 자칫 공평치 못한 평가를 낳아 시빗거리 대상이 되기 십상이다.

과연 비평이 자유와 독자성을 갖는 방법은 무엇일까. 그 하나는 서술론같이 작품들에 나타나는 현상들을 토대로 삼아 어떤 일반적인 이론을 개진하는 입장을 취하는 것이다. 예를 들어, 이른바 '암시된 화자'니, '결합 텍스트'니 하는 개념들을 만들어 내고, 그 유효성을 주장하거나 논박하는 등의 행위는 개별 작가에 의존하지 않는다.

서술론 말고도 한국에서의 '자전적 소설'이라든가 '월남문학의 구조와 유형' 같이 국문학이나 기타 다른 문학에 나타나는 현상들을 개괄적으로 다루는 비평은 그 자신의 고유한 영역을 갖는다.

다른 하나는 비평을 연구에 접근시키는 것, 최재서가 말했던 바 '아르바이트로서'의 비평에 접근하는 것이다. 비평과 연구를 가르는 결정적인 기준이 있는가? 비평은 첨예한 시대의식, 현실의식을 갖는데 반해 연구는 그렇지 않은가? 그러나 비평 또한 안이하기 짝이 없는 것이 그 얼마나 많던가? 때로 비평은 산 작가들을 다루는 것이요, 연구는 죽은 작가들을 다루는 것이라고도 한다. 이 또한 결정적인 기준이 된다고 할 수 없다. 지금 한국문학에서 비평과 연구는 서로 별개의 것처럼 논의되고 있고, 또 각기 하나는 진단과 평가, 다른 하나는 분석과 종합에 요체가 있으나, 오늘날 비평이 처한 괴로움에서 벗어나는 데는 아르바이트에 근접하는 비평을 추구해야 할 필요성이 있다.

비평가들이라면 모름지기 두 가지 종류의 상이한 텍스트들을 함께 읽어 볼 필요가 있다. 그 하나는 장정일의 「펠리컨」이나 무라카미 하루키의 「뾰족구이의 성쇠」 같은 우화들이다. 이 작품들은 이념적인 비평가들이나 이념, 고식적인 사고법, 우상화 된 민중 따위를 신랄하게 비판하고 있다. 「펠리컨」은 지금 다시 찾아볼 여유도 없기 때문에 여기서는 「뾰족구이의 성쇠」를 화제 삼아 본다. 이 작품은 하루키가 1983년경에 쓴 짧은 우화다. '뾰족구이'라는 빵을 만드는 일에 관한 이야기인데, 어떤 비평가들이 보면 아, 이건 영락없는 내 얘기야, 하고 번민에 사로잡힐 수도 있다. 이 짧은 이야기는 규범과 척도의 비평, 고답적인 관념에 사로잡혀 새 것을 받아들이지 못하는 비평을 겨냥한다. 당신들은 새로 만든 뾰족구이가 진짜 뾰족구인지 아닌지를 두고 실컷들 싸우고 있어 보시오. "나는 내가 먹고 싶은 것만 만들어 내 손으로 먹을 것이다. 까마귀 따위는 서로 쪼아대다 죽어 버리면 그만이다."

우리나라 작가들은 대부분 선량하기 때문에 이렇게 기분 나쁜 우화를 만들어내는 경우는 많지 않다. 펠리컨은 민중주의를 우상화 한 쪽을 향한 비판이었지 비평 일반을 향한 것은 아니었다. 하기는 「뾰족구이의 성쇠」도 비평 일반을 향한 것은 아니다. 그것은 어떤 규범적인 소설 관념에 사로잡힌 사람들을 향한 비판이다.

비평은 아주 '위험해서' 작가들보다 발언의 자유가 극히 적다. 필자는 우리나라의 비평가들이 불쌍해 보일 때가 많은데, 배우기도 꽤나 배우고, 참을성도 많고 겸손하기까지 한 사람들이 직업이라고는 시간 강의 같은 비정규직에 종사하는 한편으로 몇 천만 원짜리 문학상을 돌려가며 받는 작가들을 위한 '쪼가리' 글을 쓰느라 허덕이고 있기 때문이다. 그럴 필요가 없다고 말하고 싶다. 그것이 필자의 경험이 준 교훈이었기 때문이다.

왜 그런 일이 발생하느냐 하면, 의식의 진정한 독립성을 쟁취하지 않았기 때문이다. 작가들은 적어도 교만함만은 갖추고 있는 경우가 많은데 비해, 비평가들은 자신이 하고자 하는 일이 작품을 해설하려는 것인지, 그것의 사회적 의미를 측정하려는 것인지, 문단 하이어러키에 영합하려는 것인지, 아니면 그것과 싸우려는 것인지 불확실한 의식만을 갖추고 있는 경우가 많다. 아무도 자기의식을 갖추지 못한 비평가를 동정해 주지도, 도와주지도 않는다. 다만 그들은 사용할 뿐이다.

그래서 비평가들은 오스카 와일드를, 그의 「거짓말의 쇠퇴Decay of Lying」를 반드시 음미해야 한다. 타인에 대한 존중심 없는 작가들이 비평가를 가리켜 삼류니 칠류니 하고 조롱하는 것과 달리 오스카 와일드는 비평은 고도의 창작으로서, 기성의 창작품에 의존해서 기생하는 것이 아니라 단지 그것들을 소재로 삼아 새로운 세계를 창조하는 것이라고 역설했다. 도스토예프스키도 벨린스키를 비난했고, 하루키도 일본 비평가들을 향해 그렇게 비난을 퍼붓는 마당에 오스카 와일드의 주장이 얼마나 '먹혀들지' 알 수 없으나, 필자는 역시 비평은 창작과는 다른 차원에 놓인 것이 될 수 있으며, 그렇게 되어야 한다고 믿는다. 재능도, 지성도 없는 창작적 권위에 스스로 무릎 꿇지 말고 에드워드 사이드의 『오리엔탈리즘』이나, 『한국근대문예비평사』와 그에 잇따르는 저작을 내던 시대의 김윤식을 생각하라. 오스카 와일드가 말한 맛없는 포도주를 너무 많이 마시지 말라. 그러면 그들은 비평가들이 값싼 포도주에도 감읍해 하는 줄 안다.

서로 별개의 것이라면 작가들에게 이런 장편소설을 쓰라고도, 쓰지 말라고도 말할 필요가 없는지 모른다. 또 사실 그런 얘기만으로 화제를 삼아야 할 필요는 없다. 그러나 문학이 일종의 사회적 의사소통 행위인 한, 작품이 독자들에게 재화를 달라고 요청하고 있는 만큼 그것은 독자들의 판단과 평가를 거절할 권리가 없다. 비평가의 중요한 몫 가운데 하나는 지각 있는 독자, 조리 있게 말할 줄 아는 독자가 되는 것이다. 어떤 작가들은 비평가를 아주 싫어하는데, 왜냐하면 그들이 말없이 지갑을 여는 대신 말하는 입을 열고 있기 때문이다. 수동적인 소비자가 되어 배를 채워주는 일이나 하지 왜 떠들고 있느냐는 말씀이겠다. 더구나 이런 말 많은 작가들은 대부분 가난하고 힘없다. 꺼져라, 이 작자야, 이 말씀이다. 재능 없는 작가들도, 군림하는 비평가들만큼 원한을 품고 비아냥거릴 줄 안다.

2. 단편이냐, 장편이냐?

문제의 소재가 단순히 장편소설이냐 단편소설이냐 하는 데 없음은 말할 것도 없다. 사실 단편소설이면 어떻고 장편소설이면 어떤가. '흑묘 백묘'라는 말이 있듯이 쥐를 잘 잡으면 그만이라고 할 수도 있다. 더구나 올해 노벨문학상은 앨리스 먼로라는 북미의 단편작가에게 돌아갔는데, 포도주를 세 잔인가, 네 잔까지만 마시고는 말았다. 이 작가가 아주 못 써서가 아니라 대단한 흥미를 느낄 수 없었기 때문이다.『행복한 그림자의 춤』이라는 이 번역된 책이 오래전에 나온 것이어서 오늘날의 독자인 나에게 큰 공감대를 형성해 주지 못해서일 수도 있고, 워낙 생소한 작가인 탓에 소위 명성이 있어야 관심도 커지는 독자적 취향을 만족시킬 수 없어서였다고도 할 수 있다. 또 인내력을 발휘해서 끝까지 다 보면 뭔가 앞에서 느낀 것과 다른 깊은 감흥을 새롭게 맛볼 수도 있었을는지 모른다. 하지만 읽어보지 않았다. 20세기 북아메리카 여성의 삶은 어떤 것인가 하는 정보적, 현실 이해적 관계의 필요가 있었다면 모르되, 이 작품집이 필자에게 그다지 새롭게 다가오지 못했던 것은 제임스 조이스의 『더블린 사람들』이나 고골의 『뻬쩨르부르그 이야기』 같은 단편집을 접해 본 사람으로서는 다소 심심했다.

필자는 노벨문학상을 아주 중요하게 여기는 사람 가운데 하나이고, 더러 수상작가들 작품을 찾아보기도 하기 때문에 나의 불민함을 서양 문학상에 대한 편견으로 돌릴 수는 없다. 소설의 유일한 본성은 본성이 없는 것이며, 새로운 이야기, 새로운 양식을 향해 나아가는 새로움만이 소설의 본성인지도 알 수 없기 때문에, 필자는 충분히 새롭게 다가오지 않은 것을 붙들고 있을 수 없다.

단편소설에서라면 필자는 우리 작품 가운데서도 자주 감흥을 느끼게 되는 경우가 많았다. 멀리는 이상의 「날개」나 「실화」 같은 것이 그러했고, 박태원의 「수염」이나 「적멸」, 중편소설이지만 「소설가 구보씨의 일일」, 김동인의 「광염소나타」나 「눈을 겨우 뜰 때」 같은 작품, 염상섭의 「남충서」 같은 작품도 좋았다. 이태준의 성북동 연작이나 「패강냉」 같은 작품들, 이태준이 맑고 담담한 것과 달리 불투명하고 짙은 채만식의 「냉동어」나 「생명」이나, 「이런 처지」, 「소망」, 「치숙」 같은 연작들, 또 이효석의 「메밀꽃 필 무렵」, 「산」이나 「들」, 「영라」 같은 연작에, 「풀잎」이나 「일요일」도 좋았다.

해방 후에도 좋은 단편소설들은 많다. 황순원의 단편들, 손창섭과 이범선과 황석영의 1970년대 단편들, 윤흥길 같은 작가의 작품들은 저마다 잘 빚어놓은 항아리들처럼 빛난다. 그러고도 아주 잘 쓴 작가들이 아주 많기 때문에 일일이 이름을 열거할 필요를 느끼지 못할 정도다.

반면에 장편소설들은 흔쾌하게 훌륭하다고 말할 수 있는 경우가 아주 많지는 않다. 필자는 장편소설이라면 단연 이광수를 먼저 꼽지 않을 수 없다고 생각한다. 그의 소설은 능히 도전해서 상대해볼 만하다는 생각을 갖게 한다.

잘난 체하는 속물에 겉으로 민족을 말하되 속으로 자기를 버리지 못하는 위선자에, 입만 벌리면 계몽이니, 민족이니 하는 상투적인 언사를 버리지 못하는 그를 왜 중시해야 하는가? 필자는 그가 『무정』과 『재생』과 『흙』과 『단종애사』와 『세조대왕』의 작가일 뿐만 아니라 『유정』과 『사랑』의 작가로서 인간의 구원이라는 문제에 관해 당시로서는 어울리지 않는 사랑이라는 문제를 전위적으로 사유해간 작가라는 점에 유의한다. 장편소설 작가로서 그는 폭넓은 지식과 경험을 가지고 시대의 문제에 자신이 생각하는 근본적인 해법을 제시할 줄 아는 작가였다.

실로 이 점에서 그는 카프 작가나 후대의 다른 작가들과 달랐는데, 카프 작가들의 공통적 약점은 그들이 독립적으로 사유하는 데 게을렀다는 것이며, 이러한 약점을 해방 이후의 이른바 진보 취향 작가들도 공유하는 경향이 있다. 그들 각자가 개성이 없었기 때문이 아니라 그들의 개성을 잘못 선택한 전통을 위해 희생시키거나 이 전통의 결여 부분을 전복시킬 수 있는 지적 정교함을 갖추지 못했기 때문에, 그들은 충분히 독자적인 시각을 갖추는 데 실패한 것이다.

이광수나 염상섭이나 김동인 같은 카프 '이전' 작가들은 그들 시대의 문화적, 문학적 중력장에서 자유롭지 못했지만 아주 근성 있는 작가들이었고, 자신들의 독자적인 길을 개척해 가고자 더 큰 성실성을 발휘했다. 그러나 이광수 소설의 종교적 차원과 김동인의 오스커리즘에도 불구하고 일제시대의 소설은 현실을 '그리는' 차원을 뛰어넘어 현실에 해석적 힘을 가하는 데 부족했다. 대상을 그리려면 먼저 그것을 보는 눈이 전제되어야 하는데 이 시각의 독자성이 무엇보다 약했다는 것이다.

혹은 이렇게도 말할 수 있을까. 일제시대든 그 이후든 우리 문학은 개개의 대상을 단편소설로 꾸미는 정도의 해석력은 충분히 갖추고 있었으나 쟁기질하는 농부처럼 사래 긴 밭을 갈아엎을 수 있는 능력은 충분히 개발해 오지 못했다. 그런 나머지 장편소설은 많은 경우 기성의 어떤 이념, 담론의 존재에 빚지고 있는 경우, 그렇지 않으면 완성해 놓고 본 것에서 어떤 완미하거나 복합적인 세계인식을 발견하기 어려운 경우가 많다.

몇몇 예외가 없지 않은데 그 대표적인 사례가 바로 최인훈 문학이다. 필자는 비평의 출발점을 최인훈, 이청준, 이문열의 작품들을 견주어 보는 데서 시작했는데, 이것은 필자의 옛날 비평의 약점을 여실히 보여준다. 필자 또한 작가들의 작품을 논단하는 데서 시작한 것이다. 그 때문에 필자는 오늘날까지 체질 개선에 공력을 탕진해 왔다. 잠깐 이야기의 중심선을 벗어났지만, 필자는 그때 최인훈의 『화두』를 보고 그 장려함에 매혹되었다. 최인훈의 『화두』는 해방 후 한국문학이 보여준 바 가장 넓고 깊은 성찰을 행한다. 한국현대사를 규정해 온 냉전과 이념이 무엇이며, 그것으로부터 인간은 어떻게 자유로워질 수 있는가를, 작가는 그때껏 자신이 써온 작품들, 그것을 써나간 자기의식의 변천 과정을 소재로 삼아 박경리가 말했던 바 두루마리 같은 사유를 전개한다. 그 서술법에서 그것은 제임스 조이스의 의식의 흐름을 한국 소설에서 매우 창의적으로 실험해 보인 것이며 이를 통해 한국현대사가 어떻게 세계문학이 될 수 있는가를 입증했다. 비록 번역의 불비함과 세력을 중심으로 편제된 문단의 우여곡절로 말미암아 최인훈이 '외면당하고' 있다 해도 그것은 필자가 느낀 바 단연 세계문학이었다.

이광수와 최인훈을 어떻게 연결할 수 있을까만, 세계에 대한 지적인 해석력에서, 자기 세계를 붙들고 놓지 않는 철저함에서, 이 문제의식의 보편적 자질 면에서 해방 이후에 이 최인훈을 능가할 작가는 아직 없었다고 생각한다.

최근에 필자는 최인훈의 『구운몽』을 검토하며 한 가지 생각을 했다. 사월혁명 이후에 씌어진 이 소설은 사랑이라는 문제를 제출한다. 정치적 체제의 격변기에 무슨 사랑인가? 이 사랑의 의미는 무엇인가? 그 수십 년 뒤에 씌어진 『화두』에 사랑은 등장하지 않고 아직까지 잠복해 있다.

정치적인 의미의 사랑이란 일종의 모순어법 같아서 이 사랑은 종교적이거나, 인류적, 민족적이거나, 그도 아니면 개체 간의 관계에 관한 것이 되어야 한다. 이광수는 자신이 추구하는 사랑의 의미를 『유정』이나 『사랑』을 통해 보여주었거니와 최인훈은 『광장』 같은 초기 작품 이래 이 문제는 아직 잠복해 있는 상태다.

3. 하루키와 황석영의 장편소설

하루키의 새 장편소설은 여러 면에서 화제가 되었다. 혹은 출판사가 작가에게 계약금을 너무 많이 지불했다거나 하는 문제는 국부 손실에 해당하는 문제겠으나 이는 잠깐의 '농담'일 뿐이고, 어찌 됐든 1980년대 이래 우리 문학계에 가장 많은 영향을 끼친 작가이고, 올해에는 노벨문학상 유력 후보라는 말까지 떠돌았기 때문에, 새 장편소설에 대한 관심이 커진 것은 자연스럽다고 할 수 있다. 필자는 무라카미 하루키를 작품이 발표될 때마다 읽지는 않는데도 계약금 논란이 일었던 『1Q84』는 읽었고, 『해변의 카프카』도 읽었고, 이번의 긴 제목을 가진 작품, 『색채가 없는 다자키 쓰쿠루와 그가 순례를 떠난 해』(이하 『색채가 없는』)도 읽었다. 그러고 보면 그의 초기작 『바람의 노래를 들어라』, 『상실의 시대』(물론, 『노르웨이의 숲』), 그 밖의 몇 개 장편소설이나 단편소설집도 읽었으니, 외국 작가치고 하루키만큼 내게 익숙한 작가도 많지 않을 것 같다. 필자는 특히 일본 작가들에게 특별한 관심을 가져왔고 가치를 높게 평가해 왔다.

자신이 의미를 두는 작가에게서 반복적인 모티프를 발견하게 되면 즐겁고 또 유심히 보게 된다. 이청준의 전짓불 앞의 방백 모티프가 그렇지 않았던가. 이『색채가 없는』도 단편소설인「오후의 마지막 잔디밭」도 보여주고「거울」도 보여주기 때문에 이것이 어딘지 모르게 작가의 생애의 청춘기 어딘가에 젖줄을 대고 있는 작품이라고 생각하게 되며, 따라서 한결 친근감을 가지고 작품을 대할 수 있다.

환상 세계로 넘나들기를 얼마간 자제하면서 인생이야기를 풀어나간 이 작품을 필자는 약 절반쯤까지는 금방 언급한 자전적 요소를 상상한다든가, 아카, 아오, 시로, 구로 같은, 주인공 쓰쿠루의 친구들의 별명이 지닌 상징성을 추측해 본다든가, 누구나 젊은 날의 상처가 없는 사람은 없기 때문에 네 친구들에게 하루아침에 '왕따'를 당한 끝에 죽음을 생각할 정도로 절망에 사로잡힌 주인공의 모습에 자기 자신을 얹어 본다든가 하면서, 또 이 작품의 전반부는 젊은이들의 사랑과 성숙 과정을 그리고 있기 때문에, 다소간 새로운 흥미를 느끼며 읽어나갈 수 있었다. 그리고 의미를 찾으려면, 현대인은 다들 '색채'에 목말라 있고, 자기가 일방적으로 상처를 입었다고 생각한 것이 남에게도 상처 준 것이 많을 수도 있기 때문에, 이 작품은 이런 것을 썼다고 할 수도 있다.

그러나 작품 중반에 가서 현저히 탄력이 떨어져서, 자기를 '왕따' 시킨 나고야 시절 친구들을 찾아다니는 대목부터는 적녹백흑 네 개의 색채가 가질 법한 인간 유형의 상징성 같은 것을 깊이 따져보고 싶지 않을 정도로 단조롭고 밋밋한 이야기가 되어 버린다. 결과적으로 이 소설은 하루키를 필자가 비판적으로 조명하면서도 그 내내 품고 있던 새로운 국면에의 기대를 충족시키지 못한 채 끝났다.

얼마 전 이광수『무정』에 관한 발표를 하러 메이지학원대학에 갔을 때 뒤풀이 자리에 마침 일문학을 전공하는 일본인 교수가 있어 하루키 문학에 관해 이야기를 나눌 기회가 있었다. 그 교수는 하루키를 내내 놓치지 않고 읽는 사람이고 그만큼 '지지자'이기 때문에 필자 또한 하루키를 필자가 좋게 읽는 방법 쪽으로 이야기를 나누었다. 필자는 그에게 하루키가 내가 가진 고독을 너무나 잘 표현하기 때문에 싫을 정도라고 말했고, 그러자 그는 하루키는 누구나 알고 있는 인간 개별자들의 고독을 다루는 작가라고 말했다. 누구나 그런 것이 있는 줄 알지만 잘 다루지 않는 것을 하루키는 끈기 있게 다루어 오고 있는 것이다.

인간은 과연 고독하다. 그것은 이미 실존주의 같은 사유가 실컷 말해온 것이기는 하지만 필자는 하루키가 제기하는 문제가 허튼 것이라고 생각하지는 않는다. 젊은 날의 그의 소설들은 그가 자아의 구원이라는 문제에 깊이 침잠되어 있었음을 보여주며, 그는 이 문제를 두고 끈질긴 탐색을 해왔다. 필자는 그가 질문을 제기하는 방법 또는 물음의 설정 방식이 어딘가 잘못되지 않았나 하는 생각을 할 때가 있다. 가령 불교에서는 '나'란 허깨비라고 하는데, 이 '나'의 실체성을 밀고 나가면서 그것을 구하려다 보니 문제를 시원스럽게 풀지 못하는 게 아니냐는 것이다. 이것은 D.H. 로렌스도 다른 방식으로 『묵시록』이라는 요한계시록 해석에서 개인의 완전한 자족성을 가정하는 데 현대문명의 함정이 있다고 말한 것과 일맥상통한다.

『색채가 없는』을 보면 쓰쿠루가 읽는 책 가운데 조르주 바타이유 얘기가 나온다. 바타이유의 주저 가운데 하나인 『에로티즘』은 필자도 아주 좋아한 책이다. 하루키가 그것을 보았다면, 인간의 근원적인 숙명이 생의 연속성을 그 단속을 통해서밖에는 추구할 수밖에 없는 데 있다고 한 바타이유의 주장을 기억할 것이다.

인간 개체가 생명 전체의 일부분이고 그 파편에 지나지 않는다 해도 이 유기체의 전체성이 즉각, 완전하게 실현될 수 없다면, 개체의 소외의 경험은 지속될 것이다. 또 그것이 단지 '헛것'일 뿐일지라도 세속에서 우리가 겪어가는 고독과 단절은 간단한 것이 아니다. 따라서 필자는 단지 이 작품의 실패를 논의하고 싶지 않다. 중요한 것은 이런 문제가 장편소설이나 그 변형태적 양식 말고는 충분히 다루어질 방법을 문학은 아직 찾지 못했다는 것이다. 물론 이 장편소설이란 얼마나 다기한 자체 변용을 함축한 개념인가?

우리는 또 황석영의 『여울물 소리』를 가지고 이야기를 해볼 수 있다. 이 작품 또한 만만찮은 논란을 불러일으킨 작품인데, 사재기 운운 하는 그 문제에 관해서 필자는 물론 무리했다고 생각하는 한편으로 그보다 훨씬 '리걸'한 방법으로, 그러나 치사스런 방법으로 이익을 추구하는 방법들을 알고 있기 때문에 가타부타하고 싶지 않다.

황석영으로서 보면 『여울물 소리』는 그가 오랫동안 추구해 온 '한국적' 양식을 다시 한번 시도한 것이라 할 수 있다. 황석영 문학은 그가 방북 문제로 투옥되기 전과 후로 나누어 볼 수 있다. 일련의 외국 생활을 거쳐 한국에 돌아온 그는 『오래된 정원』 후에 『손님』, 『심청』, 『바리데기』 같은 작품들에 이어 이번에는 『여울물 소리』라는 동학농민운동 때 활약한 이신통이라는 이야기꾼의 이야기를 그려냈다.

그런데, 이 계열의 작품들 가운데 가장 성공적이었던 것은 『심청』이었다고 생각한다. 그 이유는 황석영이 염두에 두고 있는 일종의 포스트콜로니얼리즘 때문인데, 이 포스트주의가 아직도 유효하다면 그것은 인류의 세계사적인 삶의 변화 과정을 '오구굿'이나 '심청전'이나 '바리데기 설화' 같은 전통적 '이야기' 형식을 활용한 소설 양식으로 추적해 가는 것이다. 심청은 구한말 일제시대의 동아시아 세계의 숨가쁜 전개 과정을 아비를 위해 목숨을 바친 '효녀적' 여성, 그리하여 그렇듯이 환난에 빠진 세계를 구원할 수 있는 여성 인물을 매개로 삼아 재현해 낸 것이다. 『바리데기』에 나오는 여주인공 바리도 그런 설화적 인물이고, '제3세계'에서 제1세계로의 인구이동이 범세계적인 현상이 된 현대의 문제를 구원할 수 있는 주술적 힘을 간직한 여성이다.

물론 이 주술은 충분히 실현되지 못했다. 문학이 역사를 재현하는 데 그치지 않고 그것을 구원할 수 있는 방략까지 제공해야 한다면 황석영의 거듭된 '약속'은 아직까지 충분히 이행되었다고는 볼 수 없다.

그럼에도 『여울물 소리』는 이 작가가 아직 의지를 잃어버리지 않았음을 보여준다. 그는 『심청』에 이어 다시 한번 구한말로 돌아갔다. 이번에는 심청에서 롄화, 로터스, 렌카로 이름이 전환되어 가는 여인의 유전기가 아니라 이신통이라는 이야기꾼이자 '천지도꾼', 곧 동학 교도의 이야기를 만들었다. 근대적인 활판술로 근대적인 사상을 책으로 펴내면서 이야기 속에 시대의 변화를 의욕적으로 담아내는 한 이야기꾼의 초상을 통해서 황석영은 '한국적인' 천지도의 인내천 사상의 보편성을 주장한다. 제국주의와 봉건 세력에 위요되어 압착된 동학 사상에서 현대세계를 이끌어갈 수 있는 사상의 싹을 볼 수 있노라는 작가의 전언을 서구의 교양 있는 독자들은 얼마나, 어디까지 수긍할 수 있을까.

황석영의 손놀림은 『여울물 소리』로 보건댄 아직도 민첩하고 앞으로도 본격적인 작품을 쓸 수 있는 힘 또한 충분하다. 다만 이런 얘기가 있다. 일본에서 이광수를 소개하기를 한국의 나쓰메 소세키요, 한다. 그러면 어떤 이는 이광수의 『무정』을 나쓰메 소설 보듯이 볼 생각으로 읽어가기 시작한다. 그리고는 혀를 찬다. 이런 것이 나쓰메 소세키더란 말이냐, 다. 이것은 필자가 일본의 한국문학 연구자한테 직접 들은 얘기다. 물론 나 또한 나쓰메 소세키 소설을 즐겨 읽어왔고, 또 한국작가들이 못 가진 매력을 갖춘 작가라고 생각은 하지만, 그 나쓰메조차도 그 문학적 메시지가 지정학적 심상지리를 넘어 보편적일 수 있느냐 하면 고개를 가로저을 수도 있다. 이광수를 일본에 내놓으면서『무정』부터 번역하는 것도 무리일 수 있지만 나쓰메 소세키나 이광수나 모두 동아시아의 문화지리적 경계를 넘어 세계 사람들한테 충분히 공유될 수 있느냐 하는 문제는 중히 다루어져야 한다.

황석영 소설이 지닌 매력이 한국독자들의 것만에 그치지 않고 더 넓게 읽히기 위해서는 역사를 재현하는 문제, 한국적 이야기 형식을 활용하는 문제에 관한 더 깊은 통찰, 또는 더 '느린', 그러나 더 충분한 활용이 필요할지도 모르겠다고 생각하게 된다. 그러나 그렇다 해도 황석영은 소설을 양식과 주제의 밀도 높은 상관성 속에서 논의할 수 있게 해주는 가장 중요한 한국작가라는 사실은 변하지 않는다.

왜 장편소설이겠는가 하고 말한다면 필자는 무엇이든 어떻겠느냐고 반문할 수 있다. 하지만 무라카미 하루키나 황석영에게서 보듯이 우리가 어떤 세계를 창조해 가려면 문학의 경우에는 시간과 분량이 상당히 소요된다는 것을 알 수 있다. 일제 강점기의 1930년대에 우리는 이 소설이라는 것을 재검토할 수 있는 기회가 있었고, 자못 리얼리즘이란 무엇이었더냐고, 또 역사소설이란 무엇이었더냐고 묻고 답했지만 역사가 여울목으로 접어듦에 따라 그 시간과 분량을 들여 소설, 특히 장편소설을 한 차원 더 올려놓을 수 있는 기회를 얻지 못했다.

실로 우리에게는 기회가 좋지 않았다. 이상도 죽고 이효석도 죽고 김사량 같은 작가도 일찍 죽어 버렸을 뿐만 아니라 북쪽을 선택했다. 그리고는 전쟁과 독재 등등의 문제를 얘기할 수도 있다. 이런 저간의 사정들이 한국의 작가들로 하여금 시간과 분량을 충분히 확보할 수 없도록도 했다. 허나 이는 사실은 변명에 지나지 않는다. 한국 문학은 더 훌륭한 작품을 창조해 가야 하며, 여기에는 어떤 변명도 필요가 없으며, 이는 사실상 장편소설의 성숙에 기댈 수밖에 없다.

가라타니 코진 같은 이가 아무리 이 시대에는 내면적인 소설이란 불가능하다고 한다 해도 말이다. 우리는 어떤 때 남의 얘기, 남의 사정은 들어 주거나 봐 주지 말아야 하는 경우도 있다.

최근 문학에 관한 원근법적 성찰과 모색

1. 진정한 문학이란?

좋은 문학이란 무엇인가 하는 질문을 놓고 생각해 본다. 이것은 무엇이 진정한 문학인가 하는 문제이기도 할 것이다.

오스카 와일드는 리얼리즘에 내포된 현실에 대한 수동적 모방, 재현을 좋지 않게 생각했다. 그는 '거짓말의 쇠퇴'를 논하면서 발자크와 졸라를 구별했다. 똑같이 리얼리즘 작가로 통하지만 발자크는 인생을 창조한 반면 졸라는 인생의 모방자에 그쳤다고 했다. 물론,『목로주점』같은 작품을 못 본 척하고 오스카 와일드만을 금과옥조로 생각할 수는 없다.

한때는 리얼리즘이 가장 중요한 문학으로 여겨지기도 했고, 한국에서는 특히 그 힘이 오랫동안 지속되기도 했다. 하지만 외면적 힘이 강하다고 무턱대고 그것을 옳다고 간주할 수 없다.(물론 비주류가 다 옳지도 않다.)

준거를 어디에 놓느냐에 따라 진정한 문학에 대한 판단은 얼마든지 달라질 수 있다. 한때 현대소설은 고대의 서사시, 중세의 로망스에 이어 현대세계에 어울리는 가장 적합한 양식으로 여겨졌다. 따라서 무엇이 현대적인 문학이냐를 물음은 무엇이 가장 소설다운가를 묻는 문제로 이해되었다. 그러나 노스럽 프라이는 로망스와 소설을 시대적으로 교체되는 양식으로 보지 않고 삶을 위한 역할이 각기 다른 양식으로 보고자 했다. 소설은 구체적 생활세계의 일들을 주로 그리지만 로망스는 인간의 욕망과 추구, 바람, 두려움 같은 근원적인 것을 그린다. 이러한 판단에 따르면 소설의 절대적 우위를 주장할 수 없다. 삶의 어떤 영역과 층위를 중시하느냐에 따라 중요한 것이 달라진다. 우리는 최인훈 같은 작가를 존경하면서 동시에 권정생 같은 동화 작가를 몹시 그리워한다. 정치적인 문제, 권력의 문제를 최우선시하게 되면 정치적 문제를 다루는 리얼리즘을 고평하게 되지만 그보다 넓고 근본적인 문제가 있음을 의식하게 되면 스스로 걸어 놓은 주박에서 풀려나게 된다.

그러한 관점에서 캐리스 흄의 논의는 흥미롭다. 그는 문학에 네 가지 유형이 있다고 보았다. 교훈문학, 성찰문학, 도피문학, 탈환영 문학이 그것이다. 교훈문학은 삶이 무엇인지, 세상은 어찌 되어야 하는지 가르치는 데 목적을 둔다. 이른바 계몽적인 문학이다. 성찰문학은 삶이 무엇인지 숙고를 행하는 문학이다. 흔히 말하는 내면성의 문학이다. 도피문학은 사람들을 삶의 괴로움으로부터 벗어날 수 있게 한다. 읽으면서 즐기게 하고 빠져들어 무거운 문제들을 잊을 수 있게 한다. 한국에서는 지금 이를 장르문학이라는 말로 통칭한다. 마지막으로 탈환영문학은 글자 그대로 우리로 하여금 환영에서 벗어날 수 있게 하고자 한다. 우리가 믿고 따르는 언어라는 것 자체의 마법적 환영을 벗겨내 그 저편의 진상에 이르고 싶어 한다. 불입문자라는 진실을 언어로 실어 나르고자 하는 역설적 문학이다.

이 넷 모두가 사람들의 삶의 요청인 한에서 우리는 무엇이 절대적으로 옳고 무엇이 그르다고 말하기 어렵다. 이렇게도 말할 수 있다. 사람의 육체와 영혼은 온갖 단위의 시간들이 중첩되고 뒤섞여 흐르는 장소와 같다. 달리 말하면 사람들은 각기 다른 층위, 국면의 삶을 동시에 살아간다. 경제적 삶, 정치적 삶만을 살지 않고, 생리적 삶, 욕구의 삶, 환상의 삶, 신화의 삶도 산다. 삶은 마치 프로이트의 정신의 삼분법이나, 그보다 더 근본적인 불교의 팔식처럼 저 깊은 생물적 본성에서부터 죽음을 이기는 성스러움에 이르기까지 한없는 깊이를 가진다. 그들 가운데 시간의 단위가 가장 짧은 것이 정치적 삶, 그 순환, 교체다.

뿐만 아니라 우리는 모든 접속과 관계의 그물 속에서 살아간다. 우리는 브라질 리우의 지카 바이러스와도, 미국의 대통령 선거와도, 캄보디아의 HIV를 가지고 있는 미혼모 창녀와도 연결되어 있다. '나'는 '나'요, '나' 아닌 이들과 넓고, 깊고, 다차원적, 다국면적으로 연결되어 있는 '나'다. '나'는 닫혀 있으되 구멍이 숭숭 뚫린 천처럼 바람에 실려 오는 외부를 내부로 삼고 내부는 다시 외부가 되며, '나'는 끝내 '나' 아닌 것으로 합류, 환원된다.

그러니 무슨 말을 할 수 있겠는가. 모든 것이 허용되고 모든 것에 개방된 삶과, 그것을 그리는 문학에서 누가, 어떤 유형의 문학을 하고자 한다고 해서 그것 자체로 쉽게 논단할 수 있을까?

좋은 문학, 바람직한 문학에 대한 판단은 독단에 맡겨져서는 안 된다. 좋은 것은 자기가 믿고 있는 것, 좋아하는 것과는 다른 어떤 것에 대한 이해, 수용, 관용 같은 것이다. 자신이 믿고 있는 것을 과신하지 않고 타자들의 세계에 자신을 열어보는 것이다.

무엇이 진정한 문학일까? 곧바로 해답을 가지려 하지는 말고 몇 가지 전제를 생각해 보는 것도 좋다. 하나는 문학사상에 옳기만 한 경향이나 취향, 또는 문학인은 없었으리라는 것이다. 처음부터, 절대적으로 옳은 문학을 해보겠다는 기대는 버리는 게 좋다. 시인을 대하는 플라톤과 아리스토텔레스는 누가 옳았던가? '인생을 위한 예술'의 이광수와 그것과 다른 문학을 추구한 김동인은 또 어떻던가? 무라카미 하루키나 움베르토 에코의 문학에 대해서는 어떻게 생각하는가? 카프의 계급주의에서 개성과 예술에 대한 기계적인 억압밖에는 발견할 것이 없는가? 1990년대 중반 이후 한국문학의 '방향전환'은 옳았던가? 그것은 어떤 이들에 있어서는 옳다고 여겨졌지만 결코 그럴 수는 없었음이 시간이 흐르며 증명되지 않았던가?

그로부터 또 하나의 명제를 참고해 볼 수 있다. 올바른 것, 절실한 것, 안 좋은 것에 대한 문학적 판단은 시대, 상황, 지식, 관계 같은 것들에 의해 심히 제약된다는 것이다. 단순하게는 모두들 아는 사실이다. 하지만 문학적 입장에 관해서나 어떤 문학을 하는 '나'에 관해서는 판단이 흐려지는 경우가 많다. 진정한 문학은 올바른 문학이 아니다. 또는 옳기만 한 진정한 문학은 원천적으로 가능하지 않다. '나'의 문학은 '나'를 둘러싼 모든 것에 의해 제약된다. 진정한 문학은 제약들을 넘어서려는 시도를 펼치는 문학이다. 그래야 시간을 견디고 살아갈 수 있다.

오늘의 한국문학에는 너무 많은 불필요한 선입견들이 작용하고 있다. 가장 타기해야 할 것은 스스로 중심이라고 생각하거나 반대로 떳떳한 비주류라고 자위하는 것이다. 이런 의식들이 문학적 진정성과 아무 관련이 없음이 이미 드러났다. 참여나 순수, 진보나 보수 따위의

'가상적' 개념 틀에 스스로를 가두는 것, 어떤 그룹에 들고 어떤 잡지에 쓰고 어떤 문학상을 받는 것이 아니면 안 된다고 생각하는 것, 어떤 장르를 선택하는가 자체에 진정성 문제가 자동적으로 결부된다고 생각하는 것. 이런 것들처럼 거추장스러운 의식의 여분은 없다.

2. 톨스토이를 생각함

바람직한 문학에 대한 판단은 무엇을 중시하느냐에 따라 달라진다. 김동인은 다들 도스토예프스키를 위대한 작가로 보던 시대에 톨스토이야말로 위대한 작가라고 생각했다. 작가 자신이 창조한 인물의 운명을 자유자재로 쥐락펴락할 수 있었다는 점에서 톨스토이는 위대했다는 것이다. 이러한 평가방식은 그의 단편소설 「배따라기」에까지 미친다. 이 프레임 스토리에서 작가의 분신인 '여'는 봄맞이한 평양 대동강의 부벽루, 을밀대를 오르내리며 봄의 장관을 만끽한다. 위대한 자연의 힘을 목도하며 그가 절감하는 것은 인간의 보잘 것없음, 나약함 같은 것이다. 그래서 진시황은 위대하다. 사람이 자신이 원하는 것을 끝까지 펼칠 수 있다는 것은 옳고 그름을 떠나 위대하다고 강변한다. 액자 안의 이야기는 그러므로 자연으로서의 운명에 마음대로 내둘릴 수밖에 없는 인간의 한 사례를 제시해 보이는 것이다. 누가? 작가, 위대한 창조자인 작가 자신이 말이다.

도스토예프스키냐 톨스토이냐 하는 문제는 간단치 않다. 또 많은 러시아 문학 전공자들을 제쳐두고 까다로운 문제를 논단하는 것도 적절치 못하다. 그래도, 톨스토이를 위대하다고 본 사람의 하나로 김유정이 있다. 길지 않은 인생을 가난과 병마에 시달리며 옥 같은 작품들을 남긴 김유정은 어떤 사상적 배경을 지녔던가? 세상을 떠나기 전 겨울에 쓴 한 산문에서 그는 말했다. 지금까지는 다윈이나 니체의 사상이 각광을 받았지만 앞으로는 마르크스와 크로포트킨의 사상이 더 평가되리라고. 안회남은 또 지우였던 그에 관한 사소설적인 작품을 남겼다. 형식적으로는 전혀 완미하지 못한 그 「겸허」에서 안회남은 회고한다. 어느 좌중에서 누군가 말했다. 인류의 역사는 투쟁의 역사라고. 그러자 김유정이 덧보탰다. 그러나 그것은 사랑의 투쟁의 역사라고. 왕가의 외척의 먼 후손이었던 김유정은 황실 사람이었던 크로포트킨처럼 경쟁과 투쟁 대신 상호부조와 사랑 또는 연대를 중시한 작가였다. 무엇보다 김유정은 대중이 이해할 수 있을 만큼 쉽게 쓰는 문학이어야 한다고 생각했으며 그것은 바로 톨스토이의 생각이기도 했다. 톨스토이는, 문학은 고매한 이상을 간직하고 있으면서도 러시아 농노의 오두막집의 벽을 뚫고 들어갈 수 있을 만큼 쉽게 쓰여야 한다고 생각했다. 왜 문학이 성경을 대체하지 못하는가? 그것은 문학이 너무 전문적으로, 소수의 사람들만을 위해 쓰이기 때문이다. 문학작품은 그것의 감염력에 의해 훌륭함이 '결정'되는 것이라고 그는 믿었다.

톨스토이 같은 작가도 따져보면 우리와 결코 멀지 않다. 그는 1910년에 세상을 떠났는데, 그때는 다 알다시피 일제 강점이 시작된 해다. 이광수나 김동인이나 다 그에 심취했고 그로부터 자신들의 문학의 길을 위한 영감을 얻었다. 물론 얻기만 하고 만 것은 아니었다.

톨스토이의 『부활』은 말년의 톨스토이를 생각하게 하는 흥미로운 작품이다. 그는 이 소설을 십 년에 걸쳐 썼고 이 시간 속에서 지상의 삶을 더욱 근본적으로 수고했다. 그 대가로 그리스정교회로부터 파면을 당하기도 하고 자신의 문학작품의 저작권을 포기하는 문제 때문에 아내와 심한 갈등을 겪었으며 끝내 집을 나와 세상을 떠났다.

그의 삶과 관련해서 특별하게 다가오는 것은 어떻게 해서 삶의 영예와 안락을 다 누릴 수 있었던 사람이 그토록 극단적인 선택을 만들어 갔는가 하는 점이다. 젊어서 창녀촌에 드나들며 주색과 도벽을 즐기다 성병에도 걸렸던 한 문학 청년의 견지에서 보면 아주 쉽지만은 않은 변화다. 어떻게 그런 것이 가능했을까.

『부활』에는 톨스토이의 젊은 날의 자기 자신에 대한 성찰과 참회의 뜻이 내포되어 있다고들 한다. 네흘류도프라는 귀족 청년이 카튜샤라는 한 창녀의 억울한 누명을 자신의 문제로 받아들이고 구명을 위해 필사적인 노력을 기울이지만 끝내 실패한다. 그는 카튜샤의 시베리아 유형 행렬을 따라가기로 한다. 이것은 네흘류도프가 자기중심적 생활과 사유에서 벗어나 타인에 대한 희생적 사랑으로 나아가는 과정에 다름 아니다. 이러한 극적인 변화는 간단히 이루어지지 않는다. 소설 속의 네흘류도프의 전신에는 두 개의 커다란 계기가 나타난다.

하나는 감옥을 통해 세상의 참모습을 발견하게 되는 것이다. 감옥의 카튜샤에게 면회를 다니고, 그녀의 감옥 안 사람들을 위해 노력을 기울이고, 그녀를 따라 유형지로 떠나는 과정에서 그는 세상의 불합리에 눈뜨게 된다. 가지지 않은 이들과 그들을 위해 싸우는 이들과 귀족들의 삶을 비교할 줄 아는 시각을 갖추게 되고 자신이 전혀 상상하지 못했던 세계의 모습에 경악한다. 자기와 관련 없다고 여겼던 것들과 자신의 삶 사이의 깊은 관련성을 자각하게 되면서 그는 새로운 삶을 획득한다. 이 점에서 『부활』은 단순히 카튜샤의 부활이 아니라 네흘류도프의 부활이요, 그 안에 깃들어 있는 톨스토이 자신의 거듭남이다.

다른 하나는 네흘류도프가 귀족의 자제로서 세습받은 재산을 농민들에게 분배해 준 것이다. 도스토예프스키의 『카라마조프 가의 형제들』에서 말하듯 우리는 얼마든지 세계를 사랑할 수 있지만 가까운 단 한 사람을 사랑할 수 없다. 반대로, 우리는 가까운 친지와 이웃을 사랑할 수 있으나 민중 전체나 이웃 전체를 사랑할 수 없다. 네흘류도프는 자기 자신의 유족한 생활의 근원을 이루는 토지 소유에서 스스로를 '해방'함으로써 거듭 태어나는 자, 부활하는 자가 된다.

　문학은 문학하는 사람 저마다 자신의 입장에서 자신의 경험과 지식과, 무엇보다 자신이 원하는 것을 가지고 하는 것이다. 이것부터 명료하게 성립되지 않으면 좋은 문학이란 처음부터 성립하지 못할 것이다. 하지만 톨스토이의 경우는, 나아가, 작가가 타자들 앞에 놓인 자신을 새롭게 의식하고 새로운 자기를 만들어가려는 노력을 경주할 때 비로소 새로운 문학의 국면이 창조될 수 있음을 보여준다. 외부적으로 보면 그럴 필요도, 필연성도 지니지 않은 그는 그럼에도 자신을 타자들의 세계에 비추어 성찰할 수 있었다. 상식화된 성스러움과 당연시되는 메커니즘을 회의할 수 있었을 때 시간의 시험을 견딜 수 있는 문학이 준비될 수 있었다.

　『부활』의 가장 인상적인 대목은 주인공 네흘류도프가 감옥과 유형지에 흘러넘치는 러시아 급진운동가들을 경험해 나가는 장면들이다. 그들은 귀족계급의 자족적인 시각으로는 도저히 상상할 수도, 인정할 수도 없는 이상을 꿈꾸며 전제 체제에 맞서 싸웠다. 그들은 도스토예프스키가 『지하생활자의 수기』에서 신랄하게 야유해마지 않았던 체르니셰프스키와 '같이' 자신들에게 닥친 고난을 견뎌내며 새로운 세상을 실현하려고 했다. 『무엇을 할 것인가』를 쓴 체르니셰프스키는 수십 년씩 시베리아 유형 생활에도 불구하고 자신의 이상을 버리지 않았다. 나이든 톨스토이가 자신과 같은 해에 세상에 나온 그 체르니셰프스키의 후예들의 급진주의를 단순히 부정하지 않고, 세계를 바꿀 수 있는 것은 감옥, 곧 처벌이 아니라 사랑임을 믿고 실천하려 한 것. 이는 결코 평범해 보이지 않는다. 김남천 같은 카프 젊은이들의 비난을 못 견뎌 하며 급진주의에 대한 풍자를 일삼았던 이광수는 이 점에서 톨스토이의 사랑의 실천에 미치지 못했다. 아마도 톨스토이 또한 도스토예프스키처럼 삶이 '수정궁' 세상의 그것이 되는 것은 바라지는 않았을 테다. 하지만 그는 황제와 화려한 교회의 사상 대신에 민중과 나로드니키들, 사회주의자들을 받아들이는 쪽을 선택했다. 이것은 그가 단순히 그들과 같은 부류임을 의미하지는 않는다. 작중의 네흘류도프가 급진파들과 끝내 하나가 되지 않은 것처럼.

3. 최인훈─제일의 현실과 제이의 현실

오늘의 한국문학에 관해서는 어떤 재료를 가지고도 말할 수 있기 때문에 톨스토이니 도스토예프스키만 훌륭하다고 칭송하고 말 수 없다. 또 지금 예를 들어 논의하려고 하는 최인훈만을 한국문학의 재보라 볼 수도 없다.

최인훈의 작품들을 살펴볼 때 현재의 한국문학이 겪고 있는 문제와 관련해서 인상적인 대목이 있다. 자신보다 앞선 작가와 작품들을 참조하면서 자신의 길을 숙고하는 태도랄까 방법 면에서 그가 아주 우수할 뿐 아니라 성실하기도 했다는 것이다.

최인훈의 1960년대 전반기작 『회색인』은 작가의 원체험이 산출한 진정한 고향 탐색이라는 문제를『광장』에 이어 깊이 있게 보여준다. 그는 소설의 질문방법에 관해 누구보다 창조적, 지성적인 태도를 견지하려 했다. 예를 들어 회색인에 이런 문장이 있다. "하늘 아래 새것은 없다. 다만 새 시점이 있을 뿐이다. 아무튼 독고준에게 카프카는 그처럼 위대한 선배였다. 그러나 막상 그의 방법을 따르려고 할 때 그는 다시 한 번 놀랐다. 왜? 카프카는 한 사람으로 족하다는 것을 깨달았던 것이다." 이 문장은『회색인』과『서유기』연작이 어떻게 쓰였는가에 관심을 갖게 한다.

성경의「전도서」1장 9절에, 해 아래 새 것이 없으므로 이미 있던 것이 후에 다시 있겠고 이미 한 일을 후에 다시 할 것이라 했다. 사람은 그만큼 반복에서 벗어나기 힘들다. 하지만 베르그송은 창조적 진화를 논했다. 없던 국면을 새로 열어가는 생명의 본질을 갈파했다. 어린 시절의 최인훈은 함북 회령 아버지의 서가나 함남 원산 도서관 같은 지식 창고에서 이미 많은 것들을 흡수해 들였다. 어린 소년의 의욕은 청년기로 이어져 톨스토이든 괴테든 졸라든 카프카든, 심지어 이광수, 이상이든, 무엇이든 집어삼키는 괴물의 아가리와 같았다. 그러면서도 그는 날카로운 방법적 성찰을 놓치지 않았다. 그의 탐구나 실천에는 그와 동세대의 비평가인 김윤식이 보여주는 허기증 같은 것이 드러난다. 그들의 문체에서는 지식 세계를 향한 '기갈의 향수'가 묻어난다. 그들은 '닥치는 대로' 먹어치우고 충분히 용해시키지도 않은, 고형질이 뒤섞인 겔 형태의 사상을 독자들 앞에 제시하곤 했다. 그것은 완미하지만은 않다. 하지만 겉으로 그럴듯해 보이는 것들도 자세히 들여다보면 이런저런 박래품을 실용적으로 꿰어낸 빛깔 좋은 이미테이션 더미에 지나지 않는 경우가 많다. 지적 게으름이나 단순성이 세련을 가장하는 경우가 많다. 이에 비해 김윤식이나 최인훈의 노력은 장려한 면이 있다. 특히 최인훈은 자신의 근원적 고향 상실을 대체해 줄 삶의 원리를 찾으려 했다. 그의 젊은 날을 풍미하던 실존주의를 비롯하여 앞에서 열거한 세계 작가들을 포함한 사례들을 참조하여 자신의 길을 창조하려 했다.

그의 『회색인』에는 이런 문장도 있다. "모든 앙가주망이 모든 데가주망보다 나은 것은 아니다." 이는 회색인의 담론의 내적 구조를 분석하려 할 때 없어서는 안 되는 열쇠와 같다. 앙가주망이란 자신이 처한 상황에 스스로를 구속시켜 어떤 선택을 통한 현실에의 개입을 추구함을 의미한다. 데가주망은 그것과 반대로 자아 앞에 제시된 상황으로부터의 이탈 또는 해방을 의미할 것이다. 물론 이것은 현실로부터의 단순한 일탈이나 한국적인 순수문학을 뜻하지 않는다. 작중에 나타나는 독고준의 태도가 독특한 것임은 그의 상대역인 김학과의 대비를 통해 드러난다. 김학은 임박한 혁명을 향한 참여를 주장하는 반면 독고준은 "사랑과 시간"을 내세우며 그것을 우회 또는 초월하면서 자신만의 고독한 혁명을 기약하고자 한다. 이러한 독고준의 면모를 통해 흔히 혁명의 사색가로 알려진 최인훈 문학의 정치성의 실체가 드러난다. 그의 정치는 뜻밖에도 임박한 정치혁명에 대해 비관적일 뿐 아니라 비판적이기도 하다. 독고준을 통해서 드러나는 그는, 사월혁명이 비록 이승만 체제를 전복시킬 수는 있겠지만 이 세계를 근본적으로 일신할 수는 없을 것이라 생각한다. 이북에서의 사회주의 체제 경험은 이승만 체제의 전복이 가져올 또 다른 위험성을 경계하게 한다. 이야기하기에는 일종의 속임수가 있다. 1958~1959년을 사는 작중 독고준은 알지 못하는 사월혁명의 실패를 1963~1964년에 소설을 쓰는 최인훈은 알고 있다. 『회색인』에는 그러한 작가의 인식이 투영되어 있다. 독고준은 임박한 혁명 너머의

미래를 내다보고 더 긴 안목으로 새로운 인간 이해에 바탕한 새로운 세계 설계를 기약한다. 비록 김학과 같은 동세대의 젊은이들에 의해 추구되는 혁명의 가능성을 전혀 부정하지는 않을지라도 말이다.

『회색인』의 흥미로움은 이러한 테마의 의외성에 있다. 그와 더불어 이 작품의 가장 중요한 덕목은 앞에서도 말했듯이 이를 통해서 드러나는 독특한 작가적 의지를 꼽아야 한다. 그는 앞선 선례들의 창작방법을 참조하고 그것들과 다른 방식으로 자기만의 세계를 만들어가고자 했다. 카프카의 위대성을 충분히 인식하고도 그것과는 다른 방식으로 쓰는 것, 이러한 겨룸의 대상으로 여기서 다시 꼽을 수 있는 작가로 이상과 브램 스토커 같은 작가들도 있었다.

『회색인』은 한국의 현대소설들에 잘 나타나지 않다가 최근에야 빈번히 사용되는 분신담, 변신담의 모티프를 보여주는 작품이다. 아마도 일제 강점기의 가장 매력적인 분신담은 박태원의 「적멸」 정도일 것이다. 최인훈은 시와 소설에서 거울 및 자화상 모티프를 즐겨 사용한 이상의 분신 모티프를 작중에 끌어들이는가 하면 1959년에 '괴인 드라큘라'라는 제목으로 한국에 수입되기도 한 영화와 그 원작의 변신담 모티프를 활용, 독고준 특유의 에고이즘을 표현하고자 했다. 최인훈은 이상과 브램 스토커의 방법을 수용하면서 결합시켜 작중 김순임으로 대표되는 기독교와 김학으로 대표되는 향토적 민족주의라는, 두 개의 "상식"적 이상주의를 기각하면서 한국이라는 세계의 새로운 조율원리를 발견해야 할 필요성을 제기한다.

최인훈의 이러한 실험은 이른바 제2의 현실이라는 문제를 생각하게 한다. 제2의 현실이란 무엇인가? 그것은 앞선 작품들, 그것들에 활용된 방법들의 세계다. 그것은 앞선 작품들로 이루어진, 구성된 세계, 현실로서, 사람들이 살아가면서 겪는 생존, 생활의 세계와는 전혀 성격이 다르다. 작가에게 특별히 요구되는 자질은 바로 이 제2의 현실을 자각해야 한다는 것이다. 만약 어떤 작가가 가난에 대해 쓰고자 한다면, 자기 자신이 겪은 가난을 소재로 삼는 것도 물론 좋지만 더 나아가 앞선 작가들은 그것을 어떻게 인식하고 표현해 왔는지 알아야 한다. 그때 비로소 자신이 어디에 서 있으며 무엇을 해야 할지가 드러날 것이기 때문이다. 이것이 작가가 전통 위에 서는 방법이다.

한국문학은 지난해에 신경숙 씨의 미시마 유키오 작품 표절을 둘러싸고 많은 문제를 노출했다. 이 문제는 결국 제2의 현실을 철저히 자각하는 문제로 통한다. '내' 앞에 '내'가 참조해야 할 '어떤' 작가들이 있는지 아는 것. 뿐만 아니라 '내'가 그 아류에 머물러서는 안 됨을 깊이 자각하는 것. 이것이야말로 자기 자신의 문학적 진정성을 주장하기 위한 전제라 할 수 있다. 이것이 작가에게 필요한 지성이다. 그것은 단순한 지식인의 지성과 다르다. 한국문학은 지금 지성의 결핍으로 격심한 고통을 받고 있다. 이를 똑바로 마주 대해야 한다.

4. 지금 어떤 문학을?

2014년 4월 16일에 야기된 세월호 참사는 획시대적 의미를 함축한 '사건'일 것이다. 그 원인과 주체는 아직 세상에 밝게 드러나지 않았다. 그러나 이 사건은 1980년 '광주사태'와 비교될 만하다. 사전에 따르면 그때 희생자는 사망 191명, 부상 852명이다. 세월호 참사의 희생자 역시 광주 때와 같이 명확하지만은 않지만 제주도로 수학여행을 떠났던 안산 단원고 학생들을 포함하여 304명에 달한다.

이 사건은 멀리는 1997년경 이후, 가깝게는 지난 8년간에 걸쳐 한국사회가 어떻게 변모해 왔는가를 대변해 준다. 한국은 1997년 12월 3일부터 국제통화기금(IMF)에서 자금을 지원받는 체제로 들어갔다. 얼마 전 타계한 김영삼 대통령 정부 말기에 일어난 충격적 사태는 김대중 정부 태동의 촉매제가 되었다. 외환위기를 조속히 해결해야 하는 과제를 짊어진 새 정부는 이를 이른바 신자유주의를 폭넓게 수용하는 방식으로 해결해 나갔고, 노무현 정부는 이를 더욱 급진적으로 추진했다. 이후에 출현한 새 정부들은 경제논리상으로 보면 앞의 두 정부가 추진해 온 방향을 더 직접적으로 심화시킨 데 지나지 않는다. 앞의 두 정부가 하부구조에 어울리지 않는 상부구조를 가졌다면 뒤의 두 정부는 하부구조가 요구하는 정체 형태를 훨씬 더 순수하게 실현하고 있을 뿐이다.

달리 말해 지금 한국사회는 정치경제적 과도 상태를 지나 의사 파시즘에 근접하고 있다. 세월호 참사는 그러한 상황의 극단적 산물이다. 그것은 아직 공식적으로 원인 불명일 뿐이다. 각종 선거에서의 문제를 비롯하여 인권, 노동, 언론, 표현 등 가장 기본적인 국민적 권리들이 사회 모든 부면에서 심각하게 위축되고 있다. 경제학자 장하성에 따르면 한국 자본주의의 현 체제에서는 성장과 분배가 전혀 비례적이지 않다고 한다. 과중한 세금은 소수 상층 계급이 아닌 다수의 하층민들을 향하고 있다. 북한에서 벌어지는 일들은 단순한 남의 일만은 아니다.

이 사이에 문학에서는 어떤 일들이 있었는가? 오늘의 한국문학은 이른바 1995년 체제의 연장선에 놓여 있다고 할 수 있다. 글라스노스트, 페레스트로이카로 야기된 일련의 사태는 1991년 소련연방의 해체를 가져왔다. 한국문학은 세계사의 거대한 전환을 예측하거나 촉진하는 데 기여하지 못했다. 기존의 『창작과비평』, 『실천문학』, 『문학과사회』 등에 더하여 낡은 좌파 이념에 기운 문학잡지들이 잡답한 할거 양상을 보이는 가운데 1994년 『문학동네』 창간호가 나오면서 문단은 급속히 그 헤게모니 아래 들어갔다. 오늘날 '문동', '창비', '문사' 등의 '카르텔'로 대표되는 문단의 1995년 체제가 이로써 모습을 드러냈다. 비록 그 경제 규모 면에서는 다른 산업 부분에 비해 지극히 보잘것없지만 이 체제는 신자유주의 정치경제 메커니즘의 이데올로기적, 문학적 '상부구조'라 할 수 있다. 이 체제는 문학적인, 그러나 특히 문학 안에서의 자율과 경쟁을 추구하고, 문학을 통해 상업적 이익을 취득하는 배리를 자연스럽게 받아들이며, 이전 시대의 정치적, 정치주의적 문학에 대해 심미적인, 문학주의적인 문학을 표방한다. 이 심미성은 이를 추동한 주체들만의 책임이라고는 할 수 없는, 그러나 당대의 문학적 지형도를 초월하여 사유할 수 있는 주체는 없었다는 의미에서 빈약한 내면성에 의해 뒷받침된 것이었다. 근대문학에 특징적인 내면성의 원리가 지배하는 시대는 가버렸다는 속단과, 유희, 가벼움, 냉소, 수사적인 무정부주의와 세계시민주의, 구체 없는 보편주의 같은 것들에 대한 선호 취향 탓에 이 문학주의는 점점 더 공소해지는 양상을 나타냈다. 그럼에도 언론과 시장 논리에 힘입어 이 경향은 20년에 걸친 유행적 치세를 누렸다. 이 자유는 이제 낡아서 낡은 자유주의로 남았다.

2014년의 세월호 참사와 2015년 신경숙의 미시마 유키오 표절 논란은 이러한 문단적 상황이 근본적으로 바뀌어야 함을 의미한다. 상상력의 유희에 질린 문학인들은 문학이라는 공소화한 성채의 문을 열고 허기증에 걸린 드라큘라처럼 삶과 현실의 살아있는 피를 요청했다. 그러나 참사의 충격조차 재빨리 출판에 반영해낼 줄 아는 기민함은 무엇이든 자신들의 밥으로 삼을 줄 아는 우월한 능력을 입증해 줄 뿐이었다.

지금은 지난 20년 체제를 깊이 성찰해야 할 때다. 그런데 그것은 문학이 지금 무엇이어야 하며, 그것으로 무엇을 할 것인지 숙고함을 의미한다. 어느 사이에 필자는 이 글의 첫 장에서 개진한 문학의 다채로운 존재방식과 삶의 다양한 욕구들 사이의 조응 관계 대신에 어떤 단일한 해답을 요구하는 듯한 자가당착에 빠져버린 것처럼 보인다. 그렇지 않다. 한 사람의 작가, 시인은 캐리스 흄이 말한 문학의 네 큰 유형 가운데 어떤 것도 자유롭게 선택할 수 있다. 그러나 일단 어떤 유형의 존재방식에 더 집중하는 순간, 그는 진정성의 요청에 스스로를 얽어매야 한다. 삶에 대한 성찰을 지향하는 문학의 맥락에 서라면 진정성의 요구는 더욱 증강된다.

상상에서 증언으로. 필자는 오랫동안 현실을 새롭게 발견하기 위한 상상, 환상의 기능을 중시해 왔다. 이 강조는 유희론자들과는 맥락이 다르다. 이제는 상상과 환상을 중시하는 그 연장선에서 '사실'에의 증언에 관심을 돌려야 할 때다. 그러나, 무엇을 증언함이며 어떤 증언인가? 어떻게 보면 필자가 말하고자 하는 증언은 차라리 증언이라는 양식과 정신을 빌린 우리들의 삶과 현실에 대한 새로운 탐구를 의미하는 것이라 할 수 있다. 우리는 사실적 증언의 문학을 보유하고 있다. 1970년대부터 오늘에까지 이어져오는 민중들의 삶의 기록, 황지우가『새들도 세상을 뜨는구나』에서 구사한 몽타주들, 조세희가『난장이가 쏘아올린 작은 공』에서 보여준 현실의 총체적 재구성, 황석영이『무기의 그늘』에서 시도한 보고적 기록 같은 것들. 보는 관점에 따라 최인훈의『화두』는 호흡이 긴 진정한 증언문학이며, 박완서의『그 많던 싱아는 누가 다 먹었을까』,『그 산이 정말 거기 있었을까』는 6 · 25 전쟁에 대한 재진술적 증언이라 할 수 있다. 또한, 김원일, 현기영, 이문구 같은 1940년 전후 출생자들의 소설들, 이태의『남부군』같은 것은 명백히 증언적이며 증인을 요청하는 시대정신에 힘입어 나타난 것들이다. 이러한 전통은 한국문학에서 1995년 체제가 개시되며 끊기고 말았다. 그러나 구미 쪽에서 증언은 오히려 이 시대에 맹렬한 조명을 받기 시작했다. 요즈음『제국의 위안부』로 인해 더 첨예해진 세계제2차대전 시기 전쟁 성노예에 대한 여성 증언문학이 집중적인 관심의 대상이 된 것도 이때다.

최인훈이 카프카를 참조하고 이상이 도스토예프스키를 참조하고 고흐가 렘브란트를 참조하고 발자크가 세익스피어를 참조한, 제2의 현실을 살아온, 문학과 예술의 명인들의 선례를 따라 무엇을 어떻게 발견해야 하는지, 그것이 어떻게 새롭게 창조되어야 하는지 탐구되어야 한다. 시선을 찻잔 속에서 거두어 야생의 현장으로 돌리면 모든 것이 새롭게 보이고 들릴 수 있다. 한국문학은 지금 자신을 더욱 가치 있는 존재로 만들어 줄 삶의 현장을 외면한 채 너무 오래 '외로된 사업'에 골몰하고 있다.

필자는 지금 증언만이 유일한 문학의 길이라 말함이 아니다. 삶의 진상을 밝혀내고자 하는 의욕을 말함이다. 한국문학은 지금 피가 흐르는 세계로부터 너무 멀리 떨어져 있다. 은제 나이프와 포크를 버리고 가식적인 살롱과 파티장에서 나와 연미복과 드레스를 벗고 연장 같은 펜을 다시 들어야 한다.

최근 한국소설과 증언

1. 작가들의 자기 이야기와 증언

오늘의 소설은 쇠락 그것인가? 모모한 문학상 후보작들을 애써 읽으면서 생각한다. 무엇이라도 메모해 놓지 않으면 못 견딜 것 같은 기분을 억제할 수 없다.

자, 요즘 심사위원들은 자신이 심사를 해서 기념해야 할 작가가 어떤 사람인지 알지 못한다. 그는 심사위원들에게 그 상의 이름 앞에 상을 장식해 줄 추상적인, 그러나 구체적 의미를 상실한 검은 모자 같은 관형어로 얹혀 있을 뿐, 왜 그 이름이어야 했는가는 이해할 필요도, 알려고 할 필요도 없다. 여러 문단 상황상 몸과 마음에 해롭기 때문이고, 사실 그 작가에 대해서는 탐구해 본 적도 별로 없다. 심각한 고려 대상이 아니었기 때문에 누가 대상자가 되든 관건이 될 수 없다. 심사자인 비평가는 사실 이미 '패배해 버린 지' 오래여서 자신이 무엇을 바꿀 수 있다고도 생각하지 않는다. 그리고, 왜 바뀌야 하나?

　신랄하게 말한다면, 요즘 작가들은 소설이 무엇인지 도대체 원리적으로 탐구해 보려 하지 않으며, 한국어를 어떻게 요리해야 정말 맛난 이야기가 되는지 궁리해 볼 도전 의지도 그다지 강렬하지 않다. 시내 길가의 음식점 중에 기피 대상 제1호는 '퓨전요리'라는 관형어를 붙인 곳일 것이다. 젊은 사람들의 거친 입맛을 쉽게도 속일 수 있는 값싼 양념 조미료 탓에 대충 섞고 데쳐도 좋은 요리가 성행한다. 문장과 단락은 어디서 나누고, 지시대명사는 얼마나 어디에 쓰고, 홑문장과 겹문장은 어떤 효과를 위해서 써야 하는가를 요리용 저울에 좀 달아보기라도 해보자는 것이다. 소설이 왜 지금 독자 희박한 문학잡지의 규격품처럼 그 길이에 그 형태여야 하는지, 아니라면 무엇인지 생각해 보느냐는 것이다. 탐구 대신에 모방, 표절은 아니지 않느냐는 것이다.

　그러나, 이러한 양태는 소설사의 외면에 지나지 않는 것인지도 모른다. 그렇지 않은, 논의에 값할 만한 작품들이 여전히 나타나고 대두하기 때문이다. 그렇다면, 지금 소설에서 도대체 중요한 주제가 될 수 있는 것은 무엇일까?

　어떤 작가는 '자기 이야기'를 쓴다. 아니, 숱한 작가들이 자기 이야기를 쓴다. 작가 특집을 하면 자기 이야기 소설란이 저절로 주어지기 때문에 누구나 약간의 주목만 받으면 곧바로 자기 이야기를 쓸 수 있는 기회가 주어진다. 있는 그대로 쓰고 싶기도 하지만 장르가 소설이라 해서, 소설은 당연 허구이기 때문에, 또 적당한 허구를 섞어야 플롯과 주제가 극화되기 때문에 허구를 간편하게 도입한다. 소설을 쓰는 자신이 누구인가를 왜 써야 할까? 불림 받았으므로? 근대적 개인이라는 문제 설정 때문에? 뭔가 독특한 인간이기 때문에?

작가가 자기 이야기를 쓴다는 것은 분명 자신에 관한 '증언'의 요소를 함축한다. 자기를 증언하는 양식은 무엇보다 자전, 자서전이다. 이것은 양식상 계약에 비추어 자신에 관한 숨김없는, 진실한 고백일 것을 요청 받는다. 인간에게 계약은 위반의 상시성을 시사한다. 아무도 사실 그대로 쓸 수 없음은 물론이고 그렇게 하려고 하지 않는다. 원래 말글에서 재현이 불가능하다는 사실은 거짓과 허구 조미료를 듬뿍 친 요리에 좋은 명분이 된다. 인간은 각인이 가시적 형체에 의해 타인과 분리되어 있어 자기중심성에서 벗어나기 힘들다. 검사가 되어 타인들을 그토록 괴롭힌 악인 '김 모 씨'도 자기중심의 서사를 구성할 줄 아는데 하물며 작가인 다음에야. 자전, 자서전 양식만큼 사실, 진실, 고백, 증언의 의장을 빌려 거짓을 손쉽게 치장할 수 있는 곳도 많지 않다. 가해자가 희생양으로 스스로 둔갑하고 절대적 요청의 대리인으로 변명하기도 한다. 필자의 머릿속에 지금 떠오르는 가장 좋은 자기 증언은 유미리의『생명─이노츠』였다. 그것은 그 안의 이야기가 그녀에 관한 상세한, 그러나 공식적일 수밖에 없는 바이오그래피에 의해 인증되기 때문이 아니라 그 이야기 안에서 이야기의 형태로 논증되는 사건들이 필자로 하여금 진정성을 느낄 수 있도록 했기 때문이다. 그녀의 이야기는 그러니까 풍부하다기보다 명료해서 좋았다. 어느 정도라도 읽어 본 자전류 가운데 기억에 남는 것은 이광수의『나의 고백』, 김성칠의『역사 앞에서』, 백철의『진리와 현실』, 유진오의 6·25 도강 기록 같은 것이고, 자기 자신의 이야기를 논픽션 형태로 제시한 작가들의 작품은 동시대로 가까울수록 오히려 적어진다.

　오히려 후일담 형식을 빌려 공지영의 '운동권' 소설들, 신경숙의『외딴방』, 김형경의『세월』같은 작품들이 잇따라 나왔는데, 이는 박완서의 『나목』, 『목마른 계절』, 「엄마의 말뚝」 연작, 『그 많던 싱아는 누가 다 먹었을까』, 『그 산이 정말 거기 있었을까』의 연장선에 있다. 낱낱이 헤아리지 않아서 그렇지 1990년대 중반 이후 나온 여성작가의 자전적 소설은 아주 긴 목록을 가지고 있으며, 이들은 모두 나혜석, 김명순, 최정희, 강경애 등으로 소급되는 현대 여성 자전적 소설의 맥락 속에 놓인다. 여성작가들이 이처럼 자기 이야기에 매달리면서도 그것을 소설이라는 의장 없이 '맨살'의 형태로 드러내지 못하는 것은 그들이 처한 사회적 압력을 시사할 뿐 아니라 일종의 진정성 결핍을 의미하기도 한다.

그리고 이는 비단 여성 작가의 것이 아니라 남성, 여성 작가 공통의, 한국문학의 결점 내지 맹점이기도 하다. 이광수의 『그의 자서전』, 『나-소년편』, 『나-스무살 고개』는 그 원형적 형식에 해당하거니와, 그는 자신의 삶을 소설적, 즉 허구의 의장 없이는 드러낼 수 없는 유형의 작가였다. 그만큼 '자기 이야기 소설' 또는 자전적 소설로서의 양식적 요건에 대한 성찰은 철저하지 못했던 반면 그러면서도 그의 소설은 성찰적 화자 또는 주인공을 내세우고 있어 그 진정성을 더욱 회의하게 한다.

이에 비하면 이상이나 박태원의 작품들, 예컨대, 「지주회시」나 「실화」 같은 소설, 「소설가 구보 씨의 일일」, 「자화상」 연작들은 그 자신의 삶과, 그 주변 또는 외부의 관계에 대한 상대적으로 명료한 의식을 표현하고 있다고 할 수 있으며, 이 점에서는 김남천과 채만식 같은 리얼리즘 작가들도 「등불」이나 「민족의 죄인」과 「낙조」 연작이 보여주듯 탐구할 만한 국면을 형성하고 있다 할 만하다. 해방 또는 6·25 전쟁 이후 이러한 성찰적 자기 이야기의 전통은 이호철의 『소시민』, 손창섭의 「신의 희작」이나 『낙서족』을 거쳐 『유맹』

에 와서 하나의 정점을 형성했으며, 이문구의『관촌수필』, 현기영의
『지상의 숟가락 하나』, 김성동의『만다라』, 윤후명의 여로형 소설들
등에서 각기 날카롭거나 흥미로운 논점을 이룰 수 있는 양상들을 보
여준다.

　1994년에 한국문학은『화두』라는 초유의 대작을 만난다. 최인훈
은『광장』,『회색인』,『서유기』등에서 시도한 자기 이야기와 역사
의 만남을 몇 단계 확장, 심화된 형태의 이야기로 새롭게 주조했다.
그것은 6 · 25 전쟁과 이승만, 박정희 독재체제 경험의 증언의 요소
를 분명 함축한다. 의식의 흐름이라는 전통적 방법을 지극히 의식적
으로 새롭게 펼쳐놓은 이 소설은 해방 후 6 · 25 전쟁 중 월남까지의
작가 자신의 북한체제 경험을 치밀하게 재구성해 보여주며, 미국과
소련의 냉전적 각축의 틈바구니 속에서 살아와야 했던 한국인들의
역사와 자기 인식을 해체적으로 '재구성'한다. 이 작업은 담대하고
도 전면적이다. 그것은 제국과 식민지, 동양과 서양, 자본주의와 공
산주의(사회주의) 같은 이항대립 쌍들을 가로지르며 지배적 역사뿐
아니라 의사 저항적 역사도 해체하며 20세기 인류사의 경험을 전체
인류사와 지구와 우주의 순행 속에 위치 지우고자 한다.

　한 사람 더,『개밥바라기별』과『수인』의 황석영은 자전적 소설의
맥락에서 본격적인 논의를 요청하는 신판 텍스트들이다. 문제적인
작가가 스스로를 주인공으로 삼을 때 그는 자신의 삶을 어떤 의미
에서든 증언적 존재로 제시하는 것이라 할 수 있다. 이 소설에서 사
실과 허구의 관계는 어떻게 배치되는가? 작가는 자신이 증명, 증언
해야 할 것을 무엇이라고 생각하고 있는가? 그는 그것을 어떻게, 즉,
성찰적이거나 교훈적이거나 흥밋거리의 어느 것으로 제시하는가?
그는 사실 혹은 진실을 무엇이라고 생각하는가? 주인공과 화자와 내

포적 작가의 관계를 그는 어떻게 설정하고자 했는가?

황석영은 주지하듯 북한을 '불법적으로' 방문했고, 그 때문에 해외에서의 긴 망명적 체류 상태에 놓여 있었으며, 마침내 영어의 몸이 되어 5년 수감 생활을 겪었으며, 북한방문기 『사람이 살고 있었네』를 집필, 출간하기도 했다. 이러한 과정들을, 20년 이상의 시간이 흐른 현재에 어떻게 제시하는가 하는 것은 단순한 감상 대상일 수 없다. 특히 『수인』은 한국 현대의 고백적 또는 증언적 문학의 논점들에 관계되는 중요한 텍스트로서 리트머스 종이와 같은 위상을 부여받지 않을 수 없다.

2. 증언소설들 ― 한강의 『소년이 온다』 기타

소설이 허구적인 양식이고 이를 위한 여러 장치를 거느린다는 점은 증언에의 요구와 소설 사이에 어떤 모순적 관계를 의식하게 한다. 증언은 직접, 직설, 숨김없음 같은 말들과 한데 어울리는 듯한 반면 소설은 역시 꾸며냄, 지어냄, 허구 같은 말들을 필요로 하기 때문이다.

그럼에도 소설과 증언은 한데 어울려 마치 '서정소설'이나 '사소설' 같은 개념처럼 '증언 소설' 또는 '증언적 소설'이라는 말로 합성될 수 있다. 이 증언은 고백과는 필자에게는 다소 다르게 이해된다. 증언testimony은 증명한다는 것, 무엇인가가 거기 그렇게 있었음을 보여준다는 의미를 가지며 따라서 그것을 지켜 본 사람으로서 증인witness의 존재를 전제하고 따라서 직접 보고 들었음을 필요로 하지만, 이 경험의 직접성이 곧 그가 경험한 사태의 '총체성' 내지 복합성, 다층성을 보장하지는 않는다는 점에서, 직접 경험하지 않고도 증언할 수 있지 않은가 하는 문제를 야기한다. 그러면서 필자가 생각하기에 증언은 많은 경우 법정 재판이나 청문회 같은 곳에서 유효성을 인정받는 데서 알 수 있듯이 보다 세속적이고, 공적이며, 역사적인 함의를 띤다.

앞에서 작가들의 자전적 소설을 논의하면서 증언이라는 말을 사용했지만, 작가의 개인적인 삶에 대한 자기 자신의 증언이라는 표현은 역시 부자연스러운 면이 있다 하지 않을 수 없다. 이때는 어디까지나 고백confession이라는 말이 훨씬 자연스럽게 느껴진다. 고백은 증언과 달리 그 말을 듣는 대상이 고백자가 설정한 특정한 세속적 집합체라 할지라도 고백하는 사람보다 우위에 있는 것처럼 느껴지며 법정이나 청문회 같은 규격화된 세속적 절차와는 거리가 있어 보인다. 카톨릭 신부에게 고해성사를 드릴 때 그것은 세속적 인간이 아니라 초월적 존재를 향한 것이다. 그것은 귀의하는 것이며 기도하는 것이며 '죄'를 범한 자, '죄'에서 말미암은 자가 신 또는 그처럼 초월적인 대상을 향해 호소하는 것이다. 때문에 고백은 일인칭 시점에서 벗어날 수 없는 반면 증언은 종종 삼인칭을 취하며, 심지어 이인칭을 통해 이야기를 행할 수도 있다.

증언이나 고백은 둘다 진정성 문제를 통상적인 소설에서와는 다르게 취급하도록 한다. 고백이라면 죄로 통칭될 수 있을 것에 대한 고백하는 자의 정직성과 자기 성찰의 심도 내지 밀도가 관건이 될 것이다. 앞에서 말한 이광수의 자기 증언은 사실상 민족 앞에서의 죄의 고백이지만 그것이 정직했는가, 심오했는가 하면 그렇지 못했다.

증언에서라면 직접 보고 들은 자와 그렇지 못한(않은) 자 사이에 진정성이 요청되는 방향이 다를 것이다. 직접 보고 들은 자가 진정성 테제를 충족시키기 어려운 점이 있다면, 무엇보다 그 일인칭적 중심성에서 벗어나기 힘들다는 것이며, 따라서 스스로 경험한 것과의 거리 또는 긴장이야말로 진정한 증언을 위한 요건이 될 것이다. 전쟁 중 성노예(위안부) 문제를 둘러싸고 직접 체험자들의 증언을 회의시키는 많은 논의들은 바로 이 난점을 후벼 파고 있음은 많이 알려진 사실이다.

보다 문제적인 증언의 문제는 직접 보고 듣지 못한 작가가 역사적 사건을 다루는 소설 속에서 발생한다. 예컨대, 어떤 사건으로부터 시공간적 격차를 가진 작가는 그것에 관해 과연 쓸 수 있는가? 쓴다면 어떻게 써야 하는가? 사건의 리얼리티는 직접적 서술, 명료한 표현을 요구하는 데 반해 소설은 본성상 꾸며지기를 좋아해서 첨가와 삭제, 상상적 장치 없이는 좀처럼 만족하지 못하는 점이 있다. 이것을 두고 소설은 본래 허구를 통해 인생의 진실을 전달하는 법이라고 두루뭉술하게 해석하고 마는 것은 좋은 일만은 아니다. 무엇보다 증언적 소설은 대상 사건을 탐사하는 데 더 많은 이로움을 주는 형식일 수 있으며 수난자, 희생양들을 위한 더 큰 정서적, 미적 효과를 창조할 수 있다.(Sidonie Smith & Julia Watson, 「자서전의 곤혹스러움-서술이론가를 위한 조언 노트」)

사건을 직접 체험하지 않은 작가가 역사적 사건을 증언적으로 다루는 작품을 쓴 예로는 제주도 4·3 학살을 지속적으로 다루어 온 현기영이나 일본어 소설이지만 최근 국내에서 번역 완간된 『화산도』의 김석범 등이 있었으며, 김원일의 『노을』이나 『겨울 골짜기』, 이병주의 『지리산』, 조정래의 『태백산맥』 같은 사례들이 있었다. 이병주의 『지리산』은 반드시 이태의 회고록 『남부군』과 비교 고찰 되어야 하며 『태백산맥』은 이야기에 통합되는 사실과 허구의 모순적 관계를 각별히 음미해 보아야 한다.

　증언적 소설로서 주목을 요했던 작품의 하나가 황석영의 『손님』이었다. 이 소설은 6·25 전쟁 중 신천 양민학살 사건을 다룬 것으로, 전쟁과 학살의 원인을 자본주의와 공산주의라는 두 '손님'이 한반도에 들어와 주인 행세를 한 데서 찾는다. 이 소설의 문제성은 이야기에 사령, 즉 죽은 이의 혼을 등장시켜 말하게 한다는 점일 것이다. 소설에 사령이 등장하는 것이야 어제오늘의 일이 아니지만, 증언적인 이야기에서 세속적 세계를 넘어서는 것으로 간주되는 사령이 나타나는 것은 선례들이 많다 해도 고심을 필요로 한다고 할 것이다. 요점은 소설의 증언적 성격을 충족시키는 데 얼마나 기여했는가에 있을 텐데 이 점에서 『손님』은 나쁘지 않았다고 기억된다.

　시공간적으로 격절된 사건을 소설적으로 처리하는 데 있어 '과학적으로 입증되지 않은' 존재를 도입하는 사례로 한강의 『소년이 온다』를 논의해 볼 수 있다. 이 작품은 세월호 참사가 있던 2014년의 5월에 단행본 출간을 본 작품이지만 그때로서는 특이하게 '광주민주화운동' 현장과 그 이후의 트라우마를 소설화한 것이다. 어째서, 2014년 전후의 시점에 이 이야기가 필요했던가 할 때 그것은 시대적 요청 같은 리듬 감각과 거리가 있었다. 작가의 분신이라 할 소설 끝 '에필로그-눈 덮인 램프'에서 화자는 "그 이야기를 들었을 때 나는 열 살이었다"라고 썼다. 텍스트 안에서의 진술이므로 이 말의 사실성 여부를 가릴 수 없지만 소설의 다른 부분들과는 현격히 다른 회고적 태도에 비추어 이 진술이 포함된 에필로그 전체를 직접 사실적인, 작가적 경험에 연결된 것이라고 판단해 두자. 작가와 '광주'의 그때가 연결된 것은 본 것이 아니라 들은 것에서 연유하지만, 이 위치는 증언자로서의 작가를 직접 경험과 간접 경험 사이의 어느 곳에, 사실을 둘러싼 의식적 긴장이 필요한 곳에 위치하게 한다. 작가는 긴장 속에서 불충분한 증언적 위치를 보완해 줄 방안을 강구했다. "구할 수 있는 모든 자료를 읽는다는 것이 처음의 원칙이었다. 십이월 초부터 다른 아무 것도 읽지 않고, 글을 쓰지 않고, 되도록 약속도 잡지 않고 자료를 읽었다. 그렇게 두달이 지나 일월이 끝나갈 즈음 더 계속할 수 없다고 느꼈다." 작가는 광주에 관한 꿈에 사로잡히기까지 했고 라디오를 선물 받아서는 계기판에 '광주'의 일시를 입력해 두었다. "그 일을 쓰려면 거기 있어봐야 하니까. 그게 최선의 방법이니까."

사소설이나 증언 소설 같은 것은 특이하게도 소설 텍스트 내부와 외부의 연결이 존재하고, 이를 가능케 하는 장치들을 고안해낼 것이 요구되며, 둘 사이의 비교나 대조 같은 것이 어쩔 수 없이 이루어지고, 나아가 누가 썼는가를 묻게 되는 소설적 양식이다. 여기서는 특히 신비평주의식의 텍스트주의, 텍스트의 자족적 해석이 만능키가 될 수 없다. 텍스트의 진정성authenticity도 물론 중요하지만, 그 전에 작가적 진정성 여부를 묻게 될 수 있다. 텍스트 내부의 진정성이 자족적일 수만은 없다는 점에서 고백적 증언 또는 증언적 고백으로서의 사소설과 증언 소설은 상통하는 점이 있다. 단순한 위장이나 포즈로 충당될 수 없는 삶과 사유와 시선과 감정의 진정성이 선행해서야 텍스트의 진정성이 사후적으로 실현되는 것과 같은 효과가 이들 소설에서 나타난다. 박태원의 「소설가 구보 씨의 일일」이 선사하는 진정함의 인상은 그로부터 발생한다.

마찬가지로 한강의 『소년이 온다』는 작가적 태도의 진귀함에서 비롯된 공감 능력이 발휘된 소설적 장이라 말할 수 있다. 여기서 작가는 동호라는 중학생 희생자를 혼의 형태로까지 불러들여 그때, 거기서, 무슨 일이 있었는가를 다시 이야기한다. 작가는 광주에서 그때 무슨 일들이 어떻게 벌어졌는지 자료들을 섭렵할 만큼 섭렵한 상태에서 『죽음을 넘어 시대의 어둠을 넘어』 같은 논픽션적 저작이 충당하지 못하는, '사태'의 이면을 미학적으로 전환, 표현한다. 사태가? 소년 동호와 정대 오누이를 비롯한 인물들에 의해 다각적으로 접근, 포착, 해부되면, 작가는 작중 인물의 한 사람의 목소리를 빌려 이 사태의 의미에 대한 근본적 질문을 제기한다.

그러니까 인간은, 근본적으로 잔인한 존재인 것입니까? 우리들은 단지 보편적인 경험을 한 것뿐입니까? 우리는 존엄하다는 착각 속에 살고 있을 뿐, 언제든 아무 것도 아닌 것, 벌레, 짐승, 고름과 진물의 덩어리로 변할 수 있는 겁니까? 굴욕당하고 훼손되고 살해되는 것, 그것이 역사 속에서 증명된 인간의 본질입니까?(한강, 『소년이 온다』, 창비, 2014, 134쪽)

1980년의 '사태'는 주지하듯이 새로운 독재체제의 서막을 알리는 사건이었다. 한국사는 1979년 8월 9일 YH무역 여공들의 신민당사 농성과 김경숙 양의 죽음에서 격한 물살을 이루기 시작하여, 10·26 대통령 시해, 1980년 '서울의 봄'과 광주학살을 계기로 전두환 체제라는 또 다른 철권통치로 나아가게 된다. 작가 한강은 열 살 나이에 이 비극적 학살 사태를 처음 접했고, 그로부터 삼십 년을 훌쩍 넘기는 세월의 격절을 딛고 죽은 자의 혼의 목소리, 인물들의 내성적 발화를 통해 증언자로서의 소임을 다하고자 했다. 한강은 에필로그에서 말한다. "그들이 희생자라고 생각했던 것은 내 오해였다"라고. "그들은 희생자가 되기를 원하지 않았기 때문에 거기 남았다"라고.

필자는 이 지점에서 한 가지 질문을 던져본다. 과연 한국사의

5·18은 끝났는가? 이것은 5·18의 진상 규명이 아직 끝나지 않았고 「님을 위한 행진곡」을 제창할 수 없도록 하는 집단이 여전히 존재하는 한 광주는 지속되는 현재라는 뜻만은 아니다. 2014년 4월 16일의 세월호 참사는 공식 희생자 수가 광주민주화운동 때 숨진 희생자 수를 능가한다. 이 참사는 전후 맥락을 따져보거나 국가 또는 정부의 역할을 상고할 때 명백히 학살의 성질을 띠고 있다. 또한 필자는 북한에서 수십 년째 지속되고 있는 야만적 통치야말로 5·18과 4·16을 너무나 작게 보이게 하는 계속되는 학정이요, 학살이요, 참사라 하지 않을 수 없다. 그러나 4·16이든 북한에서의 인권 유린이든 한국문학의 탐색은 너무 적다. 이 기이한 무관심은 세계문학이 허구에서 사실로, 소설에서 르뽀, 자서전, 기타 논픽션으로 돌아오는 상황과는 아주 어긋난 것이다. 해방 직후, 1980년대 전반기에 이어 한국문학은 다시 증언으로 돌아가야 한다.

'수용소 문학'에 관하여
—『아우슈비츠의 남은 자들』,『수용소 군도』,『인간 모독소』

1. 위선과 교활과 야만 이후

문학은 더 고통스럽고 힘겨운 세상을 말할 때 존재 가치가 더 크게 빛난다. 삶은 다른 모든 생명들이 그러하듯 행복이나 기쁨보다 슬픔과 고통이 더 본질적이기 때문이다. 하늘이 사람을 세상에 낼 때 어디 가서 '살아있음'의 아픔을 실컷 겪어 보라 한 것이다.

탈북문학이 지금 주의 깊게 읽혀야 하는 까닭은 그것이 평속함에 떨어진 한국문학보다 슬픔과 고통을 더 환히 밝혀 줄 수 있기 때문이리라. 그것이 단순한 비판이나 고발을 넘어 이 현대의 야만과 역설과 아이러니를 깨닫게 할 때 우리는 삶의 근본을 향한 질문에 닻을 내린 문학을 보게 된다.

아감벤이 프리모 레비의 『아우슈비츠의 남은 자들』을 통해서 밝히고자 한 것은 의미심장하다. 그는 니체가 '위버 멘쉬', 즉 초인을 말한 것을 상기하게 하면서 그러나 아우슈비츠 수용소 시대 이래로 현대 인간의 '근본문제'라는 것은 인간적인 것, 인간성의 한도를 뛰어넘는 니체적 물음 대신에 그 최저한을, 인간성의 밑바닥을, 인간과 인간 이하 또는 이전의 경계를 탐사하는 것임을 논의했다.

니체의 이상은 고매했다. 그는 자본주의, 돈과 권력욕과 위계의식이 지배하는 현대를 넘어 인간이 그보다 낮게 되는, 현대 초극의 새로운 차원을 꿈꾸었다. 도시는 자본을 떠받드는 세속적인 가치들, 척도들에 더럽혀지고 평등과 노동을 숭상하는 또 다른 세속주의가 밀려들고 있다. 발자크가 『고리오 영감』에게서 엿보았던 숭고함, 자본주의, 평민주의 이전의 희생과 헌신, 한없는 사랑은 사라졌다. 니체는 인간이 제 본연의 빛을 잃고 평균 속에 속물화 되어가는 자신의 시대를 눈 크게 뜨고 바라보며 신의 지배 아래 놓여 있던 인간 자체의 숭고함을 역설하고자 했다.

아감벤은 이제 현대의 시계가 빠르게 돌아 인간이 대규모로 처분되는 수용소 시대로 눈을 돌린다. 인간에 대한 권력의 지배는 엄밀, 정교해졌다. 나면서부터 즉각 정교한 현대 국가 장치에 편입되는 인간 조건을 아감벤은 "호모 사케르", 곧 "벌거벗은 생명"이라 불렀는데, 이것은 단순히 현대에 시작된 기제가 아니라 먼 고대 그리스 도시국가 체제에 이미 '시작점'을 엿볼 수 있는 것이었다.

현대는 가장 문명적인 외관을 띤 국가조차 이 생명 통제 장치를 쉼 없이 작동시킨다. 또한 야만적 사회는 그것대로 현대의 야만다운 통제 방식을 거느린다. 이 두 극단 모두를 함께 볼 때 비로소 현대라는 것의 전체를 충분히 살필 수 있다. 야만을 가리켜 이쪽은 자유롭다고 자위하는 태도는 나이브하다 못해 비지성적이다. 우리는 눈 크게 뜨고 문명에 대한 냉정함을 유지한 그대로 현대의 야만을 분석할 수 있어야 한다.

지금 이 순간 필자는 한 정치인의 죽음을 떠올린다. 한반도에는 문명과 야만이 남북으로 나뉘어 극단적으로 대립하는 것 같지만 바로 그것이 표면이라는 것이다. 필자는 어느 텍스트에선가 지나간 15년을 가리켜 '위선과 교활과 야만'의 세 시대를 말한 적이 있다. 이세 개의 시대를 가로지르는 문명의 이면은 볼드체로 써야 할 야만 그것인데, 그 마지막 시대에 우리는 한반도의 남쪽 국가가 누리는 문명의 이면을 실컷 경험할 수 있었다. 이 시대를 특징짓는 것 가운데 하나는 생명이 처분되는 미스테리컬한 방식이었다고 말할 수 있다. 2014년의 세월호 참사는 지금까지 대량 살상의 이유와 과정이 철저히 베일에 가려져 있다. 안산 단원고 학생들을 비롯한 삼백 명넘는 생명이 티브이 카메라가 지켜보는 가운데 수장되고 말았는데, 왜 이런 일이 벌어졌는가는 아직도 밝혀지지 않았고, 무엇보다 정부가 진실 규명을 모든 수단을 동원해서 가로막았다. 단순히 세월호의 죽음뿐 아니라 이와 때를 같이하여 단원고 교감의 의문사, 요양원 화재, 헬리콥터 사고에 각종 의문사가 줄을 이었지만 어느 하나 죽음의 진실이 제대로 밝혀진 것은 없다. 노동자들, 빈민들은 쌍용, 용산, 삼성 등의 사태들이 보여주듯 늘 가혹한 처분에 노출되어 있다.

사태가 전혀 간단치 않음은 정부가 바뀐 후에도 이와 같은 상황이 근본적으로 달라진 것 같지 않다는 데 있다. 얼마 전에 있었던 한 정치인의 죽음은 숱한 의문점을 자아냈지만 경찰과 언론, 정부와 정당들은 일사불란하게 그의 죽음을 양심의 가책에 따른 자살로 '분식했다'. 무엇인가 베일 뒤에서 움직이는 힘이 있지만 그것이 어떻게 존재하는지 어떻게 그 힘이 행사되는지 알 수 없다. 아마도 알지 못하는 것이 차라리 안전하다고 할 것이다. 주제넘게 아는 것은 그 자신을 위해서 결코 좋지 못하다.

필자는 지금 한반도의 북쪽에 관해 논의하기 위한 어떤 '인식론적' 전제에 관해 이야기하는 중이다. 어떤 사람들은 아직도 현실에 관한 모든 견해를 좌우니, 진보, 보수니, 애국, 매국이니 양단하는 습벽에 철저히 길들여져 있지만, 그 양극적 타자의 악이 이편의 선을 보증해 주는 법은 없고, 특히 자신을 선하다고, 문명한 쪽에 서 있다고 간단히 믿는 사람이나 세력치고 악을, 야만을 범하지 않는 경우가 없다.

어떻게 괴테와 베토벤의 독일인들이 아우슈비츠 수용소를 고안해낼 수 있었으며, 지금 그토록 평화를 말하고 그 군국의 시절에도 가네코 후미코 같은 여성을 가진 일본인들이 어떻게 1910년대 한국에서의 숱한 학살과 난징에서의 대학살, 731부대의 실험을 자행할 수 있었는가? 미국은 쿠웨이트를 침공한 후세인의 대량 살상 무기 체제를 응징한다는 명분 아래 이라크 전쟁을 일으켰지만 그것은 차라리 대량 살상이라고 해야 할 것이었고, 그후 911 테러 같은 악순환을 야기한 고리를 만든 셈이었다.

그러나 한반도의 양쪽 체제만큼 자국민을 철저히 통제, 관리, 처분하는 권력의 논리를 극명하게 드러내 보이는 사례는 드물다고 필자는 생각한다. 남쪽에서 정부가 바뀌었다 해도 사태가 근본적으로 달라진 것은 아니라는 필자의 불안이 한갓 기우에 불과하기를 바라지만 상황은 전혀 낙관적이지 않다. 필자의 이 히스테리컬한 반응 기제를 당분간은 예민하게 작동시켜야 한다고 믿는다. 이러한 판단은 텍스트의 독해에도 영향을 미친다. 우리는 양극단의 어느 한쪽에 설수 없다. 이 부조리한 상황이 해소된 먼 미래로부터 오는 빛살에 의지하여 두 개의 현재를 밝혀내야 한다.

2. 안과 밖의 수용소 문학들

김유경의 『인간 모독소』는 2016년 2월에 카멜북스라는 출판사에서 출간되었다. 작가에 관해서는 많은 것이 베일에 가려져 있다. 2010년대에 북한에서 벗어났다고 하고, 북한에서는 조선작가동맹 소속이었다 하며, 남쪽에 내려온 후 2012년 『청춘연가』를 출간하기도 했는데, 한국 문학계에서 탈북 작가들은 일종의 문학적 게토 ghetto를 이루고 있을 뿐 아니라 작가 그룹에도 명확히 '편입되어' 있지 않다.

탈북문학은 지금 한국문학의 일부이자 동시에 망명 북한문학이라 할 수 있고 그런 의미에서 일종의 난민문학, 그리고 저항문학이라 할 수 있다. 이승만, 박정희, 전두환 체제를 거치고 지난 두 정부의 교활과 야만을 두루 겪은 한국의 비판적 문학 경향이 이 탈북문학에 그토록 냉담한 것은 아이러니하다 못해 이른바 저항적 지성의 편식과 마비가 얼마나 심각한 상태에 다다라 있는가를 증명한다. 한쪽 눈을 가리고 뛰는 말, 보고 싶은 것만 보고 비판하고 싶은 것만 비판하라, 이것이리라.

『인간 모독소』는 북한의 정치범 수용소를 그린 작품으로 작가는 직접 수용소를 경험했거나 경험한 사람으로부터 그 상세한 실태에 관한 정보를 구할 수 있었을 것이다. 이 소설의 주인공은 전직 기자이자 남파간첩을 아버지로 둔 한원호라는 사내, 작중 이야기는 그가 정치범 수용소에 끌려갔다 극적으로 탈출, 한국에 들어오기까지, 그리고 한국에서 과거의 사람들을 다시 만나게 되기까지의 사연들을 담고 있다.

이 작품이 문제적인 것은 먼저 정치범 수용소라는 '전대미문'의 북한의 야만적 국가 장치의 실상을 적나라하게 고발, 비판하고 있다는 것이다. 지금까지 알려지기로 북한에는 평안남도 개천(14호), 북창(18호), 함경남도 요덕(15호), 함경북도 화성(16호), 회령(22호), 청진(25호) 등 6개 지역수용소가 있으며 2012년경 회령 수용소가 폐쇄되었다고 한다. 이 수용소들은 몇몇 조명에도 불구하고 아직까지 배일에 가려져 있으며 북한 정부는 이들의 존재를 공식적으로 부인하고 있다.

필자는 아직 프리모 레비의 작품들을 접하지 못했다. 이를 분석한 조르조 아감벤이 『아우슈비츠의 남은 자들』에 인용해 놓은 장면들 중에 한 나치 장교가 유태인 수용자들을 향해 자신한 것이 하나 있다. 그것은 수용소의 존재와 진실이 외부에 알려지지 않으리라는 것이며 설혹 알려진다 해도 믿어지지 않으리라는 것이다. 차마 믿을 수 없는, 믿고 싶지 않은 진실의 극히 작은 일부가 지금도 폴란드 크라쿠프 서쪽 50킬로 오시비엥침에 남아 사람들을 숙연하게 한다. 지난 여름 필자는 이 아우슈비츠 수용소 건물들을 불과 몇 동을 돌아보던 끝에 실로 오랜만에 술을 마시지 않고도 구토를 느낄 수 있음을 알았다. 신발 더미, 가방 더미, 그리고 머리카락 더미, 햇살 하나 들어오지 않는 지하 징벌방 같은 곳들을 돌아보다 보면 그들이 얼마나 잔인했는지뿐만 아니라 정교하고 엄격하고 '완벽했는지도' 깨달을 수 있다. 아우슈비츠는 그렇게 불문에 부쳐졌지만 결국 세상에 알려졌고 역사적 기록으로 충당될 수 없는 진실은 그 죽음의 장소에서 살아남은 이들의 '증언'에 힘입어 세상의 빛을 쏘였다.

그와 아주 유사한 일이 일찍이 구 소련에서도 있어 서신에서 스탈린을 비판했다는 죄목으로 8년 동안 수용소와 그 후 3년 동안 유형지를 전전한 솔제니친은 『수용소 군도』(Arkhipelag Gulag,

1958~1967)를 써서 그 존재를 외부세계에 알렸다. 이 소설 첫머리에서 작가는 이렇게 말했다.

꼴리마는 〈수용소〉라는 불가사의한 나라의 가장 크고 가장 유명한 섬이며 잔혹의 극지이기도 했다. 이 나라는 지리적으로 보면 군도로 산재해 있지만, 심리적으로는 하나로 결합되어 대륙을 형성하고 있다. 거의 눈에 띄지도 손에 잡히지도 않는 나라―바로 이 나라에 수많은 죄수들이 살고 있었던 것이다.

이 〈군도〉는 전국 방방곡곡에 점점이 얼룩져 산재해 있었다. 이 군도는 여러 도시로 파고들기도 하고 거리 위에 낮게 도사리고 있기도 했다. 대부분의 사람들은 그 사실을 어렴풋이 듣고 있었으나, 어떤 사람들은 전혀 그런 것을 짐작도 하지 못했다. 오직 그곳에 다녀온 사람들만이 그 실정을 알고 있었던 것이다.

그러나 그들마저도 〈수용소 군도〉에서 말하는 능력을 상실 당했는지 한결같이 모두 침묵만을 지켜 왔다.(솔제니친,『수용소 군도』, 김학수 옮김, 열린책들, 2017년 판, 1권, 10쪽)

이로써 존재의 침묵이야말로 이 비인간적 체제의 제1의 존재 조건임을 확인할 수 있다. 원래 『수용소 군도』의 원제목 아르히펠라크 굴라크에서 앞은 다도해를 뜻하고 뒤는 교정 노동수용소 관리본부의 약자라고 한다. 북한의 정치범 수용소는 소련보다 나라가 작디작은 만큼 다도해의 '군도'들처럼 흩뿌려져 있기는 어려웠을 것이다. 여섯 개 지역에 산재한 정치범들은 줄잡아 15만에서 20만 명을 헤아린다고 하지만 제대로 알려진 것은 없다.

작중 원호는 나중에 나타나는 탈출 경로에 비추어 함경남도 요덕 수용소, 즉 15호 관리소에 수용된 것으로 나타난다. 이곳은 여러 문헌과 작품을 통해 그 실상이 조금씩 밝혀지고 있는 곳이다. 원호는 대학을 갓 졸업하고 평양의 큰 신문사에 배치받았고 신혼생활을 즐기고 있었다. 그런 그는 아주 평범한 날 퇴근한 직후 아내와 함께 보위부로 끌려갔고 그곳에서 먼저 끌려간 어머니와 합류, 새벽바람에 수용소로 직행한다. 이 소설은 경험적으로 쓰였기에 주석적 서술이 극히 적다. 『수용소 군도』는 그렇지 않다. 그 작품은 소설 아니라 사실적 증언이며, 자신의 경험 한계를 넘어 후루쇼프 체제 아래서 가능했던 '모든' 자료를 망라한 거대한 자료 집적소다. 여기서 체포에 관해 말한다. "수많은 생물이 우주에 살고 있지만, 이 우주에는 생물의 수효만큼의 중심이 있다. 우리 모두도 각자가 우주의 중심이다. 그러나 〈당신은 체포되었습니다〉라고 속삭이는 음성을 들었을 때, 당신의 그 우주는 산산조각이 나고 만다."(1권, 24쪽) 체포란 그러니까 자기라는 우주의 중심이 철저하게 붕괴되는 시작점이다. 이 체포는 물론 예외들이 많지만 될수록 야간에 이루어져야 한다. 솔제니친의 소련에서 그랬듯이 북한에서도 그것은 하나의 습관이다. 밤에 끌어내는 것은 체포자들에게 여러가지 편리를 제공할 뿐 아니라 밤에 벌어진 일에 관해 낮의 체제가 시치미뗄 수 있도록 해주기 때문이다. 이조차 체제가 필요로 할 때는 백주 대낮 중인환시리衆人環視裡에 이루어질 수 있지만.

보위부 요원들은 체포 직전 아내 이수련에게 이혼을 한다면 면죄부를 받을 수 있다 한다. 이 이혼의 면죄는 국가 사회주의 체제 깊이 각인된 속류 유전학의 힘을 드러낸다. 한국에서 오랫동안 존속했던 연좌제가 북한에서도 여전히 현실이며, 원호 역시 부친이 남파된 후 체포되어 전향했다는 이유로 정치범 수용소로 끌려간다. 이 유전학에 따르면 유산계급이나 무산계급 체질은 어떻게든 끈질기게 유전되며 그밖에 숱한 반혁명적 유전학적 요소들이 있다. 이른바 재일 경력의 북송 교포들 같은 것, 구 소련 스탈린 시대에 이것은 히틀러 나치 독일의 유태인들과 마찬가지로 특정 민족에게 가해지는 무차별 폭력의 근거가 되기도 했다. 솔제니친의 다음과 같은 서술이 있다. "동만 철도 직원들. 소련의 동만 철도 직원은 여자, 아이, 노파까지 포함하여 모두가 일본의 간첩으로 몰렸다. 그러나 그들에 대한 체포, 투옥은 이미 몇 년 전부터 진행되어 왔음을 상기할 필요가 있다. / 다음으로 극동지방의 한국인들은 까자흐스탄으로 추방했다. 이것은 〈민족적인 혈통에 따른〉 체포의 첫 케이스였다. / 레닌그라뜨 거주 에스토니아인들. 이들은 에스토니아 특유의 성만 보고 백색 에스토니아의 앞잡이라 하여 모조리 잡혀 들어갔다."(1권, 119~120쪽) 『수용소 군도』는 적어도 네 차례에 걸쳐 스탈린 체제가 고려인(재러 한국인)들을 어떻게 다루었는지 보여준다. 제6부 4장 '민족의 강제 이주'를 중심으로 한 솔제니친의 한국인 관계 서술은 그의 '기록'이 얼마나 성실한 것인지 방증한다. 그러나 그는 한국인만 아니라 라트비아, 우크라이나를 위시한 모든 억압된 민족, 종족들에 공평하려 했다. 그러니까 이처럼 유전적인 해독을 가진 자들은 마르크시즘의 물신성, 당파성, 프롤레타리아 독재론에 따른 부르주아, 유산자 계급에 국한되지 않는다. 솔제니친에 따르면 그처럼 광범위한 독재를 창출한 것은 다름 아닌 레닌이었다. 그는 1918년에 쓴 『어떻게 사회주의적 경향을 조직할 것인가』라는 글을 통해 러시아 땅에서 모든 해충을 일소할 것을 주창했는데, 이 해충의 범위는 실로 광범위하다고 말할 수 있었다. 혁명 정권을 위태롭게 할 잠재적 가능성을 지닌 모든 계급, 계층, 직업, 지식인, 종교인, 소수 민족들이 모두 혁명을 위협하는 해충이 될 수 있었다. 만약 얼마 전 작고한 대작가 최인훈이 레닌의 이런 문장들을 접할 수 있었다면 『화두』는 절대로 레닌의 네프 신경제 정책에 관한 이야기로 매듭지어지지 않았을 것이다.

『인간 모독소』에서 원호는 아버지가 혁명의 배신자이기 때문에 그 스스로는 아무 죄도 저지르지 않았는데도 정치범 수용소에 가야 한다. 설상가상, 아버지가 저질렀다는 전향도 나중에 알려진 바에 따르면 와전된 소식에 지나지 않았다. 이수련은 남편과 이혼하지 않았기 때문에 그 유전과 감염의 잠재성으로 말미암아 같은 처분에 맡겨져야 한다. 그들 사이에 수용소에서 생긴 아들 선풍도 수용소 속에서 그곳만을 절대적 세계로 인식하며 성장해야 한다.

3. 아감벤을 통하여 수용소 읽기

아감벤은 『아우슈비츠의 남은 자들』의 논의를 이른바 '이슬람 교도'라는, 수용소에 갇힌 사람들이 죽어가는 사람들을 부르는 별칭에 관한 이야기로부터 시작한다. 굶주림과 추위와 고문과 학대에 시달린 끝에 수용소의 유태인들은 서서히 또는 급속히 죽음에 가까워진다. 살아 있으되 죽은 것과 다르지 않은 듯한 상태에 놓인 자들, 넋이 나갔다고나 표현될 수 있을 그들은, 누가 불러도 반응하기를 멈추고 오로지 자기 자신만의 상태에 짓눌려 먹을 것을 찾고 웅크리고 이슬람 교도처럼 쭈그리고 앉아, 마치 죽어가는 노인처럼 어머니의 자궁 속에 들어있는 듯 모든 감각을 상실해 간다. 삶의 끝 죽음에 직면한 이슬람 교도들은 출생 직전의 아이처럼 몸을 움츠리고 서서히 활동성을 잃어간다. 이를 가리켜 '무젤만', 곧 이슬람 교도라 한다. 무젤만은 그러니까 아우슈비츠에서 영양실조와 고문, 노역 등으로 마치 시체처럼 돌아다니는 죄수들을 가리키는 당대의 은어였다.

아우슈비츠 수용소에 관한 프리모 레비 등의 언술을 분석하면서 아감벤은 현대 정치의 새로운 역학을 발견했다. 그는 미셸 푸코의 생명 정치에 관한 통찰을 더욱 밀어붙였던 바, 현대 이전의 권력은 피치자들을 죽이거나 살도록 내버려 둔 반면 현대 권력은 이제 사람들을 살리거나 죽게 내버려 둔다고 했다. 관리되는 자들은 관리 되면서 살아가지만 관리를 벗어난 곳에는 죽음이 기다린다는 뜻이겠다. 그러나 현대 정치학은 이제 아우슈비츠라는 또 다른 차원을 조명해야 하는데, 이곳에서 권력은 생명, 즉 살아 있는 자들을, 부단히 죽음 쪽으로 밀어붙여 죽게 하거나 죽음을 살게 한다. 이 죽음을 사는 존재들이 바로 무젤만, 이슬람 교도들이다. 아우슈비츠의 정치학은 전면적, 포괄적 생명 통제, 관리가 현대 정치의 강력한 특징임을 말해주며, 왜 민주주의의 표면상 증대가 전체주의적 경향을 배제할 수 없는지 말해준다.

무젤만은, 아감벤은 생각하기를, 인간에 대한 새로운 이해를, 따라서 윤리학의 '새로운' 지평을 열어 보인 것이었다. 앞에서 언급했듯이 니체의 새로운 인간학이 인간적인 차원을 뛰어넘는 위버멘쉬의 윤리학, 인간 초극의 윤리학이었다면, 아감벤은 아우슈비츠의 '최저' 인간 무젤만을 통해 인간, 곧 살아 있는 생명은 어디까지, 어떻게 내려갈 수 있는지 보여준다. 아우슈비츠 수용소는 지금도 그 대표적인 사례로 남아 있다고 할 수 있다. 거기서 유태인들은 독일인의 순수성을 오염시키는 주된 요인으로 분류되어 살게 하는 역학에서 배제되고 산 채로 죽음에 수렴되며 가스실의 죽음으로 마무리된다.

김유경의 『인간 모독소』가 보여주는 수용소 풍경 역시 그에 비견될 수 있다. 요덕 수용소로 추정되는 그곳은 아우슈비츠보다는 훨씬 넓은 지역을, 그곳은 영흥군 서부 고원 쪽인데, 차지하고 여러 골짜기에 펼쳐져 있다. 수용한 이들을 순차적으로 가스실로 보내도록 예정된 아우슈비츠에 비해 훨씬 긴 시간을 수용해야 하며, 그 안에서 의식주의 자급자족이 가능하도록 해야 한다. 물론 최저한의 삶이다.

먼저 주거 공간, 그곳 "골짜기마다 자리 잡은 정치범들의 반토굴들은 수려한 자연 속에 마구 던져버린 쓰레기 같다." 그 각각은 "부엌과 방이 하나로 붙은 약 14평방 정도의 작은 집이다. 바닥과 벽이 전부 진흙으로 돼 있다. 방바닥에는 피나무 껍질로 만든, 모서리가 너슬너슬한 헌 돗자리 한 장이 뎅그렇게 놓여 있다. 매캐한 먼지와 곰팡이 냄새가 코를 찌른다. 가만히 있어도 천장이며 벽에서 흙먼지가 푸실푸실 떨어진다. 판자로 된 천장은 썩어 금방이라도 무너져 내릴 것만 같다. 부엌이라는 것도 가마 두 개만 걸 수 있게 진흙으로 부뚜막을 대강 만들어 놓은 것이다."

다음으로 먹는 문제, 정치범들은 그곳에서 만성적인 굶주림에 시달린다. 이를 작중에서는 이렇게 표현한다. "항시적인 굶주림은 인간을 나약한 식욕의 동물로 만들어버린다. 언제부터인가 원호는 체면을 가릴 새 없이 죽 찌꺼기를 손가락으로 박박 훑어 쫄쫄 빨아먹는다. 가마를 가신 숭늉도 두 그릇이나 훌쩍거리며 마신다. 끊임없이 먹여줄 것만을 요구하는 치사하고 쇠약한 육체를 마구 두들겨 패고 싶을 때가 한두 번이 아니다. 그 완강하고도 솔직한 욕구에는 그 어떤 이성적인 논리도 맥을 추지 못한다. 머리는 단순하게 변해 버린다. '배고프다, 먹고 싶다'라는 단조로운 명령어만이 맹렬하게 머릿속을 뜀박질한다. 이성적 의지는 초겨울의 풀잎처럼 맥없이 스러져간다. 원호는 먹으려는 육체의 욕망에 끌려 다니며 지쳐갔다." 진술은 절을 바꾸어 계속된다. "수용소에 들어오면 누가 강요하거나 재촉하지 않아도 겉모습도, 생각도, 행동도, 철저히 수용소 사람이 되어간다. 원호네 식구들도 어느새 본능으로, 무의식으로 살아간다. 보위원을 만나면 기계적으로 허리가 구십 도로 굽어지고 먹을 수 있는 풀을 보면 날쎄게 손이 먼저 나간다. 수용소 사람들은 이성보다 오감이 먼저 반응한다. 제일 먼저 예민해지는 것은 후각이다. 먼 곳에서 풍겨오는 미세한 옥수수죽 냄새에 머리는 온통 죽 생각으로 하얘지고 코가 벌름거린다. 희멀건 두 눈은 식탐으로 번들거린다. / 언제부터인가 원호네도 쥐를 잡아먹는다."

혹독한 환경은 이른바 '수용소 사람'이라 할 인간형을 만들어낸다. "수용소의 시간은 사람들을 흐물흐물 삼켜서는 멍청한 표정에 짐승 같은 촉각만을 가진 새로운 인간형, 수용소의 사람들을 뱉어낸다." 그들은 정치범이라는 꼬리표를 달고 이곳에 끌려왔지만 정작 정치범다운 구석은 아무데도 없다. 수용소 사람이 처한 상황, 수용소 인간을 작가는 이렇게 정리했다.

수용소 사람들은 그 어떤 이념 같은 것은 안중에도 없다. 그냥 생존을 위해 하루, 한 시간을 간신히 버티고 있을 뿐이다. 원호는 인간이 마지막 바닥에 떨어지면 과거와 미래를 쉽게 망각한다는 것을, 현실에 빠르게 굴복하는 놀라운 본성이 있다는 것을 깨달았다. 운명에 대한 비탄도, 과거에 대한 애수와 미련도 얼마 가지를 못한다. 앞날에 대한 고민도 곧 사라진다. 내일을 생각할 겨를도 없고 먼 미래는 중요치 않다. 코앞의 현실이 가혹하고 숨을 조인다. 현재의 순간에 전력을 다해도 견디기 힘들다. 목욕탕에서 발가벗은 이들끼리 부끄러움을 모르듯이 이 골짜기 안에서는 그 어떤 비굴하고 철면피하고 추한 짓도 당연하게 여겨진다. 이 골짜기는 인간을 허무와 무의미, 냉담과 자기 멸시로 재빨리 물젖게 한다.

수용소 인간은 기억도 전망도 품지 않는 인간, 현재의 생명 기제를 유지해 나가는 데 온 정신이 팔린 무의식적 의식의 인간인 것이다. 그렇다면 이들에게 공식 사회주의가 찬양해 마지않는 노동은 또 어떤 의미를 가지는가.

수용소의 노동 강도는 인간이 견딜 수 있는 마지막 한계를 훨씬 넘어서 정해져 있다. 수용소의 노동은 그저 노동이 아니라 고통을 주기 위한 일종의 고문이다. 수용소 노동은 사람들의 살을 저미고 뼈를 깎기 위해 필요한 칼날 같은 것이고, 사람들의 뇌를 진공 상태로 무력하게 만들기 위한 독약 같은 것이다. 일할 때는 오직 아지랑이 아물거리는 밭머리 휴식 장소가 얼마나 가까워졌는가에만 신경이 집중된다. 비 오듯 흐르는 땀에 짜증을 내며 늘어지는 팔다리를 끊임없이 재촉할 때에 머릿속이 텅텅 비어간다. 해가 지면 오두막의 잠자리에 누울 생각만이 간절하고, 죽이나마 저녁을 먹는다는 생각에 심장이 뛴다.

우리는 이러한 현상이 마르크스를 따라 노동의 숭고함을 현창하는 세계의 내부에서 만연하고 있다는 사실을 특별히 의식해야 한다. 소비에트 체제 수립 이후 현재의 북한 체제에 이르는 국가 사회주의 '세계' 체제는 노동의 존엄에 그 이념적 뿌리를 가진 것으로 주장되지만 거기서 벌어지는 일들은 그 세계에서 노동이 얼마나 천한 염오의 대상이 되고 있는지 말해준다.

바타이유는 마르크스와는 다른 견지에서 인간 또한 생명의 보편적 원리로서의 쾌락과 사랑에 탐닉하지 않을 수 없는 존재이며 노동은 비록 문명, 문화 형성을 가능케 하지만 이를 위해 생명의 원리를 근본적으로 유보시키는 인위적 행위다. 조르주 바타이유의 노동설이 반드시 옳다고만 할 수도 없겠지만, 물론 나는 그것을 상당히 믿는다. 문제는 마르크스와 그의 뒤를 따르는 속류 사회주의, 공산주의에서 이 문제가 근본적으로 성찰되지 않았다는 점이다. 그 결과 체제는 노동을 표면에서 신성시하면서 이면에서 가장 천한 행위로 존속시킨다. 그것이 『인간 모독소』의 정치범 수용소이고, 『수용소 군도』의 2부 '영구운동' 장을 이루는 '노예 행렬' 등의 절에 나타나는 중계 형무소에 관한 서술들, 그리고 3부의 형무소, 수용소 묘사 전체에 걸쳐 아주 잘 나타나 있다. 주인이 아닌 노예들은 노동에 짓눌려 마땅하고, 이를 통하여 비로소 혁명적으로 '교화된다'. 그러나 교화는 '영원히' 미래 진행형이다. 현재에 있어 그들의 노동은 다만 인간을 인간의 최저한에까지 반복적으로 끌어내리며 죽음에 이르게 하는 기제일 뿐이다.

그리하여 일찍이 조지 오웰이 예견한 생명 정치의 제3단계가 바야흐로 가장 가혹한 형태로 출현한다. 오웰은 작중에서 이렇게 썼다. 빅 브라더가 통치하는 조지 오웰의 1984년 오세아니아는 이제 "너희들은 이렇게 되어 있다"고 명령한다. 옛날 전제군주들은 "너희들은 이렇게 해서는 안 된다"라고 했고, 전체주의자들은 "너희들은 이렇게 해야 한다"고 했지만 아우슈비츠 단계에 들어선 『수용소 군도』와 『인간 모독소』 세계의 인간들은 바야흐로 내면적 자동화 단계에 들어선다. 그러나 그 창출 역학은 그들 국가의 '빈약한' 수리 및 기술 공학적 능력 덕분에 그 대부분 과정이 지극히 수공업적, 즉 강제적으로 창출되어야 한다. 그들이 컴퓨터와 인터넷을 먼저 가질 수 있었다면 이 자동화는 훨씬 더 세련된 방식, 즉 환면의 속임수를 즐겨 구사하는 방식으로 이루어졌을 것이다.

4. 국가 사회주의 체제의 한계 상황들

이쯤에서 우리는 수용소 문학의 성취도랄까 치밀성에 관해 따져 볼 필요가 있다. 사실, 솔제니친은 그토록 불운해서 형무소에서 8년을 살고도 이후 3년 동안이나 유형 생활을 했지만 작가로서는 그런 '참척'의 경험이 숭고한 완성을 위한 운명적 허여로 작용했다고 할 수 있다. 더구나 그는 풀려난 후 물리학 교사로 일하면서 후루쇼프의 스탈린 격하 시대에 지하작가 생활도 영위할 수 있었다. 그러나 그 모든 호조건을 대작의 완성으로 귀결 지은 것은 역시 솔제니친이라는 한 인간의 의지와 성의였다고 할 수 있다.

그는 그 자신이 직접 경험한 모든 것을 되살리면서 수집할 수 있는 '모든' 자료를 망라하고자 했다. 죄수들뿐 아니라 그들 위에 군림한 제복들에 잊혀진 역사적 자료들, 전언들 모두를 그는 재생시키고자 했다. 그럼으로써 그는 『수용소 군도』 제3부의 첫머리에서, 아감벤이 프리모 레비를 이야기하면서 언급한 증언의 '불가능성'을 꼭같이 이야기한다. 즉, "이 야만적인 뜻을 이해하고 파악하기 위해서는 어떤 특별대우가 없다면 한 형기도 제대로 마칠 수 없는 그 수용소에 있었던 수많은 사람들의 삶을 끌어내야 한다. 그도 그럴 것이 이 수용소는 〈박멸〉을 목적으로 창조된 것이기 때문이다. / 그러므로 한층 깊이 쓰라린 체험을 맛보고, 한층 많은 것을 이해한 사람들은 이미 무덤 속에 잠들어 있어서 아무 말도 하지 못한다. 이들 수용소에 관해 〈중요한 사실〉을 이야기해 줄 수 있는 사람은 이미 아무도 없고 앞으로도 없을 것이다. 따라서 이 역사의 진실의 전모를 한 사람의 글로 밝히기란 도저히 불가능한 일이다. 그러므로 나는 탑 위에서 군도의 전경을 내려다 본 것이 아니라 군도의 일부를 틈바귀 구멍으로 들여다본 데 지나지 않는다.”

『수용도 군도』 전6권을 앞에 놓고 이런 문장을 상기하다 보면 문학은 얼마나 철저해야 하며 작가는 또 어디까지 겸허해야 하는지 다시 생각하게 된다. 한국에서 문학 작품은 나라가 작은 만큼 규모와 내실이 달리는 경우가 많고, 더러 대작을 만나더라도 분량 전체를 한껏 당겨진 활처럼 팽팽하게 감당하고 있는 경우를 찾기가 어렵다. 그만큼 여분이 많고 또 전체를 감당할 ‘활경험’, ‘활사상’이 빈약한 것이 한국문학인 것이다. 솔제니친은 자신이 밝혀내고자 하는 일들을 향해 상상 가능한 최대의 성실함으로 박물학적 보고를 행한다. 멜빌이 『모비딕』에서 고래에 대한 모든 것을 조사해서 이슈마엘의 이야기 사이사이에 백과사전 갈피처럼 끼워 놓았듯이, 솔제니친은 체포부터 석방에 이르는 집단 강제 수용소의 모든 것을 백과사전식으로 제시한 사이사이에 자기 이야기를 밀어 넣었다. 같으면서도 사뭇 다르되, 자신이 쓰고자 한 것에 대한 성실함이라는 측면에서는 대단한 사람들이다. 그들은 이야기의 상상적 완성을 위해 사실 또는 진실을 가감한다는 식의 소설적 원리를 따르지 않았다.

이런 식의 백과사전적 서술을 통해서 몇 가지 중요한 인식상의 소득을 얻을 수 있다. 그 하나는, 국가 사회주의 체제에 관해서라면 어느 정도는 면죄부를 주고 싶어 했던 레닌조차도 전혀 예외가 될 수 없다는 것이다. 레닌 시대에 그의 지시에 따라 이미 집단 수용소가 고안되고 범죄 사실에 의해서가 아니라 의심된다는 이유로 사람들을 처분하는 것이 가능해졌고, 수용소에서 벌어진 많은 일들이 바로 그 혁명가 레닌에 의해 시작되었다.(3권, 20쪽) 이것은 내 자신에게 아주 중요한데, 1990년의 세계사적 일대 격변에도 불구하고 나는 여전히 마치 최인훈처럼 '그' 사회주의의 이상만큼은 낭만적이라 할 만큼 아름다운 측면이 있으며, 적어도 레닌 시대에는 그 미가 작동하고 있었는지도 모르고, 따라서 우리는 그의 시대로 돌아가 무엇이 어떻게 잘못되기 시작했는지 따져볼 필요도 있을지 모른다는, 모호한 생각에 대한 판정을 미뤄둔 채 계류시켜 온 것이다. 그러나 사실은 솔제니친을 통해서 오래전에 모든 것이 명료해져 있었다.

다음으로, 이른바 아우슈비츠로 대표된 수용소라는 것이 예외 체제가 아니라 국가 사회주의 체제의 공통적, 보편적 체제라는 점이다. 나치 독일과 레닌, 스탈린, 후루쇼프의 소련은 윤리적으로 어떤 차이가 있는가? 수용소, 즉 군도 체제는 세계 '사회주의' 양식이 존립하기 위한 필수적 구성 부분으로 움터 자라고 번지고 이식되며 이 형동질의 종양들을 길러나간다. 왜냐? 온갖 종류의 수용소, 노동 교화소 등이야말로 국가 사회주의 경제라는, 태어나자마자 낡디낡아 버린 사각 수레바퀴가 돌아갈 수 있게 해주기 때문이다. 그것 없이는 절대로 그들이 자화자찬해 온 사회주의 속도 따위가 있을 수 없기 때문이다. 이에 관하여 솔제니친은 이미 놀라운 통찰력을 보여주었다. "우리는…… 제끄(군도의 죄수)들이 사회의 한 〈계급〉을 구성하고 있음을 쉽사리 증명할 수 있다. 이 수많은 사람들의 (수백만에 이르는) 집단은 〈생산〉에 대하여 동일한(전원 공통의) 관계에 있다. (즉, 그것은 속박되고 예속된 채 그 생산을 지도할 권리를 전혀 갖지 못한다는 뜻이다). 동시에 이 집단은 〈노동 생산물의 분배〉에 대해서도 동일하고 공통적인 관계에 있다. (즉, 그것과는 아무런 관계도 없으며, 최저 수준으로 생명을 유지하기 위해 필요한, 생산물의 미미한 부분밖에는 받지 못하고 있다는 것이다). 더욱이 그들이 하는 일은 결코 미미한 것이 아니라 국민경제 전체에서 가장 중요한 부분을 차지하고 있다."(4권, 229쪽)

이 국가 사회주의 체제라는 수레바퀴가 노동이라는 '숭고한 대상'으로 인간을 얼마나 처절하게 말살하는가에 관해서는 『수용소 군도』의 제3부 '박멸-노동 수용소'를 반드시 읽어야 한다. 거기에 이 사회주의 필수 양식으로서의 수용소의 모든 것이 들어 있다. 『인간 모독소』는 이것대로 의미와 가치가 있지만, 그 모든 것의 지극히 일부만 보여주었을 뿐이다. 마지막으로 또 하나, 확실히 수용소는 아감벤이 프리모 레비를 통해 분석, 통찰한 인간의 '최저' 상태가 현대적인 윤리학의 중핵 가운데 하나일 수 있음을 입증한다. 솔제니친은 이렇게 썼다.

철학자, 심리학자, 의학자, 작사가들이라면 우리나라의 수용소에서 인간의 지적 또는 정신적 시야가 좁아져 가는 특별한 과정을, 또 인간이 동물로 전락하여 살아 있으면서 죽어가는 과정을 어디서보다도 면밀히, 다수의 실례를 가지고 관찰할 수 있을 것이다. 그러나 수용소에 갇힌 대부분의 심리학자인 경우는, 그것을 관찰할 여유가 없었다-그들 자신이 인격을 똥이나 먼지로 바꿔버리는 흐름에 몸을 내맡겼던 것이다.

생명이 있는 것은 소화 후에 배설하지 않고서는 살 수 없는 것과 같이 군도도 또 자기의 중요한 배설물, 즉 생기를 빼앗긴 〈폐인〉을 그 바닥에서 내버리지 않고는 생명을 부지할 수 없었을 것이다. 그리하여 〈군도〉에 의해 건설된 모든 것은 폐인의 근육에서 짜낸 것이다(그가 폐인이 되기 이전에).

그것은 〈폐인들 자신의 책임이다〉라고 비난하고 있는 살아남은 자는, 자

기의 생명을 보전하고 있는 데 대한 수치를 간직하는 것이다.(3권, 269쪽)

예를 들어, 그는 야만적인 의식주 상태와 강제노동이라는 것이 어떻게 이루어졌는가를, 그것이 인간들을 어떻게 변모시키는가를 절대로 지치지 않고 줄기차게 보여주는데, 그 관찰과 묘사란 읽는 이가 오히려 고개를 돌리고 싶을 정도다. 그렇게 해서 인간은 조지 오웰이 말한 제3단계, "너희들은 그렇게 되어 있다"는 상태에 도달하는데, 이것은 빅 브라더들이 기대했던 것과 달리 전혀 혁명적이지도, 의식적이지도 않은 상태, 본능에 가까워진, 그러면서도 의식으로 무의식을 표출하는, 동물에 가까워진 인간이 된다. 인간이 얼마나, 어디까지, 비참하게 학대당할 수 있는가를 "수용소 군도"는 믿기지 않을 만큼 적나라하게 보여준다. '솔로프끼 제도' 시절부터 확대, 심화되어온 이 죽음의 통치는 죽음을 일상화하고 삶과 동거하게 한다. 중계 형무소와 죄수 호송단 숙박지에서 온갖 형태의 형무소와 수용소들 속에서 중노동과 추위, 굶주림, 총살형으로 무수히 많은 이들이 죽고, 산 자들이 시신들과 동거한다. 온갖 학대를 겪으며 죽을병에 걸린 인간은 어떻게 죽어 가는가? 다음과 같다.

화면으로 포착하기 적합하지 않은 부분은 느리고 착실한 산문으로 묘사될 것이다. 산문은 괴혈병이라든가, 펠라그라 피부병이나, 영양실조라고 부르는 죽음의 여로의 뉘앙스 차이를 분명하게 할 것이다. 깨물었던 빵 자국에 혈흔이 묻는 것이 괴혈병이다. 그리고 나서 이가 빠지면서 잇몸이 썩고, 다리에 궤양이 생기고, 몸의 조직이 차츰 넝마처럼 벗겨지고 떨어져서, 몸에서 부패하는 냄새가 풍기기 시작하고, 커다란 혹 때문에 다리를 움직일 수 없게 된다. 이런 사람들은 병원에 수용하지 않기 때문에 그들은 네 발로 구내를 기어 다닌다. 햇볕에 탄 것처럼 얼굴이 검게 되며, 피부가 벗겨지고, 그리고 심한 설사를 하게 되는 것이 펠라그라다. 어떻게 해서든지 설사를 멈추게 해야 한다. 그래서 하루에 세 숟가락씩 분필을 먹이거나 또 다른 사람은 청어를 구해서 먹이면 멎을 거라고 했다. 그런데 어디서 청어를 구하겠는가? 사람은 점차 쇠약해지고, 병자의 키가 크면 클수록 쇠약해지는 속도도 빠르다. 체력이 약해지면, 이제 위쪽 침상으로 오르지도 못하고 가로지른 통나무를 넘을 수도 없게 된다. 다리를 두 손으로 들어올리거나, 팔다리로 기어 다닐 수밖에 없다. 설사는 사람이 힘을 잃게 하면서 동시에 어떤 관심도, 남에 대한 관심도, 살겠다는 관심도, 자기 자신에 대한 관심도 잃게 만든다. 그 사람은 귀머거리가 되고, 바보가 되고, 울 능력마저 잃게 된다. 썰매에 달아서 땅 위를 끌고 다닐 때도 울지 못하게 된다. 그는 이제 죽음을 두려워하지 않고, 모든 것을 장밋빛으로 보게 된다. 이런 사람은 모든 한계를 초월하여 자기 아내의 이름도, 자식의 이름도 잊고, 자기 자신의 이름마저 잊어버린다. 때로는 굶어 죽어가는 사람의 몸 전체에 안전핀의 머리보다 조금 작은 고름이 차오른 콩알만 한 검푸른 종기가 생긴다. 얼굴에, 팔에, 다리에, 몸에, 음낭에마저 생긴다. 아파서 그것을 건드릴 수도 없다. 종기는 익어서 갈라지고, 그 속에서 지렁이 같이 진한 고름 덩어리가 흘러나온다. 인간이 산 채로 썩어가는 것이다.

만일 침상 옆 사람의 얼굴이나 머리에 검은 이가 어정거리며 기어 다니면 그것은 죽음의 확실한 징조였다.(3권, 271~273쪽)

『인간 모독소』의 정치범들 역시 어떤 한계 상황에 처해 있다. 그들 모두 어떤 "국민권도 박탈당하고 인간적인 모든 대우도 사라진다." 수용소 안에서는 어떤 관용도 찾아볼 수 없다. "실수는 혹독한 대가를 초래한다." 채찍은 물론 고문, 감금, 즉결 처분이 언제든 가능하며, 그보다 더한 "귀신골"이라 불리는 혹독한 수용 시설이 도사리고 있다. 이 골짜기에서 수용자들은 바깥세상의 "노랑물"이 다 빠져나갈 때까지 혹독한 규율과 처벌 아래 순종과 굴종을 배워 익힌다. 육체의 내구력은 생각 이상으로 약하다. 원호는 산에 나무를 해오는 첫 작업 수행부터 "무의식으로 현실에 순종"하는 자가 되어 "죽음에 직면한 나약한 짐승마냥 처량하고 슬프게" 흐느낀다. 고원의 겨울은 사납고 심술궂다. 남자들은 냄새 나는 넝마를 걸치고 산에 올라 하루 종일 눈과 사투를 벌인다. 얼어 죽거나 동상으로 죽어나가는 이들이 속출한다. 죽을 제대로 끓일 수조차 없어 생 낟알이 서걱거리는 비린 죽물을 들이켜고 하루 종일 설사를 한다. "죽지 못해 이어가는 수용소의 목숨들은 티끌처럼 가볍고 산골짝 겨울 해처럼 짧다."

이 『인간 모독소』를 성의 있게 논의하기 위해서는 하나의 척도로서 『수용소 군도』를 떠올려야 한다. 국가 사회주의 체제의 사상적 부자유를 논의에 올리는 작품을 이야기하기 위해서 가오싱 젠의 『나 혼자만의 성경』 같은 작품이 필요한 것과 같은 이치에서일 것이다. 적절한 비교의 척도는 애착이 가는 작품도 한결 더 냉철하게 독해하도록 한다.

5. '현실'들을 횡단하여 읽는 법

솔제니친이 세상을 떠난 것은 불과 십 년밖에 되지 않았다. '수용소 군도'는 유구한 역사를 자랑하지만 결코 먼 과거사만은 아니었던 것이다. 역사를 추상화하고 산 인간이 어떻게 이 추상으로 남은 국가, 권력, 장치들에 의해 처절하게 짓밟혔는가를 망각하는 것처럼 위험한 것은 없다.

최근 한국에서는 사법부가 지난 두 정부에 걸쳐 내내 정권과 사법 거래를 해왔다는 문제가 논란이 되고 있다. 사법부의 권력 남용은 결코 지나간 두 정부의 문제가 아니었음이 밝혀진 것이다. 이승만, 박정희 정권 아래서 이른바 진보적 지식인이나 언론인들, 학생 운동가들, 재일교포 유학생들이 간첩죄 등으로 사형이나 그 밖의 중형을 받는 일이 비일비재했음을 많은 이들이 안다. 반공을 빌미 삼은 사법 농단의 주역들이 여전히 사법부를 지배하고 있음이 드러나고 있다. 조작과 허위로 인권을 유린하는 이들이 사법적 권한을 거머쥐고 있다는 사실을 두려움과 환멸 없이 어떻게 받아들일 수 있을까? 그러나 지금 한국 사회의 문제들은 사법부를 위시한 기무사, 국정원, 삼성만의 것이며 바야흐로 세상은 바뀌었다는 말인가? 후루쇼프가 눈물을 흘리면서 『이반 데니소비치의 하루』 출판을 허락한 이야기를 전하면서, 솔제니친은 그러나 이 소설은 단순히 스탈린 시대의 이야기만은 아님을 강조했다.(6권, 239쪽) 한국 사회가 이명박 정부 시대에 천안함 참사를 겪고 곧이어 박근혜 정부 시대에 세월호 4·16 참사를 겪은 것은 결코 단순치 않다. 여러 팟캐스트들, 유가족 단체가 오래전부터 지속적으로 그 밖의 대량 살상 사건들의 진상을 밝히라고 요구한 것은, 최근에 있었던 한 정치인의 죽음까지 포함하여, 한국 사회에 각종 국가폭력(으로 추정되는 것까지 포함하여)에 의한 정치 '관성'이 완전히 불식되지 않고 있음을 말해준다.

필자는 지금 『인간 모독소』를 독해하는 위치 감각에 대해 이야기하고자 하는 것이며, 『인간 모독소』는 북한 수용소 체제 비판을 어디까지 밀어붙이는지 살펴보겠다는 것이다. 솔제니친의 소련에서 수용소에 갔다온 사람들의 자녀들도 잡아들였던 것처럼(1권, 145쪽) 북한에서도 자식들, 아이들까지 연좌제 적용 대상이 된다. 또 소련에서처럼(1권, 127쪽) 북한에서도 아내가 남편을 버리지 않으려 한다는 죄로 체포된다. 그렇게 하여 원호와 어머니, 그의 아내 수련은 한밤중을 달려 깊은 수용소 산골짜기로 들어간다. 전기 철책이 둘러쳐진 요덕 정치범 수용소는 솔제니친이 말한 군도처럼 바깥 나라와 동떨어진 또 하나의 나라다. 『수용소 군도』에는 형무소, 수용소, 유형지 등으로 세분되어 있는데 이에 따르면 원호의 수용소는 유형 수용소라는 새로운 말이 필요할 수도 있다. 그 작은 나라에서 정치범 낙인이 찍힌 자들은 수도에서 추방, 즉 유형을 받으면서 산골짜기 수용소에 갇혀버리는 것이다. 추방이나 유형, 유배 등은 옛날 한국에서도 아주 전통적인 형벌의 하나이기는 했다. 조선시대에 형벌은 태笞, 장杖, 도徒, 유流, 사死의 다섯 가지가 있었으며, 여기서 '유'라 하는 것이 곧 추방, 유배에 해당한다. '도'란 징역형에 처함을 말하며 『수용소 군도』의 제5부는 유형 도형수들에 대한 치밀하고도 유장한 서술들과 맞닥뜨리게 된다. 한국전쟁에 대한 소식이 들려오는 이 5부에서 솔제니친은 노예노동과 탈옥에의 시도들과 처형들을 이야기한다. 요덕의 『인간 모독소』 역시 일종의 유형 수용소다. 수용소장과 관리위원회, 보위부원들, 죄수 중에서 선발된 작업반장, 통계원, 그리고 천대받으며 언제라도 처형 대상이 될 수 있는 정치범들로 이루어진 별세계가 원호의 식구들을 기다리고 있다. 처음부터 주인공이 등장하는 이 이야기의 작가는 날것으로서의 증언 또는 소설적 플롯과 문체를 차용한 수기나 회상록 양식 대신에 증언적 내용들을 함유한 소설적 양식을 선택했다.

증언과 소설은 겹치면서도 본질상 다른 점이 있다. 이 소설적 구성을 따라 원호의 아내 수련은 그녀는 모르고 상대편에서는 아는, 보위대학을 나와 평양에서 근무하다 수용소 관리 보직으로 떨려난 고향 남자 최 대위 민규를 만나게 된다. 가야금 연주자였던 수련이 성장하는 과정을 오랫동안 멀리서 지켜보아 온 민규는 수련을 향한 사랑의 감정을 품는다. 그로써 작가는 보위부원을 '인간적으로' 묘사하는 주관적 '편향'을 노정하는데, 이런 사랑의 설정은 솔제니친의 '증언록'에서는 수많은 에피소드 중의 하나로, 그것도 거의 성적인 욕망의 문제로나 슬쩍 끼워져 놓였을 뿐이다. "달빛에 의지해 톱질을 하는 그녀의 모습"을 "그녀가 톱질을 다 끝낼 때까지 잠자리에 들지 못하고 불을 끈 창문 앞에서 지켜" 보는 식의 민규 최대위의 설정은 솔제니친의 소비에트에서는 아예 존재하지 않는다. 그곳에서는 너무 많은 죄수들이 너무 많은 곳에서 끌려와 서로 뒤얽힌다. 사랑하는 마음 때문에, 국가 보위 기관의 무자비한 수행 요원일 뿐이며 수련이 아닌 모든 정치범들을 향해서는 보위부원 특유의 포악성을 얼마든지 드러내온 그는 수련을 작업장에서 빼내 줄 궁리를 한다. 이러한 제복들을 솔제니친은 지극히 냉담하게 묘사했었다. "그들은 자기 직무를 수행함에 있어서 높은 교양이나, 깊은 문화적 소양이나, 사물에 대한 넓은 안목 같은 건 필요도 없으며, 그들 자신이 그런 인간도 못 된다. 그들에게 필요한 것은 명령의 정확한 수행 능력과 고통 받는 자에 대한 무자비함뿐이다. 그들은 바로 이런 인간들이고, 또 그것이 그들에게는 어울리는 것이다. 그들의 손을 거쳐온 우리는 인간의 공통적인 면모를 완전히 상실한 그들의 본질만을 숨 막히게 느낄 뿐이다."(1권, 224쪽) 최 대위 민규 역시 그러한 기관원의 한 사람, "정치범은 계급적 원수이고 짐승보다 못한 자들이라는 인식"을 품고 있건만, 권위와 규칙과 무자비함의 체현자여야 할 그가 한갓 정치범의 아내를 사랑하게 된 것이다.

그럼으로써 소설은 수용소 세계에 관한 작가의 보고적 서술들에도 불구하고 다큐멘터리보다는 확실히 멜로드라마에 가까워진다. 최 대위와 아내의 관계를 알게 되면서 원호는 자신의 아들이 그의 아들일지도 모른다는 번민에 휩싸인다.

원호와 수련 사이에서 아들 선풍이 태어나 자라고 비극적인 죽음을 맞이하는 과정은 『인간 모독소』 이야기의 가장 중요한 에피소드의 하나다. 그것은 가혹한 국가 폭력 속에서도 생명의 원리가 예외 없이 작동함을 보여주며, 동시에 이 원리가 얼마나 쉽게 왜곡될 수 있는가를 말해준다. 『수용소 군도』에서처럼 『인간 모독소』에서도 수용소에서 난 아이들은 수용소 사람이 되어야 한다. 가혹한 연좌제다. 아이들은 골짜기에서 태어나 학교에 다니며 골짜기 세계를 배운다. 이 수용소의 아이들에 관해 솔제니친은 이미 이렇게 말했다. "그러나 군도에서 연소자들이 본 세계는 네 발 가진 짐승의 눈에 비치는 세계, 바로 그것이었다—여기서는 힘만이 정의다! 맹수만이 살 권리가 있는 것이다! 우리 어른들의 눈에도 수용소의 세계가 그렇게 비치는 것은 사실이지만, 그래도 우리는 아이들과는 달리 우리 자신의 체험과 사고력, 자신의 이상, 여태까지 책을 통해 얻은 지식 등을 수용소에서의 현실에 대치시킬 수가 있는 것이다. 그러나 아이들은 그 순수한 감수성만을 가지고 군도의 세계를 받아들인다. 그리하여 〈며칠〉 사이에 아이들은 짐승으로 변해버리고 만다! 아니, 짐승만도 못한, 윤리 관념이라곤 털끝만큼도 없는 존재가 되고 만다.(말의 그 유순하고 큰 눈을 들여다볼 때, 잘못을 저지른 개가 귀를 잔뜩 늘어뜨리고 있는 것을 쓰다듬어 줄 때, 그들의 윤리관념을 인정하지 않을 수 없지 않을까?) 만약에 네 이빨보다 약한 이빨을 가진 자가 있거든 그자 것을

빼앗아라, 그것은 네 먹이다!―연소자들은 대번에 이 원칙을 터득하는 것이다."(4권, 154쪽)

『인간 모독소』의 아이들 역시 금수 세상의 원리를 체득하며 자라난다. 비루먹은 짐승들 같은 아이들, "대부분의 아이들이 펠라그라에 걸"려 "눈 주위가 흰 테 안경을 쓴 것처럼 허옇게 벗겨져 있다." 서로 쥐어박고 싸우는 아이들을 학교 감독이 달려가 채찍을 휘두른다. 드센 발길질에 나동그라진 아이는 꿈틀거리며 일어날 줄 모른다. 교육받은 대로 부모를 악인이라 생각하여 자는 사이에 칼로 찌르기도 한다. 이 세계에서 나고 자라는 선풍은 일찍부터 "전혀 아이답지 않게 무표정하고 눈빛이 매섭다." "사랑이 결핍된 아이는 어른보다 더 냉혹하고 맹랑해져 간다. 영악하게 자기 이익만을 챙긴다." 수용소의 서열을 당연한 것으로 인식하며 속임수와 증오와 굴종, 비열함, 잔인함, 기회를 얻기 위한 맹렬함을 배운다. 이 선풍이 종교를 믿는다는 죄목으로 적발된 이웃집 여자에게 돌을 던지고 불이 난 최대위의 사무실에서 수령의 초상화를 건져오려다 최후를 맞는 과정은 끔찍한 수용소 현실의 축도라 하지 않을 수 없다. 수련을 둘러싼 원호와 민규의 갈등이 깊어지는 가운데 원호는 "귀신골"이라 불리는 "완전통제구역"에서 발가락을 잃고 돌아오고, 아들 선풍이 감독이 되려는 꿈을 이루지 못하고 죽고, 원호의 어머니가 손자의 뒤를 따라 생을 마감하고, 수련은 이번에는 민규의 아이를 가진다.

이 『인간 모독소』의 구성상 특이점 가운데 하나는 삼각관계의 갈등을 빚는 세 인물 모두가 수용소에서 벗어나 탈북, 한국에서 다시 만나게 된다는 설정이다. 원호는 민규에게 고개를 숙인 대가로 참나무 숯 굽는 일에 배치받은 후 만난 강형으로부터 외부 세계의 소식을 듣고 함께 수용소를 탈출, 북상을 거듭하여 압록강을 건넌다. 이 이야기는 마치 시베리아에서 오스트리아 빈까지 탈출을 시도했던, 『수용소 군도』의 어느 이름 모를 사내의 이야기를 연상시킨다. 민규는 자살을 생각하는 수련의 마음을 되돌려 중국으로 빼돌린 후 제대, 탈북을 거쳐 한국으로 온다. 민규의 중국 먼 친척집으로 빠져나간 수련은 아이를 낳고 몸이 팔리는 위기 끝에 한국으로 들어온다. 북한의 수용소를 탈출하여 한국에 '헤쳐 모인' 세 사람은 어떤 관계를 맺게 되는가 하는 문제는 이 소설의 큰 주제에 직결된다.

북한의 정치범 수용소에서 보위부원과 정치범, 사랑의 적수로 뒤얽힌 한원호와 최민규의 갈등은 어떻게 해소될 수 있는가? 작가는 여기서 결국에는 하나의 길로 통하는 두 가지 해법을 제시한다. 하나는 수련의 두 번째 아이, 곧 민규의 아들 수남을 두 사람 사이에 개입시키는 것으로, 수남은 원호로 하여금 세상 떠난 선풍의 존재를 환기하게 함으로써 부모 세대의 원한과 복수를 자녀세대에는 물려주지 말 것을, 새로운 바닥 위에서의 화해와 용서를 주문한다. 다른 하나는 한원호를 뺑소니 사범으로 조사하던 형사로 하여금 그에게 종교적 구원을 권유케 하고, 원호와 민규 모두 "사회적 희생자"라는 인식을 갖도록 권유하게 하며, 나아가 수련으로 하여금 두 사람의 화해를 중재하도록 한 것이다. 작가는 수련과 아들 수남, 그리고 두 사람이 크리스마스 날에 '스랜드'에서 산타 할아버지의 선물을 받듯 아버지를, 아이 아빠를 만나게 하고, 화해를 이루게 함으로써 기독교적인 종교적 메시지를 한층 강조한다. 그렇게 함으로써 『인간 모독소』는 북한 수용소 체제를 비판하는 데서 '나아가' 수용소의 상흔을 안고 북한을 탈출해 온 사람들이 한국 사회에서 작중 형사로 대표되는 체제의 '원조'에 힘입어 원한과 복수의 위기를 극복하고 화해를 이루는 해피엔딩 이야기가 된다. 그리고 이러한 종국적 매듭은 수용소 문학으로서의 이 소설의 진정성을 얼마간 훼감시키는 측면이 있다고 생각한다.

과연 현재 삼만 명을 헤아린다는 탈북민들은 한국 사회에 합류하여 어떤 상황에 맞닥뜨렸던가? 작중에서 화자는 뺑소니 혐의를 받고 있는 원호의 시각을 빌려 "탈북자에게 사건이 터지니 담당 형사는 마치 변호사 같은 자세다. 고마운 일이다."라고 평가했다. 형사는 영화 『뷰티플 차일드』를 들어 원호에게 원한, 복수 대신에 용서와 화해를 주문하고, 원호는 복수를 향한 번민 속에서도 수련을 학대한 자신의 '죄'를 의식하고 용서를 구해야 함을 깨닫는다. 또 민규는 수련과 아들 수남을 만나기 전에 성당에 나가 예수의 성상 앞에 무릎을 꿇고 용서를 구한다.

『인간 모독소』는 이렇게 탈출을 매듭지음으로써 북한 수용소 체제에 대한 강렬한 비판 의식의 지속적인 작동 대신 종교적 화해와 구원이라는, 어쩌면 일종의 상투적인 결말에 다다랐다 할 수 있다. 두 가지 점에서 무척 아쉬운 일이다. 첫째, 작가는 북한 수용소 문제에 뛰어든 이상 비록 그 멜로드라마식의 이야기 전개 방식에 의해 불가피하게 강제된 측면이 없지 않다 해도 끝까지 문제를 물고 놓치지 말았어야 하며, 더욱 심층적인 차원으로 들어가야 했고, 이를 위한 고안을 준비했어야 한다.

예를 들어 작중에는 '혁명화 지역'과는 전연 대비되는 '완전 통제 구역', 즉 '귀신골'에 관한 이야기가 여러 번 등장하는데, 거기서 석회석 광산 광차에 깔린 원호는 "곧 죽을 자들을 분리하고 목숨이 끊어질 때까지 격리하는 막사" "병자들만 모아 놓고 아무런 대책도 세우지 않는" "아비규환의 생지옥"에서 "항생제를 쓰지 못한 상처는 썩어 들어가고 사람들은 패혈증으로 곧 죽어나간다." 어쩌면 '귀신골'은 죽음으로 가는 마지막 비상구를 가리키는 대명사인지도 모른다. 왜냐하면 바로 옆에 길주 풍계리 핵 실험장을 끼고 있는 만탑산 16호 화성 수용소 사람들은 이른바 '귀신병'에 걸려 죽어간다는 말이 이미 여러 해째 떠돌고 있기 때문이다. 이 완전 통제 구역과 혁명화 구역으로 '구성되는' 수용소와, 그 '악성 종양'이 번져 사회 전체를 수용소화 하는 메커니즘에 대한 전면적인 탐사가 없이는 수용소 문학은 제대로 매듭지어질 수 없을 것이다. 그리고 이것이 바로 솔제니친이 일구어 놓은 수용소 문학의 경지다.

첫째, 작가는 원호와 민규, 수련이 수용소라는 지옥의 현장을 탈출하여 닻을 내린 이 한국 사회에 대해 이 소설의 플롯이 보여준 것보다 훨씬 깊은 해부적 시선을 견지했어야 한다. 과연 이 사회는 탈북민들에게 따뜻하기만 한가? 지난 두 정부 아래서 활용 가능한 탈북민들이 여러 가지 혜택을 누릴 수 있었다면 현재의 정부는 적대 관계의 청산과 통일이라는 '현안'의 요청 아래 탈북민들에 대해 눈에 뜨일 정도로 냉담해져 가고 있다. 그러나 그보다 중요한 것은 여러 수용소들로 대표되는 북한의 야만적 국가 기구와는 여러 모로 차별적이기는 해도 이 한국 사회의 '벌거벗은 생명'들 역시 여전히 다종다양한 국가적 폭력과 처분에 내맡겨져 있다는 사실이다. 앞에서 언급한 한 정치인의 죽음을 접하고 필자는 일기와 같은 글을 메모해 놓았다. 다음과 같다.

슬프다. 아무렇지도 않게 지내는 것 같았는데 불쑥불쑥 솟아나는 아픔이 있다. 논리로 설명할 수 없는 것, 영화 속 슬픈 장면들 같은 것.

다시는, 세상에 나서, 국민이라는 무거운 레떼르를, 번호표를 부여받은 사람들이, 무엇을 해달라고 아우성치며, 울고불며, 땅바닥에 자리를 깔고 앉아 몇날 몇일을 기약 없이 헤매도록 하지 말아야 한다. 다시는, 자식 잃은 부모들이 왜 내 자식이 그렇게 바닷물 속에 수장되어야 했는지 알 수도 없고, 알려 해서도 안된다는 듯이 '종주먹질'을 당하고, 신문 방송이 나서서, 슬픈 부모들을 돈이나 탐내는 이들로 몰아붙이고, 진실을 밝히고 싶은 사람들을 향해 이념 전쟁을 벌이는 일은 없어야 한다.

그리고 다시는 있어서는 안 된다. 누가 왜 죽었는지, 정말 죽었는지, 누가 죽였는지, 스스로 죽었는지, 영문도 모른 채 오로지 그가 죽어버렸다는 사실 하나만을 붙들고 눈물을 흘리고 향불을 피우고 누구 연출 누구 각색인지조차 모른 채 시나리오의 이름 없는 엑스트라들처럼 할당된 연기나 벌이는 일은 없어야 한다.

그리고 또 없어야 한다. 국민이라는 그 무겁고 어려운 이름을 부여받은 사람들이 언제라도 총칼에, 탱크나 군홧발에 짓밟히는 일들은, 딱딱하고 날카롭고 뜨거운 것들에 얇은 살갗이 터지고 이마에 피가 흐르는 학살 같은 역사 따위는, 죄 없는 이들, 잘못된 것들을 잘못 되었다 하는 이들, 막다른 골목에 내몰려 발악한 이들이 붉은 칠을 당한 채 묶이고 끌려가고 갇히는 일들은 없어야 한다.

세상에 날 때 사람들은 국민이라는 이름으로 나지 않는다. 사람들은 보송보송한 발가벗은 갓난아기로 세상에 나, 처음 만난 엄마 뱃속과는 너무나 다른 세상에 놀라 울음을 터뜨린다. 엄마, 아빠는 차라리 그 아이들에게 이름을 붙여주지 말았어야 했다. 출생 신고를 어디에 할지 고민했어야 한다. 사람의 생명을 여기보다 더 소중히 아끼고 사랑해 주는 곳, 여기보다 목숨 값이 훨씬 더 비싼 곳, 사람이 날 때와 돌아갈 때를 그 몸서리치는 기쁨과 슬픔답게 챙겨줄 수 있는 곳, 이유 모르게 죽지 않고 왜, 어떻게 죽었는지 알려지고, 마음 놓고 울면서 보내드릴 수 있는 곳. 그런 세상의 국민으로 '내' 자식을 등록할 수는 없었을까?

한밤에 유튜브로 "6411번 버스를 아시나요?"라는 연설을 들으며 그는 왜 그렇게 되었어야 했나 생각한다. 6411번 버스는 새벽 네 시에 잠에서 깨어야 하는 사람들의 버스, 이 버스는 한강을 가로질러 북쪽에서 남쪽으로 간다.

이 버스를 늘 타는 사람들을 사랑하던 사람은 지금 세상에 없다. 무서운 것은 세상이 바뀌지 않은 것 같다는 이 느낌이다. 섬뜩하고 음습하고 누군가 처분되어야 일이 일단락되고 마는 것 같은 이 느낌. 아주 많이 겪어 다시는 겪어보고 싶지 않은 어두운 과거의 잔력.

이것은 나 혼자만의 느낌일까? 내가 잘못된 걸까? 마음껏 슬퍼할 수도 없는 이 공포와 숨막힘, 두근거림은 나이보다 너무 빨리 노쇠해 버린 약한 자의 만성 외상후 스트레스 증후군인 것일까?

이것이 현재의 한국 사회에 대한 필자의 솔직한 감정이다. 이 슬픔과 고통에, 그에 상응할 만한 근거가 없지 않다면, 우리는 현실을 대함에 있어 정신적 긴장을 풀 수 있는 여유를 갖지 말아야 하는지도 알 수 없다. 바로 그와 같은 이유에서 필자는 『인간 모독소』의 인물들이 한국에서 벌이는 화해와 용서, 사랑의 '향연'을 어떤 위화감 없이 읽어내기 어렵다고 생각한다. 그렇다면 한국 사회는 북쪽 사회에서는 상상도 할 수 없는 보위부원과 정치범 사이를 연결해 주는 행복한 장치를 갖고 있단 말인가? 그럴지도 모른다. 소설을 이른바 개연성을 펼쳐놓는 장이라고 보면 그 정도쯤의 일이야 그렇게 일어나기 어려운 일이랄 수도 없다. 필자가 생각하는 문제는 이러한 사건 전개 속에 나타난 한국 사회가 너무나 평온하고 자애로워 보인다는 사실이다. 북쪽은 아비규환의 지옥인데 반해 남쪽에서는 뺑소니 교통사고를 일으킨 게 아니냐는 누명 따위는 CCTV 등과 변호사 같은 형사의 호의를 통해 간단하게 벗겨지고, 외나무다리에서 만난 원수 같았던 두 남자의 원한이라는 것도 앞으로 눈 녹듯이 씻어질 수도 있을 것 같다, 적어도 티 없이 맑은 수남을 통해 둘이 연결되는 설정을 감안하면 말이다.

북한의 정치범 수용소를 천신만고 끝에 벗어나 남쪽으로까지 올 수 있었던 한원호는 그 특이한 경험 덕분에 이곳저곳에 불려 다니며 강연도 하고 증언도 하면서 새로운 삶을 산다. 현실 속에서 탈북민들 가운데 다행스럽게도 그와 같은 상황에 놓인 사람들이 있다. 그러므로 그것은 소설적으로 보면 응당 있을 법한 일을 내놓은 것이라 할 수 있다. 하지만 여기서 문제는 개연성 같은 것일까?

경험적으로 그와 같은 인물들을 얼마든지 설정할 수 있다 해도 필자에게는 원호나 민규라는 인물이 한국에 내려와 그 자신들의 삶을 추구하는 광경이 매우 불편하게 읽히는데, 이는 그들이 한국 사회의 사회정치적 상황에 전혀 둔감하거나 또는 아예 관심을 품지 않는 것처럼 보이기 때문이다. 반면에 필자가 아는 탈북민들을 둘러싼 상황은 그때그때, 즉 한국의 정치권력을 누가 쥐는가에 따라 매우 달라지고, 그들의 삶, 생활, 생존의 조건마저도 널뛰기를 할 수 있다. 탈북민이라는 존재적 기반은 한국 사회 전체에 있어서는 일종의 게토처럼 고립되어 있으되 특정 정치 세력에 의해서는 얼마든지 환대받고 활용될 수 있는 특성이 된다. 그런데 이 정치세력은 사실상 북한에서 탈북민들을 수용소 체제에 밀어 넣었던 국가 사회주의 체제의 상층부'만큼'이나, 용산 참사나 세월호 참사 등에 비추어 볼 때 비윤리적, 반인권적이다. 그들 또한 거슬러 올라가면 민중들을 억압하고 언론출판을 제한, 검열하고, 숱한 정치범들을 폭력사범, 파렴치범으로 전환시키고, 불법 연행과 고문으로 '빨갱이'를 창조했다. 시대가 바뀐 것 같았을 때, 솔제니친은 "나는 개의 조련사들의 습성을 간과하고 있지 않았던가? 수용소 군도의 연대기 작가이기를 바라던 내가, 그것이 우리나라의 분신이며, 없어서는 안 되는 존재라는 것을 이해하고 있었을 게 아닌가? 나에 대해서만은 / 〈배부르게 먹을수록 기억은 멀어진다.〉 / 이런 법칙이 적용되지 않을 거라는 자신이 있지 않았는가? 그러나 나는 통통해졌다. 틀에 박혀 버렸다. 믿어버렸다…… 수도의 관대한 마음씨를 믿어버렸다. 나 자신의 새로운 생활을 위하여 믿었던 것이다─부드러워졌어! 규율이 완화되었어! 석방되고 있어, 모두 석방되고 있어! 수용소 구내마다 폐쇄되어 가고 있어! 내무부 직원이 차차 잘리고 있어……. / 아니, 우리는 쓰레기와 같다! 우리는 쓰레기의 법칙에 지배되고 있다. 공통의 슬픔을 분간할 능력을 잃지 않기 위해 우리들이 체험하지 않으면 안될 불행에는 한계가 없다. 우리들이 자기 자신 안에 있는 이 쓰레기를 이기지 않는 한, 이 지상에는 그것이 민주주의건, 전제주의건 어떤 제도도 공정한 것이 못 된다."(6권, 240쪽)라고 썼다.

한국 사회는 분명 북한보다는 나은 사회다. 이것은 단순히 양적으로 표현할 수 없는 심원한 차이를 갖는다. 북한은 지금도 이미 몰락해 버렸지만 여전히 강력한 힘을 구가하는 국가 사회주의 세계 체제의 일부이며 현재로서는 그 가장 극단적인 특징들을 보여준다. 반면에 한국 사회는 사회 체제의 뿌리도 달랐을 뿐더러 여러 차례의 혁명을 거치면서 오늘날 우리가 보는 것과 같은 꼴을 갖추었다. 그러나!, 이 한국사회 체제의 어떤 습성은 사라지지 않았고 또 얼마든지 재활될 수 있다. 심지어 그것은 현 정부의 어떤 부면들에서 이미 새로운 힘을 발휘하기 시작했는지도 모른다. 그렇지 않고서야 어떻게 2018년 7~8월 현재 우리가 목도하고 있는 일들이 일어날 수 있을까? 또한 한국을 북한에 비교해 놓고서 이 나라는 참 좋은 사회라고 자위하는 안일함으로는 이 사회가 어떤 심각한 사회적 질병들을 앓아 왔는지 또 앓고 있는지 알려야 알 수 없다.

『인간 모독소』는 북한 정치범 수용소를 다루고 있는 문제작이다. 작가는 결코 간단치 않은, 쉽게 말하기 힘든 이야기를 썼다. 필자와 같은 무경험자들에게 이 소설은 많은 것을 알게 했다. 그런데 우리는 더욱 철저해져야 하며 긴장을 잃지 말아야 한다. 탈북 작가들은 북한과 한국 사회의 문제들을 연결해서, 함께 사유할 때만 '전체적' 사유에 도달할 수 있다. 우리는 진공지대에도, 낙원에서도 살고 있지 않다. 이 한국사회에서 생명들은 여전히 벌거벗었다.

작가연구 아직도 유효할까?

1. 신비평, 역사현실주의, 그리고 작가연구

필자가 대학에 입학할 무렵에는 문학연구가 어떻게 하면 과학이 될 수 있느냐 하는 문제설정이 아직도 힘을 발휘하고 있었다. 강의실에서 김윤식은 백철이 번역한 『문학의 이론』을 즐겨 인용하곤 했다. 이 책의 첫 번째 장은 문학과 문학연구를 차별화 하면서 문학연구의 학문적 가능성을 제시하는 내용으로 구성되어 있다.

이 『문학의 이론』의 한국어판 서문에서 르레 웰렉은, "문학이 史的으로만 연구될 수 있다고 하는 것은 진화론, 인과율, 연속성에 사로잡힌 19세기의 미몽이었다"며, "문학의 이론이란 그 본질 자체로 말미암은 企圖로서는 비역사적인 것"이라고 했다.(르네 웰렉, 「한국어판에의 서문」, 르네 웰렉-오스틴 워어렌, 『문학의 이론』, 백철-김병철 옮김, 신구문화사, 1975, 7쪽)

역사나 현실로부터 문학을 분리시켜 독립시키기 위한 신비평의 의도를 단적으로 보여주는 것은 의도의 오류the intentional fallacy와 감정의 오류the affective fallacy라는 개념이다. 본래 웜서트와 비어즐리가 제안한 것으로 알려진 의도의 오류라는 개념에 관해, 『문학의 이론』은 다음과 같이 비판을 가한다.

> 작자의 의도라고 하는 것은 언제나 합리화이며, 해설이며, 그것은 확실히 고려되어야 할 것이지만, 역시 동시에 완성된 예술작품에 비추어서 비판되지 않으면 아니된다. 작자의 의도는 완성된 예술작품보다도 앞서 달릴지도 모른다.─즉 그것은 계획과 이상을 표명한 것에 불과할지도 모르며, 또 한편 완성된 작품이 목표보다도 훨씬 그 수준이 낮거나 혹은 훨씬 어긋나 있을 수도 있다.(위의 책, 197쪽)

문학작품을 역사나 현실, 작가나 독자로부터 분리시켜 하나의 구조적 실체로 간주, 분석하려는 시각은 백철의 신비평 수용 이래 한국현대문학 연구의 뿌리 깊은 체질 가운데 하나였다. 이후 아카데믹한 연구라고 하면 곧 신비평적 연구라는 선입견이 학계를 지배했고, 이 맥락에서 문학작품의 서술론적narratological 분석이 문학에 대한 과학적인 연구를 대표하는 것으로 이해되었다.

다른 한편으로, 1980년대의 한국현대문학 연구는 카프문학 연구, 월북 및 해금문학 연구와 같은 '역사주의적' 접근법이 허용되지 않을 수 없는 상황에 처해 있었다. 이러한 연구들이 문학작품을 '내적으로' 분석하는 실력을 갖추지 못했다는 비판, 비난이 계속되는 중에도 문학에 대한 역사주의적, 현실주의적 접근은 계속해서 새로운 주류적 연구 방법으로 정립되어 갔고, 이 과정에서 많은 성과물이 축적되어 한국현대문학연구를 풍요롭게 만들었다.

최근에 한국현대문학 연구는 개화기나 일제말기의 문학을 중심으로 당대의 사회적 담론이 문학에 어떤 영향을 주었는가 하는 문제를 열정적으로 파헤치고 있는데, 이것은 그 아무리 최신식 외국 이론을 모방적으로 채용하고 있다 해도 근본적으로는 문학에 대한 역사주의적, 현실주의적 접근의 줄기에 속하는 것이라 할 수 있다.

한쪽에서는 신비평주의가, 다른 한쪽에서는 역사현실주의가 문학연구의 주류적 위치를 '교차적으로' 점유해 오는 가운데, 작가 연구는 문학연구 상에서 가장 촌스럽고, 덜떨어진 연구방법으로 간주되어 왔다.

필자의 경험 한계 내에서 예를 찾으면, 『이광수와 그의 시대』(1986), 『염상섭 연구』(1986), 『김동인 연구』(1987), 『이상 연구』(1988), 『김동리와 그의 시대』(1995) 등을 연속적으로 펴낸 김윤식의 연구를 '끝으로' 문학연구는 바야흐로 작가 연구에 종언을 선고하고, 새로운 이론의 도입, 새로운 방법으로의 전환을 촉구받는 듯했다.

이러한 경향을 지지하는 연구자들에게 작가 연구란 작가의 생애 연구를 의미하거나, 작품을 그것의 외부, 즉 작가의 의도로부터 독해하려는, 신비평 이전의 낡은 수법에 불과한 것으로 간주되기 쉽다.

이 분들에게 작가 연구나 작가 연구를 겸한 작품 연구는 먼저 작가의 생애를 지루하게 서술한 후, 그의 창작활동 전개과정을 두 개 또는 세 개의 단계로 나누어 평범하게 논의해 나가는, 좋게 말해 나이브하고 나쁘게 말해 낡디 낡았을 뿐만 아니라 어둡고 둔감하기 짝이 없는 연구 방법이다.

그런데 우리 학계에서, 이렇듯 첨예한 비판적 의식을 가진 연구자들이, 한편으로는 '작품을 작가로부터 분리해서 이해하라'는 신비평주의의 낡은 교리를 무비판적으로 답습하고 있으면서, 동시에 '작품을 그것을 둘러싼 환경으로부터 이해하라'는 역사현실주의의 에피고넨으로도 활동하고 있다는 사실은 좀처럼 예리하게 의식되지 않는다.

사실, 최근의 이른바 첨예하다는 일부 한국현대문학 연구 글들을 보면, 작품을 낳은 작가가 단지 당대의 담론들을 실어 나르는 대리인으로나 간주되고 있는 듯한 인상을 받게 되는 경우가 많다. 유행에 민감한 연약한 심성들이 '저자의 죽음death of the auther' 같은 멋진 용어들, 개념들에 마음이 흔들린 지 너무 오래되었다.

따라서 어떤 작가가 왜, 어떻게, 그 작품을 썼나 하는 가장 근본적인 문제 설정은 신비평 시대에도 못 미치는 낡은 물음으로 치부된다. 그러나 이 첨예한 연구자들이 알지 못하는 사이에 그들이 숭배해 마지않는 서구 문학이론들은 어느새 작가의 복권을 시도해 왔다.

2. 텍스트 안과 바깥을 어떻게 연결할 것인가

신비평은 문학작품에 대한 일종의 구조주의적structuralist 접근법이다. 그런데 이 구조는 텍스트 내적인 구조에 국한된다. 텍스트를 넘어서는 더 큰 구조, 문학 텍스트가 체계를 이루는 요소가 되는 '문학장' 전체의 구조를 이해하는 데 있어 신비평주의는 무능력을 드러낸다.

잘 알고 있듯이, 문학작품은 하나의 텍스트로서 그것을 생산하는 작가 또는 사회와 모종의 관련을 맺고 있고, 나아가 독자와도 관련을 맺고 있다. 신비평주의 이론가로 분류되곤 하지만, 웨인 부스Wayne C. Booth의 '암시된 저자'나 '암시된 독자' 개념은 신비평주의의 일반적인 흐름을 거스르면서 텍스트와 작가 또는 텍스트와 독자가 맺는 관계를 서술론적 개념으로 정립하려 했던 것이라 평가할 수 있다.

『소설의 수사학The Rhetoric of Fiction』(1961)을 펴낸 지 수십 년이 흐른 시점에서 부스는 다시 한번, "작품에 대한 저자의 의도들은 그 작품을 읽는 방법과 관계가 없다고, 누가 과연 믿을 수 있겠는가?"라고 되묻는다.(Wayne C. Booth, 「Resurrection of the Implied Auther: Why Bother?」, James Phelan and Peter J. Rabinowitz etc, 『A Companion to Narrative Theory』, Blackwell Publishing, 2005, 75쪽)

같은 글에서 그는 자신의 '암시된 저자' 개념이 1950년대의 비평적 풍경들에 대한 불안 때문에 촉발된 것이라고 한다. 그때 많은 이들은 소설의 이른바 객관성objectivity에 주목하라고 주장하면서, 좋은 소설가는 자신의 작품에서 저자의 견해에 관한 모든 노골적인 표지들을 없애 버려야 한다고들 했다. 또 당대의 학생들은 서술자와 암시된 저자, 암시된 저자와 살아있는 작가 사이의 관계를 거의 전적으로 이해하지 못했다. 마지막으로 그 시대 비평가들은 시처럼 소설도 의미하지 않고 존재하기만 해야 한다는 식으로 '비윤리적으로' 생각하고들 있었다.

'암시된 저자'는 이와 같은 환경 아래서 텍스트 자체 또는 텍스트 내부와, 그 바깥세계의 살아 있는 작가의 관계를 논의에 이끌어 들이기 위해 고안된 개념이었다. 이 암시된 저자는 그가 로버트 프로스트Robert Frost와 실비아 플래스Silvia Plath의 경우를 예로 들어서 설명하고 있듯이 텍스트 안의 화자와 같지 않다. 또한 그것은 시인의 실제 모습과도 같지 않다. '암시된 저자'는 시인이 그 자신을 동일화 하고자 하는 어떤 존재로서 텍스트 내부에 기입되어 있는 인격적

'실체'다.

이 '암시된 저자'는 텍스트 바깥의 어떤 바람직한 작가상으로 우리의 주의를 환기시키면서 우리로 하여금 텍스트 바깥 세계와 텍스트 내부를 연결하는 시각의 필요성을 일깨운다. 그러나 이 방법은 확실히 신비평주의를 극복하기에는 너무 신비평적이다.

수잔 랜서Susan S. Lanser는 훨씬 더 적극적으로, 광범위한 맥락을 활용하여, 텍스트 안과 바깥을 연결시키고자 한다. 그는 세상에 존재하는 텍스트를 세 가지 유형으로 분류하고자 했다. 결합 텍스트attached text, 분리 텍스트detatched text, 결합과 분리 여부가 애매한 텍스트equivocal text 등이 그것이다. 이러한 개념들을 통해서 이 글의 저자는 텍스트와 그 바깥의 저자 사이를 가로지르는 다리를 놓고자 한다. 이것은 신비평주의에서는 허용하지 않는 월경이다.

결합 텍스트attached text란 메리 카Mary Karr의 『거짓말쟁이 클럽』(비망록), 미셸 푸코의 『감시와 처벌』, 『뉴욕 타임즈』의 편집자에게 보내는 편지, 그리고 그 밖의 여러 논문들처럼 텍스트가 그것을 쓴 저자의 존재를 환기시키는 텍스트들을 말한다. 이러한 결합 텍스트에서 독자들은 '암시된 저자'와 같은 매개 개념을 필요로 하지 않는다. 텍스트 내에서 활동하고 있는 '나'는 곧 그 텍스트를 창조한 저자로 간주된다. 독자들은 텍스트 안의 내용을 곧 작가 자신의 생각 그 자체로 받아들이고 해석한다. 분리 텍스트란 성조기, 정지 교통 신호, 『사도신경』, 『바가바드 기타』, 대통령에 대한 농담, AT&T 회사를 위한 광고 등과 같이 관습적, 일반적으로, 작가의 정체성과 무관하게 읽히는 텍스트들이다. 이러한 텍스트들에서 텍스트와, 그것을 쓰거나 만든 저자와의 관계는 독해에 별다른 영향을 미치지 않는다. 독자들은 작가를 의식하지 않고도 이것들을 향유하고 해석한다.(Susan S. Lanser, 「The "I" of the Beholder: Equivocal Attachments and the Limits of Structuralist Narratology」, 위의 책, 206~210쪽)

어떤 텍스트가 결합 텍스트인지, 분리 텍스트인지는 형식의 문제일 뿐만 아니라, 아니 그보다도 오히려 맥락의 문제다. 어떤 상황 아래서는 저자가 문제시되는 텍스트가 다른 어떤 상황 아래서는 전혀 문제시되지 않을 수 있기 때문이다. 이 점에서 텍스트들의 자질은 관습적으로, 나아가 화용론적으로pragmatically 결정된다고도 말할 수 있다.

이러한 맥락에서 이제 문학 텍스트들은 저자와 텍스트의 분리가 애매한 제3의 유형에 속하게 된다. 특히 작중 인물인 '나'의 이미지가 그 작품을 쓴 저자의 그것에 겹쳐지는 동종제시적 소설homodiegetic fiction에서 이 애매모호함은 두드러진다. 예를 들어 독자들은 어떤 일인칭 소설에 대해서 작중 주인공을 작가에 연결 지어야 하는가 그렇지 않은가 망설이는 등의 혼란을 겪게 된다. 이러한 텍스트에서 텍스트 안의 인물의 행동이나 행위를 그 바깥의 저자와 연결시켜 생각하게 되는 것은 자연스럽고도 필요한 일이다.

예를 들어, 채만식의 「민족의 죄인」이 있다고 하자. 이 소설 속 인물 '나'는 소설 바깥의 존재인 작가 채만식과 '결합'시켜 이해되지 않으면 충분히 분석되거나 평가될 수 없다. 다시 말해 텍스트의 분석, 평가에 작가에 대한 이해가 필수적인 선결 요건이 된다. 소설에서는 따라서 어떤 때는 신비평적 교리를 따라 텍스트와 작가를 분리해서 해석할 필요도 있지만 상당한 경우에는 오히려 결합된 독해가 효력을 발휘한다. 꼭 일인칭 소설의 경우가 아니라 하더라도 말이다. 우리는 그런 경우를 너무나 많이 알고 있다.

그런데 이렇게 결합과 분리가 애매모호한 문학에서도 장르적으로 보면 서로 다른 특징적 경향이 나타난다. 예를 들어 서정시에서는 텍스트 안의 화자를 대체로 작가에 연결 지어 사고해야 하는 반면, 드라마는 몇몇 예외적인 경우를 제외하고는 작중 인물과 작가를 직접 연결지어 사고할 수 있는 여지가 없다. 또 소설은 결합과 분리가 모호한 문학 장르 가운데에서도 특히 전형적으로 애매모호한 특성을 나타낸다. 일인칭 소설의 경우에는 특히 그러하다.(위의 글, 214쪽)

나아가 이 글의 저자는 이 결합 또는 분리에 작용하는 다섯 개의 지표를 제시하기도 한다. 이 단독성singularity, 익명성anonymity, 정체성identity, 신뢰성reliability, 비서술성nonnarrativity 등에 관해서는 이 글에서 상세하게 논의하지 않겠다. 다만 이 지표들이 상호 작용함으로써 문학 텍스트들은 같은 장르적 한계 내에서도 독해 방향(결합 또는 분리) 상의 차이를 낳게 되며, 앞에서 언급한 장르에 따른 독해 방향을 넘어서는 요구에 직면하기도 한다는 점을 지적해 둔다.

지금까지 논의한 텍스트의 유형들에 대한 논의가 시사하는 것은, 문학 텍스트 분석은 작가와 직접 연결되어서는 안 된다는 통념을 거절해야 한다는 사실일 것이다. 오히려 문학 텍스트들, 그 가운데에서도 특히 시나 소설 작품은 그것을 쓴 사람과의 관계를 의식함으로써 더 새롭고 풍요로운 독해가 가능하다. 물론 이와 같은 깨달음은 상식에 속하는 것일 수도 있다. 그러면 우리는 지금 멀리 에둘러서 상식에 귀착한 셈이지만, 이 상식이 논리적으로도 진실에 속한다고 생각할 수 있게 된 것은 중요하다. 최근의 한국현대문학 연구는 이렇게 상식적인 작가연구에 관한 무능력을 드러내는 숱한 예들을 보여주고 있기 때문이다. 작가에 대한 이해가 작품 분석과 평가를 위해 언제든지 동원될 수 있음을 수잔 랜서는 텍스트들의 변별적 자질에 대한 설명으로 입증해낸 것이다.

3. 작가에 대한 새로운 이해는 문학연구의 쟁점들을 심문할 수 있게 한다

수잔 랜서의 글 속에는 작가에 대한 추론이 작품 해석에 영향을 미친 흥미로운 사례 하나가 실려 있다. 1744년에 출간된 『리슐리외의 아가씨의 여행과 모험The Travel and Adventures of Mademoiselle de Richelieu』이라는 소설에 대해서 두 사람의 세련된 학자들이 정반대의 독해를 보여주었다는 것이다. 한 사람은 이 작품을 전복적인 페미니스트의 작품으로 독해한 반면 다른 한 사람은 이것을 반페미니즘적인 풍자소설로 읽었다. 랜서의 설명에 따르면 이러한 차이는 단지 작중 서술자에 대한 분석에서 초래된 것이 아니다. 이 정반대의 독해는 이 작품을 쓴 작가에 대한 해석의 차이에서 비롯된 것이었다. 한 사람은 작가를 페미니즘 사상을 가진 여성으로 추리했던 반면 다른 한 사람은 여성을 혐오하는 남성으로 보았다는 것이다. 두 사람은 작중 서술자의 이데올로기적 의견을 그들이 상상한 작가에 연결시켜 서로 다르게 읽었다는 것이다.(위의 글, 217쪽)

익명의 작가에 대한 추론이 작품에 대한 정반대의 해석을 낳을 수도 있다는 것은 작품 연구에 작가 연구가 어떻게 작용하는가를 시사해 준다. 그런데 이와 같은 해석 및 평가상의 긴장이나 상위점은 한 작가의 작품을 다룰 때도 똑같이 발생하며, 이 점이야말로 한국현대문학 연구에서 작가 연구가 얼마나 중요한가를 말해주는 근거가 된다고 하지 않을 수 없다.

이와 관련해서 한국현대문학연구에서 찾아볼 수 있는 근년의 사례 가운데 하나는 이태준의 단편소설 「농군」(『문장』, 1939.1.)을 둘러 싼 평가에 관한 논쟁일 것이다.

김철의 「몰락하는 신생: '만주'의 꿈과 『농군』의 오독」(2002)은 이 작품을 가리켜 "'만주 경영'이라는 제국주의의 새로운 시대적 흐 름에 편승한 다시 말해 국책에 적극적으로 부응한 소설이며, 그러 한 사정을 떠나 소설 자체로 보아도 지극히 무성의하고 불성실한 작품"(김철, 「몰락하는 신생: '만주'의 꿈과 『농군』의 오독」, 『상허학보』, 2002, 124~125쪽)이라고 평가한 바 있다. 반면에 장영우는 이 논문이 이태준의 「농군」과 만보산 사건을 무리하게 연결 짓고 있고, 만보산 사건에서 조선 농민과 일본 경찰이 유기적인 밀착관계를 형성하고 있었던 것처럼 묘사하고 있고, 특히 이태준의 「이민부락견문기」(『조 선일보』, 1938.4.8.~4.21.)를 오독하고 있음을 자세하게 논증하고자 했 다.(장영우, 「「농군」과 만보산 사건」, 『현대소설연구』31, 2006, 151~172 쪽) 이 논쟁과 관련해서 필자는 다음과 같은 견해를 밝힌 바 있다.

이러한 주장들의 타당성은 1940년 전후의 이태준 문학의 전개 과정을 전체적으로 고려할 때 비로소 윤곽을 드러낼 수 있을 것이다. 그런데, 필 자가 보기에 앞선 논문(김철 - 인용자)의 시각을 따르게 되면 「농군」은 이 태준 문학의 사생아 같은 처지에 떨어질 위험성이 없지 않다. 1940년 전 후의 일제 말기에 이태준은 한편으로는 단편소설들을 발표해 나가면서 다른 한편으로는 신문에 장편소설을 연재해 나갔는데, 이 두 계열 모두에 서 대일협력 문제를 둘러싼 작가적 고민과 갈등이 엿보인다. 특히 '현'과 같은 주인공을 내세운 일련의 '사소설'들은 그가 현실을 지극히 첨예하 게 인식하고 있었음을 보여주며, 「영월 영감」(『문장』, 1939. 2~3), 「밤길」 (『문장』, 1940.5.~7.)의 존재는 「농군」이 외따로 논의될 수 있는 성질의 것이 아님을 알려준다. 이러한 난점은 이 시대 문학을 연구함에 있어 텍스트를 전체적으로, 상호텍스트적으로 독해할 필요성을 환기시킨다. 그럼으로써만 어떤 작품은 그 작품이 겉으로 보여주지 않는 의미를 드러낸다. 그것은 마치 엑스선으로 촬영한 뼈를 들여다보는 것과 같다. 이 뼈의 구조는 살갗 아래 놓인 것을 읽어낼 수 있는 독법 없이는 쉽게 발견되지 않는다.(방민호,『일제말기 한국문학의 담론과 텍스트』, 예옥, 2011, 52~53쪽)

이와 같이 어떤 작가의 텍스트들에 대한 전체적인 이해, 맥락적인 이해는 그가 쓴 작품들에 대한 정밀한 독해에 절대적인 영향을 미친다. 필자는 이상 소설 「날개」, 「실화」, 「종생기」, 「동해」 등과 수필 「권태」, 「산촌여정」 등에 대한 분석, 이효석 소설 『화분』, 『벽공무한』, 「풀잎」, 「일요일」 등에 대한 분석, 박태원 소설 「음우」, 「투도」, 「채가」, 「재운」 등에 대한 분석, 이광수 소설 『사랑』, 『원효대사』, 「육장기」, 「난제오」, 「꿈」 등에 대한 분석 등에서 이를 입증해내려 애썼다. 그런데 이렇게 어떤 작가의 텍스트들을 전체적, 맥락적으로 읽어내기 위해서는 작가 연구가 무엇보다 중요한 역할을 한다.

여기서 작가 연구란, 첫째, 어떤 작가의 출생, 성장, 수학과정, 독서 및 문학 수업, 그 밖의 편력 과정, 병력과 죽음 등 그 작가의 생애에 대한 전반적인 고찰, 둘째, 이와 같은 과정 및 단계들을 거쳐 가면서 그 작가가 남겼거나 관여되어 있는 직·간접적인 텍스트들에 대한 수집, 선택, 비평 및 분석, 셋째, 그 작가가 자신을 둘러싼 시대와 사회 및 그 담론장과 교섭하면서 관련을 맺어나간 태도나 방법 및 과정에 대한 성찰 등을 포함하는, 매우 넓은 영역들을 포괄한다.

이와 같은 작가 연구의 맥락에서 지금 우리 학계의 현황을 냉정하게 평가해 보면 앞에서 열거한 세 가지 영역 모두에서 분발을 필요로 한다고 생각된다. 여기서는 최근의 필자의 연구 경험 하나를 소재로 삼아 이 문제를 좀 더 날카롭게 다루어 보고자 한다.

2012년은 백석 탄생 백 주년이었다. 최근에 필자는 1940년 전후부터 해방공간에 이르는 백석의 생애와 창작활동 과정을 새롭게 고찰할 수 있었는데, 그에 따르면 이 시기의 백석은 매우 독특한 활동 양상을 보여주었다. 이것은 다음의 네 가지 양상으로 요약된다.

첫째, 그는 1940년 1월경에 만주 신경으로 건너가 해방이 될 때까지 만주 이곳저곳을 떠돌며 지냈다. 둘째, 그가 만주에 머무르면서 보여준 흔치 않은 공식적 문학 활동들 가운데 특히 「조선인과 요설」(『만선일보』, 1940.5.25.~26.)이라는 제목의 산문은 이 시기 백석의 의식적 지향을 이해하는 데 매우 중요하다. 셋째, 그는 이 시기에 적어도 공식적으로는 1941년 4월 경 이후에 시 창작을 중단하다시피 한 반면, 토마스 하디나 러디어드 키플링 의 소설, 숄로호프의 소설 등에 대한 번역으로 나아갔다. 넷째, 해방 직후에 그와 절친했던 허준이 월남을 선택했던 것과 달리 백석은 이북에 남아 문학 활동을 전개하는 쪽을 선택했다.

이와 같은 양상들을 유기적으로 연결해서 지금까지 우리가 확보해 온 백석 이해의 폭과 수준을 넓히거나 높이고, 더 나아가 그 시대를 문학사의 맥락에서 새롭게 조명할 수 있는 방법은 무엇일까? 이와 관련해서 필자는 「조선인과 요설」에 대한 전면적인 재독해가 필요하다고 생각한다. 만주 조선인들에 대한 신랄한 비판을 이어가던 중에 그는 돌연 다음과 같이 쓰고 있다.

민족의 경중을 무엇으로 달을 것인가. 그 혼의 심천深淺을 나아가서 존멸의 운명까지도 무엇으로 재이고 점칠 것인가. 생각이 이곳에 밋칠 째 우리는 놀라 두렵지 안을 수 잇슬까. 우리는 동양과 서양을 가려 본다. 그리고 서양보다 동양이 그 혼이 무겁고 깁픈 것을 예찬하고 이것에 심취한다. 동양은 무엇을 가젓는가. 동양에 무엇이 잇서서 그러하는가. 조선은 동양의 하나는 무엇을 일어벌엇다. 일어서는 아니될 것을 일코도 통탄할 줄 몰라한다. 무엇인가 묵묵(默默)하는 정신을 일흔 것이다. 일코도 모르는 것이다.(백석, 「조선인과 요설―서칠마로 단상의 하나」, 『만선일보』, 1940. 5. 25~26, 김문주·이상숙·최동호 편, 『백석문학전집2: 산문·기타』, 서정시학, 2012, 84쪽)

「조선인과 요설」은 알려지지 않았던 글이 아니었던 만큼 새로울 것이 없다면 없을 수도 있다. 그러나 이 글은 만주로 간 백석이 왜 공식적인 문필활동을 접어나갔는가에 대한 단서를 제공해 준다. 위의 인용문에 등장하는 "묵묵(默默)하는 정신"은 일제 말기 천황제 파시즘에 대한 가장 근본적인 저항의 논리를 구축한 것이라는 점에서 주목을 요한다. 침묵과 관련해서 필자는 다음과 같이 논의한 바 있다.

이 침묵은 실제로는 그 어떤 발언들보다 심원한 의미를 함축하고 있다. 침묵은 그 자체가 천황제 파시즘의 가혹하고 야만적인 성격을 환유적으로 드러내는 기능을 갖기 때문이다. 또한 침묵은 천황제 파시즘의 글쓰기 및 문학 통제에 대한 전면적인 저항을 의미한다는 점에서 이를 둘러싼 제반 양상이 비중 있게 받아들여져야 한다.(방민호, 앞의 책, 47~48쪽)

그러나 침묵은 말하거나 쓰지 않는 것이기 때문에 그 자체를 분석하기 어렵다. 침묵은 침묵에 관한 말이나 글을 분석함으로써나 간접적으로 논의될 수 있는 무형의 양상이다. 「조선인과 요설」은 이러한 침묵의 논리를 드러내는 귀한 자료다. 위의 인용문에서 백석은 자신의 침묵이 무엇에 저항하고자 하는 것인지 명쾌하게 드러낸다. 그는 "서양보다 동양이 그 혼이 무겁고 깊픈 것을 예찬하고 이것에 심취"하고 마는 유행병과 맞싸우고자 했다. 그리고 이것은 다음과 같은 김기림의 '감상주의' 비판에 내면적으로 연결되는 것이다.

　　또 하나의 다른 感傷主義가 있다. 오늘 와서는 西洋은 돌아볼 餘地조차 없는 것이라 速斷하고 그 反動으로 實로 손쉽게 東洋文化에 歸依하고 沒入하려는 態度가 그것이다.(김기림, 「동양에 관한 단장」, 『문장』, 1941. 4, 214쪽)

백석의 동양주의 비판을 김기림의 글에서 똑같이 되풀이 되고 있음을 볼 수 있는데, 여기에 이르면 백석, 김기림, 이효석 등을 위시한, 영문학에 기반을 둔 문학인들이 일제말기를 헤쳐나간 태도나 방법을 어떤 형태로든 일반화해야 할 필요성에 직면하게 된다.

최근 들어 김윤식의 『최재서의 국민문학과 사토 기요시 교수』(역락, 2009) 같은 저술을 계기로 경성제대 영문학이라든가, 경성제대 영문학과 출신들의 민족지 구성에 관한 연구들이 이어지고 있는데, 이쯤해서는 사토 기요시와 최재서, 유진오와 이효석을 연결 짓는 쾌선이 얼마나 합리적인가에 대한 성찰이 필요하다고 생각된다. 또는 이러한 패선이 제국주의 논리를 수용하는 데 귀착하는 영문학 기반 문학인들이라는 모델을 상정한 것이라면 백석, 김기림, 이효석을 연결 짓는 새로운 모델은 당대의 '영문학'적 지성들이 제국주의 논리를 견디는 강한 내성을 지니고 있었음을 새롭게 인식하게 한다.

요컨대 그들은 감상적 동양주의, 대동아주의에 포섭되지 않는 그들만의 길을 개척해 가고 있었으며, 필자는 그러한 사례를 이효석의 경우에조차 입증할 수 있다.(방민호, 「전쟁에 대한, 삶 또는 생명의 비대칭적 우위」, 『문학의오늘』, 2012년 여름, 391~403쪽) 그와 같은 연장선상에서 백석이 밀고나간 그만의 독특한 탈식민주의의 방법론은 다음과 같은 문장에 오롯이 담겨 있다고 보아도 된다.

　　인도의 푸른빛을 바라보며 나는 이것이 무엇이고 어데서 오는가를 본다. 인도의 푸른빛은 항하만년恒河萬年의 흐름에 젖는 생명의 발광이다. 이 생명의 적멸에 가까운 숭엄한 침묵이다. 나는 몽고의 무게가 무엇인가를 안다. 일망무제의 몽고 초원이다. 몽고인의 심중에 노인 일망무제의 초원이다.

　　잇다금 꿩이 울어 깨어지는 그 초원의 적막이다. 이것이 몽고의 무게다. 조선인은 인도의 빗도 몽고의 무게도 다 일허벌였다. 본래부터 업섯는지도 모른다. 슬픈 일이다.(백석, 앞의 글, 84쪽)

여기서 백석은 인도의 빛과 몽고의 초원을 이야기한다. 그 가없는 평원과 시간의 무한한 흐름을 언급한다. 이 외롭고도 높은 정신의 소유자는 자신의 상상력을 시공간적으로 무한히 확장시킴으로써 동양주의에 함몰된 '제국-식민지' 체제의 폐쇄된 메커니즘을 초극해 버린다.

근대초극이니 뭐니 하지만 필자가 보기에 이 초극이라는 말은 사실 이런 때나 써야 하는 것이며, 이처럼 숭고한 의미망을 간직한 어휘가 적재적소를 찾지 못한 채 통속적인 사상의 유행이나 따르는 이들에게 남용된 데에 바로 그 시대의 희극성이 가로놓여 있다고 해야 할 것이다.

백석은 확실히 달랐다. 이 무렵 그는 키플링의 소설 「가짜 새벽 False Dawn」을 번역해 발표한다.(키플링, 「헛새벽」, 백석 옮김, 『만선일보』, 1940. 12. 27~1941. 1. 9) 그런데 이 키플링을 일찍이 이효석도 번역했었음에 유의할 필요가 있다.(키플링, 「기원 후의 옉너스」, 이효석 옮김, 『신흥』, 1930. 4.) 백석이나 이효석은 아일랜드 극작가인 싱이나 식민지에서 태어나 성장한 경험을 가졌던 키플링, 토마스 하디나 D. H. 로렌스, 월트 휘트먼 등으로 연결되는 독특한 유형의 영문학 지식을 추구하면서 이를 번역하고, 자신의 작풍에 옮기는 등의 문학적 과정을 보여주었다. 이 가운데 키플링은 흔히 인도에 대한 제국주의적 시각을 가졌던 작가로 이해되곤 하지만 문제가 그렇게 간단하지만은 않다.

일례로 키플링의 대표작인 『킴Kim』에 대한 한 분석은 일종의 경계인이었던 키플링의 생애를 부각시키면서 "킴이 영국 / 아일랜드 / 인도 사이의 균열 속에서 담지하게 되는 존재의 불확정성이 제국의 통합 이데올로기를 강화시키기보다는 라마승과의 친연성을 강화시키면서 제국의 이데올로기에 균열을 내는 방식으로 작용한다."(오은영, 「키플링의 『킴』에서 드러난 소설의 내적 분열: 아일랜드 소년과 라마승과 제국」, 『19세기 영어권 문학』, 14권2호, 2010, 118쪽) 라고 평가한다. 중요한 것은 독해나 번역의 시각일 것이다. 위의 인용문은 백석이 키플링에게서 인도의 푸른빛이 발산하는 신비를 '전유'하고 있음을 보여준다.

인도의 푸른 빛과 몽고의 초원은 인공적, 인위적인 억압과 폭력 메커니즘이 지배하는 근대세계보다 본질적으로 우월하다. 일본인들이나 그들에게 침닉된 조선인들의 요설이 강변하는 것을 인도인, 몽고인들은 침묵으로 넘어선다.

그의 『테스』 번역이나 『고요한 돈』 1,2부 번역은 이러한 인식의 바탕 위에서 이루어진 일이다. 토마스 하디의 『테스』나 숄로호프의 『고요한 돈』에 공통적인 것은 '역사 – 인간'의 논리를 넘어서는 '자연-인간'의 존재다. 테스는 당대의 영국 사회를 지배하던 종교와 가문의 논리에 자연적인 순수함, 숭고함으로 저항한 여성이다. 『고요한 돈』은 사회주의 리얼리즘에 부합하는 작품인가 하는 논란을 야기할 만큼 사회주의 혁명과 반혁명전쟁에 대해 회의적인 시각을 엿보이는 대신 돈 강 유역에서 살아가는 카자크 부족인들의 자연적인 삶을 풍요롭게 묘사하고 있다.

백석은 시를 발표하지 않는 침묵의 시기를 이렇듯 억압과 폭력으로 점철된 근대적 시공간을 뛰어넘는 '탈근대적' 시공간을 향한 강렬한 향수와 그러한 갈망을 번역으로 충족시켜 가는 드높은 의지로 버텨냈다고 할 수 있다. 이러한 백석의 새로운 면면은 그의 문학은 물론 이 시대 문학의 성격에 대한 새로운 견해를 수립하게 한다.

과연 백석은 왜 만주로 떠났으며, 만주에서 무엇을 했는가. 이러한 문제들 앞에서 우리는 중국 유학생이 쓴 「백석의 '만주' 시편 연구 – '만주' 체험을 중심으로」(왕염려, 인하대 석사학위논문, 2010) 같은 논문에 주의를 돌리게 된다. 이렇게 섬세한 추적은 다른 이들의 연구를 위한 훌륭한 지침 역할을 하게 된다.

4. 작가 연구는 문학사를 귀납적으로 연구할 수 있게 한다

필자의 석사학위논문은 전후문학에 관한 것이었다. KAPF 문학을 이론적으로 새로운 견지에서 연구할 수 없을 것 같은 절박감에서 선택한 것이었지만 그럼에도 이것은 필자의 관심사의 한 편은 결국 이 시대 문학 쪽에 남아 있게 되는 결과를 낳았다.

비교적 최근에는 이 시대에 관한 두 편의 논문을 썼다. 하나는 손창섭에 관한 것이고, 다른 하나는 황순원에 관한 것이다. 이 장에서는 손창섭에 관한 논문은 작성하면서 생각하게 된 문제들을 중심으로 해방 이후 문학사 연구와 작가 연구의 관련성에 대해 밝혀 보고자 한다.

이 손창섭에 관한 논문은 필자로서는 매우 불만족스럽다. 장편소설을 중심으로 이 논의를 논의하겠다고 했지만, 그의 문제적인 장편소설들을 상세하게, 분석적으로 고찰해 나간 것이 못 되기 때문이다.

손창섭은 모두 열세 편의 장편소설을 남겼고 이 작품들은 몇 개의 유형으로 분류할 수 있다. 지금 이 유형들을 체계적인 형태로 매끄럽게 제시할 수는 없다. 이 장편소설들에 대한 전체적인 윤곽을 아직 다 그리지 못했기 때문이다. 한 번씩이야 다 보았고, 몇몇 작품들에 대해서는 논문 따위의 글들도 써냈지만, 어떤 모델을 만들어 내기 위해서는 전체를 이루는 부분들 사이의 내적 연락 관계를 검토해 내야 한다. 이러한 작업의 결과로 나타나게 될, 열세 편 장편소설들 서로 간의 관계는 손창섭의 현실인식 구조를 드러내 줄 수도 있고, 이것이 그의 장편소설들에 대한 유형 분류 기준으로 작용할 수도 있다.

그 첫 번째 유형은 자기탐구에 해당하는 것들이다. 첫 장편소설에 해당하는 『낙서족』(『사상계』, 1959. 3)과, 『유맹』(『한국일보』, 1976. 1. 1~1976. 10. 28), 『봉술랑』(『한국일보』, 1977. 6. 10~1978. 10. 8) 등의 세 작품이 그것이다. 소재를 살펴보면 첫 번째 것은 성장소설이고, 두 번째 것은 사회소설이며, 세 번째 것은 역사소설이다.

두 번째 유형은 남녀 관계 또는 부부관계에 대한 성찰을 담은 작품들이다. 『내 이름은 여자』(『국제신문』, 1961. 4. 10~1961. 10. 29), 『부부』(『동아일보』, 1962. 7. 1~1962. 12. 29), 『결혼의 의미』(『영남일보』, 1964. 2. 1~1964. 9. 29), 『이성연구』(『서울신문』, 1965. 12. 1~1966. 12. 30), 『삼부녀』(『주간여성』, 1969. 12. 30~1970. 6. 24) 등이 그것이다. 이 가운데에서 특히 『부부』와 『이성연구』는 연작적인 성격이 강하다.

세 번째 유형은 한국사회의 전반적인 세태를 그린 소설들이다. 『세월이 가면』(『대구일보』, 1959. 11. 1~1960. 3. 30), 『저마다 가슴 속에』(『세계일보』, 1960. 6. 15~1960. 6. 30. 및 『민국일보』, 1960. 7. 1~1961. 1. 31), 『아들들』(『국제신문』, 1965. 7. 14~1966. 3. 21), 『인간교실』(『경향신문』, 1963. 4. 22~1964. 1. 10), 『길』(『동아일보』, 1968. 7. 29~1969. 5. 22) 등이 그것이다. 이 작품군은 어떤 사회적 영역을 다루고 있느냐에 따라 다시 몇 개 유형으로 세분할 수 있다.

이 세 가지 장편소설 유형들은 손창섭이 삶과 세계를 인식하고 드러내는 모델을 구성할 수 있게 한다. 즉 그는 개체적인 삶과 남녀 또는 부부 단위를 삶의 기본 단위로 이해하면서 이 위에 사회 영역들이 일종의 상부구조처럼 구조화 되어 있다고 생각하는 경향이 있다. 그리고 그 최종 지점에 놓인 것이 국가 또는 민족이다. 이것은 평범한 사람들의 경우에도 마찬가지일 수 있다. 그러나 손창섭의 경우에는 이러한 삶과 세계의 메커니즘을 오랜 시간에 걸쳐 소설적인 탐구의 형태로 수행해 나가면서 남과 다른 사유를 구축해 나갔다. 이것이 중요하다.

'외부성'이라는 개념은 이러한 손창섭의 소설적 도정을 설명할 수 있는 기본적인 개념이다. 비유적으로 말한다면 이것은 김윤식의 이광수 연구에 있어 '고아 콤플렉스'에 해당하는 원점으로서의 성질을 가진다. 필자는 앞의 논문에서 손창섭 소설에 나타나는 외부성과 그것을 문학적 개념으로 치환해서 이해할 수 있게 해주는 재류외인metoikos 개념에 대해서 그 이해의 필요성을 다음과 같이 주장했다.

> 이러한 손창섭 소설은 인간 개체가 다른 개체들에 대해 외부적이라는 것, 그들은 서로 다른 각자의 내부적 시스템을 갖고 있고 사회란 이러한 시스템과 시스템 사이에 이루어지는 부단하고도 모험적인 교환을 통해 형성되어 나간다는 것, 따라서 개체는 삶의 매순간마다 자기를 타자를 향한 비약의 공간에 투기해 나간다는 점에서 본질상 실존적 존재라는 것, 계급이나 민족처럼 운명적 공동체연하거나 또는 그것을 상기시키는 개념들은 이데올로기적이고 따라서 이념적인 허상이 작용한 결과라는 것 등, 가라타니 고진의 논의를 매개로 촉발될 수 있는 개체의 외부성에 대해 많은 것을 생각하게 한다.
>
> 여기서 필자는 한 걸음 더 나아가 이러한 손창섭 소설의 '외부성'을 서론에서 밝힌 바와 같이 재류외인metoikos라는 개념을 중심으로 다시 한 번 새롭게 검토할 수 있다고 생각한다. 잘 알려져 있듯이 손창섭은 "방랑과 유맹으로 점철된 생애"를 살다 간 작가였다. 이러한 그의 생애는, 앞으로 차차 분석되겠지만 그가 남긴 장편소설들에 구조화 된 흔적을 남기고 있는 것으로 보인다. 이 논문의 목적 가운데 하나가 그의 삶과 문학의 관련성을 유기적으로 설명하고자 하는 것이라면, 손창섭을 일종의 재류외인으로 보는 관점이 이러한 목적을 위해 유효한 역할을 해줄 수 있을 것으로 생각된다.(방민호, 「손창섭 소설의 외부성─장편소설을 중심으로」, 『한국문화』 58, 1912. 6, 211쪽)

나아가 필자는 아리스토텔레스가 『정치학』에서 논의한 내용 등을 빌려 손창섭을 현대 한국사회의 메토이코스와 같은 존재로 설명하고자 했다.

손창섭은 한국이라는 사회의 메토이코스와 같은 존재로서 훌륭한 사람일 수는 있었지만 훌륭한 시민일 수는 없었다. 그는 오랜 세월 동안 한국이라는 사회의 외부 지대를 방랑하듯 살아나갔고 또 끝내 한국에 정착하지 못한 채 일본으로 떠났다. 그러나 일본에서도 그는 국외자적 존재였다. 그는 죽음을 목전에 둔 상태에 이르러서 불가피하게 일본 국적을 취득했다. 그곳에서 어떤 시민적 존재성도 확인하려 하지 않았고 침묵하는 자로서 자신의 나머지 인생을 짊어져 나갔다. 이러한 점들은 그가 한국사회의 메토이코스적 존재이자 동시에 일본 사회의 메토이코스적 존재였음을 말해준다. 더구나 그는 일본인 아내와 결혼한 상태였다. 고대 그리스 아테네의 페리클레스 시대에 견주어 생각하면 그는 외국 여자와 결혼한 탓에 시민적 지위를 가질 수 없는 자였다.

필자가 보기에, 그가 남긴 행적들, 작품들은 그가 자신을 공직에 참여할 수 없는 메토이코스와 같은 공동체 외부적 존재로 이해하고 있었음을 보여준다. 그런 까닭에, 1960년대 문학의 용어로 표현해서, 그는 자신을 참여하는 자, 참여문학을 하는 자로 설정하지 않았다. 1960년대에 현실 비판적 태도를 표명했던 다른 문학인들이 당대 현실에 대해 정치적인 비판을 가함으로써 역설적으로 그 사회에 참여해 간 것과 달리, 그는 당대 한국사회의 메토이코스적 존재로서, 그러한 정치적 비판의 외부에서, 그 자신만의 독특한 '정치'를 수행해 나갔다.

그의 소설은 한 사회의 공적 활동에 참여할 수 없는 메토이코스적 존재가 그 사회를 향해 발화해 나가는, 그 자신만의 '정치'를 위한 언어적 축조물이었다. 그의 문학적 언어는 공동체적 시민의 참여된 목소리가 아니라 메토이코스적 외부자, 국외자의 진단적, 처방적 목소리를 함축하고 있었다. 훌륭한 시민의 관심사가 "공동체의 안정"을 도모하는 것이라면 그의 목소리에 담긴 그 자신의 고유한 관심사는 그것의 변화, 새로운 자질의 획득이었다.(방민호, 앞의 글, 215쪽)

손창섭을 그리스의 재류외인, 메토이코스 개념을 중심으로 살펴보는 것은 일종의 비유적 개념에 기반해서 논의를 이끌어가는 것이지만 적절한 비유는 대상의 본질이나 특질을 오히려 명료하게 보여줄 수도 있다고 생각한다. 그리고 여기에까지 다다름으로써 필자는 이제야 겨우 손창섭 문학 연구를 위한 발판을 딛고 선 것 같은 안도감을 느낄 수 있었다.

이 손창섭이 중요한 것은 위의 인용문이 보여주듯이 그가 그 시대의 다른 '모든' 문학인들과 다른 존재론적 기반을 가지고 있었기 때문이다. 그리고 그것은 어떤 운명, 그 자신의 삶을 그렇게 만들어간 우연에 기반을 둔 것이기 때문에 그것의 특성을 밝혀내기 위해서는 그 자체에 시선을 집중해서 관련 자료를 찾고, 취사선택하고, 그에 관련된 논의를 새롭게 구성해 나가는 방법 외에는 다른 방법이 없다. 여기서는 어떤 '선험적인' 이론도 불충분하고 불만족스러울 수밖에 없다.

그의 삶이 메토이코스적이라 함은 이러한 과정에서 얻은 하나의 비유적 개념이다. 그러나 이것은 그의 세대 가운데에서도 그가 유독 국민국가적 귀속성에 안주하지 않았던 이유를 설명해준다. 김성한, 장용학, 유주현, 곽학송 등 많은 전후 작가들 가운데 오로지 손창섭만이 국민국가의 메커니즘 내부에 머무르지 않는 삶의 모험을 감행했다.

이 1920년 전후 출생 작가들의 문학은 일제말기에 성장한 사람들이라는 점에서 박경리 문학까지도 포스트콜로니얼리즘의 맥락에서 독해가 가능하다. 때문에 이들에 대해서는 해방 후 '국민국가' 수립이라는 문제를 그들이 어떻게 처리했는가와 관련된 논의가 이미 시작되어 있다. 그들 중 상당수는 월남민들이기도 한 까닭에 해방 후 작가들의 포스트콜로니얼리즘적 기획은 남북한 체제문제와 세계적 차원의 냉전 체제를 처리하는 문제와 관련되어 있다. 성장과정에서 민족적 정체성의 혼란 또는 위기를 경험한 그들 대부분은 일본 비판(장용학, 유주현 등)이나 민족서사로의 귀착(유주현, 박경리) 등을 통해서 자신의 민족적, 국가적 정체성을 능동적으로 수용해 나가는 과정을 보였다. 손창섭은 그러한 세대적 특징에 비추어 가장 예외적인 작가 가운데 한 사람이었다.

이 점에서 그는 오히려 북한 태생으로 월남했지만 『광장』의 주인공 이명준의 중립국행이나 그 자신의 미국행을 통해서 체제적 메커니즘으로부터의 월경을 꿈꾼 최인훈 문학에 비견될 만하다. 최인훈과 마찬가지로 그 역시 1960년을 전후로 한 문학의 중심적인 쟁점이었던 순수, 참여문학론의 대칭적 대립 구도에서 벗어나고자 했으며, 이 점에서 그는 당대의 한국사회를 비판적 외부자의 위치에서 조감할 수 있었던 작가였다.

그의 소설들은 이러한 외부자적 존재를 상징하는 여러 공간적 표상을 보여준다. 그것은 흑석동의 한강변 집일 수도 있고, 일본의 어떤 도시일 수도 있다. 그의 장편소설의 인물들은 많은 경우 자신이 직면해 있는 문제들에서 벗어나기 위한 공간적 이탈을 시도하는데, 이 또한 손창섭 자신의 외부자적 자기 인식이 '무의식적으로' 표출된 것이라 추론해 볼 수도 있다. 그리고 이러한 손창섭 문학의 존재는 1950~1960년대 문학을 비판적으로 조감할 수 있는 방법과 시각을 제공한다. 말하자면 이 시대의 연구자는 그 시대의 '문학장'을 구성하는 서로 다른 입장들의 어느 하나에 서지 않아야 하며, 그 대칭의 평면들 위에서 그것을 조감하는 외부자적 시선을 견지해야 한다. 이 냉정한 거리가 비로소 그 시대 문학사의 은폐된 구조를 볼 수 있게 해준다.

이 글은 지금 작가연구의 맥락에서 씌어진 것이다. 손창섭 연구에 대한 스케치를 통해서 필자가 말하고자 한 것은 작가에 대한 구체적인 검토와 연구 없이 문학사에 대한 새로운 이해를 만들어가는 것이 불가능하다는 사실이다. 최근 전후문학 연구는 20년 전과 비교해서 근본적으로 보면 그 모델이나 가설이 크게 달라지지 않았는데, 이것은 이론의 결핍 때문이기도 하지만 그 시대의 문학사를 조밀하게 이해하도록 해줄 개별 작가들에 대한 연구가 그만큼 진전되지 못했기 때문이다. 어느 면에서 보면 최근 연구자들은 문학사를 매끄럽게 설명해 줄 수 있는 편리한 이론적 도구를 찾아 헤매는 것 같다. 그러나 이러한 이론은 없다. 그것은 국문학자인 우리들 스스로가 만들어 내야 하는 것이다.

오래 전인 2001년 근대문학회 학술대회에서 발표한 한 논문에서 필자는 한국현대문학 연구상의 이론주의를 비판하는 태도를 취했다. "이론주의적 연구태도란 실증적 연구의 의의를 과소평가하는 것, 선험적이고 문학외적인 이론에 근거한 대상분석에 안주하는 것, 마지막으로 무엇보다 서구문학 이론을 한국 근대문학에 대입 적용하는 데 머무는 것 등이 복합된 어떤 연구 태도를 지칭한다."(방민호, 「한국근대문학 연구의 이론주의적 경향」, 『한국근대문학연구』2, 2001, 15쪽) 그리고 이것은 "이론 또는 방법론의 과잉이라기보다는 진정한 한국근대문학 연구를 위한 이론 또는 방법론의 결핍을 의미하는 것

이 된다."(위의 글, 같은 쪽)

이러한 이론 또는 방법론은 단순히 외국문학 이론을 수용하는 방식으로는 구축할 수 없다. 그것은 성실하고도 날카로운 문제의식을 가진 작가연구의 조력 위에서만 출현 가능한 새로운 사건이다. 우리는 우리가 알지 못하는 더 많은 문학사의 자료들을 향해 나아가야 하며 이 과정에서 얻어지는 작가들에 대한 새로운 이해를 통해서만 한국현대문학 연구를 위한 첨예한 이론적 시각을 수립할 수 있다.

문학사의 비평사적 탐구

2018년 11월 21 초판 1쇄 펴냄

지은이 | 방민호
편   집 | 난류
디자인 | 여현미
펴낸이 | 최병수

예옥등록 | 제2005-64호(2005.12.20)
주 소 | 서울시 서대문구 신촌로 1 쓰리알 유시티 606호
전 화 | 02) 325-4805
팩 스 | 02) 325-4806
e-mail | yeokpub1@naver.com

ISBN 978-89-93241-61-7 03810

값 35,000

이 도서는 한국출판문화산업진흥원 2018년
우수출판콘텐츠 제작 지원 사업 선정작입니다.